D0909254

APR 19

ГУЗЕЛЬ
ЯХИНА

ДЕТИ
МОИ

ГУЗЕЛЬ ЯХИНА

ДЕТИ МОИ

РОМАН

РЕДАКЦИЯ ЕЛЕНЫ ШУБИНОЙ
ИЗДАТЕЛЬСТВО АСТ
МОСКВА

УДК 821.161.1-31
ББК 84(2Рос=Рус)6-44
Я90

Художник Андрей Бондаренко

Предисловие Елены Костюкович

Книга публикуется по соглашению с литературным агентством *ELKOST Intl*

Яхина, Гузель Шамилевна.

Я90 Дети мои : роман / Гузель Яхина; предисл. Елены Костюкович. — Москва : Издательство АСТ : Редакция Елены Шубиной, 2019. — 493, [3] с. — (Проза Гузель Яхиной).

ISBN 978-5-17-107766-2

“Дети мои” — новый роман Гузель Яхиной, самой яркой дебютантки в истории российской литературы новейшего времени, лауреата премий “Большая книга” и “Ясная Поляна” за бестселлер “Зулейха открывает глаза”.

Поволжье, 1920–1930-е годы. Якоб Бах — российский немец, учитель в колонии Гнаденталь. Он давно отвернулся от мира, растит единственную дочь Анче на уединенном хуторе и пишет волшебные сказки, которые чудесным и трагическим образом воплощаются в реальность.

“В первом романе, стремительно прославившемся и через год после дебюта жившем уже в тридцати переводах и на верху мировых литературных премий, Гузель Яхина швырнула нас в Сибирь и при этом показала татарщину в себе, и в России, и, можно сказать, во всех нас. А теперь она погружает читателя в холодную волжскую воду, в волглый мох и торф, в зыбь и слизь, в Этель–Булгу–Су, и ее «мысль народная», как Волга, глубока, и она прощупывает неметчину в себе, и в России, и, можно сказать, во всех нас. В сюжете вообще-то на первом плане любовь, смерть, и история, и политика, и война, и творчество…” *Елена Костюкович*

УДК 821.161.1-31
ББК 84(2Рос=Рус)6-44

ISBN 978-5-17-107766-2

Содержание

Елена Костюкович. На всю глубину

7

Жена

11

Дочь

135

Ученик

227

Сын

313

Дети

423

Эпилог

485

Календарь Якоба Ивановича Баха

487

Комментарии

489

Благодарности

495

На всю глубину

“Все эти подробности — откуда?! У меня же от них чуть живот не свело. Я же все это — как своими глазами увидел, собачий ты сын! Шекспир ты нечесаный! Шиллер кудлатый! Что там такое творится — в этой твоей косматой немой башке, а? Что за черти в тебе сидят? — Подскочив к Баху, Гофман по привычке придвинул свое прекрасное лицо вплотную, задергал ноздрями, затрепетал ресницами”.

Вот уже второй раз мы кричим это Гузель Яхиной, по привычке придвигая к ее строкам наши прекрасные лица. Оторваться не можем. Дальше читаем — больше изумляемся. В первом романе, стремительно прославившемся и через год после дебюта жившем уже в тридцати переводах и на верху мировых литературных премий, Яхина швырнула нас в Сибирь и при этом показала татарщину в себе, и в России, и, можно сказать, во всех нас. А теперь она погружает читателя в холодную волжскую воду, в волглый мох и торф, в зыбь и слизь, в Этель–Булгу–Су, и ее “мысль народная”, как Волга, глубока, и она прощупывает неметчину в себе, и в России, и, можно сказать, во всех нас.

В сюжете вообще-то на первом плане любовь, смерть, роды, вскармливание, и история, и политика, и война, и творчество. Линии жизней героев — волжских немцев, сплетаясь с жизнью истребляющего их тирана, убийцы нерожденных телят и недоделанных тракторят, — переплетаются, радуют, страшат. Эти сплетения полны оригинальной фантазии. Подробности хочется разгадывать.

Это, как у Маркеса, цикличная история? Магическая? Почему сбываются Баховы сказки? Сталин с его “братья и сестры” — это повторение немки-императрицы Екатерины, обращавшейся к привезенным ею же немецким колонистам: “Дети мои”? Оттуда, видимо, и название романа?

Императрица высится в одном из эпизодов медной статуей, почти медным всадником, и ее, несбывшееся звонкое обещание “иного развития” российской истории, волокут и сдают на вес, суют в печь, переплавляют на детали для танков-тракторов. Разросшийся тем временем до гигантских размеров тиран тяжело топает по городу, зыркая в окна вторых этажей. Перелитую на золотистые втулки медную бабушку, покатав на ладони, он выбрасывает в ту же волжскую глубь.

Второй роман оказался выдержанной проверкой. Еще ярче, увлекательнее и честнее первого. Обычно случается наоборот. Яхина снова удивила нас.

Елена Костюкович

Моему дедушке,
деревенскому учителю
немецкого

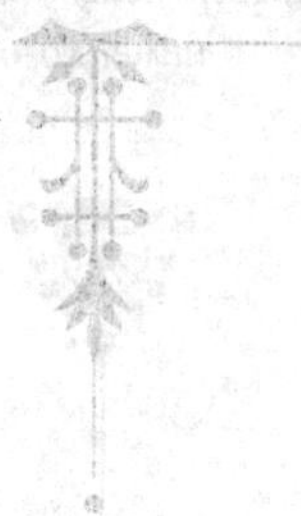

Жена

Жена

Волга разделила мир надвое.

Левый берег был низкий и желтый, стелился плоско, переходил в степь, из-за которой каждое утро вставало солнце. Земля здесь была горька на вкус и изрыта сусликами, травы — густы и высоки, а деревья — приземисты и редки. Убегали за горизонт поля и бахчи, пестрые, как башкирское одеяло. Вдоль кромки воды лепились деревни. Из степи веяло горячим и пряным — туркменской пустыней и соленым Каспием.

Какова была земля другого берега, не знал никто. Правая сторона громоздилась над рекой могучими горами и падала в воду отвесно, как срезанная ножом. По срезу меж камней струился песок, но горы не оседали, а с каждым годом становились круче и крепче: летом — иссиня-зеленые от покрывающего их леса, зимой — белые. За эти горы садилось солнце. Где-то там, за горами, лежали еще леса, прохладные остролистые и дремучие хвойные, и большие русские города с белокаменными кремлями, и болота, и прозрачно-голубые озера ледяной воды. С правого берега вечно тянуло холодом — из-за гор дышало далекое Северное море. Кое-кто называл его по старой памяти Великим Немецким.

1

Волга разделяла мир надвое.

Левый берег был низкий и желтый, стелился плоско, переходил в степь, из-за которой каждое утро вставало солнце. Земля здесь была горька на вкус и изрыта сусликами, травы — густы и высоки, а деревья — приземисты и редки. Убегали за горизонт поля и бахчи, пестрые, как башкирское одеяло. Вдоль кромки воды лепились деревни. Из степи веяло горячим и пряным — туркменской пустыней и соленым Каспием.

Какова была земля другого берега, не знал никто. Правая сторона громоздилась над рекой могучими горами и падала в воду отвесно, как срезанная ножом. По срезу, меж камней, струился песок, но горы не оседали, а с каждым годом становились круче и крепче: летом — иссиня-зеленые от покрывающего их леса, зимой — белые. За эти горы садилось солнце. Где-то там, за горами, лежали еще леса, прохладные остролистые и дремучие хвойные, и большие русские города с белокаменными кремлями, и болота, и прозрачно-голубые озера ледяной воды. С правого берега вечно тянуло холодом — из-за гор дышало далекое Северное море. Кое-кто называл его по старой памяти Великим Немецким.

Шульмейстер Якоб Иванович Бах ощущал этот незримый раздел ровно посередине волжской глади, где волна отливала сталью и черным серебром. Однако те немногие, с кем он делился своими чудны́ми мыслями, приходили в недоумение, потому как склонны были видеть родной Гнаденталь* скорее центром их маленькой, окруженной заволжскими степями вселенной, чем пограничным пунктом. Бах предпочитал не спорить: всякое выражение несогласия причиняло ему душевную боль. Он страдал, даже отчитывая нерадивого ученика на уроке. Может, потому учителем его считали посредственным: голос Бах имел тихий, телосложение чахлое, а внешность — столь непримечательную, что и сказать о ней было решительно нечего. Как, впрочем, и обо всей его жизни в целом.

Каждое утро, еще при свете звезд, Бах просыпался и, лежа под стеганой периной утиного пуха, слушал мир. Тихие нестройные звуки текущей где-то вокруг него и поверх него чужой жизни успокаивали. Гуляли по крышам ветры — зимой тяжелые, густо замешанные со снегом и ледяной крупой, весной упругие, дышащие влагой и небесным электричеством, летом вялые, сухие, вперемешку с пылью и легким ковыльным семенем. Лаяли собаки, приветствуя вышедших на крыльцо хозяев. Басовито ревел скот на пути к водопою (прилежный колонист никогда не даст волу или верблюду вчерашней воды из ведра или талого снега, а непременно отведет напиться к Волге — первым делом, до того, как сесть завтракать и начинать прочие хлопоты). Распевались и заводили во дворах протяжные песни женщины — то ли для украшения холодного утра, то ли просто чтобы не заснуть. Мир дышал, трещал, свистел, мычал, стучал копытами, звенел и пел на разные голоса.

* *Gnadental* — в переводе с немецкого: благодатная долина.

Звуки же собственной жизни были столь скудны и незначительны, что Бах разучился их слышать. Дребезжало под порывами ветра единственное в комнате окно (еще в прошлом году следовало пригнать стекло получше к раме да законопатить шов верблюжьей шерстью). Потрескивал давно не чищенный дымоход. Изредка посвистывала откуда-то из-за печи седая мышь (хотя возможно, просто гулял меж половиц сквозняк, а мышь давно издохла и пошла на корм червям). Вот, пожалуй, и все. Слушать *большую* жизнь было много интересней. Иногда, заслушавшись, Бах даже забывал, что он и сам — часть этого мира; что и он мог бы, выйдя на крыльцо, присоединиться к многоголосью: спеть что-нибудь громкое, задорное, к примеру колонистскую "*Ach Wolge, Wolge!..*", или хлопнуть входной дверью, да, на худой конец, просто чихнуть. Но Бах предпочитал слушать.

В шесть утра, одетый и причесанный, он уже стоял у пришкольной колокольни с карманными часами в руках. Дождавшись, когда обе стрелки сольются в единую линию — часовая на шести, минутная на двенадцати, — он со всей силы дергал за веревку: гулко ударял бронзовый колокол. За долгие годы Бах достиг в этом упражнении такого мастерства, что звон раздавался ровно в тот момент, когда минутная стрелка касалась циферблатного зенита. Мгновение спустя — Бах знал это — каждый обитатель колонии поворачивался на звук, снимал картуз или шапку и шептал короткую молитву. В Гнадентале наступал новый день.

В обязанности шульмейстера входило бить в колокол трижды: в шесть, в полдень и в девять вечера. Гудение колокола Бах считал своим единственным достойным вкладом в звучащую вокруг симфонию жизни.

Дождавшись, пока последняя мельчайшая вибрация стечет с колокольного бока, Бах бежал обратно в шульгауз. Школьный дом был отстроен из добротного северного бруса (лес колонисты покупали сплавной, шедший вниз по Волге от Жигулевских гор или даже из Казанской губернии). Фундамент имел каменный, для прочности обмазанный саманом, а крышу — по новой моде жестяную, недавно заменившую рассохшийся тес. Наличники и дверь Бах каждую весну красил в ярко-голубой цвет.

Здание было длинное, в шесть больших окон по каждой стороне. Почти все внутреннее пространство занимал учебный класс, в торце которого были выгорожены учительские кухонька и спальня. С той же стороны размещалась и главная печь. Для обогрева просторного помещения ее тепла не хватало, и по стенам лепились еще три железные печурки, отчего в классе вечно пахло железом: зимой — каленым, летом — мокрым. В противоположном конце возвышалась кафедра шульмейстера, перед ней тянулись ряды скамей для учащихся. В первом ряду — "ослином" — сидели самые младшие и те, чье поведение или прилежание заботили учителя; далее рассаживались ученики постарше. Еще имелись в классном зале: большая меловая доска, набитый писчей бумагой и географическими картами шкаф, несколько увесистых линеек (употреблявшихся обычно не по прямому назначению, а в воспитательных целях) и портрет российского императора, появившийся здесь исключительно по велению учебной инспекции. Надо сказать, портрет этот доставлял только лишние хлопоты: после его приобретения сельскому старосте Петеру Дитриху пришлось выписать газету, чтобы — сохрани Господь! — не пропустить известие о смене императора в далеком Петербурге и не оконфузиться перед очередной комиссией. Прежде новости из русской России доходили в колонию с таким запозданием, словно находилась она не в сердце Поволжья, а на самых задворках империи, так что конфузия вполне могла случиться.

Когда-то Бах мечтал украсить стену образом великого Гёте, однако ничего из этой затеи не вышло. Мукомол Юлиус Вагнер, по делам предприятия часто посещавший Саратов, обещал, так и быть, "сыскать там сочинителя, ежели где завалялся по лавкам". Но поскольку никакого пристрастия к поэзии мукомол не питал, а внешность гениального соотечественника представлял себе смутно, то и был вероломно обманут: вместо Гёте всучил ему прохиндей-старьевщик плохонький портрет малокровного аристократа в нелепом кружевном воротнике, пышноусого и остробородого, могущего сойти разве что за Сервантеса, и то при слабом освещении. Гнадентальский художник Антон Фромм, славившийся росписью сундуков и полок для посуды, предложил замазать усы и бороду, а по низу портрета, аккурат под кружевным воротником, вывести покрупнее белым "*Goethe*", но Бах на подлог не согласился. Так и остался шульгауз без Гёте, а злополучный портрет был отдан художнику — по его настоятельной просьбе, "для инспирации вдохновения".

…Исполнив колокольную обязанность, Бах раскочегаривал печки, чтобы прогреть класс к приходу учеников, и бежал в свой закуток — завтракать. Что ел по утрам и чем запивал, право, не мог бы сообщить, потому как не обращал на то ни малейшего внимания. Одно можно было сказать определенно: вместо кофе пил Бах "рыжую бурду наподобие верблюжьей мочи". Именно так выразился староста Дитрих, лет пять или шесть назад зашедший к шульмейстеру спозаранку по важному делу и разделивший с ним утреннюю трапезу. С тех пор староста на завтрак более не заходил (да и никто другой, признаться, тоже), но слова те Бах запомнил. Однако воспоминание не смущало его ничуть: к верблюдам он питал искреннюю симпатию.

Дети являлись в шульгауз к восьми. В одной руке — стопка книг, в другой — вязанка дров или кулек с кизяком (кроме платы за обучение, колонисты вносили вклад в образование детей и натуральным продуктом — топливом для школьных печей). Учились четыре часа до полуденного перерыва и два после. Посещали школу исправно: за пропуск любой из половин учебного дня семья прогульщика платила штраф размером в три копейки. Занимались немецкой и русской речью, письмом, чтением, арифметикой; преподавать катехизис и библейскую историю приходил гнадентальский пастор Адам Гендель. Разделения на классы не было, учащиеся сидели вместе: в какой год по пятьдесят человек, а в какой и по семьдесят. Иногда шульмейстер делил их на группы, и каждая выполняла отдельное задание, а иногда — декламировали и пели хором. Совместное разучивание было основным — наиболее действенным для столь обширной и шкодливой аудитории — педагогическим приемом в гнадентальской школе.

За годы учительства, каждый из которых напоминал предыдущий и ничем особенным не выделялся (разве что крышу в прошлом году обновили, и теперь на шульмейстерскую кафедру перестало капать с потолка), Бах настолько привык произносить одни и те же слова и зачитывать одни и те же задачки из решебников, что научился мысленно раздваиваться внутри собственного тела. Язык повторял очередное синтаксическое правило, рука вяло шлепала линейкой по затылку чересчур говорливого ученика, ноги степенно несли тело по классу, а мысль… мысль Баха дремала, убаюканная его же собственным голосом и мерным покачиванием головы в такт неспешным шагам. Через какое-то время глядь — в руке уже не "Русская речь" Вольнера, а задачник Гольденберга. И губы бормочут не о существительных с прилагательными и глаголами, а о счетных правилах. И до завершения урока остается самая малость, какая-нибудь четверть часа. Ну, не славно ли?..

Единственным предметом, когда мысль обретала былую свежесть и бодрость, была немецкая речь. Копаться с чистописанием Бах не любил, торопливо стремил урок к поэтической части: Новалис, Шиллер, Гейне — стихи лились на юные лохматые головы щедро, как вода в банный день.

Любовью к поэзии Баха обожгло еще в юности. Тогда казалось, он питается не картофельными лепешками и арбузным киселем, а одними лишь балладами и гимнами. Казалось, ими же сможет накормить всех вокруг — потому и стал учителем. До сих пор, декламируя на уроке любимые строфы, Бах чувствовал прохладное трепетание восторга в груди, где-то в подсердечной области. В тысячный раз читая “Ночную песнь странника”, Бах бросал взгляд за школьное окно и обнаруживал там все, о чем писал великий Гёте: и могучие темные горы на правом берегу Волги, и разлитый по степи вечный покой — на левом. А он сам, шульмейстер Якоб Иванович Бах, тридцати двух лет от роду, в лоснящемся от долгой носки мундире со штопаными локтями и разномастными пуговицами, уже начавший лысеть и морщиться от близкой старости, — кто же он был, как не тот самый путник, усталый до изнеможения и жалкий в своем испуге перед вечностью?..

Дети не разделяли страсть педагога: лица их — шаловливые или сосредоточенные, в зависимости от темперамента, — с первых же стихотворных строк принимали сомнамбулическое выражение. Йенский романтизм и гейдельбергская школа действовали на класс лучше снотворного; пожалуй, чтение стихов можно было использовать для успокоения аудитории вместо привычных окриков и ударов линейкой. Разве что басни Лессинга, описывающие похождения знакомых с детства героев — свиней, лисиц, волков и жаворонков, — вызывали интерес у самых любознательных. Но и те скоро теряли нить повествования, рассказанного строгим и выспренным *высоким немецким*.

Колонисты привезли свои языки в середине восемнадцатого века с далеких исторических родин — из Вестфалии и Саксонии, Баварии, Тироля и Вюртемберга, Эльзаса и Лотарингии, Бадена и Гессена. В самой Германии, давно уже объединившейся и теперь гордо именовавшей себя империей, диалекты варились в одном котле, как овощи в бульоне, из которых искусные кулинары — Готтшед, Гёте, братья Гримм — в итоге приготовили изысканное блюдо: литературный немецкий язык. А в поволжских колониях практиковать "высокую кухню" было некому — и местные диалекты замешались в единый язык, простой и честный, как луковый суп с хлебными корками. Русскую речь колонисты понимали с трудом: на весь Гнаденталь набралось бы не более сотни известных им русских слов, кое-как вызубренных на школьных уроках. Однако, чтобы сбыть товар на Покровской ярмарке, и этой сотни было достаточно.

…После уроков Бах запирался в своей каморке и наспех глотал обед. Можно было есть и при незапертой двери, но задвинутая щеколда отчего-то улучшала вкусовые качества пищи, обычно уже успевшей остыть, а по правде говоря — просто ледяной. За весьма умеренную плату мать одного из учеников приносила Баху то горшок бобовой каши, то миску молочной лапши — остатки вчерашней трапезы большой семьи. Следовало, конечно, переговорить с доброй женщиной и попросить ее доставлять пищу если не горячей, то хотя бы теплой, но все как-то было недосуг. Самому же разогревать еду было некогда — наступало самое напряженное время дня: *час визитов*.

Тщательно причесавшись и повторно умывшись, Бах спускался с крыльца шульгауза и оказывался на центральной площади Гнаденталя, у подножия величественной кирхи серого камня, с просторным молельным залом в кружеве стрельчатых окон и колокольней, напоминающей остро заточенный карандаш. Выбирал себе направление — по четным дням в сторону Волги, по нечетным от нее — и торопливым шагом направлялся по главной улице, широкой и прямой, как раскатанный отрез доброго сукна. Мимо аккуратных деревянных домиков с высокими крыльцами и нарядными наличниками (что-что, а уж наличники у гнадентальцев всегда глядели свежо и весело — небесно-синим, ягодно-красным и кукурузно-желтым). Мимо струганых заборов с просторными воротами (для телег и саней) и низехонькими дверцами (для людей). Мимо перевернутых в ожидании паводка лодок. Мимо женщин с коромыслами у колодца. Мимо привязанных у керосиновой лавки верблюдов. Мимо рыночной площади с тремя могучими карагачами посередине. Бах шел так быстро, так громко хрустел валенками по снегу или хлюпал башмаками по весенней грязи, что можно было подумать, у него имеется с десяток безотлагательных дел, и каждое непременно следует уладить сегодня. Так оно и было.

Сначала — подняться на Верблюжий горб и окинуть взглядом простиравшуюся за горизонт Волгу: каковы нынче цвет волны и ее прозрачность? Нет ли над водой тумана? Много ли кружит чаек? Бьет ли рыба хвостом на глубине или ближе к берегу? Это если дело было в теплое время года. А если в холодное: какова толщина снежного покрова на реке — не подтаял ли где, открывая солнцу блескучий лед?

Затем — пройти суходолом, перебраться через Картофельный мост и оказаться у не замерзающего даже в лютые морозы Солдатского ручья, глотнуть из него: не изменился ли вкус воды? Заглянуть в Свиные дыры, где добывали глину для знаменитых гнадентальских кирпичей. (Поначалу мешали ту глину попросту с сеном. Как-то раз, потехи ради, решили добавить в смесь коровий навоз — и обнаружили, что такой состав придает кирпичам воистину каменную прочность. Именно это открытие и положило начало самой известной местной поговорке "Немного дерьма не помешает".) По Лакричному бережку дошагать до байрака Трех волов, где расположен сельский скотомогильник. И спешить дальше — через Ежевичную яму и Комариную лощину к Мельничной горке и озеру Пастора с лежащей неподалеку Чертовой могилкой...

Если во время *визитов* Бах замечал какой-то непорядок — порушенные бураном вешки на санном пути или покосившуюся опору моста, — тотчас начинал страдать этим знанием. Необычайная внимательность делала жизнь Баха мучительной, ибо волновало его любое искажение привычного мира: насколько равнодушна к ученикам была его душа на школьных уроках, настолько страстна и горяча становилась к предметам и деталям окружающего пространства в часы прогулок. Бах никому не говорил о своих наблюдениях, но каждый день с беспокойством ждал, когда ошибка исправится и мир придет в исходное — правильное — состояние. После успокаивался.

Колонисты, завидев шульмейстера — с вечно согнутыми коленками, застылой спиной и вжатой в сутулые плечи головой, — иногда окликали его и заводили речь о школьных успехах своих чад. Но Бах, запыхавшийся от быстрой ходьбы, отвечал всегда неохотно, короткими фразами: времени было в обрез. В подтверждение доставал из кармана часы, бросал на них сокрушенный взгляд и, качая головой, бежал дальше, поспешно скомкав начатый разговор.

Надо сказать, была еще одна причина его торопливости: Бах заикался. Недуг этот проявился несколько лет назад, и подвержен ему шульмейстер был исключительно вне школы. Тренированный язык Баха безотказно работал во время уроков — без единой запинки произносил многосоставные слова *высокого немецкого* и легко выдавал такие коленца, что иной ученик и начало забудет, пока до конца дослушает. И тот же самый язык вдруг отказывал хозяину, когда Бах переходил на диалект в разговорах с односельчанами. Читать наизусть куски из второй части "Фауста", к примеру, язык желал. Сказать же вдове Кох "А балбес-то ваш нынче опять шалопайничал!" не желал никак — застревал на каждом слоге и лип к нёбу, как большая и плохо проваренная клёцка. Баху казалось, что с годами заикание усиливается, но проверить подозрение было затруднительно: разговаривал с людьми он все реже и реже.

После *визитов* (порой к закату, а иногда уже в густых сумерках), усталый и преисполненный удовлетворения, брел домой. Ноги часто бывали мокры, обветренные щеки горели, а сердце билось радостью: он заслужил ежедневную награду за труды — *час вечернего чтения*. Исполнив последний на сегодня долг (ударив в колокол ровно в девять вечера), Бах бросал на печь влажную одежду, согревал ступни в тазу с зашпаренным чабрецом и, напившись кипятка во избежание простуд, садился в постель с книгой — старым томиком в картонном переплете с полустершимся именем автора на обложке.

Хроники переселения германских крестьян в Россию повествовали о днях, когда по приглашению императрицы Екатерины первые колонисты прибыли на кораблях в Кронштадт. Бах дочитал уже до момента, когда монархиня самолично является на пристань — поприветствовать отважных соотечественников: "Дети мои! — зычно кричит она, гарцуя перед строем озябших в пути переселенцев. — Новообретенные сыны и дочери российские! Радушно принимаем вас под надежное крыло наше и обещаем защиту и родительское покровительство! Взамен же ожидаем послушания и рвения, беспримерного усердия, бестрепетного служения новому отечеству! А кто не согласен — пусть нынче же убирается обратно! Гнилые сердцем и слабые руками в российском государстве — без надобности!..”

Однако продвинуться дальше этой духоподъемной сцены у Баха не получалось никак: под периной утомленное прогулкой тело его размякало, как вареная картофелина, политая горячим маслом; держащие книгу руки медленно опускались, веки смежались, подбородок падал на грудь. Прочитанные строки плыли куда-то в желтом свете керосиновой лампы, звучали на разные голоса и скоро гасли, оборачиваясь глубоким сном. Книга выскальзывала из пальцев, медленно съезжала по перине; но стук упавшего на пол предмета разбудить Баха уже не мог. Он бы чрезвычайно удивился, узнав, что читает славные хроники ни много ни мало — третий год.

Так текла жизнь — спокойная, полная грошовых радостей и малых тревог, вполне удовлетворительная. Некоторым образом счастливая. Ее можно было бы назвать даже добродетельной, если бы не одно обстоятельство. Шульмейстер Бах имел пагубное пристрастие, искоренить которое было, вероятно, уже не суждено: он любил бури. Любил не как мирный художник или добропорядочный поэт, что из окна дома наблюдает бушевание стихий и питает вдохновение в громких звуках и ярких красках непогоды. О нет! Бах любил бури, как последний горький пьяница — водку на картофельной шелухе, а морфинист — морфий.

Каждый раз — обычно это случалось дважды или трижды за год, весной и ранним летом, — когда небосвод над Гнаденталем наливался лиловой тяжестью, а воздух столь густо пропитывался электричеством, что даже смыкание ресниц, казалось, вызывает голубые искры, Бах ощущал в теле странное нарастающее бурление. Была ли это кровь, благодаря особому химическому составу остро реагирующая на волнения магнитных полей, или легчайшие мышечные судороги, возникающие вследствие опьянения озоном, Бах не знал. Но тело его вдруг становилось чужим: скелет и мускулы словно не помещались под кожей и распирали ее, грозя прорвать, сердце пульсировало в глотке и в кончиках пальцев, в мозгу что-то гудело и звало. Оставив распахнутой дверь шульгауза, Бах брел на этот зов — в травы, в степь. В то время как колонисты торопливо сбивали скот в стада и укрывали в загонах, а женщины, прижимая к груди младенцев и собранные охапки рогоза, бежали от грозы в село, Бах медленно шел ей навстречу. Небо, разбухшее от туч и оттого почти припавшее к земле, шуршало, трещало, гудело раскатисто; затем вдруг вспыхивало белым, ахало страстно и низко, падало на степь холодной махиной воды — начинался ливень. Бах рвал ворот рубахи, обнажая хилую грудь, запрокидывал лицо вверх и открывал рот. Струи хлестали по его телу и текли сквозь него, ноги ощущали подрагивание земли при каждом новом ударе грома. Молнии — желтые, синие, исчерна-лиловые — пыхали все чаще, не то над головой, не то внутри нее. Бурление в мышцах достигало высшей точки — очередным небесным ударом тело Баха разрывало на тысячу мелких частей и расшвыривало по степи.

Приходил в себя много позже, лежа в грязи, с царапинами на лице и репейными колючками в волосах. Спина ныла, как побитая. Вставал, брел домой, привычно обнаруживая, что все пуговицы на вороте рубахи вырваны с корнем. Вслед ему сияла сочная радуга, а то и две, небесная лазурь струилась сквозь прорехи уплывающих за Волгу туч. Но душа была слишком измождена, чтобы восхищаться этой умиротворенной красотой. Прикрывая руками дыры на коленях и стараясь избегать чужих взглядов, Бах торопился к шульгаузу, сокрушаясь о своей никчемной страсти и стыдясь ее. Странная причуда его была не только зазорна, но и опасна: однажды неподалеку от него молнией убило отбившуюся от стада корову, в другой раз — сожгло одинокий дуб. Да и разорительно все это было: одних пуговиц за лето — какой расход! Но сдержать себя — любоваться грозой из дома или с крыльца школы — Бах не умел никак. Гнадентальцы о весенних чудачествах шульмейстера знали, относились к ним снисходительно: "Уж ладно, что с него возьмешь — с образованного-то человека!.."

2

Но однажды жизнь Баха круто переменилась. Тем утром он проснулся в самом благостном расположении духа. Преотменное настроение его было вызвано и яркой голубизной майского неба, глядевшего в окно сквозь незадернутые занавески, и легкомысленной бодростью облаков, бегущих по этому небу, да и самим фактом наступления весны и школьных каникул.

Учились в Гнадентале до Пасхи. Отстояв службы в торжественно убранной кирхе и налюбовавшись горением праздничных свечей, одарив друг друга сластями и вареными яйцами, проведав усопших родственников на кладбище и живых — в соседних деревнях, наевшись досыта "стеклянного" сыра и янтарно-желтого сливочного масла, колонисты запрягали весь свой тягловый скот и отправлялись на пахоту — всей семьей. Дома оставались только беззубые старухи с неразумными детьми да женщины, чье домашнее хозяйство было столь обширно, что требовало неотлучного присутствия. Несколько недель от последних утренних звезд и до первых вечерних колонисты будут резать плугами степь. В полдень — собираться у костра, хлебать картофельный суп и запивать обжигающим *степным чаем* из отваренного в трех водах лакричного корня с щепоткой тимьяна и пучком свежесорванной травы.

Вчера поутру, звоня в пришкольный колокол, Бах знал, что слышат его немногие: обозы с пахарями ушли в степь еще ночью, при зыбком свете тающей луны. Гнаденталь опустел. Впрочем, отсутствие людей никак не сказывалось на точности сигналов Баха; наоборот, он чувствовал еще бо́льшую ответственность за то, чтобы время, а с ним и порядок вещей, текли так же размеренно и неуклонно.

Он собрался было уже высунуть ноги из-под перины и нащупать на полу уютные чуни из овчины-старицы, как вдруг на подушку легла тень. Вскинул глаза — кто-то стоит по ту сторону окна, в диковинной треугольной шапке, припав лицом к стеклу. Смотрит. Бах вскрикнул от неожиданности, вскочил, сбросил перину; но неизвестный исчез, так же быстро, как и появился. Разглядеть его лицо Бах не успел — свет падал снаружи. Метнулся к окну: на стекле таял дымчатый след — остаток чужого дыхания. Завозился с рамой, пытаясь открыть, но железная защелка словно вросла за зиму в деревянную мякоть — не поддалась. Накинул на плечи полушубок, выскочил на крыльцо, побежал вокруг школы — никого, ни в палисаднике, ни на заднем дворе. Почувствовал, как в ногах захлюпало холодно и противно; опустил глаза и обнаружил, что бегает по грязи в домашних чунях. Удрученно качая головой, поспешил обратно в шульгауз.

Странный визит взбудоражил Баха необычайно. И недаром: начало дня обернулось чередой подозрительных знаков и сомнительных происшествий.

Сдирая тупым ножом чешуйки прошлогодней краски со школьных наличников, чтобы затем выкрасить их наново, Бах случайно посмотрел вверх и заметил в небе облако, имевшее явственные очертания человеческого лица — определенно женского. Лицо надуло щеки, сложило губы трубочкой, прикрыло томно глаза и истаяло в вышине. Позже, водя кистью по деревянным подоконникам, услышал меканье пробегающей мимо козы — животное вопило так истово, словно предчувствовало что-то страшное. Повернул голову: вовсе не коза то была, а дородная пятнистая свинья, да еще и без одного уха, да еще и с такой омерзительной гримасой на рыле, каких Бах в жизни не видывал.

Нет, он не был суеверен, как большинство гнадентальцев. Нельзя же всерьез полагать, что из-за потревоженного случайно ласточкиного гнезда корова начнет доиться кровью; или что сорока, чистящая перья на крыше, предвещает увечье кому-то из домашних. Но одно дело — какая-то сорока, и совсем другое — свинья. Потому, решив, что дурных событий на сегодня достаточно, Бах аккуратно закрыл ведерко с краской и пошел к себе, не глядя более по сторонам, не обращая внимания на звуки и намереваясь провести весь день взаперти, починяя одежду и размышляя о Новалисе.

Плотно закрыл школьную дверь, задвинул щеколду. Затворил дверь и в свою каморку. Тщательно зашторил окно. Удовлетворенный, обернулся к столу — и увидел на нем длинный белый прямоугольник: запечатанное письмо.

Испуганно оглядевшись — не затаился ли таинственный почтальон в комнате? — и никого не обнаружив, Бах опустился на стул и стал смотреть на лежащий перед ним конверт с неровной надписью "Господину шульмейстеру Баху". В слове "шульмейстер" было допущено две орфографических ошибки.

Никогда в жизни Бах не писал и не получал писем. Первая мысль была — сжечь: ничего хорошего в послании, доставленном столь подозрительным образом, содержаться не могло. Он осторожно взял конверт в руки: легкий (внутри, кажется, всего один лист бумаги). Рассмотрел почерк: угловатый, принадлежащий человеку, явно не привычному к частому использованию пера. Поднес к лицу и принюхался: едва слышно отдает яблоками. Положил обратно на стол, прихлопнул сверху книгой. Отвернул стул к окну, уселся, закинул ногу на ногу, обхватил себя руками и зажмурил глаза. Просидев так с четверть часа, вздохнул обреченно и, морщась от худого предчувствия, вскрыл конверт.

Многоуважаемый шульмейстер Бах,

сердечно приветствую вас и приглашаю на ужин для обсуждения одного дельца. Ежели согласны, приходите сегодня в пять часов пополудни на гнадентальскую пристань, там будет ждать человек.

С дружескими пожеланиями,
Искренне ваш, Удо Гримм.

Да, вот еще что: человека моего не бойтесь. Внешность у него дурная, но сердце доброе.

Подписываясь, автор сильно вдавил острие пера в бумагу и проткнул ее насквозь.

Бах почувствовал, что взопрел. Снял одежду, оставшись в одном исподнем. Достал с полки чернильницу, размашисто зачеркнул и исправил имеющиеся в тексте ошибки, каковых оказалось восемь штук; рука его работала энергично, стальное перо скрипело и брызгало чернилами. Затем смял исчерканное письмо и швырнул в мусорник. Лег под утиную перину и решил не выходить из дома до вечернего удара колокола.

Если бы колония не была пуста, можно было расспросить старосту Дитриха или других мужчин об этом Гримме, а может, и попросить составить Баху компанию при визите. Обитал автор письма, видимо, недалеко, в одной из соседних колоний ниже или выше по реке, раз приглашал прокатиться к нему в гости на лодке. Идти же одному означало совершить поступок неосмотрительный и даже глупый. Об этом не могло быть и речи.

Но то ли в воздухе носились первые частицы предгрозового электричества, то ли были другие причины — Бах вдруг ощутил внутри себя признаки того неодолимого волнения, что заставляло его брести под ливнем в поисках центра грозы. Казалось, он чувствует проходящее сквозь тело неудержимое течение, увлекающее куда-то помимо воли. Это пугало и возбуждало одновременно — сопротивляться мощному потоку не было сил, да и желания: все словно было решено до него и за него, оставалось только исполнить предписанное.

И к назначенному времени Бах стоял на пристани — причесанный, с новым носовым платком в кармане суконного жилета. Сердце его билось так сильно, что засаленные борта шульмейстерского пиджачка заметно подрагивали; в руке сжимал палку, с которой прогуливался во время *визитов*, — она вполне могла бы сгодиться и для обороны.

Гнадентальская пристань состояла из крошечного деревянного пирса, выдававшегося в Волгу аршин на двадцать. Вдоль пирса лепились плоты, ялики и плоскодонки, а в конце имелся причал: прямоугольная площадка с торчащими вверх концами бревен, крашенными в белый цвет, — для крепления швартовов. Сколько Бах помнил себя, большие суда не останавливались в Гнадентале ни разу. К причальным бревнам привязывали разве что ягнят — перед тем как грузить их в лодки и везти на ярмарку в Покровск.

Бах прогулялся туда-сюда по скрипучему пирсу, надеясь движением унять легкую дрожь в коленях. Присел на тумбу, оглядел пустынную гладь Волги. Достал часы: ровно пять. Вздохнул с облегчением и собрался было уже идти домой, когда откуда-то из-под ног — вернее, из-под щелястых досок пирса — с легким плеском выскользнул ялик. Из него, словно картонная фигурка в раскладной азбуке, поднялся человек, ловко ухватился рукой за край причала и, удерживая лодку, выжидающе уставился на Баха.

Это был он, утренний гость: высокий киргиз, в меховой тужурке без рукавов на голое тело и треугольной войлочной шапке, из-под которой настороженно глядели узкие, поддернутые к вискам глаза. Пористая желтая кожа так плотно облепила кости на его лице, что можно было проследить мельчайшие изгибы скулы или подбородка, поросшего редкими и жесткими черными волосками. Единственной мясистой частью лица был крупный нос, крепко приплюснутый и со съехавшей набок переносицей: видно, перебитый когда-то в драке. Баху отчего-то вспомнилось, как мать пугала в детстве: “А вот киргиз придет — заберет!”

— М-м-м! — не то сказал, не то промычал киргиз — торопил садиться.

“Уж не полагаете ли вы, что я сошел с ума?! — хотел было воскликнуть в ответ Бах. — Уж не думаете ли вы, что я отправлюсь с вами?!”

Но тело его, мало послушное сегодня голосу разума, уже уперлось ногой о край причала, оттолкнулось неловко и спрыгнуло в раскачивающуюся лодку. Палка при этом выпала из рук, бултыхнулась в воду и пропала где-то под пирсом.

Киргиз отпустил руку — ялик развернуло и быстро потянуло течением. Уселся на банку лицом к Баху, взялся за весла и погреб от берега. Его жилистые руки то поднимались и набухали мышцами, то вновь опадали, а плоское монгольское лицо — то приближалось, то удалялось. Немигающие глаза неотрывно смотрели на Баха.

Тот покрутился на скамье, стараясь увернуться от назойливого взгляда, но деваться на маленьком ялике было некуда. Решил успокоить себя наблюдением береговых пейзажей — и лишь тогда обнаружил, что лодка движется не вдоль берега, а поперек Волги.

Бах слышал о колониях, лежащих на правобережье: Бальцер, Куттер, Мессер, Шиллинг, Шваб — все они располагались выше и ниже по течению, где гористый ландшафт не был преградой на пути к реке. Но бывать на нагорной стороне Баху не приходилось ни разу. Вблизи же Гнаденталя правый берег был столь крут и неприступен, что даже зимой, по твердому льду, туда не ходил никто. Как-то вдова Кох рассказывала (она доподлинно знала это от покойной бабки Фишер, а та — от жены свинокола Гауфа, а та — от свояченицы пастора Генделя), что земли эти не то были, не то до сих пор остаются собственностью какого-то монастыря, и доступ туда обычным людям — заказан.

— Позвольте, — беспомощно пробормотал Бах, терзая пуговицы на пиджачке. — Куда же вы?.. Куда же мы?..

Киргиз греб молча и пялился на шульмейстера. Лопасти весел резали тяжелую волну — буро-зеленую у берега, постепенно синеющую на глубине. Лодка шла сильными рывками — не замедляясь ни на миг, ни на локоть не отклоняясь от намеченного маршрута. Громадина противоположного берега — белесая каменная стена, густо поросшая поверху темно-зеленым лесом и издали напоминавшая лежащего на воде исполинского змея с зубчатым хребтом, — надвигалась также рывками, неумолимо. Баху в какой-то момент показалось, что движет яликом не усилие киргизовых рук, а сила притяжения, исходящая от гигантской массы камней. Сверху вниз — от хребта и до подножия — склон резали глубокие извилистые трещины. По дну их струилась песчаная пыль, сбегая в воду, и это движение сообщало каменистой поверхности совершенно живой вид: горы дышали. Впечатление усиливалось игрой солнечных лучей, что время от времени скрывались за облаками, — и трещины то наливались фиолетовыми тенями и углублялись, то светлели и становились едва заметны.

Скоро дощатое дно шорхнуло по камням — ялик резко дернулся, воткнувшись носом в покрытые зеленой слизью булыжники. Берега почти не было: каменная стена уходила высоко вверх, куда-то под небеса, и заканчивалась там обрывом. Киргиз выскользнул из лодки и кивнул, приглашая за собой. Утомленное волнениями сердце Баха вздрогнуло, но уже устало и нехотя, словно примирившись с невероятностью происходящего; он огляделся недоуменно и выкарабкался на сушу, скользя ботинками по мешанине из водорослей и тины. Киргиз вытянул из воды ялик — Бах подивился мощи его исхудалого тела — и спрятал за большим коричневым валуном.

Невдалеке, по дну одной из трещин, рассекающих гору сверху донизу, тянулась едва приметная тропинка. По ней-то киргиз и полез — легко и прытко, словно бежал не вверх, а вниз по склону, который оказался не так уж и крут, как это выглядело издалека. Браня себя за участие в сомнительной авантюре и цепляясь руками за редкий кустарник, Бах поплелся следом. Карабкался изнурительно долго, то и дело падая на колени и глотая песок, летящий от шустрых киргизовых пяток. Наконец взобрался на край обрыва — взмокший (пиджачок и жилет пришлось по пути скинуть и нести в руках), с горячим лицом и дрожью в коленях.

На границе леса гора теряла крутизну, далее переходя, вероятно, в равнину или пологие холмы. Но об этом можно было лишь догадываться, таким густым был лес. Баху пришлось поторапливаться, чтобы не потерять из виду киргизову спину: одному найти дорогу в темной гуще кленов, дубов и осин, обильно заросших понизу бересклетом и шиповником, было бы затруднительно. Однако уже через пару минут деревья расступились, глянула просторная пустошь с раскинувшимся на ней большим хутором.

Хозяйский дом кораблем плыл по поляне: огромный, длинный, на фундаменте из тяжелых валунов, со стенами из таких толстых бревен, каких Бах в жизни не видывал. За долгие годы сруб потемнел и обветрился, родимыми пятнами чернели на нем щели, замазанные смолой. Струганые ставни были распахнуты только на нескольких окнах, остальные — плотно заперты. Высоченная крыша лохматилась соломой, из которой торчали две могучие каменные трубы.

Прочие хозяйственные постройки прятались позади: амбары, навесы, просторный хлев, низкая избушка ледника, колодезный сруб. Там же, на заднем дворе, высились горы ящиков, телеги и тележки, бочки, лежали дрова и пиленый лес; кажется, начинался какой-то сад — деревья за домом становились приземистей и реже, посверкивали аккуратными белеными стволами. Ограды у хутора не было — границей служили края поляны. И людей — тоже не было. Даже молчаливый киргиз куда-то сгинул, стоило Баху на миг отвернуться.

Выглядело все так, будто минуту назад жизнь еще была здесь: торчал из колоды топор с длинной ручкой, рядом валялись колотые дрова; у крыльца стояло ведро с дымящейся запарой и тут же — чьи-то разорванные башмаки; из опрокинутой лейки струилась на землю вода; курились остатки углей в очаге летней кухоньки. И — ни звука, ни движенья. Только на краю поляны колыхалось на ветру белье, изредка вздуваясь над веревкой и издавая короткие хлопки.

— День добрый, — приблизившись, Бах с усилием разлепил пересохшие от волнения губы и обратился к двери дома, слегка приоткрытой. — Я бы хотел говорить с господином Удо Гриммом.

Выждав немного, поднялся на крыльцо. Долго и нарочито громко шаркал ногами о ребро пороговой доски, счищая с подошв грязь. Потянул на себя дверную ручку и шагнул в молчавшую темноту.

Пахнуло горячей и жирной едой: Бах вошел в кухню. Высилась у стены беленая печь, уставленная поверху медными котлами и котелками, глиняными горшками, ситами, бочонками, утюгами, кофейниками, подносами, колбасными шприцами и прочей утварью. Рядом, на бревенчатой стене, висела некрашеная полка для посуды, на ней темнели ряды плошек грубой лепки, пучки ложек и половников, загогулина железных ножниц. Повсюду — на разделочном столе, на табуретках и даже подоконниках — что-то стояло и лежало: разномастные кастрюли и сковороды, кружки с молоком и медом, доски с налепленными клёцками, над которыми вилось легкое облако мучной пыли, мясорубки со свисающими лентами фарша, масляные помазки, обрезки зелени, рыбные головы и яичная скорлупа. Никого не было и здесь. Лишь из соседней комнаты, отгороженной от кухни не дверью, но легкой тряпичной занавеской, доносился сочный хруст.

Бах пошел на звук: тихо поскребся о массивные бревна дверного проема — никто не отозвался; отодвинул завесу и оказался в обширной, как амбар, гостиной. Весь центр ее занимал тесовый стол, уставленный таким количеством яств, которых хватило бы, верно, и Ослингскому великану из древней саксонской легенды. За столом сидел могучий человек и пожирал еду, кладя ее в рот пальцами и не стесняя себя использованием приборов, которые лежали рядом с тарелкой, чистые. Громкий хруст исходил от мощных челюстей, перемалывающих пищу.

В картине этой удивительным образом не было ничего уродливого. Наоборот, весь пышущий энергией цветущий вид хозяина так шел этому обильному столу и каждому стоявшему на нем блюду, что вся композиция казалась созданной причудливой фантазией художника: бритая наголо голова мужчины блестела в точности, как пышный калач в центре стола, смазанный яичным желтком и подрумяненный в печи; богатые щеки розовели подобно ветчине, выложенной на тарелке толстыми влажными ломтями; мелкие темные глаза были совершенно одного цвета с винными ягодами в бутыли с наливкой; а уши, большие и белые, воинственно торчащие в стороны, поразительно напоминали вареники, грудой вздымавшиеся в глубокой плошке. Толстыми сосисочными пальцами человек брал из бочонка квашеную капусту и отправлял в рот, при этом лохматые усы и борода его так походили на эту самую капусту, что Бах поначалу даже зажмурился от наваждения.

— Моя дочь — дура, — произнес человек вместо приветствия, продолжая жевать и не утруждая себя приглашением Баха к трапезе. — Сделай так, чтобы этого не было видно.

Бах заметил, что стол накрыт на двоих, но присесть не решился. Откашлялся и оправил пиджачок, ощущая, как вздрогнул и подобрался пустой желудок: ломая голову над загадочным письмом, шульмейстер сегодня не обедал вовсе.

— Вы — Удо Гримм? — уточнил на всякий случай.

— Да уж не господь бог, — подтвердил тот, подбирая со сковороды куски картофеля на выжарках из сала; сковорода шкворчала и брызгалась, но пальцы Гримма даже не дрогнули.

— Сколько же лет вашей дочери? — Бах заметил на столе несколько видов колбас — и холодную ливерную, с лиловым отливом; и горячую жареную, в чешуе золотистых шкварок; и копченую, — и у него отчего-то вдруг стало солоно во рту.

— Семнадцать на Троицу стукнет.

Гримм покончил с мясными блюдами и перешел к сладкому супу на арбузном меду, в котором плавали острова сушеных груш, яблок, вишни и изюма. Ложка при этом так и осталась лежать на столе: Гримм прихлебывал суп через край, держа тарелку на растопыренных пальцах, как чайное блюдце, на татарский манер.

— И она, как вы изволили выразиться… — Бах сглотнул обильную слюну, мешавшую говорить, — …не отличается острым умом. Насколько же выражен этот недуг?

— Сказано: дура! — и Гримм с чувством выплюнул попавшую меж зубов вишневую косточку — Бах дернулся от неожиданности, но та просвистела мимо и запрыгала по земляному полу где-то в дальнем углу. — В голове — дым! Сказки нянькины да капризы бабские. Кто такую замуж возьмет? Здешние тюфяки взяли бы, как пить дать, а в рейхе — не возьмут, даже с приданым. Нет, в рейхе мне ее такую с рук не сбыть…

Рейхом колонисты на немецкий манер называли Германию.

— Вы собираетесь эмигрировать, — осторожно заключил Бах. — Как скоро?

— Ты учитель? Вот и учи! — Гримм со стуком поставил на стол пустую тарелку, и Бах вздрогнул повторно. — А вопросы я и сам задавать мастер! Учи мне дочь говорить красиво и складно! А не говорить — так хоть понимать! Молчащая жена — оно еще и лучше. Пусть хоть чуток по-правильному кумекает — и довольно. И мне легче, и тебе — деньжонка в карман!

Гримм ухватил мягкую вафлю, шлепнул ею в плошку с медом и запихнул в рот, рукой подбирая с губ тягучие медовые нити.

“Извольте вести себя подобающим образом, господин невежа, иначе разговор наш окончен!” — хотелось крикнуть Баху и даже стукнуть легонько ладошкой по столу; но вместо этого только опустил глаза и заелозил руками по брючинам, борясь с закипающим внутри негодованием.

— Итак, вы желаете, чтобы я учил вашу дочь *высокому немецкому*, — спустя минуту резюмировал он слегка дрожащим голосом. — Можно ли в таком случае познакомиться с ученицей?

— А приезжай завтра со своим барахлом: книжками, карандашами (или чем ты там на уроке нос пачкаешь?). Начнешь урок и познакомишься. — Из тяжелой бутыли белого стекла Гримм плеснул себе в рюмку мутно-малиновой наливки; затем поглядел на Баха пристально и плеснул во вторую рюмку. — Согласен?

— Господин Гримм, мы с вами столь мало знакомы, что я все же просил бы вас избегать фамильярности и обращаться ко мне…

— Согласен? — перебил Гримм, вставая и протягивая Баху рюмку.

Бах рюмку взял (ох и ядрено пахла наливка! вдохни — захмелеешь!), дернул плечом, выгнул брови неопределенно; наконец, не в силах более выдерживать пристальный взгляд Гримма и желая как можно скорее окончить малоприятную встречу, нерешительно повел подбородком, словно хотел освободить шею из чересчур тугого ворота. Движение это вкупе с мучительной гримасой на лице можно было истолковать самыми разными способами, но не склонный к многомыслию Гримм принял его за однозначный утвердительный ответ: рюмки громко дзынькнули, скрепляя договор. Растерявшийся от такого стремительного развития событий, Бах поднес к губам свою и жадно вылил прохладную жидкость в пересохшее горло.

И в тот же миг что-то изменилось вокруг. Не то наливка была чересчур крепка, не то Бах, оголодавший и непривычный к веселящим напиткам, чересчур слаб — но хутор, до этого суровый и мрачный, вдруг пробудился и наполнился жизнью: мелькнули за окном чьи-то крепкие спины, раздался со двора стук топора и блеяние овец, хлопнула входная дверь — кто-то прошел по кухне, тяжело шаркая ногами, и скрипучий старушечий голос спросил сварливо:

— Самовар нести?

— Позже, — отозвался Гримм.

Он снял со стены длинную изогнутую трубку, уселся лицом к окну и принялся набивать ее табаком. Поняв, что встреча окончена, Бах пошел вон, нисколько не смущенный необычным поведением хозяина: вернувшиеся в мир люди и звуки наполнили душу веселостью, вздорными и смешными показались собственные страхи, и даже голод, жестоко мучивший его последний час, куда-то исчез, уступив место приятнейшей легкости и телесному воодушевлению.

Возившаяся на кухне старуха, тощая, как осенний крушиновый куст, даже не взглянула на Баха — он отнес это на счет ее деликатности. Знакомый киргиз, уже поджидавший у крыльца, показался теперь гораздо менее пугающим, а хутор — уютным: не поднимая глаз и не открывая ртов, деловито сновали по двору работники (у всех, как на подбор, суровые монгольские лица, едва отличимые друг от друга); под ногами путалась домашняя птица, пестрая и шумная, — гуси, утки и даже пара фазанов с длинно-полосатыми хвостами; стучали копытами лошади в загоне — хорошо кормленные, с лоснящимися шеями; а деревья в саду за домом были усыпаны крупными, с кулак, цветами, розовыми и белыми, — они пахли так сильно, что на языке ощущался медовый вкус будущих яблок.

Лес, через который Бах с киргизом шли обратно, глядел уже не дикой пущей, а по-весеннему светлой рощей. Шагать по ней было одно удовольствие, а отрадные мысли это удовольствие многократно усиливали: предстоящие уроки с девицей Гримм казались предприятием несложным, но полезным, отвечающим священному учительскому долгу, к тому же финансово привлекательным. Вскоре Бах заметил, что ноги несут его по тропе удивительным образом — каждый шаг преодолевает расстояние в пять, а то и десять аршин — так что на хребте склона он оказался в считаные минуты.

Открывшийся с высоты вид был совершенно поразителен, и Бах замер, позабыв себя: Волга простиралась перед ним — ослепительно синяя, сияющая, вся прошитая блестками солнца, от горизонта и до горизонта. Впервые он обозревал столь далекие просторы. Мир лежал внизу — весь, целиком: и оба берега, и степь в зеленой дымке первых трав, и струившиеся по степи речушки, и темно-голубые дали по краям окоема, и сизый орлан, круживший над рекой в поисках добычи. Бах раскинул руки навстречу этому простору, оттолкнулся от края склона и — этот миг не мог потом припомнить в точности — не то слетел птицей, не то сбежал вихрем по тропинке вслед за быстроногим киргизом…

Проснувшись наутро, Бах вспомнил о предстоящем знакомстве с ученицей — и ощутил противную слабость: зубы сводило нещадно, в них поселилась какая-то ноющая прохлада, будто в челюсти гулял сквозняк; таким же мерзким холодком обдувало изнутри желудок. Бах подумал было сказаться больным и увильнуть от сомнительной затеи, но неожиданно обнаружил в кармане пиджачка деньги — и немалые — судя по всему, врученные вчера Гриммом в качестве задатка, хотя сам момент вручения совершенно выпал из шульмейстерской памяти. Отказаться было невозможно.

В оговоренное время Бах ждал на пристани, измученный тревогой о предстоящем уроке. Под мышкой держал томик Гёте, учебник немецкой речи и стопку бумаги для упражнений в письме. Рубашку под жилет решил надеть чистую и даже глаженую — несмотря на эксцентричность отца, дочь могла оказаться гораздо более требовательной к принятым в обществе нормам приличия.

Никогда прежде Баху не приходилось давать частные уроки взрослым девицам. Он боялся, что один лишь насмешливый взгляд фройляйн Гримм или неосторожное слово послужат причиной его смущения — излишнего румянца на щеках или приступа заикания, — и потому решил быть с ученицей строг. Решил также не смотреть во время урока ей в глаза (а глазищи у девиц порой бывают страх какие!), и даже вообще на нее не смотреть, а созерцать исключительно пейзаж за окном или, на крайний случай, потолок. Уж лучше выглядеть отстраненно и холодно, чем смешно. Заготовил несколько фраз, которые имели целью вопреки домашнему уюту создать строгую атмосферу урока: придумал их не сам, а позаимствовал из лексикона пастора Генделя. Так и сел в подоспевшую лодку киргиза, бормоча эти фразы себе под нос на все лады и старясь подобрать наиболее внушительные интонации.

Пути не заметил — был увлечен подготовкой ко встрече. Взбираясь на обрыв, запыхался уже меньше вчерашнего. Да и лес выглядел сегодня мирно. Да и хутор был приветлив и многолюден. Хозяина видно не было. Киргиз провел Баха в гостиную, которая смотрелась до того иначе, что узнать в ней вчерашнюю столовую было затруднительно.

Могучий обеденный стол куда-то делся (и Бах изумился про себя, как сумели вынести предмет, явно превосходивший размерами дверные и оконные проемы). На месте стола высилась полотняная ширма, отгородившая добрую половину пространства. Перед ней — деревянный стул с резной спинкой. Вчерашняя старуха-кухарка сидела тут же, у окна, удобно устроившись на низенькой скамейке и поставив перед собой крашенную в земляничный цвет прялку — колесо ее вертелось и жужжало, разбрызгивая по бревенчатым стенам красные блики. Старуха цепляла длинными когтями пук кудели из объемистой корзины рядом, подносила к вьющейся перед носом рогатой шпульке и перетирала в тончайшую, едва заметную нить, то и дело слюнявя указательный палец. Иногда серебряные струйки падали из приоткрытого рта на полосатый передник, и казалось, что пряжа сучится не из шерсти, а из одной лишь старушечьей слюны. Пряха работала без обуви — торчавшая из-под синей шерстяной юбки босая ступня усердно жала на педаль прялки. Баху почудилось, что пальцев на ноге у старухи более положенных пяти, но костлявая ступня двигалась так резво, что убедиться в этом не было возможности. Он поздоровался, но старуха едва ли услышала его за стрекотом колеса: одетая в крошечный белый чепец голова даже не повернулась.

Не решаясь заглянуть за ширму, явно водруженную с каким-то намерением, Бах положил свои книги на стул и принялся ждать, разглядывая висящую на стене широкую витрину с дюжиной хозяйских трубок: янтарно-желтых — из яблони, густо-розовых — из груши и сливы, темно-серых — из бука; каждая длиной не менее локтя.

— Приехал учить — так учи, не отлынивай! — громкий окрик сзади вдруг.

Бах вздрогнул, повернулся: он мог бы поклясться, что сердитый голос принадлежит старухе, однако та продолжала работать, уткнувшись взглядом в крутившуюся у носа шпульку.

— Позвольте, я готов, — обратился он тем не менее к ней. — Но для обучения одного лишь учителя недостаточно. Требуется также ученица. Где она?

— Я здесь, — едва различимый голос из-за ширмы — такой тонкий, что его легко можно было принять за детский.

— Изволите шутить, фройляйн? — Бах подошел вплотную к ширме и внимательно оглядел массивную раму, на которую было натянуто небеленое полотно, закрепленное по периметру мелкими гвоздями. — Надеюсь, вы понимаете: подобное баловство недопустимо в столь серьезном деле, как обучение. Выходите немедленно, и начнем урок.

— Я не могу выйти, — от волнения голос упал до шепота. — Не велено.

— В таком случае я буду вынужден пригласить сюда вашего отца и рассказать ему об этих фокусах. Насколько я могу судить по нашему недавнему знакомству, человек он решительный и проволочек не потерпит… Что значит — не велено? Кто не велел? — Бах прошелся вдоль ширмы — три шага туда и три обратно, — размышляя, не сдвинуть ли ее попросту в сторону, оборвав тем самым затянувшуюся игру в прятки.

— Отец, — это слово голос произнес осторожно, даже с опаской. — Отец и не велел.

— Послушайте… — Бах приблизил лицо к полотняной створке, и ему показалось, что по ту сторону слышно легкое частое дыхание. — Как вас зовут?

— Клара.

— Послушайте, фройляйн Клара. Вы взрослая девица и наверняка понимаете, что образование — процесс многосложный. Заниматься им из-за ширмы, а также плавая в Волге, стоя на голове или каким бы то ни было иным причудливым образом — не получится! Не могу же я учить *высокому немецкому* вот эту загородку! — Бах положил ладони на раму, ухватил покрепче и попытался приподнять ширму, намереваясь перенести в угол комнаты, но не смог — конструкция неожиданно оказалась очень тяжелой, лишь пошатнулась слегка, а Бах едва удержался на ногах.

За ширмой испуганно ахнули, жужжание прялки смолкло. Смущенный собственной неуклюжестью, Бах обернулся — и уткнулся в немигающий взгляд старухи: выцветшие от старости глаза, едва различимые под седыми ресницами и похожие на плавающие в молочном супе клецки, смотрели пристально и равнодушно; скрюченные пальцы продолжали беззвучно сучить — но не выпавшую из них нить, а воздух. Баху стало не по себе. Убрал руки с ширмы, отер ладони о пиджак, отступил на шаг. Старуха тотчас поймала пальцами выскользнувшую нитку и вновь забила ступней о педаль, разгоняя прялочное колесо.

Бах взялся за спинку стула, постоял так с минуту, переводя взгляд с бледного старухиного лица, морщинистого, как ящеричная шкурка, на злополучную ширму и обратно.

Из-за створок донесся легкий звук — не то короткий шелест бумаги, не то всхлип.

— Ну хорошо… — Бах хлопнул ладонями по струганой спинке. — Есть ли объяснение такому странному способу занятий? Возможно, вы обладаете какой-то необычной внешностью? Физическим недостатком или пороком? Так знайте, я никогда не воспользуюсь этим изъяном, чтобы обидеть вас. И дело тут не только в христианской терпимости, присущей каждому образованному человеку. Поверьте, я знаю о страдании не понаслышке и никогда — слышите, никогда! — не позволю себе причинить боль другому человеку.

Бах вдруг понял, что говорит чересчур откровенно: лишенный возможности видеть Клару, он обращался словно к самому себе.

Молчание за ширмой.

— Возможно, вы как-то по-особому невероятно стыдливы? Так обещаю не смотреть на вас вовсе — во время урока я имею привычку разглядывать учебники и тетради, а не учеников. Если хотите, от начала и до конца нашей беседы я буду глядеть в окно — и только в окно! — Понемногу Бах начинал злиться; в отсутствие видимого собеседника негодование его выплескивалось наружу. — Поверьте, мне нет никакого дела до того, как вы выглядите, какого цвета ваши глаза, щеки, платье или туфли! Меня в вашей персоне интересует исключительно умение грамотно использовать плюсквамперфект и сопрягать грамматические времена!

Молчание за ширмой продолжалось.

Жужжание прялки в тишине стало таким громким, что Баху захотелось швырнуть в нее стулом.

— Фройляйн Гримм, — произнес он с самой строгой из всех своих интонаций. — Я ваш учитель и требую объяснения, почему наши уроки должны вестись при столь странных обстоятельствах.

С той стороны вздохнули судорожно.

— Отец боится… — наконец заговорила Клара, но опять умолкла, в затруднении подбирая слова, — …что, глядя на постороннего мужчину, я стану вместилищем греха.

— Глядя на меня? — Бах от неожиданности даже не нашелся, что ответить. — На меня?!

Он посмотрел на свои пальцы, со вчерашнего утра перепачканные чернилами, когда черкал пером в письме Удо Гримма, и вдруг такая неудержимая веселость охватила его, что он задышал сначала часто, затем захихикал бесшумно, со сжатыми губами, словно стыдясь и давя в себе смех, но с каждой секундой все более поддаваясь ему, — и наконец захохотал, широко открывая рот.

— На меня! — гоготал он, упав на стул, прямо на учебник немецкой речи, и рукой вытирая выступающие на глазах слезы. — Глядя на меня… в сосуд греха!

Отсмеявшись вволю, до легкой боли внизу живота, Бах отдышался и понял, что так искренне и долго не веселился, пожалуй, еще никогда. Он встал, взял свои книги, выложил на стул из кармана полученные вчера деньги и, поражаясь собственной решимости, вышел вон — найти Удо Гримма и сообщить ему, что на подобный педагогический эксперимент согласия не давал.

Обошел двор, то и дело останавливая встречавшихся работников и спрашивая о хозяине. Киргизы, однако, то ли не понимали немецкую речь, то ли были напуганы, то ли и вовсе — немы: бросали на Баха хмурый взгляд из-под набрякших век и, не говоря ни слова, продолжали свое занятие. Безучастные лица их при этом оставались неподвижны: не раскрывались иссушенные ветром тонкие губы, морщины на бурых лбах даже не вздрагивали.

— Господин Гримм! — Бах, выведенный из себя долгими поисками, закричал так громко, что сам испугался силы своего голоса. — Господин Удо Гримм, я ухожу! Поищите своей дочери другого учителя!

Только овцы ответили ему из загона нестройным блеянием. Бах, не заметивший среди работников своего проводника, решил идти на берег и дожидаться там: оставаться более на странном хуторе он не желал. Сжал покрепче томик Гёте под мышкой, сердито пнул валявшееся под ногами полено (которое оказалось крайне увесистым, и нога долго еще ныла от боли) и направился по тропинке в лес.

Путь был знаком. Топорщились ежами кусты бересклета. Кряжистые дубы обнимали себя — обвивали ветвями собственные стволы. Кое-где в стволах распахнутыми ртами чернели дупла, из которых то и дело выстреливали юркие тени: не то белки, не то куницы, не то еще кто... Каждый поворот тропинки Бах узнавал, но тем не менее шел почему-то на удивление долго — может, полчаса, а может, и час.

Заподозрил неладное. Сперва успокаивал себя мыслью, что дорога с провожатым всегда кажется короче и легче. Затем допустил, что все же отклонился немного: немудрено обмануться в малознакомом месте. Как бы то ни было, в ближайшие минуты он должен был непременно выйти к воде, от которой отделяла его самая малость — тонкая полоска прибрежных зарослей.

Ускорил шаг. Затем сунул книги за пазуху и побежал, скользя по жирной земле. Мимо по-прежнему неслись знакомые картины. Взъерошенные щетки божьего дерева по краям тропы — узнавал. Могучую липу, расколовшуюся от макушки до корня, — тоже узнавал. Пень-гнилушку, утонувшую в лохматой громадине муравейника, — узнавал, черт подери, узнавал! И засохшую березу узнавал — до последнего ее корявого сучка! А берега — все нет! И солнца в небе тоже нет: пелена облаков затянула небосклон, определить местонахождение светила — а значит, и время — невозможно.

На бегу вытащил из жилетного кармана часы — стоят. Впервые стоят, со дня покупки. Остановился на мгновение, потряс латунную луковицу, поднес к уху: не ходят. Лишь стон ветвей слышен вокруг — надсадный, протяжный. Оглянулся: а лес-то — чужой. Незнакомая чаща сереет нагромождением стволов, растрескавшихся и по-пьяному развалившихся во все стороны. Понизу щетинится иглами густой ежевичник, на ветвях — лохмотья прошлогоднего хмеля. Один из уродливых пней похож на сидящую за прялкой старуху. Бах с усилием оторвал взгляд от пня-старухи и помчался — но уже не глядя по сторонам, а закрывая лицо руками от несущихся навстречу веток и чувствуя, как из глубины живота подступает к горлу тяжелая, обжигающая холодом дурнота.

Бежал, пока хватало воздуха в груди. Гортань раскалилась, каждый вдох резал ее пополам. Ослабелые ноги едва перебирали, месили мокрую глину. Одна вдруг зацепилась носком за торчавший узел древесного корня — и тело Баха, горячее, почти задохнувшееся, полетело вперед. Лоб хрястнул о холодное и скользкое; что-то большое, твердокаменное ударило в грудь и в бедра; локти и колени словно одновременно дернуло из туловища вон.

— А-а-а! — закричал шульмейстер, желая прекратить мучительную боль, рвущую тело на части.

Открыл глаза — лежит: лицом в плоский камень, в овраге, устланном по дну навалами из бревен и коряг. Поверхность камня склизкая — от зеленого мха и крови, капающей у Баха из носа. Ухватился за плети ежевичных зарослей, подтянулся — в ладони впились колючки; заелозил ногами, упираясь в какие-то сучья, — голени тотчас заныли нестерпимо, словно перебитые. Больно, слишком больно.

Чувствуя под ребрами частые и тяжелые удары сердца, кляня весь этот лес, и эту яму, и эти бревна, перебираться через которые было пыткой, Бах прижался лбом к прохладной замшелости камня, перевел дух. Вдруг ощутил, что мох стал мягче. Нет, не мох — каменная поверхность медленно сминалась под тяжестью его головы, наподобие подушки, становясь с каждой секундой все мягче; и вот уже камень стал на ощупь — как пуховая перина, покрытая не мхом, а нежным бархатом. Бах хотел было приподняться, напряг руки, но ладоням упереться было не во что — прошли сквозь засыпанную прелыми листьями землю, сквозь трухлявые коряжины, как сквозь зыбучий песок. Хотел было оттолкнуться от бревен, которые недавно причиняли боль твердостью и остротой сучьев, — ноги забарахтались в чем-то густом и вязком, словно плыл по кисельному морю.

Завертел головой, не веря глазам: мир вокруг плавился, как сало на сковороде. Предметы теряли очертания и таяли, стекая по склонам оврага: могучие кряжи, валуны, замшелые колоды, пучки корней, лиственная прель. Краски мешались, вплавлялись друг в друга: чернота земли и краснота листьев, древесная серость и зелень мха — все текло, медленно, вниз. Бах затрепыхался отчаянно, пытаясь нащупать хоть что-то в окружающей зыбкости, — ничего твердого, сплошное мягкое тесто из бревен, камней и коряг. Он тонул в буреломе, тонул неотвратимо и страшно — как муха в меду, как мотылек в тающем свечном воске.

— Отпусти! Прошу! — заверещал, вытягивая шею вверх и ощущая, как любое движение погружает его все глубже; наконец позабыл все слова — заскулил по-животному.

В глазах качнулось низкое небо, пронзенное ветвями деревьев. И оно тоже — таяло, оплывало по стволам, затапливая мир сверху: светлые струи стекали из вышины по дубам и кленам, окрашивая их в белое. Бах зацепился взглядом за это белое вдали — едва видное, укрытое частоколом бурых древесных спин, — зацепился, как за крючок, потому как более цепляться было не за что. Рванулся к нему из последних сил, забил локтями и коленями, отчаянно желая лишь одного — вновь ощутить твердость прикосновения, боль удара.

Под ладонь правой руки попалось вдруг что-то чешуйчатое — не то шишка, не то ошметок древесной коры — попалось и вновь пропало где-то в кисельных глубинах. Мгновение спустя что-то царапнуло по шее: корень? Ежевичная ветвь? Что-то укололо в живот... Бах бился отчаянно, как рыба в сети, — и постепенно в окружающем киселе проступала утерянная вещность мира — медленно, как проступает прошлогодняя трава сквозь тающий апрельский сугроб. Сучья и коряги, а за ними земля и камни обретали былую твердость, жесткость и остроту. Бах хватался за что-то и упирался во что-то, работал руками и ногами — полз, полз, наслаждаясь болью от каждого удара, от каждого впившегося в бедро сучка или ободравшей лоб колючки. По-прежнему тянул шею вверх — смотрел на то самое белое, спасительное. Пробившийся сквозь облака солнечный луч ударил в лицо, обжег привыкшие к овражным сумеркам глаза, но Бах даже не прищурился — боялся упустить из виду белое. Полз, полз — и скоро оказался рядом с яблоневым стволом, беленным известью.

Припал щекой к шершавой коре в известковых комках и терся об нее до тех пор, пока на зубах не хрустнул мел. Сел рядом, прислонился к дереву спиной, отдышался. Вокруг увидел другие яблони: крашеные стволы — как свечи на черном фоне земли. Большой ухоженный сад убегал вдаль; над головой облаками дрожали кроны, осыпанные белыми цветками и зелеными язычками молодых листьев.

Нехотя Бах встал. Оглаживая расцарапанными в кровь ладонями беленые стволы и уже все понимая, побрел по саду. Скоро вышел к хозяйскому дому — с противоположной стороны. Никем не окликнутый, проплелся через хутор и поднялся на крыльцо.

Красное колесо по-прежнему крутилось, старуха сучила пряжу. Не вытирая ног, Бах прошлепал в центр гостиной. Увидел на стуле выложенные им купюры, смахнул рукой — и они медленно разлетелись по полу. Сел на стул.

— Вы еще здесь, Клара? — спросил устало.

— Здесь, — раздалось тихое из-за ширмы.

— Отпустите меня. — Каждое слово давалось Баху с трудом: язык и губы едва шевелились, приходилось напрягаться, чтобы перекрыть жужжание прялки. — Я же слышу по голосу, Клара, вы добрая девушка. Будьте милосердны, не берите грех на душу. У вас впереди — долгая жизнь, трудно будет идти по ней с грехом…

— Я вас не понимаю, — испуганный, едва различимый шепот.

— Нет, это я не понимаю! — Бах, неожиданно для себя самого, возвысил голос до крика. — Не понимаю, что все это значит! Все эти странные мерзости, которыми нашпигован ваш дом! Эти немые киргизы с пустыми глазами! Деньги, которые сами возникают в кармане, хотя я их не получал! Тропинки, что водят кругами! Тающие деревья! Ведьмы с прялками! — Бах с опаской глянул на старуху, но та продолжала невозмутимо работать. — Все эти чертовы фокусы и дурные загадки. Девицы, скрывающиеся за ширмами… А если я ее сейчас уроню? — озарила вдруг Баха злая мысль. — Пну ногой и опрокину вашу чертову заслонку!

— Тогда отец вас убьет, — сказала Клара просто.

— Господи Вседержитель! — Бах уронил лицо в ладони и долго сидел так, слушая жужжание старухиного колеса; он почему-то не сомневался, что Клара говорит правду.

— Зачем я вам? — наконец поднял он голову; голос его охрип и словно увял за эти минуты молчания. — Мне тридцать два года, у меня ничего нет за душой. С меня нечего взять, и дать я тоже ничего не могу. Выберите кого-нибудь другого — моложе, красивее, богаче, в конце концов. В Бога я не верю, и душа моя никчемная вам без надобности. Только не говорите пастору Генделю. Впрочем, можете сказать, мне все равно… Так вот, вы ошиблись, выбрав для экспериментов меня. Я не знаю, как вы это делаете, тем более не могу предположить зачем. Прошу только: одумайтесь. Заставить меня страдать легко, но радости большой вам это не доставит: я слаб телом, а духом — совершенно беспомощен. Какой толк мучить больную мышь? Она и так скоро издохнет. Уж лучше выбрать в жертву сильного зверя, он будет сопротивляться долго и отчаянно. Вам же именно это необходимо? А я — я все забуду, клянусь. Даже если и нет — рассказать о вас мне все равно некому, круг моего общения состоит из меня одного. Я никогда более не приеду на этот берег, даже не взгляну на него, если угодно — гулять к Волге не выйду ни разу…

— Все равно — не понимаю…

— Чего вы хотите? Скажите, наконец, прямо, будьте милосердны. Чего вы, черт подери, от меня хотите?!

— Я хочу учиться. И всего-то…

— И всего-то! — повторил он, разглядывая свои ладони, перемазанные кровью, грязью и известью. — Ну хорошо. А если я проведу с вами урок — вы обещаете меня отпустить вечером?

— Неужели же кто-то удерживает вас силой?

Морщась от боли, Бах отряхнул с рук землю и известковую пыль.

— Если я проведу урок — вы обещаете позвать того киргиза и строго-настрого приказать ему переправить меня домой?

— Конечно. Ему так и велено.

— Велено отцом, — понял уже без подсказки Бах; огладил растрепанные волосы, обнаружил в них зацепившийся сучок, бросил под ноги; рукавом пиджака вытер лицо. — Ладно, фройляйн, извольте начать заниматься…

И они начали. Прежде всего Бах решил проинспектировать знания Клары Гримм — и пришел к выводу, что они совершенно ничтожны. Девица, при всей нежности ее голоса и деликатности в общении, была невежественна, как африканская дикарка. Из всей географии она твердо знала о существовании лишь двух стран, России и Германии, а также одной реки — Волги; причем река эта, по Кларину разумению, соединяла оба государства, так что из одного в другое вполне можно было переместиться при помощи плавательных средств. Остальной мир представлялся Кларе темным облаком, окружающим известные земли, — дальше родного волжского берега познания девицы не простирались. О строении земных недр и содержащихся в них полезных ископаемых она имела весьма приблизительное понятие, как и о сферах небесных, — и в научном, и в религиозном смыслах. Духовно воспитана была, но катехизис знала слабо (пастор Гендель пришел бы в ужас, услыхав рассказы о похождениях Адама и Евы или невзгодах Ноя в ее бесхитростном изложении). Звезды и созвездия называла на крестьянский лад: Большую Медведицу — Весами, Орион — Граблями, а созвездие Плеяд — Наседкой. Вопрос же о конфигурации Земли и наличии в космических высях прочих планет привел Клару в полное смущение — об астрономии на хуторе Гримм и не слыхивали. Как, впрочем, и о Гёте с Шиллером.

Удивление вопиющей непросвещенностью девицы росло в сердце Баха с каждым новым вопросом. Постепенно он позабыл свои недавние злоключения и увлекся поисками тех мельчайших крупиц знаний, которыми все же обладала Клара: почувствовал себя сродни старателю, промывающему тонны породы ради нескольких крупиц золота. Клара отвечала охотно, не таясь, но поведать могла лишь о своей короткой немудреной жизни, которая вся, от первого и до последнего дня, прошла на хуторе Гримм.

Еще в младенчестве потеряв мать и лишившись женского участия, запуганная строгим отцом, имевшая в наперсницах лишь полуглухую няньку, Клара выросла существом робким и трогательно нежным. Неосторожное слово легко приводило ее в смущение, а печальное воспоминание вызывало слезы, и она надолго умолкала за своей ширмой, шмыгая носом и судорожно вздыхая. Впервые в жизни Бах встретил человека, еще более ранимого и трепетного, чем сам. Обычно он замыкался в обществе — как черепаха втягивает голову и лапы под крепкий панцирь, — чтобы ненароком не быть обиженным. Теперь же был вынужден играть противоположную роль: вслушиваться в малейшие оттенки Клариных интонаций, вовремя различая в них первые признаки замешательства или грусти; тщательно продумывать вопросы, призывая на помощь всю свою тактичность и природную мягкость.

Лишенный возможности наблюдать лицо девушки, он сосредоточился на ее голосе — тихом и тонком, часто начинающем дрожать, — который за несколько часов рассказал ему о хозяйке больше, чем Бах знал о своих односельчанах. Азарт исследования чужой души поборол недавние усталость и страх: Бах и не заметил, как тени в комнате изменили направление, а его возмущение варварской дремучестью фройляйн Гримм превратилось в сострадание.

Под конец урока, просовывая под ширму томик стихов для экзаменации навыков чтения, он пристально вглядывался: не покажутся ли под рамой тонкие пальчики? Это отчего-то казалось важным. Нет, не случилось: книга исчезла по ту сторону, словно втянутая мощным потоком воздуха. Жаль.

Читала Клара из рук вон плохо. Бах услышал вначале долгое шелестение страниц, затем взволнованное дыхание, а после — сбивчивое чтение, медленное и мучительное, как у младшеклассника. Не успели прочесть и пары строк — в окне мелькнуло темное лицо и на пороге возникла фигура киргиза-провожатого.

— Вы же придете завтра? — спросила Клара, выталкивая книгу обратно из-под ширмы.

Бах подобрал томик — казалось, что переплет еще хранит тепло девичьих пальцев. Поднимаясь со стула, почувствовал, как заныли ноги. И только теперь вдруг понял, что за несколько часов ни разу не вспомнил и про блуждания по лесу, и про коварную овражную топь, и про спасение в яблоневом саду. Было ли что-то подобное с ним сегодня? А если и было — то что?

Понял, что сегодня он кричал от злости, хохотал, боялся, был откровенным — как никогда в жизни. И ни разу при этом не заикнулся.

Понял, что хочет увидеть Кларино лицо.

— До свидания, фройляйн Гримм, — только и сказал, направляясь к двери.

Колени и локти саднило, жгло от царапин скулы — но к боли он отчего-то стал равнодушен. Устал, устал невозможно, невыносимо.

А вслед, настойчивое:

— Придете?

Не смея пообещать ничего определенного, лишь поклонился на прощание старухе с прялкой и вышел из избы.

Шагая за долговязой киргизовой фигурой по лесу, Бах смотрел вокруг и мучился недоумением: как мог он заплутать в столь понятном и простом месте? Вот они, дубы и клены — шершавые на ощупь, стволы пахнут весенней влагой, морщинистая кора кое-где прострелена зелеными листьями. Вот и тропа, еще хранящая их утренние следы, — прямая, ведет к берегу. Да и сама Волга — вот она, рукой подать, уже блестит меж коричневых древесных спин. Мог ли мир, такой осязаемый и пахучий, такой вещный, привычный, потерять на некоторое время свою прочность и обернуться зыбкой трясиной — или все это было лишь плодом воображения? Усталость накатывала, мешала думать.

— Это правда? — спросил он, глядя киргизу в глаза, когда тот оттолкнулся ногой от берега и взялся за весла. На ответ не надеялся, спросил просто так, не имея больше сил держать мучивший вопрос в себе. — Все, что было сегодня со мной, — правда?

Ялик резал воду, рывками удаляясь от берега. В черных зрачках киргиза, сплюснутых сверху и снизу складчатыми веками, играли отсветы волн. Крупные капли летели с лопастей весел на его обнаженные руки и плечи, скатывались по ложбинам бугров между мышцами. Мерно скрипели уключины.

Бах отвернулся. Захотелось вдруг еще раз прикоснуться к страницам, которые листала недавно рука Клары Гримм. Он раскрыл томик — от листов едва уловимо пахнуло чем-то свежим, незнакомым — и нашел нужное стихотворение. Над его названием корявыми буквами было выведено, наискосок и без знаков препинания: “Не оставляйте меня прошу”.

3

Бах стал ездить на хутор Гримм каждый день, после полуденного удара колокола. Ни единого раза после того дня не сыграло с ним воображение дурную шутку: правый берег принял чужака. Не раз и не два обежал Бах окрестности в поисках памятной рощи с пнем-старухой и буреломным оврагом — не нашел. Чаща была густа, но проходима, деревья оставались тверды и шершавы, камни — тяжелы, тропы — надежны. И хутор, и его обитатели оказались при ближайшем знакомстве не более чем странными.

Работники киргизы, выяснилось, и вправду плохо понимали немецкий: между собой общались на своем языке, отрывистом и резком. Бах даже выучил из него несколько слов, удивляясь про себя, как по-разному могут обозначаться одни и те же предметы и явления в разных языках. Взять, к примеру, простейшие сущности: небо и солнце. В немецком *Himmel* — легком, как дыхание, и светлом, как заоблачная лазурь, — сияет радужное *Sonne*, чьи лучи звенят золотыми струнами, переливаются нежно. У киргизов все иначе: их *көк* — плотное и выпуклое, как крышка казана, — прихлопывает человека сверху, и не выберешься; каленым гвоздем вбито в крышку медно-красное *күн*. Так сто́ит ли удивляться, что лица людей, говорящих на этом твердом языке, несут на себе его суровый отпечаток? Хотя, возможно, самим киргизам все представлялось в точности наоборот, и многосложная немецкая речь тяготила их привыкшее к скупому и четкому звучанию ухо.

Старуха Тильда, почти оглохшая от долгой жизни, но сохранившая зоркость глаз и ловкость пальцев, охотнее проводила время за прялкой и ткацким станком, чем в разговорах с людьми. Выходившая из-под ее мозолистых пальцев нить была тонка необыкновенно (недаром колонисты говорят: “Чем седее волос — тем тоньше пряжа”), а полотно — гладко, словно фабричное. Вся одежда на хуторе, зимняя и летняя, была соткана и пошита ею, так же как нарядные скатерти, напоминающие черную паутину, усыпанную красными и синими цветами; простыни и наволочки, кружевные кроватные покрывала. При случае Бах внимательно рассмотрел босые старухины ступни: на каждой было пять пальцев, и ни одним больше.

Хозяин хутора, обжорливый Удо Гримм, показывался редко — постоянно бывал в отлучках, иногда неделями. Бах несколько раз наблюдал, как долговязый киргиз-перевозчик провожает хозяина на ялике вниз по течению, к Саратову: Гримм предпочитал путь по воде пешему и редко запрягал коня в телегу или ехал верхом.

Киргиза-лодочника звали Кайсаром, говорить он умел, но не любил: за все лето Бах единственный раз услышал, как тот коротко выругался, когда однажды посреди Волги им попалась под весло длинная тушка осетра, перевернутая вверх раздутым перламутровым брюхом, — плохая примета, не повлекшая за собой, однако, дурных последствий.

Вечерами, перебираясь на родной берег, Бах удивлялся, что не замечал раньше юркий Кайсаров ялик, мелькающий у подножия гор. Впрочем, в этом не было ничего странного: Волга была в этих краях столь широка, что даже добротные гнадентальские дома казались с правого берега всего лишь россыпью цветных пуговиц, среди которых булавкой торчала колокольня.

Жизнь на хуторе текла уединенная. Каждый отъезд и возвращение хозяина становился событием, от которого велся дальнейший отсчет времени. Кроме Гримма, никто из хуторян из дома не отлучался: Клара еще не выезжала в мир, а Тильда за древностью лет уже и позабыла, когда последний раз была там. Киргизы (их было не то пятеро, не то семеро, Бах так и не научился их отличать, чтобы пересчитать точно), казалось, были вполне довольны укромностью лесного существования. Бах подозревал, что у некоторых, а то и у каждого, в прошлом имелись темные пятна, которые легче легкого спрятать в тихом, укрытом от людских глаз месте. Как бы то ни было, ни единого раза он не заметил, чтобы кто-то из работников посмотрел с тоской через реку на родные степи. Больше того, один киргиз был заправским охотником, каждый день уходившим в леса с двустволкой, а Кайсар — сноровистым рыбаком, в удачные дни приносившим к ужину до полупуда судаков и сазанов. Никогда прежде Бах не встречал киргизов, умеющих охотиться или рыбачить, — исконным и единственным их занятием колонисты всегда считали разведение скота. Вопреки этому мнению, и дичь, и рыба имелись на хуторе Гримм в достатке. В остальном жили натуральным хозяйством: скота и птицы было вдосыть, огород приносил овощи, а урожая яблок хватало почти на год, до следующей весны.

Бах скоро вписался в эту размеренную жизнь. Он проскальзывал в дом, маленький и неприметный, не привлекая внимания и никого не смущая любопытным взглядом или докучливым вопросом. На кухне его обычно ждал обед (к слову, горячий и весьма приятный на вкус), а в гостиной за уже привычной ширмой — ученица в неизменной компании молчаливой сторожевой старухи с прялкой.

Начинали с главного — с устной речи. Кларе предлагалось рассказать что-либо, Бах слушал и переводил — перелицовывал короткие диалектальные обороты в элегантные фразы *высокого немецкого*. Ученица повторяла за учителем. Двигались не спеша, предложение за предложением, слово за словом, будто шли куда-то по глубокому снегу след в след.

Поначалу Клара терялась, не могла найти темы для беседы: собственное существование ее было бедно происшествиями, а о чужих судьбах она и вовсе не слыхивала. Но решение скоро было найдено: стали рассказывать сказки. Нянька Тильда с детства развлекала воспитанницу страшноватыми историями: о пасущих овец слепых великанах; о мышах, загрызших во времена большого голода злобного епископа; о за́мках, под пение псалмов возносящихся со дна озер и рек, чтобы с рассветом кануть обратно в глубины вод; о злобных гномах, кующих серебро в подземных пещерах; об отцах, отрубающих руки дочерям, и о дочерях, заставляющих матерей плясать на пылающих углях; о жестоком охотнике, после смерти обреченном скакать сквозь леса в окружении своры собак за призраками замученных им зверей, — скакать, чтобы никогда не догнать... Клара знала многие легенды наизусть, пересказывала охотно.

Как отличались они от знакомых Баху книжных сказок! Изложенные безыскусным языком диалекта, лишенные изящества и лоска *высокого немецкого*, не прошедшие придирчивую цензуру составителей, сюжеты эти звучали как обыденные сообщения о происшествии на соседнем хуторе, как скупые газетные заметки о бытовых преступлениях. Истории эти, вероятно, привезены были с германской родины еще во времена Екатерины Великой и с тех пор изменились мало или не изменились вовсе, прилежно передаваемые из уст в уста поколениями немногословных и не склонных к фантазиям Тильд. Не было в этих сказках волшебства и красоты, одна лишь вещная жизнь. И Клара верила в эту жизнь, как верила в то, что приложенная ко лбу кислая капуста избавляет от головной боли, а обильный бычий помет обещает славный урожай. Она не видела существенной разницы между приключениями сказочных героев и скитаниями Моисея, между походами заколдованных рыцарей и бунтом страшного Емельки Пугачева, между блуждающим по свету голубым огоньком чумы и недавним большим пожаром в Саратове, известие о котором долетело до самых отдаленных уголков Поволжья. И первое, и второе, и третье, несомненно, могло когда-то случиться и, скорее всего, случалось — в том безбрежном темном облаке, каким представлялся мир вокруг маленького хутора Гримм. Кто взялся бы утверждать обратное?

Наговорившись вдоволь, переходили к письму: чистописание, диктант, изложение рассказов учителя. Эти часы Бах любил меньше всего — вместо голоса Клары ему был слышен лишь скрип ее пера, который он скоро научился различать за жужжанием старухиной прялки.

Но затем — затем наступал третий урок, любимейший час Баха, кульминация дня — чтение. Он передавал ученице привезенную с собой книгу — как у них и повелось, просовывая под ширму. И Клара читала — медленно, по слогам, тихим детским голосом. В ее невинных устах баллады Гёте и Шиллера приобретали странное звучание: ангельская интонация, с которой прочитывались пылкие любовные строки, удивительным образом придавала им оттенок порочности, а неизменная ласковость при описании даже самых страшных эпизодов многократно усиливала их сумрачный смысл.

…Ез-док о-ро-бе-лый… не ска-чет, ле-тит…
Мла-де-нец тос-ку-ет… мла-де-нец кри-чит…
Ез-док по-го-ня-ет… ез-док до-ска-кал…
В ру-ках е-го мерт-вый мла-де-нец ле-жал…

Бах слушал строфы, знакомые с юности, и по телу его пробегала морозная дрожь — таким выразительным неожиданно оказывалось Кларино прочтение. Он поправлял ее произношение, для вида бормотал какую-то нравоучительную чепуху, но сам желал лишь одного: чтобы Клара читала дальше. И она читала — трагические немецкие баллады, выросшие из жестоких сказок и мрачных легенд: рыбаки тонули в волнах, привлеченные сладостными голосами морских дев; короли падали замертво на веселых пирах; мертвые невесты приходили разделить ложе с живыми еще женихами и пили их кровь…

Иногда же удивительный Кларин голос действовал на смыслы противоположным образом: очевидная безысходность, которой были напоены строки, растворялась в нежных интонациях, уступая место надежде.

Гор-ны-е вер-ши-ны спят во тьме ноч-ной…
Ти-хи-е до-ли-ны пол-ны све-жей мглой…
Не пы-лит до-ро-га… не дро-жат лис-ты…
По-до-жди не-мно-го… от-дох-нешь и ты…

Бах слушал “Ночную песнь” и впервые в жизни верил, что одинокого странника ждет не притаившаяся в горных пропастях ледяная вечность, а утро, и вместе с ним и свет, и тепло, что солнце вот-вот забрезжит за дальней горой и отдохнувший путник встанет и пойдет дальше…

Бах готов был слушать Клару часами. Она же хотела слушать его и, устав читать, просила рассказать что-нибудь “поучительное” (из географической или исторической науки) или “занимательное” (из хроники Гнаденталя, который представлялся ей средоточием бурной общественной жизни). Бах уступал, но, предчувствуя близкое окончание урока, через несколько минут вновь приказывал строго: читай!

Тихий голос Клары скоро наполнил жизнь Баха, как воздух заполняет полый сосуд. С этим голосом он здоровался по утрам, просыпаясь. Этот голос, звучащий внутри Баха едва различимо, заглушал привычное утреннее многоголосье: и рев скота, и петушиные крики, и песни горластых гнадентальских хозяек, и даже гулкий звон пришкольного колокола. Этот голос иногда мерещился перед отходом ко сну, откуда-то из-за закрытого окна, и Бах, проклиная свое дурное воображение и ни на что не надеясь, тем не менее выскакивал на улицу, полуодетый, озирался заполошно, затем тащился обратно — скорее спать, чтобы приблизить завтрашний день.

Сны Баха, ранее представлявшие собой живые картины, превратились теперь в устные рассказы: все многочисленные образы слились в единственный знакомый голос — Бах не смотрел, а слушал сны. Слушал с радостью — если голос был спокоен и нежен; с тревогой — если голос подрагивал от волнения; а иногда… о, иногда голос этот звучал чуть ниже обычного, в нем проскальзывали легкая хрипотца и какая-то незнакомая утомленная интонация. В такие минуты Бах вскакивал в постели, задохнувшись от непонятного испуга, со взмокшими висками. Заснуть потом не получалось уже до утра.

Бах часто размышлял, что случилось бы, упади однажды разделяющая их с Кларой ширма, — сама по себе, от нечаянного сквозняка, например. Представлял — в мельчайших подробностях, — как стонет открываемая кем-то входная дверь; порывом ветра распахивает окно, и оно хлопает громко, аж стекло дребезжит; а ширма, скрипнув коротко, — парусами надуваются полотняные створки — падает оземь с грохотом. Что сделал бы в это мгновение он, Якоб Иванович Бах? Зажмурился бы, вот что. Закрыл бы глаза руками, плотно, уткнулся лицом в колени и сидел так, пока старуха Тильда не поставит загородку обратно и не хлопнет его по плечу: все, поднимайся, можно смотреть.

Бах не хотел, больше того — боялся, что ширма упадет. Он боялся увидеть Кларино лицо.

Нет, поначалу он желал этого, желал страстно. Долго пытался вообразить ее черты — лежа перед сном, перебирал варианты: девушка могла оказаться красавицей, простушкой, а то и вовсе дурнушкой. Он, конечно, предпочел бы милое невзрачное лицо, без явных признаков красоты: пухлое или бледно-сухощавое, курносое или рябое, почти безбровое от чересчур светлых волос или со смуглой цыганской кожей… Потом вдруг испугался, что Клара — урод: с дыркой вместо носа или скошенным лбом. Или — калека: с обожженным при пожаре телом, отнятой рукой или ногой. Слепая. Хромая или кривоногая. Сухоручка. Горбунья. Карлица. Хуже этого могла быть только безупречная, ослепительная красота… Подобные мысли были мучительны и так истерзали душу Баха, что он запретил себе фантазировать о внешности ученицы: ему вполне хватало ее чарующего голоса. Мудр, ох как мудр был Удо Гримм, воздвигнув между ними спасительную стену!

И все же самая отчаянная часть души Баха стремилась узнать о Кларе больше — вопреки собственному разумному запрету. Как и в день знакомства, он выглядывал в щели под ширмой кончики Клариных пальцев, передавая книгу для чтения или бумагу для диктанта; иногда замечал полукружия розовых ногтей — это смущало его необычайно. Иногда в ясный вечер закатное солнце простреливало комнату лучами — на полотнище ширмы, как на экране, проступало размытое серое пятно: Кларина тень. А изредка — и эти моменты особенно запоминались — увлеченная разговором или рассуждениями Клара вставала и вышагивала вдоль ширмы (три шага в одну сторону и три в другую), полотняные створки при этом чуть заметно колыхались; Бах поворачивал лицо на звук шагов и вдыхал, глубоко и бесшумно: казалось, ноздри чувствуют легкий аромат девического тела. Это было нехорошо, стыдно; ругал себя, обещал прекратить, но отчего-то не прекращал.

Впрочем, к сближению стремилась и сама Клара. Все страницы в томике Гёте скоро покрылись ее короткими и наивными посланиями — она старательно выводила их карандашом на полях каждый раз, как получала книгу. Листая томик — их с Кларой тайный инструмент переписки, — Бах мог проследить за ее успехами в обучении: постепенно буквы становились менее корявыми, ошибки из слов исчезали, а знаки препинания, наоборот, появлялись.

Мне сегодня снилась черная щука

У меня глаза голубые а у вас?

Во что одеваются люди в Гнадентале?

Я не умею плавать

Вы в детстве тоже боялись собак?

Тильда притворяется глухой, а все слышит.

Расскажите еще смешное про старосту Дитриха.

Сегодня снился белый волк.

Почему у вас грустный голос?

Не хочу в Германию, не хочу замуж.

Поначалу Бах не знал, стоит ли отзываться на секретные послания и тем самым поощрять опасную переписку: если бы Тильда заметила что-то и доложила хозяину, уроки наверняка прекратились бы. Затем решил все же отвечать, но столь хитроумным способом, что стороннему наблюдателю понять что-либо было решительно невозможно. В тексты ежедневных диктантов он вплетал ответы на Кларины вопросы (*Пишите следующее предложение, Клара, не отвлекайтесь. "У меня светло-карие глаза". Подумайте хорошенько, прежде чем написать слово "светло-карие". И вспомните вчерашнее правило о написании сложных слов…*). Повествуя о жизни поэтов и полководцев, дополнял их деталями собственной биографии (*…Об этом мало кто знает, но Гёте всю жизнь боялся собак, а также совершенно не умел плавать, хотя и родился на большой реке под названием Майн. Видите, Клара: никто не совершенен, даже признанные гении…*). Какие-то свои реплики приписывал все тем же поэтам, политикам, философам и монархам (*…И сказала себе будущая царица Екатерина, пока еще не российская самодержица, называемая Великой, а всего лишь юная и никому не известная немецкая принцесса: "Тяжел венец венчальный, а неизбежен"…*). Был уверен, что Клара поймет — расшифрует любой код и разгадает любое послание.

Все, что делал теперь Бах, о чем задумывался и размышлял, было — для нее. Готовился к уроку загодя, еще с вечера: подбирал темы для бесед; копался в памяти — искал, какой бы еще историей рассмешить Клару или заставить вздохнуть испуганно. Стал приглядываться к гнадентальцам, выискивая интересное и забавное в их облике, вспоминал бытующие в колонии истории. Ей-же-ей, как много оказалось вокруг смешного! Впервые в жизни заметил, к примеру, что морщинистая физиономия художника Фромма поразительно похожа на сусликову морду, а фигура толстухи Эми Бёлль, которую никто иначе, как

Арбузной Эми, не называл, действительно — вылитая гора арбузов.

— Есть у нас в Гнадентале неимоверно тучная женщина, — рассказывал Бах назавтра, вышагивая вдоль ширмы с заложенными за спину руками и хитро поглядывая на полотняные перегородки. — Арбузная Эми. Прозвали ее так вовсе не за щеки, даже в пасмурный день алеющие ярко — за версту видать. И не за крошечные глазки, сверкающие на лице черными семечками. Дело — в ином!

— В чем же? — тихо отзывалась Клара, во вздохе ее слышалось предвкушение.

Бах сразу не отвечал — раскручивал сюжет медленно, как и было задумано.

— Что говорит хозяйка в Гнадентале — да и во всякой приличной колонии: в Цюрихе, Базеле, Шенхене, даже и в Бальцере, — при посадке овощей и ягод?

— “Расти именем Господа”, — находилась Клара, привычная к огородному труду.

— Ну, или изредка “Расти под небесами, приходи к нам на стол”, — соглашался Бах. — А что говорит Эми?

— Что?

Бах выдерживал длинную паузу — дожидался, пока нетерпение Клары достигнет предела и она переспросит досадливо:

— Так что же? Что она говорит?

— Втыкая арбузные семена в мокрую землю, бесстыдница шепчет каждому… — Бах понижал голос и замедлял темп, словно повествуя о чем-то трагическом, — …“Вырастай с мой зад — будет урожай богат!”

Смущенное хихиканье за ширмой.

— А дынным семечкам она говорит…

— Что?

— “Вырастай с мою грудь и такой же сладкой будь!”

Хихиканье превращалось в смех.

— И ведь вырастают! — голос Бах вновь наполнялся силой, гремел по гостиной. — На других огородах арбузята родятся мелкие, кислые. А у Эми — такие огромные, что в одиночку и не обхватить, словно сила какая их изнутри распирает! — Он раскидывал в стороны руки, как актер на сцене в приступе вдохновения.

Смех за ширмой крепчал, разливался хохотом.

— Когда июльским днем Эми возится на бахче среди подросших полосатых красавцев, низко наклонившись к земле и подставив палящему солнцу знаменитый зад, обтянутый зеленой юбкой, иной раз и не отличишь сразу, где арбуз, а где хозяйка. — Бах недоуменно поднимал брови и пожимал плечами. — Под стать и дыни на Эминой бахче: увесистые, чуть припухлые с одного конца, с задиристо торчащим кончиком. Приличный человек глянет — сразу краской и зальется…

Клара пыталась что-то сказать — протестовала против пикантных деталей, — но приступы хохота не давали произнести ни слова. Бах же, возбужденный, с откинутой назад головой и растрепавшимися волосами, все поддавал жару.

— Говорят, студент-недоучка из семейства Дюрер, влекомый исключительно научным интересом, однажды выследил Эми при купании в Волге с целью сличить конфигурацию тела и плодов. Так вот, он уверял, что сходство — абсолютное: выращиваемые Эми арбузы и дыни словно отлиты из частей той же формы, что и сама женщина!

Бах описывал руками в воздухе те самые формы, забывая, что Клара его не видит. Она только постанывала из-за ширмы в изнеможении, не в силах более смеяться.

— Другие хозяйки пробовали было, краснея от смущения и тщательно скрывая друг от друга, повторять Эмины присказки на своих огородах, но ничего путного из этого не выходило. Иной раз и вовсе урожай в земле сгнивал. Посокрушались женщины, да и бросили это дело. И то верно: Арбузная Эми — такая одна! Хвала провидению, пославшему ее родиться в Гнадентале! — Бах хватал резной стул, на котором обычно сидел, и с выразительным стуком ставил его на пол, обозначая конец повествования, — так громко, что невозмутимая Тильда вздрагивала и теряла из вида крутившуюся перед носом шпульку.

— Господи Всемогущий, — шептала Клара, отсмеявшись и уняв расходившееся дыхание; в голосе ее, недавно таком веселом, явственно слышалась нотка душевного страдания. — Приведется ли мне когда-либо побывать в этом замечательном Гнадентале?!.

Воистину присутствие Клары творило с Бахом удивительные вещи. Даже грозы — могучие заволжские грозы, с косматыми синими тучами в полгоризонта и вспышками молний в полнеба, — потеряли над ним всякую власть. Кровь Баха волновалась теперь не разгулом небесных стихий, а тихими разговорами с юной девицей, скрытой за тряпичной ширмой. Каждый день был теперь для него — как желанная гроза, каждое слово Клары — как долгожданный удар грома. Снисходительно смотрел Бах на бушевавшие время от времени в степи бури, на извергавшиеся в Волгу буйные весенние ливни — нынче он сам был полон электричества, как самая могучая из плывущих по небосводу туч.

Так шли недели и месяцы.

В мае, когда вернувшиеся с пахоты гнадентальцы засаживали бахчи дынями, арбузами и тыквами, а огороды у дома картофелем, Бах с Кларой читали Гёте.

В июне, когда стригли овец и косили сено (торопясь, пока не выжгло траву палящее степное солнце), — перешли к Шиллеру.

В июле, когда убирали рожь (по ночам, чтобы на яростной дневной жаре из колосьев не выпали семена) и кололи молодых барашков, чья шерсть мягче ковыльного пуха, а мясо нежнее ягодной мякоти, — закончили Шиллера и приступили к Новалису.

В августе, когда наполняли амбары обмолоченной пшеницей и овсом, а затем всей колонией варили арбузный мед (пить его будут круглый год, разводя пригоршней льда из домашнего ледника и добавляя пару ягод кислого терновника), — обратились к Лессингу.

В сентябре, когда собирали картофель, репу и брюкву, когда распахивали на волах степь под черный пар, когда пригоняли с летних пастбищ скот и отстраивали из окаменевшего на летнем солнце саманного кирпича дома и хлева, — опять вернулись к Гёте.

А когда до начала октября, а с ним и нового учебного года оставалось несколько коротких дней, Клара написала в основательно потрепанной книге, как раз над стихотворением “Ночная песнь”: “Завтра мы уезжаем в Германию”.

Бах прочитал послание, уже сидя в лодке молчаливого Кайсара. Прочитал — и не поверил сперва: не могла жизнь, такая обильная, основательная, в одночасье сняться с места и двинуться в другую страну. Куда-то должны были деться все эти овцы с ягнятами, индюки и гуси, кони, телеги, пуды яблок в щелястых ящиках, бочки с наливкой, аршинные ожерелья сушеных рыбин, ворохи небелёных простынь и наволочек, полки с посудой, витрина с курительными трубками… Все эти угрюмые киргизы, Кайсар с его яликом, Тильда с неизменной прялкой. И — Клара.

Затем припомнил: да, кажется, и впрямь стояли на заднем дворе какие-то сундуки, а позже их погрузили в телеги и обвязали ремнями. Кажется, куры и гуси в последнее время не путались под ногами, словно исчезли с хутора. А яблоневые стволы в саду уже обмотали мешковиной, хотя обычно деревья укутывают зимой, когда ляжет снег…

— Стой! — закричал Кайсару. — Перестань грести! Хозяева твои и вправду завтра уезжают?

Вспомнив, что тот не понимает немецкий, пробовал было изъясниться по-киргизски — той дюжиной слов, что выучил за лето, — но ничего из этого не вышло: мычал, подбирая слова, возбужденно махал руками, указывая то на прибрежные горы, то на запад, в сторону Саратова; нечаянно уронил в Волгу листки с сегодняшним диктантом, и они разлетелись по воде, исчезли где-то за кормой. Кайсар лишь глядел отчужденно и хмуро, как глядел бы на бьющуюся в последних судорогах рыбу. Греб.

— Останови! — Бах схватился за весла. — Поедем обратно на хутор!

Тот приостановился на мгновение, сковырнул чужие руки — Бах впервые ощутил, какая крепкая у киргиза хватка, — и взялся за весла вновь.

Задохнувшись от волнения и нахлынувших мыслей, Бах смотрел, как рывками удаляется от него белесая каменистая гряда — лодку словно отталкивало, равнодушно и неумолимо. Ветер качал поверху деревья, гнал крупную волну — и по листве, уже успевшей зажелтеть местами, и по тяжелой сентябрьской воде. Сотни белых бурунов бежали по Волге — бесконечной отарой по необозримому полю. Лодку раскачивало, но Кайсар умелой рукой направлял ее, килем резал пополам каждый встречный бурун. Бах, прижав к груди томик Гёте, съежился на банке, не понимая, зябко ли ему от ветра или от собственной тоски, и не замечая пенные брызги, летевшие на лицо и плечи…

Ночью не спал, думал. Утром, сразу после шестичасового удара колокола, побежал к старосте Дитриху — просить лодку с гребцом. Дитрих вместо ответа подвел шульмейстера к окну и молча приоткрыл занавески — за стеклом, затянутым злой моросью, бушевала непогода: напитанные холодной влагой тучи волоклись по реке, чуть не цепляя ее лохматыми хвостами, волна шла высокая, тугая — о выходе на Волгу не могло быть и речи. Баху бы объяснить все толком, рассказать, упросить, потребовать, в конце концов, но он лишь лепетал что-то умоляющее, запинался и глотал слова. Ушел ни с чем.

Побежал по дворам — один, без старосты. Просил каждого, кто имел хоть захудалую лодчонку: и свинокола Гауфа, и мукомола Вагнера, и дородного сына вдовы Кох, и мужа Арбузной Эми, тощего Бёлля-без-Усов (был еще Бёлль-с-Усами, но такой злыдень, что к нему и соваться было боязно), и много еще кого. Повторял одни и те же слова и прижимал руки к груди, словно желая вдавить ее по самый позвоночник, кивал головой мелко, и заглядывал в глаза, и улыбался жалко. И каждый ему отказывал: "Вы бы, шульмейстер, лучше не дурили, а поберегли себя для наших деток. Потопнете — будете рыб на дне грамоте обучать! Так-то!"

Побрел к пристани и сидел там, один, не чувствуя ветра и усиливающейся измороси. Смотрел, как могучие серые валы ударяют в причал и заливают его грязно-желтой пеной. За дождем и сумраком того берега не видел вовсе.

Лодки еще вчера вечером выволокли на сушу, и теперь они лежали на сером песке, днищами вверх. Когда падавшие с неба капли потяжелели, стали бить по щекам, Бах опомнился, залез под чью-то плоскодонку, обильно поросшую по бокам водорослями. Сидел на земле, скрючившись и упершись затылком в днище. Слушал биение дождя о дерево, бесконечно елозил пальцами по влажному песку. Что сделал бы, отвези его нынче какой-нибудь смельчак на правый берег? Что сказал бы Удо Гримму, глядя снизу вверх на его могучую бороду и пышные усы? Бах не знал. Но уйти с берега сил не было.

Ветер не стихал два дня — и два дня Бах ходил в Гнаденталь, только чтобы бить в колокол. Все остальное время сидел на берегу, кутаясь от холода в старый овчинный полушубок. За два дня можно было доехать до Саратова, сесть на поезд и отбыть в Москву, чтобы позже взять курс на далекую Германию.

Вечером третьего дня, когда волны стали ниже и ленивей, пена с них сошла, а на ватном небе глянуло скупое солнце, к скрючившемуся на перевернутой лодке Баху подошли рыбаки — сообщить, что, так и быть, "свезут шульмейстера на ту сторону, ежели ему по самое горло туда приспичило, но только завтра, когда мамка-Волга утихомирится вконец". Бах только посмотрел на них тусклыми глазами и молча покачал головой. Рыбаки переглянулись, пожали плечами, ушли.

Он еще долго сидел, глядя на реку, — следил, как на противоположном берегу в серой дали проступает светло-розовая полоска — очертания гор. Вспомнил, что не спал давно. Что завтра — первый день октября, начало учебного года. Слез с лодочного бока и поплелся домой. За эти дни прозяб до последнего волоса, уже много часов его била лихорадка, но топить в квартире было нечем — ученики принесут кизяк и дрова только завтра.

Подходя к шульгаузу, заметил на крыльце человеческую фигуру — кто-то сидел на ступенях, маленький, неподвижный. Внезапно стало жарко, но дрожь в теле отчего-то не прошла, а усилилась.

Заслышав шаги в темноте, фигура вздрогнула, словно проснувшись, медленно поднялась.

Бах остановился, не дойдя до крыльца пары шагов и чувствуя, как горячая капля катится по позвоночнику.

В густой темноте разглядеть ночного гостя было невозможно — слышалось только дыхание, легкое и прерывистое, словно испуганное.

— Мне сказали, здесь живет шульмейстер Бах, — произнес тихо знакомый голос.

— Здравствуйте, Клара, — ответил сухими непослушными губами.

Отворил дверь, и Клара вошла в дом.

4

Той ночью он солгал ей, что керосиновые лампы пусты. Зажечь свет и увидеть ее лицо было немыслимо, этого бы не вынесло утомленное Бахово сердце.

По его настоянию Клара разделась и легла в постель, под единственную имевшуюся перину. Пока Клара устраивалась, Бах ушел в классную комнату и ходил там взад-вперед, в красках представляя себе все ее злоключения и тяготы сегодняшнего дня. Она рассказала, как ушла от отца: на первой же от Саратова станции выскользнула из купе, где ей предписано было провести весь путь до Москвы (Тильда задремала, сморенная покачиванием эшелона), и покинула вагон, никем не окликнутая. Быстро шла куда-то, не оборачиваясь и не поднимая глаз, пока не обнаружила себя среди многочисленных торговых рядов, телег, лошадей и людей, говорящих на незнакомом языке. Стала спрашивать дорогу в Гнаденталь, ее долго не хотели понимать. Наконец рыжебородый мужик разобрал в ее речи название колонии, вызвался отвезти. Не обманул, доставил: сначала на пароме через Волгу, затем в телеге по левому берегу — до Гнаденталя. В оплату за извоз забрал дорожный кошель, привязанный заботливой Тильдой к Клариному поясу (сколько в нем было денег, Клара не знала, так как не заглядывала туда вовсе).

Выходив по классу добрый час, а то и два, Бах обнаружил, что озноб и усталость прошли без следа. Он снял ботинки и пробрался в комнату, стараясь не скрипеть половицами. Дыхания Клары слышно не было. Испугавшись, что она пропала или вовсе не приходила в его темную каморку, а лишь привиделась в лихорадке, он метнулся к окну, спотыкаясь и роняя стулья, раздернул занавески… здесь! Она была здесь — едва заметная фигурка под периной, с раскинутыми по подушке волосами и неразличимым в сумраке ночи лицом. Вздрогнула от шума, повернула голову к стене и заснула вновь.

Задвигать занавески Бах не стал. Осторожно поднял стул, поставил у кровати. Сел. Упер локти в колени, подбородок поставил на раскрытые ладони и стал смотреть на Клару. Спать не хотелось, неудобства скрюченной позы своей не замечал.

Черная безлунная ночь сменилась темным утром. Медленно лепились из густо-голубого воздуха Кларины черты: завиток маленького уха, абрис щеки, кончик брови. Неясные черты эти, еще размытые сумраком, волновали сильнее четкой картины — из них мог нарисоваться любой портрет. Бах желал бы продлить минуты незавершенности и неузнанности, как можно дальше оттянуть момент встречи, и даже с каким-то облегчением вспомнил, что пора звонить в шестичасовой колокол.

К счастью, Клара от звона не проснулась, и Бах какое-то время еще посидел с ней рядом. Близость ее удивительным образом согревала — он даже расстегнул ворот мундира.

Заметил вдруг, что ткань на бортах износилась окончательно, а рукава требовали очередной починки. Словно чужими глазами, оглядел сейчас и свою квартирку: давно не беленные стены в трещинах, пузатая громадина печи перегородила пространство, притулилась в углу заваленная книгами соломенная этажерка с отломанной ногой, вместо которой подложен камень… Верно, такого жилья до́лжно было стыдиться, и он бы непременно стыдился в другой раз, и мундира своего потрепанного стыдился бы, но сейчас в душе не было места смущению — так тревожно было от предстоящей встречи.

Клара не проснулась к восьми, и он ушел на школьную половину, так и не увидев ее лица. В полуденный перерыв возвращаться в квартирку не стал — нашел себе десяток занятий в классе: подтопить остывшие печи, переговорить с учащимися, подклеить порванные учебники… Руки справляли бесконечные дела, губы произносили тысячи слов, а уши чутко прислушивались к тому, что происходило за стеной. Там было тихо.

После уроков, проводив последнего ученика и затворив за ним дверь шульгауза, Бах хотел уже наконец идти к себе, но вместо этого почему-то сел на ученическую скамью — в первом, “ослином”, ряду — и сидел так, со всей силы разглаживая вспотевшими ладонями сукно на коленях, пока дверь с жилой половины не открылась: Клара вышла к нему сама.

Она была красива — красива ослепительно, красива сверх всякой меры. Не могло же быть, что лишь благодаря воображению Бах воспринял ее черты как безупречные: и нежность кожи, и гладкость волос, и синеву глаз, и веснушчатую россыпь на щеках. Он сидел на скамье, сгорбившись, оглушенный этой красотой, не зная, что сказать. Она подошла и села рядом. От ее внимательного изучающего взгляда стало не по себе — потеплели щеки и корни волос, вдруг навалился стыд: не за жалкий мундир и плохонькую квартирку, а много хуже — за мягкость и невыразительность собственной физиономии, за редкость волос на голове и хилость шеи, за частое просительное выражение глаз, напоминающее собачье. Бах прикрыл было покрасневшее лицо руками, но вспомнил о грязных ногтях, не чищенных вот уже три дня, и торопливо опустил руки.

— Что же теперь делать? — спросил беспомощно, отвернувшись.

— Разве я не жена вам теперь, господин шульмейстер?

Бах развернулся резко, словно его хлестанули классной линейкой по спине.

“Не смейтесь надо мной, Клара! — хотелось ему закричать. — Посмотрите же на меня, посмотрите внимательно! — Так и подмывало вскочить, схватить ее за руки и подтащить к окну. — Посмотрите и скажите искренно: неужели же такого мужа вы себе намечтали?!”

Вместо этого он лишь открывал и закрывал рот, подобно вынутому из воды карасю. Верно, ему полагалось упасть на колени, или поцеловать ее руку, или сделать еще какой-либо галантный жест — но вместо этого он лишь улыбнулся несмело, затем сморщился, залепетал что-то путано, еле слышно, закивал головой и попятился к двери. Уперся в нее спиной, вытолкнулся задом и выскочил вон — искать пастора Генделя.

Пастор Адам Гендель, однако, обвенчать молодых отказался. Девица, невесть откуда появившаяся в квартирке шульмейстера, была столь юна, что возникали сомнения в ее дееспособности: было ли ей на самом деле семнадцать, как она утверждала? Подтверждающих возраст документов, равно как и прочих бумаг, у нее при себе не имелось. А главное, не имелось свидетельства о конфирмации, которое получает каждый юный колонист, и удостовериться в чистой христианской сущности девицы не представлялось возможным. Пастор провел с Кларой длинную беседу, проверяя ее познания катехизиса; вышел с экзамена бледный, с неумолимо сжатыми губами; рекомендовал немедленно разыскать родителей и вручить им "неразумное дитя". А самой Кларе велел временно переселиться в пасторат и пожить там под присмотром пасторовой пожилой супруги — пока не найдутся родители или еще какие-либо свидетельства ее прошлой жизни.

Бах, краснея лицом и шеей, чудовищно запинаясь и не понимая, что с ним такое происходит, впервые в жизни решился возразить Генделю — и заявил, что Клара останется жить в шульгаузе. Предложил съездить на правый берег, пока не начался ледостав, и убедиться в существовании родного хутора Клары, а возможно, и отыскать следы Удо Гримма. Староста Дитрих, однако, отказал: все знали, что ступать на монастырские земли запрещено, что горы правобережья неприступны совершенно, что нет там ничего, кроме бесконечного дремучего леса. Также все знали, что шульмейстер Бах имеет странности, порой граничащие с безрассудством, и потому веры его словам нет.

Весть о юной фройляйн, чудесным образом появившейся ночью в шульгаузе и до такой степени околдовавшей Баха, что тот решился противоречить самому пастору, взбудоражила добродетельный Гнаденталь. Шульмейстеру тотчас припомнили все: и бесцельные прогулки вечерами, и неизменную склонность к одиночеству, и шалые гуляния в грозу, — все, что раньше прощалось и забывалось, было поднято со дна памяти и предъявлено: "Всегда был с придурью, а теперь и вовсе очумел!" При мысли, что девица неопределенного возраста, годившаяся Баху в дочери, проводит в его квартире ночь за ночью, гнадентальские хозяйки входили в раж: колония гудела разговорами о сомнительной фройляйн и безнравственном шульмейстере, столько лет вводившем добрых гнадентальцев в заблуждение своим простодушием.

На следующий день после проведенной пастором Генделем экзаменации Бах вывел Клару на прогулку, чтобы показать ей Гнаденталь и свои любимые места в округе. Затея эта завершилась печально: каждый встречный, едва завидев их, переходил на другую сторону улицы, подальше от скандальной пары, останавливался и смотрел на них с брезгливым, но жадным любопытством, как смотрел бы на ящерицу с двумя головами или рака со звериными лапами вместо клешней. Женщины сбивались в кучки, склоняли головы и, касаясь щек друг друга оборками чепцов, шептались о чем-то, бросая на пару выразительные взгляды. Не отойдя и десятка дворов от шульгауза, Клара попросилась обратно.

С того дня из школьного дома не выходила: целыми днями сидела в комнатке Баха, прислушиваясь к происходящему на улице. Когда слышала громыхание приближающейся телеги или гул чужих голосов — прятала лицо в ладони; когда телега удалялась, а люди проходили мимо — поднимала. Щеки ее побледнели и впали, тоньше и печальнее легла линия рта; в глазах же, наоборот, появилось что-то холодное и бесстрастное, словно жили они отдельно от тела и принадлежали другому человеку, много старше и мудрее Клары.

Когда какой-то дурень шутки ради решил заглянуть в окно и рассмотреть "знаменитую фройляйн" повнимательнее, Бах перестал по утрам раздергивать занавески. Когда кто-то кинул в окно комком глины — закрыл ставни, и теперь в комнате постоянно стоял полумрак. Удивительным образом это нравилось Баху: сумрак напоминал ему их первую с Кларой ночь.

Поначалу он старался развлечь ее разговорами — о прочитанных книгах, исторических деятелях, известных науке способах стихосложения. Но стоило ему поймать ее печально-вопросительный взгляд, в котором читались и тоска, и надежда, и какое-то робкое чаяние, как звуки застревали у Баха в горле, слова путались во рту, а мысли — в голове. Сбивался, мямлил, умолкал. И книги, и полководцы с монархами, и даже самые прекрасные поэмы были сейчас не к месту и некстати; рассуждать же о чем-нибудь другом Бах не умел. К тому же не покидало ощущение, что кто-то притаился по ту сторону окна, приложив любопытное ухо к ставенной щели, и замер в ожидании. Так понемногу бестолковая болтовня его угасла, уступив место привычному немногословию. Успокаивал себя тем, что в доме много книг, — Клара могла взять любую и развлечь себя чтением: и утром, когда он пропадал с учениками на школьной половине, и вечерами, когда возвращался в квартирку и сидел, блаженно прислонившись спиной к печи, с немым обожанием глядя на любимую женщину.

Бесконечно жаль было обманутых надежд Клары. Бах чувствовал себя виноватым и — счастливым, счастливым безмерно: оттого, что может видеть ее, слышать, а изредка — помогая снять котелок с печи или книгу с этажерки — даже касаться локтем. Больно было видеть Клару, часами отрешенно сидящую на кровати, с поникшими руками, потухшими глазами, но какая-то часть его души радовалась ее заточению — так она принадлежала только ему. Горько было слышать упреки гнадентальцев, под их укоризненными взглядами он скукоживался и увядал, осознавая двусмысленность своего поведения и тяготясь ею; но стоило открыть дверь и войти в комнатку, уже пропитавшуюся едва заметным духом Клариных волос, услышать шорох ее платья, увидеть размытый темнотой профиль — и мысли о собственной вине пропадали бесследно, уступая место восторгу и вдохновению: рядом с Кларой он чувствовал себя могучим и всевластным, словно находился в центре грозы, словно кровь его была полна обжигающим весенним электричеством. Понимал, что разделить с ним его восторг Клара не может. Понимал и то, что продолжаться так больше тоже не может — что-то должно было оборвать этот затянувшийся абсурдный сюжет.

А слухи разрастались, как тесто в квашне. Распускала ли их намеренно чья-то злая душа, или они возникали сами, как заводятся порой даже у добропорядочного христианина противные вши, сказать было сложно. Слухи были богаты, разнообразны и содержали такие достоверные подробности, что и не захочешь — а поверишь! Шептались, что звать девицу вовсе не Клара, а Кунигунда; что она есть не кто иная, как тайная дочь Баха, который сначала уморил ее красавицу-мать, а теперь хочет жениться на собственном ребенке; что от макушки и до пупа она миловидна, а от пупа и до пяток — покрыта жесткими черными волосками наподобие ежовых колючек; что звать ее вовсе не Кунигунда, а Какилия; что в чулке правой ноги она постоянно носит свежесрезанный ивовый прут — никто не знает зачем; что звать ее вовсе не Какилия, а вообще никак не звать — до нынешней осени жила девица безымянной, прикованной цепями к колодцу на дне дальнего байрака.

О шульмейстере же говорили, что во время вечерних прогулок он встает у Солдатского ручья на колени, опускает лицо к воде и лакает жадно, подобно собаке; что раскапывает руками землю на скотомогильнике у байрака Трех волов и землей той мажет стены своей квартиры; что понимает по-турецки (уже одно только это обстоятельство выглядело крайне подозрительно); что много лет держал в степной землянке пленницу, а теперь хочет жениться на ней и эмигрировать в Бразилию.

Отдельно, выведя из избы детей и опустив голоса до жаркого шепота, рассказывали о непотребствах, творящихся по ночам в шульгаузе; причем к концу осени слухи эти достигли такого накала и напитались такими красочными деталями, что услыхавший их ненароком пастор Гендель три воскресные проповеди подряд посвятил греху злоязычия.

Первой отказалась водить в школу детей Арбузная Эми. Через три дня ни один ребенок не пришел утром на занятия. А через неделю мужчины, покончив с убоем свиней и заготовкой колбас на зиму, перебив большую часть домашней птицы и аккуратно уложив ощипанные и выпотрошенные тушки в домашние ледники, собрались на деревенский сход, который проходил обычно в школьном доме, и потребовали от старосты Дитриха нового учителя для гнадентальской школы.

Стоял конец ноября — морозный, многоснежный. Дороги были заметены, улицы безлюдны, редкие сани покидали родную колонию — села замерли в ожидании Рождества. В эту пору искать нового шульмейстера было делом безнадежным — и тем не менее дискуссия развернулась жаркая. То ли обсуждаемая тема горячила кровь мужчин, то ли знание, что за стенкой в маленькой квартирке находился предмет обсуждения — веснушчатая девица с невинными глазами и курносым профилем, — но голоса их в тот вечер звучали просто оглушительно, и старосте пришлось трижды стучать линейкой по кафедре, призывая к спокойствию.

— Старшего сына война убила, средние — в плену, а младшего даже в школе культурно выучить не можем:

жена по утрам в шульгауз отпускать боится! Дело ли?! — кричал маленький тощий Коль.

— Собраться всем селом да и забрать девку из школы — силком! Засадить в подпол к пастору и не кормить три дня, чтобы легче каялось! — угрюмый Бёлль-с-Усами. — А шульмейстера — босиком вокруг Гнаденталя пустить, ночью! Глядишь — одумается!

— Выслать обоих! Выставить на волжский лед, с вещами, — и пусть чапают куда хотят! Хоть в соседнюю колонию, а хоть в саму Бразилию! — вечно поддакивающий Гаусс.

— Где мне вам в середине зимы нового шульмейстера взять? Из снега вылепить?! — староста Дитрих. — Бах, пока один жил, дело свое знал. Пусть и дальше живет — один. И детей пусть учит! А что с придурью в котелке — так это ничего. Немного дерьма-то — не помешает!

Порешили: просить пастора Генделя взять на себя преподавание в школе до Рождества, а заблудшего шульмейстера в последний раз призвать одуматься, вернуться в лоно общины, девицу Клару добровольно передать в руки церкви, а самому вновь приступить к своим обязанностям с начала января.

Бах весь вечер безучастно просидел у железной печурки: слушал собравшихся, но взглядом следил исключительно за всполохами огня. Когда его спросили, что он имеет ответить собранию, он только сморщился и передернул плечами: “Ничего не имею”. Ушли, оставили одного.

Он вернулся в квартирку. Клара стояла у печи, прижавшись к ней щекой. Конечно, слышала все, до последнего слова, — стенка между школьной и жилой половинами была тонкая, дощатая.

“Что же теперь делать?” — хотел спросить у нее, как несколько недель назад, но не посмел.

Стараясь не шуметь, закинул на печь старый полушубок (кровать с первого же дня уступил Кларе) и улегся, свернулся кренделькам. Сам не заметил, как задремал.

Проснулся от ощущения: Клары в комнате нет.

— Клара!

Вскочил, огляделся: керосиновая лампа освещает пустую комнату. Хотел спрыгнуть с печи, но повернулся неловко и упал, зашиб локоть.

— Клара!

Метнулся за печь — никого.

В класс — никого.

Выбежал на крыльцо: никого.

— Клара!

Ветер ударил в грудь, ледяные иглы оцарапали лоб. Ежась, Бах заскочил обратно в квартирку, глянул на гвоздь у двери — пусто: Клара ушла в своей единственной душегрейке — суконной, на легкой вате. Натянул полушубок, нахлобучил на затылок малахай, сунул ноги в валенки, схватил в охапку утиную перину — укутать Клару — и выбежал в ночь.

Луна в небе висела желтая, тусклая, и снег в ее свете казался глыбами сливочного масла. Через всю площадь наискосок лежала черной полосой тень церковной колокольни. От крыльца шульгауза разбегались следы — много и во все стороны: половина села побывала сегодня на сходе. Бах замер на мгновение, а потом повернул к Волге. Не знал почему, казалось — так правильно.

Прижимая к себе объемистую перину и не видя за ней дороги, глотая колючий снег, то и дело спотыкаясь о выпадавшие из рук перинные углы, Бах кое-как миновал темные дома, уже укрытые сугробами, рыночную площадь с тремя высокими карагачами и притулившимися под ними торговыми рядами, колодезный сруб, свечную и керосиновую лавки и наконец очутился на берегу.

Огляделся: половина мира — черно-зеленое небо, половина — желтый покров снега на реке. По снегу, проваливаясь по пояс, бредет едва заметная тень: Клара.

Он пошел по ее следам. Догнал быстро: все же был немного сильнее. Догнав, набросил на плечи перину — Клара не сопротивлялась. Пошли дальше вместе. Он сказал, что пойдет первым — торить дорогу в сугробе труднее, чем идти следом. Клара не сопротивлялась.

Он шагал по вязкому снегу, чувствуя, как от усилий теплеет тело и согреваются руки. Не спрашивал, куда они идут. Знал: на правый берег — на хутор, домой.

Где-то на левом берегу оставались и школьный класс, еще полный тяжелого дыхания сердитых мужчин, и незапертая квартирка, непрогоревшие дрова в печи, недочитанная книжка в картонном переплете, недоштопанный мундир, обросшая инеем глиняная клякса на стекле, остатки каши в котелке, пара ложек керосина в лампе — вот, пожалуй, и все.

5

А хутор ждал их: утонувший в снегу по самые окна дом тоскливо глядел запертыми ставнями, яблони призывно тянули из сугробов заледенелые ветви. Еще при свете звезд Бах с Кларой растопили печь (в дровянице осталось несколько поленьев), накипятили снега в чайнике, напились горячей воды и прикорнули у огня, сморенные усталостью.

Проснулся Бах от яркого света: солнечные лучи пронизывали дом — от девичьей спальни, через гостиную, к тесной кухоньке с огромной печью посередине — Клара уже успела встать и распахнула все ставни. Так Бах с Кларой зажили в этом доме, отогревая его, комнату за комнатой, вершок за вершком.

Огромный снаружи, внутри он был не так уж и просторен, словно все пространство съедала необыкновенная толщина стенных бревен, каждое из которых было шире и хилого Баха, и хрупкой Клары. Единственной большой комнатой была гостиная, от которой расходились в стороны три спальни: девичья, Гримма и Тильды (слуги-киргизы спали в хлеву, где имелась собственная печь). Окна гостиной, схваченные толстым белым инеем, обрамляли белые же хлопковые занавески. На вместительных подоконниках темнели подсвечники. В углах — чугунные подставки под лучину, стулья с резными спинками и соломенные кресла. Длинная некрашеная лавка, крытая пеньковой циновкой, протянулась у печной стены (топилась печь из кухни, а в комнату глядел ее широкий бок, облепленный рыжей плиткой, более всего похожей на медовые пряники). На бревенчатых стенах пестрели вязаные кармашки — для ножниц, для Библии — и шелковый коврик с искусно вышитым изречением “Работа — украшение жизни”. Земляной пол был тщательно выметен и усыпан песком, словно только вчера прошелся по нему веник прилежной Тильды.

Спаленка самой Тильды была так тесна, что поместиться в ней мог лишь кто-то очень сухощавый и осторожный в движениях. Почти все пространство занимала огромная кровать со стругаными спинками и хищно раскоряченными ногами. Под ней помещались два объемистых сундука с бережно хранимой старой одеждой и всяким прочим хламом; чтобы вытащить их на свет, приходилось опускаться на колени и что есть силы тянуть за железные скобы, прибитые к пузатым сундучным бокам, — лишь тогда подкроватные обитатели нехотя выползали, поскрипывая и оставляя на земляном полу длинные борозды. Раскрыть же сундуки можно было, только забравшись на кровать, — так тесно становилось в комнате при их появлении. Бах не уставал удивляться, сколь припаслива была служанка: в ее сокровищнице хранилось такое обилие нарядов, что хватило бы, верно, на весь Гнаденталь. Переложенные мешочками с горькой полынью во избежание прожорливой моли, слой за слоем лежали в сундуке: короткие суконные штаны с кожаными шнурами под колено; двубортные шерстяные жилеты, мужские и женские, с костяными, металлическими и стеклянными пуговицами; байковые, на ватной подбивке, душегрейки с бархатными воротниками; полосатые чулки самых ярких расцветок; пышные бумазейные чепцы с кружевной оторочкой и длиннющими лентами; расшитые цветной тесьмой многослойные юбки, шерстяные и бурметовые*… Вещи эти были таких старинных фасонов, что подошли бы скорее для рождественского спектакля, чем для повседневной носки: не то и вправду были очень стары, не то просто пошиты по древнему образцу. Тильдина кровать была покрыта тонким черным покрывалом нитяного кружева, пирамидами высились стопки бессчетных подушек, одетых в расшитые крестом цветные наволочки. Знакомые Баху резная скамейка и земляничная прялка ютились у входа в комнатку, а по стенам, как праздничные украшения, красовались на медных гвоздях прочие инструменты: коклюшки для плетения кружев, связки вязальных спиц и крючков, бесчисленные щетки для шерсти, гребни и шпульки всех возможных размеров. Каждый раз, когда Бах заходил в Тильдину спальню, ему казалось, что комната стала еще на полвершка у́же, еще на ладонь короче.

* Бурмет — грубая хлопчатобумажная ткань.

Кларина девичья, наоборот, была светла и просторна — лишенное ярких цветов пространство было чисто и строго, как и его хозяйка: заправленная без единой морщинки кровать у одной стены, комод с бельем у другой, между ними соломенная циновка на полу — вот и вся обстановка. Сюда Бах поначалу робел заходить. Позже, уже освоившись и осмелев, разглядел на чисто ошкуренных бревенчатых стенах нечто, заставившее его встать на колени и полдня провести, ползая по комнате и водя носом по каждому бревну, от одного угла до другого. Все бревна были покрыты надписями — нежный ноготь Клары процарапал на потемневшей от времени древесине тысячи слов: среди них Бах нашел и стихотворные строки, и сложные слова из диктантов, и какие-то вопросы, что Клара писала ему в томике Гёте, и фразы из летних диалогов, и свое собственное имя, повторенное добрую сотню раз. Слова и буквы покрывали все стены, от пола и почти до самого потолка. Ошибок было мало — скорее всего, Клара писала свой сумбурный "дневник" все прошедшее лето: бумаги на хуторе не водилось, а оставить ученице пару листов для самостоятельных упражнений Бах не догадывался. Потому и писала на стенах. Этот бледный узор был виден лишь при хорошем освещении и с очень близкого расстояния; вряд ли меланхоличная Тильда и вечно занятый Удо Гримм его замечали.

Сам Гримм жил за стенкой. Их с Кларой комнаты обогревались еще одной печью, которая топилась со стороны отцовской спальни. Там Бах старался бывать как можно реже — только чтобы бросить дрова в печь или взять что-то необходимое из громоздкого платяного шкафа. Тяжелая и темная обстановка хозяйской комнаты: черно-зеленые татарские ковры на стенах, кровать под гобеленовым балдахином, массивный самовар красной меди на подоконнике — вызывала чувство странного стыда, словно это не ковры или самовар, а сам Удо Гримм смотрел на Баха с негодованием и укоризной. Потому спал Бах на лавке в гостиной, на ночь отгораживаясь для приличия знакомой ширмой.

Все в доме осталось таким же, как помнил Бах со времени своих летних визитов, разве что исчезли со стен витрина с хозяйскими трубками да пара фотографий в черных лакированных рамах. Дом глядел жилым, словно хозяева и не покидали его вовсе. Клара пояснила: ей и Тильде было разрешено взять с собой в дорогу только самые нужные и дорогие сердцу предметы, поэтому большая часть домашнего скарба, включая одежду, посуду и мебель, осталась в доме. Перед отъездом отец поручил хутор заботам одного саратовского деляги, который обязался навещать усадьбу и содержать в порядке до тех пор, пока Гримм не обустроится в Германии, а после — продать, со всей обстановкой, хозяйственным инструментом и прочим имуществом. Поначалу Бах с Кларой ждали того дельца со дня на день, однако известий от него почему-то не было. Прошла зима, затем весна, наступило лето — тот ни разу не приехал проведать вверенное ему хозяйство. Затем и ждать перестали. Не объявлялся и Удо Гримм в поисках заблудшей дочери. “Проклял, наверное”, — как-то заметила Клара.

Она, казалось, спокойно приняла возвращение на хутор — ее лицо сохранило то бесстрастное выражение, которое он заметил еще во время двухмесячного сидения в шульгаузе. Бах успокаивал себя: возможно, это было обычное ее выражение. Но чуткость и трепетность, которые так пленили его поначалу в ее голосе, уживались с решимостью характера и твердой волей: ни разу она не пожаловалась, не укорила ни в чем, хотя он был готов к упрекам, и ждал их, и хотел бы даже просить прощения, целуя ей руки и виновато тычась лбом в полосатый фартук, доставшийся в наследство от старухи Тильды. Но Клара молчала. И только однажды обмолвилась: “Как жаль, что я не рассмотрела тогда все как следует: станцию, базар, чужих людей, мужика с рыжей бородой…” Больше об этом не вспоминала.

Да и говорили они теперь мало. Все, что не требовало слов, делалось молча: по взгляду или кивку головы. Стоило ли говорить, к примеру, что рыбалка сегодня была удачна и принесла двух увесистых язей, если язи эти — вот они, лежат в корзине, посверкивают чешуей? Или что надо собрать осыпавшиеся за ночь яблоки, пока их не сгрызли мыши, — если яблоки эти так ярко алеют сквозь траву, что от крыльца видать? Что подгнила крыша у амбара? Что прохудившиеся на коленях штаны Баха следует залатать? Что сам он выздоровел от недавней простуды? Что сегодня ему опять — как и вчера, и много дней назад — снилась Клара, в обычной своей самотканой шерстяной юбке и белом чепце, и он счастлив этим сном? Жизнь была — на ладони, на расстоянии протянутой руки или слышимого Клариного голоса. Жизнь ясная, вещная, наполненная цветами и запахами. Словесная скупость, о которой Бах с Кларой негласно договорились между собой, делала эту жизнь ощутимей, а сами слова — весомей.

Странным образом слова даже слышались теперь по-другому. Стихи, которые Бах изредка читал вечерами, стоя рядом с Кларой на обрыве и глядя на бьющие далеко внизу волжские волны, звучали так ясно и мощно, словно он писал их черной тушью на пылающем закатном небе, словно вышивал золотом и драгоценными камнями по простому льну. Тексты же песенок и шванков, которые напевала Клара, все ее пословицы и поговорки, просторечные прибаутки и присказки, наоборот, были близки и родны хутору, как вездесущая трава или паутина, как запах воды и камней; они шли этой уединенной жизни и росли из нее, потому исправлять Кларину речь не хотелось. Бах по-прежнему любил слушать ее, но слушал теперь, не прерывая и даже научаясь находить в диалекте определенную красоту. Он просил Клару, как и раньше, рассказывать ему сказки — и она прилежно рассказывала, по первому, второму и десятому разу: про лесорубов и рыбаков, трубочистов и садовников, про золотые яблоки и серебряных говорящих рыб... Иногда казалось, что она рассказывает про хутор и про них самих.

А Бах был теперь и лесоруб, и рыбак, и трубочист, и садовник. Он выучился всему: рубить деревья, ловить в силки зайцев, варить смолу и заливать тем варевом прохудившееся днище ялика, латать соломой крышу, мазать глиной щели в полу, чистить колодец, белить известью шершавые яблоневые стволы в начале года и кутать их ветошью и камышом в конце. Выучился всему, что было по-настоящему нужно для жизни. Чем-то овладел сам, многому научила Клара. Пусть руки его были неумелы, движения неловки, пальцы слабы, но каждое справленное дело приносило радость, словно был Бах не взрослым мужчиной, а ребенком, который впервые научался лепить из глины дома для игрушечных солдатиков или плести для них из соломы неприступные крепости. В начале было не слово, а дело — это он теперь знал наверное.

Засаленный пиджачок и прохудившиеся брюки, в которых Бах пришел на хутор, быстро поизносились от крестьянской работы. Клара ушила ему несколько одежек из бездонных Тильдиных сундуков: объемистые рубахи небелёного полотна с отложными воротниками и широкими рукавами, присборенными у запястья; широкие штаны без пуговиц, на завязках. Поверх Бах при любой погоде стал надевать меховую тужурку без рукавов, оставленную кем-то из киргизов, — в ней было тепло даже в самые сильные ветры; снимал ее только летом, на жаре. Эта разномастная, кое-как подогнанная под его хилый размер одежда нравилась Баху, в ней виделся глубокий скрытый смысл: теперь он сам был на хуторе и Удо Гримм, и Кайсар, и все прочие киргизы, вместе взятые. Он был и хозяин, и работник, и рыбак-добытчик. Охотником, правда, не стал, ружья в доме не оказалось, но оно и к лучшему — стрелять Бах вряд ли бы научился.

Руки его быстро огрубели, кисти чуть увеличились в размерах и потяжелели; стесняться обломанных ногтей и въевшейся в кожу земли быстро перестал. Зарос бородой, редкой и мягкой, как телячий хвост, — бритвы на хуторе не нашлось. Вероятно, борода не шла ему, но знать это наверняка не мог: отражение свое видел только в ведре с водой — зеркал на хуторе также не держали. Когда нестриженые волосы прикрыли уши и шею, стал перевязывать их на затылке веревкой, чтобы не мешали при работе, когда прикрыли плечи — собирать в косу, на киргизский манер.

Часов своих карманных лишился по неосторожности (во время рыбалки утопил в Волге), и потому время измерял теперь не минутами, а росой утренней и росой вечерней, ходом звезд по небу и фазами луны, выпавшим снегом, толщиной льда в реке, цветением яблонь и полетом птичьих стай по-над степью. Само время, казалось, текло на хуторе по-иному. Возможно, в других местах — где-нибудь в Петербурге или Саратове, да и в том же Гнадентале, — ход его был по-прежнему быстр и энергичен. Здесь же — в окружении столетних дубов, под сенью неизменно плодоносных яблонь, в стенах добротного дома, не подверженного разрушительному воздействию ветров и дождей, — этот ход не замедлялся, но становился едва ощутим, почти исчезал — как исчезает даже быстрое течение в глубокой, схваченной ряской и тростниками заводи.

Просыпался Бах в один и тот же час — привычка подниматься незадолго до шести сохранилась. Открыв глаза, вспоминал иногда, что в эти мгновения бьет в Гнадентале пришкольный колокол; но мысль эта не вызывала в нем ничего, кроме легкого равнодушия. Ложился — когда ощущал усталость. Собственное тело стало для Баха часами — много лучшими, чем утерянная в волнах механическая луковица. Заметил, что спать стал крепче, а есть — быстрее и охотнее, иногда предпочитая ухватить аппетитный кусок пальцами, так вкусна вдруг стала еда. Верно, все дело было в том, что готовила ее Клара.

Клара была прекрасна — всегда, в любую погоду и любое время суток. С покрасневшим на морозе носом и заледенелыми ресницами. С шелушащимися от загара щеками. С обветренными по осени губами в обметке пузырчатой простуды. С горящим от болезни лбом. С растрескавшимися от работы пальцами и мозолями на ладонях. С первыми тонкими морщинками, едва заметно расколовшими ее нежное лицо. Прекрасна, прекрасна. Как шли ей старомодные Тильдины платья! Все эти бессчетные шерстяные юбки, синие, красные и черные, которые зимой полагалось надевать одна на другую; рубахи с нитками желтых бус на шее; лифы с зубцами на талии и блестящими пуговицами на шнуре; бумазейные фартуки — полосатые и крапчатые; кисейные — в крупный цветок... Она украшала собой любую одежду. Придавала смысл каждому действию. Встань она как-нибудь утром на голову — и Бах немедля встал бы рядом вверх тормашками и простоял бы так весь день, радуясь и не спрашивая зачем.

Клара вела их незамысловатое хозяйство спокойной и твердой рукой. Чистила и потрошила рыбу (для похлебки), собирала первую зелень (для чая), сушила почки и молодые побеги (для лечения простуд), ходила на дальние поляны за березовым соком (для придания сил по весне) и на ближние — за глиной для укрепления пола. Копала огород и каждое утро, стоя на грядках лицом к восходящему солнцу, молилась о хорошем урожае. Сразу после шла в сад и молилась повторно — о яблонях просила особо. Кормила Баха, лечила его, учила. Штопала одежду. Стала прясть и ткать: пока запасов одежды хватало, но следовало подумать о будущем. В амбаре нашли несколько тюков нечесаной шерсти, видимо, заготовленной на продажу, — и однажды холодным темным вечером земляничная прялка вновь зажужжала, заплясали по гостиной хороводы огненных бликов. Работала Клара босой, как и положено истинной пряхе. Глядя на ее быструю ступню, жавшую на педаль, Баху хотелось лечь на земляной пол у подножия прялки и лежать так, не шевелясь, а только слушая и наблюдая.

Ему часто хотелось лечь у Клариных ног. О большем и не мечтал — и думать не смел, и стыдился, и гнал все мысли. А Клара вдруг пришла к нему сама, ночью — это случилось в первый год, ближе к весне. Могла бы просто позвать. Но она вышла из девичьей в гостиную, где спал на деревянной лавке Бах, нащупала в темноте его руку, уже заскорузлую от работы, и потянула за собой. Он спросонья не понял ничего, позволил отвести себя куда-то, уложить — и, только ощутив рядом с собой Кларино теплое тело, вдруг понял все, дернулся, как от ожога, вскочил, метнулся к окну. Скажи она хоть слово — он, верно, закричал бы в ответ, так звенело и дрожало у него все внутри. Но в комнате было тихо, сумрачно. Бах слышал только собственное громкое дыхание. И через некоторое время он вернулся в Кларину постель, лег под родную утиную перину… С того дня стали спать рядом.

Во время коротких ночных свиданий его не покидало ощущение, что Клара постоянно чего-то ждет; что широко распахнутые глаза ее смотрят не в бревенчатый потолок, а куда-то выше и насквозь — в будущее и видят там картины прекрасные и притягательные, недоступные Баху. Днем иногда замечал, как она, подрезая яблоневые ветви в саду или очищая картошины, вдруг замирала, словно прислушиваясь к чему-то внутри себя, оставляла работу и уходила на берег, сидела там подолгу, глядя на реку; возвращалась румяная, с блестящими глазами. А когда затем наступали неизменные дни женской хвори — бледнела, глядела растерянно и грустно.

Баха страшила даже мысль о ребенке — своим приходом в мир он разрушил бы их спокойное существование, — но перечить Кларе не смел и старался дать ей, чего так ждала ее душа. Старался изо всех сил — и каждый раз, видя ее потухшие глаза во время очередного недомогания, понимал с тоской: зачатия не случилось — он не сумел подарить Кларе даже этой малости. Скоро стало очевидно: их с Кларой невенчанный союз бесплоден.

Часто спрашивал себя: что может он дать Кларе? Она дала ему все: отцовский хутор со справным домом и плодоносным садом, полный нужных для жизни вещей; так милое его сердцу уединение; умение работать и ощущать жизнь. Наконец, Клара дала ему себя. Он же взамен дал так мало: ни радости иметь красивого и достойного мужа, ни приятного общества — в колонии, ни сильной руки — на хуторе. Все рассказанные им когда-то истории о благословенном Гнадентале и его чудесных обитателях обернулись если и не обманом, то просто пустыми сказками. Крючком, на который попалась бедная рыбка Клара. А он сам? Неужели и он был всего лишь крючком, жадно заглоченным в приступе голода? Мучился виной. Отчаянно старался найти, что дать Кларе, — пусть невеликое, даже мизерное — и не находил.

Он мог бы отдать Кларе последнее яблоко в голодное время — но еды на хуторе доставало. Мог бы укутать ее последней теплой вещью в зимний холод — но сундуки в доме были полны одеждой и бельем. Мог бы работать для нее — и работал — не покладая рук, с последней утренней звезды и до первой вечерней; но она работала наравне, зачастую больше и проворнее него. Бах не мог дать Кларе ничего из того малого, что имел, умел или знал. Единственным — и весьма невеликим — даром был он сам: хлипкое тело и душа, полная невысказанного обожания и собачьей верности.

Защитить Клару, спасти от опасности — вот чего Баху хотелось бы по-настоящему. Но медведи и волки из лесу не выходили, а злоязыкие люди остались на другом берегу Волги. На всякий случай Бах каждый вечер плотно закрывал ставни и запирал двери, прислонял у входа большие вилы. Клара смотрела на его приготовления печальными глазами. В глубине души Бах догадывался: ей требовалось иное — не закрываться и обороняться от мира, а влиться в него; освятить в церкви их союз, помириться с общиной, выезжать в Гнаденталь на воскресную службу, а затем, глядишь, и в Покровск — на пасхальную ярмарку. Но преодолеть себя и оставить на ночь открытым хоть одно окно — не мог: боялся.

Страх потерять любимую женщину поселился в нем давно. Бах даже не мог бы вспомнить, когда этот страх впервые обнаружился в его организме. Но каждый раз, в красках представляя себе исчезновение Клары, Бах чувствовал, как мышцы его схватывает озноб: мускулы и сочленения словно медленно покрывались инеем, немея и теряя чувствительность. Из всех ощущений оставалось одно-единственное — холод. Этот холод пробирал щуплое тельце Баха и заставлял трястись — в меховой душегрейке или под жаркой периной, — обтекая пóтом и покрываясь мурашками. Этот холод накатывал нежданно, в самые разные моменты: во время посадки яблоневых саженцев или сколачивания расшатавшихся досок ограды, во время выуживания сазанов из Волги или опрыскивания соломенной крыши солью. Бах бросал все: саженцы, сазанов, соль — и бежал искать Клару. Запыхавшийся, с мокрым лицом, находил ее; стоял рядом и смотрел, не в силах вымолвить ни слова. Она не ругалась — просто улыбалась в ответ. Не будь этой спокойной и мудрой улыбки, сердце Баха давно поизносилось бы в страхе, как изнашивается от долгой носки даже самый крепкий башмак.

Однажды ночью подумалось: стал как жадный гном, трясущийся над золотом. Как Удо Гримм, пытавшийся отгородить дочь ширмой от всего света. Из-за мысли этой долго не мог заснуть. А когда Кларино легкое дыхание на соседней подушке стало медленным и глубоким, выскользнул из-под перины, взял в охапку одежду и вышел в ясную морозную ночь. Решил сходить в Гнаденталь — один, без твердой цели или намерения. Минул год их уединенной жизни на хуторе — пришла пора осторожно выползти в мир и попробовать его на ощупь: изменилось ли в нем что-то? Можно ли вывести туда Клару — хотя бы на один день?

Перебирался через Волгу долго, при свете белого месяца и белых же звезд, — показалось, что река стала шире, хотя быть этого, конечно, не могло. Заметил, что санный путь, который прокладывали обычно зимой по волжскому льду, в этом году хорошо наезженный, твердый — немало повозок прошло по нему в обе стороны, вверх и вниз по реке.

Снегоступы шагали по сугробам будто сами по себе, а Бах не отрываясь глядел на приближающийся Гнаденталь. Колония простиралась перед ним вся, от первого дома на окраине и до последнего, подвешенная к небу за черный шпиль колокольни. Дома были темны — спали. Спали и хлева, и сады; и только голубые свечи дыма из труб едва заметно изгибались и клонились куда-то вправо, словно искаженные отражения в кривом зеркале. Сонная картина эта была знакома, привычна — кроме того, что дымных столбов стало меньше обычного: топились отчего-то не все дома. Бах снял снегоступы, спрятал их в сугробе у пристани и вошел в спящее село.

Все здесь было, как помнил с юности: деревянные заборы ровны, беленые фасады чисты, наличники и двери нарядны. Лишь большой дом на главной улице — "дворец" мукомола Вагнера из крашеного саратовского кирпича (не дешевого саманного, а дорогого фабричного) под диковинной черепичной крышей — глядел странно: все стекла в окнах были выбиты, черными звездами зияли дыры. Бах подошел ближе. Забор палисадника исчез, кусты черноплодной рябины вытоптаны. Оборванные веревки плюща болтаются на стене запутанными концами. Чугунные перила крыльца покрыты слоем чего-то серого: показалось — плесень, оказалось — иней. В приоткрытую дверь уже надуло большой сугроб.

Хрустя рассыпанным по полу стеклом, Бах пошел по пустому дому. Он бывал здесь не раз и хорошо помнил обстановку, от которой теперь почти ничего не осталось: голые стены топорщились задубелыми обоями (ни в одном другом гнадентальском доме обоев не было, и селяне любили приходить к Вагнеру любоваться "настенными картинами"), половицы выдраны, ковры и мебель исчезли. Распахнула щербатую пасть большая фисгармония, поставленная каким-то шутником на попа. Под ногами вперемешку с осколками валяются фотографии, черепки посуды, птичьи перья и обломки гипсовых фигур, к которым хозяин питал особое пристрастие. Бах поднял один снимок, отряхнул пальцами ломкий лед — узнал на портрете вагнеровскую мать. Разглядел в куче хлама цельную гипсовую руку — изящную женскую кисть с кокетливо отведенным мизинцем, размером с обычную человеческую, — подобрал и положил на подоконник. Заглянул в несколько печей, крытых синей свияжской плиткой: устья обметаны густым инеем.

Вышел во двор. Все двери в хозяйственных постройках — настежь. Вынесено все до последнего гвоздя: плуги, упряжи, клейма для скота, скребки, серпы, коромысла, рубели, фонари, терки и котлы для арбузного меда, маслобойки, меленки, мясорубки. Деревья в саду поломаны, а каменная печка летней кухни раскурочена, словно здесь бушевал какой-то злобный исполин…

Еще пять разоренных домов насчитал Бах той ночью в Гнадентале — каждый стоял пустой и тихий, крытый инеем и скованный льдом. Бесшумной тенью скользил по ним Бах, разглядывая в белом свете луны мертвые покои. Чья злая воля опустошила их, оставив хозяев без крова? Настигла ли преступников кара? Куда делись хозяева? Вынесенное добро и уведенный скот? Да и что это был за жестокий год, в который маленькая заволжская колония разом лишилась самых добрых и зажиточных своих дворов?

Год Разоренных Домов назвал его про себя Бах, торопясь вернуться к рассвету на хутор. Кларе ничего не сказал — не хотел тревожить. Дела в миру творились странные — выходить было опасно.

Как же бесконечно прав он оказался! Не прошло и полугода — едва степь на левобережье окрасилась в жаркий тюльпанов и маков цвет, а прозрачное весеннее небо распахнулось ввысь, до самых дальних планет и звезд, — как эту самую степь расчертили бесконечные потоки чужих людей, а небо — вереницы железных птиц. Иногда людские потоки скрещивались, клубились в местах пересечения белым дымом и красной пылью; затем вновь расходились, оставляя за собой на вытоптанной земле россыпь людских и конских тел, пожженных телег и орудий. Звуков слышно не было, только аханье взрывов долетало до правого берега — много позже того, как пороховые облачка поднимались ввысь и мешались с небесными. Самолеты то опускались низко, едва не бороня пашни пузатыми брюхами, то поднимались выше орлов и беркутов; изредка, заваливаясь на одно крыло и низко крича механическими голосами, падали куда-то за горизонт…

Осенью, когда степь выцвела и поседела от солнца и распахавших ее взрывов, а леса на правом берегу вспыхнули рыжим и багряным, по Волге потянулись эскадры. Катера и канонерки, ощетинившись дулами орудий, устало тащились по реке косяками угрюмых железных рыб. Некоторые были ранены — с распоротыми бочинами и перебитыми хребтами. Одну долго латали, пришвартовав у гнадентальской пристани. Другая затонула прямо напротив Гнаденталя, быстро и беззвучно погрузившись в воду всем своим шипастым телом.

Бах с Кларой наблюдали эти картины с обрыва. Понять ничего не могли. Возможно, это была война. Возможно, гнадентальцы успели спасти хоть малую часть посеянного хлеба. А возможно, и нет — если всех мужчин забрали воевать, как забирали до этого в Галицию и Польшу, где Российская империя вот уже несколько лет воевала с Германской. Возможно, та далекая война перехлестнула через границу, прокатилась по южным степям и калмыцким равнинам, добралась до сонного Поволжья... Любое из предположений — страшило. Клара стала подолгу молиться: чтобы их хутор, спрятанный от людских глаз на лесистой вершине, оставался бы незамечен. Она вдруг поверила, что Бог до сих пор не дал им ребенка, чтобы оградить его от ужаса войны, а после ее окончания зачатие непременно случится. Бах не разубеждал.

Война длилась больше года. Бах назвал его про себя *Годом Безумия:* в беззвучных картинах гибели многих людей и машин было, несомненно, что-то дикое, за гранью понимания.

В конце следующей осени людские потоки оскудели, затем иссякли. Лед на реке встал в ноябре, не потревоженный твердыми телами военных кораблей: железные рыбы и птицы не то перебили и пожрали друг друга, не то отправились по домам. И заснеженная Волга, и небо над ней стояли чистые, тихие. И Рождество нынче выдалось тихое: не мчались по льду нарядные тройки, полные хмельных и веселых парней; не тянулись чинные обозы с колонистами, выехавшими в соседнее село проведать родню. В одну из таких безмолвных ночей Бах вновь решил наведаться в Гнаденталь. Идти не хотелось, но заставил себя — ради Клары, которая к тому времени так похудела и побледнела в беспрестанных молитвах о зачатии, что напоминала Ледяную деву, а не юную женщину. Быть может, яростный мир успокоился немного и готов дать Кларе то, что она заслужила — венчанный брак и радость бывать на людях? Быть может, выход в Гнаденталь отвлечет ее от мыслей о ребенке?

То ли выпавший снег был вязок и обилен, то ли тело Баха ослабело — он шел через реку еще дольше, чем в прошлый раз. Луна была бледна и мутна, как обломок жженого сахара, небо — темно и беззвездно. Домишки Гнаденталя бугорками кофейной гущи лепились на горизонте.

И вновь показалось, что дымных столбов, тянущихся от крыш ввысь, убыло.

Сами дома подурнели, глядели неряшливо: тут створка ворот покосилась, там наличники с окна содраны, здесь кладка у кирпичного забора выщерблена; выбитое окно заколочено досками и законопачено тряпьем — бельмом торчит на фасаде; разбит и сам фасад — побелка в сети трещин, вываливается кусками. Глаза Баха, давно привыкшие на хуторе к скупому свету лучины и свечи, видели зорко — приглядевшись, он различил приметы не времени, но прокатившейся здесь войны: окна, и стены, и заборы были разбиты пулями и снарядами.

Разоренных домов не стало больше, зато появились покинутые: с наглухо заколоченными дверями и ставнями, запертыми накрепко воротами и подушками снега на скатах крыш и фундаменте. "Дворец" Вагнера изветшал вконец, превратился в кирпичный скелет — без окон, дверей и черепицы на крыше. Только чугунные цветы, обвивающие крыльцо, еще напоминали о былом великолепии.

Бах шагал по главной улице Гнаденталя, удивляясь, как широка и тверда она была этой зимой — словно ходили здесь и ездили на санях не пара сотен колонистов, а тысячи людей и скота. Уже выходя на рыночную площадь, заметил, что дорога стала грязной — лед под ногами потемнел.

Огляделся. Низенькие деревянные столы, за которыми летом продавали всякую снедь гнадентальские хозяйки, а зимой играла детвора, исчезли. Между тремя могучими карагачами, занимающими центр площади, были проложены на высоте поднятой руки толстые длинные брусья, образуя подобие огромного треугольника. По всей длине в брусья были вбиты железные крючья, на некоторых до сих пор болтались обрывки заледенелых веревок. Виселица?

Снег под брусьями был черный, словно кто-то ведрами разливал здесь чернила. Несколько тяжелых колод, изрубленных по верху и залитых все тем же черным льдом, валялось неподалеку. В стволе одного из карагачей торчал позабытый кем-то большой нож. Кое-где на снегу — бурые кляксы коровьих лепех. Нет, не виселица — скотобойня.

Бах медленно пошел по площади, пытаясь воссоздать картину. Видимо, сначала скот вели к колодцу и обливали водой, очищая шкуры от грязи: колодезный сруб оброс льдом, как пень — муравейником; сам лед — истоптанный сотнями копыт.

Затем подводили к деревьям и убивали выстрелом в ухо — вмерзли в снег почернелые гильзы. Странно, что тратили патроны. Обычно удара в лоб кувалдой хватало, чтобы оглушить даже быка; за следующие несколько секунд опытный убойщик успевал нащупать на шее артерию и перерезать ее. Возможно, поначалу так и делали, а потом что-то случилось: убойщик отказался работать (устал?) или скот разволновался, и подходить к быкам стало опасно. Или — умелые убойщики и вовсе не захотели участвовать в затее, и потому пришлось убивать скот, как противника на войне, пулей в голову?

После отстрела животным вскрывали горло и подвешивали меж карагачей, на брусья — для спускания крови. Почему не подставляли под туши лохани или ведра, чтобы позже изготовить кровяную колбасу? Или — подставляли, но не хватало тары, и потому лили прямо на снег? Или — торопились так, что не до колбасы было? Бах наклонился и выломал из-под ног кусок льда — черно-бурого, с яркими багровыми искрами на изломе. Странная бойня случилась совсем недавно: площадь еще не успело запорошить снегом.

Дальше обескровленные туши спускали на землю и снимали шкуры — вот здесь, на наспех сколоченных распорках. Тут же вынимали внутренности. Разделывали на колодах. Вряд ли освежеванные туши подвешивали повторно для просушки; по всему видно — торопились, работали кое-как: вокруг валялись ошметки потрохов, обломки копыт, смерзшиеся комья хвостов, выбитые коровьи зубы. Бах подобрал один — желтый и крепкий, мало стесанный поверху, — от молодой телки или годовалого бычка.

Куски разделанного мяса кидали на сани и увозили к волжскому тракту: санная колея была широка и наезжена, лед на ней застыл камнем и был густо испещрен кровяными потеками — говядину увозили еще парной, в дороге она наверняка смерзалась в глыбы. По тракту могли уйти налево — на Цуг, Базель и Гларус или, что вероятнее, направо — к Покровску, от которого и до Саратова рукой подать. На обочине Бах заметил несколько мелких трупов — собаки, видно, хотели полакомиться потрохами, да были пристрелены.

Вопросы роились в голове. Бах силился найти хоть одно разумное объяснение, но не умел: каждое предположение рождало следующие вопросы, которые влекли за собой новые догадки, всё более фантастические и невероятные.

Сколько здесь было забито коров — несколько сотен? Тысяча? В Гнадентале такого большого стада не было никогда. Значит, приводили из соседних колоний, и много приводили.

Кому потребовалось такое невероятное количество мяса? Какому ненасытному великану? И успеет ли он заглотить все заготовленное до наступления весеннего тепла?

Какое самоубийственное безрассудство овладело колонистами, если они решились разом продать кому-то чуть не весь свой крупный скот? Или то было сделано не по доброй воле, а по принуждению? Кто же мог заставить крестьянина добровольно отвести любимого вола или корову на такую жестокую смерть?

Почему решили забивать скот именно в Гнадентале? Возможно, дальше идти коровы уже не могли — были истощены. Или — их нечем было кормить в пути. Откуда же, с каких дальних краев их гнали? И какие варвары вывели стада на перегон по морозу, снегу и льду — зимой, когда большинство коров стельные? Да еще без запаса фуража?

Ответов не было.

Между карагачами, в центре образованного ими треугольника, высилась какая-то темная глыба. Издали показалось: мерзлые потроха. Подошел поближе, присел на корточки — и тут же дернулся, упал, пополз на коленях прочь. Кислая дурнота вздрогнула в желудке, подкатила к зубам и выплеснулась на снег.

Нерожденные телята. Во время забоя их доставали из материнского чрева и швыряли в отдельную кучу — видимо, не могли решить, отнести ли их к полезному мясу и погрузить на сани или к ненужным потрохам. Решить не успели: телята быстро срослись на морозе в огромный ком уродливых лобастых голов с зачатками ушей, голенастых ног с растопыренными копытцами, тонких ребер под розовой кожей в синих разводах вен, больших темных глаз и почти человеческих губ. Такую глыбу ломом бей — не разобьешь. Так и оставили на снегу — весной оттают.

Бах поднялся с колен и торопливо зашагал прочь — с площади, с улицы, из Гнadenталя. Нет, в этот мир вести Клару было нельзя. И самому здесь показываться также не стоило. А минувший год Бах так и назвал про себя — *Годом Нерожденных Телят*.

Он видел тех телят еще раз: весной, во время паводка, заметил вынесенные волной на камни останки, с короткими ножками и мелкими лепестками ушей на огромных головах. С противоположного берега их принести не могло — вероятно, тельца плыли из соседней колонии, выше по течению:

когда пришло тепло, мучиться с закапыванием в землю мерзлых потрохов не стали, а попросту спустили в реку. На следующий день Бах хотел было сбросить их обратно в воду, но, придя на берег, уже не нашел: ночью телят забрала Волга.

Целый год в мир не выходил — незачем. Иногда вечерами стоял на обрыве и смотрел на Гнаденталь. Дымовых столбов над крышами не видел: то ли зрение с годами стало хуже, то ли их и вправду не было. Клара ходить на берег перестала. И надеяться зачать — тоже перестала. Бах рассказал ей о своих ночных вылазках — она выслушала, вздохнула еле слышно; с тех пор и молиться подолгу — перестала тоже.

Она за последние годы словно стала ниже ростом и меньше телом — истаяла. Запястья ее стали тонки — казались ветками, а пальцы — и вовсе ковыльными стеблями. Сзади ее можно было принять за подростка. Бах удивлялся, как столь хрупкая оболочка могла вмещать такое крепкое содержимое: неутомимое трудолюбие, каменное спокойствие, мужество принять собственную бесплодность. Единственный раз Бах видел — подсмотрел случайно, — как обычно невозмутимая Клара перестала владеть собой. Она подрезала тогда ветви яблонь в саду. Вернувшись раньше времени с берега, Бах шел к ней меж деревьев не таясь, но сильный ветер шумел ветвями — Клара не слышала чужих шагов. Только что работала ножницами, аккуратно и споро, — вдруг уронила их на землю, оперлась рукой о ствол, постояла так с полминуты и сжатой в кулак другой рукой начала бить себя в живот. Лицо ее при этом оставалось безучастным и неподвижным, только глаза прикрыла — не то от боли, не то от стыда. Била долго, яростно. Все это время Бах стоял растерянный, ошеломленный, спрятавшись за деревьями, не зная, бежать ли к ней или от нее. Потом разжала кулак, подняла ножницы и стала работать дальше. А он ушел из сада, так и не обнаружив себя. Больше такого за ней не замечал. Но наступившим летом впервые увидел, как Клара, срывая с ветки особо крупное яблоко, украдкой оглаживает его перед тем, как положить в корзину, — словно это не плод, а мягкая детская головка.

Следующей зимой ни одни сани не проехали по волжскому льду: река стояла пустая, белая, расчерченная лишь зигзагами волчьих следов. Сверху висел белый же покров неба. Иногда в этой бесконечной белизне вдруг появлялась темная точка или две — путники: они возникали ниоткуда и тянулись по Волге, медленно и потерянно, словно не имея конечной цели; пути двух идущих навстречу могли сблизиться, но никогда не пересекались — люди будто не видели друг друга и слепо плелись мимо.

Обычно зимой колонисты предпочитали сидеть по домам, а уж если и выбираться куда, то верхом или в повозке; теперь же и дня не проходило, чтобы Бах не замечал на бескрайнем полотне реки пешего странника. Поначалу не мог понять, какая сила выгоняет несчастных из теплых домов и гонит куда-то, едва одетых, по сугробам за многие версты. Затем понял: людей гнал голод. Некоторые были так истощены, что руки и ноги их, торчащие из прикрывающих тело лохмотьев, походили на палки, а лица — на скорбные маски. Некоторые были безумны. Некоторые, проходя мимо Гнаденталя, падали в снег и не поднимались больше. Если Бах замечал таких, то надевал снегоступы, брал сани, топор и брел через реку. За пару часов добредал. К тому времени несчастный был уже мертв. Бах клал его на сани, впрягался и тащил к ближайшей проруби. Разрубал топором наросший лед, бормотал короткую молитву и спускал успевшее закоченеть тело в Волгу. Сначала сомневался, стоит ли ему, человеку без искренней веры в сердце, читать молитву над усопшими. Решил, что стоит: сами они, верно, были бы рады молитве из любых уст. Сомневался еще и потому, что определить вероисповедание умершего было невозможно. Решил, что лютеранская молитва, прочитанная над католиком, православным или магометанином, все же лучше, чем никакая. И потому читал над всеми, даже над татарами и киргизами. Накормить голодных он не мог, а похоронить, чтобы тело не пожрали волки, — мог. Сколько схоронил — не считал. Страшный год этот назвал *Годом Голодных*.

Думал, что не может быть ничего страшнее. Оказалось, может: через год взрослые путники пропали — по волжскому льду потянулись дети. Маленькие старческие лица; угрюмые звериные глаза; черные от цинги зубы; затылки — шелудивые собачьи шкурки; руки — костлявые птичьи лапки. За один день Бах похоронил трех таких. Решил, что больше на берег не пойдет, — наблюдать с обрыва *Год Мертвых Детей* сил не было. Пришел домой, лег под утиную перину, закрыл глаза и стал ждать весны.

6

Грохот — сильный и резкий, как удар грома. Бах отбросил перину, сел в постели. Гроза — в начале апреля, когда снега еще не сошли с полей? Встряхнул головой, огляделся. Вокруг — холодный утренний мрак. В щели закрытых ставней пробивается скупая рассветная дымка. Показалось? Рядом зашевелилась сонная Клара.

Повторный грохот. Вернее, стук — требовательный и долгий — во входную дверь и в окна кухни. Стучали так сильно, что было отчетливо слышно даже в спальне.

Вскочила и Клара, ахнула еле слышно. Бах нащупал в темноте ее руку, сжал: молчи! Может, потрутся незваные гости у дверей, да и пройдут мимо. Хотя на счастливый исход надежды было мало.

Снаружи раздался глухой удар, затем звон стекла — кто-то сковырнул запор со ставни и разбил окно. Умело разбил, твердой привычной рукой.

— Эй, хозяева дома есть? — Голос — дерзкий, с наглецой; говорит по-русски, но не спокойно и плавно, как в соседних деревнях, а быстро, словно торопясь.

— Где ж им быть… Вон дым какой щедрый из трубы валит, — второй голос, властный и тихий.

Дверь спальни была приоткрыта — Бах ясно слышал каждую фразу. Известных ему русских слов едва хватало, чтобы понять все, однако опасность обострила восприятие: он схватывал и осознавал главное — скрытую в речи угрозу.

Хрястнула от удара оконная рама, зазвенели, осыпаясь, осколки, захрустели под тяжестью немалого тела — кто-то лез в окно, большой и увесистый; резался о стекло и бормотал вполголоса ругательства, которых Бах не понимал, но о смысле которых догадывался.

Стараясь двигаться бесшумно, Бах сполз на пол, встал на колени и потянул за собой оцепеневшую Клару. Когда она очутилась рядом — дышит часто и прерывисто, сквозь зубы, словно продрогнув на морозе, — пригнул ее голову к земляному полу, толкнул в спину: скорей, под кровать! Она поняла — юркнула в пыльную щель, втянула за собой края ночной рубахи. Бах на ощупь стянул со спинки кровати остальную одежду и сунул вслед. Клара затаилась — не стало слышно даже дыхания.

А тот, на кухне, владелец дерзкого голоса и увесистого тела, уже спрыгнул на пол — захрупало стекло под сапогами, — отодвинул засов и распахнул входную дверь:

— *Entrez*, господа! Или кто вы там теперь по-новому будете…

— Не гарбузи, дура! — Тихий властный голос — уже в доме. — Сейчас тебе хозяин организует это самое "антрэ" — промеж глаз из двух стволов…

Что делать, Бах не знал. Все, чем можно было защищаться, — ножи, молотки, сковороды и прочая утварь — находилось на кухне. Вилы, которые он каждый вечер прислонял к дверному косяку, — там же. Серпы, лопаты, сечки — в сарае. Ружья в хозяйстве не было. А в спальне — так вообще ничего не было, кроме кровати, бельевого комода и пары стульев. На цыпочках Бах шмыгнул к окну и нащупал у стены небольшую скамеечку — когда-то на ней любила сидеть за прялкой Тильда, а теперь вечерам присаживалась Клара, чтобы распустить шнурки на ботинках. Он ухватил скамейку за резные ножки, приподнял над головой и замер у двери: самого первого, дерзкого, он оглушит ударом. Постарается попасть в темя. Как говаривал свинокол Гауф, "шибай быка и хряка в лоб, а человечка — по темечку". Если повезет — свалит с ног. А дальше?

— Вдруг здесь и не хозяин вовсе, а хозяйка? Какая-нибудь прекрасная мельничиха? — Дерзкий голос быстро перемещался по гостиной, от стены к стене. Хлопнула печная заслонка, щель под дверью засветилась нежно-желтым — видимо, в комнате зажгли свечу. — А, господа?! Чепчик тонкого кружева. Ноготочки чистые, розовые, так и светятся. Ямочки на щеках. А сама пахнет… водой лавандовой из лавки Контурина, по рупь двадцать флакон…

— Тьфу, паскудство какое, аж зубы свело! — опять властный голос. — Дом иди проверь, трещотка. И как тебя только твой полковник терпел… А ты что застыл, малёк? Рундуки, подпол, чердак — облазить. Искать — еду, спички, оружие. Ну!

Значит, есть еще и третий. Сколько же их нагрянуло, незваных гостей?

Дверь распахнулась внезапно — пнули сапогом. Показалось, кто-то сильно ударил в лицо — но это был всего лишь неяркий свет. Бах не успел ничего сделать, даже вдохнуть не успел, — так и застыл, не дыша и держа в вытянутых руках скамейку.

Из гостиной на Баха смотрел человек — густо, по самые скулы, обросший щетиной, в грязной шинели, давно потерявшей и цвет, и погоны, и прочие знаки различия. Глаза — шалые, со злым прищуром — нагло глядели из-под драной меховой шапки. Тот самый — дерзкий, понял Бах. В одной руке тот держал горящую свечу, в другой — револьвер.

“Опусти скамейку”, — показал стволом. Бах медленно помотал головой: не опущу. Но руки его, дрожавшие от напряжения, словно держал на весу целый стол или комод, внезапно так ослабели, что сами согнулись в локтях и поставили скамейку на пол — аккурат к стенке, где она до этого и стояла. Человек одобрительно кивнул.

“Садись теперь на нее”, — вновь показал стволом. Бах хотел остаться стоять, уперся босыми пятками в пол, но ноги его словно подкосились от неторопливых движений черного револьверного дула, затряслись мелко и противно — и через мгновение опустили застывшее тело на скамейку. Вдруг понял, что озяб, словно сидел не в теплой комнате, а где-нибудь на волжском обрыве. Обхватил себя руками, чтобы унять дрожь.

— Знакомьтесь, господа! — закричал дерзкий, по-прежнему держа Баха на прицеле. — Наш гостеприимный хозяин! С виду несколько диковат, но в обхождении приятен!

Их было всего трое — незваных гостей. Кроме дерзкого, еще крепкий мужик: широкое калмыцкое лицо в окладистой бороде, узкие глаза прячутся под набрякшими веками, неожиданно короткий нос придает облику что-то животное, не то от летучей мыши, не то от дикой кошки. И мальчишка лет четырнадцати, лобастый, светлоглазый, кадыкастая шея торчком из большой, не по размеру фуфайки. Сгрудились вокруг Баха, таращатся. В руках у мужика Бах заметил свои вилы, а за спиной — ружье.

— Немчура, — уверенно произнес мужик, рассмотрев Баха. — У этого непременно должно быть что в доме припрятано. Немцы — народ запасливый.

— Так и погостить бы у него пару деньков, — дерзкий мечтательно оглядел спальню, ковырнул стволом револьвера свесившуюся на пол утиную перину. — Отоспаться, отожраться на германском-то харче. Не все ж по лесу волками шастать.

— Погости, — легко согласился мужик. — А комиссар красный тебя разбудит, когда ты после этого самого харча на пуховой постели дрыхнуть будешь и вшей на пузе чесать. Мы с мальцом к тому времени уже за Вольск уйдем.

Откинув голову к стене, Бах чуть скосил глаза: не выглядывает ли из-под кровати конец Клариной ночной рубахи? Нет, не выглядывает: щель под кроватью совершенно черна. Торопливо отвел взгляд, чтобы гости не заметили, уткнул в потолок.

— Кому сказано — облазить дом! — Мужик зыркнул на пацана, и тот, шаркая башмачищами и снимая на ходу с плеч объемистую холщовую котомку, кинулся обратно на кухню. — Ты хозяина покарауль, — приказал дерзкому. — А я по двору пройдусь, гляну хваленое немецкое хозяйство. — И вышел вон, опираясь на вилы, как на посох.

— Дал бог сотоварищей, — забурчал дерзкий тихо, себе под нос. — То ли порешить, а то ли дальше дружить…

Где-то на кухне громыхала посуда, звенело стекло, звякали крышки кастрюль — мальчишка прилежно шарил по кухне.

Дерзкий, не отводя от Баха ствол револьвера, поставил свечу на комод, сам сел на кровать. Посидел немного, с наслаждением оглаживая грязной рукой мягкие простыни.

— Смотри у меня! — предупредил, погрозив револьвером, как грозят пальцем малым детям, а затем с долгим протяжным стоном рухнул на спину, в мягкое облако подушек и простынь.

Дуло револьвера глянуло из вороха ткани и перинных складок — дерзкий наставил оружие на Баха да так и лежал, глядя на него осовелыми глазами.

Бах сидел на скамейке, по-прежнему обнимая себя. Дрожь в теле не прошла: трясло не только руки и ноги, а все внутри — и ребра, и живот, и сердце, и остальные потроха колотились мелко, каждый орган по отдельности, как терновые косточки в детской погремушке. Скоро гости уйдут. Еду — заберут. Мешок с горохом, вяленых окуней, морковную муку, сушеные яблоки… Пусть. Спичек в доме не водится уже который год. Оружия нет. Кроме еды ничего не найдут. А заберут еду — и уйдут. Уйдут. Уйдут.

— Да, спать вы умеете, — дерзкий с сожалением поднялся с кровати — на развороченном белье остался вмятый след.

Подошел к комоду, равнодушно глянул на украшавшую его нитяную накидку, поверх которой вот уже семь лет лежал томик Гёте. Вытянул верхний ящик: мужские рубахи, полосатые шерстяные носки, вязаные перчатки в мелкий узор. Примерил перчатки — оказались малы. Пошарил для порядка по дну — нашел только пару костяных пуговиц.

Бах смотрел на ленивые, скучающие движения дерзкого и никак не мог вспомнить, на которой из полок лежит одежда Клары. Вспомнить мешал озноб — тело колотило так, что боялся упасть со скамейки.

Дерзкий вытянул второй ящик: ровные стопки простынь и наволочек в тонких полосках вышитой тесьмы; пара лоскутных покрывал; клетчатая скатерть. И здесь — ничего.

Взялся было за ручку третьего, но в этот миг Бах рухнул со скамейки на пол и на корточках метнулся из спальни прочь.

— Шкет! — заорал дерзкий, устремляясь следом. — Держи его!

Никакого плана у Баха не было — просто хотел вывести чужих из дома. На ходу вскочил на ноги, рванулся было к двери, но в колени ему уже кинулось что-то костлявое и юркое — мальчишка. Упали вместе, закрутились клубком. Сверху бухнулось тяжелое тело дерзкого.

Что-то вцеплялось в Баха, ударяло его, вертело и тащило. Он отбивался, рвался к двери, брыкался. Чувствовал чужое влажное дыхание — со всех сторон. Озноб сменился горячкой — мгновенно, словно бросили в пылающую печь. Стало жарко хребту и шее, лицо замокрело от пота. Ударился лбом о стену, плечом — о ножку стола. Задребезжала посуда, звякнули упавшие половники. Хрустнуло стекло разбитого окна — в спину впилось несколько осколков. И тотчас кто-то зашипел от боли, совсем рядом, — хватка вокруг Баха ослабла, и он пополз к двери, ладонями по стеклянному крошеву. Толкнул дверь лбом, обернулся на тех двоих: ползут ли вслед? Хотел перевалить через порог — и ткнулся головой в чьи-то крепкие грязные сапоги.

Поднял глаза: мужик с калмыцким лицом — обошел двор и возвращается в избу. Видно, так и ходил по хутору с вилами наперевес. Этими же вилами подтолкнул Баха легонько в спину: ползи обратно в дом. Бах заполз, ощущая, как горят оцарапанные в кровь ладони. Дерзкий, видимо, также порезался — нетерпеливо тряс в воздухе рукой, гримасничал.

— Не поладили? — усмехнулся мужик, придерживая Баха вилами на полу, словно пойманную щуку острогой. — А как же погостить? Похарчеваться?

Не отвечая, дерзкий только глянул зло и ушел в спальню. Загремел там ящиками комода — видно, искал, чем перевязать руку.

— После похарчуемся, — мальчишка гордо раскрыл котомку, доверху набитую найденной в доме снедью.

Мужик одобрительно кивнул.

Внезапно в спальне стало тихо, а пару мгновений спустя раздался хохот — громкий, на весь дом. Дерзкий возник в проеме двери, красный от смеха, держа в перевязанной кое-как руке маленький белый предмет — женский чепчик.

— Прекрасная мельничиха, господа! — объявил громко.

Бах задергался, но четыре стальных острия крепко прижимали его к полу.

— Не до гнусностей, светает уже, — мужик так сильно вдавил зубцы в спину Баха, что дышать стало невозможно. — Кто знает, какие на этом хуторе гости днем объявиться могут. Вяжем хозяина, чтобы раньше времени о нас не растрепал, и рвем отсюда. Давай, малёк, ищи веревку!

Пацан зашнырял по кухне и гостиной; не найдя веревки, принялся рвать на лоскуты простыню.

— А если она растреплет? — Дерзкий не отрываясь рассматривал чепчик со всех сторон, словно ничего интереснее не видывал, и даже вывернул его наизнанку. — Едва мы за порог, а она в село ближайшее резвыми ножками — топ-топ-топ? И про нас там алыми губками — шу-шу-шу?

Мужик вздохнул тяжело и длинно. Помолчал.

— Ладно, ищи свою бабу, только поскорей.

— Что ее искать-то? — Дерзкий подкинул чепчик в воздух и поймал зубами, как дрессированный щенок; порычал, дурачась, потряс головой, затем выплюнул чепчик на пол. — В спальне она, под кроватью. Недаром нас хозяин оттуда увести хотел.

Бах что есть силы вдавил лицо в пол, ощущая, как в лоб впивается злая стеклянная пыль, а глаза застит чем-то густым и черным. По телу, от живота к горлу, пошли горячие волны; замычал, извиваясь, позабыв про воткнутые в спину вилы. Но сверху уже навалилась тяжеленная туша, раскатывая его по полу, как тесто, выдавливая из легких воздух: мужик оседлал Баха, пацан засновал вокруг, связывая за спиной руки и ноги. За возней не слышал происходящего в спальне. Ему заломили руки — так сильно, что свело лопатки, — а локти и колени скрутили в один большой узел; бросили одного. Кое-как сумел приподнять голову: темно, совершенно темно. По вывороченным плечам полоснуло болью, но он продолжал тянуть шею, перекатываться по полу — и наконец увидел в окружающей темноте светлый треугольник — маленький кусок спальни: угол кровати со свесившейся периной, чьи-то ноги, целый лес ног — в расхлябанных военных ботинках, и в высоких сапогах, и в драных башмаках. Когда среди чужих ног мелькнуло что-то светлое, знакомое — подол Клариной рубахи, — закричал. Кричал так громко, что сам оглох от собственного крика. Потом почувствовал удар в бок — мир крутанулся, а в рот воткнулся тугой ком ткани в шершавинках кружева — чепчик. Вставили вместо кляпа. Откуда-то сверху надвинулось, опустилось и накрыло с головой тяжелое душное облако.

Дергался под этим облаком, не понимая, где верх, а где низ, куда делись его руки и ноги, да и есть ли они у него, где, наконец, кончается эта удушливая темнота, — так долго, что, кажется, истер до волдырей лоб и щеки. Облако пахло чем-то знакомым, даже родным. Вдруг понял: вовсе не облако то, а перина, верная его утиная перина — истончившаяся за много лет, но все еще теплая, помнящая и промозглость казенной квартирки в шульгаузе, и лютые зимы на хуторе, пропитавшаяся запахами — его и любимой женщины. А сама женщина — прекрасная, с тонкими руками и гладкими волосами — находилась сейчас по ту сторону, снаружи. Нужно было непременно пробраться к ней и спасти. Но от кого спасти, Бах позабыл. И как зовут ту женщину — позабыл. И как он оказался здесь, под периной, — позабыл также…

Когда выбрался, было уже светло. Сквозь щели закрытых ставней лился розовый утренний свет. Одно окно — в кухне — было разбито. Дверь — закрыта. На полу валялся рассыпанный горох вперемешку с битым стеклом. У двери, аккуратно прислоненные к косяку, стояли вилы.

Лицо отекло и горело. Ладони, кажется, тоже, но Бах не был уверен: руки и ноги чувствовал плохо. Заерзал, отталкиваясь онемевшими плечами и коленями, червяком дополз до устья печи, под которым был набит большой железный лист — для выпавших угольков. Елозил завязанным на спине узлом о край листа, пока не перетер. Освободив руки, сел, кое-как развязал ноги. Кровь толчками пошла в кисти рук, успевшие распухнуть и посинеть, в ступни, в голову. Память возвращалась так же — толчками.

Сначала, отчетливо и крупно, вспыхнули перед глазами лица: дерзкого, мальчишки, мужика с калмыцкими глазами. Затем — как они забирались в дом. Как хозяйничали на кухне. Как обнаружили Баха.

Он поднялся на ноги. Держась за стену, проковылял через гостиную к спальне. Долго стоял у дверного проема — слушал тишину внутри, не решаясь войти. Наконец толкнул приоткрытую дверь.

Она сидела у окна, лицом к свету, на стуле — Бах видел только ореол распущенных волос, пронизанных солнечными лучами. Пол был завален простынями, подушками, рваными наволочками, юбками, рубахами, порванными нитками бус, ворохами белья из комода. Он пошел по этой одежде и этому белью, утопая босыми ногами в белом и мягком, — к ней.

Шел — и мучительно хотел назвать ее по имени, потому что все остальные слова были сейчас излишни и даже кощунственны. Но легкое имя ее — чистое и светлое, как речная вода, — уплывало куда-то, рассыпалось на отдельные звуки. Он цеплялся за эти звуки, но они выскальзывали и растворялись в прозрачном утреннем воздухе. Поверил, что вспомнит, непременно вспомнит имя, как только увидит знакомое лицо. Проковылял к окну, прикрываясь от золотого свечения, словно боясь ослепнуть. Наконец развернулся от света и посмотрел на женщину.

Она была обнажена. Бах впервые видел ее такой — сотворенной из молока и меда, из нежного света и бархатной тени. Тонкие руки ее лежали на округлом животе, прикрывая и защищая. Глаза были закрыты, черты лица неподвижны — она спала. А губы ее — улыбались.

Он хотел зажмуриться, отвернуться, чтобы не видеть этой спокойной и мудрой улыбки, закричать и разбудить женщину, или ударить ее наотмашь по этим улыбающимся губам, или ослепнуть самому, — но ничего этого не мог и только смотрел, смотрел... Было тихо; едва слышно гудел ветер — не снаружи, а где-то внутри Баховой головы, — постепенно усиливаясь, иногда переходя в свист, выдувая и унося куда-то и имя женщины, и остальные имена, и прочие слова, и сами звуки…

С того дня разговаривать перестал. Имена, слова и звуки скоро вернулись к нему, но какими-то странно легкими и пустыми, как шелуха подсолнечника. Он, верно, мог бы напрячь губы, шевельнуть языком, упереть его в нёбо и произнести что-нибудь громкое и бессмысленное: го-рох. Или: стек-ло. Или: ви-лы. Или: Кла-ра. Мог бы, но не знал, хочет ли. И потому предпочитал молчать. Клара не удивилась, а если и удивилась — то ничего не сказала. Когда поняла, что ее редкие вопросы к Баху остаются без ответа, — перестала задавать их вовсе. Возмутись она его безмолвностью, закричи, ударь рассерженно в грудь — может, Бах и не смог бы противиться, разжал бы губы, зашлепал языком. Но Клара была спокойна, словно его бессловесность не заботила ее вовсе. Значит, так тому и быть, понял он.

О случившемся не вспоминали. Перестирали всю одежду и белье — не соленой колодезной водой, а проточной, в Волге: Бах, раздвигая веслом еще тяжелые с зимы льдины, выводил ялик на глубину, а Клара, перегнувшись через борт, стирала и полоскала — подолгу, не жалея краснеющих на холоде рук. Починили и залатали все рваные простыни и наволочки. Выбили на ветру утиную перину. Разбитое окно заткнули тряпками. Дом вымели, пол засыпали новым песком. Вилы убрали в сарай.

Бах вновь стал спать на лавке у печи. Клара не возражала. Приди он как-нибудь ночью к ней в спальню, она бы, верно, и тогда не возражала — стала не то чтобы безразлична к миру вокруг и к самому Баху, но несколько отстранена: с одинаковым благодушием принимала и хорошую погоду, и дурную, и богатый улов, и скудный.

А еще Клара стала — ласкова. Эта ласковость, внезапно прорезавшаяся в ее голосе, смущала Баха необычайно — напоминала первые месяцы их знакомства, "слепые" уроки через ширму. Когда Бах думал о причинах той ласковости, ему хотелось встать и выйти из дома и никогда более не возвращаться: шагать, быстро шагать прочь, по лесу, по дороге, по степи, не есть, не спать, а лишь бежать, дальше, с глаз долой, вон. А когда не думал — хотелось прикрыть веки и слушать Клару, слушать бесконечно. Да и куда бы он ушел? Некуда было идти: Клара жила здесь, на хуторе. Но — Клара новая, незнакомая.

Красота ее, до этого тонкая и строгая, вдруг налилась особой силой: темнее и выразительнее глянули глаза, пышнее и ярче стали губы, извечная бледность сменилась румянцем, густым, вызывающе розовым. Теперь никто не принял бы ее со спины за подростка — каждое движение выдавало женщину. Бах боялся этой новой женщины, красивой и равнодушно-ласковой, боялся, что она пришла навечно заменить прежнюю Клару, понятную и родную. И только в разгар лета понял, откуда эта новая женщина взялась: Клара ждала ребенка.

Случилось это в июле. Бах тогда сидел на берегу, а Клара, утомленная долгим купанием в Волге, выбиралась из воды по большим камням. Она улыбалась ему своей новой улыбкой, благостной и безмятежной, слегка наклонив голову вбок и отжимая мокрые волосы. Солнце освещало ее фигуру, облепленную мокрой исподней рубахой, — Бах вспомнил вдруг одну из гипсовых статуй в доме мукомола Вагнера. Он смотрел на мягкие округлые линии, стекающие от груди женщины к полному животу и бедрам, и медленно холодел изнутри: осознавал наконец, что же на самом деле случилось с ними тогда, апрельским утром, которое они хотели забыть, выбить в ветер, смыть в Волгу и которое возвращалось к ним сейчас, как возвращается с приливом к берегу выброшенный в волны предмет. А Клара все улыбалась — невозмутимо, как изваяние, равнодушная к тому, видит ли ее Бах, а если и видит, то что чувствует. Улыбалась, как в то страшное утро. Улыбалась, давно все понимая и осознавая. Улыбалась, как всегда теперь…

Родить должна была в конце декабря, к Рождеству. В сочельник пришли первые боли, но с наступлением рассвета исчезли. С того дня приходили каждую ночь, со звездами, вместо снов — пока год не перевалил на январь. Клара, бледная, с припухшими губами и огромным животом, беспрестанно ходила по дому: из кухни в гостиную, затем к себе в девичью, затем в пустующие комнаты отца и Тильды, снова на кухню. Спала мало, ела и того меньше. Иногда присаживалась на стул, на кровать — выставив перед собой громадину живота, выгнув спину и откинув растрепанную голову, — но через минуту поднималась опять, брела по нахоженному маршруту, как узник по камере. Нескончаемое шарканье ног по земляному полу и стенание вьюги за окном — вот что Бах запомнил о тех неделях.

Зима была снежная, дом завалило по самые окна — не пройти. Да и не в чем было Кларе гулять — на ее животе не сходился ни один полушубок, ни одна душегрейка. Потому сидели дома. В декабре Бах еще выходил справить дела: расчистить снег во дворе, раскидать сугробы на крыше. Но с наступлением января надолго оставлять Клару одну боялся, неотлучно был при ней — в первый день года, во второй, в третий... Затянувшееся ожидание измучило обоих. У Клары круги под глазами стали синего цвета, а сами глаза помутнели от усталости и выцвели; волосы, обычно гладкие и блестящие, уложенные в косы и закрученные в тугие кренделя, теперь потеряли блеск, выбивались из прически и неопрятно топорщились над висками и лбом. Себя Бах видеть не мог, но в один из вечеров, опустив глаза, в негустой бороде своей заметил внезапную обильную седину.

За прошедшие полгода он так много думал о Кларе и о растущем в ней ребенке, что сейчас, когда пришла пора принимать его в мир, уже устал думать и чувствовать. Поначалу в душе не было ничего, кроме ужаса: мысль о том, что чужое семя, столь чудовищным образом занесенное в чрево любимой женщины, закрепилось и проросло в ней, живет, питается ее соками, набирается сил, — эта мысль заставляла дышать часто и громко, отзывалась липким потом на висках и ладонях. Бах лежал ночами на лавке, без сна, скрестив руки на груди и вытянувшись в струну, чтобы унять мучающую тело крупную дрожь. Слушал ровное дыхание Клары в соседней комнате и покрывался холодной испариной. Мечтал упасть с лавки на земляной пол и расшибить насмерть свою дурацкую никчемную голову.

Потом пришла пора омерзения. Ему виделся маленький кусок плоти — размером с горошину, затем с бобовый стручок, затем с человеческий палец, — который вызревает внутри Клариного живота, вытягивается и обрастает мясом, корчит рожи, сучит зачатками рук и ног. Похожий на уродливого гнома. На мужика с калмыцкими скулами и звериными глазами. На свиноподобного дерзкого. На худющего пацана с ублюдочным лицом и кадыкастой шеей. На нерожденных телят, которых Бах видел когда-то в Гнадентале. Чувство гадливости было непреодолимо — Бах перестал даже смотреть на Клару: от одного вида ее неестественно огромного живота и налитых грудей мутило. Мечтал, что однажды утром она проснется и обнаружит на кровати кровавый сгусток — раньше времени народившийся плод.

Когда Кларе стало тяжело ходить — стала быстро уставать, задыхаться на подъеме с Волги, — вдруг навалилась жалость к ней. Посмотрел на нее однажды в сентябре, когда полоскала в реке белье, стоя на камнях и подоткнув повыше юбки: голенастые ноги, костлявые руки, тощая шея с торчащими позвонками — все углами, острое, исхудалое, один только шар живота круглится упруго, вобрал в себя все силы, всю красоту. И стыдно стало за свои гадкие мысли и отвратительные фантазии. Пусть, подумалось, пусть быть этому ребенку, чужому, незнамо какому. Кларе радость — и хорошо. Пусть.

Когда пришла зима, Бах устал от дум и чувств, от сомнений и укоров самому себе. Мыслей не осталось, одна только тревога ожидания. Он ждал этого ребенка едва ли не сильнее самой Клары — не понимая, что он чувствует сейчас, не умея представить, что почувствует при виде ребенка, и желая лишь одного: чтобы эта многомесячная мука наконец закончилась.

В шестой день наступившего года Клара проснулась в мокрой постели — плод готовился выйти на свет. Стала ходить по дому быстрее. Иногда останавливалась, обхватывала спинку стула и громко дышала в потолок, обнажая зубы до десен. Баху показалось, что ей хочется кричать.

К обеду вздумала мести пол. Известно, подобное лечат подобным: желтуху — репой; противную головную боль — вонючим сыром; у прилежно трудящейся матери — и ребенок будет работать на совесть, прокладывая себе дорогу в мир. Вымела весь дом, перечистила посуду, надраила песком самовар. К закату устала — до дрожи в спине.

Ночью пришли боли — но не слабые, ставшие уже привычными за последние дни, а настоящие. Положила на пол у кровати кухонный нож — от Тильды знала, что это уймет боль. Стояла на ногах — у кроватной спинки, у стола, у стула. Сидела на корточках — держась за печь, за комод, за низкую скамейку. Лежала — на кровати и на лавке. Не кричала — боялась испугать ребенка; только дышала громко, со стиснутыми зубами. Кричи, хотел приказать ей Бах, — но губы, за многие месяцы молчания отвыкшие произносить слова, не слушались.

К утру изнемогла — лежала на постели не шевелясь, даже стонать перестала. Голову запрокинула, глаза прикрыла. Бах единственный раз в жизни ударил ее — по щеке, чтобы проснулась. Пришла в себя — и через мгновение выгнулась дугой, расширяя глаза и хватая ртом воздух: ребенок выходил в мир.

Он упал Баху прямо в руки: сначала голова, крупная, горячая, облепленная липким пухом, с пульсирующим пятном родничка на темени; затем крохотные плечики, красные ручонки со сжатыми кулачками; круглое брюшко с сизой веревкой пуповины; ножки с горошинками пальцев.

Девочка.

Бах держал ее в ладонях — мокрую, скользкую, вертлявую, — боясь уронить и не зная, куда и как положить. Взглянул на Клару — лежит без движения, руки безжизненно свисают с кровати. Опустил ребенка на смятую постель. Оторвал пару лоскутков, перевязал пуповину. Нащупал на полу нож и кое-как перепилил ее, жмурясь от брызжущей крови. Ребенок тотчас раскрыл крошечный рот и закричал, засучил в воздухе скрюченными лапками.

Клара очнулась было, повернула голову на крик, но раскрыть глаза до конца не сумела. Бах завернул младенца в сухое полотенце и положил ей под бок — она только вздохнула благодарно и уткнулась в сверток мокрым от пота лицом. Укрыл обеих утиной периной и вышел вон — в морозное утро.

Пошел из дома, пошел со двора. Уже в лесу остановился, набрал полные пригоршни снега и стал отчаянно тереть лицо, бороду, грудь, ладони — счищать брызнувшую из пуповины кровь, задыхаясь не то от волнения, не то от запоздалой брезгливости. Умывшись, вдруг почувствовал небывалую жажду — и стал есть снег, торопливо глотая хрустящие на зубах ледяные комки и не чувствуя холода в горле. В ушах по-прежнему звенел детский плач. Побрел прочь от этого плача — по сугробам, к реке, — не замечая, что одет в одну лишь рубаху и киргизову безрукавку.

Ноги сами привели к обрыву. Спустились по тропе. Пошли по волжскому льду, утопая по колено в твердом снегу. На середине реки остановились, не умея ни шагать дальше, ни повернуть назад. Возможно, просто окоченели. Бах запрокинул голову в сизое небо, завешенное белесыми облаками, и с облегчением понял, что плача не слышит: лишь ветер свистел в ушах да раздавался вдали тонкий переливчатый звон. Бубенцы?

Звук из далекого прошлого, когда носились по скованной льдом Волге нарядные сани, полные хмельных и веселых колонистов, — и в полный радостного ожидания адвент, и в рождественскую неделю, да и в любое зимнее воскресенье, когда захочет душа восторга и упоения быстрой ездой. Звук приближался, нарастал; к нему мешались чьи-то возбужденные голоса, женский визг, обрывки смеха и песен. Вот показались в утренней мгле и сани, запряженные тройкой: летят к Баху, брызжа снегом из-под полозьев.

Он стоял не шевелясь и наблюдал, как надвигается на него это шумное многоголосое облако. В санях уже заметили его — засвистели, приветствуя. Подъезжая, притормозили слегка — и какой-то парень, румяный, белозубый, соскочил, побежал к Баху, утопая в снегу и размахивая меховой шапкой. Улыбался широко, искренно, как родному и любимому человеку; казалось, еще секунда — и расхохочется от радости. Подбежав, хотел было сказать что-то, раскрыл рот, но только захлебнулся собственным весельем — рассмеялся счастливо, обнял крепко, хлопнул Баха по спине — пахнуло здоровым молодым по́том, табаком, водкой, ржаным хлебом — и тут же помчался обратно, догонять своих.

— Радуйся, дядя! — закричал уже напоследок, обернувшись. — А то ведь так и помрешь, не узнав! Республика нынче родилась — советская республика немцев Поволжья!

Бах стоял в снегу неподвижно. Смотрел на непонятных людей, слушал непонятные слова, которые с каждой секундой становились тише — сани быстро удалялись.

— Да здравствует! — кричали вдали, уже еле слышно. — Да здравствует шестое января тысяча девятьсот двадцать четвертого! Да здравствует новая республика! Да здравствует Владимир Ленин — наш великий и бессмертный во-о-о-ождь!..

7

А вождь умирал. На неподвижном восковом лице его, скуластом, с круглыми ямами глазниц, лежал бледный свет январского солнца. К вечеру, когда воздух густел и синие тени выползали из-под предметов, доктора позволяли раздвигать портьеры, и сейчас комната была наполнена вялыми закатными лучами.

Тускло-рыжая борода, заметно поредевшая за полтора года изнуряющей, не поддающейся лечению болезни, торчала поверх простыни, натянутой под самый подбородок. Пергаментная кожа собралась в крупные жесткие складки — вдоль скул, вокруг глаз и ушей, на буграх черепа. Прикрытые веки были морщинисты, почти без ресниц. Под простыней едва угадывалось тело — плоское, невесомое. Грудь не вздымалась, лишь изредка слышалось усталое сиплое дыхание.

Медицинская сестра в белом, слегка измятом за сутки дежурства халате дремала, неудобно откинув голову на спинку высокого кресла в полотняном чехле и зябко скрестив ноги в обрезанных валенках. Топили в Горках щедро — паровое отопление работало превосходно, без перебоев, еще со времен бывшего хозяина имения генерал-майора Рейнбота; но больному был предписан свежий воздух, и каждый час медсестра, набросив на плечи пуховый платок, открывала фортки, впуская в спальню морозные вихри вперемешку с мелкими ледяными иглами, — оттого в комнате всегда было прохладно.

Где-то в глубинах дома тяжело ударили часы, и медсестра проснулась. Пахло йодом, кипяченым молоком, духом страдающего пятидесятитрехлетнего тела — пора проветривать спальню. Поднялась; осторожно ступая по скрипучему, давно не тертому паркету, прошла к окну. С усилием потянула на себя плотную деревянную раму: остро пахнуло свежим снегом. Отчетливо послышался шум мотора, и скоро у главного подъезда остановился автомобиль. Из машины выскочила невысокая плотная фигура и, прижимая к ушам мохнатую шапку, поспешила в дом.

Медсестра отпрянула от окна. Перекрестилась украдкой, торопливо взглянув из-за плеча на спящего больного. Закрепила фрамугу на железном крючке и метнулась обратно в кресло; по пути уронила шаль — та зацепилась за жардиньерку с обмякшим кустом гибискуса, — но возвращаться и поднимать побоялась. Так и замерла, вжавшись позвоночником в жесткую спинку и ощущая под чехлом обильные выпуклости резного узора.

Она знала: скоро одна из боковых дверей приоткроется — как всегда, совсем немного, на пол-ладони. Это будет дверь в бывший кабинет хозяина, нынче отданный под помещение для медицинского персонала. Медсестра, холодея от неловкости, вспомнила, что там на столе стоит ее открытый ридикюль со сменным бельем и чулками, а на оттоманке лежит приготовленный для прачечной вчерашний халат, залитый куриным бульоном, который так и не удалось скормить больному. Почему-то вечерний гость во время своих неожиданных визитов любил бывать именно в той комнате.

Он приезжал ближе к закату, а то и в ночи. Отмахивал тридцать верст от Москвы — в теплые дни на обычном автомобиле, в холода и снегопады на диковинном гусеничном, — чтобы постоять несколько минут в соседней комнате молча, а затем уехать. Не взглянув на вождя, не переговорив с докторами или с его на глазах седеющей, измученной ожиданием конца женой. Зачем был, чего хотел? “Черти его носят”, — буркнула однажды в сердцах кухарка — и зажала рот ладонью, огляделась испуганно, молитву забормотала. Остальные в доме помалкивали: гость внушал желание опустить глаза, прикусить язык, убраться с дороги подальше, спрятаться.

Вот и сегодня, как только он возник на пороге усадьбы, чьи-то руки протянулись из темноты, бережно сняли с плеч тяжелую, вытертую на локтях шинель, приняли ушастый малахай длинного меха, смели снег с валенок. Двери распахнулись одна за другой, в полутьме уважительно застучали по мраморному полу подкованные железом сапоги, чья-то спина услужливо замелькала впереди, показывая дорогу. Возник из ниоткуда подстаканник, тихо звякнула о стекло ложка, завращалась в крутом кипятке разбухающая чайная россыпь вперемешку с осколками сахара. В бывшем кабинете вождя погас свет (в доме знали, что гость предпочитает темноту), и в тот же миг почтительные руки, спины и головы исчезли — гость остался один. Он толкнул рукой дверь, ведущую в спальню, — дверь приоткрылась — и прислонился замерзшей спиной к теплой трубе отопления.

Было слышно лишь редкое дыхание больного, надсадное и хриплое, словно на груди у него лежал большой мельничный жернов. Иногда в глубине тела что-то булькало и клекотало, вскипало, подкатывало к горлу и грозило вылиться наружу кашлем или перхотой, потом уходило обратно. Гость стоял, смотрел в окно на гаснущий закат и слушал. Он для этого и приехал — слушать, как умирает вождь.

Кто-то в Политбюро считал, что вождя погубили немцы. Все эти фёрстеры, клемпереры, нонне, борхардты, штрюмпели, бумке — заполошная каркающая стая, налетевшая из Германии по первому же зову сиятельного больного. Ведь сам говаривал: для русского человека немецкие врачи невыносимы. Говаривал — и приглашал, и встречал, и платил немыслимые гонорары, с надеждой заглядывал в глаза, ложился на операционный стол, послушно глотал лекарства… Выбрал себе умирание под надежной немецкой опекой. Полтора года обмороков, ночных кошмаров, жестоких судорог, растущей немощи, конвульсий и — ошибочных диагнозов. Доктора так и не сумели определить истинную причину болезни. Эскулапы рейнские, сукины дети.

Гость прикрыл глаза. Хрипение вождя становилось то чуть громче, то тише, и в этих колебаниях можно было уловить подобие какой-то элегической мелодии.

Нет, врачи не виноваты. Они ограничены собственным знанием, бродят в нем, как овцы в загоне; их взгляд зашорен и приземлен, прикован к человеческому телу и приговорен всегда рассматривать его, целиком или кусками, снаружи или изнутри: в пенсне, под лупой, под микроскопом, под увеличительным стеклом на операционном столе; взгляд, привыкший вгрызаться и углубляться, но не воспарять. Чтобы понять происходящее здесь, нужны не очки, а цеппелин или, лучше, аэроплан. Только поднявшись ввысь, можно что-то разглядеть: посмотреть на этот чудом сохранившийся в Гражданскую особняк с классическими колоннами, на комнату с эркером, на мебель, стыдливо прикрывающую фальшивую позолоту пыльными чехлами, на пропитанную по́том кровать с резным изголовьем — и увидеть, что умирает среди этого дешевого великолепия вовсе не вождь. Это *она* лежит сейчас под белой, словно уже погребальной простыней; *она* сипит и стонет устало, не в силах даже повернуть на бок свое измученное тело; *она* — идея мировой революции.

Рожденная гением Маркса, она всколыхнула Европу и перевернула Россию. Лишь ограниченные умы могут полагать, что исторические события вершат личности. Историю движут идеи. Они не только овладевают массами и приобретают необходимый общественный вес; они облекаются в плоть и кровь конкретных, не всегда подходящих для этого людей. И революцию в России свершила идея, воплотившись, по стечению обстоятельств, в маленьком, не очень здоровом человеке с повышенной работоспособностью и незаурядным ораторским талантом и пронеся его, подобно комете, через все трудности и опасности: аресты, ссылки, предательства, покушения. Не было бы его — был бы у страны другой вождь, выше или ниже ростом, светлее или темнее волосами. Сегодня же тем, кто умеет смотреть на мир с высоты аэроплана, — духовным лицам, поэтам, философам (а в разные периоды жизни гость относил себя и к первым, и ко вторым, и к третьим) — стало ясно: сбыться гениальной идее не суждено. И потому тот, в ком она жила, умирает. Он больше не нужен истории. Все эти склянки, тесными рядами стоящие на лакированной прикроватной тумбочке, доктора, населившие дом, медсестра, испуганно вжавшаяся в кресло и полагающая, что вечерний гость ее не замечает, — это все мишура, предсмертная бутафория, тщетные усилия очистить совесть соратников и родных.

...Медсестра смотрела, как в открытую фрамугу влетает легкий медленный снег и растворяется в тепле комнаты. Под окном мерно тарахтел автомобиль — водитель не выключил мотор и ожидал своего пассажира, который обычно долго не задерживался. Сегодня же визит отчего-то затянулся. Пора было закрывать фортку, но обнаруживать свое присутствие гостю не хотелось, и медсестра продолжала неподвижно сидеть, чувствуя, как уличный холод наполняет спальню. Пальцы на подлокотниках кресла заледенели, и кончик носа тоже. Более всего озябли спина и плечи, где-то в глубине позвоночника начиналась мелкая дрожь. Ее оставшийся лежать на полу пуховый платок уже усыпало белым.

...Какое-то время идею еще будут считать живой — поклоняться ей, идти на гаснущий свет. Можно и нужно петь ей хвалу вместе с массами, вдохновеннее и пронзительнее прочих. Сейчас, когда махина советского государства, только-только оправившегося от мук становления — разрухи, Гражданской войны, голода, — возвышается в мире первым островом, единственным оплотом мировой революции, и держится на плаву верой в эту идею, нельзя совершать резких движений. Пусть махина считает, что движется к прежней цели. Но уже должна брезжить на краю общественного сознания новая идея, воплощенная в другом человеческом лице и теле, — сначала неброско, а затем все ярче, чтобы в итоге один свет незаметно подменить другим. Пока же нужно делать вид, что вождь жив. Даже когда тело его перестанет функционировать — что жив светлый образ памятью человеческой и деяниями апостолов. Десятки начинаний предстоит воплощать в жизнь, осознавая тщетность усилий и аккуратно, незаметно перетаскивая страну на новые рельсы, ведущие в ином направлении. Взять, к примеру, тех же немцев.

Германию вождь любил страстно, превращение ее в германскую советскую республику считал “событием дней ближайших”. Даже мирные переговоры в Брест-Литовске велись, как известно, с умышленной неторопливостью — в ожидании мировой революции, которая должна была со дня на день перекинуться из России в Германию и затем захлестнуть всю Европу. Не перекинулась. Не захлестнула. А кайзеровская Германия в ходе долгих и вязких переговоров неожиданно — и для себя, и для Советской России — нащупала в них новую болевую точку: вопрос о российских немцах. Колонисты из Германии никогда не были серьезной темой в отношениях двух стран; как вдруг — на тебе! — словно затерявшийся в рукаве мелкий козырь, выпала на игральный стол эта незначительная на первый взгляд карта. Германская сторона потребовала для колонистов права беспрепятственной реэмиграции (с возможностью вывода капиталов, конечно; иначе ради чего затевать игру?). Российская — изумилась попытке вмешательства во внутренние дела, растерялась, возмутилась, в конце концов. Долгие и бессмысленные политические танцы ни к чему не привели: Советская Россия уступила, право отъезда на историческую родину было предоставлено. Тема немецких колонистов отлилась в отдельную карточную фигуру. Мелкий козырь на глазах превращался в крупный.

В том, что это был козырь, вождь не сомневался: свои немцы казались рычагом, при помощи которого можно и нужно было управлять социалистической революцией в далекой Германии. Десятки Хансов и Петеров — преданных коммунистов из поволжских колоний — были тайно направлены на берега Рейна и Шпрее с целью разложения империалистического строя изнутри. А для борьбы с начавшейся эмиграцией из Поволжья было решено предоставить советским немцам самоуправление. Правильнее сказать, видимость его.

Гость с наслаждением прижимался спиной к горячей трубе отопления — тепло разливалось по телу. Заметил, что дышит реже и глубже — в такт с вождем. Под сипение умирающего думалось как никогда хорошо.

Он знал историю с поволжскими колониями изнутри: сам занимался тогда делами национальностей, кто-то в Политбюро даже называл его в шутку "пастухом народов". Сам встречался с делегацией из Поволжья, прибывшей "за самоуправлением"; сам докладывал о встрече вождю; сам отбивал телеграмму в Саратов о "согласии Правительства на самоуправление немецких трудящихся масс на социалистических началах". Своими руками создал на берегах Волги Немецкую коммуну — эдакую маленькую ручную Германию, напрямую подчиненную правительству в Москве. В какой-то мере, можно сказать, воплотил мечту вождя.

Через несколько лет, однако, самым прозорливым стало ясно: засланные во вражеский стан Хансы и Петеры не справлялись. Экспорт революции оставался мечтой (в первую очередь — мечтой вождя, который как раз в то время ощутил первые признаки надвигающейся болезни). Тогда поволжской "Германии" была определена более скромная, хотя все еще достойная роль: стать пусть не орудием строительства коммунизма, но его агитационной витриной — для Германии Веймарской. И украшение для этой витрины было придумано богатое — статус автономной республики. Свой государственный язык, своя конституция — не слишком ли щедро для маленького отсталого народца, отщепившегося от старой родины, но так и не сумевшего врасти в новую, до сих пор сохранившего уклад жизни восемнадцатого века, не умеющего сложить и двух слов по-русски?

Пару недель назад гость сам провел закрытое заседание Политбюро, на котором обсудили и одобрили реорганизацию Немкоммуны в республику. Сам подписал соответствующее постановление. Подписал с тяжелым сердцем: до сих пор не мог решить для себя, было ли образование Немецкой социалистической республики результатом политической инерции, уступкой смертельно больному вождю, памятью его воле — или действительно нужным шагом. Иными словами, было ли дитя мертворожденным или имело шансы жить? Как бы то ни было, он стал крестным отцом этому нежеланному младенцу. А настоящий отец — вон он, лежит в соседней комнате; изношенное сердце его отстукивает последние усталые удары…

Неподвижно сидевшую в кресле медсестру била крупная дрожь; ноги, хотя и обутые в валенки, закоченели. Она ощущала, как каждый ее выдох превращается в плотный сгусток белого пара, но видеть этого не могла — в спальне было уже темно. Должно быть, в белый окрашены и редкие хриплые выдохи умирающего…

Дверь в бывший кабинет по-прежнему была приоткрыта, гость все еще находился там. За чернотой окна терпеливо тарахтел автомобиль.

Дочь

8

Когда бубенцы отзвенели, а поднятая санями снежная пыль растворилась в воздухе, Бах заметил, что облака над Волгой разметало в прозрачные клочья, сквозь которые глядит густо-оранжевое солнце. Острые лучи резали сизое небо, и синеющую вдали горстку гнадентальских домов, и бескрайний снеговой покров на реке, пока еще темно-голубой, но уже прошитый часто алыми и желтыми искрами.

Бах представил, как проснется Клара — в мокрой от пота и родовых вод исподней рубахе, посреди успевшей остыть комнаты, дрожащая от усталости и озноба: перед тем как уйти, он не догадался подтопить печь. Постоял немного, слушая тишину и наблюдая, как разливается по сугробам сияющий розовый свет. Развернулся и пошел домой, наступая на свою длинную, в полреки, фиолетовую тень.

Карабкался по тропе, цепляясь за оледенелые камни и опушенные инеем ветки кустарника, шел по лесу меж заснеженных дубов, пробирался по давно не чищенному двору к крыльцу — и удивлялся, что не мерзнет. Руки его побагровели, пальцы едва сгибались, но мороза отчего-то не чувствовали, как и непокрытая голова, и открытая шея, и глядевшая в разрезе меховой тужурки грудь. Возможно, тело его потеряло чувствительность к холоду, как потеряли губы способность произносить слова. Возможно, органы чувств предают его — постепенно, по одному, — как предал язык. И возможно, это все к лучшему: теперь он сможет жить в хлеву или в сарае, оставив матери с новорожденным весь дом. Ночевать с ними под одной крышей — слышать ласковые пришептывания Клары в ответ на детские крики, шорох платья, когда она будет вынимать грудь для кормления, — было бы невыносимо больно. Решил: станет ухаживать за домом и садом, рыбачить, заготавливать дрова, добывать пропитание для Клары — словом, жить, как и прежде, стараясь не видеть и не слышать нового жителя хутора, не замечать его присутствия. Первый год, пока ребенок еще не встал на ноги, это будет несложно. Что будет после — сможет ли Бах справиться со своей болью или покинет хутор — покажет время.

Переселяться в хлев решил сейчас же, как только бросит в печь пару поленьев, вскипятит ведро талого снега и запарит утреннюю тюрю из морковной муки вперемешку с овсом: Клара, должно быть, встанет голодной, с желанием смыть с себя все следы тяжелой ночи. Осторожно, чтобы не скрипнуть дверью, прокрался в дом, разжег в печи уснувший было огонь. Водрузил на плиту ведро со снегом и чайник с питьевой водой. Засуетился у стола, готовя завтрак. Торопился сделать все скорее, стараясь не шуметь, — не хотел будить Клару.

В комнате было тихо, лишь поскрипывало что-то едва слышно — то ли схваченное морозом бревно, то ли тронутая ветром ставня. Уже замешивая в плошке морковную муку деревянной ложкой, вдруг понял: не ставня и не бревно — то младенец жалобно поскуливал в полусне. Бах накрыл плошку тарелкой, а тарелку — полотенцем, чтобы тюря лучше настоялась. Снял с плиты клокочущее ведро с кипятком, поставил на стол (металлическая ручка, должно быть, нагрелась, но пальцы жара не ощутили). Рядом выставил медный таз, в котором они с Кларой обычно попеременно мылись, и черпак для воды. Снял с гвоздя и накинул на плечи полушубок, пару лет назад ушитый из старого кожуха Удо Гримма, — не для тепла, в котором теперь, очевидно, не нуждался, а из желания иметь на себе какую-то привычную вещь. Решил взять в хлев только лавку, на которой спал. Вдруг пришло в голову прихватить и томик Гёте — в тишине хлева книге будет спокойнее, чем в доме, наполненном детским плачем, материнским сюсюканьем и заунывными колыбельными.

Придерживая полы великоватого все же полушубка, чтобы ненароком не шорхнуть о стену или не задеть стул, и стараясь не глядеть на кровать, где спали Клара с младенцем, Бах вошел в спальню. Сквозь закрытые ставни сочился слабый утренний свет. Дыхания Клары слышно не было, только попискивание младенца раздавалось в полутьме — кажется, дите проснулось. От звуков этих свербело в ушах и ныло в затылке (подумалось: жаль, что судьба лишила его речи, а не слуха!). Морщась, Бах торопливо шарил по комоду, ища книгу, — и нечаянно уронил ее на пол. Томик упал со странным хлюпающим звуком. Наклонился, поднял книгу к свету — переплет в чем-то темном, густом. И пальцы — в том же темном. Опустил взгляд — привыкшие к сумраку глаза различили под ногами черную лужу: она тянулась через всю комнату и исчезала где-то под кроватью.

Положив книгу на комод и держа на весу перепачканные руки, Бах подошел к спящей Кларе. Лицо ее едва заметно белело рядом с головкой новорожденного на подушке. Кончиками пальцев, стараясь не испачкать перину, Бах приподнял ее за угол, затем откинул полностью.

Посередине кровати чернело большое пятно — перепачканы были и подол Клариной исподней рубахи, и голые ноги, неловко прижатые к животу. Сама она лежала скорчившись, неподвижно, обхватив руками колени и уткнув лицо в младенца. В застывшей позе Клары было что-то странное, неестественное, какая-то загадка, которую непременно требовалось разгадать. Что означало это нелепое положение тела? Руки, вцепившиеся в колени? Скрюченные, словно сведенные судорогой ступни?.. Отгадка была где-то совсем рядом, но пищавший младенец мешал сосредоточиться. Бах взял потное тельце и досадливо переложил с кровати на пол. Отвращения не почувствовал — все мысли были заняты поисками ответа. Думалось отчего-то тяжело и мучительно, словно в голове перекатывались большие валуны.

Решил открыть ставни — на свету и думается легче. Вышел на улицу, обошел дом, утопая в снегу. Аккуратно сбил лед со ставенных затворов, распахнул створки, тщательно закрепил у заиндевевших стен. Ладони, касаясь льда, мерзлого дерева и металла, по-прежнему не чувствовали холода. Вернулся в залитую светом спальню. Не снимая полушубка, сел на край кровати и стал смотреть на Клару.

Как глубоко она спала! Бледная, как вылепленная из снега. Сделанная из фарфора. Вырезанная из бумаги. Лицо ее будто уменьшилось в размерах, закрытые глаза обвело синюшными кругами, а веснушчатая россыпь на щеках из золотой стала цвета речного песка. Бегущие от крыльев носа к подбородку линии пролегли четче, а тени под скулами — глубже и темнее. Только волосы остались прежние — русые, отливающие медом. *Что хочешь ты этим сказать мне, Клара?*

В поисках ответа Бах обвел глазами комнату. Вот комод, на нем — томик Гёте. Стул с резной спинкой, потемневшей от времени. Низкая скамейка. Тщательно выметенный земляной пол, в некоторых местах еще видны борозды от истрепавшегося веника. На полу — блестящая черная лужа. Нож, которым была перерезана пуповина, лезвие измазано засохшей кровью. Новорожденный — крошечный, влажно-багровый, весь в каких-то складках и морщинах, бьет ножками и ручками, разевает рот — видимо, кричит. Развороshенная кровать с откинутой периной. Пятно на простыни, густо-красное в дневном свете. Поверх — неподвижная Клара в перепачканном белье…

Вода, вспомнил он. На кухне ждет вода, приготовленная для умывания. Надо вымыть Клару, пока вода не остыла. Притащил ведро, таз, черпак. Сунул руку в воду — и не смог понять, холодная она или теплая. *Прости,* мысленно сказал Кларе. *Буду мыть тебя водой, какая есть. Надеюсь, ты не замерзнешь.*

Принес мочало, достал из комода чистое полотенце. Налил в таз воды; забрызгал при этом рукава полушубка, но снимать не стал. Забрался с ногами на кровать, чтобы стянуть с Клары исподнее, запутался в завязках — разорвал рубаху, отшвырнул обрывки ткани, тесьмы и кружев. Усадил обнаженное тело в таз и начал мыть.

Клара не слушалась — норовила то удариться запрокинутой головой об пол, то выпростать длинные ноги и макнуть их в черную лужу. Потерпи, просил Бах, обмывая ее ступни, лодыжки, колени, узкие бедра, уродливо опавший мешок живота, каменно-тугие шары грудей, хрупкие ключицы, тонкую шею, осунувшееся лицо. Когда легкое и твердое тело Клары стало снежно-белым, без единого темного пятнышка, он прижал его к груди, поднялся с колен и застыл посреди комнаты, не зная, куда положить: белье на кровати все еще было грязным.

Наконец догадался — в ледник. Вот где было по-настоящему чисто. Отнес, уложил в низкий деревянный ящик, заполненный кусками колотого льда вперемешку со снегом. *Потерпи,* попросил вновь. *Когда вымою дом, заберу тебя отсюда. Надеюсь, ты не замерзнешь.*

Вернулся в комнату. Сел на стул. В голове тяжело ворочались мысли; мелькал среди них и ответ на заданную Кларой загадку; ответ был на удивление прост, но никак не давался — ускользал, как запах прошлогоднего цветка или слышанная в детстве мелодия.

Стал посыпать пол песком, чтобы вымести вон и черную лужу, и расплескавшуюся при мытье воду, и валявшиеся на полу обрывки исподней рубахи, и всю эту невесть откуда взявшуюся мерзкую нечистоту, но руки почему-то дрожали и не слушались — чуть не выронил ведро с песком; ноги стали тяжелы, словно валенки чугунные надел, заплетались и подкашивались. Вдруг споткнулся обо что-то — младенческое тельце. Все еще лежит на полу, все еще сучит лапками. Дырка рта пузырится тягучей слюной — кажется, ребенок орет.

Что делать с этим чужим и ненужным существом? Оставить лежать? Отнести в ледник, под материн бок? Думать сейчас об этом сил не было. Хотел просто переложить тельце обратно на кровать, чтобы не мешало убираться; взял в руки — и вдруг почувствовал, как оно горячо. И крошечные ручки, похожие на лягушачьи лапки, и ходящие ходуном ребрышки, и круглое брюшко, и крупная голова с перекошенным от напряжения малиновым личиком, блестящим от слюны и слез, — все пылало таким густым и сильным жаром, словно был это не ребенок, а плотный сгусток огня. Пальцы и ладони Баха, только что не умевшие различить на ощупь лед и горячий металл, вновь обрели чувствительность, будто лопнули покрывавшие их толстые перчатки или слезла короста. Обжигаясь о раскаленную младенческую кожу, жадно прижал детское тельце к животу, обхватил руками, завернулся вокруг, чувствуя, как по внутренностям разливается блаженное тепло. Младенец дергался, и извивался, и скулил, подхрипывая. Боясь выронить подвижное тельце, Бах поднял и сунул его за пазуху — оно легко скользнуло по груди, распласталось по ребрам, все еще продолжая биться и судорожно всхлипывать, но постепенно успокаиваясь. Исходящий от ребенка жар скоро наполнил все Бахово тело — спина, плечи, голова словно налились пузырящимся кипятком. Млея от этого долгожданного тепла, Бах позволил ослабелым ногам согнуться — осел на кровать, завалился на бок, прикрыл веки. Прижал ладони к лицу и с удивлением обнаружил на них влагу: похоже, он плакал.

Плакал вместо младенца, который затих у него на груди. Плакал по-детски о какой-то нелепой малости: о том, что белье на кровати испачкано — не отстирать; о том, что исподняя рубаха Клары порвана в мелкие лоскуты — не зашить. Что сама Клара сейчас далеко — не позвать. Что лежит она, холоднее и белее снега, в деревянном ящике, где хранят битую птицу и мертвую рыбу. Что глаза ее закрыты, а на ресницах уже намерз иней. Плакал о том, что Клара — умерла.

Вот что она хотела ему сказать, а он силился понять все утро. Разгадка была проста, длиной в одно короткое слово. Поняв, что нашел правильный ответ, Бах вздрогнул и открыл глаза. Слезы мгновенно высохли, а наполнившее члены тепло обернулось горячей, выжигающей изнутри тоской.

9

Бах вымел дом — так же тщательно, как вымела его вчера Клара. Сжег в печи перепачканные кровью простыни и обрывки ночной рубахи. Заправил постель свежим бельем, аккуратно разложил поверх утиную перину, разгладил складки. Прилежно съел морковную тюрю, не чувствуя вкуса и запаха. Затворил все ставни. Прибрался во дворе, пару валявшихся чурбачков расколол на дрова и уложил в поленницу. Запер двери в сарай и амбар. Вымылся остатками теплой воды и переоделся в чистое исподнее. Верхнюю одежду свою — полушубок, киргизову душегрейку, штаны и рубаху — ровной стопкой уложил на постели. Тщательно расчесал мокрые волосы и бороду.

Все это время младенец мирно спал, посапывая, на лавке у печи, закутанный в попавшееся под руку тряпье и обложенный подушками. И лишь когда Бах плеснул из чайника воды в печное устье, заливая огонь, и угли пыхнули пеплом, зашипели протяжно, ребенок закряхтел и заерзал. Торопливо Бах вернул чайник на остывающую плиту, взял стул и вышел вон, плотно прикрыв за собой входную дверь.

День клонился к закату: алый круг солнца висел низко над черным лесом, ночная синь заливала небосвод. Мороз обжег распаренные в теплой воде лоб и щеки, влажную еще кожу головы. Бах затащил стул в ледник; изнутри дверь не запиралась — заложил ее поленом. Сел у изголовья набитого льдом и снегом ящика, упер локти в колени, подбородок поставил на раскрытые ладони. И стал смотреть на Клару.

Плотная тьма наполняла пространство, но Бах так ясно различал любимые черты, словно были они освещены доброй сотней свечей или десятком керосиновых ламп. Он любовался белизной и гладкостью Клариной кожи, лишь в редких местах тронутой морщинками; длиной ресниц, милосердно прикрывших тени под глазами; тонкой линией рта и нежной бледностью губ; даже и морщинками теми любовался, потому как помнил, когда каждая из них появилась и памятью о чем была. Кларино безмолвие унимало охватившую Баха тоску. Подумалось: а ведь все прошедшие годы он желал именно этого. Сидеть и смотреть на любимую женщину — бесконечно. Владеть ею — безраздельно. Вот и настало время. Правда, стоило Баху слегка пошевелиться — вздрогнуть озябшей спиной или повести затекшим плечом, — как уснувшая где-то внутри тоска просыпалась, отдавала болезненными всполохами в голову и грудь; но чем дольше он сидел неподвижно, тем меньше ощущал свои члены и тем покойнее становилось на душе. Дела земные были завершены, мысли все передуманы, чувства — прожиты. Теперь можно было созерцать самую важную в жизни картину, не отвлекаясь ни на движение небесных светил (их лучи не проникнут в ледниковый сруб), ни на смену времен года (толстые стены и дверь защитят от ненастья), ни на прочую земную суету.

Бах с облегчением почувствовал, что члены его застыли и не способны более к движению. Ступни уже не умели повернуться или шевельнуть пальцами, колени — разогнуться, спина и шея — распрямиться; глаза не умели моргнуть или сощуриться: возможно, они давно уже были крепко сомкнуты, но Бах не мог понять даже этого. Да и не нужно было ничего понимать: месяц в угольно-черном небе сиял так ослепительно, что мир, освещенный его лучами, представал ясно и подробно и зрячему, и спящему, и даже слепцу. Этот холодный белый свет просочился в ледниковую избу не через щели, как полагается свету, а каким-то иным образом — не то с морозным воздухом и еле слышным шуршанием поземки во дворе, не то с запахом свежего снега — и быстро наполнил помещение. Не поворачивая головы, Бах увидел в этом свете все пространство ледника, от первого бревна и до последнего: крытые инеем стены в лохмотьях неоструганной коры; сбитый из толстых досок ящик, наполненный кусками пиленого льда, местами мутно-белого и плотного, местами прозрачного и пузыристого; распростертое поверх женское тело — бледное, в прихотливых узорах голубых вен. И себя в леднике увидел — скрюченного на стуле, со сморщенным лицом, редкие волосы и наполовину седая борода срослись в мелкие сосульки. И ледниковую избушку всю увидел, целиком, не только изнутри, но и снаружи: коренастый сруб, по самую крышу утонувший в сугробе, низкая дверь из двойных досок едва виднеется из-под снега. И двор увидел, и хутор, и окружающий его лес. И горы правобережья, ощетинившиеся иглами заснеженных деревьев. И белую пустыню Волги, гладкую как бумага. И белую пустыню степи, местами шершавую от мерзлой травы и колючую от кустарника.

Мир был прекрасен и неподвижен, раскрывался послушно перед взором, как раскрываются книжные страницы, листаемые нетерпеливой рукой. Легчайшим усилием воли Бах поднялся над берегами и обозрел их сверху — с такой высокой точки, что края окоема округлились и завернулись книзу, а сама Волга превратилась в длинную змею, мелкими кольцами вьющуюся по земле. Опустился ниже — и припал взором к снеговому покрову, наблюдая игру света на гранях ледяных частиц, разглядывая строение отдельных кристаллов, отмечая их разнообразие и безупречную геометрию.

В мире этом, пронизанном до последнего уголка искристыми лунными лучами, не было места тени — облитые одним лишь светом, предметы и существа являлись в нем, не имея теневых сторон и скрытых изъянов. И движению в этом сияющем мире также не было места — не кружилась по сугробам поднятая дыханием ветра поземка, не дрожали торчащие из-под снега метелки травы. Месяц висел неподвижно в чернильном небе, не меняя с ходом времени своего положения, словно приколоченный к нужному месту чьей-то неумолимой рукой. А в степи, недалеко от берега, застыли в воздухе два маленьких тела: седая сова распростерла над землей крылья и выставила перед собой лапы с хищно выпущенными когтями; развернутый хвост ее почти касался снега, желтые глаза глядели вперед — туда, где по блестящей корке наста мчалась крошечная мышь; тельце ее замерло в длинном прыжке — голые розовые лапки с растопыренными пальчиками напряжены отчаянным движением, круглые уши прижаты плотно, глазки вытаращены от ужаса. Эти двое висели в воздухе, когда взор Баха только проник за пределы ледника, и продолжали висеть все то время, пока он оглядывался в диковинном мире.

Захоти Бах, он мог бы сейчас увидеть много больше: и Гнаденталь, и прочие колонии, и далекие селения правобережья, и Саратов с нарядными церквами, и Казань с цветными минаретами, и царственный Петербург, и само Великое Немецкое море, на берегах которого лежала Германская империя, далекая родина предков. Но в усталом сердце его не было места жадности и любопытству — никуда оно не стремилось, кроме как обратно в избушку ледника, где ждала прекрасная покинутая женщина. В груди царапнуло едва заметно — сожаление о том, что не сможет ни рассказать об увиденном, ни хотя бы попытаться описать на бумаге — ни для Клары, ни для кого-то еще. Но Бах отмахнулся от этой мысли и опустился вниз, в тесный заиндевелый сруб.

Возвращаться на стул, притулившийся у ледникового ящика, не захотел. Куда желаннее было стать одним из кусков льда у изголовья Клары. И Бах стал — усилием воли проник в лед и застыл в нем, ощущая рядом с собой холодное и твердое Кларино тело, сам постепенно превращаясь в холодное и твердое. Возможно, подумалось напоследок, виденный снаружи мир оттого и был так восхитительно неподвижен, что тоже являл собой огромный сколок льда; эти застывшие картины — и хутор Гримм, и леса на правом берегу Волги, и степи на левом, и сама Волга, и охота совы на мышь — все было схвачено в какой-то миг могучей силой холода и вморожено в безупречно чистый ледяной кристалл, как бывает вплавлен муравей в прозрачный кусок янтаря.

Едва слышные мелодии оцепенелого мира — потрескивание ледышек меж бревен сруба, скрип дубовых стволов в лесу — угасали, превращаясь в тишину. Слух Баха растворялся в этой блаженной тишине, как только что растворились во льду его ощущения и мысли. Лишь какой-то далекий звук — не то волчий вой, не то птичий крик — одиноко звучал в безмолвии, мешал. И не оградиться от этого назойливого голоса. В глубине тела что-то слабо колыхнулось, затем еще и еще — досада. Усилием воли Бах попытался унять растущее раздражение — и не смог: голос звучал все сильнее, разогревая эту досаду, раздувая и разжигая ее. Бах вдруг обнаружил себя вновь сидящим на стуле — замерзшим, с окоченевшими руками и ногами. А голос все звучал, звучал громче — будто измывался. Разбуженные этим настырным голосом, проснулись и остальные звуки, хлынули в уши: зашуршала-загрохотала по насту поземка, заныл-заколотился об крышу ветер, звякнули-забренчали оледенелые ветви яблонь в саду. Хотелось отодрать от исподнего куски ткани и запихнуть в уши, чтобы не слышать этот оркестр, но замерзшие пальцы не слушались. Заткнул уши ладонями, но голос уже поселился в голове, где-то внутри черепа. Наконец Бах понял: это младенец надрывался в доме, призывая к себе. Как мог Бах слышать его — через укутанную тулупом на зиму входную дверь, через бревенчатые стены и просторный двор, по которому кружили снежные вихри? Но слышал, и с каждой минутой все отчетливее: словно дверь в дом распахнули, а само дитя нарочно вынесли на улицу, поближе к ледниковому срубу.

Когда от пронзительного детского крика задребезжало в висках, Бах зашипел с досады, вскочил и, прихрамывая на онемевших ногах, потащился в дом. *Прости, что оставляю тебя,* мысленно обратился к Кларе. *Скоро вернусь, обещаю.*

Ребенок, выпроставшись из-под тряпок и полотенец, орал и изгибался на лавке; рот открывался часто и жадно, личико вертелось в разные стороны, стараясь уловить волну запаха или тепла; вдруг резко дернулся, и голова его, похожая на круглую тыковку, опасно свесилась к полу. Бах и сам не понял, как это случилось, — но через мгновение уже упал на колени и поймал в едва послушные руки выскользнувшее из вороха тряпья горячее тельце. И вновь его обожгло, словно угли раскаленные схватил. Ребенок, почуяв рядом чужое тепло, закричал громче, с придыханием, хищно вытягивая губешки и стараясь поймать ртом руку Баха или рукав исподнего.

Злясь и на свое тело, так некстати поспешившее на помощь новорожденному, и на самого младенца — нестерпимо горячего и голосистого, требовательного, наглого, не дающего быть рядом с Кларой, — Бах заметался по дому, держа в руках орущее дитя, спотыкаясь о предметы и не понимая, как остановить этот невыносимый, раскалывающий голову крик. Кинул было ребенка на постель, забросал подушками, накрыл периной — да руки сами обратно все подушки разворошили, вытащили младенца на воздух. Сунул за пазуху — но сейчас дитя отчего-то не желало засыпать. Наконец догадался: схватил с плиты холодный чайник, вставил носик в распахнутый младенческий рот, наклонил осторожно, выливая остатки воды, — ребенок тут же затих и принялся жадно сосать, энергично работая щеками и постанывая при каждом глотке. Высосал всю воду, закатил глаза, повздыхал прерывисто, обмяк. Уснул.

Оставить его спать в доме? Неминуемо проснется — через час или два — и вновь помешает. Накрыть подушками сейчас, спящего? Уложить в комод или сундук, закутать поплотней, сверху накидать одежды побольше — тулупов, душегреек, шерстяных юбок и шалей? Нет, Бах не смог бы. Да и голос у младенца столь пронзителен, что меры эти, пожалуй, окажутся недостаточны. *Что делать мне с твоим ребенком, Клара?..* Выход был один — отнести в Гнаденталь и подкинуть к дверям кирхи. Затем вернуться и спокойно, в тишине, сесть рядом с любимой — уже навсегда.

Бах вздохнул. Досадливо морщась, натянул штаны, рубаху, киргизову душегрейку, тулуп и войлочную шапку на меху. Сонно покряхтывающего младенца завернул в пару простынь, затем в утиную перину, перевязал потуже, чтобы сподручней было нести. Вышел из дома и при мягком сиянии сливочно-белой луны, так непохожем на острый свет месяца в неподвижном ледяном мире, побрел в родную колонию.

Шагал долго, мучительно долго, с усилием переставляя отяжелевшие ноги и превозмогая ломоту в спине, словно шел не через Волгу, а через всю великую степь. Когда успело тело его так одряхлеть? За мучительный год ожидания Клариного приплода? За прошедшие сутки? За те пару часов, когда летал над родными краями, обозревая их с высоты, усилием мысли перемещаясь из-под небес к земле и обратно? И сколько лет он не был в Гнадентале? Четыре? Все пять? Не считать же ночной приход в село, когда на рыночной площади обнаружил он следы бойни несчастного скота? Или предыдущий год, когда ходил по улицам и пересчитывал разоренные дома? Бах не был в Гнадентале полных семь лет — семь лет не был в миру, не знал, чем живет этот мир и как живет. И сегодняшний день не прервет отшельничества — Бах желал сделать все как можно быстрее: уложить ребенка на ступени кирхи и тотчас удалиться, не смотря по сторонам, не обращая внимания на новшества и изменения. Уж если диковинный ледяной мир не смог увлечь его своими неподвижными красотами, то миру реальному это вряд ли будет под силу.

Гнаденталь глядел бедно, почти нищенски. Бах плелся по главной улице, держа под мышкой сверток с посапывающим ребенком, время от времени останавливаясь для отдыха. Взгляд выше сугробов не поднимал, но запустение вокруг было столь разительно, что не заметить было невозможно. По обеим сторонам улицы вместо домов зияли дыры: одни каменные фундаменты да ошметки заборов. Многие жилища оставлены хозяевами: слепо пялились друг на друга заколоченными окнами, сутулились давно не чиненными крышами в козырьках слоистой наледи; брошенные у ворот лодки щербаты, с рассохшимися днищами, словно ими не пользовались несколько лет. Пожалуй, жилых домов осталось меньше, чем покинутых: уютный запах кизякового дыма, обычно царивший в колонии зимой, сейчас был еле слышен, разбавлен затхлым духом оставленного жилья. Дорога едва наезжена, будто за всю зиму не проехало по ней и десятка саней; только по бокам ее вдоль заборов едва заметно вились тропки, протоптанные пешеходами.

Успокаивая себя тем, что хоть один колонист к церкви-то придет обязательно, Бах миновал рыночную площадь с тремя карагачами (каждый был почему-то украшен куском красной материи), колодезный сруб, керосиновую и свечную лавки. Оказался у кирхи — замер: ступени погребены под сугробом, на двери висячий замок, белый от намерзшего льда. Картина эта была столь необычна, что Бах позабыл про данное себе обещание не осматриваться в миру, а только прошмыгнуть слепой и равнодушной тенью.

Обошел кирху кругом: зияли разбитые стрельчатые окна. Одно — затянуто тканью все того же красного цвета со странной надписью “Вперед, заре навстречу!”; на морозе ткань задубела — покачивалась на ветру, как фанерный лист, и билась о подоконник с глухим твердым стуком.

Пасторат, однако, глядел жилым: снег у крыльца был расчищен, сосульки сбиты с крыши заботливой рукой. Видимо, пастор Адам Гендель все еще обитал в Гнадентале. Какая невероятная сила могла заставить колонистов закрыть церковь, да еще при живом пасторе? Закрытая церковь — то же, что сухая вода или раскаленный снег. Бах не знал, что такое бывает. Видишь, мысленно обратился к Кларе, не зря я ограждал тебя от мира столько лет. Впрочем, нам с тобой до этого всего уже нет дела.

Здесь, на крыльце пастората, он и решил оставить младенца. Положил тугой сверток на расчищенные ступени, чуть приподнял угол перины, чтобы ребенок не задохнулся. Глянул в черное небо, на упавшее низко к горизонту созвездие Плеяд: близилось утро — пора уходить.

Внезапно подумалось: а чье это все-таки дитя? Которого из трех незваных гостей? Мужика с калмыцкими скулами? Вояки с наглыми глазками? Бледного пацана с прыщавым лбом и кадыкастой шеей? *Чье дитя ты вынашивала девять месяцев, Клара?* Мысль была мерзкая и мучительная; в иное время Бах запретил бы себе размышлять об этом, чтоб не бередить душу, но сейчас вопрос почему-то не вызвал в душе ничего, кроме равнодушия. Впрочем, в преддверии вечного уединения в леднике надо бы знать ответ — не для того, чтобы терзать себя, а единственно ради установления истины. Стоит ли таиться от правды, если вот она — лежит на расстоянии вытянутой руки и сопит, выпуская из крошечных ноздрей мелкие белые облачка? Бах протянул трясущуюся от усталости руку, откинул угол перины и впервые внимательно посмотрел на новорожденную.

Девочка была похожа на мать, похожа удивительно. Кто бы ни был отцом, он не отразился в ее лице — ни единой линией, цветом или формой. В маленькой, с кулачок, сморщенной физиономии так явственно читались зачатки всех Клариных черт, что Баху стало душно; он стянул с головы шапку, опустился перед крыльцом на колени и приблизил лицо к младенцу, недоумевая, как мог проглядеть это невероятное сходство. Нежнейшая кожица обтягивала знакомый выпуклый лоб, на котором сдвинулись скорбно знакомые бровки, пока еще тоненькие, в несколько волосков; под ними притаились складочки глаз и знакомые же длинные ресницы; нос, размером не более кончика мизинца, уже курносо глядел вверх, и читалась на нем легчайшая золотая рябь — предвестник будущих веснушек. Бах узнавал в этих чертах лицо Клары, как в бутоне степного цветка безошибочно узнал бы будущий тюльпан или мак.

Вдруг понял, что младенец лежит уже не на ступенях, а у него на руках. Что сам он стоит на коленях, держа перед собой сверток — не имея сил ни встать и унести его с собой, ни оставить на крыльце. В доме что-то стукнуло — хлопнула дверь или упал какой-то предмет, — и окно слабо засветилось: верно, кто-то из хозяев проснулся от звука шагов на улице и разглядел в окошко копошившуюся у входа фигуру. Бах спешно поднялся с колен и захрустел по снегу прочь, прижимая к груди спящее дитя.

Большей глупости нельзя было выдумать. И большего предательства по отношению к Кларе, которая ждала на хуторе. И большей му́ки для себя. Бах с трудом шагал по едва заметной тропе через придорожные сугробы — и вдруг с недоумением отметил, что дома и деревья несутся мимо быстрее, а сам он, запыхавшийся, замокревший от пота, уже бежит резво, чудом не спотыкаясь и не роняя в снег объемистый сверток, дышавший теплом даже сквозь толщину перины.

Что за внезапная прихоть? Краткое умопомрачение или признак открывшейся с горя душевной болезни? И что теперь делать ему, немолодому усталому человеку, с этим чужим ребенком?

Осерчав на себя, хотел было оставить младенца у другого крыльца — старосты Дитриха или художника Фромма; из труб их домов тоже тянулись в небо жидкие дымовые столбы. И вновь — не смог. Что-то держало, словно морок напал. Решил: вернется на хутор, внимательнее сличит два лица — матери и дочери; различия найдутся непременно, собственное сумасбродство станет очевидно — и морок спадет. И завтра ночью можно будет отнести ребенка в Гнаденталь.

Прости, мысленно обратился к Кларе. *Ты же видишь — со мной неладно. Тебе придется подождать — еще один только день.*

Когда пересекал рыночную площадь, младенец крякнул и застонал сонно, пришлепывая губами и вытягивая их трубочкой. Хочет есть, понял Бах. Младенцы часто хотят есть. И воды из чайника в этот раз будет недостаточно. Нужна еда. Свежее молоко. Но ходить по дворам, будить колонистов, объясняться с ними мычанием и жестами бесполезно — прогонят со злых сонных глаз. Молоко можно только украсть — залезть в какой-нибудь хлев и тайком надоить в любую плошку или кувшин, что найдется там же…

Со страхом наблюдал Бах за ходом своих мыслей и за самим собой, рыщущим по спящей колонии — ночным волком, ночным вором.

Самые богатые дворы, где в стойлах непременно нашлись бы и коровы с тяжелым выменем, и окотившиеся козы со свисающими до пола розовыми сосцами, и кобылы с тонконогими жеребятами, — все эти дворы давно разорены. Оставалось попытать счастья в хозяйствах победнее — например, у набожных Брехтов: они славились тем, что никогда не запирали на ночь ни ворота, ни даже двери, во всем полагаясь на божью волю. За прошедшие семь лет дом их заметно потускнел и обветшал, но все еще дышал чахлым дымком — все еще жил. Одной рукой Бах ухватил поудобнее нетерпеливо кряхтящего ребенка, другой осторожно толкнул створку ворот: открыто, как всегда. Хоть что-то в Гнадентале оставалось неизменным.

Клара, меня пугают собственные поступки.

Вошел. Во дворе, однако, пусто и безжизненно: не вздыхали в хлеву сонные коровы, не перебирали копытами волы и верблюды. Животных не было — ни одного. Как не было их и в хозяйстве ткача Дизеля, и зажиточной вдовы Кох, и даже свинокола Гауфа — ко всем наведался этой ночью Бах.

Клара, что делает со мной твой ребенок?

К кому залезал через дыру в заборе, к кому — через занесенный снегом палисадник. И каждый двор был пуст, как выскребли: ни лепехи коровьей, ни пахучего овечьего катышка, ни следа бараньего копытца на снегу. Бах метался по ночному Гнаденталю, позабыв про усталость и все теснее прижимая к груди недовольно тявкающего младенца, тряся его все отчаяннее. Если проснется и заголосит — придется удирать из колонии со всех ног. Без молока…

Клара, неужели я схожу с ума?

Вдруг пахнуло — остро, чуть сладковато: козьей шерстью и животным теплом. Прикрыл глаза, повел носом, ловя волну, — запах несло со двора угрюмого верзилы Бёлля-с-Усами, про которого говорили: если он и любит кого на этом свете, то одну лишь свою ореховую трубку, которая неизменно торчит из-под его нестриженых усов.

Потерпи, мысленно обратился Бах к младенцу. *Кажется, нам повезло*.

И младенец потерпел — поспал прилежно еще с полчаса: пока Бах протолкнул его в щель под забором, а сам перелез сверху, наступая на небрежно прибитые поперечины; пробрался во внутренний двор, огороженный плетнем, откинул щеколду на ведущей в хлев дверце — и неожиданно оказался внутри козьего стада, голов на полсотни, а то и больше. Козы толпились в хлеву так тесно, что едва не путались рогами. Спали чутко: при появлении Баха заволновались, затолкались ребристыми боками, застучали копытцами о пол, а рогами — о стены. Когда успел вечно безденежный Бёлль-с-Усами обзавестись таким поголовьем?

Бах осторожно уложил ребенка на порог хлева. Протянул руку вправо, пошарил по стене — обычно там, недалеко от косяка, развешивали всякую утварь. Нащупал одни пустые гвозди. Вот тебе и хозяин: скот завел, а про скребки, чесала и ведра поильные забыл. Выскочил во двор, где заприметил у стены кучу хламья, выцепил из нее покореженную, но целую еще жестяную крышку от сепаратора — сойдет за плошку. Вернулся к козам. Дверь закрывать не стал; присел на корточки и начал при бледном лунном свете выглядывать в шевелившемся облаке тощих ног и шерсти молочное вымя покруглей да поувесистей. Высмотрел. Пробрался к той козе; охлопал, успокаивая, костлявые бока, пристроил меж копыт найденную плошку. Пальцы отогрел дыханием, смочил слюной для мягкости. Огладил вымя в буграх вен, растопыренные твердокаменные сосцы. Сжал кулак, вытягивая молоко, — тугая струя ударила в жестяное дно звонко, словно выстрелила. Коза была давно не доена, потому и стояла покорно, и ждала терпеливо, пока Бах копошился у ее разбухшего вымени. Заметил, что шерсть ее не чесана, висит колтунами, а неухоженные копыта кудрявятся уродливыми наростами, — плохо глядел за скотиной Бёлль, даром что завел внушительное стадо.

Первые надоенные капли Бах выплеснул (колонисты говорят: “напоил землю”), остальное собрал. Вышла почти полная плошка: больше литра жирного пахучего молока — почти горячего, исходившего паром на морозе. Взял под мышку дитя и осторожно понес непокрытую посудину вон, стараясь не расплескать, — из хлева, со двора, из Гнаденталя.

На середине Волги, в темный предрассветный час, когда луна нырнула в облака, а солнце еще не показалось, младенец все же проснулся и разорался от голода. Пить из плошки не умел. Баху пришлось опуститься на снег, прижать ребенка к животу и, закрывая от ветра тулупом, макать в молоко край выпростанной рубахи и вставлять в жадно раскрытый младенческий рот. Насытившись, ребенок уснул. И Бах уснул — едва доплелся до дома, запалил в печи пару поленьев и залез в остывшую постель, под утиную перину, успевшую пропитаться теплым младенческим духом (поначалу хотел было идти спать в ледник, но побоялся, что дитя опять раскричится, если оставить в доме одного). Младенца положил с другого края кровати — в подушки, чтобы не свалился.

Когда первые лучи солнца пробились через щели в затворенных ставнях и поползли по чисто выметенной комнате, оба крепко спали — Бах и новорожденная девочка. Он лежал, по давней привычке вытянувшись в струну и скрестив на груди руки. А девочки видно не было: она давно перекатилась через все подушки, вбуравилась в ворох перинных складок и протиснулась через них, чтобы приникнуть лицом, животом, ногами к большому и теплому телу мужчины, исподняя рубаха и руки которого пахли единственно важным для нее — свежим молоком.

10

Уже после полудня Бах проснулся и обнаружил под боком маленький теплый комок. И словно увидел младенца заново: каждый членик его был столь мал и нежен, что Бах замер в замешательстве, не зная, как отлепить от себя эти крохотные ладошки и ступни, эту припавшую к его боку рыхлость и мягкость — боясь притронуться к ней, чтобы ненароком не оцарапать тончайшую кожицу пальцами, не сломать хрупкие косточки. Почему не боялся он этого раньше? Почему вчера таскал дитя легко, словно охапку хвороста, то втискивая глубже под мышку, то просовывая под забор, то оставляя на пороге хлева?

Впервые Бах наблюдал рядом с собой существо, настолько более слабое и беззащитное, чем он сам. Он поднес к телу ребенка свою руку — широкую, с крепкими пальцами и крупными ногтями в темной обводке въевшейся земли, с жесткой морщинистой ладонью и тыльной стороной, одетой в дряблую пористую кожу. Эта рука, привыкшая колоть мерзлые дрова и твердокаменный волжский лед, могла бы полностью накрыть младенческую головку и одним движением пальцев раздавить всмятку; могла бы перехватить мягкую шейку и легчайшим сжатием остановить всякое движение воздуха в ней. Рука Баха — неумелая, порой бессильная в борьбе с речной водой, не желавшей подарить ему хотя бы скудный улов, со снегопадами, норовившими засыпать хутор по самую крышу, с шальными весенними ветрами, жаждавшими с корнем выломать яблоневый сад, — рука эта была рядом с младенцем — всесильна: могла продлить робкую жизнь или отнять ее. Тело Баха, жилистое и легкое, подверженное частым простудам и местами уже тронутое старческой рябью, было рядом с младенцем — телом великана, грозного и всемогущего.

Он смотрел на ребенка, не в силах оторвать взгляд. Четыре жадно облепившие его крохотные лапки, каждая чуть длиннее и толще его указательного пальца, — неужели через несколько лет вытянутся, обрастут мясом, превратятся в руки и ноги? Бархатное тельце, внутри которого еще не видны ни ребра, ни мышцы, ни даже змейка позвоночника на спине, — неужели распрямится и окрепнет, нальется силой? А припавшая к его плечу морщинистая мордочка — неужели расправится и развернется, станет гладким лицом?

Разгоряченный сумбурными мыслями и испуганный внезапным осознанием собственного могущества, Бах высвободился из крошечных объятий и потащился в ледник — привести в порядок мысли и остудить голову.

Стул стоял там же, у изголовья. И Клара лежала — все там же, все такая же. Лицо ее было безмятежно, кожа бела и гладка. Длинные тонкие руки и длинные тонкие ноги лежали столь симметрично, что напоминала она уже не статую, а фарфоровую куклу, изготовленную искусным художником. Волосы, выбившиеся во время родов из тугой прически, рваным золотистым облаком окружали лоб. Бах хотел было принести гребень и причесать непослушные пряди, но заметил, что у основания они уже покрылись тончайшим инеем и побелели, — и не стал нарушать красоту, оставил как есть. Инеем же были покрыты и брови Клары, и длинные ресницы, и даже мельчайшие, видимые только при ярком свете волоски на висках, на переносице, над верхней губой — и оттого белоснежное лицо ее едва заметно искрилось в лучах дневного солнца.

Прости, мысленно обратился к ней Бах. *Сейчас я не могу остаться с тобой. Дай мне еще немного времени. Ты же видишь, твой ребенок творит со мной странные вещи.*

Показалось, что лед в ящике недостаточно прозрачен, — Бах спустился к Волге и напилил нового; куски для Клары отбирал самые крупные и красивые, просматривая насквозь и придирчиво оценивая преломление солнечных лучей, рисунок узора, чистоту скола. Перед этим накормил проснувшегося младенца, разведя молоко кипяченой водой и заливая его в детский рот узкой оловянной ложкой.

Обложил Клару свежим льдом, обсыпал свежим снегом — собирал не с земли, где чистота его могла быть незаметно глазу нарушена пробегающей мышью или иным зверьком, а с высоких древесных ветвей.

Обнаружив на теле младенца пупырчатую сыпь, впервые вымыл его в медном тазу — боясь уронить, боясь погрузить с головой в воду, переохладить или ошпарить. Ополоснул отваром чистотела и ромашки, которые Клара собрала еще летом, затем вымылся сам (обычно мылся после Клары той же водой, что и она, — в этом давно заведенном ими обычае виделся приятный и важный смысл).

Все-таки расчесал волосы Клары, заплел в гладкие косы, уложил кренделями вокруг темени — словно корону надел. Будь на дворе весна, наплел бы венков из голубого льна и алого мака, огненных тюльпанов и пурпурных ветрениц; сейчас же украсил прическу кружевными лентами из глубин объемистого сундука Тильды.

Перестирал ворох простынь, испачканных младенцем за первые дни жизни. Стирал соленой колодезной водой, а полоскал чистой, проточной, в ближайшей проруби, как всегда делала Клара. Развесил мокрое белье у дома. Вид белых прямоугольников, торжественно плывущих по двору, так явственно напомнил о Кларе, что Бах кинулся было снимать их и с трудом заставил себя успокоиться: вывесить белье в ином месте и тем самым нарушить привычный уклад жизни было бы еще невыносимее.

Украсил шею Клары желтыми бусами искусственного коралла, уши — стеклянными серьгами, запястья — татарскими медными браслетами, что обнаружил на дне все того же Тильдиного сундука. Хотел одеть Клару в нарядное, но обнаженное тело ее и без того было прекрасно.

Нарвал пеленок для младенца — из ветхих простынь и полотенец. Для заворачивания ребенка на время сна приспособил пару ночных рубашек, для укрывания — теплую шаль с длинными петлями и шерстяную юбку, расшитую цветными шнурами. Боялся, что вещи пропитаются младенческим запахом и утратят исходящий от них аромат Клариного тела, но этого не случилось: новорожденная пахла матерью. Особенно сильным был этот запах на темени, где бился часто и трепетно мягкий ромбик, прикрывающий не сросшиеся еще кости черепа, и в складках за ушами. Обнаружив это, Бах начал припадать лицом к детской головке и втягивать ноздрями идущий от нее дух — по многу раз в день; по ночам же спал, уткнувшись лицом в детский затылок или висок.

Выучился укачивать ребенка: однажды вечером тот не мог заснуть, и Баху пришлось долго трясти его, держа локти на отлете и суетливо семеня по дому. Уже под утро, укладывая задремавшего младенца в постель, обнаружил себя мычащим простенькую мелодию — одну из тех колыбельных, что напевала Клара во время беременности.

Испугался — когда через пару дней загогулина пуповины, похожая на сучок, внезапно отвалилась от детского пуза и оставила после себя глубокую ямку, слегка сочившуюся кровью. Ранка, однако, не причиняла ребенку беспокойства и скоро зажила.

Еще раз испугался — когда увидел как-то утром во дворе широкопалые волчьи следы: звери приходили ночью на хутор, покружили у дома, но забраться в запертый ледник не смогли, ушли ни с чем…

Бах трудился целыми днями не покладая рук. Метался между двумя женщинами — взрослой и новорожденной. Стоило задержаться в леднике, как настойчивый плач призывал его в дом. Стоило провести пару часов дома, как вина перед оставленной Кларой гнала обратно в ледник. Кажется, он исхудал за эти несколько дней, хотя вряд ли такое было возможно: руки и ноги его и так состояли из одних только жил и костей, обтянутых кожей. Однажды утром показалось, что захворал: лицо и шея горели, внутренности ныли нещадно, спину ломило; однако настырный детский крик поднял с постели, разогнал боль в мышцах, а прохлада ледника остудила пылающий лоб; разболеться не получилось — к полудню Бах уже забыл про утреннее недомогание. За все это время он так и не решился отнести девочку в ледник и сличить с Кларой: схожесть их была очевидна.

Через неделю украденное молоко закончилось — и Бах ночью опять сходил в Гнаденталь, во второй раз выдоил чужую козу. Подумалось: не увести ли ее с собой? Это означало бы, однако, готовность выкармливать младенца и дальше (несколько недель, а то и месяцев), а значит — отсрочить уединение в леднике с Кларой. На это Бах решиться не мог. И решиться отнести ребенка в Гнаденталь, оставить на чьем-нибудь крыльце — не мог тоже. Он разрывался между двумя женщинами — словно опять стоял по колено в снегу на середине схваченной льдом Волги, не умея ни сделать шаг вперед, ни повернуть назад.

А на третий раз его поймали. Чья-то тяжелая ладонь легла на плечо, когда выдавливал последние капли из упругих сосцов, схватила за шиворот и швырнула на землю. Частокол козьих ног заволновался вокруг, стадо раздалось в стороны и замекало, звякнула под ударами копыт опрокинутая плошка. Бах приподнял лицо из мешанины опилок и козьего дерьма, силясь разглядеть нападавшего, но увидел только темный силуэт над морем лохматых спин и трясущихся рогов. Попытался было встать — крепкий удар в грудь отправил обратно на землю. Силуэт приблизился, взмахнул руками — и тотчас что-то плотное, шершавое, пахнущее лежалым зерном и мерзлым сеном обволокло Баха со всех сторон: на голову надели мешок; руки стянули за спину и связали. Толкнули в живот: а вот теперь — вставай. И повели куда-то по спящему Гнаденталю.

Шагали недолго: хлопнула калитка, заскрипела протяжно входная дверь, дохнуло теплом и запахом керосина — вошли в дом.

— Вора поймал, — раздалось где-то рядом. — Полплошки молока сдоил, собачий сын.

Это был голос Бёлля-с-Усами, угрюмого верзилы, которым мамаши в Гнадентале пугали непослушных детей. Вот кто настиг Баха в хлеву.

Мешковина скользнула по щекам, глаза резануло оранжевым светом — с головы стянули мешок. Бах заморгал подслеповато, ежась и втягивая голову в плечи, и вдруг обнаружил перед собою чужое лицо, внимательно его изучающее.

Лицо это было так близко, словно хотело не разглядеть Баха, а уловить его дыхание или почувствовать запах. Неподвижное, освещенное с одной стороны дрожащим светом керосиновой лампы, а с другой погруженное в полутьму, оно смотрело пристально и строго. Черты его были совершенны. Не лицо — лик, тонкий и нежный, какой можно увидеть лишь на иконе. И сияли на этом лице не глаза — очи: темные, блестящие, в обводке длинных ресниц. И алели на этом лице не губы — уста. И не щеки розовели нежно — ланиты. Дева была юна, об этом говорили и гладкость кожи, и мягкость черт; взгляд же был столь взросл и печален, что мог принадлежать старику. Обездвиженный этим взглядом, Бах затаил дыхание, не смея отвести глаз.

— Это, что ли, ваш домовой? — спросила дева хрипло.

Движение губ исказило ее лицо до неузнаваемости: тонкая кожа заморщинилась густо — на щеках, вокруг рта, на переносице, — словно треснул на Волге лед и река из гладкого зеркала враз превратилась в кучу вздыбленных льдин. Дева подняла ко рту руку и задумчиво потерла пальцами приоткрытые губы. Грязные пальцы с квадратными ногтями так отвратительно смотрелись на нежном лице и пухлых губах, что Баха передернуло. Он опустил взгляд и с удивлением обнаружил, что носит дева синюю косоворотку с натянутой поверх вязаной душегрейкой и суконные штаны, заправленные в валенки. Тело — словно скручено лихой пляской: правое плечо смотрело вниз и немного назад, а левое — вверх и вперед. Руки длинные, с массивными шишковатыми суставами, а ноги коротковатые, слегка согнутые в коленях, вот-вот пойдут вприсядку. Да вовсе и не дева то была — мужичонка, маленький ростом и широкий в кости, изувеченный какой-то болезнью, по нелепой прихоти судьбы наделенный прекрасным девичьим лицом.

— Сказками про домовых старух столетних кормите! А то заладили: домовой коз выдаивает, домовой кур ворует… — Человек усмехнулся едко и пошел к столу, где были разложены бумаги и стояла керосиновая лампа.

Пружинистая походка его напоминала танец — в движение приходили все мышцы тела, от мускулистой шеи и крепких плеч до слегка косолапых ступней, будто и не тело шагало по полу, а перекатывался упругий клубок мышц, костей и волос; на спине, сбоку от хребта, колыхалась крутая выпуклость — горб. Длинная тень горбуна заплясала на беленой стене, уперлась затылком в потолок.

— У нас в колхозе если кто и ворует, то человек! Мелкий и грязный — и телом, и духом. Как этот! — Он презрительно кивнул на Баха, словно был тот валявшимся на обочине ненужным предметом — битым горшком или обрывком полуистлевшей веревки. — Понял, Бёлль?

Горбун говорил на удивительно чистом *высоком немецком*, с такими холодными и ровными интонациями, каких Бах не слышал даже в речи городских немцев.

Не поворачивая головы, Бах осторожно скосил глаза на Бёлля. Тот был, как всегда, мрачен. Клочковатые усы, и раньше напоминавшие комья мокрого сена, теперь поникли окончательно, завесили щелку рта, глаза и вовсе пропали под разросшимися бровями, один нос увесистым клювом торчал на плоском и унылом лице.

— Делать-то с этим лохматым — что? — Бёлль зевнул, распахивая обширную пасть, показал щербатые зубы.

Горбун поджал прекрасные губы с неприязнью, словно увидел во рту у Бёлля что-то отвратительное. Не отвечая, опустил взгляд на усеявшие стол ворохи бумаг, лицо обрело на мгновение былую неподвижность, а с ней и красоту; похоже, своим приходом Бёлль прервал его размышления, и теперь горбун вновь собирался с мыслями — о чем-то гораздо более важном, чем поимка незадачливого вора. Он протянул руки к бумагам и задумчиво пошевелил пальцами, выбирая, какой документ взять. Тень на беленой стене тоже пошевелила огромными пальцами.

— Полплошки молока — ах как мелко, мелко… — забормотал тихо, под нос. — Вот так и все здесь: по полплошки, по глоточку, по плевочку. Все — ползком. Все — шепотком. Вполсилы, по чуточку, по крошечке. Не живете, а грязь в наперстке месите. Полплошки… Почему не целая? — Так и не выбрав ни одной бумаги, он досадливо хлопнул по столу ладонью и вскинул обвиняющие глаза на Баха. —

Почему ты не козу украл, не коня, не трактор, а всего лишь молоко высосал? Можешь ты объяснить мне? Если уж воруешь — то воруй! Греби добро общественное липкими своими клешнями. А мы тебя за холку — раз! И на суд общественный — два! И в прорубь нагишом — три! Или — ежели совесть не позволяет — так не воруй вовсе. Вступай в колхоз и живи-радуйся. А теперь — что мне прикажешь с тобой за этот стакан молока делать? В подпол до утра посадить? Линейкой по ладоням отшлепать? Пальцем погрозить и выпустить? Почему молчишь?!

Бах смотрел в пол — давно не метенный, усыпанный обрывками бумаг, шелухой подсолнечника, ореховыми скорлупками и прочим мусором — и гадал, не проснулся ли на хуторе младенец. Обычно девочка просыпалась ближе к утру, но случиться могло всякое. Мысль, что дитя будет надрываться от плача в пустом доме, была неприятна, как вонзившаяся глубоко под ноготь заноза.

— А давайте я ему тумаков навешаю, — Бёлль с хрустом поскреб небритую щеку. — От души — по-нашему, по-гнадентальски.

— Тумаков! — Горбун резко дернул плечами, словно желая выкрутить свое искореженное тело в противоположную сторону. — Один два глотка молока украл, второй ему за это два раза по морде съездил — вот и вся политическая сознательность! По-вашему — по-гнадентальски!

— Это вы зря, товарищ парторг. Я его так отметелю — месяц на карачках ползать будет.

— А не надо — чтобы на карачках! — Горбун в раздражении выскочил из-за стола и закружил по комнате; гигантская тень его завертелась по избе, заскребла по потолку, разрастаясь то ввысь, то вширь. — Надо — чтобы ворье это мелкозубое космы свои шелудивые состригло и завтра пришло к нам в колхоз записываться. И пасло бы этих самых коз и смотрело за ними. А каждого, кто задумает украсть хоть каплю общественного молока, от колхозного стада бы отгоняло. Так — надо!

— Не будет этого. — Бёлль угрюмо выдвинул нижнюю челюсть вперед, так что усы его встопорщились, а подбородок едва не коснулся кончика носа. — Лягушки не лазают по деревьям. Люди не растут выше Кёльнского собора. А воры не становятся пастухами.

— Вот! — взвился горбун как ошпаренный, вскидывая ладони к низкому потолку и чуть не касаясь пальцами собственной тени, также резко вздернувшей руки. — Вот она — заплесневелая мудрость веков!

Он подскочил к Бёллю и гневно задышал, оскалив острые зубы. Лицо горбуна оказалось на уровне Бёллевой груди, но прекрасные темные глаза глядели с такой высокомерной строгостью, словно взирали с высоты престольного трона.

— Ты сейчас что такое сказал — про собор? — заговорил быстро и яростно. — Ты сам-то понял, что сейчас сказал? Понял, почему сказал именно это? Почему ты сравнил человека с Кёльнским собором, а не с Руанским или, к примеру, со Святым Петром?

— У нас все так говорят, — набычился Бёлль еще больше. — И всегда говорили. Если кто ростом не вышел — *бабка его с гномами путалась*. Если дылда — *высокий, словно Кёльнский собор*. А выше того собора никому вырасти не дано, это и дураку ясно.

— Ты сам этот собор видел? Знаешь, какой он высоты? Сколько у него куполов? Какой они формы и какого цвета?

Бёлль молчал, по малоподвижному лицу его медленно разливалось недоумение.

— Ты хотя бы представляешь, в какой земле располагается город Кёльн? На какой реке стоит? На каком расстоянии от твоего родного Гнаденталя находится? — Горбун хлестал вопросами, как плеткой махал. — А ты уверен, что столь любимый тобою собор все еще существует? Может, его давно уже снесли или разрушили какие-нибудь варвары?

С каждым вопросом лохматые Бёллевы брови вздрагивали изумленно (на мгновение становились видны крошечные светлые глаза), а спина пригибалась ниже, так что скоро дылда Бёлль казался чуть не одного роста с коротышкой парторгом.

— Тогда зачем же повторяешь, как дрессированный скворец, что вбили тебе в голову с детства? Вот он, главный наш враг: вбитые в голову слова, вбитые в голову мысли! Тысячи слов, крытых пылью и паутиной. Тысячи мыслей, настолько изветшалых, что они уже начали разлагаться внутри черепной коробки... Принюхайся, Бёлль, — горбун резко понизил голос до шепота. — Неужели ты не чувствуешь этот запах?

Бёлль послушно зашевелил толстыми ноздрями, подозрительно завертел головой. Горбун ухватил корявыми пальцами его за щеку, притянул к себе и зашептал горячо, будто страшную тайну раскрывал:

— Это гниение. Старые мысли гниют у тебя в голове. — Бёлль дернулся в страхе, хотел было отпрянуть, но пальцы горбуна держали цепко, губы шевелились у самого уха. — Голова твоя — авгиева конюшня, Бёлль. И головы остальных гнадентальцев — тоже. Всех, до единого. Ваши черепа надо вычищать, выскребать, отмывать с мылом. И мы вычистим, обещаю. И тогда ты поймешь: может человек из вора стать пастухом. Может!

Наконец Бёлль сумел вырваться — распрямился испуганно, затряс головой. Горбун перевел дух, будто и сам утомился своей неожиданной проповедью. Посмотрел на Баха, неподвижно замершего неподалеку.

— Отпусти его, Бёлль, — сказал устало. — Развяжи руки и отпусти. Видишь, душа в доходяге еле держится. И не смей бить! Я погляжу в окно... А ты, — обратился к Баху, — ступай домой. Еще раз попадешься — посажу в клетку и выставлю на рыночную площадь с надписью "расхититель социалистической собственности". В следующий раз пощады не жди.

Что за странные речи вел прекраснолицый горбун? Что за слова использовал? Это не был бессвязный бред сумасшедшего, в речах определенно имелись и смысл, и логика; более того, казалось, все диковинные слова и выражения были понятны даже тугодуму Бёллю, по крайней мере, не вызывали у него удивления. Судя по всему, мир за семь лет изменился весьма и весьма существенно. Где же в этом изменившемся мире добыть полплошки молока?

— Я вот что хотел спросить… — Бёлль помялся, повздыхал тяжело, собираясь с мыслями, затем решился. — Положим, про Кёльнский собор говорить нельзя. А про какой тогда можно? Если человек с оглоблю вымахал — какими словами его описать, чтобы понятно было?

Горбун, вернувшийся было к своим бумагам, вновь поднял взгляд. Лицо его внезапно озарилось радостью, глаза расширились, взор просветлел.

— Ах, какая тема! — зашептал восторженно. — Замена фольклорных форм… — Схватил карандаш, по-птичьи зажал его в скрюченных пальцах и начал царапать что-то в своих бумагах. — Да, Бёлль, тысячу раз — да!

Он бормотал еще что-то, невнятно и сбивчиво, и все писал, и поддакивал самому себе, и улыбался нервически, словно стоял на пороге какого-то открытия и боялся не успеть записать мелькнувшую в голове важную мысль. Наконец бросил карандаш на стол и рассмеялся. Подвижное лицо его так быстро меняло выражения — мгновенно переходя от презрительной суровости к гневу, от гнева к искренней радости, — словно был он малым ребенком, еще не научившимся скрывать чувства от окружающих. Так же стремительно проступала и исчезала на этом лице и природная красота: то являясь в полной мере, то скрываясь за уродливой маской морщин и мускульного напряжения.

— Браво, Бёлль! — закричал громко (даже огонек в керосиновой лампе вздрогнул, и тени на стенах избы колыхнулись торжественно). — Не зря тебе общественность козье стадо доверила. Правильно мыслишь, по-советски!

— Так что говорить-то? — осторожно напомнил тот. — Про верзил с дылдами?

— Говори: *высокий, как кремлевская башня в Москве*!

— Так я в Москве-то не был. И башни кремлевской — не видел никогда.

— А вот это как раз и не важно! Просто поверь мне, Бёлль. Эта башня прекраснее, чем все церкви мира, вместе взятые: отстроена из алого кирпича, окна хрустальные, шпиц изумрудный, а по шпицу — узоры золотые блещут. Кёльнский собор твой, чумазый от старости, со всеми его щербатыми куполами и обвалившимися крестами, легко поместится в одном ее шатре... Скажи, а ты смог бы для меня написать еще несколько местных выражений? Каких-нибудь пословиц, скороговорок, шуточек? Все, что вы тут используете в Гнадентале?

— На разговоры я не мастер, — смутился Бёлль. — А на писанину тем более...

— Ладно, — легко согласился горбун. — Опишем ваш фольклорный фонд другими, более подходящими для этого интеллектуальными силами... Спокойной ночи, товарищ.

Бёлль развязал Баху руки, толкнул к выходу; на лице его читалось явное неудовольствие: не дождался должной расправы над вором. А Бах — и сам толком не понимая, что делает, — выскользнул из-под тяжелой Бёллевой ладони, метнулся к столу, схватил карандаш и на первом попавшемся листке бумаги стал торопливо черкать гнадентальские пословицы и поговорки, посыпавшиеся из памяти.

Кануть в Волгу — пропасть без вести.

Таскать воду в Волгу — заниматься бесполезным делом.

— Стоять! — грозно крикнул горбун Бёллю, который кинулся было следом и хотел сгрести в охапку дерзкого вора. — Стоять и смотреть!

В тазу Волгу переплыл — о том, кто излишне бахвалится.

Этот и до Каспия дойдет — о наглом и напористом человеке.

Из-под скрипящего грифеля вылезали на бумагу червячки букв, складывались в длинные фразы. Как давно Бах не писал! Поначалу пальцы едва слушались, строчки были кривы и корявы; но скоро рука обрела былую твердость, буквы постройнели и выровнялись.

Много воды утечет в Волге — о том, что нескоро сбудется.

Когда Волга вверх потечет — о том, что никогда не случится.

Все реки текут в Волгу.

Все реки текут в Рейн (используется реже).

— Прелесть какая, — возбужденно бормотал горбун, заглядывая Баху через плечо. — Волга — это замечательно, это очень даже правильно. А вот Рейн из речи придется выполоть, Рейн в Советской России без надобности…

Бах все писал и писал, с удивлением ощущая, как загрубевшая рука наполняется давно позабытой радостью и силой. Место на листе закончилось, и он перешел на другой; кажется, там уже были какие-то записи, но Бах, не обращая внимания, выводил строчки поверх, наискосок и поперек этих записей — все быстрей и быстрей.

Верблюжьи края (шуточное, о степи).

Немного дерьма не помешает (также шуточное).

Грифель треснул и обломился, но рядом тотчас возник другой карандаш. Бах взял карандаш — кажется, из руки горбуна — и продолжил писать. Фразы ложились на бумагу одна за другой. Листы сменяли друг друга один за другим. Слова исторгались из Баха — впервые за долгие годы — пусть не произнесенные, но выведенные на бумаге, а значит, излитые вовне и понятые другими людьми. Он писал быстро и жадно — как пьет воду измученное жаждой животное, как глотает воздух едва не утонувший человек. Случись рядом что-то — загорись дом или обвались крыша, — Бах бы и тогда не поднял головы, не повел бы бровью; так и стоял бы, неудобно согнувшись у низенького стола, и выводил бы на белом фоне черные буквы, сплетая их в слова, а слова — во фразы. Одно за другим, одна за другой.

Драчливый, как из Зельмана.

Жадный, как из Швабии.

Простодушный, как из Гнаденталя.

— Зельман — это где? — шепотом осведомился горбун у Бёлля.

— Ниже по Волге, за Покровском.

— Тогда можно оставить. А вот Швабию придется изъять из оборота.

Когда грифель исписался вконец, до дерева, Бах остановился. Голове его было легко, дышалось свободно, будто стоял он не в низкой избенке, пропитанной удушливым запахом мужского дыхания и керосина, а на волжском обрыве, обдуваемый прохладными ветрами. Рука наполнилась такой силой, что могла бы одним движением пальцев переломить карандаш или, к примеру, поднять за шкирку горбуна, с интересом изучавшего исписанные Бахом листы.

— Вор с каллиграфическим почерком, — с удовлетворением заключил горбун, поднимая веселые глаза. — Интересный поворот.

— Узнал я его, — Бёлль взял со стола керосиновую лампу и поднес к лицу Баха. — Сначала не признал, за бородой-то. А теперь вижу: точно, шульмейстер наш бывший, по фамилии Бах. Сгинул он давно. Говорили, в Бразилию подался, дочь свою единородную замуж взял. Еще говорили — богачом стал: на золоте ест, на шелках спит, бархатом укрывается. А он — вот, пожалуйте: бороду русскую отпустил, косицу киргизскую. И нищебродит, молоко по ночам таскает. Даром что культурный.

От звука собственного имени, не слышанного много лет, Бах вздрогнул. Поднесенная к лицу лампа обдала жаркой волной.

— Шульмейстер Бах — это вы? — Горбун прищурился и приблизил свое лицо к Баху — стало еще жарче.

Бах сжал в руке карандаш и, что есть силы вдавливая в бумагу, кое-как начеркал тупым грифелем: *мне нужно молоко*.

— Зачем? — Горбун ощупывал Баха взглядом с откровенным любопытством (казалось, дюжина скользких улиток ползает по лицу, щекоча кожу касаниями крошечных подвижных рожек). — У вас маленькие дети? Больная жена? Где вы живете? Вы не можете говорить или не хотите? Знаете еще пословицы? Песни? Шутки-прибаутки?

В ответ Бах лишь ткнул карандашом в сделанную только что запись: *мне нужно молоко*. Тупой конец порвал рыхлую бумагу, проделав дыру.

— Дай ему молока, Бёлль, — не отрывая глаз от Баха, приказал горбун. — На дне плошки, не больше. Захочет еще — придет завтра. И напишет мне еще что-нибудь занимательное.

— Привадите, товарищ Гофман. Потом не отвяжется.

— Приважу, — улыбнулся горбун, взгляд его стал мечтателен и ласков. — Обязательно приважу.

11

О, как изменился за прошедшее время Гнаденталь! О, как изменились и люди в нем! Печать разрухи и многолетней печали легла на фасады домов, улицы и лица. Стройная геометрия, некогда царившая здесь, утратила чистоту линий: прямизна улиц нарушена развалинами, крыши скривились, створки окон, дверей и ворот покосились уродливо. Дома покрылись морщинами трещин, лица — трещинами морщин. Покинутые дворы зияли, как язвы на теле. Почерневшие мусорные кучи — как лиловые опухоли. Заброшенные вишневые сады — старческие лохмы. Опустелые поля — лысины. Казалось, цвета и краски покинули этот сумрачный край: и потемневшая побелка домов, и наличники, и высохшие деревья, и сама земля, и бледные лица жителей, их поседевшие усы и брови — все стало одинаково серым, цвета волжской волны в ненастный день. Лишь красные флажки, звезды и стяги, щедро украсившие местный пейзаж, горели вызывающе ярко и нелепо, как кармин на губах умирающей старухи.

Каждый день, тихой мышью крадясь по улицам за молоком для младенца, Бах наблюдал перемены, и сердце его наполнялось грустью и недоумением. Сначала наведывался к горбуну Гофману по ночам или под утро, когда планеты и звезды блекли и растворялись в небесной выси, — тот всегда был бодр и занят размышлениями, вероятно, вовсе не нуждаясь в сне; скоро, однако, велел заходить лишь в светлое время, и Баху пришлось показаться в поселке днем.

Многие гнадентальцы уже были наслышаны о возвращении шульмейстера, и появление его на улицах не вызывало удивления. Но как же изумлен был он сам! Цепкая память его хранила воспоминания о родной колонии так же тщательно, как хранились кружевные чепцы и бархатные лифы в закромах прилежной Тильды. Теперь же, обозревая привычные предметы и знакомые лица в ясном солнечном свете, он словно доставал из душных глубин сундука эти прекрасные чепцы, лифы, накидки, шляпы, сюртуки — и обнаруживал, что все они превратились в траченное молью старье и ветошь.

Что за старческие лица смотрели на Баха из оконных дыр — знакомые гнадентальцы или их отцы и деды? Не покидало ощущение, что за семь лет люди в колонии стали старше Баха в разы; при этом родительские черты проступили в лицах земляков так явственно, что он странным образом чувствовал себя очутившимся в детстве. Кто глядел на него из окна — художник Антон Фромм, чья сморщенная физиономия с выпяченными губами и выдающимися вперед зубами окончательно превратилась в подобие сусликовой морды, или его отец, добрый пастор, чьими стараниями была возведена когда-то в Гнадентале кирха серого камня? Кто глядел из другого окна — тщедушный работяга Коль или его дед, знаменитый на все левобережье разводчик сарептской горчицы и тютюнского табака? Кто глядел из третьего окна — Арбузная Эми, растерявшая всю свою пышность и исхудавшая до дряблой синевы под глазами, или ее злая бабка, о которой только и осталось в памяти односельчан, что была сердита необычайно и прилюдно швырялась в собственного мужа сапожной колодкой? Кто глядел на Баха со всех сторон — молча, не здороваясь и не заговаривая с ним? Кто населял Гнаденталь — живые люди или пожелтевшие фотографии предков? Молодых, юных и детских лиц Бах не замечал — вероятно, их не было в колонии вовсе; недаром здание шульгауза смотрелось заброшенным и крыльцо его всю зиму укрывал слоистый сугроб…

Много позже Бах — читая газеты и наблюдая за жителями колонии, слушая длинные речи Гофмана, который проникся к нему симпатией, — составил для себя картину случившегося в мире за годы его отшельничества. Составил — и содрогнулся: все пугающие сцены, которые они с Кларой наблюдали с высоты обрыва, все виденные во время ночных вылазок странные и страшные зрелища оказались лишь рябью на воде, слабым отголоском могучих изменений в *большой* жизни. Изменения эти были столь невероятны, что Бах затруднился найти им должное сравнение. Случившееся нельзя было назвать землетрясением или ураганом: после разгула непогоды мир, исковерканный разбушевавшейся стихией, все же сохраняет свои главные сущности — небо, солнце, земную твердь. Сегодня же в Гнадентале, казалось, не стало ни того, ни другого, ни третьего: новая власть, установленная в Петербурге, отменила небо, объявила солнце несуществующим, а земную твердь заменила воздухом. Люди барахтались в этом воздухе, испуганно разевая рты, не умея возразить и не желая согласиться. Вера, школа и община — три незыблемые сущности колонистской жизни — были изъяты у гнадентальцев, как изъяты были у мукомола Вагнера его дом и скот: кирху закрыли, пастора Генделя с женой чуть не выслали на Север (вооруженная вилами и ухватами паства стала на защиту — отстояла); из школы выгнали учителя, обещали прислать нового, да так и не прислали; общинное управление объявили пережиточным и заменили *советами*, что должны были стать во главе нового общества, и *колхозом*, который виделся руками и ногами обновленного Гнаденталя.

Некоторые колонисты решились бежать от этой непонятной жизни: самые прыткие и бесстрашные добрались до Америки, самые настойчивые и пронырливые — до исторической родины; большинство же, промаявшись долгие месяцы на польской границе, помотавшись по лагерям беженцев в Белоруссии, Украине и Германии, стеклось обратно в Гнаденталь — все реки текут, как известно, в Волгу.

Так он и жил, этот новый Гнаденталь, который теперь полагалось называть *советским*: полуразвалившаяся колония, полуотчаявшиеся жители, полуголодный скот. Лица людей были иссушены нуждою и тоской по собственным детям, чьи могилы — в прикаспийских песках, под галицийскими холмами, за волынским Полесьем, в монгольских степях, у приамурских сопок — очертили обширную географию их скитаний; хлева их были пусты — кони, волы и верблюды перешли в колхозную собственность, а амбары полны ненужного теперь и медленно ржавеющего хлама: именных клейм для скота, конской упряжи, чесал и щеток, маслобоек и сепараторов.

В сердце этого нового Гнаденталя бился днями и ночами над своим заваленным бумагами столом неутомимый горбун Гофман. Зачем понадобились ему пословицы и поговорки? Что за блажь двигала им, когда, едва завидев на пороге тощую фигуру бывшего шульмейстера, он жадно хватал из его рук исписанный листок, пробегал глазами размашистые строчки и, радостно улыбаясь, кивал на подоконник, где уже ждали Баха ежедневная мера молока и чистый лист бумаги — для следующей порции присказок?

Две сотни гнадентальских пословиц и поговорок вспомнил Бах за первую неделю — пять вдохновенных вечеров провел, согнувшись за столом при свете лучины, с упоением выводя на плохонькой бумаге знакомые с детства фразы. Пять стаканов молока получил за них младенец. Странно и немного совестно было Баху продавать чудаковатому горбуну известные каждому в округе грубоватые изречения. Эти наивные бесхитростные словечки любой внимательный человек мог легко снять с губ гнадентальцев во время общих работ или потолкавшись пару дней на любом сельском празднике. Но Гофман платил — жирным козьим молоком за каждый исписанный листок. Платил за воздух. За наслаждение, с которым Бах предавался письму, забывая на время работы и о себе, и о двух вверенных его заботам женщинах.

На шестой вечер, укачав девочку и уже привычно усевшись за стол, Бах в предвкушении занес подаренный Гофманом карандаш над полученной от него же бумагой — и обнаружил, что все известные прибаутки и присказки закончились. Сколько ни напрягал память, сколько ни блуждал мыслью по гнадентальским дворам и окрестностям, вызывая перед глазами образы словоохотливых земляков, более не смог припомнить ничего. Испугался, что на этом его недолгие письменные опыты прервутся: горбун, утолив интерес к местному фольклору, перестанет выдавать молоко для младенца и бумагу для Баха.

Неровно обрезанные листы, местами бугристые от проступающих грубых волокон, а местами рыхлые, как вата, — эти листы вдруг стали так нужны Баху! С грустью вспоминал он далекие годы учительства, когда на этажерке его грудились тетради, чистые и наполовину исписанные, а бумага — простая (для ежедневного пользования), линованная (для прописей), беленая (для экзаменационных работ), вощеная (для обертывания книг) — лежала стопками на столе и в шкафу. Как глуп и расточителен он был, что не писал тогда, что тратил время на долгие прогулки, еду и бесполезный сон! Теперь же он готов был писать что угодно: людские имена, клички животных, молитвенные тексты, географические названия и названия птиц или рыб, да хоть бы и числительные от одного и до тысячи, — и на какой угодно бумаге — лишь бы вести грифелем по шершавой поверхности, наблюдая рождение букв, лишь бы выпускать из себя слова…

Постучав тупым концом карандаша по набухшей меж бровей складке, Бах решительно выдохнул и застрочил по листу — не присказки, отчеканенные в памяти многократным повторением, а длинные предложения, рожденные движением собственной мысли.

Каждый из двенадцати месяцев года имеет в Гнадентале наряду с латинским наименованием также и второе, более древнее. Так, первый месяц зимы, в книжном и газетном варианте именуемый январем, колонисты в обиходе называют "ледовым". Февраль хранит в своем просторечном имени — "месяц сбора оленьих рогов" — воспоминания народа о временах до переселения в Россию: германские крестьяне почитали за большую удачу найти в лесу сброшенные рога оленя или косули. Март гнадентальцы называют попросту "весенним месяцем", апрель — "месяцем травы", а май — "временем выгона скота на пастбища". Народные имена трех летних месяцев отражают сельскохозяйственный цикл: "распашка", "сенокос" и "сбор урожая". Сентябрь именуется "месяцем заготовки дров", октябрь — "месяцем вина", ноябрь — "ветряным месяцем". Декабрь для колониста полностью состоит из подготовки к Рождеству, что отражается и в его народном названии — "Христов месяц".

Дописав, Бах уронил карандаш на стол и долго с изумлением смотрел на выведенные собственной рукой строки… Гофман только присвистнул, пробежав глазами сочинение: вот так шульмейстер! И вместе с положенным стаканом молока выдал Баху в тот день не один, а два листа бумаги.

И Бах начал писать. Слова, долгие годы казавшиеся ненужными, закупоренные где-то в глубинах памяти, запечатанные онемевшими устами, вдруг проснулись в его голове — все, разом. Зашевелились, заволновались. Рвались наружу так неудержимо и яростно, что грифель часто ломался под напором торопливой руки, а круглый учительский почерк Баха мельчал и растягивался, буквы искажались, обрастали длинными хвостами, летели по листу пунктиром, наискосок и вверх, как ласточкина стая. Иногда, чувствуя, что карандаш не поспевает за мыслью, Бах задыхался от тревоги, но беспокоился зря: и сами мысли, и все составляющие их слова, улетев куда-то, через мгновение непременно возвращались, словно поддаваясь Баху, словно желая и торопясь быть записанными; а потом возвращались вновь, ночами, многократно — уже как воспоминания о готовом тексте.

Бах хотел писать обо всем, что помнил и знал. А помнил Бах удивительно много. Услужливая память его раскрывалась, как необъятный сундук Тильды, послушный грифель бежал по бумаге — и все поеденные молью сюртуки, обветшалые шляпы, рваные юбки и лифы, вся хранящаяся в сундуке пыльная ветошь превращалась обратно в прекрасные и новые вещи: вновь переливался на свету шелк, и струился бархат, и блистали крошечные капли бисера на атласной оторочке.

Бах описывал Гнаденталь — описывал страстно, каждый день мучительно размышляя, какое воспоминание выпустить. Не описывал — воссоздавал разрушенную колонию, собирая воспоминания, как рассыпавшиеся камни; запечатлевал образ, который, верно, выветрился из памяти остальных жителей, чтобы на руинах некогда прекрасного Гнаденталя возвести его заново, хотя бы на бумаге. Бах не писал — строил.

…Бесхитростной душе гнадентальца милы яркие и чистые краски. Наличники, дверные и оконные проемы, подоконники, ящики напольных часов, полки для посуды — все в его доме выкрашено голубым, желтым, алым и зеленым, покрыто незатейливым цветочным узором и орнаментом. Искуснее же всего в избе украшена супружеская кровать — главный атрибут домашнего уюта и непреходящая гордость хозяев, в обиходе называемая "небесным ложем" (кроется ли в этом названии намек на радости супружества, или оно указывает всего лишь на оснащение кровати высоким балдахином, и вправду напоминающим небесный свод, нам неведомо). В наивном влечении к красоте гнаденталец украшает все вокруг: оторачивает цветными шнурами верх своей персидской шапки и воротник жениной шубы; расписывает конский хомут, собачью будку и скворечник во дворе; валенки — и те умудряется расшить красной тесьмой. А уж праздничные платки гнадентальских девиц в яркости и разнообразии расцветок могут поспорить с радугой…

История основания Гнаденталя заняла у Баха девять вечеров — и обошлась Гофману в девять стаканов молока. Описание происхождения местных географических названий, от Комариной лощины до озера Пастора с лежащей неподалеку Чертовой могилкой, — в пять стаканов. Тексты гнадентальских песенок и шванков — четыре стакана. Особенности местного говора — три. Система и методики школьного обучения, история гнадентальского шульгауза, имена всех его шульмейстеров — один стакан. Способы засолки арбузов на зиму — два. Технология изготовления саманного кирпича и строительства из него зданий — тоже два. Анекдоты про гнадентальцев и семейные истории — десять стаканов. Перечень народных примет оказался на удивление обширен и ушел за двенадцать стаканов, при этом львиную часть списка составляли предсказания дождя и снега. Самым пространным вышел рассказ о суевериях — тринадцать стаканов молока.

Поначалу "читал" свои опусы Кларе — садился на стул у ее изголовья и водил глазами по строчкам, мысленно проговаривая слова. Изредка поднимал от листка встревоженный взгляд: нравится ли тебе, Клара? Лицо ее, однако, оставалось таким неподвижно-равнодушным, что Бах терялся и огорчался, не дочитывал до конца. Возможно, Кларе не хватало звучания его голоса? Или ей тягостно было слушать про изготовление колбас и варку арбузного меда, про ночные купания в Волге и свадебные танцы гнадентальских дев — про все то шумное, жаркое, пахучее, что рождалось каждый вечер из-под его пера? Или она была попросту разочарована его трусостью — нерешимостью сделать окончательный выбор между ней и остальным миром? Как бы то ни было, скоро Бах перестал носить заметки в ледник. И "читал" их теперь — новорожденной.

Нелепо все это было и глупо до странности. Девочка не знала ни слова, крохотные глазки ее все еще были полны младенческой бессмысленности, а личико становилось сосредоточенным единственно в моменты поглощения молока. Однако стоило Баху положить ее на правую руку и, зажав в левой только что написанный текст, начать расхаживать по комнате, как детская мордочка приобретала серьезное и взрослое выражение: девочка словно прислушивалась к словам, звучавшим в его голове. Быть этого, конечно, не могло; скорее всего, она просто ощущала рядом с собой другого человека. Но ведь хмурила бровки — когда Бах "рассказывал" ей, как номады-кочевники вырезали язык первому гнадентальскому пастору. Ведь дергала ноздрями — когда "повествовал" о варке *белого кофе* из молока и жженой пшеницы. Ведь шлепала губами. Дула пузыри. Шевелила щеками.

Морщила лоб. Щурилась. Всхрапывала и вздыхала. А на исходе февраля, когда Бах поделился с ней парой только что записанных веселых шванков (из тех, что гнадентальские женщины поют во время посиделок уже ближе к ночи, разгоряченные коньячным пуншем и терпким доппель-кюммелем), девочка сощурилась хитро и на мгновение растянула губы — впервые улыбнулась. Подумалось: начни Бах опять говорить — возможно, и девочка начала бы повторять за ним звуки? Не просто корчить рожицы, а копировать интонации и подражать его произношению?..

Они были теперь — два сообщника, уединившиеся в тепле дома от укоризненных взглядов Клары. Чувство вины перед Кларой мучило Баха все сильнее. Однажды понял: а ведь так ни разу и не отнес младенца в ледник, не показал матери. Да и сам теперь нередко забывал туда зайти, увлекшись письмом. На следующее утро, едва проснувшись, бежал к Кларе — виниться; весь день потом ходил мрачный, корил себя; избавиться от мук совести помогали только карандаш и чистый лист бумаги.

…Лишенные призора научной медицины, ближайших служителей которой можно отыскать лишь в далеком Покровске, гнадентальцы привыкли в борьбе с болезнями обходиться собственными силами. Используемые при этом способы нельзя назвать прогрессивными, но за неимением прочих люди исцеляются их посредством вот уже полтора века.

Недомогающему органу полезны лекарства, как можно более напоминающие его: при больном сердце — березовые листья, при мочевом пузыре — листья петрушки, при малокровии — алые листья клевера, при женских белях — толченая яичная скорлупа (непременно от белых яиц), отваренная в молоке с цветками белых же лилий.

Лекарству гнаденталец доверяет, только если оно крайне противно на вкус, чтобы горечью своей прогнать болезнь; в качестве медикаментов пользует скипидар, соль, машинную смазку; хорошо помогают также тараканы, лягушки, ежовый и собачий жир. Распухшие места натирает мылом (чтобы "смыть" опухоль). Кровоточащую рану залепляет плесенью и паклей (чтобы заткнуть кровь), паутиной (чтобы стянуть края), конским навозом (чтобы закрепить их); в особо тяжелых случаях мажет клеем. Трахому лечит слюной, зубную боль — салом или куском горького лука, засунутым в ухо. Фурункулы мажет коровьим пометом, ожоги — овечьим. Лучшим же средством для излечения панариция считает — сунуть распухший палец под хвост сонной курице…

Что делал с этими заметками Гофман, пришлый чудак, говорящий на восхитительно чистом высоком немецком? Учил наизусть, чтобы лучше понять души вверенных ему колонистов? Собирал, чтобы составить книгу и издать под собственным именем? Признаться, Баху не было до этого дела. Без сожаления вручал он свои записи в корявые руки горбуна. Казалось, записанные на бумаге детали исчезнувшей гнадентальской жизни поднимались из небытия и становились неуязвимы для времени: уже не могли быть забыты или утрачены. Видя откровенную радость, с которой Гофман получал каждый новый листок, Бах убеждался, что заметки его и правда имеют ценность.

Скоро Гофман уже не просто ждал тексты, с неизменным интересом читая обо всем: и о старой гнадентальской традиции выбирать на празднике урожая Пшеничную королеву, украшая волосы девы отборными колосьями и на плечах пронося ее по всей деревне; и о рецепте здешнего супа, где "клецки и куски картофеля должны плавать в масле густо, как мартовские льдины в Волге"; и об истории возведения местной кирхи — копии собора в саксонском Гнадентале, на берегах Эльбы. Скоро Гофман сам стал задавать вопросы и требовать на них ответа в завтрашнем листке. “Не пиши мне про кирхи и мессы! — кричал он, возбужденно кружа по комнате и тряся свежим текстом. — К чертям религию, она давно забыта и похоронена! Через год никто в Гнадентале не вспомнит имени последнего пастора, а через десять лет — и самого Иисуса! Пиши мне про живое: про людей пиши, про характеры их! Чему верят? Чего боятся? Чего ждут? Зачем живут? Выложи мне саму суть гнадентальца! Наизнанку его выверни — и предъяви! Понял, Бах?” Тот молчал. А назавтра приносил ответ — новую заметку.

Так они и общались: говорливый горбун, чей язык сыпал вопросами так же быстро, как ласточка машет крыльями, и немой отшельник с седой бородой, снующий по заснеженному полотну Волги с одного берега на другой и обратно, подобно ткацкому челноку, совершающему единственный оборот в день.

…У каждого гнадентальца, равно как и у всех волжан, с детства воспитано в теле “чувство большой реки”: где бы он ни находился — в лесу или в степи, — организм его может безошибочно определить направление и даже с закрытыми глазами найти дорогу к Волге. Отвечает ли за это особый орган или определенная зона мозга, ученые определить не смогли (в разное время такие попытки предпринимались экспедициями Казанского, Саратовского и Петербургского университетов). Действует же этот внутренний компас просто: нужно лишь прислушаться к себе и идти, как шел бы на зов любимого голоса…

А ежедневная порция слов увеличивалась. Баху стало не хватать двух листков в сутки: мысль бежала столь быстро и щедро, что требовала простора и не могла быть скована границами узких бумажных полей. Затем — стало не хватать трех листков. Четырех и пяти.

Не хватало их и Гофману; любознательность его обострилась, как разгорается голод от нескольких крошек еды, вопросы летели с губ, обгоняя друг друга; но природная осторожность не позволяла довериться Баху — вручить ему, к примеру, целую пачку бумаги: Гофман опасался, что следующим утром шульмейстер не придет, увлекшись сочинительством. Да и младенец подрастал — требовал больше молока. Вернувшись из Гнаденталя, Бах иной раз находил на розовых щеках девочки следы высохших слез. Однако со временем эти следы исчезли: вероятно, девочка смирилась с долгими часами одиночества, привыкла. Тем радостнее был для нее момент возвращения кормильца.

…Любимая игра детей в Гнадентале — нападение степняков: перемазав щеки грязью и изобразив на лице сажей монгольские брови, носятся юные “киргизы” по улицам, улюлюкая и арканя попадающихся на пути свиней и коз; их ловят “защитники” села и учиняют справедливую расправу. Не найти в колонии человека, который бы в детстве не предавался этой шумной и поучительной забаве.

Истинные киргиз-кайсаки вот уже лет сто как перестали докучать колонистам; давно превратились в мирных и простодушных соседей, для которых ломоть ржаного хлеба — лучшее угощение и которые по осени прилежно ведут свои верблюжьи караваны на Покровскую ярмарку. Но память об их давних злодеяниях живет — и в играх, и во многих употребляемых присказках и семейных историях. В сердцах же гнадентальцев живет воспитанная детскими играми тяга к подвигу — к защите родного дома от врагов и захватчиков: не ради славы или признания, а только ради выражения своей бессловесной любви к родине…

Однажды утром, принеся усыпанные словами листки в сельсовет, Бах обнаружил на подоконнике рядом с молоком для младенца и чистой бумагой для себя немного хлеба и пару яиц — плата за слова возросла сообразно количеству. С тех пор стал писать целыми днями напролет, не отвлекаясь на охоту и рыбную ловлю.

Впрочем, питался он теперь, кажется, не вареной рыбой и тертыми пшеничными зернами; листы бумаги — вот что давало настоящие силы. От них, а вовсе не от сухарей Гофмана ноги и руки Баха окрепли, спина перестала болеть при длинных переходах через реку. Сами переходы сделались привычными, иногда за мыслями и не замечал их вовсе — словно не через Волгу шел, а перебегал по Картофельному мосту через Солдатский ручей. Иногда спрашивал себя, кому и что нужнее: младенцу молоко или ему самому эти серые мятые листки? Ответа не знал.

За последние месяцы научился не думать о себе. Он был теперь — не он, усталый человек с болящим телом и саднящей душой, потерявший жену, а вместе с ней и смысл существования. Он был теперь всего лишь источник молока, тепла и сухости — для жадного до жизни младенца; источник текстов о Гнадентале — для жадного до чтения Гофмана. Не было ноющих костей или ноющего сердца — были только широко открытый в ожидании ложки рот малышки, широко открытые в ожидании новой заметки глаза горбуна. Бах забыл о себе, словно его и не было вовсе. Вспоминал изредка, когда опустевший желудок начинал рычать от голода, когда глаза сами закрывались от усталости, не в силах более следить за движением грифеля по бумаге, — тогда приходилось кормить себя и укладывать спать. Детский плач — единственное, что могло оторвать Баха от очередной заметки; а размышления о новых текстах — единственное, что могло отвлечь от постоянных мыслей о девочке.

Отказ от себя удивительным образом давал силы, делал жизнь богаче и ярче. Разве мог Бах когда-нибудь представить, что будет столь складно писать? Что создаст гнадентальские хроники? Что будет шнырять через Волгу подобно заправским охотникам и рыбакам? В новой жизни, до предела наполненной заботами о младенце и новыми замыслами, самому Баху не было места. Как не нашлось в ней места и бедной Кларе.

…Дитя степи, знающее все оттенки ее цвета и запаха, живущее по ее законам и по заведенным ею часам, — вот кто такой житель Гнаденталя. Наивен и работящ, добр и безропотен — вот он каков. Предоставленный воле высших сил, полностью зависимый от милости солнца, земли и реки, он искоренил в своем сердце любые ростки бунтарства и своеволия. Неисправимый фаталист, набожный и суеверный, гнаденталец закрыт всему новому, всяческому прогрессу и экспериментаторству — он пашет степь тем же плугом, что и деды, а затем смиренно ждет урожая; вот и вся его жизнь. Книг не читает, но знаки природы разбирает с легкостью: одних только примет, предвещающих дождь, он может назвать не менее полусотни. И если разобраться, узкоглазые киргизы в войлочных шапках много ближе гнаденталъцу, чем говорящие на одном с ним языке жители далекой Германии…

Перейдя от простых описаний к обобщениям и размышлениям (было это уже в начале весны), Бах обнаружил, что разучился спать. Тело его ночами неподвижно лежало в постели, глаза были закрыты, но мелькали под веками быстрые и смутные картины — а в голове нескончаемым потоком неслись мысли. Время от времени Бах вскакивал на зов девочки, выпаивал ее молоком, затем вновь обессиленно падал в кровать — но даже эти действия не могли прервать обильную работу его сознания.

Типы колонистского характера, мир детства и мир старости у поволжских немцев, обрядовые особенности рождения и похорон, истоки местных традиций, взаимоотношения с русскими и киргизскими соседями — Бах писал о столь многом, что порой и сам удивлялся: откуда слетаются к нему все эти идеи? Кто нашептывает ему на ухо темы следующих заметок?

Однажды, рассуждая о приверженности колонистов к определенным именам, Бах подумал: а какое имя подошло бы девочке? Марии и Катарины водились в колониях в изобилии, чуть реже встречались Эвы и Элизабеты, Сузанны и Софии. Но ни одно из этих имен не казалось ему подходящим. Вдруг понял: Анна — вот как до́лжно ее звать. Имя, открывающее список всех имен. Имя чистое и светлое, как речная вода. Да, только так — Анна. Ласково — Анче.

Осознав, что только что окрестил ребенка, — испугался, заругал себя. Решил: будет называть ее, как и прежде, — девочкой, безо всякого имени.

...Три ключевых мифа определяли жизнь германских колонистов со времен Екатерины Великой. Первый миф — "о земле обетованной России" — был рожден усилиями вызывателей, нанятых российским государством для привлечения иноземцев. Изможденные тяготами Семилетней войны, царящими в Европе голодом и разрухой, германские крестьяне были рады поверить в существование бескрайних плодородных земель, ожидающих в далекой России. Влекомые мечтой о счастье, они отправились в дорогу, прихватив с собой большие надежды и большое мужество. Русские степи оказались и вправду — бескрайними, но предлагали своим обитателям не изобилие и радость, а изнурительный труд и суровую борьбу за выживание.

Второй миф, всколыхнувший души российских немцев, звался “о земле обетованной Америке”. В конце девятнадцатого века многие сердца бились чаще при звуках сладких слов: Бразилия, Соединенные Штаты, Канада; а немецкие колонисты, с материнским молоком впитавшие истории отважного переселения предков, услышали в этих словах зов судьбы. В их наивных сердцах жили всё те же большие надежды — о счастье, которое непременно должно ждать за горами и океанами. “Страна, где текут молочные и медовые реки, где коровы приносят домой на рогах сладкие булочки…” — вот что пели об Америке тысячи русских немцев, садясь на отплывающие туда пароходы. “О, Америка, сумасшедшая страна! — пели многие через год или два, возвращаясь обратно. — Я не пожалею пальца своей руки, чтобы вновь очутиться на родине…” Родиной называли уже поволжские степи.

Третий миф, изменивший жизни многих колонистов, был “о земле обетованной Германии”. Уставшие от тяжелой жизни в степи и не нашедшие счастья за океаном, русские немцы обратили взоры на историческую родину. Души их, воспитанные в постоянном поиске счастья, — но счастья непременно далекого, недосягаемого, — вновь рвались в путь. И люди отправились в этот путь, в очередную погоню за призрачной фортуной. В Германии, однако, прижились не все: за более чем сто лет русские немцы, сами того не заметив, превратились в отличный от рейхсдойчей народ.

Сегодня, как и десять, как и сто лет назад, в сердце немецкого колониста удивительным образом сочетаются два противоположных начала: тяга к оседлости, традиционность и неисправимый фатализм заставляют его десятилетиями усердно возделывать свое поле, не ропща на судьбу и легко покоряясь любому ее повороту; как вдруг зов далекого счастья подвигает его сняться с места и, презрев плоды своего труда, скитаться по планете, переменой мест утоляя унаследованную от дедов и прадедов душевную жажду.

Так не пора ли нам, русским немцам, понять, что далекого счастья не существует? Не пора ли детским сердцам нашим повзрослеть и перестать верить сказкам, которые нашептывает переменчивый мир?

Бах положил карандаш на стол. Догорающая лучина освещала разбросанные по столешнице листки; строки подрагивали в дрожащем свете, будто слегка шевелились на бумаге; все остальное тонуло в густой темноте. Где-то там, в ночной тьме за спиной Баха, ворочалась сонно безымянная девочка, дышал за окнами влажный весенний ветер, постукивала капель.

Перечитал текст. Сам ли он все это написал — или кто-то водил его рукой, подсказывая меткие слова, сплетая их в изящные и точные выражения? Ничего не мог он более добавить к написанному. Казалось, в этих последних строчках выплеснул на бумагу все остатки того, что накопилось в нем за годы уединения и молчания. Три месяца непрерывного лихорадочного письма — сотни и сотни испещренных буквами листков: все, что Бах знал и помнил о родной колонии и ее обитателях, о чем догадывался, в чем сомневался, что успел передумать, — все это было теперь отлито в словах и передано охочему до чтения горбуну. Гнаденталь представал в этих записях пестрый, шумный, полный веселых и ярко одетых людей, колокольного гула, женского пения, криков детей, мычания скота и гогота домашней птицы, плеска весел на Волге, мелькания парусов и блеска волн, запаха свежих вафель и арбузного меда — Гнаденталь прежний, Гнаденталь настоящий. Больше сказать было нечего. Голова была пуста — пуста абсолютно, до звона. Бах сложил на столе руки, осторожно опустил на них эту пустую и необычайно легкую голову, уткнулся носом в только что оконченную запись и крепко заснул…

— Детские сердца… — бормотал Гофман утром, пробегая глазами текст. — Как это, однако, метко сказано… Да ты философ, Бах! Немой философ с того берега!

Как и всегда в моменты возбуждения, Гофман не умел сдержать себя — и все шагал по избенке, держа в вытянутых руках полученные листки, перебирая их и перечитывая.

— Ах, как ты прав, как бесконечно прав! Не зря молоко колхозное пил… И недаром в облике твоем проглядывает что-то от Аристотеля… Все эти месяцы в Гнадентале меня не покидало ощущение, что люди здесь совершенно иные. Я только не мог сформулировать точно, в чем их инаковость. Ты же сделал это за меня… Детские сердца, тоскующие о недосягаемом счастье, — да, Бах, тысячу раз да! Лучше и сказать невозможно... Платон ты наш поволжский! Геродот кудлатый!

Бах уже привык выслушивать сумбурные речи Гофмана. Настроение горбуна менялось день ото дня: иногда он бывал сумрачен, как снеговая туча, иногда резок и яростен, иногда вдохновенен и игрив; но вне зависимости от настроения язык Гофмана работал быстро, как и мысль. Угнаться за ней порой бывало трудно — в такие моменты Бах просто стоял, глядя в пол, и терпеливо ждал, пока резвая мысль собеседника совершит полный пируэт и вернется к истоку. Но при всей словоохотливости пустым болтуном Гофман не был — извергаемые им потоки слов неизменно содержали смыслы, хотя и замутненные пеной многочисленных восклицаний, междометий, эпитетов и метафор.

— Ты докопался до истины, бородатый товарищ! Вскрыл душу этого нелюдимого существа — поволжского немца. Вскрыл, как консервную банку, — бери ложку и ешь, хлебай от пуза, скреби по донышку...

Иногда Баху казалось, что Гофману их разговоры (вернее было бы назвать их монологами) не менее важны, чем Баховы записи. Во время вспышек красноречия горбун словно оттачивал свои мысли о бессловесного Баха: сам высказывал, сам выслушивал, оценивал, возражал себе, перекраивал и снова пояснял... Конечно, он мог бы упражняться в рассуждениях и с кем-нибудь другим — с угрюмым Бёллем или вечно заискивающим Гауссом, к примеру. Но Гофман выбрал Баха — то ли оттого, что бессловесный Бах не мог ему возразить и прервать глупым замечанием, то ли потому, что на десятки верст окрест не сыскать было другого человека, кроме бывшего шульмейстера, способного уловить разницу между Аристотелем и Геродотом (да и вообще знающего об их существовании), и потому швыряться мыслями в Баха было несравненно приятнее.

— Как же нам достучаться до этих младенческих душ? Как растормошить незрелые и ленивые умы? Истребить воспитанную веками инфантильность? — Гофман остановился посреди избы, лицо его дернулось, как от мучительной боли, и тотчас расплылось в широкой и радостной улыбке. — Нет, Бах, не бороться с ними нужно, а взращивать! Лелеять! Пестовать!

Подбежал к Баху и задышал, горячо и быстро, до десен обнажая зубы и еле заметно подрагивая бровями.

— У тебя есть дети? Ничего ведь о тебе не знаю до сих пор, старый ты сыч... Впрочем, черт с тобой! Если бы у тебя были дети, Бах, неужто бы ты их только бил? Только молотил кочергой и швырялся в них сапогами? Нет, Бах, ты бы иногда бывал с ними ласков. Возил бы их на воскресную ярмарку и покупал сухари, украшенные масляными розами. Строгал им из дерева лодки и лепил из глины свистульки. — Влажные расширенные глаза Гофмана были так близко, что Бах впервые разглядел их цвет — темно-зеленый, с синим отливом. — Ты бы гладил их белокурые головки и целовал перед сном, а еще…

Не закончив, Гофман замер, озаренный внезапной мыслью, затем резко хлопнул в ладоши и рассмеялся счастливо, словно найдя ответ на мучивший вопрос. Отскочил к столу и уселся прямо поверх разложенных бумаг, покачивая коротковатыми ножками; смотрел при этом на Баха хитро, даже озорно.

— Ты почему мне сказок не писал, Бах?

Бах опустил глаза. Сказок он действительно не писал — пожалуй, они были единственной не описанной им частью гнадентальской жизни. Слишком мучительна была любая мысль о Кларе, из чьих уст он привык слушать сказочные истории.

— А между тем они — ключи к детскому сердцу. Оно потому и детское, что не может перестать верить в сказки. — Взгляд Гофмана помягчел и поплыл вверх, поднялся над головой Баха, проник сквозь потолок, сквозь чердак, забитый хламом, сквозь крытую жестью крышу и затерялся где-то в небесных высях. — Так почему бы не воспользоваться этим — самим же людям во благо? Почему не заговорить с ними на том языке, который они понимают?

За окном кто-то закричал, весело и призывно, раздался заливистый свист — из тех, каким парни обычно вызывают вечером девиц на прогулку.

— Напиши мне сказку, Бах, — приказал Гофман тихо и строго, не отводя глаз от видимых лишь ему небесных высот. — Для начала хотя бы одну. Выбери лучшую из всех, что знаешь, — и не просто перескажи, как слышал в детстве, а поройся в ней, поищи смыслы, досочини что-нибудь, наконец. Нам нужна не пыльная прабабкина сказка, а новая, звонкая, хрустальная...

Бах замотал было головой — не могу, не буду! — но мысль Гофмана уже стремилась вперед, не зная преград, лицо озарилось воодушевлением и страстью.

— Вот чем мы перевернем душу гнадентальца — и старого, и молодого, и самого юного! Вот как донесем смыслы — не через многосложное, а через простое и наивное! Сказки и легенды — это же фундамент, Бах! Фундамент души, что закладывается в глубоком детстве, на чем вся суть человеческая держится. Вот с чего нужно было начинать! Не с шелухи — не с мелких пословиц, не с дурацких пьяных песенок и шванков, не с анекдотцев, — а с основы основ. Замена сказочного фонда — аккуратная, незаметная глазу... Да, Бах, тысячу раз да! — Гофман вернулся взглядом из небесных высей обратно в избу. — И кому, как не тебе, этим заниматься! У тебя же чертов дар писать! Ты же слагаешь словечки, как кружева плетешь. Ты — поэт!

Ошарашенный этим неожиданным признанием — а сделано оно было так просто, словно речь шла о вещах давно известных и не подлежавших сомнению, — Бах застыл, не умея пошевелиться.

— Вот тебе — для вдохновения, — Гофман соскочил на пол, нырнул под стол и вытащил оттуда кипу газет. — Посмотри, что из твоих этнографических записок вышло. — Ухмыляясь чуть застенчиво, запихнул в котомку Баха, где уже лежали бутыль с молоком и чистая бумага. — Дома прочтешь. Слог мой корявый извини, иначе не умею.

Крики за окном усилились; кто-то пробежал мимо, за ним еще и еще — кажется, по улице бежала, разрастаясь и множась, уже целая толпа.

— Если бы умел — не просил бы тебя. — Гофман вздохнул тяжело, прекрасное лицо его на мгновение омрачилось, скорбная морщина вздрогнула на переносице и вновь разгладилась. — Нет у меня таланта к письменному слову, не выдали при рождении. Язык мелет за десятерых, — он высунул далеко вперед мясистый язык, толстый у основания, с загнутым вверх острым кончиком, — а рука — словно от кого другого досталась. Как напишет пару строк, потом и перечитать неловко: почерк — дрянь, а слова все написанные и того хуже. Будто и не я писал. Не поверишь, даже карандаш в пальцах едва держится, все выпасть норовит. — С горечью посмотрел Гофман на свою широкую кисть с шишковатыми скрюченными пальцами, затем вновь поднял глаза. — Так что — постарайся, Бах, за нас двоих постарайся. Я ведь с этого дня тебе ни за что другое молока давать не буду. Довольно с нас кулинарных рецептов да поговорок с прибаутками. Согласен, Бах?

Бах стоял, уткнувшись взглядом в пол. В наступившей тишине внезапно разобрал доносившиеся с улицы крики: "Волга! Волга пошла!" Он метнулся к двери, упал на нее грудью и вывалился из избы. В лицо дохнуло свежим, весенним — речной водой, рыбой, водорослями. Бах ссыпался с крыльца и, поскальзываясь на подтаявшем снегу, побежал к берегу.

Вскрывшаяся Волга зияла черными трещинами. Ленивыми змеями ползли они по снеговому покрову, наискось и поперек него, то ширились, обнажая темную воду, то сжимались, набухая горбами тертого льда, — река, пытаясь вздохнуть, медленно раскачивала сковавший ее ледяной покров. Несколько женщин, полоскавших белье в проруби, уже торопились к берегу, неуклюже переваливаясь по рыхлому снегу в объемистых тулупах и волоча за собой санки с ворохами мокрых простынь; им весело свистели с пристани, махали руками. Когда последняя прачка — раскрасневшаяся, задохнувшаяся от быстрого бега — выскочила на берег и упала без сил на колени у своих санок, Бах ступил валенком в прибрежный снег и зашагал через Волгу.

Ему что-то кричали вслед, но он не обернулся, и скоро тревожные крики сдуло легким ветром. Шел быстро; на бег не переходил — берёг дыхание. Вспотел — не то от быстрой ходьбы, не то от яркого солнца, которое глянуло сквозь рассыпчатые облака. Влажный снег податливо мялся под ногами, лип к подошвам, но не хрустел, словно был не снегом, а ватой. Тихо было на реке, и слышался в этом безмолвии единственный звук — треск сминаемого льда.

Тертый лед вспухал на реке волдырями — то тут то там. Бах старался не смотреть на блестящие груды, пока еще далекие, выраставшие где-то позади, но слышал, повсюду слышал их длинное шипение. Очень хотелось сорваться и помчаться стремглав, но знал: нельзя, до правого берега далеко — не добежать. И потому шагал, только шагал, усилием воли заглушая растущую откуда-то из живота мерзкую прохладцу — страх. Боялся не за себя — за Клару, что останется лежать на своем узком ложе, не погребенная по людскому обычаю, и с приходом летнего тепла начнет медленно таять. Боялся за младенца, одного в большом и пустом доме.

Что-то зашуршало совсем рядом. Под ногами вздрогнуло — и вот уже раскрылся лед, обнажая зернистое нутро, и вспыхнули на его сколах сотни голубых искр, а из открывшейся щели глянула вода — тяжелая, изумрудно-черная. Не успев испугаться, Бах прыгнул через расселину и зашагал дальше, оставляя позади и шорох льда, и плеск воды, и бульканье осыпающихся ледяных осколков. По приближавшимся горам видел: середина реки пройдена.

Солнце начало припекать, слепило нещадно — сугробы сверкали и плавились в его лучах. Бах остановился на миг, перевел дух, стянул с головы мокрую от пота шапку. Зажмурился было, прикрыл глаза, а когда открыл — синие горы правобережья уже не лежали покойно, а медленно уплывали от него, покачиваясь. Глянул через плечо: израненное снежное полотно уже распадалось на куски, корежилось и бугрилось, сползало мимо берегов куда-то влево; волнами бежали по этому полотну растущие груды смятого льда, вспыхивали на солнце и тут же обрушивались. Бах сунул за пазуху войлочный колпак и, щуря слепнущие на ярком свету глаза, побежал.

Временами снег под валенками темнел и сочился водой, но обегать проталины было некогда — шлепал поверх, разбрызгивая снежное месиво и чувствуя, как пропитывается влагой и тяжелеет войлок под ступнями. То справа, то слева мелькали темные провалы трещин. Шуршало и кряхтело, стонало протяжно — за спиной, по бокам, впереди, везде; шипение льда скоро стало таким громким, что за ним Бах перестал слышать собственное дыхание. Снеговая плита под ногами сначала подрагивала еле заметно, а затем дернулась и понеслась куда-то стремительно. Бах мчался по ней изо всех сил — наперерез движению льдины, наперерез течению — к близкому уже берегу, по кромке которого дыбились шевелящиеся груды сахарно-белого льда.

Треснуло, ухнуло — и острый ледовый кусище, размером с самого Баха, вымахнул откуда-то из-под ног, блеснул краями; Бах едва успел перескочить на другую льдину, а глыбина уже рухнула плашмя, подминая под себя все вокруг. Бах этого не видел — зайцем скакал по льдинам, дальше, вперед. Полы тулупа развевались, за спиной трепыхалась котомка, била о позвоночник бутыль с молоком. Перед глазами мелькало, и сверкало, и вспыхивало. Сыпались в лицо брызги — игольчатые ледяные, мягкие водяные. Ноги поскользнулись, утонули в чем-то податливом и обжигающе холодном, но тут же нащупали дно. Бах упал на четвереньки и пополз, грудью раздвигая это податливое и холодное, царапая шею и щеки об острое ледяное крошево. Выбравшись на камни, упал ничком и долго лежал так, ощущая заполошное биение сердца — в ребрах, в горле, в висках.

А в голове колотились мысли, беспорядочно и бессвязно, словно этот безумный бег перемешал их все.

О том, что Клару нужно все-таки похоронить.

О том, что никогда он не будет писать сказок.

Что будь его воля — схоронил бы Клару в Волге: лучше быть съеденной рыбами, чем червями.

Что бутылка молока в котомке не должна была разбиться — лежала в пачке газет.

Что сама Клара вряд ли желала бы упокоиться в воде — придется вырыть ей земляную могилу.

Что не читал газет вот уже семь лет.

Что Анче скоро проснется, и потому надо торопиться.

Отдышавшись, Бах с трудом оторвал горячее лицо от камня, приподнялся на локтях и обернулся к Волге: льдины стали мельче и прозрачней, покорными стадами неслись по реке — могучая зеленая вода уносила их в Каспий.

12

Бах похоронил Клару на краю сада, где между яблонь разрослись кусты дикой малины и ежевики. Могилу копал целый день: земля была еще мерзлая, едва крошилась под ударами лопаты, но он терпеливо долбил ту землю, высекая последнее ложе, — успокаивала мысль, что какое-то время Клара еще побудет в окружении привычного холода. Одел ее в нарядное: синюю юбку тонкой шерсти с красными разводами, хлопчатый передник с цветочной вышивкой по подолу, льняную блузу с широкими рукавами и кружевной отделкой по вороту. Переплел косы, перевязал их лентами — волосы стали непослушны и жестки за последние месяцы, и Бах долго мучился, свивая их, укладывая в кренделя на темени и затылке. В лицо Кларе старался не смотреть — боялся прочитать укоризну или осуждение.

Вместо гроба уложил Клару на доску, вынутую из стены амбара. Хотел было укрыть утиной периной, но рассудил, что Анче та перина нужнее; к тому же Клара вряд ли желала быть укутанной в теплое — и потому набросил на нее одну лишь кружевную накидку, плетенную искусницей Тильдой из черных ниток.

Когда Клара уже лежала в могиле — красивая, с черной паутиной поверх неподвижного лица, — Бах все-таки решился посмотреть на нее долгим взглядом, но увидел одну только отстраненность и равнодушие: ничего не хотела сказать Клара на прощание. Присел рядом, хотел было сам подобрать подходящие слова — но слов таких не нашел: за месяцы лихорадочного сочинительства и беспрестанной заботы об Анче он разучился разговаривать с любимой женщиной. Зажмурился и руками начал сгребать землю, кидать в могилу.

Креста поверх ставить не стал, а притащил с волжского берега большой серый камень. Писать на нем также ничего не стал: кроме Баха, некому было вспомнить покойную добрым словом, а самому Баху имя на могильном камне было без надобности.

Потом пошел в ледник и весь лед, на котором спала Клара, отнес на берег и осторожно выпустил в Волгу. Можно было просто выбросить те льдины под яблони, но отчего-то казалось правильным вернуть их реке.

И только после всего, уже вечером, в густо-голубых сумерках, Бах взял на руки сонную Анче и вынес в сад — впервые со дня смерти Клары принес ей девочку. Постоял рядом с могильным камнем, прижимая к груди теплого со сна ребенка.

Смотри, Анче, обратился к ней мысленно, *здесь похоронена твоя мать по имени Клара. Клара умерла.*

Анче, не разлепляя глаз, морщила нос, кряхтела и утыкалась лицом в Бахову подмышку...

Вот уже несколько дней он жил, не беря в руки карандаша, — тот уныло торчал в щели меж стенных бревен, рядом с окном, куда Бах сунул его, чтобы не потерять в большом доме и защитить от острозубых мышей. Вечерами, когда комната освещалась дрожащим светом лучины, длинная тень карандаша восклицательным знаком маячила у окна, трепыхалась по стенам. Звала Баха. Сердце его откликалось на зов, билось чаще; откликалась и правая рука, теплела, подрагивала пальцами; писать хотелось нестерпимо, но — отворачивался от призывно пляшущей тени, старался не замечать. Можно было убрать карандаш куда подальше — заложить за наличник или сунуть на дно сундука; отчего-то не убирал.

Он так и не понял окончательно, для чего неутомимому Гофману потребовались сказки. Уяснил только, что заметки о настоящей жизни потеряли прежнюю ценность. Отныне Гофман ждал от него — вымысла. Но существовала ли на земле такая сказка, что не напомнила бы о Кларе, не отозвалась бы в сердце горячей болью? Бах не знал таких сказок. Любая история, ее герои и обстоятельства неизменно вызывали в памяти образ любимой женщины — обернутой в черную паутину, с выражением безразличия на лице, неподвижно лежащей под яблонями и пронзенной их корявыми корнями.

Уговаривал себя: что стоило зажать меж пальцев карандаш, стиснуть покрепче зубы, удерживая боль, и торопливо начеркать на листе пару десятков строк — не вдаваясь в смыслы, не затрудняясь изяществом слога и ровностью почерка? Отписаться от упрямого Гофмана, отбрехаться, отделаться — любым сюжетом. Сказок он помнил так много, что мог бы купить на них целую бочку молока, целый колодец или целую Волгу, — Бах помнил все, что рассказывала ему Клара. Однако же — ходил угрюмо, воротил голову от торчавшего из стены карандаша. Не писал.

В день, когда вскрылась Волга и правый берег на время ледохода оказался полностью отрезан от левого, Бах подсчитал: запасов молока на хуторе должно хватить на неделю. Он делал те запасы всю зиму — собирал кропотливо: из каждой заработанной меры отливал малую часть в чашку или стакан, благо посуды в доме было достаточно, и замораживал в леднике; к концу зимы чашки с молочным льдом тесными рядами стояли в ледниковом ящике, соседнем с Клариным, — ждали своего часа. Поначалу Бах размораживал по три чашки в день; затем по четыре — аппетит у Анче был отменный. Ледник быстро пустел, и скоро Бах не мог думать уже ни о чем, кроме как: чем кормить ребенка, когда будет выпита последняя чашка?

Однажды вечером решился: тщательно разжевал сухарную корку, сплюнул в ложку и выкормил девочке. Та дернула подбородком, сморщилась, катая во рту незнакомую пищу, — и тотчас заревела, разбрызгивая во все стороны непроглоченную тюрю. Кое-как утешил, укачал на коленях. Вновь поднес ложку к еще мокрому от слез детскому лицу, на этот раз — полную истолченного запаренного овса. Анче вновь потянулась доверчиво, вновь пригубила — но, обманутая вторично, раскричалась уже так оглушительно, что у Баха после этого долго тенькало и дзынькало в голове. Пришлось кружить по гостиной, подбрасывая орущего ребенка на руках и успокаивая мысленно самыми ласковыми словами, а затем выделить для утоления обиды увеличенную порцию молока.

Наевшись наконец привычной пищи и успокоившись, Анче заметила пляшущую у окна тень, потянулась к ней ручонками — Бах тут же выдернул торчавший карандаш, спрятал в карман домашней вязаной фуфайки:

— Нет, Анче. Не могу. Не теперь.

Расхаживая по избе и баюкая сытого ребенка, все время помнил о том, что лежит в кармане. Короткий, не более Бахова мизинца, карандаш ощущался длинным и увесистым, как большой гвоздь. Когда вздохи младенца стали глубоки и редки, а тельце обмякло, успокоенное сном, он уложил Анче в постель, затворил за собой дверь спальни. Вытянул из кармана бередящий душу предмет, что было силы всадил в законопаченную щель — словно нож в стену воткнул — и, набросив на плечи тулуп, торопливо вышел из избы...

Разлитые в воздухе сумерки были по-весеннему легки и прозрачны. Стоя на обрыве, Бах отчетливо видел впереди далекую россыпь гнадентальских огней. Внизу шевелилось разбухшее от талых вод тело Волги, все еще испещренное крапинами льдин, но уже мелких и рыхлых, — скоро исчезнут и они, на реку выползут первые лодки. Позади Баха, в глубине леса, под защитой бревенчатых стен спала на взрослой кровати маленькая Анче. А в леднике стояли две последние чашки молока. Завтра нужно спускать на воду потрепанный ялик и плыть в колонию — за новые слова и буквы покупать у Гофмана новое молоко. Хватит бегать от карандаша и от собственной боли. Пора писать — любую из тысячи сказочных историй, что рассказывала Клара.

Бах стоял, кутался в тулуп и слушал тихий плеск волн о камни. Так же тихо и непрерывно в голове плескались мысли.

А если написать сказку о самой Кларе? Оживить ее на бумаге, как оживил он недавно умирающий Гнаденталь? Достать из-под земли, сорвать с лица черную завесу — и наделить другой судьбой, более радостной и счастливой? Взять готовый сказочный сюжет и вдохнуть в него Кларину жизнь? Дать героине Кларины черты, голос, характер — и привести историю к иному исходу, нежели пожизненное заключение на одиноком хуторе и ранняя бессмысленная смерть?

В груди шевельнулось что-то большое и теплое, правая рука заныла предчувствием карандаша меж пальцев — но усилием воли Бах заставил себя стоять и размышлять дальше.

Из сотен рассказанных Кларой сказок более всего подходило для описания ее судьбы “Сказание о Деве-Узнице”. Заключенная в неприступную башню собственным отцом, Дева провела в неволе семь лет с одной только старой кормилицей, как и предписал жестокий родитель, а выбравшись из темницы, нашла мир вокруг необратимо изменившимся: дворец отца был разрушен, все слуги и обитатели края погибли в войнах, поля и леса превратились в выжженные врагами пустыни. Потерявшая всё свое прошлое, Дева была вынуждена скитаться, пока не добрела до пределов богатого принца, который пленился ее красотой и вскорости взял в жены.

Клара пересказывала “Сказание” множество раз, вероятно, чувствуя в нем схожесть с собственной судьбой. Каждый раз при этом сердце Баха сжималось чувством вины: в отличие от Девы-Узницы, Клара не смогла покинуть свою башню — хутор Гримм, — куда сперва заточил ее отец, а затем — неодолимые обстоятельства *большого* мира. Так и прожила в тюрьме до самой смерти, разделяя одиночество лишь с бессловесным Бахом, который если и играл в ее жизни какую-то роль, то скорее тихой служанки-кормилицы, нежели прекрасного принца. Так не изменить ли ему этот сюжет — не выпустить ли узницу Клару из заточения? Не будет ли это данью памяти любимой женщине? Не искупит ли хотя бы малую часть вины Баха перед ней?

Где-то далеко — не то ниже по течению, не то на правом берегу — истошно закричал разбуженный чеглок. Из глубины леса отозвалась неясыть, заохала, застонала томно. Бах запахнул тулуп и быстрым шагом направился в дом.

Был некогда край изумрудных лугов и золотых пшеничных полей, населенный добрыми пастухами и мирными хлебопашцами, — цветущая земля, чью красоту не уставали воспевать художники и поэты. В сердце того края, на высоком обрыве, над могучей рекой, стоял королевский замок. И жил в нем могущественный король. Был он толст, как селедочная бочка, лыс, как пшеничный каравай, борода же его напоминала горсть квашеной капусты. И была у него дочь — с глазами голубыми, как речная волна, и со щеками нежными, как бабочкины крылья. Матери своей она не знала и росла под призором одной лишь служанки — тощей сердитой старухи, что целыми днями пряла бесконечную пряжу, а если когда и говорила хоть одно слово, то какое-нибудь премерзкое…

Стоило Баху схватить карандаш и расстелить на испещренной молочными каплями столешнице серый лист, как слова сами хлынули на бумагу: соскучившаяся рука едва поспевала выводить буквы. Образы прошлого — широкая физиономия Удо Гримма, морщинистое лицо Тильды — встали перед взором Баха так отчетливо, что он мог бы в подробности описать каждое. Вдруг вспомнил, что пряди Гриммовой бороды слегка разнились оттенками, как разнятся по осени желтые листья в лесу, а причудливый узор морщин на Тильдином лбу напоминал кривые борозды, которыми прилежный колонист отмечает границу своей пашни.

…Как-то раз пожелал король выдать дочь замуж за принца из соседней державы. Но сердце юной королевны давно уже было отдано бедному шульмейстеру, что работал в деревенской школе. “Не хочу и не могу я никого избрать себе в супруги, кроме милого учителя!” — воскликнула она, смело глядя в глаза грозному отцу. Тот разгневался и приказал заточить непокорную дочь в самую высокую башню замка — столь неприступную, что даже птицы редко достигали ее острого шпиля. На семь лет было снесено в ту башню и пищи, и питья. А затем была введена в ту башню королевна со своей служанкой. И были они в той башне замурованы — отлучены и от земли, и от неба. Так и сидели во мраке, не зная ни дня, ни ночи. Часто приходил бедный шульмейстер к ограде замка и возглашал имя любимой, но скоро был схвачен придворными слугами и по приказу жестокосердного короля выдворен за пределы страны. Заточенная дева этого не знала — ни один звук не долетал в высокую башню снизу, из мира, населенного людьми и прочими земными тварями. Что оставалось бедной деве, кроме стонов и слез? Так и жила, в темноте и тишине заточения, слушая один только стрекот служанкиной прялки. А между тем время шло. И скоро узницы стали замечать, что их семилетие близится к концу…

Создавая тексты о настоящем, Бах словно черпал из себя — знания, мысли, фразы, — постепенно опустошаясь; теперь же, сочиняя то, чего никогда не было, наоборот, естество его будто наполнялось: откуда-то приходили и сюжет, и герои, и яркие картины, полные мельчайших деталей, и нужные слова. И чем больше он писал, тем теснее становилось в голове, тем быстрее бежал по листу карандашный грифель. И тем яснее виделся образ Клары — не бездыханной, с черным покрывалом поверх лица, а живой, с блестящими от волнения глазами, беспокойно мечущейся по тесному пространству башни в ожидании освобождения.

…Они думали, что миг избавления из страшной тюрьмы уже близок, однако не слышно было ударов молотка о стену и ни один камень не собирался из нее выпасть: казалось, отец-король совсем забыл о дочери. Когда же оставалось совсем немного пропитания и ужасная смерть представлялась им близко, Дева-Узница сказала: "Мы должны решиться на последнее средство — попробуем пробить стену нашей тюрьмы". Взяла она острое веретено от служанкиной прялки и стала выковыривать известку, скреплявшую камень. Когда уставала — ее сменяла служанка, уже сильно одряхлевшая за время пребывания в заточении, но не желавшая умирать в тюрьме. Скоро им удалось вынуть один камень из кладки, затем второй и третий. После семи дней и семи ночей упорного труда проделанное отверстие стало так велико, что они смогли выбраться на крутую лестницу, что соединяла вершину башни с ее основанием. Спустившись вниз, узницы распахнули наконец дверь и ступили на землю…

Вот он, долгожданный миг: Клара — растрепанная, чуть запыхавшаяся от долгой работы, в перепачканном известью платье — выходит из заточения на улицу, вдыхает холодный воздух свободы, оглядывается. Следом тащится едва живая Тильда, волочет свою неизменную прялку.

…Небо в мире по-прежнему было голубое, как и семь лет назад, но все остальное вокруг изменилось так сильно, что Дева не поверила своим глазам: отцовский замок лежал

в развалинах, город и окрестные деревни были сожжены, а поля — и вширь, и вдаль — опустошены. Затаив дыхание, шла Дева по разрушенным залам своего некогда прекрасного дворца: паркетные полы были разбиты в щепы и вытоптаны беспощадными лошадиными копытами; золотая посуда и мебель разграблены; портреты сорваны со стен и валялись под ногами, покрытые инеем; а от прелестных мраморных статуй остались одни осколки — Дева шагала по белоснежным обломкам рук и ног, лиц и волос, и они крошились под ее легкими шагами и превращались в пыль…

Про кого же писал Бах — про бедную Клару или про самого себя, бредущего синей зимней ночью по развалинам дворца мукомола Вагнера?

…Нигде не видать было души человеческой: враги истребили всех жителей, а самого короля прогнали прочь. Скот был вырезан до последнего быка и барана, и только груды кровавых потрохов дымились по всей стране, и кружили над ними черные вороньи тучи… Пришлось Деве и служанке скитаться по другим странам и просить милостыню; но нигде не находили они себе приюта, нигде не встречали человека, который дал бы им хоть кусочек хлеба, и скоро нужда, теснившая их, стала так велика, что пришлось им питаться одной лишь крапивой. Наконец изможденная голодом Дева воскликнула: “Да неужели же я, перетерпевшая семь лет заточения и сама выбравшаяся из темницы, не смогу заработать себе на пропитание? Хватит страдать и нищенствовать! Буду трудиться!”…

Как шло Кларе это праведное возмущение! Как пылали румянцем ее разгоряченные щеки! Как сверкали глаза! Бах любовался ее рассерженным лицом — рассерженным впервые за все время их знакомства, а возможно, и за всю жизнь.

…А надо сказать, к тому времени они достигли пределов одной далекой страны, где жители возделывали несметное количество яблоневых садов. И нанялась Дева в один такой сад работницей. По осени рыла глубокие ямы, засаживала их молодыми деревьями, удобряла золой и навозом; перед наступлением холодов мазала стволы известью вперемешку с жирным молоком, обвязывала соломой и камышом; на зиму укутывала снегом; по весне обрезала ветви, рыхлила и поливала землю. Много было у Девы работы — но каждый день имела она крышу над головой и сытное пропитание для себя и своей служанки. Через год стараниями Девы уродился в саду небывалый урожай: яблоки были огромны, как детские головы, и румяны, как маковый цвет. Нежно брала она эти плоды в руки и срывала с ветвей, укладывала в корзины; корзины те заполнили весь сад и весь хозяйский дом. И послал ее хозяин сада на городской рынок — торговать яблоками. Погрузила Дева корзины на телегу, сама села поверх и отправилась в город…

Бах ежился от прохладного ветра, которым обдувало сидящую на возу Клару. Любовался расстилающейся вокруг бескрайней степью. Когда под колесо попадал камень, телегу чуть потряхивало и тяжелые корзины вздрагивали — Бах досадливо морщился, беспокоясь, как бы не помялись в тряске нежные яблочные бока. Скоро показалась вдали городская стена, лошадиные копыта застучали по мощеной дороге.

…Как только Дева въехала на рыночную площадь, половина города сбежалась смотреть на ее небывалый урожай: все любовались плодами ее труда, восхищались и ахали от восторга. А кого же увидела она в шумной толпе? Своего милого шульмейстера — вот уже семь лет работал он в местной школе, упорным трудом заглушая в сердце тоску по недоступной ему любимой. “Ты, прекрасная садовничиха, так по-

хожа на мою возлюбленную, что я готов поверить, что это она!" — воскликнул пораженный учитель. А Дева ему отвечала: "Я и есть твоя возлюбленная! Ради тебя я просидела во мраке темницы семь лет, вынесла голод и жажду, нужду и бедность. Но сегодня и для меня засияло солнышко красное. И нет более ничего и никого, что могло бы разлучить нас..."

Кажется, по щекам что-то текло (пот усердия? слезы?), но смахнуть ту влагу Бах не умел. Клара — бесконечно красивая, в обычной своей шерстяной юбке и полосатом переднике, загорелое лицо обрамляют выбившиеся из кос золотые пряди — тянула к нему коричневые от яблочного сока ладони и улыбалась. Бах подошел к ней, ощущая густой медовый дух яблок из бесчисленных корзин, которыми была уставлена телега, взял Кларины шершавые от работы руки и поднес к губам. Толпа за спиной вздохнула, тихо и восторженно. Ударил на кирхе колокол.

..."Погодите!" — раздался громкий окрик. Дева обернулась на голос и увидела богато одетого человека, который пробирался к ней через толпу. И узнала в нем своего отца. После многолетних скитаний тот явился ко двору местного правителя, был благосклонно принят им и обласкан; теперь же собирался отвоевать у врагов свои потерянные земли. "О, милая дочь моя! — воскликнул бывший король. — Как я счастлив, что вновь обрел тебя! Позволь же мне вновь заботиться о тебе, чтобы не знала ты отныне лишений и бед!" — "Нет, отец! — отвечала решительно Дева. — Теперь я и сама умею заботиться о себе". — "Позволь же хотя бы найти для тебя достойного мужа. Местный правитель будет счастлив породниться со мной, ты же взамен получишь безбедную жизнь до самой старости". — "Нет, отец! — опять возразила Дева. — Ничего я от тебя не желаю. А жить буду одним лишь своим

трудом и только с милым учителем. Он будет учить детей, а я — растить яблоки". Как сказала Дева — так все и случилось. А раскаявшийся отец с горя упал на землю и умер.

— Откуда?! — восторженно кричал наутро Гофман, тряся исписанными листами. — Откуда ты все это берешь?! Все эти мраморные руки и ноги, которые крошатся в пыль под шагами… эти портреты, крытые инеем… дымящиеся груды потрохов… бороды, похожие на ворохи кислой капусты, и яблоки размером с детскую голову… Все эти подробности — откуда?! У меня же от них чуть живот не свело. Я же все это — как своими глазами увидел, собачий ты сын! Шекспир ты нечесаный! Шиллер кудлатый! Что там такое творится — в этой твоей косматой немой башке, а? Что за черти в тебе сидят? — Подскочив к Баху, Гофман по привычке придвинул свое прекрасное лицо вплотную, задергал ноздрями, затрепетал ресницами. — Лихо завернул, однако! Признаю. Тут тебе и сказка с трудовой моралью, и инструкция по уходу за яблоневым садом: и культурная революция, и агропрос — все в одном крошечном тексте. И ведь как красиво завернул: это ж не просто читать нужно, а декламировать, как поэму! Петь — как гимн! Всех мух одной мухобойкой — бац! — Гофман одобрительно хлопнул уже основательно помятыми листками по груди Баха, рассмеялся коротко; затем посерьезнел, ткнул пальцем в отворот Баховой тужурки, постучал настойчиво: — Пиши, Бах. Пиши еще. Обязательно. Иначе разорвут они тебя, твои черти…

…Бах шагал по весеннему Гнаденталю, унося в котомке заработанную бутыль с молоком и удивляясь, как преобразилась за прошедшую неделю колония. Была ли это весна, своим приходом украсившая поселок — сбрызнувшая зеленью деревья в садах, умывшая дождями стекла окон и лица людей, убравшая первыми цветами края еще залитых весенней водой улиц, — или воздействие страстных текстов Баха? Отовсюду несся быстрый и звонкий перестук молотков, словно забарабанила сразу дюжина прилежных дятлов: латались прохудившиеся за зиму крыши, заборы, палисадники, лодки и летние кухни. Кряхтели выбиваемые на ветру ковры и циновки, хлопало развешанное во дворах мокрое белье. Непрерывно звенела колодезная цепь на рыночной площади — хозяйки набирали полные ведра, словно решив разом, в один день, отмыть все дома и дворы от зимней грязи. На одном краю села ревел утробно недовольный чем-то верблюд, на другом — тявкал ошалелый от апрельского воздуха щенок.

Шлепая по глубоким весенним лужам, Бах разбрызгивал отраженное в них синее небо с белыми пятнами облаков и слушал всю эту шумную жизнь — то ли просто очнувшуюся от зимней спячки, то ли вызванную из небытия силой его карандаша. Подумалось: а ведь и следующую сказку можно написать о Кларе — сюжетов о решительных девицах, счастливо соединившихся со своими робкими возлюбленными, было предостаточно. Как и сюжетов о прожорливых бородатых великанах. Или о вредных тощих старухах, любящих прясть и пакостить мирным людям, — ведьмах, колдуньях и отшельницах…

Из-за угла, с лязгом и грохотом, выехало что-то большое, громоздкое — трактор; следом, вереща и улюлюкая, высыпала горстка тощих детей (где они только прятались всю зиму?). Тракторист, с перепачканным до самых глаз лицом, то и дело оборачивался и кричал им что-то сердитое, но его не было слышно за могучим тарахтением — и дети неотступно скакали следом, ликующе визжали каждый раз, когда их окатывало водой из-под огромных шипастых колес.

Первый в Гнадентале трактор — потрепанный американский "Фордзон", с боем вытребованный Гофманом в Покровске для посевной, — шел в поля: работать.

А навстречу ему по дышащей весенним паром степи тянулась вереница повозок, груженных чемоданами, тюками, корзинами, мешками, узлами. Рядом с возами шагали люди: неунывающие Манны, скупые Ланги, богобоязненные Вендерсы, работящие Грассы — покинувшие колонию семьи возвращались из многомесячных скитаний по железным дорогам, пароходным трюмам и приграничным лагерям для беженцев.

Всего за весну одна тысяча девятьсот двадцать четвертого года в Гнаденталь вернется одиннадцать семей. Год этот Бах так и назовет про себя — *Годом Возвращенцев*.

13

Личико Анче скоро расправилось, из складок и припухлостей глянули глаза, щеки округлились и налились упругостью, кожа сделалась бела и прозрачна. Покрывающий голову пух отрос и завился кольцами, а руки вытянулись и окрепли — во время кормления она цепляла Баха за рукава и бороду, хваталась за ложку. Бах начал было пеленать ее туго, чтобы отучить размахивать руками и расплескивать молоко, но девочка ни минуты не желала прожить в неволе — кричала так долго и яростно, что крылья носа и губы ее белели, а в голосе прорезалась явственная хрипотца; сдался, перестал пеленать — и теперь каждый раз, наевшись, Анче сначала вздыхала облегченно, била растопыренными пальчиками по оловянной ложке и глядела на Баха довольными глазами, пуская изо рта молочные пузыри.

В первые три месяца жизни, когда мир за окнами был по-зимнему молчалив, а тишина в комнате нарушалась только скрипом Бахова карандаша, Анче спала глубоко и подолгу. Но стоило капели застучать легонько, а овсянкам задзенькать на кленовых ветвях, как и она ожила, сбросила младенческую сонливость. Голос ее зазвучал на хуторе все чаще и громче, сообщая о желаниях Анче и требуя немедленного их выполнения: девочка была настырна и своевольна, как избалованная принцесса из сказки.

Она любила, когда ставни были распахнуты и пропускали солнечный свет, — следила внимательно за отсветами и игрой теней на дощатом потолке; также любила, когда одно из окон было приоткрыто и в избу проникали звуки леса, обильные и звонкие по весне; засыпать же не желала нигде, кроме как у Баха на руках. Любое сопротивление с его стороны побеждала криком — грозным или жалостливым, в зависимости от ситуации; впрочем, капитулировал Бах легко — детского плача не выносил вовсе. Он и сам не заметил, как девочка — беззубая и почти безволосая, размером и весом не более домашнего кролика — стала управлять его жизнью, как некогда управляла Клара. Не заметил, как подчинился — подчинился с готовностью, даже радостно: и ставни в доме распахнулись, и одно окно всегда приоткрывалось по утрам, и ребенка привык усыплять, прижимая к груди и кружа по дому, тихо мыча все известные ему стихи и песни.

Чем старше становилась Анче, тем больше хотела. Скоро ей стало мало собственных игрушек (Клариного гребня, пестика для толчения специй и оловянной ложки) — она желала играть с руками Баха, живыми и подвижными: перебирала заскорузлые пальцы, теребила и дергала, затем выбирала один, засовывала в рот и долго мусолила скользкими деснами.

А еще Анче желала — глядеть на Баха. Стоило ему войти в дом, как девочка переворачивалась на живот, задирала голову в потолок и требовательно гудела, подзывая к себе, — пока Бах не подходил и не брал ее на руки; затем ловила его взгляд и замирала, приоткрыв рот и изредка моргая круто изогнутыми ресницами. Нежное лицо ее при этом чуть подрагивало, словно учась принимать различные выражения: сосредоточенности, ласковости, грусти, озорства, задумчивости. Не сразу он понял, что Анче ловит эти выражения с его лица: слегка наморщенная переносица Баха вызывала крошечную складку меж ее бровей; его плотно сжатый рот заставлял и ее скривиться, а его улыбка побуждала изгибаться радостно и ее губы. Крошечное бессловесное существо читало Баха и отражало его, как зеркало.

И все слышимые звуки Анче отражала также. Поначалу Бах не понимал, почему столь по-разному звучит ее голос, откуда в пронзительном детском крике берутся все эти интонации — то напевные и беззаботные, то задумчивые и унылые, а то раздражительные, даже сварливые. Однажды понял. Он чистил тогда наличники от накопившегося за зиму сора: тупой стамеской выскребал из древесных складок лиственную прель, остатки семян и веток — и, стоя снаружи у открытого окна, нечаянно подслушал разговор Анче с миром: где-то в лесу заливалась варакушка, свиристела восторженно — и Анче свиристела в ответ, повизгивала и верещала; курлыкнул в небе пролетающий журавль — и Анче завздыхала, загудела печально; хрипло зацыкала в кустах рассерженная гаичка — и Анче заскрипела, задышала сердито. Она повторяла птичьи голоса, как заправский пересмешник, учась ласковым и нежным нотам у лесных жаворонков и зарянок, дерзким и гневливым — у рябинников, тревожным и просящим — у ремезов, настойчивым — у желн и зеленых дятлов. Сама брала у мира то, чего не мог дать ей Бах.

Он не мог научить ее говорить. Подумалось: а если попробовать вновь разлепить губы, зашевелить онемевшим языком? Пытался: напрягал челюсти, дергал подбородком. Уйдя в глубину сада, чтобы не напугать ненароком Анче, долго мычал на деревья, стараясь выудить из горла позабытые звуки. Но губы, горько сомкнувшиеся когда-то — не то сами по себе, не то по его неосознанному желанию, — оставались немы, а язык неподвижен. Речь не возвращалась.

Бах по-прежнему "читал" Анче все, что выходило из-под его карандаша, Анче по-прежнему внимательно слушала, не отводя глаз от Бахова лица. Он прижимал к груди ее голову, утыкался губами в теплое темя, вздыхал судорожно: хотелось верить, что она его понимает.

— Нравится тебе?— спрашивал мысленно.

Та улыбалась в ответ.

Росла быстро, и скоро Бах уступил Анче кровать Клары. Сам уже в который раз перебрался в гостиную, на свою затертую до блеска лавку. Занимать комнату Удо Гримма не захотел — на лавке было привычнее. Помещать ребенка в тесную каморку Тильды — в царство сундуков, кружевных покрывал, щеток, прялок и веретен — не захотел также. Мысль о том, что девочка вырастет в комнате Клары, будет спать в той же постели и на том же белье, станет через некоторое время надевать Кларины вещи и расчесываться ее гребнем, — эта мысль согревала. А беспокоило то, что теперь по ночам Анче оставалась в спальне одна, и иногда за гудением ветра в трубе Бах не мог расслышать ее дыхания. Приходилось по нескольку раз вставать и пробираться в спальню, на ощупь искать под складками утиной перины маленькое тельце; найдя — облегченно вздыхать, утыкаться носом в чуть потный со сна младенческий затылок, вдыхать знакомый запах и тащиться обратно на свою лавку.

Многое теперь беспокоило Баха — вопросы жужжали в голове, как пчелы в улье. Покрасневшие щеки Анче — признак недомогания или примета избыточного здоровья? А белый песок, высыпающий на ресницах во время сна? (Ни скипидара, ни английской соли на хуторе не имелось, и потому Бах делал что мог: пылающие щеки натирал льдом, глаза младенца — собственной слюной.) Не упадет ли девочка с кровати во время его отлучек за дровами и на рыбалку? (Обкладывал кровать подушками, а пол устилал одеждой, чтобы смягчить удар.) Не оцарапает ли нечаянно лоб игрушками — увесистой толкушкой для специй и рукоятью от старой мясорубки? (Хотел отобрать, да Анче не разрешила, вытребовала обратно полюбившиеся предметы.) Можно ли кормить ее еще чем-нибудь, кроме полюбившегося козьего молока? (Когда во рту Анче прорезался первый зуб, стал давать ей разжеванный хлеб; когда зубов стало два — толченую мякоть свежих яблок; а когда зубы полезли один за другим, быстро, как грибы после летних дождей, — варенную в трех водах рыбу, свежую землянику и ошпаренный кипятком крапивный лист.)

Главное же беспокойство ждало Баха впереди. К концу лета руки и спина девочки окрепли, ноги удлинились, живот не торчал более арбузом, а впал и спрятался под ребра — Анче научилась ползать. С ликующим визгом устремлялась она теперь повсюду: под стол, где часто валялись упавшие листы с черновиками Баховых сказок (бумагой можно было громко шуршать, затем рвать ее на куски и с аппетитом жевать); под низкую Кларину кровать, где холмился песок, расчерченный легкими следами домашних мышей (песок можно было бесконечно долго пропускать меж пальцев, разгребать, сгребать обратно в кучу — и бить ладонью что есть силы, наблюдая за полетом песчаных брызг); под высокую Тильдину кровать, в пропахшие пылью щели меж старых сундуков (пыль и паутина были противны на вкус, но мягки и приятны на ощупь); за печь, где имелись и дивная жирная сажа, и липкие от смолы щепки, и сытная известковая крошка (сначала Анче подбирала ее языком с пола, а затем научилась сгрызать и слизывать с печного бока).

Удержать Анче в постели не было никакой возможности: однажды познав радость движения, девочка не желала больше покорно лежать в бездействии. Едва проснувшись, она требовала спустить ее на пол и отправлялась изучать подкроватные и запечные пространства. Если просыпалась, когда Баха не было в доме, — отважно скатывалась с кроватного бока на расстеленные тулупы и перины, затем уползала по своим делам: дух исследования был сильнее страха.

Иногда Баху казалось, что страх неведом ей вовсе. Ее не страшила темнота: погасшая внезапно лучина не вызывала у Анче ни малейшего беспокойства; иногда по ночам Бах просыпался от шороха — если девочке не спалось, она продолжала свои изыскания в темное время. Ее не страшил огонь в печи: подползала к устью так близко и заглядывала внутрь с таким любопытством, что, казалось, еще мгновение — и сунет туда голову (Бах теперь накрепко задвигал печную заслонку, а подступ к ней заграждал ящиком с камнями, чтобы в его отсутствие девочка не попробовала огонь на ощупь). Не страшили Анче и звуки непогоды: в грозы упорно тянула крошечные ладони к окну — Бах брал ее на руки, ставил неокрепшими ногами на подоконник, и она прижималась лицом к стеклу, наблюдая быстрый бег водных струй и отсветы небесного огня, не вздрагивая даже при громовых раскатах.

Бах надеялся, что со временем это бесстрашие уступит место природной осторожности, свойственной и человеку, и всем прочим земным существам. Но время шло, а отвага

Анче только возрастала. Однажды решил проучить ее: сдвинул в сторону ящик, преграждавший путь к печи, сам сел на него и стал наблюдать; Анче подползла к печному устью и хватанула железную заслонку ладошкой — тотчас отдернула, завизжала испуганно, замахала обожженными пальцами. Проплакавшись, однако, вновь ринулась к печи: еще не просохшие от слез глаза горели таким злым упрямством, такой решимостью одолеть коварную дверцу, что Бах испугался — подхватил ребенка на руки, унес в комнату. С тех пор ящик от печного устья не отодвигал, а входную дверь избы запирал плотно, закладывал на щеколду: оказавшись на улице, не знающая страха девочка неминуемо навлекла бы на себя десяток разных бед.

Но разве могла деревянная дверь, завешанная дырявым тулупом, удержать все звуки и запахи *большого* мира? Когда все углы комнат были обнюханы, подкроватные места исползаны вдоль и поперек, а гвозди сундуков многократно облизаны, Анче обратила внимание на дверь. Сначала подолгу лежала на пороге, уткнувшись носом в узкую щель у самого пола и втягивая ноздрями сочившиеся снаружи запахи — травы, сена, влажной земли, мокрой древесины (и Бах несколько раз чуть не наступил на ребенка, входя в дом). В начале осени потребовала выпустить ее на улицу.

Бах и раньше выносил ее на руках во двор и в сад, иногда брал с собой на прогулку в лес. Но познавшая радость свободы Анче не желала больше быть спутницей — она хотела изучать *большой* мир сама, перемещаясь на собственных четвереньках, ощущая его собственными ладонями и пробуя на вкус собственным языком. Стоило двери распахнуться — и девочка змейкой юркала с крыльца на траву: устремлялась то на задний двор, то в лес, то в сад. Бах торопился следом.

На заднем дворе ее подстерегали топор с блестящим, точенным о плоский камень лезвием; хищный серп, которым Бах подрезал траву на дворе; тяжелая железная сечка для обрубки сорняков; острые обломки валунов, собранных для укрепления фундамента. В лесу поджидали ошалевшие от сентябрьской жары шмели и шершни; жирные антрацитовые гадюки; трухлявые пни, набитые крупными, с полпальца, кусачими муравьями; овраги с крутыми склонами и ручьи с ледяной, до судороги в челюстях, водой. А в саду уже налились багрянцем увесистые яблоки — то и дело норовили упасть с ветки и зашибить любого, кто проходил мимо…

Бах неотступно следовал за Анче, замечая каждую новую опасность и устраняя ее. Утомившись, поднимал перепачканную в земле девочку и нес домой — та верещала гневно, сучила ножками, кусалась, не желая прерывать прогулку. Оказавшись в домашних стенах, долго ревела, затем устраивалась у Баха на коленях, вздыхала надрывно, обхватывала его ручонками и засыпала, уткнувшись носом в Бахову морщинистую шею или спутанную бороду. Только октябрьские дожди и пришедшие с ними холода положили конец утомительным и опасным прогулкам.

Со злости на запертую постоянно дверь Анче встала на ноги: однажды долго стучала ладошкой о порог и визжала, требуя выпустить ее наружу; затем, рассердившись, ухватилась за косяк и рывком поднялась на кривоватых, подрагивающих от напряжения ногах. Постояла, пошатываясь и обозревая пространство кухни с новой для нее высоты; затем ахнула восторженно и сделала пару неверных шагов — к Баху, который возился у печи, помешивая суп. Тот уронил ложку в котел, вскрикнул, метнулся — едва успел подхватить. С тех пор стала пытаться ходить, каждый раз повергая Баха в ужас — вынуждая бежать к ней, защищая от возможного падения. Утомлялся от этих метаний сильно, до ломоты в позвоночнике, набил пару шишек на коленях, однажды чуть не вывихнул ступню — но посидеть спокойно хотя бы час ребенок не желал.

Когда снег нетающим одеялом лег на степь и лес, а Волга покрылась пятнами первого льда, Анче пошла. К Рождеству — уже бегала резво, шурша по земляному полу сшитыми для нее маленькими чунями. А Бах бегал по избе следом — сгорбившись, переваливаясь на полусогнутых ногах и расставив руки подобно раскинувшей крылья испуганной перепелке: беспокойство об Анче уступило место настоящему страху. Насколько отважна была девочка, настолько боязлив — он сам: то мерещилось, что Анче запнется ногой о порог и разобьет голову о дверной косяк; то — что упадет с разбегу и расшибет лицо; то — что насмерть ударится виском о край дубового стола. Мерещилось так явно, что по ночам вскакивал с лавки, жег лучину, проверял то косяк, то стол — искал следы крови. Их не было.

Отлучаясь на рыбалку или в Гнаденталь к Гофману — оставляя девочку в избе одну, — Бах не мог избавиться от возникавшей перед мысленным взором картины: любопытная Анче, вцепившись ручонками в стоящий у печки ящик с камнями, сдвигает его в сторону, хватается за разогретую заслонку, вскрикивает от боли, но тянет на себя — из приоткрытой пасти вырывается желтый язык пламени… Пару раз, измученный видениями, разворачивался на середине Волги и возвращался домой: влетал в избу распаренный, задохнувшийся от быстрой ходьбы, — ящик стоял на положенном месте, Анче безмятежно спала.

Уставал от своего страха. Страх был — как гвоздь в кишках, как воткнутая в живот ледяная игла. Боялся, что Анче уколется веретеном. Проткнет глаз упавшим со стола карандашом. Прищемит палец в двери. Поперхнется и задохнется. Заболеет и сгорит в лихорадке… Картины одна ужаснее другой мелькали в голове Баха, не давая дышать. Более же всего он боялся, что, подойдя однажды утром к постели, обнаружит ее пустой: Анче исчезнет.

Помогали справиться — прикосновения. Стоило Баху дотронуться гребнем до пушистой макушки Анче или потрепать за розовое ушко — и страх мельчал, уползал куда-то в глубину позвоночника; самым же верным средством было — взять девочку на руки. И потому каждое утро Бах подолгу расчесывал волосы Анче, а каждый вечер укачивал ее, как новорожденного младенца, мыча колыбельные. Девочка росла, носить ее становилось все тяжелее, но Бах вряд ли это замечал: когда Анче засыпала, он долго еще ходил по дому, прижимая ее к себе. Затем осторожно укладывал Анче в постель, обертывал со всех сторон утиной периной, словно мягкие перинные бока могли заменить его объятия. Садился на край кровати и подолгу смотрел на спящего ребенка.

В эти ночные часы в нем просыпались странные фантазии, которых он не понимал и объяснить которые не умел: то хотелось прижать девочку к себе с такой силой, чтобы разъединяющая их организмы кожа лопнула — и тела срослись в одно, как сплавляются в огне куски раскаленного металла; то хотелось превратиться в разлапистую яблоню, усыпанную плодами, — чтобы Анче срывала те плоды, один за другим, и ела; то хотелось по-звериному вылизать ее всю, от крошечных ноготков на ногах до самого затылка. А иногда Бах воображал себя волком, седым и старым; осторожно он брал спящую Анче в зубы и выносил из избы; нес через хутор, через лес, вдоль по Волге, ступая широкими лапами по листьям, камням и песку. Куда нес? Бах не мог бы ответить.

Гуляли по крышам ветры — зимой тяжелые, густо замешанные со снегом и ледяной крупой, весной упругие, дышащие влагой и небесным электричеством, летом вялые, сухие, вперемешку с пылью и легким ковыльным семенем. Бах слушал их — и каждый вечер задавался вопросом: была ли его вина в том, что Анче до сих пор молчала? Рядом с немым Бахом девочка росла бессловесной. Ей минул год, затем два; она произносила множество звуков — свистела, гудела, мычала, выла, цыкала языком и трещала, шлепала губами, фырчала, стонала, крякала — прилежно повторяла все, чему научили ее ветер, лес и река, птицы и насекомые; мастерски подражала и заливистой соловьиной трели, и стрекотанию белки, и шелесту волжских волн, и треску ледяной корки на февральском сугробе. Но — не говорила.

Впрочем, ей и не нужно было говорить: они с Бахом понимали друг друга без слов. За два года у них сложился свой язык, гораздо более нежный, чем грубая человеческая речь. Язык этот состоял не из слов, а из взглядов, касаний, легчайшей игры мускулов на лице, из частоты дыхания и движений тел.

Слышали дыхание друг друга, даже если находились в разных комнатах; стоило одному вздохнуть чуть глубже или чуть медленнее обычного, как второй тотчас вскидывал глаза: не случилось ли чего? Они читали в движениях друг друга проявление чувств: чуть более задумчивый шаг, чуть более нетерпеливый жест, чуть резче вскинутая голова, иной поворот плеч или изгиб позвоночника — все имело значение, все говорило о чем-то. Каждый знал не глядя, какое выражение лица сейчас у другого: даже и смотреть друг на друга было не обязательно, не то что говорить.

Вот Анче, шагая рядом с Бахом по лесу за березовым соком, оглядывается ликующе (*Весна! Солнце! Хорошо!*) — он же чуть хмурится, кашляет строго, поджимает рот (*В этот раз — не смей убегать далеко!*)... Вот Бах, сидя у свечной лампы, мастерит крошечную душегрейку из старой шерстяной юбки; ведет едва заметно бровью (*Давай-ка примерим обнову!*) — Анче тотчас оставляет игрушки, подходит ближе... Вот Анче, стоя по пояс в воде, помогает Баху полоскать белье в Волге; смотрит на левый берег, едва различимый в июльском мареве, и в глазах ее загорается озорная мысль (*А если упасть на волны и поплыть — туда?*); спохватывается, прячет взгляд от Баха — но тот уже все понял, уже бьет что есть силы мокрым полотенцем по набегающей волне (*И думать забудь!*)… Вся жизнь их была — постоянный разговор друг с другом, непрерывный и важный разговор на языке дыханья и движений. Каждый был — как одно большое ухо, готовое слушать и понимать другого.

Впервые Бах столь чутко ощущал другого человека. Как самого себя. Лучше, чем самого себя. И оттого боялся еще сильнее: понимал, что уже не молод и когда-нибудь силы оставят его. А тогда — что будет с Анче? Не обвинит ли она его в том, что оставил ее безъязыкой — одинокой и беспомощной в *большом* мире? Впрочем, помочь ей заговорить он не мог. Никак не мог. И не было в этом его вины. Не было. Не было. Не было…

Каждый день Баха состоял из двух частей: светлые часы принадлежали Анче, темные — сказкам. О чем будет писать, знал еще с утра, а то и с предыдущей ночи, когда очередная история стучалась в память, желая быть записанной. Долго сидел, вспоминая народный сюжет в наивном Кларином изложении, — простой и емкий, как глиняный горшок. Затем брал карандаш и создавал сказку заново — выписывая образы и характеры, насыщая запахами и звуками, наполняя чувствами и страстями: горшок оборачивался серебряным кубком, золотым кувшином или расписной вазой.

Палитра Баха была проста: с одной стороны — немудреные фольклорные фабулы, с другой — знакомые люди. Удо Гримм оборачивался жадным великаном, королем-чревоугодником или хвастливым ландграфом; старуха Тильда —

вредной ведьмой или бранчливой пряхой; юная Клара — то прекрасной королевной, то добродетельной падчерицей; бирюк Бёлль-с-Усами — сапожником, башмачником, егерем и форейтором, непременно злым и недалеким; пройдоха Гаусс — хитрым пастухом; Арбузная Эми — сварливой женою. С Гофмана были списаны горбуны и карлики, бесовские человечки, а также черти и горные духи. Разбойники, лиходеи и коварные предатели неизменно были трех мастей: либо развязные наглецы, поросшие рыжей щетиной, с быстрыми и хищными глазами, либо подростки с кадыкастыми шеями и ублюдочными лицами, либо мужики с калмыцкими скулами и окладистыми черными бородами. А сам Бах? Честный и преданный слуга, рискующий жизнью ради хозяина или возлюбленной, — вот кем являлся Бах в своих историях.

Он проживал эти истории, как жизни, — одну за другой, забывая о дневных заботах. Его сердце, утомленное беспрестанными страхами о девочке, по ночам переставало бояться: не страшилось ни королей, ни чертей, ни злодеев. Не будь этих ночей, оно поизносилось бы в страхе, как изнашивается от долгой носки даже самый крепкий башмак. День дарил Баху настоящую жизнь, а вместе с нею — боль и страх; ночь — давала силы, чтобы пережить день.

Вставал из-за стола уже под утро, квелый от долгих бессонных часов и испытанных приключений; иногда и вовсе не мог встать — так сильно болело тело от полученных в битве ран или утомительных путешествий по подземным и надземным мирам. Грудь ныла, еще схваченная железными обручами, которыми он велел сковать себя от тоски по исчезнувшему господину; ноги, еще стиснутые стальными латами, едва шевелились; на лбу еще теплел благодарный поцелуй спасенной красавицы... Бах откладывал затупившийся за ночь карандаш, гасил свечу и брел в предрассветных сумерках к ведру с водой. Зачерпывал кружку за кружкой, вливал в себя прохладную волжскую воду, никак не умея напиться, — словно мучимый тяжелым похмельем. Затем ложился на лавку и забывался беспросветно черным сном — на пару часов, пока не пришлепает к нему проснувшаяся Анче, не заберется под бок и не начнет мусолить зубами кончик его бороды или пальца.

Ее лицо было первым, что Бах видел по утрам, открывая глаза. Лицо это постепенно взрослело и умнело, глаза наполнялись смыслом, а черты — менялись.

Новорожденная Анче походила на Клару, как молодое яблочко на зрелый плод. Годовалая была уже меньше похожа, а двухлетняя — не похожа вовсе. С испугом искал Бах в непостоянных детских чертах отражения лиц, которые хотел бы забыть, — мерзавцев, что нагрянули на хутор страшным апрельским утром; искал — и не находил. На деда, могучего Удо Гримма, Анче не была похожа тоже. Возможно, размышлял Бах, в девочке проснулись черты Клариной матери?

Однажды, озаренный странной мыслью, он проснулся затемно. Посидел в постели, теребя редкую бороду и смущенный нелепостью своих предположений. Затем встал, взял ножницы и отхватил ту бороду под корень, словно серпом пучок травы срезал. Вышел во двор и в рассветной полутьме долго точил кухонный нож, а затем соскреб с лица лезвием оставшиеся волосы. Когда солнце блеснуло меж вершин деревьев — подошел к бочке с дождевой водой и посмотрел внутрь.

С темной поверхности воды глянуло на Баха суровое, почти незнакомое лицо: за двенадцать проведенных на хуторе лет черты его сделались жестче и суше, глаза — темнее и строже, крупные морщины легли вдоль щек и поперек лба. Признать в чужом отражении себя Бах затруднился бы. Очевидным было одно: на это отражение и походила маленькая Анче.

Ученик

14

Про Гофмана было доподлинно известно только, что был он рейхсдойчем. Утверждал, что родился в угольных копях Рейнбабена, на жирных шахтных полях Рура. Также утверждал, что помнит момент собственного рождения. Якобы мать его, работавшую на сортировке угля и до последнего скрывавшую беременность, послали в тот день расчищать завал у входа в штольню. Она так яростно ковырялась ломом в тяжелой горной породе, стоя на крутой насыпи, что маленький Гофман в туго перебинтованном животе не выдержал — выскочил из нее и упал лицом в камни. Сверху тотчас посыпались развороченные матерью острые булыги, каждая крупнее его самого. Гофман уверял, что помнит отчетливо, как тело его освободилось из объятий материнского чрева, развернулось вольготно, перед глазами мелькнуло лазурное небо — и тотчас свет погас, а сам он оказался вновь сжат и смят со всех сторон, но уже не мягким и упругим, а тяжелым и твердым. Когда мать раскидала руками завал и за пуповину вытащила сына на воздух, был он черен, как антрацит, кривошей и кривобок.

Эпизод собственного появления на свет — единственное, что Гофман рассказывал о себе. На вопросы же — чем он был и где жил? кем работал? кого любил? был ли женат?

имеет ли детей? да и в целом, что еще было в его жизни в промежутке между первым вздохом и появлением в поволжском Гнадентале? — неизменно отвечал: больше ничего не было. Улыбался при этом так искренне, что приходилось верить.

Конечно, что-то было и случалось там, в эти смутные годы *между*. Был запах угля, тяжелый, удушливый. Была жестяная каска, взрослая, не по размеру, вечно сползающая с головы на глаза. Фляга с маслом на поясе, в зубах — ореховая трубка, найденная тут же, в шахте, с изжеванным мундштуком, неизменно вызывавшая шутливые возгласы: “Эй, малыш, у тебя во рту трубка или соска?” Были неровные стены забоя, по которым скакали оранжевые кругляши — отсветы масляных фонарей на касках. Темная — не то от работы под землей, не то от природы — лошадь с кроткими глазами; бедняга тащила по рельсам вагонетки и благодарно пыхала ноздрями в лицо каждому, кто гладил ее по ребристым бокам. Могила матери, куда можно было приходить по воскресеньям и долго сидеть на корточках, ковыряя пальцем в глинистой земле. Были какие-то листовки, отпечатанные на дрянной бумаге, что торопливо совали в руки всем выходившим с огороженной высоким забором территории шахты, — по ним-то и учил его читать кто-то из старших; они-то и объяснили, как жить дальше.

Была дорога, на которую вышел еще до зари и по которой долго шагал: сначала сквозь плотный утренний туман, затем при свете солнца, затем уже в вечерних сумерках (трубку свою выбросил в тот туман, а листовки сберег, унес с собой в нагрудном кармане). Была городская улица, вечно скользкая от измороси; одним концом она утыкалась в пропахшие рыбой рыночные ряды, другим — в стены старинного университета. Был угол на чердаке, затерянный между тысячами лестниц, водосточных желобов, голубиных гнезд, сохнущих под окнами простынь, между запахом дыма из труб и грохотом поездов, что непрерывно проносились за стеной, на расстоянии вытянутой руки. Были ночные собрания, споры до криков, крики до песен. Книги, десятки и сотни книг, пространные залы и бесконечные коридоры публичной библиотеки. И — жаркой вспышкой посреди холода нетопленой комнаты — два манящих слова: Советская Россия…

Все это было, конечно, было. Но воспоминания эти покрывал такой толстый слой угольной пыли, уличной грязи и голубиного помета, что они казались похороненными, а то и не существовавшими вовсе. Будь его воля, Гофман отмерял бы свою жизнь с того момента, когда впервые увидел в окне поезда бескрайние поля на подъезде к Минску — моря зеленого, алого и голубого, — и сердце его вздрогнуло от этой картины, от прочитанного в ней обещания.

Через пять недель он сошел с баркаса на растрескавшиеся доски гнадентальской пристани.

О Гнадентале узнал пару часов назад, прочитав название в мандате. Если бы всесильная рука партийного руководства в Покровске вписала в мандат другой населенный пункт, сегодня негасимая керосиновая лампа пылала бы ночами в сельсовете Урбаха или Штрауба, Унтердорфа или Куккуса. Но повезло — Гнаденталю.

Прибыв на вверенный ему фронт, Гофман первым делом побежал обозревать расположение сил в колонии и ее окрестностях. Сопровождавший его Петер Дитрих (некогда староста, а теперь избранный большинством председатель сельсовета) с ревнивой неприязнью наблюдал, как новый партийный начальник заботливо охлопывает бока остановившихся ветряков на Мельничной горке, деловито ковыряет носком сапога развалившиеся бревна Картофельного моста, качает накренившиеся стволы вязов у байрака Трех волов, окунает палец в воду незамерзающего Солдатского ручья. Все, что попадалось на пути, горбун трогал, щупал, теребил, царапал и цеплял ногтями — словно метил территорию; при этом каждый новый признак разрухи вызывал у него восторженную улыбку: руины вместо домов — прекрасно! Мельницы стоят без движения вот уже третий год — замечательно! Пристань развалилась — лучше и быть не может! Пожалуй, Гофман предпочел бы найти Гнаденталь полностью разрушенным: чтобы жилые дома стояли без стекол в окнах и с пробоинами в стенах, чтобы последняя на все село пара тощих верблюдов была не только седа, но и слепа, да и шея председателя Дитриха вполне могла бы быть не такая толстая. Чем скуднее, бледнее и невыносимее глядела бы жизнь колонии до приезда Гофмана, тем радостнее было ему приниматься за дело.

Гофман хотел изменить мир. Нет, не весь тот огромный и необъятный мир, что простирался по обе стороны от Волги, где имелись бездонные угольные шахты, пожирающие людей, и промозглые города с улицами, усыпанными вонючей чешуей, а лишь крошечный мирок, ограниченный с одной стороны рекой, а с другой — краями куцых колхозных полей. Мирок, состоящий из нескольких десятин земли, пары дюжин испуганных колонистов, полусотни отощалых коз и двух седых верблюдов. Гофман хотел изменить Гнаденталь.

Он смотрел на раскисшие от грязи улицы, на изветшалые домишки — а видел десятки крепких строений, что поднимутся здесь скоро; в строениях тех видел сотни упитанных и энергичных людей; а во дворах — овец с курдюками до земли, тучных коров и верблюдов с пышными воротниками на длинных шеях. Вместо заросших травной дрянью полей видел океаны пшеничного золота, горящие на солнце, и бескрайний яблоневый сад. Видел быстрое верчение мельничных крыльев, бег табунов по степи и биение серебряных рыб в тяжелых сетях…

Шульгауз — открыть! Из-за печи портрет императора-кровопийцы — достать! И сжечь — прилюдно! (notabene: на митинге! notabene 2: фотографа-корреспонд. из Покровска — пригл.!) В оставшуюся раму встав. портрет вождя (раму перед тем — художнику Фромму, пусть распишет поярче). Учителя для школы — непременно обеспеч. к осени! Слух: а правда ли пастор Гендель держит у себя на дому тайную школу? Если подтвердится — выселить сволочь Генделя с семьей! А пасторат — под Дом колхозника…

Ночи напролет царапал Гофман грифелем по бумаге, щурясь в скудном свете керосиновой лампы и приоткрыв от усердия рот. Он вовсе не лукавил, жалуясь Баху на неумение писать. Природа, сыграв с ним одну злую шутку — наделив девически-нежным лицом и уродливым телом, — не захотела на этом останавливаться и сыграла вторую: рука Гофмана была неподвластна его речистому языку. На коротком пути от головы к зажатому в пальцах карандашу мысль его теряла всю цветистость и пышность, морщилась, скукожилась, крошилась — и вываливалась на бумагу горстью куцых словесных огрызков. Чахлые предложеньица рассыпались по листу: теснились глаголы, ерзали не к месту выскочившие эпитеты, бились друг о друга восклицательные знаки — получался не связный текст, а стенограмма собрания косноязычных, записанная косноязычным же секретарем. Читать эту вопиющую словесную какофонию было стыдно, но иного способа запечатлеть свою резвую мысль и сохранить ее в памяти Гофман не знал. Потому писал: подолгу, потея и до судорог напрягая пальцы, выуживал из памяти слова и карябал строку за строкой, листок за листком — создавал картину будущей гнадентальской жизни, чтобы с первыми лучами солнца ринуться исполнять задуманный план. Писал — словно камни таскал. Знал: каждое предложение непременно воплотится в жизнь — каждый камень ляжет в кладку. Гофман не писал — строил.

...Кинутый дом Вендерсов — отремонтир. на субботнике! И там — колхозный детский сад! (notabene: успеть к посевной! notabene 2: перепись всех детей дошкольного возраста в Гнадентале — поруч. пионерам!) Плотнику Шрёдеру кровати детск. — заказ.! Художнику Фромму — политическую агитацию, доступную незрелым умам (ох, справится ли? уж больно вид у мерзавца критич.)...

В пылком сердце своем Гофман ощущал достаточно сил, чтобы схватить старый Гнаденталь, упереться всем телом в оковы прошлого, напружиться — и вытянуть в новую жизнь.

Между тем старая жизнь колонии была полна таких средневековых дикостей, что поначалу Гофман растерялся: ни в захудалом шахтерском поселке, ни в городских трущобах не видал он такого. В доме многодетных Брехтов, к примеру, время от времени обеденный стол задвигался за печь, в угол, и вся семья усаживалась кружком на полу; в центр ставили котел с особыми *степными клецками* и, сидя на корточках, хлебали тот суп, непременно деревянными ложками и непременно по очереди. Традиция поглощать степные клецки, сидя на полу, — из уважения к степи и даримому ею урожаю — соблюдалась почти в каждой гнадентальской семье, но Брехты готовили это блюдо чаще остальных: раз в неделю, строго по средам. В другом доме (Гофман лично наблюдал эту картину) малолетних детей регулярно сажали голышом в мешки из-под муки, а затем счищали налипшую мучную пыль скребками для животных — предохраняли от скарлатины. Мрачная костистая женщина, вдова Кох, промышляла в колонии предсказаниями (по расположению звезд, снам, форме облаков, луковым шкуркам и яичной скорлупе), а также заговорами (против бородавок, выпадения волос, метеоризма и бесплодия). Мелкий мужичонка по имени Гаусс приторговывал тараканами — лучшим средством от водянки (свои тараканы в Гнадентале не водились, и приходилось добывать их в соседних русских деревнях, причем более всего ценились тамбовские и калужские особи).

Даже лица колонистов — обветренные крестьянские лица — словно вышли из глубины веков и более всего напоминали ожившие портреты средневековой живописи. Нигде Гофман не встречал таких физиономий — только на покрытых трещинами картинах старых мастеров.

Мордочка тощего Коля — желтая от пристрастия к табаку и такая сборчатая от морщин, что различить на ней глаза и нос с каждым годом становилось все труднее, — то дрожала всеми своими складочками от гнева, а то тряслась от смеха; при этом нос и подбородок сходились совершенно, а лохматые брови заползали высоко на лоб и путались с волосами. Анфас пастора Генделя был длинен невероятно — мог бы быть разделен пополам и образовать два полноценных человеческих лица; нос его величиной и пропорциями более всего походил на крупного пескаря, а зубы формой и крепостью нимало не уступали лошадиным; сходство усиливал голос пастора — громкий, пронзительный, как конское ржание. Ряха свинокола Гауфа была безукоризненно кругла и столь же безукоризненно красна. А рожица подлизы Гаусса являла собой идеальный треугольник: с крошечным подбородком и выпуклыми надбровными дугами — вместо углов…

В каком времени жил Гнаденталь? Как умудрился остаться на обочине современности?

Немой отшельник в седой бороде, бывший шульмейстер, неожиданно возникший из ниоткуда в тесной избенке сельсовета, своими сумбурными записками о гнадентальском быте помог Гофману осознать всю глубину местного невежества. Теперь было понятно, на каком языке следует говорить и с вдовой Кох, и с прохиндеем Гауссом, и с увальнем Дитрихом.

А записки те пошли в ход: тщательно изучая каждую, Гофман отбирал самые интересные, переписывал своим ужасным ломаным почерком и, снабдив соответствующим идеологическим выводом, запечатывал в конверт. Будучи в Покровске (а ездил он в партком каждую неделю по вторникам), забегал к зданию типографии и опускал в ящик для писем с кривоватой надписью: “Газета *«Wolga Kurier»*”; перед этим непременно озирался по сторонам: не видит ли кто? Подписывался скромно: селькор Гобах.

Как любили таинственного селькора в редакции! Как ждали его сообщений, выведенных неискусной в письме рабочей рукой! Как восхищались его обширными и глубокими познаниями о дореволюционной жизни колонистов и одновременно прекрасным слогом! И при этом еще — идеологически верными обобщениями!

В статье “О народных названиях календарных месяцев” Гобах предлагал внедрить в сознание советских немцев два новых: *месяц Революции* вместо *месяца вина* и *месяц зимы* вместо *Христова месяца*. В обширном материале “О местных шванках” призывал изъять из оборота песенки, имеющие явный религиозный подтекст и пропагандирующие покорность и смирение (примеры устаревших шванков приводились в изобилии). Обзор “О суевериях” содержал детальное их перечисление и правомерную критику… Не исправляя ни строчки, материалы селькора Гобаха можно было отдавать в печать. И их отдавали: каждую пятницу "*Wolga Kurier*" выходил с очередной статьей за его подписью.

"Уважаемый селькор Гобах! — обратился однажды к прилежному корреспонденту главный редактор Вундт в рубрике "Переписка". — Наш коллектив принял решение премировать вас месячной подпиской, а также благодарственным письмом на место работы. Просим сообщить ваши данные". Призыв, однако, остался без ответа — письма от селькора продолжали приходить по-прежнему без обратного адреса.

А через пару месяцев регулярной корреспонденции Гобах начал писать сказки — столь чудные, что под них пришлось открыть в газете новую рубрику "Наш новый фольклор". Сказки эти поражали своеобразием и свежестью: основная часть текста была написана в лирическом ключе, пространно и вольно, в то время как финал — всегда неожиданный и при этом идеологически выдержанный — умещался в нескольких коротких предложениях, рубленных с крестьянско-пролетарской прямотой и решительностью. Казалось, создавались сказки двумя авторами — и в этой нарочитой двойственности проявлялась заложенная в них глубина: они были — сама диалектика, сам символ нового сельского мира Немецкой республики.

Выпускающий редактор Фихте пытался было отвоевать для новорожденной рубрики место на первой полосе, среди статей о международном положении, но потерпел поражение и из-за этого рассорился на полтора дня с главным редактором Вундтом. Скоро, однако, сошлись — решили единодушно: ходатайствовать в Москве об издании талантливых сказок отдельной книгой. За то и выпили мировую — четвертинку вонючего штинкуса.

"*Wolga Kurier*" регулярно доставлялся и в гнадентальский сельсовет. Один экземпляр Гофман вывешивал на рыночной площади (клеил к стволу самого толстого карагача), второй отдавал в избу-читальню, недавно открытую в покинутом доме кузнеца Бенца, а третий оставлял себе. Гнадентальцы к прессе относились настороженно, однако полностью не отвергали — почитывали. Нередко замечал Гофман у карагачей скопление людей, подходил разведать — что читают? чем интересуются? — но при его появлении толпа неизменно редела и через пару минут будто полностью растворялась в воздухе: на нового начальника в колонии смотрели с недоверием и тревогой. А как иначе?

— И ведь нюхает всё, нюхает! Словно и не человек вовсе, а зверь какой! — жаловался художник Антон Фромм односельчанам, собравшимся у крыльца председателя Дитриха для обмена новостями. — Говорю: зачем, товарищ Гофман, ты краски мои нюхаешь? А он мне: хочу все о тебе знать, до самых что ни на есть подробностей, уж больно ты интересный человек. Так может, говорю, тебе валенки мои дать понюхать, они в конце зимы как раз самые духовитые. Смеется, дьявол его дери. Отвернулся я кисти прополоскать, а он пальцем в банку с краской — раз! И палец тот в рот себе — два! Губами пришлепывает, словно меду попробовал, и даже не морщится…

— Вот вам и рейхсдойч! — сокрушенно тряс малахаем отощавший за голодные годы Бёлль-без-Усов. — Из самой Германии человек приехал, а дури в нем — словно в соседней колонии вырос. Нам-то эта заграничная дурь зачем?

— Немного дерьма — никогда не помешает, — философически подвел итог разговора Дитрих.

С этим было не поспорить — и колонисты разошлись по домам, озабоченно покачивая головами и попыхивая трубками, которые за отсутствием достойного табака научились набивать смесью зверобоя, чабреца, шалфея и лакричника.

Они не знали: в широкой Гофмановой душе уже живет частичка каждого гнадентальца — как свое ощущал он и тело любого колониста, и его хозяйство, и дом, и даже разбитую осенней грязью пару деревянных башмаков-кломпов. Гофман страдал, когда верзила Дюрер мучился левым ухом, когда у свинокола Гауфа пала от сапа нестарая еще каурая лошадь, когда мамаша Коль убивалась прилюдно по своему умершему от чахотки сыну, — словно и больное ухо, и палый скот, и разбитое горем сердце были его собственные. Только так — ощущая других как часть себя, проникая в них и становясь ими — мог он вытащить их из той дремучести и мрака, из той грязной угольной кучи, где они до сих пор прозябали.

15

А написанное сбывалось.

Бах заподозрил это весной двадцать шестого, когда принес в сельсовет "Историю барабанщика" — сотую сказку, созданную для Гофмана. Незамысловатый учет вел сам, ногтем выцарапывая названия на бревенчатых стенах в комнате Клары — там, где еще оставалось место. Можно было считать и на бумаге — благо ее в последнее время хватало, — но своей рукою вписывать строки в дневник любимой женщины было гораздо трогательнее. И потому бревна под потолком, до которых когда-то не дотянулась хрупкая Клара, теперь были покрыты бледными надписями: "Три пряхи", "Семеро братьев", "Двенадцать охотников", "Каменные звери", "Девушка-безручка", "Ржавый человек", "Живая вода", "Стеклянная рыба", "Свиное сердце"...

Сто сказок. Сто ночных жизней Баха. Сто сюжетов, превращенных лихим карандашом Гофмана в историю борьбы трудового народа с угнетателями, вредителями и прочими классовыми врагами. Сто публикаций в "*Wolga Kurier*" за подписью селькора Гобаха — скромного труженика пера, таинственного героя фольклорного фронта Немецкой республики.

Бах давно понял, какие именно сказки ждет от него Гофман. Истории религиозного характера — про Деву Марию, апостолов и святых — были под строгим запретом; сюжеты мистического свойства — о колдунах, ведуньях, магических предметах, единорогах и мертвых рыцарях — также особым спросом не пользовались; а вот рассказы о простых людях — ткачах, сапожниках, рыбаках, крестьянах, старых и молодых солдатах — нужны были всегда. Удивительным образом требовались и ведьмы, и черти, и лесовики с бесенятами, великаны всех пород и размеров, людоеды с разбойниками: высокую магию Гофман не жаловал, а вот "представителей народных верований" — вполне. "Все твои волшебники с кристаллами да чародеи с жезлами — это все *бывшие* герои, поверь мне, — объяснял он Баху. — Вот пусть про них *бывшие* люди и читают: гимназисточки с офицеришками да дамочки интеллигентские. А народ поймет — про себя да про тех, кого он в амбаре или в лесу соседнем встретить боится". Участие в сказках представителей правящего класса — королей, баронов, ландграфов — тоже приветствовалось, так как обеспечивало любой истории идеологически правильный конец. Желанны были и звериные истории — про трусливых овец, трудолюбивых пчел, беспечных жаворонков, — но подобные сюжеты Бах писал неохотно: воображать себя зайцем или тюленем не умел.

— Барабанщик — это прекрасно! — бормотал Гофман в то утро, сидя на подоконнике и пробегая глазами принесенную Бахом историю.

В последнее время в состоянии возбуждения он уже не метался по избе, научившись обуздывать переполнявшую его энергию. Лицо его, прежде юное и по-девически гладкое, стало по-женски округлым, и оттого возникающие при разговоре морщины смотрелись уже не так устрашающе.

— Символ пробуждения ото сна, призыва к борьбе — не отдельной личности, но больших масс… — Гофман держал исписанные листки у самых глаз и мелко покачивал головой в такт собственным мыслям, словно склевывая невидимым клювом слова и буквы. — Так почему этот символ у тебя ерундой занимается? Почему болтается по Стеклянным горам и Железным лесам в поисках невесты, черт его дери, а не бьется за счастье для своих односельчан? А, Бах? Что тебе стоило озадачить его не любовным интересом, а общественным? И пустить в те же приключения не героем-любовником с барабаном на груди, а сознательным борцом? Мелкобуржуазно это как-то все у тебя получается, по-мещански. Опять полночи переделывать…

За два года соавторства — переписывания за Бахом его длинных многословных текстов — Гофман понемногу перестал бояться карандаша. Почерк его хотя и не стал образцовым, но приобрел некоторую беглость, а слог — определенную гладкость. Иногда Бах про себя называл Гофмана своим *последним учеником*. А как еще назвать человека, год за годом усердно копирующего твои мысли, фразы, обороты и даже пунктуацию?

— Упрямый ты, Бах, как осел из твоей же собственной сказки. Ведь все давно понимаешь, как надо. А пишешь все равно по-своему. Саботируешь…

Конечно, Бах понимал. Он внимательно читал рубрику “Наш новый фольклор” в каждом пятничном выпуске “*Wolga Kurier*” — и видел, что́ именно и как именно правит в его текстах Гофман. Редактура эта была так простодушна, что сделать ее мог бы любой ученик с “ослиного” ряда шульгауза. Не для того Бах просиживал ночи, чтобы повторять, из истории в историю, счастливые финалы, где бывшего землевладельца (монарха, графа, хозяйничающего в стране великана) свергала толпа разъяренных крестьян, а наивные заблудшие бедняки (башмачники, шахтеры, лесничие) возвращались в лоно праведного труда. Бах желал жить своими историями, а стряпать финалы неплохо получалось и у Гофмана.

— Ладно, не до того сейчас. Разберусь с твоим барабанщиком. — Гофман выудил из кармана мятый клочок бумаги и нацарапал на нем пару строк. — Выписываю тебе два арбуза. За готовую сказку дал бы пяток, а за полуфабрикат — и двух много будет.

С недавних пор он расплачивался за полученные сказки не натуральным продуктом, а расписками: в конце месяца Бах обменивал их на дыни и огурцы, картофель и свеклу, выращенные на общественных полях. Председатель сельсовета Дитрих поинтересовался было, за какие заслуги получает продукцион бывший шульмейстер. “За помощь на пропагандистском фронте”, — строго пояснил Гофман. С тех пор к вопросу более не возвращались.

На улице затрещало что-то, громко и дробно, словно кто-то сыпал в жестяное ведро мелкие камни или сухой горох. Барабан? Бах наклонился к окну, пытаясь рассмотреть, что там происходит, но разросшаяся в палисаднике сирень закрывала улицу.

— Знаешь, Бах, а мне порой кажется — умеешь ты говорить. — Гофман по-кошачьи мягко спрыгнул с подоконника. — Только не хочешь. Со мной — не хочешь. А как вернешься в свою берлогу — раскрываешь губешки и давай болтать с домашними: бу-бу-бу-бу… Так, Бах? Может, мне в гости к тебе наведаться, на правый берег? Там и наболтаемся всласть?

Бах попытался было забрать расписку, но Гофман не отпускал — так и стояли оба, упершись друг в друга грудью и вцепившись пальцами в маленький бумажный квадрат.

— А может, живешь ты вовсе и не на том берегу, а где-нибудь на дне Волги, вместе с рыбами? Может, и сам ты рыба? Оборачиваешься раз в неделю человеком, а остальное время лежишь на дне, плавниками поводишь да над нами посмеиваешься? Может, и тело твое вовсе и не волосами покрыто, а чешуей? А на спине вместо лопаток — жабры? — Гофман оттянул пальцем ворот Баховой тужурки, словно надеялся увидеть под ней чешуйчатую кожу. — Хотел бы я знать: зачем ты приходишь? Зачем вот уж два года сказки мне носишь? Не из-за огурцов же колхозных, право слово. — Дыхание Гофмана — совсем близко, обдувает щеку горячим и влажным. — Нет, здесь — что-то иное. Неужели черти внутри покоя не дают? Сам-то — знаешь?

Бах знал. Анче давно уже обходилась без молока, и он мог бы не носить свои сочинения Гофману, а складывать их в комод или в глубины сундука. Но каждый раз, наблюдая за гнадентальцами, толпившимися на рыночной площади у пятничного номера “*Wolga Kurier*”, Бах чувствовал неодолимое волнение, словно там, на дереве, висел не пахнущий свежей типографской краской листок, а он сам — голый, в дурацком бумажном колпаке. Подходил ближе, прислушивался к разговорам — горло пересыхало, щеки теплели, а пальцы рук, наоборот, холодели и теряли чувствительность. “Ну что там?” — обычно спрашивал кто-нибудь нетерпеливо. “Сегодня — про архитектора и утонувший замок”, — отвечали из глубины толпы, от самых карагачей. “Так читай, не тяни!” — торопили снаружи. И незнакомый голос читал — медленно, чуть спотыкаясь на сложных оборотах и тщательно выговаривая многосоставные слова — Бахову сказку, едва тронутую к концу пером Гофмана. Толпа замолкала. Бах слушал — и ощущал, как внимают его словам люди; как мужчины, женщины и дети — бывшие его ученики и родители его учеников — замирают, обращаясь в слух, а лица их застывают в неподвижности. Когда последние предложения бывали прочитаны, люди еще какое-то время стояли молча. “Дал Бог кому-то талант”, — шептала какая-нибудь женщина. Затем расходились — по-прежнему не говоря ни слова, так и не взглянув на прочие газетные статьи и заголовки. Уходил и Бах — с пылающими щеками и мокрым затылком, боясь поднять глаза. Впрочем, внимания на бывшего шульмейстера уже давно никто не обращал... За этими минутами тишины Бах и ходил в Гнаденталь.

— Ладно, Шиллер кудлатый, держи, — Гофман отпустил наконец расписку. — Некогда мне тут с тобой разговоры вести. В Покровск еду, за кинопередвижкой — чтобы всех полевых тружеников кинематографом снабдить. Так-то!

А барабан все трещал за окном — где-то совсем рядом. Не просто трещал — “стрекотал задорно, словно призывая всех и каждого проснуться и распахнуть глаза навстречу восходящему солнцу” — в точности как было описано в листках, которые торчали сейчас у Гофмана из-за пазухи. Бах сунул в карман расписку и не прощаясь вышел из сельсовета.

Барабанщика уже не застал — веселая дробь звучала на соседней улице. Бах поспешил на удалявшийся звук — через рыночную площадь, мимо украшенной красными стягами кирхи, мимо вновь открывшихся керосиновой и свечной лавок, мимо наново побеленных домов с разноцветными наличниками, — стрекот барабана вел за собой, постепенно стихая и растворяясь в воздухе, куда-то на боковую улицу, затем в проулки, все дальше и дальше... Скоро Бах стоял на границе колхозных полей и озирался растерянно: вокруг никого не было, еле слышная трескотня неслась со всех сторон — не барабанная дробь, а цвирканье кузнечиков. Таинственный барабанщик не то исчез за горизонтом, не то прекратил игру. Совпадение это — услышать звук барабана именно в тот день, когда была написана “История барабанщика”, — показалось забавным. Бах постоял немного, любуясь зазеленевшими нивами (в этом году в Гнадентале вспахали и засеяли все окрестные поля, до последнего), и направился обратно к Волге.

А навстречу ему по изъезженной телегами дороге двигалась колонна: маленькие тракторы, с огненно-красными зубчатыми колесами, деловито тарахтели — волокли куда-то большие бревна. Вероятно, это были те самые механические малыши, о которых писал *“Wolga Kurier”*, — первые советские тракторы, разработанные и выпущенные в Немецкой республике. Бах шагнул на кромку поля и подождал, пока колонна проедет мимо. Стоял, любуясь точными и сильными движениями трактористов, оседлавших железных лошадок, пока не заметил на угловатых боках каждой машины черные буквы — “Карлик”. Сказка, которую Бах принес Гофману на прошлой неделе, имела то же название.

С этого дня они и стали происходить — совпадения. Невероятные, необъяснимые. Совпадения, рассказать о которых он не мог, а если бы мог, то вряд ли осмелился бы, опасаясь обвинений в безумии. Совпадения столь очевидные, что и отрицать их существование он тоже не смел.

Бах писал сказку про двенадцать охотников, обернувшихся юными девами, — и скоро встречал в полях косарей, на первый взгляд казавшихся обычными работниками; подходил ближе — по легкости движений и изящности сложения видел отчетливо, что мужские бумазейные блузы и суконные штаны прикрывают округлые женские тела, и тел этих — ровным счетом двенадцать. “Что, шульмейстер, подсобить нам пришли? — весело кричала ему одна из колхозниц, посверкивая улыбкой из-под козырька кепки. — Или рука ваша только указку с линейкой держать умеет?”

Писал сказку про водяного кузнеца, кующего плуги и подковы, стоя по пояс в воде, — и через пару дней в Гнаденталь возвращалась из многолетних скитаний семья кузнеца Бенца, которого давно уже считали пропавшим где-нибудь в зарослях американских прерий или джунглях Амазонки. Причем прибыли Бенцы не пешком по степи, как прочие возвращенцы, а по воде, на попутной барке.

Писал про двух больших осетров, ежегодно приплывающих в гости к двум отшельникам, — и в крылёны местных рыбаков неожиданно заходили рыбы неслыханных размеров: головы их были размером с лошадиные, а пластины чешуи — с детскую ладонь.

Писал про гномов, кующих золото аккурат под хлебными полями, так что часть того золота брызжет из-под земли и оборачивается пшеницей и рожью, — и колосья на гнадентальских нивах золотились щедро, как никогда, обещая невиданный доселе хлеборoccur. Бах задумал было проверить, не завелись ли в гнадентальских полях настоящие гномы, и для того приехал однажды на левый берег ночью, с лопатой и фонарем, но был прогнан бдительным пионерским патрулем, что охранял урожай от воров и вредителей.

Нет, поначалу он и сам отказывался верить. Не мог его карандаш — короткий, с обгрызенным в ночных бдениях кончиком — обладать столь могущественной силой. Конечно, Бах и раньше замечал, что гнадентальская жизнь частично возродилась: веселее глянули отремонтированные и тщательно выбеленные дома; ухоженные поля и огороды зазеленели, как и прежде, а лица жителей — округлились и зарумянились (даже увядшие было округлости Арбузной Эми налились упругой силой, суля неплохой урожай бахчевых). Колония вновь наполнилась песнями (пусть нынче было среди них и много новых, революционных) и веселыми детскими криками (пусть теперь дети восклицали не “Эге-гей, киргизы идут!”, а “Будь готов!” и “Да здравствует!..”); стада коз и овечьи отары вновь побежали по степи (пусть и звались они уже *колхозными*), заревели верблюдицы и заржали кобылицы (уже не во дворах колонистов, а в загонах *зверoccupied*), забили крыльями гуси и утки в общественных *птицехозяйствах*. Недаром весь прошлый год наезжали в Гнаденталь заграничные гости — делегации рабочих, учителей и коммунистических активистов из Германии — восхищаться успехами цветущей колонии; недаром хлынули в Немецкую республику потоки рейхсдойчей — ремесленники и крестьяне, фабричные рабочие и шахтеры, инженеры и даже актеры ехали в молодую и сильную Советскую Россию из Старого Света, чтобы обосноваться здесь и обрести новую родину; так что и год тот, тысяча девятьсот двадцать пятый, Бах назвал про себя — *Годом Гостей*. Однако приписать все эти изменения воздействию собственного куцего грифеля Бах не осмеливался. Теперь же, наблюдая за происходящим вокруг, в смятении задавался вопросом: неужели все это — дело его рук? Результат бессонных ночей у свечной лампы?

Решив проверить безумную догадку, отправился на сельский сход (который теперь было принято называть *колхозным собранием*) — посмотреть разом на всех односельчан, послушать их разговоры: а что сами гнадентальцы думают о новой жизни?

Первым, кого Бах увидел, был таинственный барабанщик, ускользнувший недавно от его взгляда. Он стоял у подножия трибуны, был юн и тонок телом, высок и прям; на груди его трепыхался алый галстук (позже Бах узнал, что дети с такими галстуками зовутся *пионеры*); палочки в длинных руках барабанщика мелькали быстро и оттого почти растворялись в воздухе, а выбиваемая ими дробь была так трепетна, что походила на стон. Под эту дробь слетались к нему другие пионеры, еще более юные, еще более тонкие; ровным полукругом они окружали трибуну, на которой стояли растроганные выступающие. И было тех пионеров ровным счетом семь, как в недавней Баховой сказке про семерых ушедших из отчего дома братьев.

Сначала наградили почетными грамотами кустарную артель, состоящую из трех старых прях: одна имела нижнюю губу размером с подошву, свисавшую до подбородка от постоянного смачивания слюной кудели; вторая — ступню широкую, как каравай, от стучания по прялочной педали; третья — палец толстый, как зрелая морковина, от сучения ниток. Выглядели славные советские труженицы в точности, как описывал Бах в одной своей сказке.

Далее заслушали доклад активиста из Покровска, за пару лет сделавшего стремительную карьеру от простого портного до зам главы парткома (и в мелком пронырливом мужичонке Бах тотчас узнал Сметливого Портняжку из другой своей сказки).

Под конец подвергли суровой общественной критике нерадивого работника птицефермы, по чьей милости колхоз потерял несколько гусей; выступающие так и ругали простофилю в лицо — Глупым Гансом.

Сомнений быть не могло: написанное — сбывалось. Начертанное карандашом Баха на дрянной волокнистой бумаге — происходило в Гнадентале. Иногда напрямую воплощаясь в реальность, иногда лишь мимолетно отражаясь в ней — но происходило непременно, неминуемо. И жизнь предъявляла новые тому доказательства.

Стоило Баху сочинить легенду о волшебных вишнях, охраняемых заклинанием от червей и сухоты, — и вишневые деревья в гнадентальских садах ломились от обилия и тяжести ягод, а каждая ягода была размером с доброе яблоко.

Стоило написать про бобовый росток, доросший до неба, — и огороды в Гнадентале распирало от внезапного буйства зелени: турецкий горох и персидский огурец, кунжут, репа, сурепица и лен, чечевица, подсолнух и картофельная ботва — все выстреливало из земли с поразительной мощью, грозя не то достигнуть размера деревьев, а не то и правда упереться в облака.

Стоило рассказать о найденном бедняками разбойничьем кладе драгоценных камней — и бахчи вздувались от обилия плодов: гигантские изумрудные тела арбузов разбухали, лопаясь на жаре и предъявляя свое рубиновое нутро; громоздившиеся одна поверх другой дыни блистали на солнце ослепительно, напоминая одновременно и огромные топазы, и слитки необработанного золота…

Этот удивительный год, тысяча девятьсот двадцать шестой, можно было назвать только *Годом Небывалого Урожая* — и никак иначе. Именно так Бах его и назвал.

О, что это был за год! Рожала земля — щедро, невиданно. Рожали овцы и кобылицы, коровы и козы. Рожали женщины. Трещала яичная скорлупа, выпуская в мир цыплят и утят без счета. Со звоном лопалось на пашнях зерно, выпуская на свет зеленые колосья. Молоко набухало в сосках — человечьих, верблюжьих, свиных — и бежало на землю, удобряя ее. Земля вскипала ростками и питала матерей, вновь наполняя их груди и вымени жирным молоком.

Это белое молоко струилось в сепараторы, превращаясь в горы сливочного масла и сметанные реки. Белые овечьи отары текли по лугам на колхозные бойни — стать мясом и шерстью. Белые куры, гуси, индюки текли нескончаемым потоком по дворам птицеферм. Сияли белым халаты ясельных нянечек и медицинских сестер, улыбки звероводов и трактористов, агрономов и доярок, улыбки всех колонистов. А натруженные руки их — сотни и сотни рук — взмахивали косами и серпами, рубили лопатами и топорами, взмывали вверх, голосуя на собраниях: да! да! да! И шуршал колосящимися нивами ветер: да! И звенели по упругой траве дожди: да! И соглашаясь, вторила Волга — каждым ударом волны о берег: да! да! да!..

Никто — ни говорливый Гофман, ни дебелый Дитрих, ни прочие селяне — никто не знал об истинных причинах этого плодородия. И никто не знал, чего стоило Баху это жаркое лето. Едва осознав, что написанные им строки могут воздействовать на реальную жизнь, он стал писать с небывалой пылкостью, иногда — по две сказки за ночь. Выискивал в памяти все самое *богатое, спелое, урожайное* — и выплескивал на бумагу: великаны пасли бескрайние стада овец, носили на плечах амбары с зерном, мололи горы муки; черти строили по ночам мосты и дамбы, заставляли плуги пахать без лошадей и открывали крестьянам секреты грядущей жатвы; деревья покрывались плодами, вкусив которые, счастливцы могли познать бессмертие…

Когда в июне солнце жарило чересчур яростно, Бах писал про исполинов, силачей, безустанных косарей — и гнадентальцы успели закончить покос до того, как жара выжгла степь. Когда в июле земля слишком долго оставалась сухой и стала покрываться мелкими трещинами, Бах писал про ливни, реки и подводные царства — скоро пришли дожди. Когда в августе те дожди затопили поля и грозили убить урожай, Бах писал про огонь и золото — ливни закончились, а солнце вновь засияло над колонией.

Ничего не оставлял Бах на волю случая. Знал: каждая фраза, каждое сравнение и каждый поворот сюжета — сбудутся. Потому писал тщательно, кропотливо подбирая слова и выискивая самые звонкие эпитеты, самые яркие метафоры. Пшеничные колосья в его сказках не просто "желтели", а "наливались ярким золотом — столь обильным и щедрым, что золото это не под силу унести даже самому сильному человеку земли"; яблоки не просто "краснели", а "рдели и набухали медом, ткни — и брызнет!"; сазаны и стерляди не "ловились", а "заходили в сеть могучими косяками, будто была Волга не рекой, а настоящим океаном"; куры не "неслись", а "метали яйца, как рыба — икру"; цыплята не "вылуплялись", а "выскакивали из тех яиц сотнями и тысячами"; картофель не "вырастал", а "вспучивался огромными клубнями"; подсолнухи "вымахивали размером с тележное колесо"; и даже простая, мучнистая на вкус волжская кукуруза не "вызревала", а "сияла ослепительно-желтым, освещая все окрестные поля, словно в каждом початке сидело по мощной электрической лампочке".

Бах не щадил бумаги. Не щадил времени и сил. Не щадил себя. Он устал за это лето так, словно возделывал сам каждый аршин гнадентальской земли и каждый уголок сада, сам ходил по пастбищам за каждой отарой и сам тянул из Волги каждую рыболовную сеть. В Гнаденталь ездил ежедневно: едва окончив свежий текст, мчался через Волгу — проверить всходы пшеницы и ржи, подсолнечника и кукурузы, убедиться в сочности скошенного сена, справиться о привесах молодняка на звероферме, оценить яйценоскость кур и рыбный улов.

Гофман, удивленный его неожиданной прытью, только посмеивался да строчил расписки: на огурцы и репу, горох и брюкву, капусту и овес. Баха тот смех не трогал вовсе: Гофман, наивная душа, не понимал, над кем смеется. Главным было — не признание. Бах смотрел на заголовки в "*Wolga Kurier*" — и ощущал, как теплеет грудь, а горло сжимается сильным и трогательным чувством: весь этот обильный урожай и щедрый приплод, успехи трудовых артелей и молодого гнадентальского колхоза, вся эта новая и богатая жизнь писалась Бахом не для Гофмана и гнадентальцев, а для одной лишь Анче — ей предстояло жить в новой жизни, когда Баха не станет. Этот созданный его стараниями мир — плодородный, сытый и потому добрый — он был готов оставить ей в наследство после собственного ухода.

А Гофман, кажется, верил, что изменения в Гнадентале создаются его усилиями. Он метался по колонии и окрестностям с таким вдохновенным лицом, словно только по его покрикиваниям и взмахам рук вершилась эта славная жизнь. Порой он напоминал Баху безумного муравья, одержимого идеей строительства: за два года под началом Гофмана было возведено, отремонтировано и переделано под нужды социалистического быта небывалое количество строений.

Изба-читальня. Клуб (с уголками: политическим, военным, аграрным и даже культурным, где имелись астролябия, подзорная труба и старый граммофон с дюжиной пластинок — наследство канувшего в лету мукомола Вагнера). Школа, детский сад, ясли (везде — агитация, портреты вождей, красная и черная доски со сводками урожая). Гостиница для многочисленных визитеров (с отдельными номерами для гостей особо высокого ранга и иностранных делегаций). Общежитие для иностранцев, переселившихся в Гнаденталь на постоянное место жительства (а таковых было ни много ни мало целых два десятка человек). Санчасть. Колхозное управление. Машинно-тракторная станция (внутри — все тот же старина "Фордзон" и пяток новеньких "Карликов"). Звероферма, птицеферма, агросклад. Общественные конюшни и свинарни. Дом колхозника, дом рыбака. Три домика на колесах для косарей и хлебопашцев. Два — для передвижных птичников.

Пожалуй, одна только каменная кирха оставалась до сих пор не приспособленной для полезных целей. Руководитель гнадентальской пионерии молодой активист Дюрер предлагал отдать ее под склад или конюшню, но тонкая душа Гофмана противилась этой правильной по сути, хотя и несколько варварской мысли. Нет, для величественного церковного здания Гофман придумал иное применение. “Детский дом! — возбужденно кричал он Баху в приступе откровения, кружа по сельсовету. — Не какой-нибудь там, а огромный, на сто коек! Имени Третьего Интернационала! Чтобы всех беспризорников по Волге собрать — и сюда, к нам!” Однако сбыться этой мечте было не суждено: кирха не имела отопления и зимой промерзала насквозь. Выстроить же под детский дом отдельное здание запретил обком — в Покровске один приют уже имелся.

Гофман принимал участие в каждой стройке и в каждом ремонте. Кричал на каждого строителя (“Ты как кирпич кладешь, иуда?! Стройнее клади, красивее, прекраснее!”), на каждого плотника (“Чтобы рожу твою перекосило, как этот косяк! Что значит “куры не заметят”?! Курам оно, может, и без разницы, а вот оскорблять халтурой взоры советских птичниц — не позволю!”). Кричал на художника Фромма (“Почему на агитации галстуки у пионеров рыжие, как жухлая морковь? Огнем должны гореть — чтобы глазу больно было глянуть!”). Кричал на председателя Дитриха (“Да к чертям она катись, ваша воскресная ярмарка! Нам ясли нужно открывать, а не петрушкой торговать! Всех баб — на воскресник! Увижу кого на площади с товаром — самолично весь товар экспроприирую и пионерам скормлю!”).

Гнадентальцы постепенно привыкали к чудаковатости партийного руководства: “Хоть и шальной, а все ж пользы больше, чем вреда". И только Бах знал: чего бы стоили все эти новые срубы, крыши, саманные стены — без богатого урожая и радости тех, кто этот урожай собирает, без их веры и их желания? Ничего бы не стоили — так и стояли бы пустыми, как год-два назад. Потому что Гофман строил — мертвое. А Бах вдыхал в это мертвое — жизнь.

Иногда Баху казалось, что Гофман догадывается о своем второстепенном положении, иначе отчего бы тот с таким нетерпением ждал новых сказок? Критиковал, ворчал на недостаточность идеологического посыла, грозился самому начать писать — и каждый раз жадно выхватывал у Баха листки, торопливо бежал глазами по строчкам, словно заглатывал текст. Позже, когда сказка появлялась в газете — заботливо вырезал и вклеивал в большой, основательно разбухший за два года гроссбух (на первых страницах желтели рукописные листки с первыми этнографическими заметками Баха, а на последующих — вырезки рубрики "Наш новый фольклор").

По указанию Гофмана сказки из гроссбуха читались вслух — "для обеспечения культурного досуга сельских тружеников" — на еженедельных собраниях в избе-читальне, перед танцевальными вечеринками молодежи, ночами на сенокосе и уборке урожая. Сказки читались — "для должного воспитания подрастающего поколения" — в детском саду и школе; служили текстами диктантов и изложений, материалом для детских инсценировок и пионерских спектаклей в местном клубе. Сказки были основой политической агитации: художник Фромм честно рисовал полюбившиеся сюжеты ("Коммунист убивает последнего черта на советской земле", "Гномы вступают в пионерский отряд", "Великаны помогают колхозникам собирать урожай",

“Пионеры судят лесную ведьму”) на сундуках, полках для посуды, рамах для портретов коммунистических вождей, настенных панно, комодах, скворечниках, ящиках для обуви — и был загружен заказами из окрестных колоний на полгода вперед.

Сказки Баха читались даже в гнадентальских яслях. Их открыли недавно в бывшем “дворце” мукомола Вагнера, чтобы отпустить селянок на полевые работы. Дом ремонтировали всей колонией на общественных воскресниках (злые языки говаривали, что воскресники эти Гофман устраивал с иной целью — отвадить гнадентальцев от тайных церковных служб, которые, по слухам, пастор Гендель устраивал то у себя на дому, то на квартирах несознательных и сочувствующих, то и вовсе на местном кладбище). Как бы то ни было, разоренный некогда “дворец” опять сверкал крашенным желтой краской кирпичом и рыжей черепицей, а обвивающие его крыльцо чугунные цветы сияли, как серебряные. И комнаты были вновь украшены гипсовыми фигурами — уже не полуобнаженных девиц и юношей в томных позах, а маленьких детей с пионерскими галстуками на шеях (их недавно приноровились отливать на посудной фабрике в соседнем Марксштадте).

Пионерский вожак Дюрер считал, что в столь роскошном здании должен располагаться гораздо более серьезный институт, чем ясли, — библиотека, музей или, на худой конец, клуб. Гофман, однако, стоял на своем: “Что может быть серьезнее воспитания советских детей? Тем более что будет этих детей в Гнадентале с каждым годом все больше! Нам для них жизни не жалко, не то что какого-то дома!” В тот же день во “дворец” внесли два десятка детских кроваток, изготовленных местными плотниками и расписанных Фроммом; по стенам развесили созданные Фроммом же деревянные панно со сказочными сюжетами и многочисленные фотографические портреты значимых взрослых, от Карла Маркса и Фридриха Энгельса до Карла Либкнехта и Розы Люксембург; а Гофман лично прошелся по всем дворам в Гнадентале, агитируя за счастливое ясельное детство.

Два десятка белокурых чумазых ангелочков, от года и до трех, каждое утро стояли теперь у чугунного крыльца и махали пухлыми ладошками уходящим в поле матерям. Бах часто наблюдал эту картину по пути в сельсовет, к Гофману. Позже, направляясь обратно к Волге, вновь шел мимо вагнеровского дома — и видел детей, уже играющих с нянечками или слушающих сказки. Его сказки.

Круглощекие малыши, удивительным образом народившиеся в самые голодные и смутные годы Немецкой республики, — маленькие Ленче, Амальче, Гензельче и Гретче — сидели на низеньких лавках вокруг крыльца и внимали словам, которые пару ночей назад вышли из-под руки Баха. Некоторые еще не умели говорить, но слушать умели все. Пожилая нянька в белом халате (вдова Кох, уже старая для работы в поле) читала с выражением, то возвышая сиплый голос, то снижая до шепота, то вскидывая брови, а то грозя пальцем, — и детские головки покачивались в такт ее речи, мимике и жестам. Иногда Баху казалось, что там, среди маленьких кудрявых затылков, белеет и головка Анче.

Конечно, ее место было здесь — среди детей. Не на темном хуторе, где в одиночестве бегала она по пыльному дому, в ожидании Баха прислушиваясь к каждому шороху за плотно запертой дверью, а здесь — среди детского лепета, игр, возни друг с другом, ссор и примирений, добродушного ворчания нянек; среди игрушек, светлых крашеных стен, ярких картин и фотографий. Ее место было — среди людей. Ее место было — там, где звучат его сказки.

Впервые осознав это, Бах две недели не показывался в Гнадентале. Только чувство долга заставило его вновь появиться в сельсовете: без Баховых сказок гнадентальцы вряд ли завершили бы сбор небывалого урожая. Проходил мимо дома Вагнера быстрым шагом, стараясь не глядеть на малышню у крыльца и отгоняя крамольную мысль; однако ясельная жизнь была громкая и бурная: крики, плач, визг, вопли, песни, стихи, речёвки — не замечать все это было невозможно. Как невозможно было и помыслить о том, чтобы передать маленькую Анче в костлявые руки вдовы Кох, — пусть на несколько мгновений, не говоря уже о минутах и часах.

Решил найти доказательства тому, что ясельная жизнь нехороша и даже дурна для ребенка, — стал наблюдать за домом Вагнера пристальней. Однако доказательства не находились: кормили детей сытно, совместные игры были веселы, а занятия толковы; вдова Кох и ее напарницы были строги, но не более, чем требовалось: не били детей линейками по ладоням и не ставили на горох в угол (да и линеек тех в яслях не водилось, а горох если и использовался, то исключительно для супа).

Вообразил вдруг, что сможет обучить Анче речи и без людей. Ночью пробрался в культурный уголок и выкрал граммофон с пластинками (на одних были записаны стихи Гёте в исполнении артистов Берлинского драматического театра, на других — разухабистые песенки, больше подходящие для кабаре). Анче слушала стихи и песни охотно, подвывала мелодиям, но еще охотнее просто любовалась игрой света на крутящихся шеллаковых дисках или баловалась: клала на край пластинки муравья (из тех, что в изобилии водились под кухонным столом) и наблюдала, как он суматошно носится взад-вперед, потеряв ориентацию. Педагогический эксперимент не удался. Бах хотел было вернуть украденное имущество, но за прошедшие дни Гофман успел привезти из Саратова новый граммофон.

И вновь Баха потянуло к яслям — наблюдать за чужими детьми. В начале зимы понял, что знает всех малышей в лицо. К Рождеству — что знает их по именам. В начале весны — что дети, пришедшие в ясли бессловесными, уже начали говорить.

Летом ясельная группа пополнилась новой малышней, чьи матери уходили трудиться в поле. Заметив это, Бах провел два дня без еды: не мог проглотить ни куска хлеба, ни ложки похлебки, так одолевали его разные мысли. Писать в эти дни также не мог. Сидел во дворе, глядя на молчаливо игравшую рядом трехлетнюю Анче. Сидел у могильного камня Клары. Сидел у стола, освещенного желтым светом лампы, выводя на бумаге вместо слов бессмысленные закорючки.

К утру третьего дня все решил. Не умея дождаться, пока Анче проснется, потормошил тихонько, прижал к себе. Усадил ничего не понимавшую со сна девочку на стул, тщательно расчесал спутанные волосы, заплел в косички — впервые уложил кренделями, как делала когда-то Клара. Затем поднял на руки и понес к Волге. Анче стала было сопротивляться — хотела шагать сама, — пресек капризы строгим рыком.

Донес ребенка до лодки, усадил на банку. Толкнулся ногой от камня и взялся за весла. Греб через силу: тянул на себя тяжелые весельные ручки — взмах! еще взмах! — и чувствовал, как холодеют внутренности — не то из-за разлитой по реке утренней прохлады, не то от страха. На Анче не смотрел — боялся передумать.

А она не смотрела на Баха. Широко распахнутые глаза ее блуждали по водной глади, по удалявшемуся правому берегу и приближающемуся левому. Она впервые плыла в лодке — впервые качалась по волнам, впервые ощущала под собой течение и мощь большой реки. Вода колыхалась рядом — прозрачно-зеленая, густая. В глубине мелькало что-то: камни? водоросли? рыбьи спины?

Анче легла грудью на борт и опустила руку в воду — тяжелые теплые брызги ударили в ладонь, заструились меж пальцев, здороваясь. Горло свело судорогой восторга. Анче опустила руку еще глубже — до запястья, до локтя. Затем вздохнула глубоко, улыбнулась, зажмурилась — и, не умея преодолеть растущей в теле радости, оттолкнулась ногами от днища ялика и кувырнулась в Волгу.

16

Литерный поезд пропал — как не было. За короткую июльскую ночь тысяча девятьсот двадцать седьмого года пролетел по освобожденным от всех прочих составов путям более восьми сотен верст — от туапсинского вокзала до границы Воронежской губернии — и пропал.

Все еще мчал по рельсам контрольный локомотив, прокладывающий дорогу в нескольких верстах впереди. Его провожали сонными взглядами солдаты охранных рот, рассыпанные вдоль путей на подъездах к станциям, поворачивали бритые головы, тянули шеи — ждали основной состав: два мощных локомотива в сцепке, за ними паратройка неотличимых друг от друга бронированных вагонов, в одном из которых спрятано *оно* — кто-то или что-то особо ценное для правительства и страны в целом. Состава не было. Озадаченные начальники станций — сначала Бодеева, затем Давыдовки, Аношкина — лихорадочно крутили телефонные диски, испуганно кричали в трубки: “Нету!

Нету его, литерного!" — утирали взопревшие загривки и матерились.

На узловую станцию Лиски — последнюю, где состав был замечен, — срочно прибыл наряд ОГПУ. Ответственные сотрудники, исключив все причины мистического свойства, сделали единственно возможный вывод: по каким-то причинам литерный оторвался от ведущего локомотива и ушел на восток, по рукаву на Пензу. Данные с мест поступали противоречивые. Станция Таловая рапортовала об отсутствии происшествий, в то время как путевой обходчик Горюнин с расположенной неподалеку Чиглы клялся, что нынче утром едва успел соскочить с путей на обочину, пропуская невесть откуда вылетевший состав: два локомотива, пристегнутые один за другим, цугом, мчались на огромной скорости и дышали не белым, но черным паром; вагоны без окон блистали на солнце так ярко, что и не разглядишь, из какого металла сделаны; колеса не касались рельс. В донесении так и было написано: "Летел по воздуху". Как доказательство Горюнин предъявлял ссадины, полученные при падении в кювет.

К полудню, когда войска ОГПУ всех станций пензенского направления уже были приведены в боевую готовность, в Кремль пришло телеграфное сообщение: "Суету отставить. Скоро буду". Подпись стояла *его* — того самого, кто ехал в одном из неотличимых друг от друга бронированных вагонов. Видимо, ехал все дальше и дальше на восток: пришло сообщение из Балашова, уже Саратовской губернии. Больше — никаких вестей.

…*Он* стоял в кабине машиниста и курил, выпуская дым в открытое окно. Дым мешался с клубами пара, летящими от носа локомотива. По обеим сторонам от бегущего состава стелились зеленые поля, на горизонте слегка сморщенные пологими холмами. Жаркий ветер трепал волосы. *Он* и сам толком не мог бы объяснить свою прихоть: когда въехали в уютные леса Воронежской губернии, так похожие на подмосковные, и до столицы оставалось всего полдня ходу, вдруг почувствовал, что *ему* необходимо больше времени — не то додумать какую-то важную мысль, не то принять какое-то решение. Выпасть из времени *он* не мог, а сбежать из привычного пространства — вполне. И *он* сбежал: по внутреннему телефону отдал машинисту приказ остановиться на первом же разъезде и вручную перевести стрелки, как можно быстрее оторваться от ведущего локомотива. Начальник охраны пытался было протестовать — тщетно.

Когда у очередной колонки дозаправлялись водой — *он* перебрался в головной паровоз. Ни одного сопровождающего офицера не допустил с собой в кабину; больше того, попросил всех "лишних" пересесть назад: и инженера-инструктора, и второго машиниста, и сменного кочегара. Так и покатили дальше: в первом локомотиве — один машинист, один кочегар-ударник и *он*, будущий вождь. Все остальные — следом, в прицепе.

Будущим вождем называл себя сам — изредка, словно примериваясь. Выражение это не любил: в нем было слишком много неопределенности, какой-то необязательности, оно пахло сомнением или невыполненным обещанием. Но делать было нечего: вождем истинным *он* все еще не стал. После смерти старого вождя, три года назад, осталось немало претендентов на роль преемника, и все они до сих пор толкались там, у руля управления, не желая уступить и не умея договориться. Они сражались яростно, доказывая друг другу и обществу кровную преданность идеям ушедшего вождя, право единственно верно толковать его слова и быть наследниками во власти. Орудиями в битве бывших апостолов служили цитаты из трудов вождя, его статей и писем, постепенно приобретавших статус священных.

Он умел вести войну — не биться с открытым забралом, оголтело и глупо, как делали особо неистовые, а тихо плести паутину, просчитывать ходы, выжидать, чтобы в удачный момент сделать короткий разящий выпад. Сейчас *он* вынужден был выехать в Москву, прервав отпуск — не успев насытиться родным горным солнцем, не долежав в целебных мацестинских ваннах, благотворных для его ревматизма и застарелого, привезенного из туруханской ссылки туберкулеза, — чтобы вступить в очередную схватку с соратниками, заметно оживившимися за время его отсутствия. Чего-то не хватало *ему* для окончательной победы. Какого-то главного и последнего понимания? Внутреннего рывка, который вывел бы за привычную орбиту и вознес над остальными? Счастливого случая, изящной рифмы судьбы? Возможно, *ему* просто недоставало масштаба.

Душевный размах, способность парить мыслью широко и свободно *он* вовсе не считал достоинствами. Когда-то казалось, *он* умеет взглянуть на мир с высоты аэроплана, но со временем стал сомневаться в необходимости подобных воспарений — они означали отрыв от земли и в перспективе неизбежно вели к утрате связи с ней. Витающие в высоких сферах философы и поэты редко становились настоящими правителями, а настоящие правители, в свою очередь, чаще всего оказывались дрянными поэтами. Потому сегодня *он* лишь усмехался в ответ на упреки в "мелководности" и главным орудием своим избрал ограничение: построение социализма в одной отдельно взятой стране требовало возведения надежных, непроницаемых для враждебного окружения рубежей. Умение проводить четкую грань — между мнениями, людьми, общественными группами — *он* полагал одним из главных своих талантов. Но именно этот талант, казалось, якорем держал сейчас и мешал. Мешал ощутить беспокойную и пеструю свору соратников, все эти *левые*, *новые* и прочие оппозиции, как единое целое и, оттолкнувшись от этого целого, взлететь над ним, чтобы одержать победу.

— Направо пойдем, к Саратову, или левей — до Пензы? — обыденно спросил машинист, когда впереди обозначилась очередная развилка.

— Направо, — усмехнулся *он*. — Кому куда, а нам — только направо.

— Там через Волгу-то моста нету. До Саратова дойдем, а уж затем — как Бог даст.

— Вот и посмотрим, что он нам там даст, твой бог.

Моста у Саратова и правда не было. Зато была паровозная переправа. Ошалевший от неожиданного правительственного наскока и одуревший от вечерней духоты начальник станции лично руководил перемещением состава через Волгу.

Сползли по ряжевым путям к береговой кромке, забрались на массивную посудину парома. Разбивать короткий литерный состав на части не пришлось — он уместился на платформе полностью. Когда паромное судно слегка осело под тяжестью двух локомотивов и трех бронированных вагонов, а сами вагоны замерли, крепко прижатые к рельсам чугунными башмаками, станционный начальник сиплым от волнения голосом хотел было скомандовать "Давай!" — но лишь захрипел, закашлялся; сдернул с головы полотняную фуражку и отчаянно замахал ею, подавая знак капитану. Тут же отчалили.

Он не спеша спустился из кабины машиниста, прошел по дышавшей жаром палубе — мимо высыпавших полюбоваться на реку инженеров и кочегаров, мимо начальника охраны, чья и без того унылая физиономия по мере отдаления от Москвы становилась все более скорбной, — и поднялся на капитанский мостик. Оттуда наблюдать за происходящим было приятнее.

Паром медленно шел через Волгу. Солнце стекало по небосклону в оранжевые и алые облака на горизонте, куда-то за темно-лиловые холмы. Закат разливался по реке и покрывал ее плотно, как нефть. Казалось: идут не по воде, а по раскаленной лаве. *Он* смотрел на широкую ленивую реку — русские привыкли считать ее своей великой и главной, но его быстрое сердце эта полусонная красота не трогала вовсе — и размышлял о том, кто счастливее в своей профессии: машинист или капитан парома. Один навеки принадлежит проложенным кем-то рельсам; каждая минута, каждая пройденная верста дарит новые зрелища, но отклониться с предначертанного маршрута не дано — ни на вершок, ни вправо, ни влево, не говоря уже об изменении плоскости движения. Другой волен поворачивать ведóмое им судно; при желании может даже выкинуть фортель и, к примеру, описать на водной глади круг или восьмерку; но как бы то ни было — и он приговорен всегда курсировать между двумя заданными точками, всегда наблюдать один и тот же пейзаж и неизменно возвращаться к исходной… Пожалуй, что оба — несчастны. Самого себя *он* не относил ни к машинистам, ни к капитанам поперечного плавания (как на Волге в шутку называют паромщиков). Будь *он* моложе лет на тридцать, из этих размышлений могли бы сложиться неплохие стихи.

К ночи оказались на той стороне. Луны в небе не было, и звезд тоже. Впереди, в густой и душной темноте, угадывалась огромная пустая равнина, бесконечная даль. “Вот она,

Азия…” — почему-то глубокомысленно заметил машинист, хотя учебники географии предписывали Азии начинаться семью сотнями верст дальше, у берегов Каспия. Впрочем, местные просторы были так широки, что несколько сотен километров не имели здесь особого значения.

Машинист, опасавшийся идти по незнакомому маршруту в непроглядную темень, попросил дождаться рассвета. *Он* согласился. Ночь провел без сна: все думал, крутился беспокойно на чересчур мягком матраце, то и дело заворачиваясь в одеяло, как в кокон, и путаясь в нем; под утро устал от мыслей, едва дождался зари. Поднялся, превозмогая ломоту в мышцах и тяжесть в голове — последствия бессонницы; раздернул занавески, выглянул в окно — и тотчас забыл и о головной боли, и о ноющем теле.

Табун крошечных степных лошадок, преодолевая робость, осторожно приближался к стоявшему неподвижно составу. Низкорослые — чуть повыше овцы, покрытые лохматой жесткой шерстью, лошади с любопытством тянули к вагонам горбоносые морды, втягивали воздух крупными влажными ноздрями. Вдруг, не то заметив движение в окне, не то испугавшись чего-то, одновременно развернулись и поскакали в степь, часто толкаясь от земли коротенькими ножками и смешно тряся крутобокими те́льцами.

Когда поднятая ими пыль улеглась, на придорожном столбе заметил табличку с аккуратно выведенными черной краской буквами: *“Willkommen in Pokrowsk!”*

— Вот тебе и Азия, — усмехнулся *он*.

Вышел из купе и в тамбурном окне увидел неподалеку строения самого́ Покровска. Горстка домишек лежала посреди необъятной степи, как островок на водной глади. От города по рельсам, слегка припадая на ногу, бежал коротконогий человек и ругался так громко, что слышно было даже в вагоне. В русской речи его, энергичной и беглой, отчетливо различался иностранный акцент.

— Ты еще что у меня за черт?! — кричал он литерному, задыхаясь от быстрого бега и что есть силы размахивая чем-то белым, видимо, сигнальным флажком. — Ошалел, чума тебя дери, — на полотне ночевать?! Откуда только взялся на мою голову! Уральский через час пойдет! Уйди с полотна, оппортунист!

Мужичок присовокупил еще несколько ругательств и, продолжая браниться, перешел было на какой-то свой язык, шипящий и резкий, но добежать до состава и окончить речь не успел — уткнулся грудью в револьверы выросшей словно из-под земли охраны. Ойкнул по-бабьи, утомленные пробежкой ноги его подогнулись, он чуть не упал на рельсы. Затем, подталкиваемый в грудь все теми же револьверными стволами, поднял руки вверх и начал испуганно пятиться, то и дело цепляясь о шпалы каблуками полуразвалившихся ботинок.

— Так уральский же! — лепетал растерянно, бросая короткие взгляды поверх синих фуражек с малиновыми околышами и пытаясь разглядеть таинственный состав. — В тарели* вас поцелует, а я — отвечай…

Вдруг заметил пассажира, спустившегося из вагона и разминавшего ноги после ночного сна. Лицо мужичка застыло, лишь глаза раскрывались все шире и шире, пока не стали совсем круглыми. Его аккуратно подтолкнули стволом под ребро: давай уже, шевелись… Тут же отвел взгляд, глубоко выдохнул, закивал мелко и быстро: “Что же вы сразу не сказали, товарищи, дорогие, уважаемые…” — задвигал ногами душевнее, чаще, наконец развернулся и застрочил по шпалам к городу так же резво, как мохнатые лошадки в степь.

* Тарель (*проф.*) — тарельчатый буфер для сцепки вагонов.

И литерному была одна дорога — в Покровск: рельсы вели туда, прямо и неумолимо; ни развилок, ни объездов видно не было.

Состав подкрался к городу осторожно, на тихих парах, еще надеясь избежать внимания горожан и прошмыгнуть дальше. Но когда вагоны проползали мимо первых домов, стало ясно — проскочить не получится: похоже, коротконогий уже раструбил об их прибытии. По прямым, словно расчерченным линейкой улочкам к вокзалу бежали люди: мужичата в блузах навыпуск волокли алый стяг, по видимости, только что снятый с крыши или ворот; их обгоняла стайка босоногих пацанов, за которой горохом сыпались прыгучие собачонки; несколько музыкантов, держа под мышками инструменты, семенили друг за другом, на ходу пытаясь прищепками закрепить на трубах и валторнах мятые нотные листы. Эти людские потоки провожали глазами худые старухи, укутанные в плотные, не по жаре, синие платки, — лишь они стояли недвижно среди кутерьмы, вжавшись спинами в палисады и изредка накладывая пальцами на костлявые лица размашистые кресты.

У здания вокзала человеческий поток упорядочивался: простые любопытствующие кучковались по краям платформы; в центре, под круглыми часами в чугунно-кружевной раме, темнели пиджаки и кители начальства; рядом топтался нестройно, блестя медью и прочищая резкими гудками горла инструментов, маленький оркестрик, куда то и дело вливался очередной подбежавший тромбонист или скрипач.

Подъезжая к перрону, литерный сбавил скорость. Остановился.

— Кто давал приказ тормозить?! — зарявкал начальник охраны в телефонную трубку. — Ходу давай!

— Не могу. — Голос машиниста растерянный, даже испуганный. — Рельсы впереди не те.

— Что значит — "не те"?

— Узкие впереди рельсы. До города были обычные, а теперь гляжу: вроде сузились. Проверить бы надо — замерить…

— Ты сдурел там совсем, косые твои глаза? Пьян, что ли? Как могут рельсы ни с того ни с сего сузиться? Здесь же паровозы еще с прошлого века туда-сюда шлындают! Ветка — до Урала проложена!

— Так и я на железную дорогу не вчера пришел! Тридцать лет паровиками землю утюжу! У меня глаз не то что рельсу — костыль кривой в шпале замечает! Говорю — соскочим с полотна, если дальше двинемся! Хочешь — сам вставай на мое место и пускай состав под откос! Только я наперед выйду! У меня дети имеются и облигации государственные непогашенные, на восемь сотен рублей без малого!

— Ладно, — сказал *он*, из-за приспущенной занавески наблюдая собравшуюся на платформе толпу. — Пусть проверяет свои рельсы. Выйдем, покажемся людям, раз приехали.

Едва открылась дверь вагона — оркестр тотчас грянул что-то бравурное, бодрое. Колыхнулась и поплыла навстречу гостям охапка полевых цветов, сверху бледнело испуганное лицо главного встречающего. Где-то позади, над толпой, развернулся кумач, украшенный надписью на незнакомом языке.

— Добро пожаловать в столицу Советской Социалистической Республики Немцев Поволжья! — с чувством прокричал встречающий, безуспешно пытаясь перекрыть голосом грохочущую рядом музыку.

Изможденное лицо его сплошь состояло из вертикальных морщин, пересеченных сверху кустистыми бровями, а в центре — широкой полоской жестких, цвета моченого лыка усов. По самым глубоким бороздам — на переносице, вдоль впалых щек и унылого носа — струились обильные ручейки пота: вытекали из-под потертой шляпы, низко надвинутой на лоб, и исчезали за воротом полотняной рубахи, поверх которой был надет и застегнут на все пуговицы темный пиджак. Как выяснилось чуть позже, это был председатель парткома Беккер. Тело он имел маленькое, шею — тонкую, а ребра будто и вовсе отсутствовали — одежда висела на узких плечах, как на вешалке. За спиной у него маячили еще несколько таких же щуплых фигур в пиджаках, но без шляп — в обычных кепках.

Он взял цветы, кивком головы поздоровался с встречающими (говорить что-то при столь оглушительном музыкальном сопровождении не имело смысла), пожал протянутые руки — на удивление сухонькие, словно мальчишеские. Огляделся. Все здесь было до странного небольшим: уютное зданьице вокзала, сложенное из мелкого кирпича и напоминавшее игрушечный домик; миниатюрные фонари; уличные собаки размером с кошку, а кошки — с бурундука. А главное — люди! *Он* и сам был невысок, но здесь возвышался каланчой: в собравшейся на вокзале толпе почему-то не было ни одного человека выше *его* ростом, и *он* глядел на всех сверху вниз, как на детей; свободно мог бросить взгляд поверх голов и увидеть происходящее в самых дальних рядах; мог вытянуть руку и, даже не приподымаясь на носки, перевести стрелки станционных часов под крышей. Местные обитатели не были карликами; пожалуй, невеликий рост их граничил с нормой: чуть ниже — и их уже можно было бы назвать недоросликами, но сейчас они выглядели просто скоплением очень маленьких людей, словно нарочно собранных в одном месте по чьей-то странной прихоти или в шутку.

Музыканты доиграли марш. Дирижер повернул голову к руководству и замер, ожидая указания, начинать ли новую вещь. Замер и Беккер, не понимая, прибыл ли гость в Покровск с определенной целью или просто вышел на перрон поприветствовать собравшихся и скоро отправится дальше.

— Черт знает что! — раздался в наступившей тишине жалобный голос машиниста; за прошедшие пару минут он успел соскочить на рельсы и внимательнейшим образом изучить их (оглядеть, ощупать, вымерить путевым штангенциркулем толщину каждой рельсины и расстояние между), а теперь взобрался на платформу и с виноватым видом проталкивался сквозь толпу к своим пассажирам. — Померещилось! Виноват! А ведь и правда — самые обычные рельсы! Сверху поглядеть — узехонькие! А поближе опустишься — нормальные. Словно морок напал, Иуда попутал! Виноват! Виноват! Тридцать лет на железной дороге, а такое — впервые! Можем дальше ехать, сию же минуту можем!

Начальник охраны с облегчением выдохнул, посмотрел на машиниста тяжелым многообещающим взглядом.

— Зачем дальше? — улыбнулся *он*, передавая начальнику букет. — Товарищи нас так душевно встретили. Не будем их обижать — задержимся ненадолго. Я, к примеру, в Немецкой республике ни разу не был. А вы?

Тот растерянно замотал головой. *Он* цокнул языком укоризненно — вот видите! — и, ведомый не менее растерянным Беккером, зашагал к зданию вокзала, а сквозь него — дальше, в город. Начальник, чертыхнувшись про себя, торопливо распорядился об охране состава и поспешил следом, с отвращением сжимая в руках благоухающие цветы.

Взволнованный Беккер усадил гостя в автомобиль, по-немецки вполголоса выговаривая водителю за что-то и вытирая рукавом пыль с крыльев и дверных ручек старенького форда. *Он* кое-как втиснулся на заднее сиденье, удивляясь чрезвычайной компактности машины: ноги оказались слишком длинны и еле поместились в тесном пространстве; пожалуй, такое случилось впервые в жизни. При этом устроившийся рядом начальник охраны и примостившиеся на подножках офицеры сопровождения, казалось, не испытывали никаких неудобств — не были удивлены умельчением окружающих предметов и живых существ, несомненной сжатостью местного мира. Спокойно, даже равнодушно взирали они на тесную привокзальную площадь, обсаженную хилыми деревцами; на скопление малорослых извозчичьих лошадок, впряженных в низкие повозки; на махоньких воробьишек, брызнувших из-под колес и дополнявших картину тонким, едва различимым на слух писком.

— Чего изволите?.. — Беккер, еще не договорив, смутился старорежимностью выражения и постарался исправиться. — Куда прикажете? — Поперхнулся, закашлялся, наконец нашел формулировку: — Что в городе смотреть будем?

— А что в столице Немецкой республики имеется посмотреть?

Имелось немало. Беконная фабрика и костемольный завод (делегация внимательно изучила производственные помещения и ледник с замороженными тушками — казалось, не коров и свиней, а новорожденных телят и поросят). Мельничный поселок (исправно крутящиеся крылья деревянных меленок напоминали скорее большие вентиляторы). Городской сад в несколько уютных аллеек, украшенный декоративным маяком (проходя мимо, *он* заметил, что они с маяком были совершенно одного роста).

Все здесь было странным, с налетом искусственности и игрушечности: входя в помещения, *он* вынужден был пригибаться, чтобы не удариться лбом о притолоку; идя по улицам, мог заглядывать в окна вторых этажей и наблюдать текущую там жизнь. Осматривая приземистое зданьице местной больницы, нечаянно задел локтем деревянную ограду — та накренилась, затрещала, рухнула оземь и рассыпалась на доски.

— Спасибо! — пронзительно закричал в то же мгновение Беккер. — Мы давно уже хотели заменить ограду на чугунную, да руки не доходили! А у вас — дошли! Большое вам пролетарское спасибо!

Многое в Покровске оказалось одной высоты с *ним*: и электрические столбы, и дома, и деревья, и даже пожарная каланча. Ощущение равновеликости с окружающими предметами было тревожным и одновременно обещающим — в нем явно содержался какой-то скрытый смысл, ответ на незаданный, но важный вопрос. *Он* силился понять происходящее — и не мог: все вывески и надписи — на немецком. Пытался унять растущую досаду — и не умел.

Его раздражали непривычные — и потому подозрительные — чистота и аккуратность: тротуары выметены так, словно уборка улиц была для дворников единственным смыслом жизни, оконные стекла — вымыты до невероятной прозрачности; сидящие же на электрических проводах голуби, верно, были выучены гадить не куда попало, а строго на огородные грядки. Раздражали горожане — низкорослые, на лицах всего два выражения: либо искреннего простодушия, либо сосредоточенной прилежности. Раздражал Беккер — болезненно-тощий, до неприятного суетливый, то и дело вытиравший лицо носовым платком (скоро платок промок насквозь, как, впрочем, и льняная рубаха, и пиджак, и даже шляпа, надетая по случаю значительного события; но ни расстегнуть сдавившую горло пуговицу, ни тем более снять свою шляпчонку Беккер не решался). Раздражал обед — кукурузная каша с робкими вкраплениями свинины; к тому же порции детские, крошечные, так что пришлось взять четыре тарелки, чтобы насытиться. Раздражали местные — немецкие и русские — газеты, отпечатанные на таких несуразно куцых листках и набранные таким частым шрифтом, что *он* не смог прочесть ни слова, как ни старался. Раздражал весь этот мир, издевательски мелкий и предательски хрупкий. Чужой.

— Ну а что-нибудь *эдакое* у вас есть? — не выдержал *он* ближе к вечеру. — Что-то величественное? Грандиозное? Настоящее?

— Есть! — торопливо согласился Беккер; затем призадумался, вытирая с усов крупные капли пота и осмысливая вопрос; наконец его озарило: — Рядом, в соседнем Марксштадте! Собственный тракторный завод — место рождения первого советского трактора. Как же я сам не догадался предложить! Спасибо вам! Большое пролетарское спасибо!

До Марксштадта добрались за час. В городском саду уже ожидала толпа растерянных, наспех причесанных на косой пробор заводских рабочих, с еще влажными от недавнего умывания лбами и шеями. Собрались не просто так: приезд одного из первых лиц государства решено было отметить внеплановым митингом, венчать который должен был прилюдный снос памятника Екатерине Второй, все еще красовавшегося в центре Марксштадта. Присутствие царственной особы в районном центре советской республики было несомненным просчетом местных органов управления. Решили ошибку эту немедля исправить, а саму особу (несколько пудов высокоценной бронзы!) — пустить на переплавку и подарить ей новую жизнь: в присутствии высокого гостя отлить детали для трактора.

Проезжая мимо нестройной толпы и приветствуя ее вялыми взмахами ладони, *он* рассматривал из автомобиля лица рабочих — исчерченные ранними морщинами, бурые от загара, одни глаза светлеют на темном фоне наивно и чисто. Напоминали пролетарии скорее недокормленных, рано состарившихся подростков, чем взрослых. Впечатление усилилось, когда *он* вышел из машины: марксштадтское население оказалось еще более низкорослым, чем обитатели столичного Покровска, — местные едва доставали *ему* до плеча. Впрочем, несколько случайно прибившихся к митингу крестьян, явно приехавших в Марксштадт из глубинки, были и того ниже, а коза, которую один из них держал за веревку, была размером и вовсе — с крупный кабачок.

Он кинул взгляд на начальника охраны — тот имел вид усталый и слегка скучающий: сужение пространства, усыхание предметов и живых существ нимало его не заботили. Чувствуя растущую в душе тревогу от все большего сжатия окружающего мира, которое было заметно *ему* одному, и не слушая звучавшие с трибуны вдохновенные речи, *он* растерянно огляделся поверх непокрытых голов, кепок и платков — и встретился взглядом с Екатериной.

Великая со значением улыбалась *ему* — улыбалась как равному. Бронзовая, в античной тунике, с лавровым венцом на челе, гордо восседала на древнеримского вида скамейке и милостиво протягивала увесистый свиток (как пояснили позже — манифест, полтора века назад пригласивший немцев к переселению в Россию). Памятник был невелик — пожалуй, императрица была ростом с обычного человека, — но в окружении тщедушных местных жителей смотрелся внушительно. Екатерина продолжала улыбаться и когда на ее обнаженную шею накинули петлю, и когда крошечный трактор (зубчатые колесики резво вращаются, труба часто кашляет, на боку дрожит коробка передач с белой надписью "Карлик") потянул ее с пьедестала. Опрокинуть монархиню трактору не удалось — пришлось помогать всем миром: ухватившись за канат, что есть силы тянуть под команду еще больше взмокшего от возбуждения Беккера. Свалили наконец. Улыбчивое лицо Екатерины, описав в воздухе дугу, упало в грязь.

Подхватив тело свергнутой императрицы, рабочие взвалили его на плечи и, как муравьи соломинку, потащили на завод. Следом отправились и остальные.

В Покровске *он* предположил было, что эпидемия малорослости поразила только немецкое население, но, судя по главному конструктору маркштадтского тракторного завода Мамину, ей были подвержены все жители Немреспублики, независимо от их национальности.

Мамин был щупл и страстен. Страстью его были тракторы. Они же стали — судьбой. Мамин собирал их с далекой дореволюционной юности, и было очевидно, что траектория жизни его начертана четко, до самого конца, могущественным тракторным богом. Предыдущая маминская разработка — изготовленный кустарным способом "Гном" — так и не получила заказ от государства, зато последующий "Карлик" по праву именовался первым советским трактором.

Отчаянно робеющий Мамин вел делегацию по заводским цехам, смущаясь так сильно, что и без того тихая речь его иногда превращалась в невнятное бормотание; стыдливо — и при этом краснея от удовольствия — демонстрировал процесс сборки тракторов; походил при этом на молодого поэта, впервые читающего свои вирши на публике. Было что-то удивительное в том, как теплели его глаза и мягчело лицо, стоило ему повернуться от людей к машинам.

Он же смотрел на тщедушные скелеты будущих “Карликов” и внутренне содрогался: это ли пришедшие на смену деревянному плугу железные кони, воспетые молодыми советскими стихотворцами? Не кони и даже не жеребята, нет — карикатура, злобный шарж на советское машиностроение, вот что это такое! *Он* вдруг ощутил, что не может более ни секунды оставаться среди карликов, в этом уродливо тесном мире, который с каждым часом сжимается все сильнее и грозит задушить. *Он* развернулся и пошел вон, спотыкаясь о навалы каких-то труб, опрокидывая стеллажи, роняя коробки с гайками, пиная ящики и канистры. Мимо наполовину собранных тракторов-пигмеев; мимо рабочих, которые тащили отпиленную голову Екатерины в плавильный цех; мимо Беккера, все норовившего обогнать высокого гостя и заглянуть в глаза, — на волю! на воздух!

А выбежав, увидел в вышине пузатый самолет с красной перетяжкой под крыльями (видимо, появление в небе летающего транспаранта должно было стать последним аккордом встречи высокого гостя). Вдруг осенило: вот куда нужно бежать из этой ловушки — ввысь! И *он* тотчас скомандовал вьющемуся рядом Беккеру: на летное поле!..

Через полчаса начальник охраны мрачно наблюдал, как хозяин, высоко закидывая ноги, неумело забирается на крыло старенького “Сопвича”. Как устраивается поудобнее в кабине за спиной у пилота. Как самолет, поводя элеронами и крупно подрагивая, набирает разгон и отрывается от земли. Поднимается в воздух.

Когда гул мотора стих, начальник охраны сплюнул в сердцах (ругаться уже не было сил), расстегнул ворот гимнастерки, стянул фуражку, сел на землю и откинулся на спину в метелки ковыля.

— Да снимите вы наконец этот чертов пиджак! — тихо, с ненавистью сказал Беккеру. — Сдохнете же от жары.

Тот, сопя и шмыгая, долго устраивался неподалеку, на кочке; подтянул к подбородку острые коленки, обхватил руками.

— Хоть шляпу снимите, смешной вы человек.

Беккер не отвечал. Запрокинутое вверх лицо его было строго и печально, глаза провожали удалявшийся самолет.

Он впервые был в небе. Чувствовал облегчение с первых же секунд подъема. Не боялся ни тряски фюзеляжа, ни тарахтения винта. Наоборот, здесь, в вышине, дышалось легче, думалось — светлее. Он смотрел на расстилавшийся под брюхом самолета пейзаж: желтые поля в ряби длинных закатных теней и белых жилках дорог, ленивая махина Волги — и недоумевал, почему такой необозримый простор, такая полноводная река подарены столь мелкому и суетливому народцу. Было ли это правильно? Справедливо?

В широком и темном теле Волги *он* различил вдруг странное мерцание, какое-то шевеление, гораздо более быстрое, чем медленный ток реки. Свесился из кабины, напрягая зрение — пытаясь через бьющий в лицо ветер разглядеть получше. И вдруг увидел — не одну покойно текущую реку, а бесчисленное количество переплетенных потоков, столь разных по цвету и плотности, что от этого зрелища закружилась голова. Свиваясь в подобие огромного каната, серые, зеленые, коричневые, охряные струи бежали по степи, едва умещаясь в просторном волжском русле. И *он* понял: под ним — не одна река, а десятки, сотни советских рек, сливаясь воедино, сообща стремят куда-то свои воды. Тонкими золотыми нитями светились в потоке Кура и Арагви, Ингури и Хоби. Белыми волосами — Катунь и Каравшан, Иртыш. Синими лентами вились Енисей с Леной, черными — Аргунь с Колымой. Цветные струи бежали с разной скоростью, какие-то быстрее, какие — медленнее, какие и вовсе еле ползли. Искрились и пузырились, кое-где вскипали бурунами, толкали друг друга. Упругая живая масса воды приподнималась над берегами, набухала горбом, на поворотах опасно дрожала, роняя пену и грозя излиться на землю. Забыв о дыхании, *он* смотрел на этот невероятный танец вод, на эту симфонию сотен советских рек и чувствовал: впервые за долгие годы в груди холодеет от восхищения, как некогда в далекой юности — при звуках стихов Руставели и Эристави.

Самолет описал над Волгой плавный полукруг и направился обратно к летному полю. С усилием *он* оторвал взгляд от воды и оглядел пространство до горизонта. Но взгляд уже был другим — глаза видели много больше того, на что смотрели.

Этим новым взглядом *он* вдруг увидел свою страну по-настоящему, словно в первый раз: всю, целиком, в полноте смыслов и красоте оттенков, охватил внутренним взором от края и до края. Страна лежала перед ним, как прекрасная женщина, давно и страстно любимая, но лишь мгновение назад впервые обнажившаяся. Как только что сочиненная и еще не записанная поэма, полная простых и гениальных рифм. Под монотонное гудение мотора *он* смотрел на бурую заволжскую степь, иссушенную солнцем, с редкими пятнами ивняка вдоль обмелевших волжских притоков, а видел и холмистые подмосковные дали, и бескрайнюю уральскую парму, и тайгу, и чахлый тундровый лес. Смотрел на немецкие домишки, рассыпанные по берегам Волги, на крошечные фигурки людей — а видел народы советской земли. В овевающем лицо ветре чувствовал одновременно и твердость вечного таймырского льда, и шелковое струение азовского песка, и вязкость карельской смолы, и водянистую сладость морошки. *Он* знал, как поднимает лапы тигр, шествуя по амурской тайге; как бьется на палубе осетр, когда над рылом его мелькает занесенное для последнего удара весло рыбака; как распускает лепестки лилия в горном озере на краю Туркестана. *Он* ощущал страну чутко и всеобъемлюще, как ощущают собственное тело, — каждый вершок земли, каждую меру воды и каждую копошащуюся на этой земле или в этой воде жизнь.

Задохнувшись от восторга, *он* поднял лицо к небу и закричал что-то невнятное, ликующее. Ветер ударил в рот, раздул гортань и проник внутрь, наполнил все полости и органы. Тело превратилось в оболочку для ветра, в голове радужным фонтаном взорвались десятки рифм. Каждая — единственно возможная и потому отлитая в памяти навеки.

Арктический лед рифмовался с ледоколом — могучим, огромным; стальным носом, на котором сиял золотом советский герб, ледокол сминал снега и льды, как бумагу, оставляя за собой гладкое, зеркально-чистое водное полотно. Вода рифмовалась с электричеством, падала бесконечными потоками откуда-то с высоты небес; потоки эти становились сияющим светом, что ударялся о землю и щедрыми ручьями растекался по стране, а брызги летели в небо и превращались в звезды, крупнее и ярче природных. Земля рифмовалась с тракторами — не хилыми "Карликами", а настоящими, величиной с хорошую крестьянскую избу; тракторы эти тянули плуги размером с дерево и взрезали почву на глубину человеческого роста; вместе с пудовыми пластами чернозема поднимали они из земных недр спрятанные там сокровища — жирный каменный уголь, искрящуюся никелевую руду, медь и золото, кобальт и молибден. Вместо ржи и гречихи вырастали на полях за считаные минуты гигантские деревья — чугунные, цинковые, титановые, алюминиевые; меж них струились реки из драгоценной ртути, расплавленной меди и стали — металлы рифмовались только с металлами.

От обилия и прекрасности этих рифм на лбу *его* проступила испарина. Строфы звенели, выстраивались в стройную и вдохновенную песнь о будущем; жаль, не было на земле голоса, способного исполнить ее столь же чисто, как звучала она в эти мгновения в его сердце. *Он* нес эту песнь в себе, бережно и благодарно, не боясь забыть, потому что, однажды родившись, она стала неотъемлемой частью *его*. *Он* знал теперь так много, как едва ли кто-нибудь на земле. *Он* знал, что делать…

Вдруг почувствовал, до чего же устал: вот уже третьи сутки — почти без сна. И едва самолет, дрожа и подпрыгивая, приземлился — тут же скомандовал начальнику охраны: немедля — в Москву!

Тот встрепенулся, вспыхнул радостью, ожил, мгновенно перенимая власть. Оттер от хозяина всех сопровождающих: недоумевающего Беккера, печального Мамина, прочих, — усадил в машину, доставил к поезду, проводил в вагон. Полетели в столицу телеграфные сообщения: выезжаем! к утру будем! все пути — освободить! Разбежались по своим постам офицеры сопровождения, кочегары и машинисты; паровозы развернули на “карусели” в противоположном направлении; литерный вздохнул глубоко и сразу же тронулся, резво набирая скорость, словно хотел разогнаться и перепрыгнуть видневшуюся впереди Волгу.

Когда состав забирался на паром, из клубов пыли образовался уже знакомый фордик, оттуда выпрыгнул Беккер. Подбежал к бронированным вагонам, стал стучаться в задраенные двери и настойчиво тянуть к окнам мятый бумажный кулек — “сувенир от трудящихся масс”. Пришлось уступить: начальник охраны принял дар через открытое окно купе. Тщательно прощупал сквозь бумагу и потряс у уха; не обнаружив на ощупь и на слух ничего опасного, отнес хозяину. Развернули. Оказалось — втулки. Обычные бронзовые втулки, отлитые сегодня на заводе из снесенного памятника. Завернуты в свежеотпечатанную листовку — краска еще не просохла и пачкалась. Текст подкупал емкостью и прямотой: “Пять тысяч нужных втулок — из одной ненужной императрицы!” Далее следовало краткое пояснение: втулки планировалось использовать в производстве “Карликов”; предполагалось, что полученного количества хватит на несколько сотен тракторов.

Начальник охраны, и без того изрядно вымотанный растянувшейся на два дня внештатной ситуацией, уже собирался оставить хозяина одного, когда тот спросил внезапно:

— А тебе кто больше нравится — карлики или великаны?

Замялся начальник: подобный вопрос никогда не приходил в его крутолобую и честную голову. Промычав что-то немелодическое, дождался, пока хозяин отпустит его движением подбородка, и с облегчением выскользнул из купе.

Вождь покрутил в руках увесистые, отливающие красным цилиндры. Затем открыл окно и по одному вышвырнул в темноту. Не видел, как втулки с тихим плеском вошли в волжскую воду, — просто лег, не раздеваясь, на купейную лавку и погрузился в сон.

Ему снились памятники. Отлитые из лучшей бронзы, тела их были огромны, как многоэтажные дома, а ноги — могучи, как столетние лиственницы. Вместо лиц — гладкие, слегка выпуклые овалы, напоминающие яичные бока без единой трещины. Это были герои будущего, история пока не знала их имен. Безлицые гиганты — то ли дюжина, то ли две — шагали по заволжским степям, переступая через речонки и деревеньки, руками разводя окутывающий мир плотный туман. На плече одного из них — не то мужчины, не то женщины — сидел он, новый вождь. Крепко держался за твердый бронзовый завиток, спадающий исполину на ухо, и щурился от мощных потоков воздуха, бьющих в лицо при каждом шаге гигантского спутника. Видел вокруг лишь бесконечное туманное море, над которым возвышались торсы металлических великанов; иногда в прорехах клочковатых облаков можно было разглядеть землю — где-то там, далеко внизу. Земля словно шевелилась, утекала из-под многотонных ног: табуны диких степных лошадок рвались убежать от смерти, но гибли и гибли под настигающими их исполинскими сапогами. Истошного ржания и хруста костей слышно не было — туманная вата гасила звуки. Присмотревшись получше, вождь понял: вовсе и не лошадей давили тяжелые сапоги, а тараканами расползающихся во все стороны шустрых “Карликов”…

Он улыбнулся, по-детски сладко и беззащитно, перевернулся на другой бок, подтянул одеяло на озябшее плечо.

И мчал через ночь литерный поезд (а ведь прав был обходчик Горюнин: мчал, не касаясь рельс). В соседнем купе маялся злой бессонницей начальник охраны, силясь и не умея понять, кого ему должно любить больше — великанов или карликов; а также — дозволительно ли отдать предпочтение ни тем ни другим, а людям обычного размера? В Покровске, в зашторенной наглухо квартирке под самой крышей, раздевшись наконец и вылив на себя два ведра холодной воды, сидел нагишом и пил неразбавленный штинкус председатель парткома Беккер. А в пустом заводском цеху тихо плакал от неизъяснимо горького чувства конструктор Мамин. С неумелой нежностью обнимал он бока наполовину собранных тракторят, водил заскорузлыми пальцами по колесам, станинам и шкивам. Укрывал руками, как наседка — крыльями. Сердце его сжималось от предчувствия беды: пронзительный взгляд высокого гостя обещал нечто скорое и непоправимое. Мамин терся лбом о шершавый металл, который быстро теплел от его дыхания и слез, шептал что-то горячо и путано. Он увел бы их всех за собой, своих бедных механических деток, — в леса, в киргизские степи, на дно Волги, — но побег такой был, увы, невозможен. Оставалось лишь говорить и говорить им шепотом о своей любви, и гладить, и баюкать на ночь, успокаивая то ли их, то ли самого себя…

Отцовское сердце не ошиблось: скоро правительство в Москве приняло решение остановить производство маломощных "Карликов". Страна хотела другие тракторы. Через несколько лет на Всесоюзной сельскохозяйственной выставке поседевший и высушенный язвой Мамин увидит этих *других* — гусеничных гигантов с могучими и гладкими телами. Самого Мамина перебросят в Челябинск, в институт механизации. Осиротевшие и оставшиеся без призора тракторята разбредутся по свету; некоторых быстро отловят и переплавят; некоторые еще потрудятся в полях, но спустя время придут в негодность — не то от плохого обращения, не то с тоски; остальные же затеряются на просторах Немецкой республики, судьба их останется неизвестной.

17

Бах прыгнул в воду тотчас, не раздумывая. И сам не понял, как с головой оказался погружен в прохладное, струящееся, пузырчатое. Дернул ногами, выгнулся в дугу — по лицу мазнуло легким ветром, качнулось где-то вверху рассветное небо. Прежде чем глаза успели разглядеть, а уши — расслышать, тело Баха уже рванулось в нужном направлении, руки схватили барахтающуюся Анче и толкнули к ялику. Та забултыхалась бестолково у лодочного бока, елозя по нему ладонями. Бах поднырнул и вытолкнул девочку наверх — головой, хребтом, плечами, — чтобы смогла ухватиться за борт. Затем уцепился сам, вскарабкался, качнув и едва не опрокинув лодку. Вытянул за руки Анче, притиснул к себе, завернулся вокруг.

Они сидели на дне ялика, обтекая водой и прижимаясь друг к другу, пока мир вокруг не перестал раскачиваться, а дыхание Анче не успокоилось. Наконец Бах заглянул ей в лицо: ни испуга, ни раскаяния не было в детских глазах — Анче глядела на Волгу спокойно, даже высокомерно, словно не билась в ней отчаянно минуту назад, а уверенно плыла или ходила по водной глади. Бах перебрался на банку, взялся за весла: поедем-ка лучше домой, Анче…

Вечером, однако, не смог сдержать себя — отправился в Гнаденталь: проверить кукурузные поля. Неделю назад он написал сказку о красавице Златовласке и полагал, что сюжет этот должен благотворно сказаться на созревании кукурузы, чьи соцветия более всего напоминают длинные светлые волосы. И не ошибся: за неделю, пока Бах не показывался на колхозных нивах, початки с молочным зерном налились яркой желтизной, словно в каждом из них и правда скрывалась прекрасная девушка, свесившая наружу золотые пряди. Бах брел по кромке поля, оглаживая руками зеленые стебли, когда вдали раздался крик: кто-то верещал, тонко и жалобно, как от боли. Женщина? Ребенок? Бах бросился на звук — напрямик, через посадки.

На дороге, отделявшей кукурузное поле от пшеничного, увидел скопление людей: суетились вокруг старенького “Фордзона”, галдели взволнованно. Чуть дальше застыла группа детей — пионеров, как можно было заключить по алым галстукам, — с растерянными и испуганными лицами. Бах не успел подбежать к месту происшествия, как от “Фордзона” уже отделились двое мужчин: сцепив руки и усадив на них кого-то третьего, маленького, они торопливо зашагали в Гнаденталь. Через пару мгновений промчались мимо Баха — он вынужден был шагнуть обратно в кукурузу, уступая путь.

Этот самый третий также был пионером — только галстук его не трепыхался на шее, а был туго обмотан вокруг правой ладони, скрюченной и прижатой к груди. Пальцы на руке не то отсутствовали, не то были изранены — Бах не понял толком, успел разглядеть лишь ярко-красную тряпицу, обильно сочащуюся ярко-красной кровью. Кровь стекала по животу мальчика, по ногам — и капала на землю. Кричать он уже перестал, глаза прикрыл, голову склонил на плечо одного из мужчин — голова болталась, ударяясь о то плечо как неживая. Лицо раненого было бледно до голубизны, но Бах узнал его: юный барабанщик.

— Вот вам и пионерский контроль! — донесся от “Фордзона” сердитый голос. — Нечего потому что везде нос свой сопливый совать! Умеешь палочками стучать — и стучи! А в трактор не лезь! Механик и без тебя разберется!

— И то верно! — второй голос. — Где это видано, чтобы сыновья отцов проверяли! Глубину вспашки — проверяют. Плотность засева — проверяют. Кто когда в поле вышел, кто отдохнуть присел или по нужде в кусты отлучился — и то проверяют! Ремнем по спине — вот какой им нужен контроль, этим пионерам!

Бах повернулся к голосам спиной и пошел в Гнаденталь — за рассыпанными по дороге каплями мальчишеской крови: июльская земля была так жестка, что капли эти не впитывались, а обволакивались пылью и оставались лежать крупными черными горошинами. Бах шел и размышлял о том, что в “Истории барабанщика” герой тоже повредил себе руку: отмыкая дверь, ведущую в Стеклянную гору, вместо ключа использовал собственный мизинец — да так и оставил мизинец в коварном замке́.

Спал той ночью плохо — странное совпадение не давало покоя. На следующий день явился в Гнаденталь спозаранку — справиться о мальчике. Выяснилось: раненого увезли в Покровск и оставили в местной больнице; пальцы правой руки отняли, все до единого, так что играть на барабане ему уже вряд ли придется. Отец мальчика, тощий Гаусс, напился с горя до непотребного состояния и ночью утопил барабан в Волге. А затем — то ли излишек алкоголя был тому виной, то ли неподдельное отцовское горе — упал на берегу и обезножел. Его нашли утром: Гаусс валялся на песке и плакал от испуга: он не чувствовал собственных ног. Ни ступни, ни голени, ни колени не ощущали ничего — ни ударов, ни уколов иглой или шилом. Бедра еще сохраняли восприимчивость к боли, но ни ходить, ни даже просто встать на ноги Гаусс не умел.

Назавтра перестал чувствовать бедра, живот и поясницу. Тот день бедняга провел в рыданиях — громких, на всю колонию, — умоляя Бога оставить ему жизнь и каясь во вступлении в колхоз. Гофман велел было жене Гаусса плотнее закрыть окна, чтобы антисоветских криков не было слышно, но пастор Гендель, явившийся к одру больного исполнить духовный долг, приказ отменил: жара стояла невыносимая, и увеличивать муки кающегося грешника в преддверии возможной смерти было бесчеловечно.

Во всем Гнадентале один только Бах догадывался об истинных причинах случившегося: похоже, бедный Гаусс пал жертвой не болезни и не горя, а сказки — коротенькой сказки о крестьянине, наказанном за собственную жадность: сначала тот окаменел до колен, затем до пояса, а затем и вовсе превратился в камень, сохранив всего две присущие человеку способности: видеть и дышать. Эту сказку Бах написал одной из первых — так давно, что уже и забыл про нее. Теперь — вспомнил. Всю жизнь Гаусс был жадноват, это следовало признать; вероятно, нынче та сказка настигла его и покарала. Имелись в колонии и настоящие скопидомы, чья алчность и скаредность гораздо больше заслуживали столь жестокого наказания, но кара настигла почему-то именно Гаусса и именно сейчас, когда сын его лежал в больнице с искалеченной рукой.

На третий день он был парализован полностью — от пальцев ног и до корней волос: не мог уже ни говорить, ни кричать, ни рыдать, а только лежал — неподвижная маска вместо лица, — изредка моргая; в потускневших глазах его застыло невысказанное страдание.

Как только весть об этом облетела колонию, к дому Гауссов потянулись любопытствующие. Заходить в дом и заговаривать с женой больного не решались, но своими глазами взглянуть на сломленного недугом односельчанина желали; потому лезли в палисадник — аккуратно, чтобы не повредить разросшийся жасмин, — и припадали к стеклу. К вечеру стекло покрылось многочисленными причудливыми пятнами от чужих лбов, носов и щек.

Сходил взглянуть на несчастного и Бах. За прошедшие дни он вспомнил каждое предложение, каждое слово придуманной годы назад сказки — и теперь, приближая лицо к грязному стеклу, со страхом ожидал увидеть воочию созданное им когда-то описание. И увидел: “Уже не человек лежал в кровати, а большой камень в виде человека; стоило обратиться к этому камню по имени, и из глаз его начали течь слезы”.

Случайность, случайность, мысленно твердил Бах, шагая к Волге. Уже и сам не верил, но твердил, уговаривал себя, тряс головой, отрицая зловещие мысли. Совпадение, совпадение…

На рыночной площади заметил множество детей: у здания шульгауза собрались, казалось, все гнадентальские школьники, от щуплых первоклассников до дылд-подростков. У многих на груди алели пионерские галстуки. Толпа шумела, смеялась, гудела сотней голосов, как вьющийся пчелиный рой. Вдруг чистая мелодия перекрыла все звуки и понеслась над толпой, наполняя и площадь, и все прилегающие улочки, и весь Гнаденталь: активист Дюрер, стоя на крыльце школы и прижав к губам медный горн, выдувал ту мелодию — умело и с искренним чувством, словно был не вожаком пионерии и комсомола, а музыкантом. Повинуясь пению горна, дети тотчас оставили шалости; лица их посерьезнели и сделались похожи одно на другое; взгляды приклеились к сверкающей трубе. Все звуки смолкли: и детские голоса, и крики чаек на Волге, и далекое мычание верблюдов, и даже шелест листвы карагачей. Один горн звучал в тишине — призывно и обещающе. Дюрер ступил с крыльца на землю и не оглядываясь медленно пошел по дороге — в степь. Дети, на ходу выстраиваясь в две колонны, потянулись следом.

— Куда идут-то? — зевая, спросила женщина у колодца.

— Лагерь у них в степи будет, — отвечала вторая. — Пионерский, тьфу на него сто раз. Днем — песни горланить, ночью — поля охранять.

Бах смотрел на утекавшую за околицу вереницу детей — и чувствовал, как ноют холодом кости и мышцы, все сильней и больней. Он один — один во всем Гнадентале — знал, что дети не вернутся: Дюрер уводит их за собой, подобно Гамельнскому крысолову, чтобы навсегда исчезнуть вместе с ними в заволжских степях. Бах бросился к женщинам, замычал протяжно, показывая на удалявшуюся процессию.

— Ваша правда, шульмейстер, — дружно закивали обе. — Лучше бы по домам сидели и матерям помогали! Дракон ее раздери, эту новую жизнь с ее новыми правилами!

Он замотал головой, хватая их за руки и умоляюще ноя: остановить! не пускать! вернуть! Заглядывал каждой в глаза, корчил гримасы: уйдут дети! пропадут! сгинут! Женщины, однако, рассердились — “Совсем вы, шульмейстер, одичали! Как с цепи сорвались! На людей бросаться начали!” — и, водрузив на плечи коромысла с ведрами, разошлись по домам.

Бах бросился было за детьми, но не увидел на дороге уже ни их самих, ни даже поднятого их ногами облака пыли. Где-то вдали еще раздавался звук горна — тихий, еле слышный, — а может, то кричала потревоженная пустельга. Было поздно: дети ушли, “чтобы никогда уже не вернуться в объятия отцов и матерей”, как написал когда-то Бах.

Едва передвигая ноги, он доплелся до берега. Плюхнулся в ялик, зашлепал веслами по воде. Голову распирало от нахлынувших мыслей. Неужели его карандаш, казавшийся причиной одного лишь *спелого, сытного* и *урожайного*, может вызывать иные, совсем не радостные события? Почему именно теперь — знойным летом двадцать седьмого, когда поля вновь тяжело колосились полтавкой и белотуркой, бахчи вновь пучились арбузами и дынями, а ветки в садах ломились от вызревающих груш и яблок, — почему именно теперь стали сбываться печальные сюжеты? Было ли это наказанием или уготованным ходом вещей? Наказанием за что? Наказанием всем гнадентальцам или одному Баху? Что делать ему, несчастному сказочнику, с этим внезапным знанием? И что делать с историями, где каждому счастливому исходу предшествовали болезни, и войны, и смерти, и страх?.. Вопросы терзали Баха, один больнее другого. Ни на один — ответа не было. Успокаивало только, что не успел вывести в безумный *большой* мир свою Анче.

Вернувшись на хутор, Бах сделал то, на что не решался вот уже несколько дней: зайдя в комнату Клары и забравшись на придвинутый к стене стул, перечитал все сделанные им за последние годы записи — вспомнил все написанные сказки. “Синие гномы”, “Своевольное дитя” и “Стеклянный гроб”. “Поющая кость”, “Ржавый человек” и “Медвежья страна”. “Железная печь”, “Ведьма в лесу” и “Исход великанов”… Сколько же было в них опасных и трагичных моментов, страшных эпизодов и кровавых сцен! И пусть рассказаны они были изящным слогом высокого немецкого, их жестокая суть не становилась от этого добрее: плясали по пылающим углям несчастные раскаявшиеся мачехи; в обитых гвоздями бочках летели с обрывов умоляющие о прощении отцы; падали с плеч головы — детские, взрослые, звериные; отрубались руки и ноги, уши и языки; уходили за горизонт изгнанные человеком из родных краев гномы и великаны; пылали в печах ведьмы, корчась от боли и запоздалых мук совести… Пусть оканчивались сказки торжеством сирых и угнетенных, но как бесчеловечно суровы были они при этом к проигравшим и побежденным, какой ценой доставалась героям их победа! Почему же раньше Бах этого не замечал?

Когда очнулся от размышлений, за окнами уже темнело. Спохватился, что до сих пор не накормил ужином Анче; кинулся искать — девочки нигде не было: ни в гостиной, ни в кухне, ни в комнатах.

Анче!

Выскочил на улицу. Не было девочки и во дворе, и за домом — ни в амбарах, ни в хлеву, ни в птичнике, ни в леднике.

Анче!

Побежал по тропе к Волге, мыча что было сил и мысленно повторяя ее имя. Прыгал по валунам, высматривая на водной глади расходящиеся круги. Задохнувшийся, с горячим и мокрым лицом очутился наконец у спрятанного меж камней ялика.

Она была там, его маленькая Анче. Примерно сложив руки на коленях и выпрямив спину, сидела ровно посередине лодочной скамейки. Глаза смотрели далеко вперед — не то на стрежень Волги, не то на едва различимый свет гнадентальских домов. Услышав шаги, взглянула на Баха — невозмутимо, даже с укоризной, словно осуждая за опоздание, — и перевела взгляд на реку: она вновь желала качаться по волнам.

Впервые в жизни Баху захотелось ударить ее. Устыдившись своего желания, он опустился на колени рядом с яликом, уткнулся лицом в борт. Вдруг почувствовал, как маленькая рука касается его затылка — осторожно, будто спрашивая о чем-то или приглашая. Нет, замотал головой, не поднимая лица. Нет, даже не уговаривай. Но легкие пальцы гладили его волосы, нежно, едва ощутимо. Нет, упрямился он. И не проси, не сейчас, нет… А затем, кляня себя за мягкотелость, поднялся, столкнул ялик на воду и сел за весла.

Они плыли по ночной Волге — как по чернильному морю. Чернила плескали о борт, чернила затапливали горизонт — и непонятно было, где кончается река и начинается степь, где кончается степь и начинается небо. В чернильной глади отражались звезды, в ней же дрожали и далекие огни Гнаденталя, и вряд ли кто распознал бы сейчас, какие из огней горят в домах, а какие — в небесах.

Анче сидела на носу ялика, опустив обе руки за борт и завороженно глядя в ночь. Кажется, она не дышала. Кажется, не дышал и Бах. Здесь, в пространстве черной воды и черного же воздуха, детали записанных сказок вставали перед взором Баха отчетливо, словно в голубом луче синематографа: ванна, полная кипятка, — для купания королевы-изменщицы; раскаленные доспехи — для облачения скупого ландграфа; железная печь — для сжигания коварной мачехи; серебряные руки, выкованные на замену отрубленным; окаменевшие в стойлах кони; висящие на деревьях мертвецы, чью печень клевали вороны…

Шею сдавило что-то, легло на плечи неподъемным грузом — страх. Страх был — как мельничный жернов, как булыжник. Он гнул позвоночник в скобку, сводил плечи к груди и выворачивал лопатки. Страх — за нивы в Гнадентале и за шумные птичники, за полные амбары и богатые сады, за свинарники, конюшни и коровники, за всех этих веселых людей на колхозных собраниях. Страх — тяжелый настолько, что мог потопить утлый ялик посреди Волги.

Скоро всплыло в голове и подходящее название для этого странного года — *Год Плохих Предчувствий*.

В изнеможении Бах повернул назад, но, пожалуй, был даже рад нечаянной прогулке — заснуть сегодня ему вряд ли удалось бы.

А написанное — сбывалось.

В августе у тех гнадентальцев, кто еще не вступил в колхоз, отобрали скот и сельхозинвентарь, а также “Карликов”, присоединив их к общественному “стаду”. Два дня колония не могла успокоиться — кипела возмущением. А на третье утро Гофман зашел в здание машинно-тракторной станции — и обомлел: из всего механического хозяйства остался в ангаре один только дряхлый “Фордзон”; “Карлики" же — и колхозные, и только что обобществленные — исчезли бесследно. Гофман кричал и грозил вредителям народным судом; бегал по дворам, проверяя хлева и амбары неблагонадежных; допрашивал недавно раскулаченных; наконец вызвал из Покровска наряд милиции и настоял на расследовании — бесполезно. Тракторята сгинули, как в Волгу канули. Один только Бах знал, что "Карлики" ушли в добровольное изгнание, опечаленные чрезмерной злобностью колонистов, — повторяя сказочный сюжет об исходе гномов из страны людей. Бах даже нашел следы зубчатых колес — далеко в степи, где кончались уже и колхозные, и частные владения; показывать их никому не стал; через пару дней и следы те смыло дождем.

В сентябре стало ясно, что "дело «Карликов»" зашло в тупик, и раскулаченных задумали выслать из Гнаденталя — как главных подозреваемых. Половина колонии встала на их защиту, половина настаивала на высылке вредителей. Спорили до тех пор, пока однажды утром не обнаружили их дома пустыми — кулаки исчезли бесследно, как и "Карлики". Шептались, что ночью людей посадили на телеги и увезли — не то в колымские тундры, не то в калмыцкие степи, никто не знал точно. Один Бах знал: людей увезли не на север и не на юг, а на восток — в описанную им когда-то Медвежью страну. И один Бах знал, какие злоключения ожидают несчастных там.

В октябре отобранный у кулаков скот иссох от тоски по исчезнувшим хозяевам, несмотря на обильное питание и должный уход: кулацкие волы и коровы отказывались есть и пить — целыми днями стояли неподвижно у полных кормушек и беспрестанно мычали в потолок, пока хватало сил, а через несколько дней падали замертво. Рев в общественном хлеву стоял такой, что слышно было даже Баху на правом берегу. Гофман мелким дьяволом метался по звероферме: пытался насильно кормить упрямую скотину, бил животных по тощим бокам, выводил на прогулку во двор, обмывал теплой водой, носил со степных солончаков куски соли и тыкал бесполезное лакомство в печальные морды. Вызванный из Покровска ветеринар объяснить этот странный падёж не сумел; растерянно пожимая плечами, вписал в заключение первый пришедший на ум диагноз — “сап”, но подсказать способы излечения не смог. А Бах знал: животных не спасти — падут все, до единого. Много позже, когда колонисты и думать о том забудут, вновь услышат они этот скорбный рев — в завывании вьюги и раскатах грома. С тех пор каждая зимняя буря и каждая весенняя гроза, каждый летний гром над Гнаденталем будут реветь, как умирающий скот, напоминая о невинно загубленных и изгнанных.

В ноябре общественные конюшни накрыла эпидемия настоящего сапа, и за неделю весь колхозный табун сгорел от заразы. Бах видел, как везут на скотомогильник лошадиные трупы: морды впряженных в телеги верблюдов и лица возниц обмотаны черными тряпицами, а сваленные на телегах туши топорщатся во все стороны закоченевшими ногами — словно везут хоронить не павших животных, а окаменевших коней.

В декабре стало ясно, что сапом заразились и дети — пионеры, ходившие за лошадьми. Рождественский месяц стал для Гнаденталя месяцем траура: то и дело тянулись из колонии мрачные процессии — в степь, к кладбищу. Хоронили умерших в закрытых гробах, чтобы не пугать односельчан видом детских лиц, обезображенных болезнью. В сочельник Бах подсчитал количество умерших и не удивился — их было ровно семеро.

С отчаянием наблюдал Бах, как результаты его труда исчезают — медленно и необратимо. Жизнь колонии, расцветшая стараниями его карандаша, вновь застывала и увядала, теряла краски и запахи — словно побитый холодами цветок.

Земля у Гнаденталя внезапно оскудела и побелела — от соли или иных минералов (установить точно не представлялось возможным — белесая почва вместе с плодородием утратила и всяческий вкус). Груши и яблони цвели, но плодов не завязывали — так и облетали пустоцветами. Куры и гуси на фермах неслись пустыми яйцами — внутри тех яиц не было желтков, а один лишь прозрачно-серый белок. Овцы и кобылицы, коровы и верблюдицы мучились в родах как никогда прежде, по нескольку дней, наполняя колонию истошным ревом, однако приплод приносили мертвый; а если какой теленок или ягненок и рождался живым, то непременно нес на себе печать уродства — был альбиносом, имел раздутую водянкой голову или три глаза. Женщины перестали рожать младенцев — плоды засыпали в их чревах, и начавшие было расти материнские животы опадали и втягивались обратно под ребра.

Улицы Гнаденталя стояли теперь белые — всегда: зимой — от снега, весной — от вишневого пустоцвета, летом — от ковыльного пуха, осенью — от степной пыли; и некому было подмести эти улицы: мужчины сражались с бесплодной землей в полях, а женщины сидели по домам и тосковали по нерожденным детям.

Был ли Бах виноват в происходящем? Как мог противостоять всему — сумрачному, жестокому, кровавому, что уже вышло из-под его руки? Как мог защитить гнадентальцев от беспощадности созданных им же сюжетов? Он знал только один способ: писать о добром.

Поначалу старался вспомнить истории, где не было бы ни единого скверного персонажа и ни единого печального события; таких, однако, не находилось: в любой сказке непременно возникали злые и мятежные силы — более того, они и запускали сюжет. В любой сказке — будь она хоть про невинную курочку и дурня-петушка — вставали в полный рост человеческие пороки и слабости, вершились преступления, случались крушения и катастрофы. В любой сказке дышала смерть. Бах перебирал все известные сюжеты — кропотливо, по одному, словно чечевицу для супа, — и с изумлением обнаруживал, как сильно́ дыхание смерти в каждом из них: детоубийства, войны, моровые поветрия, недуги, измены и злодеяния происходили часто и щедро, в то время как воздаяние за перенесенные муки наступало единожды — в финале.

Разве мог Бах теперь писать о сражениях и битвах — если битвы эти днем позже могли случиться в Гнадентале? Разве мог рассказывать о казни ведьмы или скупого ландграфа — если это могло стать причиной чьей-то настоящей смерти? Разве мог он теперь позволить, пусть и на бумаге, детям осиротеть, влюбленной девице — онеметь, а курочке — подавиться зернышком?

И Бах начал писать *другое*. Называл тексты по старой памяти сказками, но были это вовсе не сказки, а лишь обрывки сюжетов, бессвязные куски описаний, невнятные и судорожные всплески мысли. Твердой рукой вымарывал Бах из историй все *темное*, *злое* и *негожее* — оставляя только *счастливое* и *радостное*.

...Он поцеловал спасенную деву, посадил на коня и увез в свой край, где царили благоденствие и покой, здоровье и благополучие, разум и справедливость...

Тем временем в январе двадцать восьмого в обком ВКП(б) Немецкой республики поступила телеграмма за подписью вождя: ускорить хлебозаготовки. О дополнительном обложении “зажиточной и кулацкой части крестьянства” Гофман объявил на сельском сходе.

…С тех пор пошла у них жизнь благополучная и прибыльная. Каждое утро находился под подушкой новый золотой талер, и каждый день доилась коза ведром душистого меда, и каждый вечер неслась курица серебряными яйцами…

В марте по всей Немреспублике началось широкое применение сто седьмой статьи Уголовного кодекса: конфискация хлебных излишков у лиц, имеющих избыточные запасы хлеба. В Гнадентале конфискации не избежали три семьи. Неделю спустя на Гофмана, сопровождавшего подводы с изъятым зерном в Покровск, было совершено первое покушение: неизвестный дважды выстрелил ему в спину из придорожных зарослей, оба раза промахнулся; после скрылся.

…А хлеба в стране стало так много, что стали они продавать этот хлеб в иные государства. Сами же при этом ели вдосыть, кормили тем хлебом домашнюю птицу и зверье, да еще и оставалось…

В апреле бюро Покровского обкома ВКП(б) признало результаты хлебозаготовок “ничтожными” и подключило к делу Наркомат юстиции и органы ГПУ. В Гнаденталь для проведения дополнительных реквизиций прибыл расчет ГПУ. В стычке с местными жителями один гнаденталец был убит, двое арестованы. С тех пор подкрепление от ГПУ наезжало в сельсовет регулярно: раз, а то и два в месяц.

…Вихрем летели их кони к замку, где уже ожидала молодых веселая свадьба: и нарядные люди, и вкусная еда, и хмельные напитки без счета…

В мае Гофман объявил о создании в Гнадентале ячейки Союза воинствующих безбожников. За неимением желающих сам стал ее руководителем. Через два дня на него было совершено второе покушение — и опять безуспешное.

...Потому что правда всегда одержит верх над кривдой, белое всегда победит черное, а живое — одолеет мертвое...

— Что?! Что?! Что ты мне приносишь?! — запальчиво кричал Гофман, швыряя листки с текстами Баха на пол. — Разве это сказки?! Слюни это медовые, а не сказки! У меня тут — война идет! За людей война, за урожай, за жизни человеческие! Мне марши боевые нужны, чтобы каждое слово — как удар штыком, как выстрел. А ты слюни на кулак мотаешь. Где в этих слюнях — сюжет? Где — герои? Где — враги? Битвы смертельные где, черт их дери? Торжество правых? Наказание виновных? Мораль? Хоть что-то вразумительное — где?! Где?! Где?!

...там, где кончаются свет и тьма, где пространство и время сливаются в одно — в том царствии нашли бедные сиротки покой и радость, там и остались до скончания века...

В августе обком ВКП(б) констатировал выполнение плана хлебозаготовок по республике лишь на семьдесят три процента. Руководству на местах — в том числе парторгу Гофману и председателю сельсовета Дитриху — был объявлен строгий выговор.

...Когда же явились они пред взоры Солнца и Луны, то молвили светила: ступайте домой и живите безбедно до самой старости, растите хлеб и яблоки без счета, а мы вам в этом будем помощью, напитаем белым серебром яблоневый цвет и темным золотом — колосья пшеницы...

В сентябре Немецкая республика собрала рекордный урожай зерновых: свыше пятисот семидесяти тысяч тонн. Прочитав сообщение об этом в “*Wolga Kurier*”, Бах ночью тайно явился в Гнаденталь, сорвал с карагача листок с урожайной сводкой, увез на хутор и спрятал в томик со стихами Гёте. На следующий день Гофман объявил Баху, что более в его услугах не нуждается: качество сказок снизилось настолько, что дальнейшая их закупка не имеет смысла. Так прямо и сказал. Рубрика “Наш новый фольклор”, однако, продолжала выходить в пятничных выпусках “*Wolga Kurier*”: у Гофмана оставался еще немалый запас Баховых историй, а после он начал писать сам.

…С тех пор была у бедного поэта на сердце — одна только радость. А в кошельке — звон монет. А в печи всегда ждал его румяный каравай, приготовленный любимой женой…

С сентября по декабрь сотрудниками ГПУ раскрыто было в Гнадентале девятнадцать случаев укрывания зерна — рекордная цифра по сравнению с соседними колониями. Она и дала название прошедшему году — *Год Спрятанного Хлеба*.

…А тыквы в тот год уродились такие превкусные, что можно было есть их вместо меда и сахара — на завтрак, обед и ужин. И такие огромные, что в каждой легко могла бы поселиться, как в доме, целая семья — и всем хватило бы места…

В январе двадцать девятого стартовала очередная хлебозаготовительная кампания — и к уголовной ответственности с конфискацией имущества были привлечены пятеро гнадентальцев; подверглись кратному и индивидуальному обложению — еще шестеро. Неделей позже четыре семьи забили скот, оставили дома и покинули колонию.

...Дорога привела их в прекрасную страну, где люди добывали себе пропитание одним лишь честным трудом. Жители ее были так трудолюбивы, а земля так плодородна, что убегающие за горизонт поля золотились урожаем круглый год...

В мае под Гнаденталем были убиты три активиста пионерского контроля: школьников, по ночам охранявших колхозные всходы, нашли мертвыми, со следами огнестрельных ранений. Двоим было по десять лет, одному — девять. Подозревали, что убийцей был отец одного из пионеров, но доказать не удалось: мужчина пропал без вести. Через месяц семьи всех трех погибших отбыли из колонии в неизвестном направлении.

...чтобы детей рожать — без счета. Чтобы друг друга любить — до последнего вздоха. Чтобы каждый вечер сидеть у раскрытого окна и любоваться на золото бескрайних полей... на золото бескрайних полей... на золото бескрайних...

В июне по всей республике развернулась новая кампания — по выявлению кулацких хозяйств. Спущенный сверху план — кулаков должно быть не менее двух с половиной процентов от общего числа жителей — Гофман выполнить не сумел: колонисты массово уезжали из Гнаденталя. За срыв задания Гофман получил второй строгий выговор в покровском обкоме партии, а по дороге домой на него было совершено еще одно — уже третье и вновь безуспешное — покушение.

...золотятся нивы... яблоки в садах наливаются алым, ткни — и брызнет!.. и счастливы люди... и счастливы звери... счастливы гномы и великаны... все счастливы... золотятся нивы... золотятся... золотятся... золотятся...

В августе из Высшего Совета Народного Хозяйства РСФСР был получен циркуляр, предписывающий увеличить заготовку мяса, масла, яиц и других продуктов, а в сентябре стартовала сплошная коллективизация крестьянских хозяйств. Отток населения из колонии, и без того массовый, ускорился и этим подсказал название всему двадцать девятому году — *Год Бегства*.

18

Дым над Гнаденталем поднимался высоко, упирался в облака.

Бах увидел тот дым, как только вышел на обрыв — прочесть утреннюю *сказку*. Уже год он не брал в руки карандаша, а сочинял в уме. На рассвете, стоя на берегу и глядя через Волгу на далекую россыпь домов, мысленно проговаривал свои творения — твердил упорно и многократно те несколько предложений, что пришли на ум за прошлую ночь: о хлебородных землях и долгожданных свадьбах, о многодетных семьях и пышных праздниках... Так читала когда-то Клара утренние молитвы над их огородом и садом, а теперь читал он — над колхозными полями родной колонии. Вряд ли эти страстные и бессвязные заклинания сбудутся, но Бах продолжал их сочинять — иного способа помочь Гнаденталю не знал.

Дым был густой и черный, будто свисающая с неба каракулевая шкура. Бах прыгнул в лодку и захлопал веслами по волнам: туда! Осенняя Волга — серая, лохматая — качала ялик небрежно и равнодушно. Таким же — лохматым и серым — был небосвод. Кричали чайки, то зависая над водой, то окунаясь и выныривая обратно с трепещущей в клюве добычей. Кажется, кричали и люди — не один человек и не два, а целая толпа: разноголосье доносилось с берега вместе с едким запахом гари.

Бах шуровал веслами по зыбкому телу реки, то и дело оборачиваясь на приближавшуюся деревню. Подлая память уже подсказала все написанные когда-то сюжеты о пожарах, поджогах и огневых дождях. Увидит ли он сегодня выгоревшие дома и обожженных людей? Овец с опаленными шкурами и задохнувшихся в дыму птиц? Скорбящих погорельцев, в одночасье лишившихся крова и имущества? Сожмется ли усталое сердце его, уже в тысячный раз, чувством вины за случившееся? Не ездить бы ему в колонию, отрешиться от ее жизни, отгородиться Волгой; и сказок больше не сочинять, и на обрыв не ходить, и даже не смотреть на левый берег, а сидеть на хуторе безвылазно и растить пятилетнюю Анче. Но преодолеть себя Бах не мог: нет-нет да и срывался в Гнаденталь, проходил торопливо по улицам, заглядывал в “*Wolga Kurier*”, бежал по окрестностям. Все надеялся: а не повернулось ли вспять? Не вернулось ли то самое — *богатое, плодородное*? Нет, не возвращалось.

Он примотал чалку к подгнившим основательно причальным бревнам и вскарабкался на пирс (с недавних пор стал оставлять ялик тут: берег был усыпан ребристыми скелетами брошенных лодок, и оставлять среди них свою, целую, не хотелось). Протопал по щербатым доскам настила, спрыгнул на песок и побежал — на дым и крики.

Главная улица хлопала дверьми и окнами, звенела замками и засовами, визжала бабьими голосами. Метались меж ног бестолково куры, лаяли растревоженные псы. Так же бестолково метались из дома в дом и люди — ошалелые, с бледными чужими лицами. Бесхозное жестяное ведро быстро катилось по улице, громыхая и подпрыгивая на ухабах, — едва не сбило Баха с ног и укатилось дальше, к Волге, словно было живое и убегало от чего-то страшного. Дохнуло жженой резиной и раскаленным железом, по лицу мазнуло горячим пеплом. Бах выскочил на рыночную площадь и остановился, уткнувшись лицом в жаркую, плотную стену дымного марева.

Посреди площади красным тюльпаном полыхал костер — горели три карагача. Горели не каждый в отдельности, а единым пламенем: наваленная меж деревьев куча хлама походила на цветоложе, а каждый ствол — на лепесток. Могучий трилистник едва колебался в неподвижном воздухе, выбрасывая вверх черные клубы дыма и ворохи искр. К костру то и дело подбегали чумазые от копоти люди и швыряли в огонь всё новые и новые доски, мебель, связки бумаг, одежду… Треск стоял такой, что людские голоса почти тонули в нем.

— …Вывески все и доски почета! — кричал кузнец Бенц, стоя на крыльце кирхи: кричал почему-то не собравшейся вокруг него толпе, а закрытым церковным дверям. — Доски учета урожая! Красные доски и черные! Агитационные доски! Весь новый хлам — в огонь! Чтобы коммунистам гореть, как этим доскам, — в аду!

— В аду-у! — тотчас отозвалась толпа, замахала поднятыми в воздух вилами и серпами.

— Книги из избы-читальни! Плакаты из школы и агитуголка! Журналы и газеты! — продолжал орать Бенц. — Портреты всех этих собачьих сынов и дочерей, которых Бог отчего-то наградил немецкими именами!

В костер полетели бумажные рулоны, стопки книг, затем — одна за другой — массивные расписные рамы с фотографиями: от Карла Маркса до Карла Либкнехта.

— Ты слышишь? Все твои уже на костре, тебя одного дожидаются! — Бенц ударил со всей мочи тяжелой кузнецкой рукой по дверям кирхи, но обитые железом створки даже не дрогнули.

Кто-то заперся в церкви — спрятался от разъяренной толпы, понял Бах.

— Одежда твоя, иуда! — Полетели в огонь чьи-то мятые штаны, фуфайка, портянки, кальсоны. — Вещи твои! — Полетел фанерный чемодан, раскрывая нутро и разбрасывая по земле тряпье, ложки, посуду. — Бумаги! — Мелькнули в воздухе тетради, груды исписанных листков, связки карандашей, бухгалтерские счеты и — пухлый гроссбух, куда несколько лет подряд вклеивались Баховы сказки. — Открывай, не гневи людей! Чем дольше сидишь, тем дольше на костре жариться будешь!

— Не сжигать его надобно, а утопить, как больную суку! — кричали из толпы. — А перед тем камнями брюхо набить, чтобы легче плавалось! На огне мученики святые жизнь кончают, а не коммунисты!

— Свиньям скормить! — возражали другие. — Колхозное стадо большое — с костями сожрет! Пусть-ка послужит родному колхозу, собачий выродок!

— По-киргизски надо — к кобыльему хвосту привязать и пустить в степь!

— Больно много чести! Сундуком голову откусить — и вся недолга!

Бах шел меж односельчан, вглядываясь в обезображенные гневом лица. В зареве пожара лица эти были почти неотличимы друг от друга: сдвинутые брови, немигающие глаза, раскрытые рты… Мужчины, женщины, старики, молодые — одно лицо на всех. Так же одинаковы сделались и голоса — низкие и хриплые, как воронье карканье.

— Керосину под дверь плеснуть да поджечь — вмиг выскочит!

— Бревном двери вышибить!

Откуда-то возникла худая фигура пастора Генделя — бросилась к церковным дверям с раскинутыми руками, защищая от насилия:

— Богохульствовать не позволю! Оберегайте храм веры, но не разрушайте при этом дом Божий!

В стороне от толпы, прислонясь к колодезному срубу, сидел на земле председатель сельсовета Дитрих. Одежда его была в грязи, подбитый ватой пиджак надорван на плечах. Он беспрестанно вытирал тыльной стороной ладони перепачканные щеки, но чернота не уходила, а только еще больше размазывалась по лицу. Бах подошел, вытянул из колодца полное ведро и поставил рядом с Дитрихом — умыться. Но тот, вместо того чтобы плеснуть на лицо, схватил ведро и опрокинул на себя — словно стоял на дворе не серый ноябрьский день, а знойный июльский. Посидел пару секунд, прикрыв глаза, с выражением облегчения на лице, затем, обильно обтекая водой, кое-как поднялся на ноги и побрел прочь.

Бах догнал его, засеменил рядом, вопросительно мыча, — Дитрих лишь качал головой, повторяя: “Дурень, вот дурень-то…” Бах ухватил его за сочившийся влагой рукав, затеребил нетерпеливо — тот вырвал руку и указал ею куда-то вверх. Бах поднял голову — и от удивления тотчас позабыл о Дитрихе и о его странном поведении: на гнадентальской кирхе не было креста. Островерхая крыша еще стремилась в небо, но шпиль был обломан — глядел неопрятно и сиротливо. Вокруг шпиля обвилась веревка (по ней-то и забрался вандал), конец ее нырял в одно из окон кирхи. Поискав глазами, Бах обнаружил и сбитый крест —

поднятый заботливыми руками прихожан и аккуратно прислоненный к церковной ограде.

— Да! — радостно загудела толпа, приветствуя двух парней, волочивших деревянную лестницу. — Наконец-то! Давно пора!

Лестницу приставили к стене, и один из парней тотчас полез вверх — к стрельчатому окну, разбитый витраж которого последние лет десять прикрывала перетяжка с выцветшей надписью “Вперед, заре навстречу!”. Сорванная тряпка упала вниз, парень сунул лохматую голову в оконный проем — в то же мгновение раздался резкий хлопок, парень, странно взмахнув руками, полетел на землю спиной вперед.

— Оружием обзавелся, сволочь! — взвыли голоса. — Этим же оружием и пристрелить его, собаку! А лучше — вилы в живот, чтобы дольше мучился! Или — подвесить за ноги, пусть вороны глаза и печень выклюют!

Стонущего парня понесли прочь, а толпа, оттерев от входа пастора Генделя, забарабанила в церковные двери.

— Открой! Отвечать пришла пора! За хлебозаготовки! За семенные фонды! За налоги! За колхозы! За безбожников и кулаков! Откро-о-ой!

— О-о!.. — гудели горящие карагачи, тянули к небу огненные сучья.

Зажимая уши, но не умея отвести взгляда от освещенного сполохами людского месива, Бах попятился прочь.

— Поймали! — раздалось откуда-то с боковой улицы. — Остальные в степь ушмыгнули, а этот — попался, голубчик! — Несколько мужиков тащили по земле человека, ухватив за волосы; тот вяло дергался, пытаясь освободиться. — Попался, активист!

— Сюда-а! — заныла в нетерпении толпа. — Дава-а-ай!

Человека швырнули к подножию церковной лестницы. Тело перекатилось пару раз и остановилось, ударившись о нижние ступени. К нему тотчас протянулись десятки рук, но схватить не успели: десятки ног — в башмаках, сапогах, деревянных кломпах — задубасили по телу, и оно забилось, запрыгало, затанцевало на земле.

— Стой! — забасил кузнец Бенц, расталкивая толпу и пробираясь к пойманному. — Он живой нам нужен! Стой!

— О-о! — отзывались карагачи, осыпая площадь крупными искрами.

Бенц добрался до тела, схватил за ногу и поволок вверх по лестнице. Голова заколотилась по ступеням, мелькнуло на миг перевернутое лицо пойманного: это был пионерский вожак Дюрер.

— И приспешник твой уже у нас! — закричал запертым дверям Бенц. — Не откроешь — поджарим его вместо тебя! Лучше открой!

— Открой! — вторила толпа.

— А ну подай голос! — обратился Бенц к Дюреру. — Да громче кричи — чтобы в церкви слышно было!

Но Дюрер молчал — то ли находясь без сознания, то ли проявляя стойкость духа.

— Во-о-от! — заревела толпа, передавая из рук в руки тяжелое ведро, в котором плескалась жидкость. — Помо-о-ожет!

Бенц взял из протянутых рук ведро и выплеснул на Дюрера. Толпа отхлынула — волна острого запаха разлилась по площади: керосин.

Дюрер захныкал тонко, по-детски. Попытался повернуться и встать на корточки, но искалеченные руки и ноги его скользили по мокрым камням, подгибались, не слушались: он корячился беспомощно у входа в церковь, ударяясь о ступени лицом, грудью, плечами и с ужасом озираясь на метавшиеся в воздухе искры.

— Голос! — требовала толпа. — Подай го-о-олос!

Дюрер попытался было крикнуть, но из горла его вырывалось едва слышное сипение. В мучительном старании разевал рот и скалил зубы, напрягая глотку так, что жилы на шее вздувались веревками, — напрасно: ни один звук не вылетел из перекошенных губ.

— В ого-о-онь! — взревела толпа. — Дюрера — в огонь!

— О-о! — стонали в предвкушении карагачи, протягивая к людям пылающие ветви.

— Нет! — закричал кто-то звонко и пронзительно с другого конца площади. — Не позволим!

Трое мальчиков лет десяти-двенадцати бежали к церкви: лица — белее полотна, из которого сшиты рубахи, галстуки на шеях — алее огня. Пионеры ввинтились в толпу, просочились сквозь нее, как ручейки сквозь древесные корни. Окружили дрожащего Дюрера, закрыли тонкими ручками.

— Про-о-очь! — зарычала толпа, замахала дюжинами кулаков, затрясла гневно дюжинами голов.

— Не отдадим! — голоса детей — высокие, чистые. — Сами вы прочь! А если нет — с нами сжигайте!

— Против отцов?! — завопила толпа, ощетинилась вилами и серпами.

— Против!

— О-о! — захлебнулась толпа возмущением и хлынула на крыльцо: не стало видно ни истерзанного тела, ни белых детских рубах, ни алых галстуков — темная человеческая масса шевелилась у подножия церкви, стеная и булькая едва различимыми словами.

Стоны и вой нарастали, сливаясь в единый хор с гудением карагачей, пока на площади что-то не бухнуло. Взрыв? Выстрел? Нет — распахнулись с грохотом двери кирхи.

Толпа замерла, застыли в воздухе занесенные серпы и кулаки, оборвались крики и плач. Глаза уставились в черный дверной проем, в котором сквозь дым и поднятую пыль проступала постепенно светлая фигура.

— Вот он — я, — сказал Гофман тихо. — Возьмите.

Скомканную одежду свою он держал в одной руке, ботинки — в другой. Выйдя на крыльцо, швырнул на землю сначала штаны с рубахой, затем обувь. Толпа шарахнулась от них, как от рубища прокаженного. Гофман остался на крыльце один — нагой.

Он стоял, спокойно и устало, глядя на толпу с высоты трех каменных ступеней — освещенный серым дневным светом вперемешку с огненным заревом. Нагота обнаружила то, что раньше, прикрытое одеждой, только угадывалось: тело Гофмана было скроено по иным лекалам, нежели обычные человеческие организмы. Конечности были несуразны: руки свисали до колен, правая длиннее левой; кривые ноги походили на звериные лапы. Кости и мышцы сплетались под кожей странными узлами, бугрясь и образуя впадины в самых неожиданных местах. Соски располагались на груди криво: один — у основания шеи, второй — чуть не под мышкой. Крупный пуп торчал на боку. Покрытые густым волосом муди болтались низко, как у старого животного.

— Револьвер на аналой положил, — произнес Гофман. — Заряженный — не пораньтесь.

И сделал шаг вперед.

Толпа раздалась в стороны.

Гофман спустился по ступеням и пошел по площади меж расступающихся людей. Он шел, не спеша переставляя косолапые ноги. Круто изогнутый позвоночник его пружинил, кости ходили ходуном, мышцы взбухали, словно выполняя тяжелую работу, — многоглазая толпа завороженно следила за их игрой и молчала.

Гофман уходил из Гнаденталя — в степь.

Он почти достиг края площади, когда кто-то не пожелал отступить в сторону — остался стоять на пути. Женщина, большая и добрая телом, — Арбузная Эми. Выставив могучую грудь, она ждала.

Почти уткнувшись в пышное женское тело, Гофман остановился. Постоял пару мгновений, изучая препятствие. Взглянул Эми в лицо — та смотрела насмешливо, не мигая. Хотел было обойти ее, но толпа уже очнулась от наваждения: сомкнула ряды — справа и слева от женщины. Тронуть Гофмана не решались, но стояли, упрямо выставив вперед подбородки и крепко сжав руками серпы и вилы.

Арбузная Эми ухмыльнулась и сделала шаг вперед — толкнула Гофмана только кончиками грудей. Тот опустил глаза, развернулся и медленно пошел в обратном направлении.

Толпа двинулась следом.

Шли молча, плечо к плечу, не ускоряя и не замедляя шаг, не замечая под ногами тел — Дюрера и детей, — что остались лежать на земле неподвижные. Шли, словно бреднем прочесывая площадь, — загоняя в сеть единственную добычу. И неясно было, ведет ли их за собой Гофман или они его ведут — вниз по улице, к Волге.

Бах прижался к колодезному срубу, пропуская процессию.

Заметался, не понимая, оставаться ему на площади рядом с детьми — или бежать за толпой, попытаться спасти несчастного. Топот шагов многоногой толпы удалялся. Трещали догорающие карагачи.

Захотелось крикнуть, громко и яростно, чтобы заглушить этот несмолкаемый треск — разбудить спящих мертвым сном пионеров, разбудить зачарованную толпу. Мыча, Бах схватил обгорелую палку и заколотил ею в пустое колодезное ведро, как в колокол. Но удары дерева о жесть были глухи — едва слышны за гудением костра. Бах отшвырнул ведро и кинулся к реке.

Толпа — все такая же молчаливая, суровая — уже стояла на песке, у самой кромки воды, растянувшись вдоль берега. Бах заметался, пытаясь разглядеть хоть что-нибудь за плотной стеной спин и затылков; нырнул в узкую щель меж чьих-то плеч, заелозил, протискиваясь, — и скоро его выдавили вперед: он оказался в первом ряду, по щиколотку в воде. И увидел.

Гофман уходил в Волгу. Шагал с усилием, будто погружаясь не в воду, а в вязкую смолу. Перед тем как сделать очередной шаг, оборачивал к берегу прекрасное лицо, искаженное сейчас горечью и безнадежностью, — толпа в ответ едва заметно колыхала сжатыми в руках вилами и серпами. Вот вода уже скрыла кривые Гофмановы колени, затем бедра. Подобралась к спине…

Мыча, Бах кинулся было вперед — остановить Гофмана, спасти! — но чьи-то руки тотчас ухватили его за шиворот и за волосы. Бах забился, пытаясь высвободиться, — бесполезно. Твердые равнодушные пальцы держали его — пока Гофман не погрузился по грудь, по шею, пока, оглянувшись в последний раз, не ушел в Волгу полностью. Голова его исчезла в волнах быстро и бесследно, не оставив на поверхности ни кругов, ни пузырей.

Толпа еще долго стояла, шаря глазами по реке, — Гофмана видно не было. Наконец державшие Баха пальцы разжались — он упал в воду, да так и остался сидеть, весь в хлопьях желтой пены и набегающих волнах, тихо скуля от горя.

Зачем Гофман полез на кирху? Хотел ли просто избавить местный пейзаж от идеологически вредного креста? Или задумал все же перестроить церковь под детский дом: выкинуть пылившуюся церковную утварь, провести отопление, обустроить спальни и комнаты для занятий? Как бы то ни было, это желание стало его последним — и несбывшимся.

Сколько Бах просидел на берегу, не мог бы сказать. И о ком плакал — о чудаке ли Гофмане или о погибших детях, — также не мог бы сказать. Возможно, плакал обо всех гнадентальцах. О тех, кто покинул колонию. О тех, кто остался. Об оскудевшей земле. О сгоревших карагачах. О счастливом *Годе Небывалого Урожая*, канувшем в Волгу безвозвратно, как и последний ученик Баха.

На берегу уже давно никого не было, только на сером песке темнели следы многочисленных сапог и башмаков. Бах поднялся на ноги и побрел к причалу. Все по тем же щербатым доскам дотопал до ялика. Толкнулся веслом от пирса и, стараясь не глядеть на колонию и плывущий над нею дым, погреб к левому берегу — домой.

Знал, что больше в Гнаденталь не придет.

Что сочинять больше не будет.

Что не отпустит Анче к людям — никогда.

Сын

19

Всю следующую ночь Бах просидел, держа на руках спящую Анче. Плечи скоро занемели от тяжести, но оторвать ребенка от себя и опустить на постель не мог. Думал об одном: есть ли в мире такое место, куда старый седой волк Бах мог унести в зубах свою девочку — спрятать от разъяренной гнадентальской толпы? Есть ли в мире такое место? Есть ли?.. Когда расслышал за стеклом гоготание улетающей гусиной стаи — понял, что наступило утро. Тогда же понял: да, такое место есть. Страна, которую не назвать было родиной, но не назвать и чужбиной, — Рейх.

Многие покидали Гнаденталь с подобными устремлениями — и многие же возвращались ни с чем. Но были, все-таки были те, кто умел просочиться сквозь границу, тенью шмыгнуть между мирами — и уцепиться в Рейхе, заползти в уголок, затаиться в норе. Живут же где-то там — на берегах Рейна и Одера, Эльбы и Везера — и мукомол Вагнер, и многодетные Планки, и прижимистые Шмидты. Где-то там обосновался, верно, со старухой Тильдой и Удо Гримм, если не прогнал ее в гневе с глаз долой за побег юной Клары. Так не найдется ли места и скромному Баху с маленькой Анче?

Он вышел в сад — яблони едва виднелись в густом утреннем воздухе. Медленно пошел меж ними, оглаживая

19

Всю следующую ночь Бах просидел, держа на руках спящую Анче. Плечи скоро занемели от тяжести, но оторвать ребенка от себя и опустить на постель не мог. Думал об одном: есть ли в мире такое место, куда старый седой волк Бах мог унести в зубах свою девочку — спрятать от разъяренной гнадентальской толпы? Есть ли в мире такое место? Есть ли?.. Когда расслышал за стеклом гоготание улетающей гусиной стаи — понял, что наступило утро. Тогда же понял: да, такое место есть. Страна, которую не назвать было родиной, но не назвать и чужбиной, — Рейх.

Многие покидали Гнаденталь с подобными устремлениями — и многие же возвращались ни с чем. Но были, все-таки были те, кто умел просочиться сквозь границу, тенью шмыгнуть между мирами — и уцепиться в Рейхе, заползти в уголок, затаиться в норе. Живут же где-то там — на берегах Рейна и Одера, Эльбы и Везера — и мукомол Вагнер, и многодетные Планки, и прижимистые Шмидты. Где-то там обосновался, верно, со старухой Тильдой и Удо Гримм, если не прогнал ее в гневе с глаз долой за побег юной Клары. Так не найдется ли места и скромному Баху с маленькой Анче?

Он вышел в сад — яблони едва виднелись в густом утреннем воздухе. Медленно пошел меж ними, оглаживая и прощаясь с каждой. Под ладонями было шершаво и мокро — холодная влага лежала на стволах. Просил деревья об одном: позаботиться о Кларе. К самой Кларе пришел, когда по сизому небу уже разлилась бледная ноябрьская заря. Постоял рядом с могильным камнем, наклонив голову и прислушиваясь к редкой перекличке птиц в вышине: обманутые теплой осенью, гуси в этом году припозднились. Коснулся камня пальцами: прости, Клара, что веду нашу Анче в *большой* мир. Иного пути, кажется, не осталось.

Заторопился со сборами. Сначала — прибрать во дворе: уложить в поленницу выпавшие дровины; закатить в сарай чурбан для колки дров, туда же убрать инструменты со двора, столик летней кухни; снять с бельевой веревки пару болтавшихся тряпок, саму веревку смотать в клубок, спрятать в сенях; опорожнить дождевые бочки, ведрами перетаскав воду под яблони; занести весь хлам из-под навесов — ящики, тележки, коробки, волокуши — в амбар. Запереть на щеколды загон для скота, загон для птицы, ледник. Запереть на замки сарай, хлев, птичник…

Работал быстро и бесшумно. Предметы подчинялись ему: покорно ложились в руку, не падали на землю, не издавали звуков. Лишь когда перекладывал в дорожную котомку яблоки из высокой, в половину человеческого роста, ивовой корзины, та вдруг опрокинулась с протяжным унылым скрипом, разбросав по земляному полу амбара крупные плоды вперемешку с сеном. Бах покачал головой сокрушенно: побитые при падении бока скоро потемнеют, не дождутся зимы. Но огорчаться не следовало: все эти корзины, доверху наполненные розовыми, зелеными и белыми яблоками, и развешанные под потолком ожерелья сушеных рыбин, и бессчетные пучки собранных летом трав — все это оставалось на хуторе, становилось ничьим, никого уже не могло напитать и исцелить. Бах собрал рассыпанные плоды обратно в корзину, проложил заботливо сеном. Амбар запер так же — на замок.

Покончив с хозяйством, вернулся в дом. Развернул на столе большую простыню поплотнее, покидал на нее вещи — свои и Анче: одежду, обувь, пару деревянных мисок с ложками. Завязал в объемистый узел. Вот и все, что он возьмет с собой в новую жизнь. Хотел было сунуть в поклажу и томик Гёте, но тюк и без того был тяжел.

Денег на дорогу у Баха не было; требуемую сумму он затруднялся представить, как, впрочем, и сами деньги, бывшие нынче в ходу. Потому решил взять с собой несколько кружевных вещиц из запасов Тильды и сбыть при случае. Долго рылся в сундуках, выискивая воротники и салфетки самого искусного плетения. А когда поднял глаза из сундучных глубин, в проеме двери стояла сонная Анче.

Собирайся, мысленно обратился к ней, *мы едем в Москву — добывать германские паспорта*.

Скоро вышли из дома: бледный от решимости Бах, в романовском тулупе и киргизском войлочном колпаке, через одно плечо — котомка с провизией, на другом — увесистый тюк с вещами; и румяная со сна Анче, закутанная в шерстяной платок поверх ватной душегрейки, пошитой из старого одеяла.

Заперев дверь, Бах встал на перевернутое жестяное ведро и под застрехой нащупал невидимую снизу щель меж бревнами — вложил туда увесистую связку ключей. Ведро спрятал под крыльцо. Обернулся в последний раз на дом (тот щурился заколоченными окнами, щетинился соломой), на пустой двор, на голый сад (на одном из деревьев заметил яблоко — мелкое, изжелта-зеленое, что одиноко покачивалось на ветке). Взял за руку Анче и быстрым шагом направился к Волге.

Анче была взволнована не меньше Баха — но взволнована радостно, словно предвкушая что-то увлекательное и веселое. Она быстро перебирала ногами, стараясь поспевать за широкими Баховыми шагами, и пыхтела в такт. Глаза ее неотрывно и с жадностью смотрели вперед, вокруг лба трепыхались выбившиеся из-под платка прядки. Дай волю — она, верно, побежала бы впереди Баха, повизгивая от возбуждения и хватая воздух приоткрытым ртом.

Забравшись в лодку, метнулась было на нос и привычно свесила руки за борт, чтобы ловить пальцами кипящие брызги, но Бах коротким повелительным звуком острожил ее: сиди смирно. Сбросил узел с вещами на дно, показал взглядом: придержи-ка. Анче поняла, перебралась на банку, послушно накрыла тюк ладошками. Бах прыгнул в ялик, толкнулся веслом от камня — берег качнулся и поплыл прочь.

Окинуть бы прощальным взором утес, вьющуюся по нему тропку, неровную кромку обрыва на фоне серого неба — да не до того стало: волна по Волге шла высокая, хлесткая — ялик болтало нещадно, то подбрасывая вверх и грозя вытряхнуть и груз, и пассажиров в воду, то швыряя вниз и засыпая брызгами. Каждый такой взлет вызывал у Анче восторженный вздох, каждое уханье вниз — восторженный выдох. Так и шли по волнам: вдох-выдох… вдох-выдох…

Бах резал веслами тяжелую осеннюю воду и посматривал на правый берег — ждал, когда вспухавшие вдоль кромки воды горы присядут, станут ниже, а затем и вовсе припадут к земле: тогда-то и покажутся дома русского города Саратова. Бах не бывал в нем ни разу, но помнил, как часто возил туда угрюмый Кайсар своего хозяина, — значит, путь был не так уж и сложен. От берега старался не удаляться, но уже через час ходу обнаружил ялик недалеко от фарватера: течение было сильнее Баховых рук. Хорошо, Волга нынче была пуста: навигацию закрыли еще в октябре.

Вдруг — сквозь шлепанье волн и посвист ветра — накатило откуда-то басовитое гудение, накрыло с головой: два коротких сигнала, один длинный. Бах обернулся испуганно: пароход — приземистый, широкобокий — выставил вперед тупое рыло, чапает по реке ходко, вот-вот подомнет под себя маленькую лодку. И откуда только взялся? Бах вдарил по веслам, чуть не вывихнув их из уключин: левым затабанил, правым забил по воде заполошно, направляя лодку ближе к берегу — поперек течения, поперек разыгравшегося ветра. Ялик задергался, заскакал по волнам. Анче прыгнула с банки на дно лодки, поверх мокрого узла, вцепилась ручонками в борта, не отрывая зачарованных глаз от надвигавшейся громадины. И вновь могуче ударило в уши — два коротких гудка, один длинный. Пароход — ближе, ближе. Совсем рядом. Кажется, Бах может коснуться его веслом: крытые черной краской выпуклые бока дрожат, по ним оплывают крупные шматы пены; дрожат и развешанные вдоль бортов алые баранки — спасательные круги. Какой-то матрос свесился с верхней палубы и, яростно тряся вытянутой рукой, орет замершему в ялике Баху:

— Куда ползешь, дурила в корыте! — Лицо у матроса красное, не то от ветра, не от гнева. — А еще дитя с собой прихватил, базло!

Пароход прошел мимо, а ялик долго еще качало на поднятой волне. Бах выпустил весла из рук, выдохнул судорожно, вытер замокревшие от волнения лицо и затылок. Поднял взгляд на Анче — та все смотрела вслед уходящему судну, рот беззвучно открывался, словно пытаясь повторить вслед за матросом только что прозвучавшие слова. Наконец повернулась к Баху — и загудела изумленно: два раза — коротко, один — длинно…

Лодку спрятали в ивняке, на подъезде к Саратову: заволокли вдвоем на берег, уложили в низину между старыми ивами, забросали ветками. И пошли по мелкой прибрежной тропке, ведущей, судя по всему, в город.

Бах держал Анче за руку — так крепко, что иногда она поскуливала от боли, но ладошку не вырывала: окружающее ошеломило ее совершенно, и она позабыла, кажется, и про шагавшего рядом Баха, и про себя. Каждый поворот тропинки обещал и дарил — никогда не виденное, никогда не слышанное. Вот женщина спускается к реке: голова обмотана коричневым платком (как у Анче), телогрейка подвязана веревкой (как у Баха), а в руке — поводья, а в поводьях — зверь могучий, потряхивает гривой, перебирает лениво копытами, затем вскидывает голову, скалит крупные зубы, протяжно кричит высоким диковинным голосом… Вот — изба на пригорке стоит (как дом Анче и Баха на хуторе), за ним еще избы выстроились; у одной — столб высокий, а со столба в дом — веревка черная тянется; внизу мужик топчется, тычет вверх палкой; как вдруг из веревки — искры белые, пламя, трескотня… Вот — люди у какой-то железной махины с колесами столпились, бранятся, руками машут; а махина та как зарычит низким голосом, как задребезжит…

Увиденное впервые — впечатывалось в память чередой цветных и изумительно четких фотографий. Услышанное впервые — отливалось в воспоминаниях, как отливаются в прочном шеллаке граммофонные пластинки. Мир — огромный, невероятный — не вмещался в глаза и уши, ослеплял и оглушал. Переполнял Анче, грозя разорвать на куски ее маленькое взволнованное сердце и пылающую от обилия впечатлений голову. С ним невозможно было бороться, можно было лишь покориться — и раствориться в нем без остатка. И Анче растворялась: прикрывала время от времени веки, задерживала дыхание и покорно плыла куда-то, ведомая Бахом, блаженно ощущая себя частью звуков и образов: шлепанья пароходных колес по реке, матросской ругани, лошадиного ржания, треска электричества, тарахтения молотилки; всех этих слов и названий знать не могла — да разве в словах было дело! Мир был поразителен и без них. Передохнув — опять распахивала ресницы.

Бах заметил волнение Анче: с пухлых щек ее сошел привычный румянец, глаза лихорадочно блестели, а губы беспрестанно подрагивали; иногда взгляд ее затуманивался, лицо застывало, а сама она словно впадала в короткий сон, продолжая прилежно переступать ногами. Он хотел было взять Анче на руки, чтобы успокоить немного, — запротестовала, завизжала, вырываясь. Так и пошли дальше — каждый на своих двоих.

Миновали несколько пригорков, густо покрытых деревянными домами; поплутали меж дощатых заборов, речушек с бревенчатыми мостками и крошечных церковок; вышли, наконец, на окраины каменного города.

Вымостившие улицы серые булыжники были самой звонкой частью местного пейзажа: все, что соприкасалось с ними, тотчас начинало стучать, звенеть и цокать, будь то колеса повозок, лошадиные копыта или гвозди, которыми были подбиты каблуки прохожих. Наполнявшему город перестуку и грохоту подпевали громкие человеческие голоса (“Стар-р-рье беру! Тряпки — ремни — кастр-р-рюли!” — “Утренние сар-р-ратовские известия!” — “Пирожки! С потр-р-рохами пирожки!”).

Бах достал из котомки веревку, одним концом туго обмотал Анче под мышками, другой привязал к своему поясу; та не сопротивлялась, возможно, и вовсе не заметив этих приготовлений. Исчезни сейчас Бах — она, верно, не поняла бы и этого. В ее глазах мелькали отсветы стекла и стали, латуни и меди. Она впитывала весь этот металлический блеск и сверкание красок; впитывала запахи улицы — конского пота и человеческого, мокрого камня и пыли, железа и смазки, дешевой махорки, водки, снеди. И впитывала звуки:

— З-з… — звенели трамвайные звонки.

— У-у… — пели водосточные трубы, изредка ухая жестью на ветру.

Улица, по которой Баху с Анче предстояло идти к вокзалу, стелилась широко и могуче — словно была и не улицей вовсе, а одним из притоков Волги. Крутыми берегами ее были дома — белые, желтые, розовые, в два и три этажа; по мощенному камнем дну бежали нескончаемые людские потоки. Меж них механическими рыбинами юркали трамваи и авто; неторопливо, как раки, ползли арбы и телеги; водорослями колыхались голые по осени деревья; кривыми стеблями росли электрические и фонарные столбы. Чем дольше Бах с Анче шли, тем меньше становилось вокруг дерева и земли, а больше — камня, чугуна, бетона.

— Э-э… — стонал где-то, жалуясь, заводской гудок.

— Ф-ф-ф… — шкворчал горячий асфальт, распластываясь под чугунными катками и ложась на мостовую.

Сотни людских лиц — бледных в свете солнца, серых от летящей асфальтовой копоти — несло по городу, как по стремнине, кружило у аптек и булочных, вносило в трамваи и автобусы, вышвыривало наружу.

Изрыгнув одну людскую толпу и поглотив другую, автобусы те всхрапывали радостно, клацали железными дверцами и крутили колесами — уносились куда-то, оставляя на искрящемся асфальте жирные резиновые следы. Поверх них ложились другие, от автомобилей и велосипедов. А вдоль, по тротуарам, бежали бесчисленные отпечатки каучуковых подошв. Ни конские копыта, ни деревянные колеса телег, ни босые ноги беспризорников не оставляли на асфальте следов — а только резина и гуммилак, дюпрен и сукролит, железо и каучук.

— Ш-ш-ш… — шуршали шины.

— Х-х… — хрипели велосипедные колеса.

Анче слушала жадно — все хрусты и шорохи, лязги и стуки, вздохи и шелесты; хотела бы дотронуться до бронзовых тел уличных фонарей, до шершавого камня домов, до скользких лакированных боков стоящих у обочин авто, до кружевных водосточных решеток, до каждого стесанного булыжника под ногой — но обернутая вокруг тела веревка тянула дальше, вперед.

От шума и гвалта в голове у Баха тоже начало что-то бренчать и перекатываться. Охотнее всего он схватил бы Анче на руки и побежал сквозь текущую по тротуарам толпу, сквозь вереницы шустрых извозчичьих колясок и неторопливых телег — скорее, к вокзалу. Озабоченно глянул на девочку: рот открыт, словно собирается закричать, восторженный взгляд скачет — по людям, собакам, лошадям, витринам, вывескам, трепещущим на ветру афишам, вьющимся алым стягам и реющему в небе аэроплану… Нет, понял Бах, взять на руки не получится.

На привокзальной толкучке, однако, было еще шумнее. Продавцы и покупатели — все что-то выкрикивают, предлагают, расхваливают, бранят, снуют взад и вперед, трутся друг о друга спинами и рукавами. Товар — съестное, старое, ветхое, новое, золотое, рваное, чиненое, краденое, перекупленное, выменянное — валяется на земле, лежит на прилавках и ящиках, глядит из корзин и мешков, из раскрытых ладоней и карманов, колышется в воздухе и плывет по-над толпой, поднятый сильными руками особо предприимчивых торговцев.

Чуть не оглохнув от гогота голосов, Бах втиснулся между сухоньким старичком в собачьем малахае (тот жарил шашлык на изъеденной ржой жаровне: с закопченных шампуров капал в угли тягучий жир, протяжно шипел и пыхал едким дымом) и угрюмой женщиной с загорелым дочерна лицом, что сидела у горы арбузов, выставив в толпу острые колени, и то ли монотонно пела что-то по-татарски, а то ли молилась. Вынул из-за пазухи кружевные творения Тильды, вытянул неловко вперед — к ползущей мимо массе вертлявых голов, любопытных лиц и быстрых рук. У его ног примостилась привязанная к поясу Анче: села на тюк, уцепилась за брючины Баха, продолжая следить глазами за людской мельтешней и беспрестанно шевелить губами. Стоял долго, продрог — согревало только теплое тельце Анче, прижавшееся к коленям. Не продал ничего.

К вечеру, когда толпа поредела и поскучнела, а гам на привокзальной площади поутих, стали слышны голоса паровозов: откуда-то издалека, из-за длинного здания вокзала, украшенного лепниной, изредка доносились призывные гудки. Заслышав их, Анче каждый раз вскидывала голову и вытягивала губы — тихо гудела в ответ: два коротких, один длинный.

Старик-шашлычник уже вытряхнул остывшие угли из мангала, закинул его за спину и побрел с толкучки. Торговка арбузами подкатила откуда-то большую арбу, накидала на нее оставшийся товар и поволокла вон. Покупателей и любопытствующих становилось все меньше. Вместо них замелькали среди пустеющих торговых рядов фигуры мужчин в потертых пиджаках, с быстрыми волчьими взглядами, и стайки шустрых пацанков, одетых в лохмотья. Один такой, пробегая мимо Баха, зыркнул на Анче — остановился с разгона, улыбнулся широко недоброй улыбкой (среди щербатых зубов блеснула золотая искра): "Наше вам бонжур, мадемуазель!" Та протянула к нему красную от холода руку, замычала в ответ. Беспризорник загоготал глумливо, тряся прилипшей к нижней губе папироской. Бах сунул непроданные салфетки в карман, крепко взял Анче за все еще вытянутую руку и повел прочь — искать билетные кассы. Подумалось: вдруг кассир окажется добросердечной женщиной, любящей кружево?

За тяжелыми вокзальными дверьми стоял теплый и кислый дух — под высоким потолком, украшенным скелетами негорящих люстр, копошились в полутьме сотни людей: терлись у стен, сидели на тюках и чемоданах, лежали на полу. Бах с Анче пошли по залу, переступая через чужие узлы и мешки, через коромысла с привязанными на концах тюками, ящики с огурцами, россыпи мелких желтых дынь, корзины с квохчущей птицей, через руки и ноги спящих. Бах шагал торопливо — тянул шею, выглядывая окошко касс. Анче же, наоборот, едва перебирала ногами, норовя то коснуться пальцами громко храпевшего мужика в драном бешмете, то присесть у картонной коробки с дырчатыми стенками: внутри что-то явственно ворочалось и мяукало. Бах нетерпеливо тянул ее за собой — Анче выворачивала голову, оглядываясь, спотыкалась и временами чуть не падала; что-то непрерывно гудела себе под нос, уже не в силах совладать с избытком нахлынувших впечатлений, но тихое гудение это тонуло в разлитом вокруг рокоте голосов.

Очередь у касс была невелика, и скоро Бах упал грудью на массивный деревянный прилавок, с надеждой заглянул в оконце, наполовину закрытое мутноватым стеклом. Разглядев по ту сторону пухлое женское лицо, посередине украшенное алым помадным пятном, а сверху приплюснутое форменным беретом, — сунул под стекло вспотевший от волнения кулак с зажатыми в нем салфетками. Лицо дрогнуло недоуменно — и тотчас затрясся мелко берет, зашевелилось алое пятно:

— Ты что тут шалишь, гражданин? Ты что суешь мне? А ну забери обратно! Тут тебе не базар с арбузами! Тут — государственное учреждение! А ну как милицию позову?!

Запихивая мятые салфетки за пазуху и волоча за собой испуганную Анче, Бах спешно затрусил прочь — за колонну, за угол, подальше от голосившей кассирши и уставившихся на него любопытных глаз. Кажется, выронил одну салфетку, но возвращаться побоялся — в дальнем углу зала заметил высокую фигуру в синем кителе и фуражке с малиновым околышем. Пробирался все дальше и дальше: мимо высоких полукруглых окон, за которыми уже синела вечерняя темнота, мимо скамеек, облепленных путешествующими, мимо тележек, буфетных столиков, носильщиков, торговок снедью — туда, где никто не слышал разыгравшегося скандала.

Наконец высмотрел свободный пятачок у подоконника, в самом углу; протиснулся туда, сбросил с плеча тюк, усадил на него Анче, развязал соединявшую их веревку. Сам присел рядом, вытянул ноги — впервые за день. Усталость навалилась — как периной накрыла. Решил: здесь и заночевать, а утром попробовать сесть на московский поезд без билета — может, хотя бы проводница в вагоне окажется добросердечной женщиной, любящей кружево?

В животе что-то заныло — понятно, голод: не ели с самого утра. Развязал котомку и достал два яблока: помельче и с битым бочком для себя, покрупнее и порумянее для Анче. И только сейчас заметил, какое странное у нее за последние минуты сделалось лицо.

Уже давно побледневшее от волнения, оно теперь стало и вовсе бумажно-белым. На потерявшем краски лице не было видно ни щек, ни губ, ни носа (их словно вымазали мелом), только широко раскрытые глаза сверкали возбужденно — Анче сидела неподвижно, прижав к горлу сжатые кулачки, взгляд метался по людям и предметам, не умея остановиться, ресницы и веки ее дрожали, рот приоткрывался темной щелью и смыкался вновь. Бах тронул кончиком пальца это бледное, искаженное напряжением лицо. Анче посмотрела на него невидящим взглядом, зажмурилась, скривила губы, словно готовясь заплакать, — и вдруг распахнула широко, заорала басовито:

— А!..

Бабы закрестились, заохали. На соседней скамейке захныкал испуганно младенец. Десятки лиц — удивленных, настороженных, недовольных со сна — повернулись к Баху. Он вскочил, прижал орущую девочку к животу, схватил на руки — но остановить тот крик не было возможности: Анче басила истово, что было мочи, выплескивая из себя все волнения безумного дня, — до тех пор, пока хватало воздуха в груди. Сделала глубокий вдох — и снова:

— А-а!..

Бах закрутился в тесном углу, пытаясь укачать ребенка, — рассыпая яблоки, запинаясь об узел под ногами, всюду натыкаясь на чужие подозрительные взгляды. Наконец кое-как закинул тюк на плечо, а котомку на шею, обхватил руками беспрестанно орущую Анче и метнулся к ближайшим дверям.

Навстречу ему уже пробиралась высокая фигура — та самая, в синем кителе и малиновой фуражке, — но Бах задвигал ногами быстрее, оказался у выхода первым, выскочил вон — и побежал стремглав, не оглядываясь. Погони не слышал — голова Анче лежала у него на плече, и оттого в ушах раздавался заглушающий все остальное звук:

— А-а-а!..

Башмаки сперва колотили по асфальту, затем ссыпались куда-то по каменным ступенькам, запружинили по мягкой земле вперемешку с мелкими камнями. Пару раз Бах оглянулся — не гонится ли кто? — но никого не мог разглядеть в окружающей темноте. Запнулся о твердое, длинное — чуть не полетел на землю, лицом вперед, но кое-как перескочил препятствие, удержался на ногах — и скоро обнаружил, что бежит уже по путям.

Бежал долго — по бесконечным шпалам и бессчетным рельсам, что вились причудливо, то сплетаясь, то распадаясь на отдельные пряди, как нечесаные волосы стального великана. За спиной дышали паровозы, лязгали металлические тела поездов — приходилось уворачиваться и петлять, чтобы не догнали.

Внезапно сделалось тихо: Анче смолкла. Боясь нарушить долгожданное молчание, Бах продолжил идти: прижимал к себе девочку и шагал, шагал вперед, слушая прерывистое детское дыхание. Немного погодя оно обернулось негромким сопением: Анче заснула.

По глянувшим на небе звездам Бах понял, что двигается в правильном направлении — на север. Волга была где-то недалеко, по правую руку, — он явственно ощущал ее близкое присутствие. Там же находились и окраинные деревеньки, и ивняк, в глубине которого лежал спрятанный ялик. Дождавшись, пока среди домов мелькнут тусклые пятна уличных фонарей, Бах сошел с путей и направился к берегу.

Нет, нежная душа Анче была создана не для шума безумных городов и людных деревень, а для уединенной жизни. Недаром Бах оберегал ее все эти годы, недаром охранял хутор от вторжения *большого* мира. Как же бесконечно прав он оказался! Совесть его была теперь спокойна: он пробовал вывести девочку в мир, но рисковый поход этот едва не обернулся несчастьем. Значит, судьба им была — жить на хуторе отшельниками. И не было в том его вины. Не было. Не было…

Бах шел по темным, едва освещенным деревенским улицам, оставляя за спиной спящий Саратов. Под ногами шуршали камни, над головой вздыхал ветер. Изредка кто-то стонал вдалеке, надрывно и тонко, — не то лисы в степи, не то совы. Усталости не чувствовал. Наоборот, одна только мысль о том, что с каждой минутой он все дальше уносит Анче от хищного *большого мира*, успокаивала. Жаль, что путь домой измеряется десятками верст, что в ивняке ждет припрятанная лодка, которую никак нельзя кинуть, — иначе Бах так и шагал бы через ночь, с Анче на руках, до самых стен родного хутора.

20

Ялик отыскали утром, когда сквозь густую хмарь глянуло неприветливо холодное солнце. Обратный путь оказался тяжелее: за ночь река покрылась мелкими ледовыми пластинами — где прозрачными, а где мутноватыми, в снеговой опушке, — и грести по ледяной каше вверх по течению было непросто.

Анче была беспокойна, с губ ее то и дело срывались неясные звуки, — но владел ею не страх, а непрестанное возбуждение, погасить которое она не умела: то и дело оглядывалась, словно ожидая вновь увидеть вокруг себя вчерашнее многолюдье, больше того — желая этого. Баху мерещилось, что в простых голосах природы Анче продолжает слышать гул саратовских улиц, что в частоколе деревьев ей видится скопление сотен людей на шумной толкучке, в раскинувшихся до горизонта полях — широкие площади, в реющих над Волгой чайках — серебристые аэропланы. Неужели за один лишь день, проведенный в *большом* мире, Анче успела попасть под его опасные чары?

Бах вез Анче домой, все меньше понимая, что за затмение нашло на него той ночью, когда он вздумал тащить девочку прочь из дома. Успокаивал себя: как бы ни были озлоблены гнадентальцы, за прошедшие дни они должны были утихомириться. Нередко односельчане наблюдали, как Бах причаливает к пристани, многие видели, что приезжает он с противоположного берега, — однако нежданных гостей на хуторе в последние годы не случалось. Хутор — не то отдаленный от основного течения жизни, а не то заговоренный кем-то — оставался неприступен для чужих: его не тронули ни давняя война, ни двухлетний голод, ни наступившие по всей стране перемены. Возможно, устоит и сейчас?

Когда под вечер усталые Бах с Анче вытянули ялик на берег, поднялись по склону и, пройдя через лес, вышли к запертому дому, все здесь было, как и пару дней назад. Как и пару лет назад. Как и пару десятков лет назад. Так же бились зябко по ветру яблоневые ветки. Так же темнели залитые дождями срубы жилой избы и амбаров. Так же стояли вокруг могучей стеной старые дубы. Так же тянуло из леса мокрой прелью, а с Волги — ледяной водой.

Только пара дровин отчего-то не лежала в поленнице аккуратно, а валялась у стены. И щеколда на двери амбара была отодвинута, а сама дверь — небрежно оставлена открытой. Из трубы, кажется, несло остатками дыма… Бах цыкнул предостерегающе — и Анче, едва не ступившая на крыльцо, замерла настороженно. Одной рукой схватил вещи, второй — Анче, затащил в амбар: оставайся здесь! Оглянулся в поисках вил или топора. А корзина-то, которую он опрокинул вчера, — опять лежит на земле. И яблоки лежат — раскатились по всем углам, перепачкались в земле, круглые бока местами тронуты синячками. Осторожно, стараясь не шуметь, Бах взял вилы и двинулся вокруг дома.

Ставни — по-прежнему аккуратно закрыты. А кухонное окно, в котором так и темнели доски вместо разбитого стекла, — раскурочено: пара досок выломана, дыра заткнута подушкой. Похоже, нежданные гости не смогли разыскать ключ от навесного замка и забрались в дом через кухню, как сделали это несколько лет назад мерзавцы, что разрушили жизнь Клары и Баха. Земля под кухонным окном вытоптана, вымешана в грязь, на каменном фундаменте — черные следы.

Гнадентальцы? Эти не стали бы лезть через окно — сорвали бы замок, и вся недолга. Кто же тогда?

Можно было затаиться в амбаре и выждать, пока пришлые обнаружат себя. Но день был промозгл, Анче с Бахом усталы и голодны. Караулить — до ночи? до утра? — сил не было. Окинув внимательным взглядом двор, Бах поднялся на крыльцо, достал из тайника ключ, отпер замок. Не выпуская из правой руки вилы, левой легонько потянул на себя дверь и шагнул внутрь.

Даже в темноте, едва разбавленной бледным светом из-под ставенных щелей, был заметен ужасающий беспорядок. На столе громоздилась посуда — миски, кружки, пара кастрюль с остатками еды. Посудные полки, наоборот, были пусты — чья-то дерзкая рука скинула все на пол, и теперь кофейники, половники, чугунки, мясорубки, толкушки, шумовки, пряничные доски валялись по всей кухне. За печной заслонкой слабо светились догорающие угли. У печи лежала куча поленьев, тут же раскиданы мятые газеты с опусами селькора Гобаха — видно, бумагу использовали для растопки.

Бах прошел в гостиную. За порогом чуть не поскользнулся на чем-то склизком; нагнулся, поднял к свету — яблочный огрызок. Их было здесь много, этих огрызков, — и светлых, и уже успевших слегка потемнеть. А на Баховой лавке, придвинутой вплотную к печи, было устроено чье-то лежбище (правильнее было бы назвать его гнездом) — гора из одеял, шуб, подушек, шалей и юбок, в глубине которой угадывалось подобие норы, куда могло бы уместиться небольшое человеческое тело. На печном боку красовались каракули, выведенные неумелой рукой — углем по желтым плиткам. Бах пригляделся: то были не буквы, а просто беспорядочные линии, больше похожие на волжские волны в ненастный день.

Коленом Бах осторожно толкнул дверь в бывшую комнату Гримма — пусто. Ковры со стен содраны — использованы в строительстве гнезда; прочие предметы — на месте. А самовар, долгие годы одиноко стоявший на подоконнике, отчего-то смотрелся странно. Бах подошел ближе и понял причину: на самовар была надета Гриммова шапка-ушанка. Лохматая, она превращала пузатый медный бок в раскрасневшееся лицо, кран с витой ручкой — в крючковатый нос, глаза были нарисованы все тем же углем. Незваные гости оказались шутниками.

Комнаты Клары и Тильды тоже были пусты, как и чердачный закуток, и каморка подпола, и ледник, и хлев, и птичник — все осмотрел Бах, везде прошелся. И везде обнаружил следы бесцеремонного чужого вторжения. Самих же пришлых нигде не было.

Он завел Анче в дом. Велел вымести грязь и разложить вещи по местам, а сам заколотил покрепче раскуроченное окно. Гвоздей не жалел — яростно вколачивал в доски обухом топора, словно мелкое кухонное оконце было единственно возможным входом в избу для злых сил. После перетаскал из амбара заготовленные на зиму припасы: яблоки свежие, в корзинах; яблоки моченые, в бочках; яблоки сушеные, в мешках; яблочное семя, в кульках; яблочный мед, в банках, — заставил провизией спальню Гримма, так что и войти туда стало затруднительно. Все большие и тяжелые инструменты, которые годились для взлома ставен или входной двери — топоры, серпы, лопаты, мотыги и цепы, — перетаскал в дом тоже. Конечно, у гостей могли оказаться свои ножи и даже ружья, но оставлять им собственные орудия Бах не желал в любом случае. На печь уложил дрова до самого потолка, запаса хватило бы на полмесяца, а то и больше. Входную дверь запер изнутри на щеколду, в дверную ручку просунул черенок лопаты — чтобы труднее было выломать снаружи.

Гнал от себя воспоминания о том страшном апрельском утре шесть лет назад. За эти годы Бах не забыл ни единого мгновения, ни единой детали случившегося, но лица подонков, их голоса, и фигуры, и сказанные слова будто задернуло чем-то (кружевной черной шалью?) или окутало (утиной периной?); боль смягчилась, замерла где-то глубоко внутри. Теперь же покров был сдернут — боль вновь поднялась в Бахе и налилась прежней силой.

Вспомнил, как пахло от наглеца с быстрыми глазами, — смесью пота, дешевого табака и соленой рыбы. Как подросток часто и нервно облизывался, словно у него вечно сохли губы. Как у бородатого калмыка подергивалось левое веко, и он прищуривал глаз, чтобы унять судорогу. Вспомнил, как улыбалась Клара тем утром. Вспомнил, что Анче ему — не дочь.

Из спальни Гримма неожиданно раздался смех. Показалось, что смеется тот дерзкий, что сейчас он покажется в проеме двери, держа в зубах Кларин чепчик и дурашливо рыча. Бах схватил вилы и метнулся в комнату — там на подоконнике сидела Анче и хохотала, глядя на самоварную башку в Гриммовой шапке.

Бах прошел к Анче, взял на руки. Стоял, пока она не притихла. За ставнями гудел ветер, над крышей загорались первые звезды, на печи потрескивали еле слышно подсыхающие дрова, дом наполнялся сладким запахом теплеющих яблок — а Бах все стоял, все держал в руках свою Анче. Он был готов к обороне...

В ту ночь они не пришли. До рассвета пролежал Бах на лавке с открытыми глазами, прислушиваясь к шумам и шорохам снаружи. То слышались ему в завывании ветра чьи-то осторожные голоса и стуки, то чудились за ставнями быстрые тени — каждый раз нащупывал прислоненные к изголовью вилы, вставал и долго ходил по избе, пытаясь угадать, за каким окном притаились враги. К утру устал. Сел под кухонным окошком на пол, поставил вилы между колен, прислонился к стене — наконец забылся сном.

Днем решился выйти на улицу. С вилами наперевес обошел двор, сад, все хозяйственные постройки — никого. Подумалось, а ведь незваные гости могли давно уже покинуть эти края: переночевать на хуторе — и отправиться дальше по своим разбойничьим делам. Пожалуй, еще одну ночь нужно провести на осадном положении, а завтра можно будет перенести яблоки обратно в прохладу амбара и зажить прежней жизнью.

С облегчением в сердце завершал Бах обход. В дверном проеме уже маячила скучающая мордочка Анче, и Бах чуть было не кивнул ей, разрешая покинуть дом, как вдруг заметил на заколоченном кухонном оконце большую грязную кляксу: кто-то, рассердившись, запулил в доски мокрой землей. Такие же кляксы чернели снаружи и на входной двери. Бах потрогал их пальцем — грязь была уже твердая, подсохшая: значит, дело было ночью.

Зыркнул на Анче сердито: обратно, быстро! Взбежал на крыльцо и захлопнул за собой дверь. Значит, голоса и стуки ему не послышались: ночью чужаки возвращались на хутор, но попасть в дом не смогли. Радовало, что не стали ломиться в избу: либо у пришлых не было оружия, либо отряд их был малочислен и встречаться лицом к лицу с хозяевами они опасались. А тревожило, что во время недавнего обхода они вполне могли, спрятавшись где-нибудь в лесу, разглядеть и хилого Баха, и маленькую Анче.

Весь день провел в ожидании: припадал лицом то к окну кухни, то к другим окнам — через щели наблюдал, что там, снаружи. Щели были узкие, в них виднелись лишь крошечные кусочки двора, сада, леса. Бах смотрел на эти кусочки: бок старого дуба на краю поляны, угол верстака под дощатым навесом, изгиб ведущей к леднику тропинки — и ждал.

Ночь вновь провел без сна. К полудню не выдержал — решил обойти двор. Рассудил: не могут злоумышленники бесконечно караулить двух слабых людей в одиноком доме. Если бы имели ружья — давно забрали бы все что хотели: и съестные припасы, и одежду; да и выгнать хозяев из дома могли с легкостью. А раз не случилось того в первые два дня, верно, уж не случится и вовсе. Вынул черенок лопаты из дверной ручки, отодвинул щеколду, отворил осторожно дверь. Пахнуло тухлятиной: на пороге лежала дохлая рыбина — из тех, что Волга сначала долго носит по волнам, а затем, уже полуразложившихся, выбрасывает на берег.

Бах замычал разгневанно: что за негодяи! Подхватил гнилятину на лопату, отбросил подальше в сторону леса — позже найдет и закопает. Сейчас же следовало разобраться с паршивцами, что докучают вот уже вторые сутки, — судя по всему, докучают не корысти ради, а просто ради собственного удовольствия.

Сошел с крыльца решительно, огляделся. А дом-то — весь в пятнах глины. Наличники, стены, ставни — все покрыто серыми комьями, словно хутор обстреливали грязью из дальнобойных орудий. Мыча от возмущения, Бах побежал по двору, везде наблюдая следы чьих-то глупых проказ: двери в амбары и сараи распахнуты настежь, ящики и коробки с инструментами опрокинуты, колодезная цепь болталась, раскрученная до предела, на ее конце не было ведра. Шныряя по хозяйственным постройкам в поисках насмешников, Бах скоро обнаружил то ведро — на крыше хлева: кто-то залез туда по приставной лестнице и поставил ведро на конек (лестницу же, как выяснилось позже, спустил в колодец). Хаос царил во дворе — веселый и злой ералаш.

Печь в хлеву была теплой, вокруг было навалено сено и сосновые лапы: озорные гости ночевали здесь. Бах переворошил сено, разбросал вилами лапник — ничего не нашел. Мыча ругательства, выкинул ветки прочь, сено сгреб в угол. Дрова, которые наглые гости натаскали в хлев из поленницы, схватил в охапку и потащил обратно к дому. Опасался увидеть и дровяницу развороченной, однако та была цела; незваные гости лишь вынули часть дров и расставили их по заднему двору — вертикально, столбиками. Бах посшибал столбики ногой, затем убрал на место, в поленницу. Нет, это были не разбойники. Мелкие пакостники, дрянные трусливые пачкуны — вот кто все это натворил.

Он убрался во дворе и в постройках, навесил ведро на цепь, вернул хозяйственную утварь на место. Затем отыскал в сарае просушенные и убранные на зиму снасти — бредень и пару сетей, одну крупной вязки, вторую частую. Достал с чердака моток веревки, запер дверь и, запретив Анче выходить из дому, завалился спать. Поначалу сон не шел — слишком велика была злость на ночных вредителей. Скоро, однако, усталость дала себя знать — Бах уснул крепко, без снов.

Встал на закате и принялся готовить ловушку. Достал из закромов Тильды красивую душегрейку, расшитую алой тесьмой, всунул в нее полено, а само полено подвесил на веревке к козырьку крыльца: со стороны казалось, что душегрейка парит у входа в дом, — не то сохнет, не то проветривается после долгого лежания в сундуке. В кухонном окошке проделал щель побольше, чуть расшатав и сдвинув в сторону одну из заколоченных досок, чтобы лучше были слышны звуки снаружи, а сам устроился около, на табурете. Рядом разложил сети, прислонил к стене вилы, лопату, мотыгу. Моток веревки сунул за пазуху. Анче, которой велено было ложиться спать, не умела преодолеть любопытство — высунула нос в кухню и недоуменно наблюдала за приготовлениями. Рыкнул на нее сурово: в кровать, быстро!

Знал, что ждать придется долго: ночные шалуны объявлялись после захода солнца, а то и позже. Надеялся, что пройти мимо наживки не смогут, подберутся поближе, чтобы пощупать душегрейку или украсть, — тут-то он их и встретит: поймает одного, накостыляет по первое число для острастки, затем отпустит — чтобы другим рассказал. Тумаки — лучшее средство для трусов.

Сидел и смотрел на бледные нити света, пробивавшиеся из ставенных щелей, — закат едва проникал в дом. Слушал звуки осеннего вечера: посвистывание ветра, одинокие вздохи неясыти в лесу. Вдруг осознал — остро, до теплоты в груди, — как рад вернуться домой, к этому лесу, к этому саду и спящей в нем Кларе, к вечной Волге под обрывом. Слышал тихое сопение Анче. Подумалось: вот он, момент настоящей жизни — сидеть у порога и оберегать детский сон. И сон Клары под яблонями, и сами яблони, и весь этот хутор, давно уже ставший родным, давший защиту от бездушного и безумного *большого* мира. Здесь, внутри старого дома с запертыми ставнями, наполненного уютной темнотой, печным теплом, запахом яблок и дыханием любимого ребенка, было хорошо. Этот дом плыл кораблем — по поляне, по лесу и саду, по Волге, по миру, — и более Бах не собирался сходить с этого корабля. Берега стали ему не нужны. Он будет плыть в этом корабле, пока хватит сил, и везти с собой Анче — защищая от любого разбойника, который осмелится проникнуть на борт. А если Анче во время плавания так и не научится говорить — что ж, так тому и быть.

За окошком что-то легко хрустнуло — должно быть, пробежала лисица. Затем хрустнуло опять. Нет, не лисица — кто-то большой и осторожный крался по двору. Бах привстал с табуретки, стараясь дышать как можно тише, и нащупал на полу сеть. Едва различимо шорхнула о камень подошва — чужак поднимался на крыльцо. Расправив в руках сеть и сосчитав до пяти, Бах вобрал в грудь побольше воздуха и что есть силы пнул незапертую дверь. Та распахнулась с грохотом, сшибла кого-то — по ступеням, со сдавленным стоном, покатилось что-то темное. Бах раскинул руки и прыгнул на это темное — упал поверх, накинул сеть, сжал руки: кто-то бултыхался в его объятиях — маленький, костлявый, юркий, — шипел от ярости, извивался и дергался, пытаясь освободиться. Но пеньковая сеть была крепка, а Бах уже достал из-за пазухи веревку и, надавив коленом на трепыхавшийся улов, крепко обвязал его несколько раз.

— Пусти, гад! — завизжал пойманный тонким и злым голосом по-русски. — Сука немецкая! Сволота немытая! Пусти, кому говорю! Не то я хату твою подожгу! А тебе — глаза выгрызу, нос отъем, кишки высосу! И тебе, и девчонке твоей беловолосой! Пусти!

В темноте разглядеть лицо пленника Бах не мог. Ощущал только, как бьется под ладонями и коленями горячее, верткое, сильное. Бах сел верхом на это горячее и мотал, мотал вокруг него веревку, пока она не закончилась.

— Товарищи, на помощь! — орал голос уже во всю мощь. — Убивают-насильничают! Караул!

В проеме двери показалось дрожащее пятно света — разбуженная криками Анче вышла на порог со свечной лампой в руке. Бах замычал было предостерегающе, чтобы отправить ее обратно в дом, но за громкими воплями пойманного ничего нельзя было расслышать; встать же с пленника Бах не мог: тот бился в путах отчаянно, того и гляди — сбросит.

— Сюда! Скорее! — надрывался голос. — Товарищи, я здесь! Со света сживают, душегубы и кровопийцы рабочего класса! Баи с басмачами! Кулаки с подкулачниками! Кровь пролетарскую пьют, изверги!

Анче подошла к сцепившимся на земле фигурам, остановилась рядом. Присела, поднесла лампу ближе к источнику крика.

В неверном свечном свете Бах увидел черные лохмы волос, похожие на иглы диковинного ежа. Меж игл посверкивали черные же глаза — узкие и длинные, словно выведенные тушью на плоском, темном от грязи лице; где-то там, за этими иглами, скрывался и большой рот, и широкие скулы, и приплюснутый нос с толстыми ноздрями. Вот какой улов достался нынче Баху — киргизский мальчик, лет восьми или десяти, одетый в лохмотья и сыплющий отборными русскими ругательствами.

Поняв, что вышла на крики всего лишь хозяйская дочка, тот застонал разочарованно, засипел с досады:

— Все равно утеку от вас, суки! Чтоб вам пусто было! Чтоб хутор ваш молнией пожгло — до последней щепки! Чтоб яблони червь пожрал — до последнего листочка! А сами вы чтобы в Волге утопли и рыбам на корм пошли!

Вдруг замолк — Анче протянула руку к его лицу, отодвинула путаные пряди и пальцами коснулась губ.

— Откушу, — пригрозил мальчик.

Анче засмеялась и вновь потрогала подвижные губы.

— У… — ответила радостно и ласково. — У-у…

Что делать с пленником, Бах не знал. Сыпанул мелкий дождь, и он уволок спеленатое сетью тело в дом, положил у печи — в тепло. Мальчик продолжал ругаться, но уже не так бойко; зыркал глазами настороженно, не зная, чего ожидать. Анче устроилась было рядом на скамеечке, но Бах властным окриком отправил ее в постель.

Черты маленького киргиза напоминали Баху лицо Кайсара — угрюмого лодочника, который впервые привез шульмейстера на хутор: те же набрякшие веки, те же черные полосы бровей — гораздо более широкие, чем узкие линии глаз, высоко поддернутых к вискам, та же монгольская суровость в каждом взгляде. Мальчика отличали от Кайсара только юный возраст и горячий темперамент да поразительное многословие: он бранился смачно и разнообразно, находя в памяти и изобретая все новые и новые проклятия, ни разу не повторившись.

Конечно, пленника следовало бы наказать — отхлестать мокрой веревкой по спине и выгнать вон, чтобы неповадно было проказничать. Но глаза его глядели так упрямо и зло, а рот после очередной порции брани сжимался так решительно, что Бах понимал: не поможет, спина мальчика привычна к побоям, как ноги — к долгой ходьбе и холоду. Отпустить без наказания? Напроказничает пуще прежнего — в отместку. Отвезти в Покровск и сдать в детский дом? Сбежит при первой же возможности. Ничего не мог Бах поделать с дерзким гостем — не подчинился бы тот чужой воле.

И Бах развязал мальчишку — встал на колени, распутал веревки и сети. Тот поначалу не поверил в добрые намерения, норовил укусить; потом затих, дождался освобождения — и тотчас на четвереньках метнулся из-под рук Баха на другой конец кухни.

— Испугался, немчура? — прижался к стенке, отряхнулся по-звериному и чуть присел на полусогнутых ногах, готовый к прыжку в сторону. — То-то же!

Бах не спеша собрал разбросанные по полу снасти. Веревки скатал в мотки, а сети развесил по подоконникам — просохнуть. Взял веник и смел в угол занесенную с улицы грязь. Подтопил печь.

Мальчишка по-прежнему наблюдал за ним, постоянно перемещаясь вдоль стен и стараясь находиться на противоположной от Баха стороне.

— Жрать давай, — произнес наконец громко, но не очень уверенно, словно обычная наглость вдруг отказала ему. — У тебя от харча амбары ломятся. Я-то знаю.

Вместо ответа Бах прошел к входной двери и распахнул ее. На улице грохотал ливень, водяные струи хлестали в крыльцо, заливали порог. Посмотрел на мальчика выразительно: хочешь туда?

— Вот уж дудки! — мгновенно сообразил тот. — Сам уходи. Мне и тут неплохо.

Бах принес и бросил на лавку пару старых одеял. Ткнул пальцем — здесь будешь спать — и ушел в комнату Гримма. Кое-как пробрался между корзин и бочек с яблоками, лег на Гриммову постель — впервые в жизни.

Кровать была высокая, набитый сухой травой матрас — пышный, как пуховый; ковры на стенах смягчали и приглушали доносившиеся с улицы звуки. Почему он раньше не спал здесь, в уюте хозяйской спальни? Почему долгие годы упорно маялся на жесткой лавке?

Дверь оставил открытой, чтобы слышать, что происходит на кухне. Мальчишка пошуровал немного по полкам — искал, чем поживиться, — и, не найдя еды, вернулся на лавку. Долго кряхтел и ворочался, устраиваясь, потом затих.

Бах лежал без сна, вдыхая заполнивший дом густо-сладкий дух зрелых яблок. Захотелось по привычке посмотреть на спящую Анче, послушать ее дыхание. Поднялся с постели, прошел неслышно через дом, толкнул дверь в девичью спальню.

А постель Анче — пуста: откинуто одеяло, белеет смятая подушка. Испугавшись, Бах охлопал рукой кровать, еще теплую, хранящую отпечаток детского тела, — никого. Заглянул под кровать, пошарил рукой — никого. Кинулся обратно в гостиную — вот же она, Анче: сидит на краю лавки у ног спящего гостя, закутавшись в накинутую поверх ночной рубахи шаль и подтянув колени к подбородку. Смотрит на мальчишеское лицо — неожиданно беззащитное во сне…

Дождь лил три дня без перерыва — затяжной ноябрьский дождь, смывающий с лесов и полей последние следы осени: последние желтые листья с деревьев, последние клочки паутины и последнюю пыль. Смыл он и глиняные кляксы со стен дома — ополоснул бревна и доски, выскреб дочиста.

Выгнать мальчика в дождь Бах не мог.

Скоро увесистые капли побелели и покрупнели, опушились, обросли мохнатыми хвостами — стали снегом. Этот снег — обильный, тяжелый — ложился на соломенную крышу избы и дворовые постройки, укутывал яблони и клены, осины и дубы, покрывал правый берег и левый, камни и степь. Снег падал в Волгу, сперва растворяясь в ней и замешиваясь в негустую кашу, потом превращаясь в ледяное сало и застывая твердыми блинами, наконец — оборачиваясь блестящей коркой на поверхности воды. И снег шел без перерыва — три дня.

Выгнать мальчика в снег Бах не мог тоже.

На седьмой день, когда непогода унялась, вышел утром на утонувшее в сугробе крыльцо и понял, что снег теперь уже не стает, останется до весны, — как и маленький приблудыш.

21

Приблудыша звали Васька. Он умел отборно ругаться и сеять хаос.

Все, к чему прикасались чумазые Васькины руки, тотчас ломалось, падало на пол, разбивалось и рвалось, на худой конец, просто пачкалось. Проходя по комнате, он умудрялся непременно уронить по пути стул или опрокинуть подставку для лучины; пробегая по двору — задеть угол поленницы и вытряхнуть оттуда пару дровин; шныряя по саду — грохнуть прислоненную к яблоне лестницу и обломить ею пару веток, а то и поцарапать кору. Казалось, в том не было его вины: костлявые конечности, на которых не было ни грамма жира или мяса, двигались сами, не повинуясь Васькиной лохматой голове, а существуя отдельно. Пальцы сами малевали куском угля каракули на стене или царапали кухонным ножом невнятные загогулины на столешнице, ногти сами колупали крошившуюся на печном боку побелку. Впрочем, жаловаться на непослушные руки-ноги не приходилось: в минуты опасности, когда коротенький Васькин умишко сжимался от страха, не умея родить ни одной дельной мысли, конечности действовали также совершенно самостоятельно: улепетывали, гребли, вцеплялись, ползли, мутузили — и этим не раз спасали хозяину жизнь.

Так же независимо существовал в мальчишеском организме и большой рот (неуважительно именуемый Васькой *хлебалом*), который не умел или не желал подчиняться доводам рассудка: при малейших признаках возбуждения хозяина рот этот распахивался и сыпал ругательствами; причем не имело значения, радовался Васька, сердился или был напуган, — брань всегда получалась превосходнейшая, высшего сорта. Сквернословил больше по-русски, но мог — и по-киргизски, и по-татарски, и по-башкирски, знал чувашские бранные словечки, мордовские, а также удмуртские, марийские и калмыцкие: слова и языки липли к нему, как репьи к штанам. Часто Васькины губы перемешивали все известные ему наречия — рождали столь хитросплетенные проклятия, что ввергали в изумление не только слушателей, но и самого Ваську. Многоязычная брань эта обращалась не к разуму оскорбляемого, а исключительно к сердцу — и всегда достигала цели.

Робкий Васькин рассудок пытался иногда обуздать дерзкое тело и не менее дерзкий рот, но попытки эти были слабыми и никогда не увенчивались успехом. Что было, возможно, к лучшему: Ваське было уже лет восемь или десять (точного возраста своего не знал), — а он все еще был жив. Многие из его бродяжьих сотоварищей, с кем судьба сводила на пару дней или месяцев, уже давно сгинули — в придорожных канавах с холодной грязью, в пропахших карболкой лазаретах, в городских ночлежках и приютах. А Васька — жил. Быстрые руки его хватали все, что требовалось для жизни: хлеб с рыночных прилавков, арбузы и дыни с бахчей, сбежавшую со двора курицу, оставленную на берегу без пригляда одежду купальщиков. Быстрые ноги уносили — от дурных людей, болезней, драк и свар, лишних вопросов, разъяренных торговок и свистящих в железные свистки милиционеров. Если ноги вдруг подводили и Васька оказывался настигнут — немедля открывал рот: дар сквернословия кого отпугивал, кого веселил и делал снисходительнее к маленькому вору.

Имя себе выбрал сам. В иные времена были у него и иные имена. В памяти всплывали изредка голоса, и каждый звал его на своем языке и на свой лад: тихий женский голос по-киргизски — Байсаром; кашляющий мужской по-башкирски — Салаватом; прокуренный детский по-русски — Басмачом и Квашеным. Кому принадлежали голоса, не помнил. Какое из имен было его истинным — не знал. И потому выбрал себе новое — звонкое, беззаботное, — в котором слышались отзвуки всех предыдущих: Васька.

Когда-то у Васьки была мать. Может, именно ее тихий голос и звучал иногда в его голове, но точно знать не мог. У матери была твердая грудина, ребристая, как лошадиный бок, и пустые мешки грудей, пахнущие кислым творогом. Лицо ее, как и место своего рождения, представить себе затруднялся: появился ли Васька в киргизской юрте или калмыцкой, башкирской избе или татарской — понятия не имел.

В разные жизненные времена он обнаруживал себя то в желтой пустыне, бегущим за легкими шарами перекатиполя; то в синих дельтовых болотах, по пояс в воде, собирающим коренья чакана-рогоза; то дремлющим на белом песке в тени красных сосен. Менялись окружавшие его люди, деревья, скалы и травы, неизменным оставалось одно: как бы далеко Васька ни забредал в своих скитаниях, стоило ему истощить силы и пасть духом, как ноги сами выводили его к реке — то к широкой и ленивой, как морская гладь, то к извилистой и быстроводной, то растекшейся по равнине на бесчисленное множество рукавов и озер. Реки эти были щедры — дарили ему рыб и улиток, раков и мелких водяных черепах. Звались реки Этель, Булга, Су, а то и просто — Большая вода. Позже он понял, что разные имена обозначали одну и ту же реку. По ней-то и ходил всю свою недолгую жизнь, нимало не заботясь о маршруте: заблудиться не умел, как не умел и уйти далеко от Волги.

Дом-отшельник в лесах правобережья нашел случайно. Думал, вот оно, счастье бродяжье, сказка наяву: крепкий кров на снега и морозы, амбары еды полны, поленница — дров. Ни хозяев, ни охраны, ни милиции — окрест на многие версты. Живи-радуйся, Васька, зимуй зиму. Ан нет. Объявились хозяева, заперлись в теплой избе, припасы под бок себе сложили, куркули немецкие. После еще и Ваську словили — как пескарика глупого в сеть. Думал было утечь от них по-тихому в ночь, да ливень помешал. Потом — снег. А потом уже и убегать расхотелось.

Опытный бродяга приглядывает себе становище для зимовья загодя, чтобы в первые морозные ночи не превратиться в кусок льда: кто подается на юга, в Туркестан, поближе к хлебному городу Ташкенту или щедрому Самарканду; кто пристраивается в детский дом или к хозяйству какому прибивается, к семье пожалостливей да позажиточней. Васька неволи терпеть не мог — ни распорядка дня в приюте, ни работ в приемном доме. Потому с приходом осени спускался обычно вниз по течению — через Астрахань, где Волга разливается по степи, распадается на тысячу рукавов, становясь постепенно морем, — к белым берегам Каспия. Зимы там были противные — мокрые да слякотные, зато артели рыболовецкие добрые да пьяные. Помогать рыбакам не помогал, но рядом ошивался. Тут выклянчит остатки ухи из ведра, там — требухи с разделки, а где — повеселит усталых работников первостатейной своей бранью и получит в благодарность такой харч, что до икоты налопаться можно да еще и останется. Тем и перебивался.

Однако нынешней осенью Васька задержался на немецком хуторе и упустил время. Идти на юг по лёгшему уже снегу не хотелось: шагать — трудно, а застудиться насмерть — легко. Оставалось зимовать здесь.

А чем не становище для кочевника? Простору много, едова тоже не в обрез. Печи в доме шуруют исправно, крыша не течет — лежи себе на лавке целыми днями да сны смотри, жди весны. Хозяин — седой старик с почерневшим лицом и корявыми руками — вполне смирен и с кулаками не лезет.

Сперва-то он был зол — когда поймал нежданного гостя и, опутанного веревками и сетями, затащил в дом: Васька видел, как дрожали от гнева стариковы губы. Нутром, всей сжавшейся душонкой своей чуял Васька: быть ему битым. Но вместо того чтобы отколошматить пришлого, тот отчего-то развязал путы да еще и спать на лавку уложил. Видно, не любил драки — был слаб на характер.

Внутри старика жил страх — Васька это уже позже увидел. Внутри каждого человека живет что-то одно, главное, что самую суть его составляет и всем остальным руководит. Вынь это главное — и кончится прежний человек, а останется одно пустое тело, будто мякоть сливовая без косточки. Кто ненавистью живет, кто — тоской, кто — похотью любовной. Старик немец жил — страхом. Страх этот по несколько раз на день гнал его на берег. Выходил старик не на открытый утес, откуда хорошо просматривалась Волга, а прятался воровато за деревьями — оттуда наблюдал с напряжением за покрытой льдом рекой, вглядывался в смутные очертания левобережья, словно ожидая кого-то и одновременно боясь увидеть. Затем торопился домой и долго сидел на кухне — точил и без того острые края серпов и ножей о плоские камни, доводя лезвия до нестерпимого блеска. Внутри избы у входа стояли прислоненные к косяку вилы, коса и лопата. На подоконнике лежал топор.

Старик боялся не за себя — за девчонку. Страх этот был так велик, что иногда казалось, в полумраке комнаты Васька различает его очертания: толстый канат, вроде корабельного, вырастал из впалого стариковского живота и исчезал в глубине тощего девчачьего тельца. Канат всегда был натянут струной — и неважно, на каком расстоянии друг от друга находились отец с дочерью. Если Васька случайно оказывался между ними, то старался поскорее нырнуть в сторону — боялся удариться о канат. Умей хозяева разговаривать, страх старика, возможно, ослабел бы и пообтрепался в беседах. Но оба были немы, и в постоянной тишине этого странного дома канат крепчал и напрягался все больше, того и гляди — зазвенит.

А внутри девчонки жила жажда. Васька видывал всяких людей: жадных до еды, жадных до денег, жадных до крови. У хозяйской же дочки была тяга иного рода: она хотела нового. Не просто любознательность жила в ней, не просто интерес к устройству мира, а страстное желание слышать, видеть и ощущать — неслышанное, невиданное, непознанное. Жажда эта была знакома любому беспризорнику: именно она просыпалась в мальчишеских сердцах по весне, гнала от казенного харча приютов и детприемников на голодную волю. Но впервые наблюдал Васька жажду столь неутолимую: в синих девчоночьих глазах ему мерещилась чернота бездонного колодца, который с восторгом всасывал мир и никогда не мог быть заполнен.

Что жило внутри самого Васьки — он не знал. Может, голод. Может, лень. А может, и ничего не жило — пусто было у Васьки внутри. Думать о самом себе не получалось — понимать про других было легче, да и полезнее.

Про хозяев (имен их не знал, и потому называл про себя просто — Стариком и Девчонкой) он понял все быстро: эти — ночью не придушат, измываться не станут, в метель нагишом забавы ради не выгонят. Еще и кормить будут, пожалуй. А не будут — так он и сам с руками: что нужно, возьмет. Решил твердо: никуда отсюда не ходить. Даже если гнать станут — клещом вцепиться в этот дом, в эти полные яблок амбары и набитые сушеной рыбой сараи, в эту лавку у теплого печного бока. Присосаться намертво — перекантоваться до весны.

Догадался ли Старик о Васькином намерении или просто имел вредный нрав, но только с первого же дня пошла у них борьба — бодание характеров. А это — дело серьезное: тут уж кто кого сломал, тот и главней — на долгое время вперед, а то и на всю жизнь.

С рыбаками каспийскими все было ясно: знай гни себе шею, виляй хвостом чаще, а скули громче — кто-нибудь да накормит. Рыбаков было много, Васька даже лиц не запоминал — незачем: сегодня одни пригреют, завтра другие. А если кто из них злобничать начинал или силу свою над ним показывать, так Васька и укусить мог, и выбранить — так славно, что надолго запомнится. Потому как главный был — он: сам решал, когда прибежать к рыбацкой избушке на прикорм, а когда утечь подальше.

Здесь же, на хуторе, следовало с самого начала поставить себя по-иному — решительно и бесповоротно, — чтобы Старику не вздумалось им помыкать. Объяснить этого словами Васька не сумел бы, но чуял многоопытным своим сердцем: нельзя давать слабину. Конечно, и наглость крайнюю обнаруживать нельзя, чтобы не озлить хозяина сверх меры, — надо пройти по середочке, по тонкой границе между покорностью и нахальством. На этой-то границе они и столкнулись лбами — немытый киргизский мальчик с колтунами в волосах и Старик.

В первое же утро, едва успел Васька проснуться и вспомнить, как был позорно пленен вчера сетью, Старик сунул ему в нос мокрую тряпку и ведро с водой, ткнул пальцем в исчерканные углем печные изразцы: оттирай!

— Сам оттирай! — огрызнулся осторожно Васька. — Откуда мне было знать, что ты домой вернешься? Нечего потому что хозяйство оставлять — целее было бы!

А Девчонка уже тут как тут: прискакала, запрыгала вокруг, забубнила что-то свое. Кинулась было сама отмывать — Старик замычал на нее сердито, отобрал тряпку, вновь тычет Ваське.

Тогда Васька взял тряпку и швырнул в окно. Не хотел — руки сами сделали, он и спохватиться не успел. Та шлепнулась о стекло с коротким смачным звуком, распласталась кляксой — да так и замерла, как приклеенная. Снаружи бегут по стеклу частые дождевые капли, а изнутри — струи воды из тряпки: красота! Девчонка засмеялась — и давай тряпку сдирать с окна и обратно о стекло шваркать: шлеп! шлеп!

А Старик не засмеялся. Посмотрел на Ваську тяжелым взглядом — и увел Девчонку с собой на кухню: завтракать. Ваську не позвал.

Ели, кажется, толченое зерно, запаренное в кипятке. Васька маялся на лавке, чуя зерновой дух — едва слышный, кисловатый, — и ждал, пока хозяин выйдет из дома: уж тогда-то даст себе волю — весь дом перевернет, а еды нароет.

Однако на улице лило — Старик и не думал отлучаться: сначала возился на кухне, гремя посудой, затем в своей комнате. Васька с тоской вдыхал разлитый по дому запах спелых яблок: пустой живот ныл и подрагивал под ребрами, как пойманная птица.

Хозяйская Девчонка — сытая, с любопытными глазищами — вытащила откуда-то низенькую резную скамеечку, уселась на нее и таращилась на Ваську, как на диковинного зверя.

— Глаза не пучь — выпадут! — буркнул Васька; но она не обиделась, а рассмеялась только, восторженно и глупо.

Ведро так и стояло у лавки. Со свесившегося конца тряпки медленно капала на земляной пол вода: кап! кап! — отмеряла минуты.

Наконец Старик накинул на плечи какое-то старье и, держа над головой пустой таз, выскочил в грохочущий ливень — побежал к нужнику. Васька тотчас метнулся на кухню, зашнырял по ней волчонком: где тут чем поживиться? А Девчонка уже рядом вьется, уже сыплет ему торопливо в руки что-то мелкое — полгорсти не то зерна, не то гороха: ешь скорее! Васька пихает подачку себе в рот, не глядя, перемалывает зубами, давится, кашляет. Не успевает проглотить — хлопает входная дверь: хозяин возвращается.

Васька так и не понял, что сжевал, — не то пшеницу, не то сушеную кукурузу. Почувствовал только, что от этой малости голод его не успокоился, а проснулся окончательно, заполнил все кишки, раздул внутренности.

— Изверг злодейский! Сколопендра кулацкая! — заорал Васькин рот Старику, плюя слюной и остатками непрожеванного зерна. — Губитель и кровопивец! Сам — жрать, а мне — лапу сосать?! Я тебе детей малолетних эксплуатировать не позволю! Я на тебя в партком пожалуюсь! А ну выдай мне харчу, как положено!

Тот только посмотрел равнодушно — видать, и не поняв ничего, — и снова принялся за дела. Девчонка заверещала восхищенно, глядя на Васькины губы, задышала часто: еще говори! еще! Обиделся он тогда, завалился на лавку и отвернулся от всех — голод свой проснувшийся баюкать, а затем и самому спать, раз не кормят.

Забыться, однако, не вышло: мешала капавшая из ведра вода. Так и протомился на лавке до вечера, крутясь под одеялом, слушая бесконечную возню Старика и чувствуя затылком ласковый девчоночий взгляд.

На ужин варили гороховый суп. Поняв по запаху, что похлебка ожидается не пустая, а с вяленой рыбой, Васька рассвирепел: ноги его подняли тело с лежанки, руки — цапанули кочергой из печного устья пару углей и, едва дождавшись, пока те остынут, исчеркали весь печной бок. Васька и опомниться не успел, а печь уже стоит в черных каракулях — вся, от пола и до потолка. Охнул Васька, повернулся к Старику: а у того лицо вытягивается — медленно, словно кто-то его за бороду вниз тянет.

Насмотрелся Старик на исчерканные изразцы, схватил Ваську за шкирку и потащил вон. Тот и тявкнуть не успел, как уже захлопнулась перед носом дверь, а вокруг — одна промозглая, шуршащая дождевыми каплями темнота.

— Отвори! — задубасил в дверь кулаками, затем пятками. — Застужусь! Помру на холоде!

Долго колотился. Вымок весь, до последней телесной складки: навес крыльца защищал от падающих сверху капель, но порывы ветра выгибали дождевые струи и хлестали ими по беззащитному Васькиному телу.

Дверь отворилась — самую малость, на пол-ладони. Васька метнулся в ту щель, вставил плечо, вбуровился в сухость и теплоту. Шмыгнул к своей лавке, вцепился в нее захолодевшими пальцами. Однако никто не собирался вышвыривать его вновь: свечная лампа была уже погашена, Старик и Девчонка готовились ко сну и скоро разошлись по своим комнатам.

Когда в доме стало тихо, Васька разделся донага, побросал мокрую одежду на печь — сохнуть. Посидел, закутавшись в одеяло и слушая бесконечный шум ливня. Затем нащупал рядом с лавкой ведро, достал из него мокрую тряпку и стал возить ею по шершавым изразцам…

С тех пор и поехало. Стоило уронить по пути стул или прислоненную к косяку лопату — подними. Стоило опрокинуть ведро — поставь на место, а разлитую воду вытри. Стоило затоптать ступени крыльца — отмой. Васька пыхтел, скрипел, бубнил ругательства — но поднимал, ставил, вытирал, отмывал. Как-то вечером даже себя отмыл — сел в таз с нагретой водой и под пристальным взглядом Старика соскреб с тела грязь (она отходила сначала густой чернотой, затем — серыми катышками, после — белыми, крошечными; под конец и вовсе закончилась). Ладно, невелика работа. Пусть Старик считает, что поборол приблудыша. А Васька — он свое в другом возьмет.

Когда ливни сменились снегами, Старик распахнул настежь двери своей комнаты и принялся таскать оттуда еду — корзинами, ящиками и мешками — обратно в амбары, сараи и в подпол. Вот где он запасы прятал, куркуль бородатый! Вот откуда яблоками на весь дом пахло — так, что у Васьки и во сне от сладости скулы сводило! Девчонка кинулась помогать. И Васька кинулся. Тащит кульки с плодовыми семечками, а горсточку незаметно в карман отсыплет. Несет ящик с яблоками, а одно по пути незаметно за пазуху сунет, после под лавку перепрячет. Насобирал прилично: будет теперь чем утешиться, если Старик его вновь голодом морить начнет. Да вот только где добычу схоронить?

В лесу место непременно нашлось бы, да боялся надолго отлучаться, чтобы подозрений не вызвать. Пришлось шука́ть по двору. Васька — прятальщик опытный, быстро сыскал и укромную щель меж валунов в фундаменте (для завернутой в ветошь сушеной воблы), и незаметную глазу приступку под крышей сарая (для яблок), и дупло в старой яблоне (для горсти орехов в газетном кульке), и отошедшую доску в обшивке ледника… Все рассовал, все распихал по дыркам и расселинам, придавил сверху камнями, прикрыл ветками. Но сердце было неспокойно: ненадежные это были тайники — доступные для влаги, мороза, крыс и белок. Делать, однако, было нечего — прятать заначки в доме Васька не решился.

Да еще и Девчонка прилипчивая за Васькой неотлучно бегала: только он за угол нырнет — и она следом; только он в сарай шмыгнет — и она в сарай. Привязалась — не отцепишься. Пришлось прятать при ней. Васька ей на всякий случай кулаком погрозил: выдашь меня — врежу! А она смеется радостно, заливисто и сама ему навстречу кулачок свой крошечный протягивает. Одно слово — дурында.

Весь тот день смотрел Старик на Ваську пристальным взглядом: яблоки перебирает, прокладывает свежей соломой, — смотрит; рыбу развешивает, обертывает каждую тушку в тряпицу — смотрит. А Васька отвечал ему — взглядом хмурым и независимым. Так и проработали весь день до вечера. Рядом с такими богатыми запасами Васька мог бы и дольше работать; жаль, к вечеру все яблоки были разложены в прохладе подпола; зерно, горох и кукуруза — перетрушены, перебраны и засыпаны обратно в жестяные банки; связки рыбин — вывешены над печью; пучки трав — в сарае и на чердаке.

Ужинали овсяной тюрей, приправленной травами и щепоткой соли. Для большей сытности Старик выложил на стол орехи — каждому по горсточке. А Девчонка — бестолочь! — как увидела те орехи, сразу заулыбалась Ваське, захихикала, потом вскочила из-за стола и на улицу метнулась. Старик забеспокоился, замычал ей вслед удивленно: куда? А Васька уже понял все, уже похолодел животом, хотел было утечь незаметно, пока предательница не вернулась. Да куда утечешь из дома — не на улицу же в самый снегопад? Вернулась Девчонка — со снегом в волосах и Васькиной заначкой в руке. Положила на стол намокший газетный фунтик, оттуда высыпались мелкие ореховые кругляши — уже волглые, перепачканные яблоневой трухой. Улыбнулась Ваське вопросительно: правильно ли все сделала?

И снова лицо у Старика вытянулось, как вчера, — впали щеки, борода вперед выдвинулась.

— Ну что — побьешь меня теперь?! — заверещал Васькин рот, не дожидаясь, пока Старик опомнится. А сам Васька вскочил со стула и опрокинул его, да еще и ногой подпихнул — для большего грохота. — Давай, колоти слабого-беззащитного! Лупи сироту беспризорную, душу бесприютную!

Старик — брови на лбу от злости сдвинулись, глаза потемнели — двинулся к нему. И вновь почуял Васька: хочется Старику ударить его — наотмашь, от души — не один и не два раза, а больше. И готов был к этому Васька, потому как понимал: будет это по справедливости. Не сумел укрыть хабар — отвечай, расплачивайся за неумение.

— Да только я не дамся! — трещал Васькин рот. — Сам ты виноват! Нечего было голодом меня изводить — я бы и не таскал у тебя ничего! Развел тут капитализм, иуда германская! Думаешь, раз от людей отделился — все позволено?!

Девчонка, мыча от расстройства, вновь кинулась на улицу. Васька только крякнул с досады — выдаст она его сейчас, с потрохами и копытами выдаст! — но не бежать же за ней: надо спасаться от Старика. Прыгнул в один угол, во второй, метнулся к печи. Старик — за ним.

— У! — закричала запыхавшаяся Девчонка, вбегая в комнату. — У-у!

Швырнула на стол все Васькины кульки-сверточки с утаенной едой — грязные, мокрые, заляпанные землей и соломой — а сама к Ваське: обхватила его руками, защищая, заныла просительно, обернувшись к Старику. Тут-то он и цапнул Ваську за шиворот.

Зажмурился Васька, сжался — но удара не было. Крепкая рука протащила его за шкирку, проволокла по кухне и вновь усадила за стол. Приоткрыл Васька глаза — а Старик все принесенные Девчонкой заначки потрошит, выкладывает на столешницу и сгребает в кучу — придвигает к Ваське: ешь!

Замер Васька недоуменно, глазами хлопает. А Старик зачерпнул в ладонь украденного гороха вперемешку с яблочными семенами и опилками — и в рот ему тычет, рычит повелительно: ешь, кому сказано!

И Васька стал есть. Жевал торопливо и удивленно, еще не веря до конца, что побои отменяются: зерна овсяные, зерна пшеничные, зерна кукурузные, муку морковную, муку свекольную, сушеную свекольную ботву и яблоки сушеные, рыбу сушеную и сушеные же ягоды — все разом, с налипшей соломой, клочками газет и мелкими веточками. Во рту хрустело — песок? земля? — словно стекло зубами молол. Но Васька жевал упрямо и глотал, глотал, с усилием продвигая комки еды по пищеводу. Еда была сухая, драла горло, но воды просить не стал — из гордости. Ну что, Старик, выкусил? Сломать меня думал — на такой-то малости? Это, что ли, — твое наказание? Да мне бы такое наказание — каждый день, и желательно дважды…

Съел все, что украл, — за один присест. Встал из-за стола гордый, с победительным взглядом. Ушел к себе на лавку, пока Старик с Девчонкой ужин заканчивали.

Живот схватило позже, когда в доме погас свет и хозяева разошлись по спальням. Поначалу захотелось пить, словно в кишках у Васьки поселилась пустыня, которой требовалось воды — не кружка и не две, а целый колодец или целая Волга. Стараясь не шуметь, Васька сполз с лавки и пробрался на кухню. Нашел ощупью ведро, сунул в него голову — да так и нахлебался холодной воды, стоя на четвереньках. То ли треть ведра выдул, а то ли всю половину. Полегчало. Когда пробирался обратно на свою лежанку, та вода бултыхалась у Васьки в пузе, как в бочке, — наверное, во всей избе слышно было.

Не успел, однако, заснуть, как что-то острое вспороло изнутри: боль прошила тело от паха и до грудины. В первое мгновение Васька даже не испугался, а удивился: как могла такая большая боль поместиться в его маленьком организме? А боль быстро нарастала, раскачиваясь подобно маятнику: вверх по животу — вниз к кишкам, вверх — вниз… Освоившись в немудреных мальчишеских внутренностях, изменила направление: стала колыхаться по брюху из стороны в сторону, заставляя Ваську хвататься руками за бока и крутиться на лавке то вправо, то влево. Под конец распоясалась вовсе и забилась под ребрами безо всякого порядка и направления, разрезая бедную Васькину утробу на тысячу мелких частей.

Кажется, он стонал — сначала сквозь зубы, затем в набитую травой подушку. Кажется, терся щеками об одеяло, чтобы содрать с лица противную испарину. Кажется, сжимал пальцами разбухшее твердокаменное пузо, стараясь нащупать свою боль, но та не давалась — ускользала куда-то в глубину его тела, терлась о позвоночник, цеплялась за задние ребра, дергала за лопатки. Кажется, Васька умирал.

Скрючившись, он упал с лавки на пол и полежал там немного, не умея пошевелиться. Кое-как перевернулся на живот и пополз, упираясь о холодный пол не то плечами, не то локтями. Полз наугад, по чутью, плохо уже понимая, куда направляется. Знал: подыхать нужно подальше от людей, одному. Перебирался через какие-то приступки, наталкивался на стулья и обползал их, шкрябал щеками по земляному полу. Наконец уперся лбом в холодное дерево входной двери. Разворошил лицом кинутую на порог старую овчину, ткнулся носом в щель, откуда несло студеным воздухом воли.

Не пролезть было Ваське в эту щель. И дверь не открыть — слишком ослаб, пока полз. Так и лежал, дыша запахом снега и ощущая внутри себя ополоумевшую боль, пока крепкие руки не схватили его за шкирку и не потащили через кухню — как несколько часов назад, за ужином.

Сопротивляться сил не было. Руки делали с немощным Васькиным телом, что хотели: вертели его, как куклу, переворачивая лицом вниз; давили под дых — резко и глубоко, будто желая разорвать пополам; вставляли в рот твердые пальцы и просовывали до самой глотки. Васька хотел было сжать челюсти покрепче и укусить эти пальцы, но не успел: поселившаяся в животе боль дернулась, плеснулась кисло в горле и хлынула из Васьки наружу…

Следующим утром есть не хотелось вовсе, и он провалялся полдня на лавке, с головой накрывшись одеялом и уткнувшись носом в теплые печные изразцы. Напротив лавки, на резной скамеечке, сидела в ожидании Девчонка и пялилась (не видел этого, но чувствовал даже сквозь толщину стеганого одеяла). Тут же, в гостиной, сидел с каким-то занятием и хозяин, пыхтел сосредоточенно.

Когда к полудню Васька высунул нос из своего укрытия, тот кивнул ему: поди-ка сюда! Нехотя Васька вылез на свет. Старик поднял с колен что-то светлое, объемистое, с чем возился вот уже полдня. Накинул на костлявые Васькины плечи — полушубок. Женский — отороченный красной тесьмой по воротнику, сильно великий в плечах и такой широкий, что Васька мог бы завернуться в него трижды; но — с подрубленными по длине рукавами и подолом, схваченный в талии кушаком из пеньки, с аккуратно заштопанными на спине прорехами. Настоящий.

Никогда у Васьки не было полушубка. Он осмотрел внимательно рукава (кожа была ноздреватая, засаленная на складках), огладил слегка залысевший мех на отворотах, пощупал пеньковый кушак, завязал потуже. Затем отошел от Старика и с угрозой произнес:

— Не отдам.

Усмехнулся Старик и достал откуда-то башмаки — большие, высокие, на меху. Васька надел и башмаки. Сел на свою лавку, пряча руки в запа́х тулупа, и повторил все так же угрюмо:

— И башмаки не отдам.

Старик встал со стула, накинул свой тулуп и вышел вон. Васька, поразмыслив, — следом. А за ними и Девчонка побежала как привязанная.

Впервые Васька стоял по щиколотку в снегу — и не мерз. Он пнул тот снег ногой: ну что, выкусил? Теперь меня не возьмешь! Не заморозишь, как в прежние зимы! Накидал снегу на плечи себе, на руки — и плечи не мерзли, и руки. Грел полушубок. То-то же! Расхохотался Васька и прыгнул — спиной в снег. В таком-то снаряжении — не застудишься! И Девчонка рассмеялась, рядом с ним в снег плюхнулась. Весело!

А Старик не смеялся. Он протягивал Ваське лопату — деревянную, с широким квадратным скребком: расчисти-ка сугробы во дворе! И ладонью указывал, как дорожки в снегу проложить: от крыльца — до нужника, до амбара и сараев.

— Сам работай! — окрысился тотчас Васька. — Что, купить меня задумал, да? За полушубочек ветхий батрака себе дармового заполучить? Не выйдет! Кончилось у нас в стране время рабов! Или не слыхал?

Старик только глянул строго, воткнул лопату в сугроб и ушел в дом.

— И ладно! — заорал ему Васька. — Я теперь в такой амуниции — хоть куда уйти могу! Хоть в соседнюю деревню, а хоть и до самого Каспия!

Плюнул в закрытую домовую дверь — издалека плюнул, а попал в самую середочку — и пошел прочь, к лесу.

Снегу было — где по щиколотку, а где и по колено. Васька хрустел по сугробам, то и дело дергая деревья за нижние ветки и осыпая ворохи рассыпчатого снега. Ярко-синее небо глядело на него сквозь укрытые белым ветви. Мелькали по стволам желтые и малиновые пятна — синицы и клесты. Может, и впрямь — дернуть с хутора подальше, пока не отнял хозяин полушубок с башмаками?

Когда за дубами и кленами уже не стало видно ни хутора, ни поляны, а небо из голубого и высокого сделалось серым и низким, Васька заметил, что Девчонка тащится позади.

— А ну пошла! — прикрикнул на нее. — Домой вали, прилипала!

Но та только улыбалась в ответ дурацкой своей улыбкой, лепетала свое неизменное: у-у!

Васька, отгоняя, швырнул в нее снегом.

Она — в него.

Кинул в нее палкой.

Она — в него.

И смеется, заливается — весело ей играть. Визжит радостно: еще хочу!

Ладно, подумал Васька. Если заплутает балбеска — не его вина. Старик сам виноват, что девку свою, дурную да немую, без пригляда оставил. И пошел вперед, не оглядываясь.

Шел и слушал, как хрустит сзади снег под легкими девчачьими шагами. Ноги несли Ваську сами — меж дубов и берез, по оврагам и прогалинам, вдоль невидимой с высоты Волги — вниз по течению. Руки сами подобрали длинную палку-посох, чтобы сподручнее было пробираться по сугробам. Обернулся пару раз украдкой: Девчонка плелась следом, даже прут какой-то себе нашла и старательно тыкала им в землю при ходьбе, повторяя Васькины движения.

Сыпанул снег — сперва легкий и редкий, потом все обильнее и тяжелее.

— Пошла на хутор, овца белобрысая! — не выдержал Васька. — Обратно чапай, к отцу!

Подбежал к Девчонке, схватил за плечи, развернул обратно.

— Жги домой, пока следы видны! — затыкал палкой в отпечатки на снегу — маленькие девчачьи и большие, от новых Васькиных башмаков. — Поняла?

Девчонка, хлюпая покрасневшим носом (уже и продрогнуть успела, мерзлятина!), потыкала и своим прутиком — в те же места на снегу, куда указывала только что Васькина палка. И смотрит с надеждой: правильно ли все сделала?

— Ох, грехи мои тяжкие! — рассвирепел Васька. — Что ж ты за балда такая: ни слова во рту, ни мысли в мозгу!

А снег уже валил вовсю, ложился на деревья. Носимый ветром, перелетал с ветки на ветку, волокся по стволам, равномерно облепляя их белым. Даже воздух от этого снега сделался густой и белый: в нем еще можно было разглядеть ближние стволы и кусты, а чуть подальше — уже нет.

Можно было убежать от Девчонки: Васькины ноги были быстрей и выносливей. Можно — спрятаться: нырнуть незаметно за пень или присыпанную снегом колоду, затем отползти подальше, укрываясь за стволами. Можно было ударить ее пару раз — не для боли, а легонько, для острастки, чтобы испугалась и сама от него убежала.

— Э! — со злости замахнулся на Девчонку палкой. — Чтоб тебя разорвало, немота!

Закинул ту палку подальше — она со свистом промелькнула над заснеженными кустами, упала в кучу бурелома — и пошел обратно к хутору. Сзади треснуло что-то коротко — Девчонка закинула свой прут в тот же бурелом, — и заскрипели торопливо легкие девчачьи шаги.

Домой возвращались долго: идти через метель оказалось труднее. Васька пару раз чуть не уткнулся лицом в выросшие из ниоткуда ветки и пожалел, что выкинул посох. Бояться не боялся: ногам своим верил — они еще и не из таких передряг выводили. Иногда оглядывался на Девчонку: не отстала ли? Та прилежно ковыляла следом, прижав скрюченные лапки к груди. Скоро почувствовал, как легонько оттянулся кушак на спине — Девчонка уцепилась за Васькин полушубок: шагать на прицепе было легче.

Когда вьюга разыгралась так, что Ваське пришлось взять Девчонку за руку (иначе отцепилась бы, отстала, укатилась, влекомая метелью, — ищи ее потом по сугробам!), из кипящей снежной мешанины вылепилась темная фигура: Старик. Ухватил обоих за шиворот и поволок за собой — только успевай ногами перебирать. Старик шел быстро, словно передвигался не по завьюженному лесу, а по ровному полю в ясный день. Васька глотал летящий в рот снег и гадал, отнимут ли у него полушубок.

Мелькнули в снеговой завесе стены амбара и сарая, хлопнула дверь — и Васька повалился на земляной пол, к дышащей жаром печи. Рядом рухнула и Девчонка. Старик вытряс ее из кургузой шубки и заледеневших валенок, размотал шаль в комьях налипшего снега, прижал к себе и долго стоял так, обхватив руками и уткнувшись в девчачью макушку.

— Теперь ты меня не тронь, — сказал ему Васька важно, становясь на ноги и отряхивая ледяную крошку с воротника. — Я девку твою полоумную из метели вытащил. Не то жрал бы ее сейчас серый волк под кустом и костями похрустывал.

Тот поднял лицо от Девчонки, глянул устало — и в первый раз показалось Ваське, что Старик понял его, до самого последнего слова.

Вот она, зацепочка, понял Васька. Крючочек, за который Старика можно вертеть вокруг себя, как дерьмо на палке, — улыбчивая полудурочка, с ногами тонкими, как камышовые стебли, и волосами легкими и белыми, как ковыльный пух.

Весь следующий день провалялся на лавке. Уже изнемог лежать, уже хотели беспокойные руки и ноги движения — но не вставал, упрямо крутился на одеялах и подушках, то и дело нащупывая уложенный под голову полушубок (Старик хотел было убрать его ко входу, где на нестроганых штырьках висела верхняя одежда, да Васька не дал; охотнее всего он и спал бы в том полушубке, чтоб уж наверняка сохранить при себе, но в избе было слишком натоплено).

Девчонка вилась рядом, и Васька время от времени веселил ее: то рожу пострашнее скорчит, то свиньей захрюкает, а то высунет длинный язык и начнет лизать себе грудь (для этого требовался язык исключительной длины, и еще ни разу Васька не встречал пацана, который смог бы повторить фокус). Девчонка громко дышала от восторга и повизгивала. Старик на детей не смотрел, шуровал по хозяйству; но каждый раз, когда Девчонка разражалась хохотом, глаза его теплели, а в седой бороде мелькало подобие улыбки.

— То-то! — произнес Васька нравоучительно, уже на закате. — Понял теперь? У меня забота поглавней снега во дворе нашлась — дитя твое веселить. А уж со снегом ты как-нибудь сам разберись, мне недосуг. И харчу мне прибавь. Веселье — оно дорогого стоит.

Старик молчал, отводя глаза.

Перебодал его Васька.

А вечером, когда зажглась в доме скудная свечная лампа и длинные тени заплясали по бревенчатым стенам, Старик снял с комода увесистый ящик и поставил на стол. Достал откуда-то штуковину, похожую на большой изогнутый колокольчик, вставил основанием в ящик. Девчонка, уже понимая, что будет, кинулась к столу, положила на край костлявые пальчики, а на пальчики — подбородок. Впилась глазами, приготовилась.

Старик все возился, все кряхтел, то откидывая крышку и копаясь внутри, то перебирая на столе какие-то мелкие детали, тщательно дуя на каждую и вставляя в ящик. Занятно стало Ваське, но — держал характер, с постели не поднимался. Наконец Старик вынул из комода ветхий конверт и осторожно, двумя пальцами, выудил из него черный блин. Положил на ящик, раскрутил какую-то ручку и опустил на блин торчащий из ящичного бока шишковатый носик с иглой на конце.

Игла подпрыгнула, из трубы раздался треск, затем — вздох. А после — низкий мужской голос полился свободно и щедро, как волжская вода в паводок.

Откуда исходил этот голос? С гладкой поверхности мелькавшего в полутьме блина? Из широкой трубной пасти? С пляшущего по блину кончика иглы?

Тут-то Васька и пропал. Ему бы испугаться, отпрыгнуть подальше от невиданного приспособления или запустить башмаком, чтобы прервать морок, — но не мог: сидел как завороженный, пялясь на подрагивающий раструб колокольчика. Чудо рождения голоса из ниоткуда — из дрожания позеленевшей от времени жестянки-трубы, края которой уже поистерлись от старости, из касания стальной иглы к черному кругляшу, который легко разбить ударом пятки, — это чудо прихлопнуло Ваську, попало в самое темечко.

Сполз с лавки, медленно подобрался к аппарату. Голос раскатывался по столу, бежал волнами по комнате, по полу, по Васькиному вспотевшему внезапно телу и через него, наполняя живот, и конечности, и голову чем-то важным и сильным. Слова были незнакомые — это было странно и маятно. Васька понимал по чуть-чуть все волжские языки и легко выхватывал в любой речи хоть крупицу смысла. Теперь же смысла не было — был только голос, и интонация, и слитые в неразделимый поток звуки. Васька стоял перед этим потоком, как перед незнакомой рекой, желая и не умея в нее войти.

Когда игла, пробежав через весь блин, приблизилась к его сердцевине и замерла там, тихо потрескивая и набирая на кончик хлопья пыли, Девчонка захихикала и кинула на блин какую-то щепку — та отскочила тотчас, сметенная с поверхности потоком воздуха. Васька треснул ее по лапке: не балуй!

Слушали в тот вечер и другие голоса: и мужские, и женские, и сплетенные вместе. Слушали стихи, слушали песни — бодрые-озорные, томные-протяжные, всякие. А потом Старик вынул из ящика трубу и убрал его обратно на комод. Разошлись по кроватям — спать.

Васька лег на лавку, обнял руками слабо пахнущий овчиной полушубок и слушал незнакомые слова и голоса — они звучали в голове отчетливо, словно диковинный ящик продолжал крутить черные блины. Хотелось подпевать этим голосам. Хотелось бежать, лететь, плыть — куда-нибудь: за ними или одному. Хотелось схватить этот ящик и выскочить из избы, унести его подальше, где никто не мог бы отнять, — но без умелых рук Старика чудо вряд ли стало бы работать.

Назавтра Васька с самого утра терся у комода, несколько раз украдкой потрогал заветный ящик: холодный. Старик возился на кухне, иногда бросая на Ваську короткие взгляды. После завтрака тот натянул полушубок, нахлобучил на голову войлочный колпак.

— Ладно, — сказал Старику сурово. — Расчищу твой снег. А ты вечером заведешь мне свою шарманку. И чтобы — без баловства, без хитростей твоих капиталистических! Все блины прокрутишь, до единого. Смотри у меня!

И пошел работать.

Зима выдалась снежная, и Васька шуровал во дворе лопатой чуть не каждое утро. После — колол дрова, топил печь, обивал лед с колодезного сруба. В солнечные дни счищал снег с крыш или собирал в лесу хворост на растопку; сначала таскал охапками, за спиной, а когда починили со Стариком сани-волокуши, начал возить на санях. Перечинили и всю обувь на хуторе: Девчонкины чуни всех мастей, пару кожаных лапоточков, разноразмерные башмаки, сапоги (кожаные и меховые, шерстью внутрь и шерстью наружу), несколько ветхих валенок. Пошили Девчонке новую шубу вместо прохудившейся. Навязали матов из соломы — вместо истершихся. Вновь проверили все съестные запасы: перетрясли и подсушили крупу, переложили яблоки, пересмотрели картофелины и капустные кочаны, луковицы и репу, пересыпали влажным песком морковь.

Расставили по огороду щитки и доски — для сбора снега. Натолкли семян подсолнечника с корневищами вороньего глаза, разбросали по краям луковых и чесночных грядок — для защиты от мышей и крыс. Просмотрели все яблони: не мерзнут ли стволы? не прохудилась ли обмотка из мешковины? Где прохудилась — обернули сверху принесенной из леса березовой корой; укутали яблони снегом.

Работа была всегда. Только напилишь на Волге свежего льда для ледника — грянет снегопад: беги в сад, отряхивай ветви (да не спешно, а обстоятельно и любовно: каждую веточку деревянной рогатиной потереби, поздоровайся, а заодно и налипший снег сбрось, чтобы не сломалась). Только прочистишь дымоход и выметешь золу для удобрения огорода — ударит мороз: беги на берег, вынимай переметы, чтобы льдом не порвало и улов не унесло. Только встанешь-поешь, Девчонке рожу состроишь — а уже и вечер, уже и время диковинного ящика пришло. Так и жили: утро — вечер, туда — сюда, выдох — вдох.

Стихи и песни с тех черных блинов Васька выучил наизусть. Пластинок на хуторе было немного — не больше, чем пальцев на обеих руках, — и каждый вечер доставали все. Старик почему-то всегда ставил их в одной и той же последовательности, ни разу не нарушив заведенного порядка, — сначала стихи, затем бодрящие песни, затем тоскливые, — и в этой определенности Васька постепенно научался находить удовольствие. Вслушиваясь день за днем в одни и те же куплеты, не умея понять их или разделить на фразы и слова, он тем не менее стал замечать, что запоминает их целиком: заглатывает, как змея или жадная птица слишком крупную добычу. Завораживающая словесная абракадабра рождалась из ниоткуда — из воздуха, из прыганья иголки по пыльному блину — и была ничем; она ничего не стоила и не несла в себе никакой пользы: ею нельзя было ругнуться и отпугнуть других, задобрить или позабавить. Она была — *иное*. В бессмысленных преходящих звуках жила какая-то *иная*, незнакомая Ваське жизнь, дышали какие-то *иные* силы и законы. Куцый Васькин умишко напрягался, пытаясь развить мысль и осознать до конца свою внезапную страсть к диковинному ящику, но неизменно терпел поражение. Попытки эти были мучительны, Васька хотел бы оставить их, но не умел — и часто вертелся на лавке до полуночи, злясь на себя, на шарманку, а заодно и на Старика.

Впрочем, при нем держал себя сурово: страсть свою старался не обнаруживать, не пресмыкался и работой обильной не убивался. Девчонка — вот была его главная работа. За Девчонку прощалось многое: спетая ей частушка или рассказанная история часто заменяли Ваське трудовые повинности, а совместная игра всегда была надежной защитой от очередного поручения. Работать языком было приятней, чем лопатой или топором, — и потому к середине зимы Васька даже проникся симпатией к бедной полудурочке. К тому же, чуял Васька, была она не просто монеткой, за которую можно купить у Старика полдня беззаботной жизни и сытный обед. Девчонка была чем-то большим — ключом к стариковскому сердцу или даже каким-то куском его. И потому каждый раз, чувствуя свою над ней маленькую власть, Васька млел от удовольствия — словно это не она хохотала сейчас над его проказой или повторяла послушно смешную ужимку, а сам Старик.

За первые дни Васька показал ей все свои трюки и фокусы (а знал он их побольше многих): как завязывать пальцы узлами, как выпячивать наружу лопатки, как ходить на руках, как ползать на спине, как выворачивать веки и до предела выкатывать белки вперед, так что кажутся они двумя вставленными в глазницы бильярдными шарами. Как удерживать нож на кончике носа, как петь горлом, не размыкая губ, как балансировать на одной пятке, как чесать затылок пальцами ног, как пить из блюдца ноздрями и пускать самые длинные слюни. Все показал, что знал, — ничего не утаил. Девчонка сначала глядела восхищенно, а затем принялась повторять. И ведь получалось! Сама тощая, мелкая, кости чуть кожу не рвут, глаза от усердия выпучены — а все делала: и языком щелкала, и на голове стояла, и на пятке крутилась, и плевала через всю комнату, и ножом по столу мотив выстукивала.

Занятно было наблюдать, как быстро учится Девчонка, как скоро приклеиваются к ней его собственные ухватки и ужимки. Была в этом какая-то радостная тайна, незнакомое и острое удовольствие. Пацаны, которых он встречал в прежней жизни, тоже, бывало, перехватывали у него фокус или перенимали проделку, но после непременно свое изображали — доказывали, что и сами не лыком шиты. Девчонка же, наоборот, хотела повторять за ним бесконечно — не задумываясь о смысле, с постоянным восторгом и рвением. Она была — глина в его пальцах, покорная, всегда готовая и жаждущая измениться.

Скоро Васька предложил новую забаву — игры. Можно было сыграть и в веревочку, и в два ножа, и в “лупи-беги”, и в плевочки. С этим поначалу не заладилось: объяснений Девчонка не понимала; стоило начать игру — и она послушно повторяла за Васькой движения, нимало не заботясь о правилах, не стремясь к победе и не понимая его недовольства. Выход нашли: придумали собственные игры — такие, где не было соревнования или сложного порядка действий, а одна только простая и чистая радость: падали с крыши ледника в огромный сугроб на заднем дворе, возили друг друга на волокушах, бегали по опушке, вздымая фонтаны снега, сбивали сосульки с веток и визжали наперебой, вызывая из леса эхо.

И здесь Васька чувствовал свою власть: прикажет — и прыгает Девчонка в сугроб хоть с утра до полудня как заведенная; еще прикажет — и носится хохоча кругами вокруг дома; еще прикажет — и на дерево влезет, и брошенную палку принесет. Слов не понимала, но быстро схватывала интонацию и выражение лица; очень хотела увидеть на его лице улыбку — за добрые слова, за ласковый кивок готова была трудиться бесконечно. Сладко было Ваське вертеть Стариковой дочкой, но много воли себе не давал: чуял — не понравится это хозяину. Иногда, однако, не мог себя сдержать: когда уходили вместе в лес за хворостом, плюхался в волокуши и заставлял Девчонку тащить их, ржа конем; а когда оставались в избе одни — бегать на карачках, высунув язык и скуля по-щенячьи.

Ржать, скулить, верещать, подвывать, ухать и постанывать, подражая зверям и птицам, — это у Девчонки получалось лучше Васькиного. Мгновенно переняла она у него и разные виды свиста (с губами дудочкой, с губами скобкой, через выпавший зуб, через сжатые челюсти, в два и три пальца), и потрескивания языком, и пощелкивания, и гудение глоткой. А затем начала перенимать слова.

Хозяин заметил это раньше самого Васьки. В Стариковых глазах, глядевших на Девчонку, стал Васька замечать иногда что-то новое, тоскливое — от раненой собаки.

И только потом понял, что появляется это новое во время их с Девчонкой разговоров (вернее, разговаривал-то Васька, а она сидела рядом, по обыкновению глядя ему в рот и подгукивая). Посмотрел Васька на нее внимательнее: а ведь и правда — губы беспрестанно шевелятся, на тоненьком горлышке жилы от напряжения проступили. Неужели — хочет говорить? Вот тебе и так! Значит, не немая Девчонка? Значит, не полудурочка вовсе?

Учить речи — забава почище "двух ножей" или "плевочков". Васька подошел к делу со всей серьезностью: разговаривать с Девчонкой стал медленней, широко разводя губы и четко произнося слова, по нескольку раз повторяя сказанное, а иногда и помогая себе жестами — для верности; порой просто сидел на лавке и тыкал пальцами в предметы вокруг, многократно называя их.

— Морда! — произносил внятно, ладонью обводя свое лицо, а затем и Девчонкино. — Рыло по-иному. Или физия.

— Грабли! — поднимал вверх руки с растопыренными пальцами. — И у тебя — грабли.

— Лапы! — качал ногами.

— Курдюк! — шлепал себя по тощим ягодицам.

— Пузо! Хлебало! Зырки!

Васька запретил себе мешать в русскую речь киргизские и прочие слова, чтобы не запутать ученицу; если вдруг подмешивал по недосмотру — тотчас поправлялся, вычищал речь. Запретил торопиться при рассказе историй или стишков. Запретил слишком резво скакать мыслью по темам и предметам: если уж начинали с утра чем-то заниматься — посудой, одеждой или хозяйственным инструментом, — то и твердили весь день до вечера:

— Тарельник! Хавалка! Чугунок с черепком!..

Удивительно было следить за тем, как Васькины слова прорастают в Девчонке, — пока еще не речью, а первым пониманием связи звуков и предметов. Васька швырял те слова щедро — ему не жалко.

— Ковырялка!

— Тыкалка!

— Пилильник!

Схватывала Девчонка быстро — оказалась смышлена. Говорить не получалось: изо рта вылетали только звуки, изредка похожие на слоги; но с каждым днем звуки эти становились обильней и разнообразней.

— Шарашь скорее!

— Колупайся, тютя!

— Шабаш с дровами, жрать айда!

Скоро Васька узнал, как зовут Девчонку. Поначалу обходился прозвищами —“дурища”, “птаха”, “стрекоза лупоглазая”. Когда же стало ясно, что она вот-вот заговорит, подобрал ей имя. Долго подбирал: перебрал все знакомые имена, услышанные в детприемниках и во время странствий, — примеривал к тощей девчачьей мордашке. Не подходили ей ни скучные *Ноябрина* с *Дояркой*, ни воинственные *Армия* с *Баррикадой*, ни *Вилюра* с *Буденой* (какие-то коровьи клички, честное слово!), ни заковыристая *Дзержинальда*. Наконец нашел: *Авиация*. Но окрестить ученицу не получилось: едва заслышав, как Васька кличет ее одним и тем же словом, Старик схватил его за ворот и стал трясти. Тряс легонько, не больно, при этом возбужденно мыча и указывая на дочь, — пока Васька не понял, в чем дело. Пришлось вспоминать заново все женские имена и выкрикивать вслух — пока Старик не кивнул удовлетворенно и не отпустил: *Анна* — вот как звали белобрысую. Подивился Васька (а ведь почти угадал имечко-то!), да и согласился. Анна так Анна. Правильнее: Анька.

— Елёха-воха! Возгри-то утри!

— Не дербань, деряба!

— Егози шибче, укуси тебя комар!

Иногда Ваське надоедало: хотелось обычных незамысловатых игр, нехитрого занятия для рук и ног. Он оставлял уроки — на полдня, на день, — чтобы порезвиться в снегу или сбегать на Волгу выставить переметы, а после вновь начинал. В этих уроках была заключена его власть над Девчонкой, взрослая и окончательная власть, — а значит, и над Стариком, и над всем хутором.

Старик поначалу противился урокам: мычал на Ваську строго, запирал Девчонку в ее комнате (и та колотилась в дверь, требуя выпустить, визжала, как пойманный в силки кабаненок). Однажды даже надумал выставить Ваську вон: собрал ему полную котомку провизии, одел в полушубок, сверху шалью для тепла перевязал — и на дверь указывает: уходи, мол.

— Вот еще! — набычился Васька. — Я теперь навсегда с вами останусь. Мне на хуторе хорошо.

Старик упрямится, пальцем в сторону выхода тычет (а палец тот трясется, как мормышка на леске). В комнате своей запертая Девчонка бьется, скулит в щель, чует беду.

— Что же ты, упырь?! — взвился тогда Васька. — Девку свою немой оставить хочешь? Она ведь со мной-то не сегодня-завтра заговорит, а с тобой, сычом безъязыким, — никогда!

Дернул Старик лицом, словно ударил его Васька.

— Правильно тебя поймать хотят — те, кого ты каждый день на обрыв ходишь караулить! — бил Васька уже изо всех сил, наотмашь. — Знают о твоей черной сущности! Выставишь меня сейчас — я ног не пожалею: все деревни окрест обойду и о тебе, контре, на каждом углу пару слов прокричу! Так прокричу — не забудут люди! И дружки твои мигом объявятся — тебя навестить!

Тряхнул Старик головой косматой, затряс нижней губой — да и отстал.

С тех пор сидел во время занятий в отдалении, занимался домашними делами, и только во взгляде его росла та самая, уже знакомая Ваське собачья тоска.

Так они и жили эту зиму. Днем Васька из Старика душу тянул — Девчонку разговаривать учил. А вечером Старик Ваську терзал — шарманку свою крутил и ею мысли непонятные в бедной Васькиной голове запускал. Одной Девчонке было хорошо: что с Васькой, что с отцом.

Постепенно тот смирился с Васькиной ролью учителя. В конце зимы Девчонка лопотала слоги так шустро и быстро, что оба они — и Васька, и Старик — со дня на день ждали ее первого слова. В обращенном к дочери взгляде Старика Васька читал иногда нетерпение и надежду. Ухмылялся про себя: ну и кто меня зимой в снег выгнать хотел?

А после пришла весна.

И солнце в небе глядело на Ваську уже не солнцем, а Балдохой — бродяжьим богом: звало куда-то. И Волга текла вперемежку с изломанными льдинами, унесенными паводком домами, мостами, лодками — уже не рекой, а дорогой: звала. И ветер не шибал по лицу снегом, а толкал в спину теплыми и сильными своими руками. И деревья не цепляли ветвями, а путь указывали: с хутора, в лес.

Нет, решил Васька. Никуда не пойду.

Птичьи стаи тянулись по-над волнами, кричали и смеялись. И облака тянулись за ними вслед, молчали и глядели вниз. И косяки рыб тянулись по воде, и молодая зелень — по степи, а снег тянулся с нее прочь — таял и утекал в Волгу.

Рассердился Васька и ушел с обрыва домой — спать. Завалился на лавку.

А подушка под головой пахнет смолой сосновой, с верховьев реки. Одеяло на плечах — ершами свежими, на костре жаренными. Печной изразец — песком астраханским. Из окна приоткрытого тянет не снегом, талым и постным, а соленым Каспием.

Открыл Васька глаза. Сел в темноте. И видит: тянутся из его тела веревки во все стороны — прозрачные, едва заметные в ночи — крепкие витые веревки наподобие корабельных канатов. Самые толстые — к спальням Старика с Девчонкой, потоньше — к ящику диковинному на комоде, к другим вещам в доме. А сам Васька посреди этих веревок — будто муха в паутине.

“Вот оно как! — разозлился Васька. — Вот как меня Старик победить решил — по-тихому! Веревочками опутать, к себе и хутору привязать! Блинами говорящими приворожить, харчем сытным прикормить, подарками задобрить — чтобы сидел я здесь безвылазно до самой смерти!”

Вскочил с лавки, оборвал все путы и выскочил в дверь — только его и видели.

22

— Ва! Ва! Ва! — кричала утром Анче, металась по двору.

Бах услышал те крики еще в полусне, просыпаясь. Вскочил с кровати. Как был — в исподнем, едва накинув на плечи тужурку без рукавов — бросился на улицу.

Анче — в легкой ночной рубахе, растрепанные волосы облаком вокруг головы колышутся, рот раскрыт — кидалась от строения к строению, распахивая двери настежь, заскакивая внутрь и выскакивая наружу, роняя корзины, ведра, ящики, развешанные по стенам инструменты.

— Ва! Ва! Ва!

Обежала все — ринулась в сад. Белое пятно замелькало меж коричневых стволов и веток, отяжелевших по весне крупными почками.

Бах спешил за своей девочкой, снимая на ходу тужурку — укрыть от свежего весеннего ветра, от студеного дыхания последнего снега в прогалинах. А Анче, достигнув границы сада, остановилась на мгновение, оглянулась растерянно — и бросилась в лес.

— Ва! Ва! Ва! — заголосили испуганно грачи, поднимаясь с деревьев, разлетаясь по округе.

— Ва! Ва! Ва! — откликнулось печально эхо, стекая по стволам, дрожа на ветвях.

Бах кинулся следом. Солнечные лучи строчили сквозь ветви, вода летела из-под ног, свистели мимо березы, клены, осины. Он месил ногами грязь, оскальзываясь на лиственной прели и запинаясь о валежник. Твердые тулова деревьев ударяли по плечам, сучья царапали по лицу, оставляя красные отметины на щеках и лбу, — болезненных прикосновений этих не замечал. Догнать быстроногую Анче не получалось, но и отстать не умел — тело его рвалось за девочкой как привязанное: какая-то сила волокла вперед, шваркала о пни, тянула через лужи и бегущие меж корней ручьи, перетаскивала через ямы, швыряла через рытвины и буераки.

— Ва! Ва! Ва!

Бежали долго: пока ночные рубахи их не стали черны от грязи, а лица — темны от прихлынувшей крови и мокры от пота, пока измученные ноги не могли уже ступить ни шагу, а глотки едва умели дышать. Только тогда движения Анче утратили стремительность, бег замедлился, колени подогнулись — и она упала на руки подоспевшего Баха.

И ему захотелось упасть от усталости: на землю, в лужу, в овраг, куда угодно, лишь бы прикрыть веки и забыться пару минут в неподвижности, — однако на груди его лежала обессиленная Анче. Сквозь разделяющую их тела тонкую ткань исподних рубах он ощущал заполошное биение ее сердца. Превозмогая боль в коленях и хватая раскрытым ртом воздух, Бах медленно заковылял меж деревьев с Анче на руках — обратно, к дому.

Однако чем дольше шел, тем быстрее становилась его поступь и тем легче казалось прижатое к груди девичье тело — словно от него исходила молодая и чистая энергия, проникающая в изможденный Бахов организм через телесные прикосновения. Удивительным образом ноги Баха, и спина, и шея, и руки — от плеч до самых кончиков мизинцев — все наполнилось упругой и радостной силой, запружинило, захотело движения. Наслаждением стало вдруг и сминать ногой прелые листья, и скользить по глине, и ломать башмаком податливые сучья. И подставлять глаза весеннему солнцу. И замечать оттенки древесной коры: рыжей на сосновых стволах, серой на дубовых, лиловой и голубой — на ветвях малины и ежевики. И вдыхать этот воздух — прохладный, пахнущий талым снегом и влажной землей. Все стало наслаждением — во всем открылся какой-то близкий и правильный смысл. Во всем задышала жизнь.

Бах прижимал к груди девочку — маленькую, почти невесомую — и чувствовал одновременно так много разных и важных вещей, как никогда прежде: ток древесных соков от корней к стволам и веткам, подрагивание молодых листьев под оболочкой почек, согревание земли на пригорках и сонное шевеление в ней семян, клубней и спор. Все это незаметное глазу копошение — колебание, дыхание, трепет — все отзывалось в нем, все волновало, словно происходило не снаружи Баха, а внутри. В ноздрях своих он обнаружил внезапно обилие ароматов: сырость воды, пряность первых трав на прогалинах, сладковатость гнилых пней, едкость оттаявшего муравейника. В ушах теснилось небывалое количество звуков, кожа ощущала поглаживания ветра каждой складкой и порой… То была не знакомая Баху грозовая эйфория, не слепой и безрассудный взрыв чувств на грани душевного припадка, а раскрытие этих чувств во всей полноте и красоте, их медленное и мудрое проживание.

Что обострило до такой степени его восприимчивость? Весна? Боязнь за Анче, обернувшаяся облегчением? Бах не знал. Уже позже, положив уснувшую от усталости девочку на постель и выйдя во двор, понял: причиной невероятного всплеска чувств была близость Анче. Раньше прикосновения к ней спасали от страха, теперь — дарили новое, незнакомое ощущение действительности: умение волноваться красотой мира и в каждом даже мельчайшем его проявлении видеть живое.

А приблудыш Васька и вправду — пропал. Как прибился к хутору — по собственному настырному желанию, возникнув из ниоткуда, — так и ушел в никуда. Ушел босой, оставив под лавкой подаренные ботинки на меху, на лавке — перешитый полушубок; не сказав ни слова на прощание и ничего не взяв с собой. Бах проверил оскудевшие за зиму закрома с остатками еды, вещи в комоде и тесной Тильдиной комнатке, содержимое подкроватных сундуков и кухонных ящиков — все было на местах. Кроме самого Васьки.

Анче горевала по нему, и эта была первая в ее жизни взрослая печаль. Каждое утро она просыпалась — и заново переживала горе разлуки с единственным другом. Горе это росло с каждым новым часом нового дня и скоро заливало собой и девичью спальню, и гостиную, и дом, и двор, и усыпанный яблоневым цветом сад. Не умея справиться со всепроникающим горем, Анче терпела, пока хватало сил; а когда силы иссякали — убегала с хутора: иногда к вечеру, иногда в полдень, в самые тяжкие дни — по утрам, после пробуждения. Бежала через лес, выкликая пропавшего друга и надеясь если не найти его, то хотя бы достичь тех мест, куда не проникла еще ее печаль. Старания были тщетны: печаль была всюду, а Васьки не было — нигде.

Из этих каждодневных побегов и составилось то лето. Бах не мог бы сказать, делал ли он что-нибудь еще — обрезал ли яблони, сажал ли в огороде морковь и мяту, рыбачил ли и собирал ли орехи, ел ли и видел ли сны, думал ли о чем-то — или только искал горюющую девочку.

Единственным утешением были минуты возвращения домой — не будь этих минут, сердце Баха поизносилось бы в страхе, как изнашивается от долгой носки даже самый крепкий башмак. Бах нес Анче на руках через лес — сначала по-весеннему прозрачный и звонкий, затем по-летнему пестрый и шумный, после по-осеннему тихий, — и грудь его каждый раз наполнялась легким и трепетным. Хрупкое тело девочки, иссушенное тоской, напитывало Баха необъяснимой нежностью к миру и обостряло чувства до немыслимой остроты: он готов был плакать от благодарности к этому щедрому лесу, и к вечной Волге, и к простиравшимся за ней степям, и ко всей текущей вокруг обильной жизни, и к самой Анче, дарящей Баху эти приступы краткого и острого счастья.

К концу лета заметил, что возвращаться на хутор стал не напрямик, а окольными путями — через дальние поляны и тропы, подогу кружа на задворках сада и продлевая минуты уединения с Анче. Что с тревогой начал вслушиваться в звуки леса, опасаясь расслышать шаги возвращающегося Васьки. Что в дни, когда Анче медлит с побегом, он уже и сам готов толкать ее в спину: беги же! кричи, плачь, тоскуй — и падай скорее в мои руки! а уж я утешу тебя! уж я понесу тебя через чащи и поляны — долго понесу, бережно, любя!

Было в подобных мыслях что-то дурное, даже порочное. Осознав это, Бах запер Анче в девичьей — закрыл дверь на задвижку, подпер ящиком с камнями: никуда больше не побежим. Хватит — набегались. Сам сел на тот ящик, прислонился к двери. Сидел и чувствовал спиной удары слабых кулачков о дверные доски — с той стороны. Тут, у двери, и уснул — крепко и спокойно, впервые за лето не боясь, что Анче убежит во время его сна.

А она все-таки убежала — через окно. Выбила стекло резной скамейкой и выскочила вон, оцарапавшись о торчавшие из рамы осколки и оставив на них пару выдранных из юбки ниток. Бах проснулся от грохота, но пока отодвигал тяжеленный ящик и отпирал дверь, пока таращился недоуменно на разбитое стекло — Анче и след простыл: исчезла в лесу.

Вот она была — расплата за дурные мысли. Вот он был, его извечный кошмар, — исчезнувшая Анче.

Громко мыча, Бах кинулся с хутора. Куда? Он не мог бы сказать.

Кажется, он падал в овраги и окунался в ручьи, полз по их дну. Кажется, выбирался обратно, цепляясь за корни деревьев и растущие по склонам кусты. Топтал муравейники, скидывал плечами птичьи гнезда, мял ежевичники и малинники, ломал крушину и молодые березовые побеги — не по злому умыслу, а не умея свернуть с пути и обогнуть препятствие. И мычал, мычал беспрестанно — звал: Анче!

Горло скоро устало реветь и осипло — звуки стали глуше, уже не могли перекрыть хрупанье камней под башмаками и треск ломаемых веток. Вот когда бы он пригодился Баху — язык. Вот когда был нужен крик — громкий, пронзительный.

Возможно, и Анче сейчас металась по чащобе, желая и не умея позвать на помощь? Возможно, они с Бахом кружили совсем рядом: брели теми же тропами, ползли по тем же оврагам, цепляясь за те же деревья и спотыкаясь о те же коряжины, наступая на одни и те же следы, желая и не умея друг друга найти — двое затерявшихся в лесу немых?

Когда сумерки налились синевой — близилась ночь, — обнаружил себя на знакомом обрыве: ноги сами привели к Волге. Побрел на хутор, взял с печи жестяное ведро, толкушку для специй и, колотя толкушкой о жесть, направился обратно в лес.

Лес отвечал Баху: где-то вдалеке свистели печально сычи, стонали неясыти, горланили низкими голосами выпи.

Анче — не отвечала.

Да, это была расплата. За трусливое желание оградить Анче от мира. Лишить ее речи, лишить ее сверстника и друга — лишь бы остаться с ней наедине, лишь бы владеть ею безраздельно и всемогуще.

Под утро ноги опять вывели его к Волге. Поняв, что вновь стоит на обрыве, Бах опустил руки и перестал стучать. Однако уши его за долгую ночь так привыкли к бряцанию дерева о жесть, что и теперь в них раздавался тот же звук. Бросил ведро с колотушкой на землю — не помогло. Желая избавиться от наваждения, пнул ногой оба предмета — скинул в Волгу. Глаза его отчетливо видели, как ведро, вращаясь и покрываясь вмятинами от ударов о камни, запрыгало по спуску вниз и ухнуло в воду; как колотушка завертелась, скатываясь по тропе, и булькнула в прибрежную пену. А в голове — по-прежнему звенело. Он поднял к лицу руки, чтобы зажать покрепче уши, — и в робком свете зари заметил, что ладони иссечены глубокими царапинами, испестрены грязью, налипшей хвоей, сухой травой. Такими же грязными были и предплечья, и плечи, и грудь: одежда превратилась в лохмотья, сквозь которые глядело не тело, а распухшее от синяков и ссадин мясо — одна сплошная запекшаяся рана. Ноги черны от глины, ступни — босы: верно, башмаки остались лежать где-нибудь в овраге. Впрочем, сейчас это уже не имело значения.

Развернулся и зашагал на хутор. Понял, что сильно раскачивается при ходьбе, — одна нога отчего-то подгибалась и не желала ступать ровно, подволакивалась на каждом шагу. И это не имело значения.

Ковылял долго — солнце успело показаться над кромкой леса, рассыпать по предметам желтые и розовые блики. Дошел до крыльца, но подниматься не захотел: без Анче делать в доме было нечего. Похромал вокруг стен — к разбитому окну. В голове продолжала брякать о жесть колотушка, но звук этот стал уже привычным — почти не мешал.

Не замечая россыпи осколков под босыми ногами, Бах подошел к окну, заглянул — и увидел ее: Анче спала на своей кровати, не раздетая, не разутая — лежала поверх одеял и подушек, наискосок постели, чуть свесив запачканные землей башмаки. Солнечный луч медленно полз по безмятежному лицу. Чуть поморщилась, вздохнула сонно — и отвернулась от света, перекатилась на другой бок.

Бах понял, что слышит тихое дыхание Анче, — звон в голове прекратился. Наверное, следовало нагреть воды и смыть грязь, перевязать раны, достать чистую одежду из комода, а рванье — снять. Однако отойти от окна сил не было, и он разрешил себе постоять еще немного — посмотреть на спящего ребенка. Пока солнце не вынырнуло из-за деревьев. Не поднялось по небосводу. Не достигло зенита.

Стоял и смотрел, как играет свет на рассыпанных по подушке нежных кудрях, как загорается розовым изгиб щеки и подоткнутая под нее маленькая пятерня.

Нет, эту девочку было не остановить: она с рождения ползла и бежала — куда желала. Заложенный в ней инстинкт свободы звал, и она подчинялась ему, забывая о Бахе, о родном хуторе, обо всем, что оставалось позади. Сейчас, глядя на неподвижную Анче, Бах понял отчетливо: через несколько лет она уйдет. Выпрыгнет в дверь, выскочит в окно, просочится в любую щель — но уйдет, уйдет непременно. Возможно, даже не попрощавшись.

Внезапно стало жарко — может, от того, что долго стоял на солнцепеке. Горела грудь, горела шея, горела голова — вся, от затылка до темени, до кончика носа, до мочек распухших ушей. Жар был так невыносим, что впору бежать к Волге и прыгать с обрыва. Но доковылять до реки ослабевшему Баху сейчас вряд ли удалось бы. Как и вытянуть из колодца тяжелое ведро с водой. Облизывая пересохшие губы, он сорвал с груди лохмотья, бывшие когда-то рубахой, — не помогло: тело пылало, как раскаленное.

Держась руками за стены, похромал в единственное место, где можно было остудить внезапную горячку, — в ледник. Лег на пахнувшие тиной ледяные куски, уже измельчавшие и оплывшие за лето, вжал благодарно лицо во что-то холодное, податливое — кажется, в рыбью тушку — и замер, наслаждаясь желанной прохладой…

С того дня преследовать Анче перестал и удерживать ее больше не пытался. Она убегала, когда и куда хотела — в глубину леса, вдоль волжских берегов, вверх и вниз по течению, — но всегда возвращалась до заката. Кажется, тоска ее по исчезнувшему мальчику блекла и притуплялась в движении, а каждодневные вылазки из дома начали доставлять удовольствие: прибегала из леса румяная, с мечтательными глазами.

В ее отлучки Бах не умел себя занять — мысли не шли в голову, дела валились из рук — и потому ходил в ледник: раздевался до исподнего, ложился на лед и лежал неподвижно; пока тело боролось с холодом, голова отдыхала от мучительных мыслей. Одежда его пропахла рыбой, в карманах завелась чешуя, но мелочей этих не замечал.

Вечерами, вернувшись из побега, Анче забиралась на колени к Баху, улыбалась виновато, прижималась к его груди. В глазах ее, однако, не было раскаяния, а одна только усталая радость и успокоенность. На руках Бах нес девочку в сад и бродил меж яблонь — та не противилась, позволяла. Он с благодарностью принимал ее недолгую ласку. Этими короткими минутами и жил.

В один такой вечер, трижды обойдя сад и настоявшись вдоволь у Клариного камня, он уже в сумерках нес притихшую Анче к дому — и увидел, что входная дверь приоткрыта, в окнах теплится свет. Верно, следовало бы испугаться, но душа Баха так измучилась в последнее время, так изболелась и изнурилась, что на другие тревоги сил уже не осталось. С Анче на руках он поднялся на крыльцо и шагнул в дом.

Свечная лампа горела на подоконнике. Кто-то возился посреди кухни на коленях — шуровал метлой под столом, выметая мусор.

— Грязно в доме, — сурово сказал Васька, поднимаясь на ноги. — Запустили без меня хозяйство.

За лето он окреп, хотя и не прибавил в росте. Голос его стал ниже и глуше; лицо обветрилось, почернело от солнца; отросшие волосы были увязаны на затылке в косу, придавая мальчику совершенно взрослый вид.

Анче дернулась, соскочила с Баховых рук; бросилась к Ваське, но обнять не решилась — замерла в полушаге.

— Ва-ся! — сказала отчетливо. — Ва-ся!

— Да уж не господь бог, — подтвердил тот, сгребая мусор в совок.

— Ва-ся, — повторяла Анче. — Вася. Вася. Вася…

23

И снова стали жить — втроем.

Васька больше не уходил — так и остался на хуторе, не спросив разрешения и никак не объяснив свое многомесячное отсутствие, словно был здесь полновластным хозяином. Спать лег на лавке у печи. Ни еды, ни чистой одежды, ни подушки с одеялом не попросил, а когда получил их от Баха, взял без благодарности, как причитающееся. В кухонном шкафу Бах обнаружил позже несколько слипшихся плиток шоколада, почему-то обернутых в рваную шелковую наволочку; а на комоде — кипу незнакомых пластинок в засаленных конвертах, некоторые — с треснутыми краями и исцарапанными звуковыми дорожками, все — с записями немецких стихов и песен.

Сам Васька изменился за лето. На лице у него прибавился шрам (короткая белая отметина сияла на темном лбу, аккурат меж черных бровей, как нанесенная мелом) и окривела спинка приплюснутого носа, вероятно, перебитая в драке. Тело стало крепче и шире в кости, движения — аккуратнее, мимика — скупее; весь он словно подобрался и возмужал — сквозь мальчишескую легкость уже проглядывали степенность и основательность. Он принадлежал к тем подросткам, чей облик рано обретает взрослые черты, а невысокий рост затрудняет определение возраста: со спины его легко было принять за малолетку, в то время как суровое монгольское лицо могло принадлежать и юноше. Рядом с коренастым Васькой подросшая за лето Анче смотрелась нескладно и по-детски беззащитно, хотя и была теперь немного выше.

Бах не знал, как отнестись к этому внезапному возвращению. И к этому странному мальчику как относиться — тоже не знал. Казалось, был Васька прост — как рыболовный крючок из железа, как ведро с водой или серый волжский булыжник: дашь еды — ест, не дашь — сам возьмет; поручишь работу — отлынивает, а накажешь за леность — выполнит; станет ему худо — орет, а станет хорошо — завалится на лавку и дрыхнет без просыпу, хоть из пушки пали. Но было в нем что-то, какая-то потайная душевная складка, за которой скрывалось невидимое и тщательно обороняемое от других — то, чего сам Васька, похоже, боялся или стыдился. Эти едва ощутимые зачатки человечности, иногда мелькавшие сквозь звероватые повадки, и примиряли Баха с мальчиком.

Когда Васька, старательно шевеля обветренными губами, в сотый раз тыкал пальцем в какой-нибудь предмет и произносил его название — громко, чтобы Анче разобрала каждый звук, — Бах готов был обнять его в порыве благодарности. Когда минутой позже тот же самый Васька хрюкал для забавы и скреб пятерней живот, а Анче хрюкала и почесывалась в ответ, — Бах едва удерживался, чтобы не вышвырнуть обоих за дверь.

Когда вечерами — как только граммофон выставлялся на стол, а из комода вынимались уже порядком заезженные пластинки — Васька приклеивался глазами к дрожанию иглы и жадно впитывал строфы Гёте и Шиллера, Бах теплел душой. Но стоило Баху перевести взгляд на Анче, забавлявшуюся исключительно игрой света на крутящихся дисках, как тотчас хотелось разбить и эти пластинки, и этот граммофон и выгнать прочь нахаленка, чувствовавшего величие немецкой поэзии даже не понимая смысла — в отличие от родной девочки.

Когда Анче хохотала над Васькиными проказами и смотрела на него счастливыми, влажными от смеха глазами — Бах млел от радости. Когда же поутру, едва проснувшись, она бежала не к Баху, а к печной лавке и ждала Васькиного пробуждения — Бах тосковал по прежним дням, по уединенной жизни вдвоем.

Борьба, что началась с первого появления мальчика на хуторе, с новой силой продолжилась теперь, после его возвращения. Борьба, которая растянется на годы и исход которой был предопределен: старший обречен проиграть, а младший — выиграть. Борьба за Анче.

На стороне Васьки было все: молодость, душевное веселье, беспрестанно моловший всякую чушь язык; в конце концов — сама Анче. На стороне Баха никого не было, только он сам, один.

Более мудрая часть его души уже признавала будущее поражение и даже соглашалась с ним. Но другая часть — о нет! — другая часть намеревалась биться отчаянно и если не победить, то как можно более продлить эту схватку: ее продолжительностью измерялся теперь отпущенный Баху остаток совместной жизни с Анче.

Первый удар нанес — даже сам того не подозревая — Васька. С его возвращением многое, что только еще дремало и вызревало в Анче, внезапно пробудилось и расцвело —

за пару дней ее точно вывернули наизнанку: взгляд наполнился радостью от обретения долгожданного друга, но — и незнакомой дерзостью, и удалью, и бесшабашностью; на лице вместе с выражением удовольствия возникали новые гримаски — хитрости и озорства, беззаботной мальчишеской лихости, временами даже паясничанья. Движения рук стали размашистей и резче, плечи расправились и в то же время будто разболтались в суставах. Даже голова обрела какую-то иную, независимую посадку: то и дело откидывалась назад и с вызовом глядела вокруг, словно обозревая окружающий мир с высоты не маленького детского тела, а длинного взрослого. Нет, Анче не копировала сознательно Васькину походку и жесты, не старалась повторить движения — Васька прорастал в ней сам, естественно и необратимо.

Через неделю после его возвращения она, вспомнив игры с кухонным ножом, уже метала тот нож в дерево — и попадала ровно в середину намалеванной грязью отметины (в отличие от самого Васьки, который нередко мазал). Через две — знатно плевалась, ничем не уступая учителю в меткости плевка. Через три недели Бах заметил, как в одной из дружеских потасовок Анче впервые одолела Ваську — села на него верхом и долго не давала встать, хохоча и тыкая лицом в землю, пока тот, разозлившись всерьез, не заорал в полный голос.

Чем-то это даже нравилось Баху: ее внезапная сила и ловкость, жажда новых умений и яростная готовность овладевать ими, неустанное стремление к победе — то, чего Бах был лишен с рождения и чему сам никогда не смог бы научить Анче, — все эти черты проснулись нынче в ней, как непременно просыпается по весне затерянное в земле зерно. Но стремительность произошедшей метаморфозы страшила: как же огромна была власть над Анче немытого приблудыша с раскосыми глазами! И как ничтожно влияние самого Баха!

Нужно было как-то задержать, затормозить эту быструю перемену. Бах решил использовать средство, которое помогло ему когда-то справиться с приблудышем, — труд. Тяжелый труд — до усталости, до ломоты в конечностях и отсутствия мыслей в голове — вот верное средство от многих бед. В том числе — и от быстрого взросления.

Работы на хуторе всегда было невпроворот, и Бах начал поручать детям задачи, которые до этого считал уделом взрослых: он учил их рубить лес, ловить в силки птиц, смолить ялик, чинить соломенную крышу, белить известью шершавые яблоневые стволы в начале года и кутать ветошью и камышом — в конце. Рассудил: если его немой язык не умеет научить их жизни — пусть научат сад и лес. Пусть яблоневый цвет не дает Анче забыть о нежности и трепетности, неподатливая древесина дубов и кленов — душевной твердости, вязкая смола — верности, легкая солома — простоты и смирения, глина — гибкости, а смена времен года — прочих законов жизни.

Дети работали усердно. Даже Васька, непоседливый Васька-оторва, трудился исправно, словно месяцы летнего отсутствия научили его послушанию. Однако скрыть в работе характер нельзя — в ней-то он и проявляется с полной силой. И Васькин характер проявился — пробился сквозь все поручения, перечеркнув начисто Баховы намерения: то, как именно исполнял Васька трудовые уроки, вносило в размеренную жизнь хутора примесь остроты и безбашенности, легкую сумасшедшинку.

Васька не отказывался мести пол — но перед этим нацеплял на себя платье Анче и орудовал метлой с преувеличенной тщательностью, изображая глуповатую женщину. Чистил колодезный сруб — горланя на чудовищной смеси русского, киргизского и еще каких-то неизвестных Баху языков подслушанные где-то заунывные песни (Бах обомлел, различив в одной из нещадно перевранных мелодий арию Мефистофеля из "Фауста"). Мазал известью плодовые стволы — взяв кисть не в руку, а в рот. Волок дрова по лесу — шагая спиной вперед. Собирал яблоки, порой вставая на руки и похлопывая в воздухе голыми ступнями. Вся работа делалась аккуратно и основательно, даже и не медленнее, чем обычным способом. Придраться было не к чему.

Маленькая Анче — смотрела и повторяла. А скоро уже не просто повторяла, а придумывала сама забавные трюки, разбавляя работу проказами и шалостями. Поняла вдруг, что на мир можно смотреть и стоя на голове: это добавляет пространству занимательности. Что предметы могут быть использованы не только по прямому назначению: башмаки вполне симпатично смотрятся на руках и яблоневых сучьях; кружевной чепчик, добытый со дна комодного ящика, — на тыкве в огороде; радужная сазанья чешуя украшает скучные подоконники, а простыня при необходимости легко заменяет платье или рыболовную сеть.

Опасливо наблюдал Бах, как в неизменность хуторской жизни вторгается хаос — казалось, безобидный и умилительный, как щенок с молочными зубами. Щенки, однако, имеют обыкновение вырастать в сердитых псов. И кто знает, не сыграет ли когда-нибудь с Анче злую шутку стремление во всем видеть забаву и игру?

Срочно требовалось оружие против этого хаоса — пока он не заполнил хутор, не пропитал стены дома и построек, не пророс настырным сорняком в саду и огороде. И Бах нашел такое оружие: старые вещи из бездонных закромов Тильды, много лет лежавшие без дела и основательно по-

порченные временем и молью. Что может противостоять беспорядку и анархии надежнее, чем кропотливая работа по воссозданию обветшалой истории?

Он велел детям перебрать и починить содержимое обоих сундуков. Рассудил: если его немой язык не умеет научить их жизни — пусть научат вещи. Короткие суконные штаны по колено; шерстяные жилеты, мужские и женские, с цветными пуговицами; расшитые тесьмой ватные душегрейки с бархатными воротниками; полосатые чулки; пышные бумазейные чепцы; многослойные юбки... Все было трачено молью и запорошено пылью — все требовалось кропотливо подлатать и заштопать, бережно выстирать и высушить. Задача была не на неделю и не на две — пожалуй, урок был на долгие месяцы.

Каково же было удивление Баха, когда его хитроумное оружие сработало — но не с Анче (кому предназначались все старания), а с Васькой.

Вид раскрытых сундуков заставил его замереть на полуслове; а когда одна за другой из пыльных глубин были извлечены на свет полуразвалившиеся шерстяные и шелковые вещи, Васька, с застывшим лицом и полуоткрытым ртом, не глядя пододвинул к себе резную скамейку, сел у сундучного бока и не вставал уже до глубокой ночи.

Анче, озадаченная столь обширным трудовым уроком, посидела с час или два у Тильдиных сокровищ, разбирая хлам, — и устала, заныла, задергала Ваську за рукав, требуя движения или игры. Тот не отвечал. Выражение лица у него сделалось в точности, какое Бах замечал, опуская иглу на пластинку: смесь непонимания, восхищения и трепета.

Какие потайные пружины приводили в действие душу маленького киргиза? Какие крючки и колесики вертелись в глубине беспризорного сердца?

Как бы то ни было, с того дня Васька стал спокойнее и строже. Если для Анче разбор сундуков превратился в неприятную обязанность, то для него — в каждодневное удовольствие, ничуть не меньшее, чем проведенные у граммофона часы. В те же дни он впервые в жизни по-хорошему попросил о чем-то Баха: долго стоял перед ним и угрюмо бормотал что-то, кивая в сторону Тильдиной комнаты. Наконец Бах понял: Васька просился спать в каморке Тильды. Бах кивнул — разрешил.

Знал бы, что будет после, — ни за что бы не разрешал, а вытолкал бы с хутора взашей.

Она вновь стала убегать — Анче. Теперь уже в компании Васьки. Однажды, потеряв терпение от рутинной работы и долгого молчания друга, завороженного перебиранием ветоши, она вскочила и метнулась за дверь с обиженным и бледным лицом. Уловив повисшую в воздухе обиду, Васька кинулся следом. Бах и глазом не успел моргнуть, как оба пропали в чаще. Вернулись к вечеру — улыбчивые, довольные. С тех пор и поехало вновь: убегания, ожидания, убегания…

Бах по привычке шел пережидать их отсутствие в ледник; но даже ледниковый холод не помогал справиться с новым страхом — что бесприютная Васькина душа вдруг захочет свободы и полетит прочь с хутора, а доверчивая Анче полетит следом. Когда же беглецы возвращались домой — возбужденные, запыхавшиеся от движения и радости, — Бах чувствовал облегчение, похожее на боль, и похожую на боль же странную признательность к Ваське: за то ли, что вернулся домой и привел за собой Анче, или за то, что та была в лесу не одна.

Да, теперь Бах зависел от этого мальчика — от безродного приблудыша, которого сам поймал когда-то в рыболовную сеть, сам затащил в дом, сам приютил, прикормил и оставил зимовать.

Да, теперь против Баха они были вдвоем — два ребенка, объединенные молодостью и сплоченные отшельнической жизнью.

Что мог он противопоставить им? Каким еще оружием воспользоваться?

Начал было водить их вечерами на обрыв — любоваться закатами. Подумалось: вдруг вечная красота Волги тронет их сердца и напитает спокойствием? Не то чтобы надеялся, но за неимением прочих друзей призывал реку к себе в союзники. Та откликнулась: разливала по своему гладкому телу такие зори и вышивала по ним волнами такие узоры, что у стоявшего на утесе Баха от восторга пощипывало глаза. Дети же его восхищения не разделяли — их гораздо больше занимали огни далекого Гнаденталя. Заметив этот опасный интерес, Бах спохватился и прекратил вечерние вылазки.

Никакого иного оружия в арсенале Баха не было. А у Васьки — было. Самое грозное из всех средств и самое коварное — язык.

Анче заговорила сразу же после возвращения Васьки — целыми фразами и предложениями, торопливо, захлебываясь от чувств. Когда Васька бодрствовал — обращалась к нему: возбужденно рассказывала что-то, спрашивала, требуя ответа, повторяя за ним или споря. Когда он спал — обращалась к пробегающей ящерице или к пролетающей птице, к яблоням в саду, к траве под крыльцом и мерзлой рыбе в леднике. Бормотала часто одно и то же на разные лады, пробуя на вкус интонации и тембры. Казалось, ей не было большой разницы, о чем говорить и с кем, — лишь бы шевелить язычком и шлепать губами, рождая звуки, увязывая их в слова, а слова — в предложения. Часто — перед сном или уединившись за домом — говорила сама с собой, и даже эти никем не слышимые упражнения дарили ей удовольствие.

А с Бахом — не говорила. Оттого ли, что связывающее их молчание было не тягостью и не препятствием, а, наоборот, формой понимания — и любое произнесенное слово нарушило бы эту связь; или оттого, что боялась обидеть Баха; или оттого, что не была уверена, поймет ли он ее.

Он ее и вправду — не понимал. Любовался ее подвижными губами и лицом, озарявшимся радостью во время разговора. Бесконечно мог наслаждаться звуками ее голоса, нравоучительно бубнящего что-то дровянице или колодезному срубу (подслушивал, спрятавшись за углом дома или сарая, как школьник-малолетка; а едва заслышав чьи-то шаги — улепетывал в дом). Но не понимал — ни единого слова.

Чужой язык прорастал в его девочке — как проросли в ней явственно черты чужого человека, беспризорника Васьки.

Что это был за язык? Когда узкоглазый приблудыш только появился на хуторе, Бах полагал, что тот орет свои бесконечные ругательства на русском. Однако Васькины словечки и фразы так разнились от нескольких сотен известных Баху слов литературного русского, что, скорее всего, относились к незнакомому наречию. Шамать, кипишнуть, шнырить, стырить, хапнуть, шибануть, канать, волынить — что это были за странные глаголы? А быковать, белендрясить, гоношить? Мешочничать, мракобесничать, приспешничать?.. Шобла, кобла, бузырь, валявка, висляй, выползок — что за нелепые существительные? Байрам — это что? Гаврик — это кто? А хайдук? Дундук? Балабола? Меньшевик? Шкурник? Басмач?.. Айдаком — это как? А алдыром?.. Борзый — это какой? А левацкий, троцкистский, правоэсеровский? Оборонческий, байский, наймитский?..

Поначалу Бах противился этому чужому языку. Ночами, ворочаясь на широченной кровати Удо Гримма, мечтал о том, как прогонит приблудыша: выставит за дверь, набив котомку едой, и не откроет ту дверь до тех пор, пока Васькины шаги не умолкнут навсегда в лесной чаще. Утром же не хватало решимости исполнить задуманное…

Когда стало очевидным, что девочка готовится заговорить, Бах испугался всерьез. И обрадовался, как мало когда радовался в жизни. Груз вины, который он тащил с собой все последние годы, — вины за бессловесность Анче, за ее отшельничество поневоле — легчал с каждым днем.

И только когда она заговорила, Бах осознал: обратного пути — нет. Родным стал для Анче неведомый язык, владел которым на хуторе один только Васька. Исчезни он завтра — ей не с кем будет перемолвиться словом, не с кем будет расти и делиться мыслями. Исчезни Васька навсегда — и Анче застынет в своем детстве, не умея более взрослеть без языка. Потому Баху следовало сложить оружие: не бороться с маленьким смутьяном, а принять его как неизбежное и неотвратимое, а правильнее — как необходимое.

И Бах отступился. Нет, мятежная и гордая часть его души была не согласна и требовала иного исхода: связать нахаленка (ночью, чтобы не видела Анче, заткнув ему тряпкой рот и опутав все той же рыболовной сетью), бросить в ялик и пустить вниз по течению; отхлестать Анче по щекам и велеть умолкнуть навсегда, а выученные слова — позабыть; самому же Баху — удалиться в ледник и замерзнуть там до смерти, чтобы дети остались одни и осознали свою неправоту. Гордость требовала, требовала, требовала… — но Бах велел ей молчать.

Молчать — когда дети возвращались из леса, обсуждая что-то, хохоча и заговорщически переглядываясь, а едва завидев Баха, умолкали и комкали разговор.

Молчать — когда Анче стала выворачиваться из-под Баховой руки, выскальзывать из объятий, стесняясь и без того редких проявлений его чувств (прибегала к нему сама, ночами, чтобы прилечь ненадолго на его истосковавшиеся руки и вновь убежать к себе — будто извинялась за дневную неприветливость).

Молчать — когда Бах заметил, что Анче забывает их язык дыханья и движений: словесный язык постепенно становился для нее единственной формой общения.

Молчать.

Молчать.

Бах пробовал было сам учить язык, на котором разговаривали дети, — чтобы немного понимать или хотя бы догадываться о смысле их бесед. Но то ли язык тот был слишком сложен, то ли Бах — слишком стар: слова выскакивали из памяти, как горох из дырявого кармана.

Он принял и это поражение — еще одно из череды многих. Да и было ли это поражением? Возможно — всего лишь закономерным ходом вещей?

В конце концов подумалось: пусть. Пусть они просто растут, эти дети. Пусть речь их чужда, а движения мысли непонятны. Минуты близости с ними — слишком редки, а те, что случаются, — слишком кратки. Пусть.

Пусть они просто растут рядом — как яблони в саду, как дубы в лесу. Пусть кормятся плодами его трудов и забот, пусть дышат, спят, едят, смеются — рядом. А он будет растить их — так прилежно и заботливо, как сможет: ловить для них рыбу, собирать орехи и березовый сок, копать морковь и картофель. Отпаивать травами, если заболеют. Крутить пластинки, если заскучают. Топить печь в доме и ждать, если надолго убегут в лес.

Как решил — так все и вышло в точности.

24

Пожалуй, это были самые счастливые его годы. Яблони плодоносили. Волга то застывала, скованная льдом, то продолжала неспешное течение к Каспию. Гуляли по крышам ветры — зимой тяжелые, густо замешанные со снегом и ледяной крупой, весной упругие, дышащие влагой и небесным электричеством, летом вялые, сухие, вперемешку с пылью и легким ковыльным семенем.

Где-то далеко текла прочая жизнь. Что-то происходило — в Гнадентале, в Покровске, по всей Волге, — но отголоски этой жизни не долетали до уединенного хутора: он плыл, как и мечталось Баху, кораблем посреди океана, не нуждаясь более в берегах.

Много позже Бах узнает о том, какие годы прокатились мимо, и даст им названия. В эти четыре года мир приобрел удивительное и пугающее свойство — все, что случалось в нем, случалось непременно в большом масштабе: охватывая обширные пространства, вовлекая огромные людские массы, производя громадные сущности и явления. Мир стал воистину *Большим*, словно перековался для существования в нем одних только гигантов и великанов. И все текущие в нем годы можно было также назвать — *Большими Годами*.

Тысяча девятьсот тридцать первый Бах окрестил *Годом Большой Лжи*: в тот год лгали все — и партийные работники на местах, и руководство в республиканском центре, и газеты, — лгали с единственной целью: выполнить задачу "О завершении сплошной коллективизации" в Немецкой республике; когда же к лету поставленная цель была достигнута, в колониях "наблюдались факты голодания ряда семей", а крестьяне поднимались на восстания и тысячами бежали в другие районы.

Тысяча девятьсот тридцать второй — *Год Большой Плотины* — прошел под угрозой затопления Покровска и многих колоний левобережья, включая Гнаденталь: ниже по Волге чуть было не начали возводить гигантскую плотину. Стройка так и не началась, однако и порадоваться не получилось: в селах по-прежнему “наблюдались факты голодания”, а месячные нормы отпуска хлеба были снижены — трижды за год.

Следом неминуемо пришел *Год Большого Голода* — и унес жизни сорока тысяч жителей Немреспублики (впрочем, это было совсем немного по сравнению с семью миллионами погибших по всей стране). А следом — так же неминуемо — наступил *Год Большой Борьбы*, призванный победить последствия голода и предотвратить его повторный приход: боролись с безграмотностью, и с беспризорностью, и с хищениями хлеба, и с беспартийностью преподавания в вузах, и с засоренностью хозяйственного аппарата вредителями, и с немецким национализмом, и даже с фашизмом, проклюнувшимся в колониях после прихода в Рейхе к власти Адольфа Гитлера…

Ничего этого Бах не знал. Жизнь его и детей — *маленькая* — текла по своим законам. И время в ней текло по-иному: неприметно, едва-едва. Бах желал бы, чтобы оно и вовсе остановилось, вот только это было не в его власти.

Смена времен года перестала волновать Баха. Не то чтобы он сделался равнодушен к чередованию тепла и холода, ярких красок и их отсутствию, быстрому бегу жизни и его замедлению. Скорее, наоборот: истонченная тревогой за любимую девочку, душа его стала так трепетна, что внешние признаки — температуры, цвета и скорости — потеряли над ней всякую власть. Сердце Баха откликалось только на одно — Анче: ее присутствием определялось, видит ли он вокруг весну или зиму.

Стоило ему посидеть в ночи пару минут с Анче на руках, как вся прелесть мира открывалась ему опять, каждый раз — заново: он чувствовал, как сочится земля солеными и пресными водами, как напитывает силами деревья и травы, и они прирастают благодарно листьями и цветами; ощущал, как легчайший пух на крыльях птенцов оборачивается перьями, а нежные животы зверенышей в норах и дуплах покрываются шерстью; как зудят радостно, вытягиваясь в длину, оленьи рога, а тела крошечных рыб в Волге обрастают мясом и чешуей. Когда же Анче соскальзывала с его рук и убегала к себе в девичью, все эти чувства и это знание уходили: Бах смотрел в окно — и обнаруживал, что за стеклом валит снег, или летят по ветру последние бурые листья, или идет нескончаемый ледяной дождь.

К утру опять забывал, какое на дворе время года, — приходилось вновь смотреть в окно, чтобы одеться по погоде. Он мог бы и не снашивать тулуп с малахаем, надевая их зимой, а во все месяцы ходить в одной только бессменной безрукавой душегрейке и треугольной войлочной шапке — тело Баха, закаленное пребыванием в леднике, давно уже не страдало от холода. Но привычка побеждала.

Оказалось, однако, что для счастья температуры за окном не так уж важны. Удивительно, как много радости Бах научился черпать в вещах обыденных, которые раньше казались обременительными: приготовление пищи для Анче, латание обуви, уборка дома, в котором она живет, штопка ее вещей, и топка печи, которая ее обогревает, и кипячение воды в чайнике для утоления жажды, и взбивание подушки на ночь (украдкой, чтобы Анче не рассердилась) — наслаждением стало все. Как много удовольствия видел он теперь в уходе за яблонями! Как охотно копался на грядках, прореживая морковь и окучивая картофель! С каким затаенным восторгом наблюдал за Анче, поглощавшей эти яблоки, и эти картошины с морковинами, и собранные ягоды, и пойманных пескарей! Даже в кормлении приблудыша Васьки Бах начал со временем находить смысл и радость — наливал уху или подавал кашу не киргизскому мальчику, наглецу и задире с дрянным характером, а учителю Анче, ее развлекателю и охранителю.

Вот когда Бах вспомнил трудолюбивую Тильду, ни на миг не прекращавшую свои заботы о хуторянах! Вот когда понял окончательно причины ее неустанного усердия! Он сам был теперь на хуторе — бессловесная Тильда, стараниями которой жили остальные. Как-то под руки попался ее старый полосатый передник — дети выудили со дна сундука, разбирая вещи, — и Бах начал надевать этот передник на кухне и в огороде, нимало не смущаясь его женской принадлежностью.

Анче росла — быстро и неудержимо: руки и ноги ее — и без того тонкие, состоящие из одних только хрупких косточек, обтянутых прозрачной кожей, — с каждым годом удлинялись все больше, придавая девичьей фигуре сходство с камышовым стеблем. Скоро она обогнала коренастого Ваську на целую голову, и стало понятно, что догнать ее суждено ему вряд ли. Движения и поступь Анче были при этом так легки и стремительны, что тело казалось невесомым; и Бах, украдкой наблюдая за ней во время работы в саду или во дворе, каждый раз вздрагивал от порывов ветра — не умел избавиться от мысли, что внезапное дуновение может поднять девочку над землей и унести прочь. Она и сама была — как воздух, как ветер, как полет осенних листьев над волжской водой. Усиливали впечатление волосы: светлые кудри свои Анче закручивала в узлы и кренделя на темени, но на лбу и висках постоянно выбивались пушистые прядки, колебались подвижным облаком вокруг головы.

Круглое детское лицо Анче постепенно вытягивалось, сквозь былую пухлость щек проступали скулы, курносость оборачивалась прямым профилем. Бах узнавал в этих по-взрослому строгих чертах — свои, и с каждым годом все больше. Он давно уже не брил бороды и зарос ею по самые глаза, но обнажать лицо не требовалось; и без того видел — сходство их было предельным: едва ли какая-то дочь могла походить на отца больше. От покойной же Клары остались на лице Анче одни только синие глаза.

А вот выражения, которые оно принимало, все его гримасы и мины, вся проявившаяся в этом родном лице жизнь была чужда Баху. Рот — небольшой, с аккуратными губами — мог в одно мгновение превратиться в широкую пасть и застрочить непонятными Баху ругательствами, или осклабиться в дерзкой ухмылке, или сжаться презрительно. Брови — тонкие, словно нарисованные карандашом на белом девическом лбу — умели саркастически взлететь вверх или сойтись на переносице, сдвигая нежную кожу в гневные складки. Нос то и дело совершал круговые движения, похожие на дерганья свиного пятачка, и громко шмыгал, сопровождая слетавшие с губ слова. Удивительным образом физиономия Васьки, от которого Анче и понабралась этих ужимок, с годами стала спокойнее и добрее, он словно отдал ей все накопленное за годы беспризорничества, а сам остался со своим лицом, чистым и свободным от нахватанных когда-то масок.

Говорила Анче много. Бах, для которого речь детей была не более чем музыкой, любил звуки ее голоса — сильного и звонкого, как чаечный крик. По сравнению с ним голос

Васьки, с возрастом слегка охрипший, казался глуше и тише. Однако, даже не понимая смысла детских бесед, Бах отмечал, как длинна и витиевата неспешная Васькина речь и как отрывиста речь Анче: девочка разговаривала короткими рублеными фразами — рассыпала их, расцветив каждую в яркую интонацию, но не умея собрать в единый поток, словно чирикала старательно, так и не научившись петь. Сложившийся когда-то между нею и Бахом язык дыханья и движений она позабыла окончательно. Бах не винил ее. Следовало, скорее, радоваться обмену речи безъязыких — на настоящую речь.

И еще многому следовало радоваться: что тонкое тело Анче мало подвержено болезням; что, хрупкая на вид, она сильна и вынослива — в беге по лесу и плаванье в реке легко побеждает Ваську; и что, хотя в глазах ее читается какая-то незнакомая тревога, растущая по весне, достигающая расцвета летом и засыпающая к зиме, — она все еще здесь, еще на хуторе, рядом с Бахом.

А Васька был — рядом с Анче. Бах так и не уловил момент, когда короткие насмешливые взгляды, которые Васька бросал на свою ученицу, превратились в длинные и серьезные. Когда впервые не Анче побежала за Васькой, неумело гогоча первые слова и требуя разговора или игры, а он за ней. Случилось ли это, когда они стали убегать в лес вдвоем? Или много позже, когда она заговорила по-настоящему? Иногда Баху казалось, что приблудыш старше Анче не на год или два, а на все пять — настолько взрослой нежностью дышало его лицо, когда он обращал взгляд к девочке.

Верно, эта недозволенная нежность должна была бы рассердить Баха, насторожить и возмутить. Но нет: он смотрел на лицо Анче и в синих ее глазах видел только мечтательность, только незаданные вопросы, только ожидание — но никак не ответное чувство. Анче была привязана к Ваське, тесно и горячо — как к домашнему животному. Она нуждалась в нем — как в единственном друге и собеседнике, но не более. Васькин трепет оставался неразделенным — как, впрочем, и чувства самого Баха. Оба они, старик и мальчик, были теперь два товарища по неразделенной любви к Анче.

Бах часто размышлял о дне, когда Анче захочет покинуть хутор. Уйдет ли она за Васькой, в котором проснется годами дремавшая тяга к бродяжничеству? Или по собственному порыву — увлекая за собой влюбленного Ваську? Пойдет ли через лес или уплывет на лодке? Будет ли в тот день голенастым подростком — или уже взрослой девицей?

Обещал себе не препятствовать ее выбору (впрочем, сопротивление Баха вряд ли помогло бы: Анче легко преодолевала препятствия). Обещал обнять детей на прощание, не давая понять своей боли, и собрать еды в дорогу. Обещал… И вдруг полюбил зимы: дети не ушли бы с хутора в мороз и снегопад. И возненавидел весны — все эти звенящие в лесу ручьи и птичьи голоса, теплые ветры и солнечные блики на молодой зелени. И каждое лето с нетерпением ждал осени, чтобы — глядя на долгожданный первый снег — подумать: нет, еще не пришло время. Еще не в этом году.

Пережидать весну и лето с каждым годом становилось мучительнее, и Бах придумал способ облегчить боль. По ночам, когда дети уже спали, а ставни были затворены до утра, он выходил на крыльцо и запирал входную дверь на замок. Садился на каменные ступени, кутаясь в душегрейку, прислонялся плечом к перилам, сжимал в руке ключ — и дремал до рассвета. Эти краткие и сладкие часы, когда дети были полностью в его власти — не могли ни выйти из дома, ни тем более убежать, — наполняли его сердце тихой и стыдной радостью. Знал, что обманывает себя: не было у него над детьми никакой власти. Но разве было в этом обмане что-либо дурное?.. С первыми лучами солнца вставал, осторожно — чтобы не скрипнул ключ — отпирал замок и пробирался в свою комнату.

Часто вместо ночных посиделок на крыльце уходил на берег — к ялику. Брал с собой топор. Не спуская лодку на воду, садился в нее и сидел — часами. Сидел и представлял, что может одним взмахом топора раскроить дно ветхого судна, отрезав детям путь к побегу по реке. Знал, что не будет этого делать — ни калечить лодку, ни бороться с детьми, — но все та же мнимая власть над ними давала Баху силы. Это было ценно: сил с каждым годом становилось меньше.

Однажды (это было уже в начале осени) Бах по устоявшейся привычке пережидал ночь в ялике. Не спал: просто сидел, оглаживая прохладные от утренней влаги борта лодки и размышляя, как выросла за прошедшее лето Анче: ей исполнилось десять, но ростом она вполне могла сойти за тринадцатилетнюю — скоро грозила обогнать щуплого Баха. В этом близившемся моменте, когда Анче посмотрит на него сверху вниз, чудился Баху какой-то тайный смысл или рубеж. Не за этим ли рубежом ждет расставание? Ерзая на банке, долго отгонял от себя картины прощания с детьми: прощание на опушке леса, прощание в доме, прощание на утесе… А затем — ухватил топор за гладкое топорище и рубанул по податливому деревянному боку. Брызнули щепы. Он рубанул еще… Когда в лодочном боку образовалась дыра — достаточная, чтобы просунуть ладонь, — кинул топор на камни и, запахнув на груди тужурку, рухнул в лодку. Уткнул лицо в ладони — не то от охватившего сожаления, не то от стыда — и замер…

Разбудил его громкий окрик.

— Эй, на берегу!

Бах поднял голову, озираясь полуслепыми со сна глазами. Высоко в небе — солнце. На реке, аршинах в десяти от берега, — лодка. В лодке — гребец, молоденький парнишка в выцветшей гимнастерке без погон и суконном картузе.

— Здорово, дед! — парень улыбался радостно, как доброму знакомому (и даже с берега Бах различил, какие белые у него зубы). — Один тут кукуешь — или неподалеку еще граждане имеются?

Парень говорил по-русски, но, заметив смущение Баха, повторил сказанное по-немецки; не уловив на лице собеседника и проблеска понимания, вновь перешел на русский.

Бах поднялся в лодке и замахал руками, словно отгоняя от себя стаю комаров: уходи! прочь!

— Что ж ты неласковый какой! — Парень расхохотался, затем стабанил веслами, и лодка крутанула носом, поворачивая к берегу. — Я ведь не в гости к тебе лезу. Я — государственный работник, при исполнении самых что ни на есть государственных обязанностей!

Отдельные слова Бах понимал и даже улавливал смысл фраз, однако возбуждение мешало сосредоточиться. Чужая лодка приближалась, а парень кричал все громче — вероятно, подозревая собеседника в тугоухости. Бах заметался по берегу, не зная, как спровадить нежданного визитера или хотя бы заставить замолчать. Поняв, что чужак вот-вот причалит, поднял камень и бросил в приближавшееся судно.

— Ах ты агрессор! — Парень опустил весла в воду, тормозя движение лодки к берегу. — Мы безграмотность ликвидируем, чтобы внуки твои в просвещенности жили и умственном процветании. А ты — булыгой в меня. Стыдно, дед!

Бах поднял еще один камень, крупнее и тяжелее первого.

— Ты мне только одно скажи, — не сдавался парень, колыхаясь в лодке с поднятыми веслами — не подплывая ближе, но и не удаляясь. — Письму и счету обучен? Перо в руках держать умеешь? А фамилию свою надписать? А десятки с единицами сложить? Или только камнями бросаться силен?

Бах стоял, угрожающе покачивая булыжником.

— Да не бойся, ругать не буду! И учить тебя сей же час азбуке — тоже не буду! У нас на то другие люди имеются. Переписчик я и агитатор — всего-то! Мое дело — галку в графе поставить: грамотен ты или неуч. И все! Ну, признавайся: грамотен? Или неуч?

Парень кричал громко — наверняка было слышно и на хуторе. Бах не понимал, как оборвать эту громогласную речь. Напрягая дрожащие руки, он поднял камень над головой: еще слово — и брошу!

— Ну и черт с тобой! — обиделся агитатор. — Сиди в своей берлоге и лапу соси! Обойдется как-нибудь без тебя прогрессивное человечество!

Он схватился за весла и уже ударил было ими по воде, разворачиваясь, когда с утеса раздалось протяжное:

— Э-эй!

Анче летела по тропе вниз — вскинув руки и едва касаясь ногами земли. За ней, хватаясь за кусты и скользя пятками по сыпучему склону, пылил Васька.

Бах замер от испуга: не оступилась бы! не упала на крутом спуске! Но ступни Анче были легки и ловки: пронеся ее тело по склону, перелетели через камни на берегу и прыгнули в воду. И вот уже Анче стоит по колено в волнах, уцепившись руками за борт чужой лодки, лицо светится изумлением и радостью, губы то смеются, то кричат чужаку — что-то торопливое, страстное. Что кричат?

Следом подоспел и Васька — ухватился за лодку с другой стороны, тоже что-то застрочил возбужденно — не то спрашивая, не то утверждая. Что застрочил?

Бах стоял на берегу, прижимая к груди тяжелый камень и понимая, что происходит сейчас нечто серьезное, важное, — но не понимая, что именно.

— Слышь, чуждый элемент, — вновь подал голос агитатор, но в голосе этом не было уже ни прежней доброты, ни радости, один сплошной холод и строгость. — Что же ты — советских детей от советской школы утаиваешь? Прячешь от коллектива? С собой хочешь утащить — в мракобесие и трясину прошлого?

Бах сжимал камень все крепче. Камень был неподатлив — не желал сминаться. Пальцы болели от напряжения.

— Да только ничего у тебя не выйдет, враг! Агитаторы недаром по всей стране колесят — чтобы таких, как эти дети, из плена невежества освободить! А на таких, как ты, — управу найти, и покрепче!

Болела и грудь: Бах так сильно вжимал в нее камень, что грудина и ребра чуть не треснули.

Дети подбежали к нему — и закричали что-то умоляюще, запричитали, закружили рядом, заглядывая в глаза просительно. Галдели, касаясь пальцами его плеч, робко улыбаясь и кивая — так долго, что и он улыбнулся и закивал в ответ. Ничего больше не мог сделать — только улыбался и кивал, кивал беспрестанно. Они засмеялись счастливо, прижались к нему на мгновение — и кинулись к поджидавшей лодке. Бах продолжал кивать. Они уже не видели — карабкались через борт.

Агитатор погреб — прочь от берега.

Дети кричали Баху что-то пронзительное, махали руками.

Бах кивал в ответ и улыбался.

— Эй, дед! — подал голос агитатор. — В Покровск я их свезу, в детский дом-интернат имени Клары Цеткин. Может, и не примут еще. Детдома-то нынче все битком! Если не примут — завтра же вернутся к тебе, я прослежу. Жди!

Бах кивал и улыбался.

Кажется, сгущались сумерки, когда он понял, что лодка с детьми исчезла за горизонтом. Понял, что все еще прижимает к груди камень, — аккуратно положил его под ноги.

А вот понять, что он сам думает или чувствует, у Баха почему-то не получалось. Не было ни мыслей, ни чувств. Голова была пуста — как ведро. И тело было пусто.

Бах ударил себя по голове — кажется, раздался звон. Ударил в грудь — кажется, звон раздался вновь.

Не зная, что делать ему дальше с этой звенящей пустотой и куда ее нести, он решил сесть на валун и сидеть — просто смотреть на вечный бег Волги.

Сел и начал смотреть.

25

В центре советской столицы, окруженный корявыми липами Бульварного кольца и плотной паутиной старомосковских переулков, спрятанный за зубцами кремлевских стен, в глубине сенатских покоев, стоял бильярдный стол. Могучие ноги его, напоминающие женские бедра, были сделаны из дальневосточного дуба, привезенного в подмосковную мастерскую цельным, в запечатанном товарном вагоне. Высокие борта и рама — из звонкого мордовского ясеня. Плита столешницы — из цельного же горного сланца, добытого в байкальских копях. Покрывающее плиту сукно было соткано из руна ставропольских мериносов, рекордсменов по длине шерсти; через несколько лет, во время первой Всесоюзной сельскохозяйственной выставки, их наградят специальной медалью именно за этот показатель.

Пока же, в ноябре тридцать четвертого, длиной и прочностью шерстяных волокон наслаждались пальцы Андрея Петровича Чемоданова — медленно скользили по ткани, проверяя ее натяжение и истертость. Чемоданов стоял перед столом на коленях, уже долго стоял — то оглаживая сукно, то барабаня костяшками по лакированным боковинам и прислушиваясь к звукам, идущим из сухого дерева. Пальцы Чемоданова — уникальные: чувствуют и наметившуюся проплешину где-нибудь в углу стола, на подкате к лузе, и самую малую трещину в штапике, у борта. Да что там пальцы! Уникален сам Чемоданов, весь: от светлых, необычайно зорких его глаз, глубоко всаженных под лохматые брови, от знаменитых пшеничных усов, надежно прикрывающих плотно сжатый рот (и не поймешь, улыбается человек или так, губы морщит в недовольстве), — до легендарных рук с большими кистями, которые (если под настроение, да в теплой компании) такие чудеса кием на сукне выделывают, что хоть на кинопленку снимай. Шары по сукну летают — аж в глазах мелькает, а лузы — словно сами эти шары всасывают, один за другим, только успевай голову поворачивать. Посмотреть на знаменитые чемодановские удары собираются как на праздник — не все, только особо приглашенные. Одно слово — мастер.

Колени у Чемоданова крепкие, привычные, чуть не каждый день на них елозит: все кремлевские бильярдные — в его ведении. Раз в месяц — к каждому столу непременно в гости, с профилактическим осмотром: натяжение сукна, состояние рамы, прилегание бортов… Можно, конечно, и стоя по столешнице ладонью возить, но разве ж сверху все углядишь-услышишь? С колен — оно правильнее, да и к столу уважительнее. Ветеринар — и тот на табурет присаживается, чтобы корове бок выслушать. А тут вам не корова, тут — произведение искусства. Инструмент посложней любого музыкального. Высокая механика!

Когда Чемоданов, все еще коленопреклоненный, по одному прокручивал на столе бильярдные шары и наблюдал их медленное вращение, в помещение кто-то вошел — тихо, уверенно. Не поворачивая головы, Чемоданов понял: явился ученик. Ученик единственный, главный. Тоже, можно сказать, — уникальный.

— Ну как там наша слониха? — спросил ученик вместо приветствия.

— В порядке, не нервничает, — отозвался Чемоданов.

Слонихой между собой в шутку называли шары. Когда-то Андрей Петрович обмолвился, что точат их из бивней исключительно женских особей (из мужских тоже делают, но шары второго сорта, которых в Кремле, ясное дело, не водится), — с тех пор и пошло.

— А мне вчера показалось, одиннадцатый пошаливает.

Чемоданов отыскал одиннадцатый шар, закрутил повторно: сахарно-белая кость поплыла по изумрудному полю — шар оборачивался вокруг оси ровно, как балерина Лепешинская, дающая тридцать два фуэте на сцене Большого театра.

— Заберу в мастерскую, проверю, — Чемоданов убрал шар в саквояж; достал из войлочного футляра и выпустил на стол запасной.

— Партию? — ученик, не дожидаясь ответа, взял со стены свой кий армянского граба.

— Можно и партию, — согласился Чемоданов; у него в этой бильярдной кий был тоже свой.

Обычно уроки их проходили поздним вечером — раз в неделю, строго в назначенное время, невзирая на ожидавших в зале заседаний членов Политбюро или прославленных генералов, терпеливо сидевших в приемной, час за часом, с неизменно прямыми спинами и невозмутимыми лицами.

Поначалу Андрей Петрович смущался осознанием того, что их с учеником неторопливые экзерсисы ("А давайте-ка мы еще тридцать раз эту же *резочку* повторим! И с каждым разом — чуть тоньше кладите удар!") служат причиной задержки важных политических решений. Затем перестал — понял, что все ровным счетом наоборот: бильярд ученик любил, после класса выходил в мир отдохнувшим, в приподнятом настроении. А может ли быть для страны что-либо важнее, чем свежесть мысли и бодрость духа ее вождя? Если рассуждать вдумчиво, то опосредованным образом бильярд, без всякого сомнения, вносил немалую лепту в социалистическое строительство, да что там — был его необходимым условием.

Сейчас, очевидно, вождю был нужен вовсе не урок, а игра — настоящая, боевая, без поддавков и скидок на мастерство. Иногда — чаще после полуночи, а то и ближе к рассвету — вождь ощущал вдруг потребность поразмышлять над чем-то особенно сложным, не поддающимся решению в тишине кремлевского кабинета. И в спальне Чемоданова тотчас взрывался дребезжанием новый, установленный специально для таких случаев телефон, а у подъезда возникал черный автомобиль, готовый мчать проворно натягивающего штаны учителя к ожидавшему ученику — играть. Где блуждали мысли вождя, пока руки его лупили кием по шарам, Чемоданову было неведомо. Но поездки эти ночные любил, даже ждал: принимать непосредственное участие в решении государственных вопросов было лестно. Сегодня по удачному стечению обстоятельств сам оказался рядом в нужную минуту.

— Розыгрыш, — скомандовал деловито, сбивая шары на сукне в треугольник, а по бокам выставляя два битка — для определения очередности игроков.

Ударили. Рука учителя оказалась вернее: его шар, отскочив от заднего борта, пересек стол и послушно подкатился обратно к переднему борту; замер там, как приклеенный, не оставляя шансов битку соперника, — первый ход достался Чемоданову. Ну и поехали.

Играли всерьез, не торопясь. Впрочем, вождь никогда не торопился. Чего-чего, а умения сдержать порыв, тщательно обдумать ход, поиграть на нервах противника словно нарочитой своей неспешностью у него было — на троих с лихвою. Ходил вокруг стола — медленно; сухую с детства левую руку свою клал на сукно — медленно; медленно же приподнимал на ней чуть корявые пальцы, устанавливая в дугу; не спеша прицеливался — и вдруг стрелял кием по шару, сильно и звонко, словно из револьвера палил. Вот тебе и весь характер.

Чемоданов ни разу не видел, чтобы вождь заволновался — проглядел хорошую резку или киксанул второпях. Но и куража настоящего у него не случалось ни разу, хотя игрой увлекался уже лет семь. А без этого — какой бильярдист?! Так, шарогон второсортный, у которого игра всегда будет мертвая: ни красоты, ни трепета. А в кураже даже ошибка — по самонадеянности или с горячки — красива, потому как живая…

Кураж в бильярде приходит с опытом. Играет человек десять партий, сто, двести — и вдруг понимает: вот оно! Чемоданов по лицам игроков безошибочно определял, кто с искрой играет, а кто — без, на чистой технике. Быстрее всего вдохновение от игры ловили поэты (одна бесшабашная игра Маяковского чего стоила!) и, как ни странно, военные — не тыловые генералы, а настоящие бойцы. Видимо, давала себя знать горячая кровь. Буденный, Ворошилов — ах, как бились: лихо, наотмашь, чуть не ломая кии, чуть не вспарывая сукно! Кто-то скажет: ухарство и безрассудство, пустая удаль вояк. А Чемоданов — нет, он видел в той лихости красоту, дыхание бильярдного гения. И как же хотелось помочь ученику не просто овладеть правилами, а *поймать игру*, чтобы хоть раз — не ткнуть кием, а *смальцевать* по-настоящему, не загнать шар в лузу — а *сыграть* его, *дорезать, положить*!.. Но научить куражу, увы, нельзя. И объяснить на словах — тоже. Чемоданов пытался было, наедине с собой, — глупость одна выходит, словно перечисление симптомов болезни из медицинского справочника: холод в пальцах, распирание в груди, пустота в голове, невесомость в теле… А если — по-другому попробовать? Кий — и кисть, и смычок, и перо. А шары — и краски, и струны. А сукно — полотно. Взмах, удар — музыка!.. Нет, не рассказать, не описать. Невозможно.

Собственное педагогическое бессилие — неумение приоткрыть ученику главную тайну бильярдного искусства — угнетало Чемоданова. Казалось, он утаивает это важное знание, но что поделаешь…

Сегодня вождь играл неважно. Да что там! Положа руку на сердце, плохо играл, из рук вон плохо. Что-то держало его, сковывало и без того медлительные руки, не давало класть удары хотя бы с привычной тщательностью. И Чемоданов, который на боевой игре, невзирая на лица, *чесал* всякого — хоть посла, хоть наркома, а хоть и самого вождя, — скоро забил первый шар: один — ноль. Крякнул с досады: играл-то за себя, а болел — за ученика.

Крякнул и вождь: не любил, когда соперник открывал счет — ни в игре, ни в политике. Открывающий счет ведет за собой, навязывает свою логику и темп. Уверен в собственном преимуществе и транслирует его окружающим, а это опасно: зрители могут очароваться таким игроком.

Чемоданов, почти не глядя на стол, ударил еще раз. Кий цокнул о прицельный шар — тот, прочертив на зеленом сукне белую молнию, разбил кучно сбитые в центре стола остальные шары, и они резво разбежались по полю: один — прямехонько в лузу (два — ноль!), еще пара замерла по углам стола, в полупальце от лузных скатов. Взять выставленные шары можно было даром — их забил бы и новичок, впервые балующийся кием. Чемоданов и взял — сам не рад, а что делать?! чертовы руки сами шпарят! — вколотил в лузы клапштосами: три — ноль… четыре — ноль… На вождя уже и не смотрел — чувствовал, как тот мрачнеет, тяжелеет лицом.

Пятым выбрал сложный, плотно стоявший у борта шар, оставляя несколько простых на игре (противник легко *сделал* бы их в случае перехода игры). Выставив ладонь мостом на борте и высоко задрав кий, Чемоданов задумал ударить чуть сильнее необходимого, чтобы шар отскочил на пару миллиметров дальше цели — мазнул бы лузу по губе, но не попал. Прикрыл глаза от стыда перед самим собой и саданул кием от души, словно курсантишка-первогодок, демонстрирующий свою удаль: чок! Шорох кости о шерсть. Глухой удар в кожаную губу. Шар дернулся в створе, крутанулся по круглой скобке, заплясал судорожно, долю мгновения еще удерживаясь в воздухе сообщенной ему энергией, и — ухнул в лузу. Пять — ноль.

Вождь угрюмо наблюдал, как Чемоданов *расстреливает* его. Все правильно: не забил первым — расплачивайся. Точно так же он чувствовал себя полтора года назад, когда в Германии пришли к власти национал-социалисты. Это было в начале тридцать третьего. Выскочка-фюрер, даже не успев освоиться на посту рейхсканцлера, тотчас сделал выпад — как казалось тогда, вполне безобидный: германское посольство в Москве выступило с инициативой доставлять голодающим немцам Поволжья продуктовые посылки от родственников в Рейхе (Гитлер уже давно играл на "братской" теме: еще во времена своей предвыборной кампании обвинил правящую тогда партию в "голодной гибели братьев в дикой России"). Вождь поначалу не осознал всю серьезность этого шага. Дела в Поволжье шли неплохо — старательно выстраиваемая для мировой общественности витрина социализма сверкала успехами и достижениями: именно Немреспублика первой в стране закончила переход к сплошной коллективизации; именно там был произведен первый в СССР серийный трактор ("Карлик", правда, сняли с производства, но это не помешало ему войти в историю). Полным ходом шла коренизация населения, одних только учебников и книг на немецком было закуплено в той же Германии на триста тысяч рублей золотом! А на студии "Немкино" сняли, смонтировали и выпустили в прокат собственный игровой фильм "На переломе" — это ли не плоды свершившейся культурной революции? Развивались и расцветали в Немреспублике пионерия, ОСОАВИАХИМ, Союз воинствующих безбожников... Да, тридцать второй год выдался в Поволжье не самым урожайным, но донесения с мест успокаивали: голод назывался "единичными фактами", "сгущением красок" и "инструментом уничтожения кулацкого класса". И германскому посольству было отказано в праве пересылать продуктовые посылки советским немцам — "по причине отсутствия голода в советской России". Немецкая пресса разразилась по этому поводу гневными заголовками и ядовитыми статьями. Позже, оглядываясь назад, вождь осознал: история с посылками была первым ударом тщательно спланированной партии. Первым шаром противника, забитым в лузу.

Вскоре (и этого следовало ожидать) состоялась целая серия забитий: не отходя от стола, противник *сделал с кия* еще четыре шара подряд. В Берлине большим тиражом вышла и была разрекламирована в ведущих немецких газетах документальная брошюра "Братья в нужде!", повествующая о трагической судьбе советских немцев (удар!). Там же открылась выставка, составленная из писем советских немцев проживающим за границей родственникам; посещение этой выставки стало для берлинцев равноценно походу в кинематограф на фильм ужасов, настолько ощутимо было в коротких, часто предсмертных строках дыхание близкой смерти (удар!). Информационное агентство печати Вольфа опубликовало антисоветское воззвание "Союза заграничных немцев", призывающее весь просвещенный мир принять участие в помощи голодающим в СССР немцам (еще удар!). В банках Рейха открыли специальный счет "Братья в нужде"; одними из первых сделали взносы Адольф Гитлер и Пауль фон Гинденбург, по тысяче рейхсмарок каждый (и еще удар!). А в берлинском Люстгартене уже вовсю шла подготовка к антисоветскому митингу под названием "Путь немцев в СССР — путь к смерти". После митинга были запланированы демонстрация и кружечный сбор.

— …Ваша игра, — спокойно произнес Чемоданов, отходя от стола.

Только что он ударил впустую, неудачно пытаясь взять сложную резку и оставляя на столе два умело выставленных по углам шара. Ход перешел к вождю.

— Игра моя, — согласился тот. — А шары вот эти, подогнанные, за номерами пять и семь, — ваши. Сами заготовили — сами и пользуйте. Не надо мне тут братскую помощь устраивать.

Пока они стучали киями, на улице стемнело. Чемоданов прошел к двери и щелкнул включателем — над столом вспыхнула раскидистая электрическая лампа в десять плоских конусов, залила игровое поле ярким светом — словно поставили посредине комнаты золотой сноп. Все предметы за пределами снопа исчезли — превратились в беспросветно-черные, стали единой темнотой: и стулья для игроков, и кожаный диванчик для зрителей, и стоячая пепельница, и витрина для киев, и окно, и развешанные по стенам фотографии, да и сами стены, да и все, что находилось за ними. Не осталось в мире ничего, кроме этого зеленого сукна, белых шаров на нем и двух людей, настороженно круживших вокруг едва различимыми тенями. Полностью виден становился лишь тот игрок, кто выныривал из тьмы и склонялся к столу для удара. Сейчас это был вождь.

Он все не мог отделаться от неприятных воспоминаний о том, как лихо начал игру против него германский фюрер. Вся эта разнузданная кампания в помощь "голодающим немецким братьям", от которой за версту разило политической конъюнктурой, была фальшива насквозь и состряпана так грубо, что поначалу скорее удивила, чем насторожила. Советская сторона даже растерялась от столь наглой и напористой лжи. Затем собралась и дала отпор — заявила официальный протест. "Правда", "Известия", "Труд", "Огонек", "Красная звезда" схлестнулись с *"Berliner Tageblatt"*, *"Lokal-Anzeiger"*, *"Völkischer Beobachter"*, *"Deutsche Allgemeine Zeitung"*. Счет был размочен, но очевидный перевес уже был на стороне противника.

Вождь, слегка покачивая в воздухе кием, размышлял, по какому шару бить. Охотнее всего он запустил бы биток не в лузу, а в носато-усатое рыльце немецкого лидера. Наконец выбрал — нашел резку. Катнул — сыграл в отскок. Не очень чисто сыграл, да и слабовато. Но шар, нехотя крутанувшись к лузе, все-таки дополз до нее, словно даже поворочался в створе, а затем упал в сетку. Первый шар вождя был забит.

Он подавил улыбку. Тщательно натерев мелом кожаную наклейку на острие кия, долго и основательно прицеливался. В этот раз ударил уже сильнее — но просадил. Молча вождь забрал кий и нырнул в окружавшую стол темноту.

А противник — вынырнул из нее. Вернее, сначала показались кисти рук: маленькие, чуть кривоватые, они легли на лакированный борт и стали нервно постукивать пальцами по дереву. Худые запястья уходили в рукава твидового костюма — дорогого, английского кроя, с очень широкими лацканами. В створе костюма светлела рубашка, так туго затянутая под воротник мятым, чуть съехавшим на сторону галстуком, что мелкие складки образовались даже на дрябловатой шее. Нижняя часть лица, широкая и мощная, нависала над галстуком, а верхняя словно вся состояла из сальной пряди волос, наискосок прилипшей к покатому лбу. Между лбом и челюстью, ровно посередине, темнел маленький квадрат усов.

Внимательно осмотрев стол, фюрер вдруг упал на него грудью и раскорячил руки, как огромный паук, пытаясь найти удобное положение для удара. Наконец дернул усами и мгновением позже двинул кием по шару — запулил дерзко, от трех бортов, но недорезал. Задышал часто, разочарованно, заморгал, сморщился. Утянул с сукна в темноту по очереди левую руку, правую, сжатый в ней кий, свое небольшое тельце. Последней исчезла во тьме голова; фюрер покачивал ею в раздражении, и от этого косая прядь, блестящая от бриолина, мелко подрагивала.

Вождь уже был тут, уже наготове. Ворвался в круг света, позабыв об обычной медлительности. Глаза тотчас нашли в беспорядочной россыпи шаров два нужных. Одна рука легла на сукно твердо, другая мгновенно нашла надлежащий угол удара. Кий ощущался по-другому — не то легче, не то, наоборот, весомее: в нем словно перекатывалось что-то живое, подчинявшееся только ему, вождю. Вождь сделал пару прицельных выпадов наконечником кия — туда-сюда! — и стрельнул по битку: аккурат на волосок выше линии центра. Красивый получился удар, мощный: шар пошел по сукну пулей, чокнул о прицельный, отразился от правого борта, от левого, задел еще пару шаров, сбрасывая скорость, и, наконец, застыл на подлете к лузе, не добрав траектории на каких-нибудь пол-ладони.

А по краю стола уже ползло лицо фюрера. Присев на корточки, прижавшись усами к раме и положив на нее свой немалый нос, он медленно перемещался по периметру, выискивая наилучшую геометрию для удара. Ноздри при этом чуть пошевеливались — казалось, фюрер ощупывает ими лакированное дерево: нос оставлял на узорчатом ясене влажный след, который быстро таял под горячими электрическими лучами. Найдя искомую позицию, фюрер заполз на стол — почти целиком, уложив на сукно и грудь, и слегка выпирающее из-под твида брюшко, — выставил локти высоко вверх и со всей силы залупил по шару, минуту назад опрометчиво оставленному вождем на игре.

— Подлец какой! — не выдержал вождь.

— *Verflucht! Was für 'ne Schweinerei!** — разразился в ответ непонятной руганью фюрер: шар, который казался легким, практически дармовым, так и не упал в лузу — выбитый неумелым ударом с выгодной позиции, отскочил от борта и ушел в центр поля.

По правде говоря, ничего подлого в использовании чужих ошибок не было. Игра есть игра. И вождь решил бить два шара, пятый и седьмой, уже давно выставленные у угловых луз, но остававшиеся без внимания игроков. Любовно огладив кий, он прилег на теплое шерстяное сукно, глубоко вдохнул, медленно выдохнул, выждал секунду — и *смальцевал* по битку, так быстро и мощно, что и сам не понял, его ли рука нанесла удар или кий выстрелил сам. Чистое забитие! Второй шар за игру.

За ним состоялся и третий: не сделать так аппетитно выставленный в угол шар было бы стыдно. Четвертый шар вождь стрелял длинно, через весь стол: биток по единственно возможной линии пролетел между остальными шарами, ни одного не задев; врезался в играемый (показалось даже, что при столкновении пыхнули несколько голубых искр), послал его дуплетом в среднюю лузу, а сам нырнул в угловую. Две кладки за удар! Счет сравнялся: пять — пять.

* Проклятие! Что за свинство! *(нем.)*

— Съел теперь, собака? — тихо произнес вождь, уверенный, что фюрер поймет и без перевода.

Тот все еще сидел на корточках, положив нос на стол и поводя водянисто-серыми глазками вслед резво скачущим шарам. Каждый удар противника он сопровождал жалобным взвизгом, словно кий лупил не по шарам, а по его голове.

Когда игра наконец перешла к нему, подскочил от радости, затряс челкой. Открыв от возбуждения рот, долго вытирал вспотевшие ладони о сукно — на зеленой ткани оставались длинные темные полосы; затем, прикусив от старательности кончик языка, мусолил мелом наконечник кия, перепачкал белым лоб и подбородок. Рассеянно сунул мелок не в карман, а себе в рот (и не заметил оплошности), стал задумчиво катать по зубам, как карамель, оценивая раскладку на поле, проглотил не жуя и радостно улыбнулся: нашел резку.

Забросил на стол согнутую корявую ножку в шерстяной гетре (вождю показалось, что от подошвы квадратного ботинка отчетливо praванивает дерьмом) и оседлал бортик. Тело свое уложил рядом, причудливым кренделем; прижался животом, грудью, подбородком к сукну, шурша твидом и стуча костяными пуговицами о деревянную раму. Раскорячил локти; заелозил кием, прицеливаясь; замурлыкал что-то нежно-лирическое:

— *Ein Freund, ein guter Freund — das ist das Schönste, was es gibt auf der Welt…* *

Тщательные приготовления не помогли: кий вместо удара всего лишь скользнул наконечником по поверхности шара — фюрер позорно киксанул. Поняв, что случилось, заскулил нечленораздельно, зацарапал коготками стол, выдирая из сукна зеленые волокна, засучил в воздухе

* “Друг, хороший друг — это лучшее, что может быть в мире…” *(нем.)* Строки из немецкого звукового фильма “Трое с бензоколонки” (1930). Композитор Вернер Рихард Хейманн, слова Роберта Гилберта.

ножками. Вождь концом кия уперся в извивающееся тельце противника, столкнул со стола. И, не обращая внимания на несущееся снизу потявкивание, начал зачищать поле.

Хитрым ударом сверху разлепил два оказавшихся вплотную друг к другу шара — один тотчас ушел в лузу. Аккуратно сыграл шар в дальнем углу (ах, если бы наблюдал этот великолепный ход строгий учитель Чемоданов!). Затем — в ближнем: безупречно сыграл, что говорить, разложив оставшиеся на сукне шары для следующих ударов…

Так же решительно он выступил против фюрера и на политическом поле — тогда, в тридцать третьем, для пресечения клеветнической "голодной кампании". В ответ на лживые немецкие брошюрки была подготовлена собственная — "Братья в нужде? Свидетельства советских немцев" (удар!). На первых полосах газет появились убедительные доказательства отсутствия голода в СССР: репортажи о прилюдном уничтожении продуктовых посылок, которые время от времени все же просачивались в Поволжье от родственников за границей; многочисленные письма советских немцев с предложениями взять из Германии "на откорм" голодающих детей; обращение колхозников к германскому консулу в Сибири господину Гросскопфу, возвращающих всю присланную им материальную помощь для передачи "голодающим немцам фашистской Германии" (удар! удар! удар!). Берлин вяло сопротивлялся, все еще пытаясь играть на "братской" теме, но Москва уже переломила ход игры. Осенью тридцать четвертого вступила в действие директива ЦК ВКП(б) "Против фашистской помощи": активизировалась борьба с немецким национализмом, с фашистским элементом в немецких колониях; развернулся мощный культуркампф: в школах и вузах Немреспублики вместо немецкого ввели всеобщее изучение русского языка, а кампания коренизации сошла на нет (удар! удар! удар!). Германские консульства прекратили оказание адресной материальной помощи советским немцам; замеченные в организации "гитлеровской помощи" подвергались арестам…

Из-за заднего борта высунулась дрожащая челка, скрюченные пальцы поползли по сукну — фюрер хотел украдкой стащить с поля шар. Вождь размахнулся кием, как мечом, и рубанул со всей силы по торчавшему над сукном сморщенному носу. Брызнула кровь, фюрер заверещал пронзительно — чуть лампочки не треснули — и, жалобно вращая моментально распухшим пятачком (эх, жаль, что не отрубил!), сгинул под столом.

А вождь доиграл три оставшихся шара — *брильянтово доиграл*, как выразился бы Чемоданов. Один шар послал в лузу длинным ударом, вдоль борта. Второй — коротким ударом, с отскоком. А последний — хлестанул триплетом. Удар о правый борт. О левый. Забитие! Партия.

…В бильярдной было тихо. Изредка потрескивали электрические лампочки. Чемоданов медленно выполз из-под стола. Стоя на коленях и зажимая ладонями окровавленный нос, огляделся: в комнате никого не было, на пустом, ярко освещенном столе лежали крест-накрест два кия. Переносица болела нестерпимо — возможно, был сломан хрящ, — но Чемоданов не мог сдержать счастливую улыбку: сегодня, впервые за семь лет регулярных уроков, ученик поймал кураж. Почему это произошло именно сейчас, в партии, которая началась столь неудачно и не обещала никаких сюрпризов, Чемоданов не понимал. Знал только: единожды познав вдохновение, бильярдист более не сможет жить без куража. С этого дня ученик будет играть лучше и лучше, иногда и сам удивляясь своим быстрым успехам. С этого дня начнется совсем другая игра.

И счастливый Чемоданов улыбался в темноте.

Дети

26

Дети не вернулись — ни через день, ни через два. Не вернулись к Баху и чувства. Они еще жили в его стареющем теле, но жили странно — отдельно от него, никак не соответствуя происходящему. В ушах отчего-то бесконечно свистел ветер — в то время как погода нынче стояла тихая (может, ветрено было в тех местах, где находилась Анче?). Нос чуял запахи — чужие, отталкивающие: изо всех углов дома несло затхлым табаком и угольной пылью; пальцы — стоило поднести их к лицу — пахли карболкой, а одежда — чьим-то немытым телом (может, и карболовое мыло, и уголь, и пот обоняла сейчас Анче?). Все, к чему прикасался язык — яблоко, тыльная сторона ладони, собственные губы, — нестерпимо отдавало горелым. Обоняние, слух и вкус предали Баха, как предала любимая девочка (он запретил себе использовать это слово — “предательство”, — но оно то и дело всплывало в сознании). Одно только зрение осталось верно хозяину — и показывало мир без искажения.

Первый день без детей он просидел на берегу, разглядывая серую гладь воды, чуть подернутую моросью, и слушая посвисты ветра в голове. Пожалуй, в измене чувств можно было разглядеть даже пользу: дождевые капли падали на лицо и одежду, но кожа не замечала влаги и не испытывала неудобства — ни днем, ни пришедшей ему на смену прохладной ночью.

На второй день Бах заметил, что глаза то и дело останавливаются на изуродованном ялике — тот лежал на берегу, подставив дождю раскуроченный топором бок.

На третий — Бах принес инструменты и принялся латать покалеченную лодку.

Два дня он пилил, заделывал, шкурил. Смолил и клеил, забивал опилками и клеил вновь. Сушил на костре, растянув над рабочим местом войлочное одеяло (дождь к тому времени закончился, но низкие тучи еще дышали влагой). Работать приходилось осторожно: потерявшие чувствительность пальцы могли нечаянно попасть под острие топора или обжечься о кипящую смолу. А на пятые сутки, когда с мутно-серого неба глянуло тусклое солнце, Бах сел в починенный ялик и отправился на поиски Анче.

Лодка пахла не дымом, а мокрым железом и ржавчиной, волны — кислой медью и купоросом. Стоны ветра в голове сделались так сильны, что хотелось зажать уши. Иногда сквозь несуществующий ветер прорывались звуки реального мира — крики чаек над волнами, скрип уключин, — и скоро Бах уже перестал различать звуки кажущиеся и настоящие. Это смешение не пугало его и не мешало двигаться к Покровску.

Бах не знал, что предпримет, когда увидит Анче. Замычит повелительно, призывая вернуться домой? Попробует заставить вспомнить язык дыханья и движений — и прикажет мысленно: “пойдем со мной”?.. Больше всего боялся, что не сумеет сдержаться: схватит на руки и потащит к лодке. Или ударит по щеке…

Резануло надеждой: а не шевельнется ли от нестерпимого страдания онемевший когда-то язык? Не скажет ли просто: “вернись”? Пусть медленно и неуклюже, пусть на незнакомом Анче языке. Слова часто бывают сильнее рук — так не удастся ли Баху уговорить свою девочку?

Бросил весла, забарабанил пальцами по губам. Старался бить не слишком сильно, только чтобы размять неподвижный рот, потом раскрыл его — шире, шире, до предела — но смог лишь замычать. Ухватил пальцами язык, задергал что было силы, словно стараясь выдрать из глотки, — не помогло: только рев доносился из горла — низкий и тягучий, похожий на голос растревоженного барана. Отчаявшись, хлестанул себя по лицу раскрытой ладонью: один раз, второй… Кажется, по губам потекло что-то теплое, липкое — вытирать не стал.

До Покровска добрался к полудню. Укрыл ялик в камышовых зарослях и по путанке прибрежных тропок направился в город. Шел торопливо — не оттого, что знал направление, а не умея сдержать растущее волнение.

Тропинки под ногами разбухли от дождей, тела осин и кленов потемнели от влаги — но Баху казалось, что в воздухе стоит удушливый запах гари: из береговых кустов несло паленой шерстью, с реки — жженой картофельной ботвой. Стоило чуть приоткрыть рот — и горелый дух проник в глотку, обложил горечью нёбо и язык. В ушах по-прежнему гудел ветер, хотя ветви деревьев и метелки разросшегося по кромке воды камыша оставались неподвижны.

Спросить дорогу Бах не умел (да и вряд ли захотел бы) и оттого решил исходить Покровск вдоль и поперек: времени до вечера было достаточно, и найти здание интерната казалось предприятием не самым сложным.

Бах не был в миру уже лет пять или шесть. Будь его воля, он стал бы сейчас невидимым или превратился в мышь, чтобы неприметно проскользнуть по земле, — так отвык от обращенных к нему чужих взглядов и суеты многолюдья. Однако скоро он понял, что не привлекает внимания: люди сделались нелюбопытны, взоры их — сосредоточенны и опущены долу, движения — быстры и скупы. Пожалуй, они сами походили на мышей: торопливо шмыгали из подъездов и подворотен, стараясь не встречаться глазами. К тому же сделались и по-рыбьи молчаливы: ни единого раза не заметил Бах, чтобы прохожие перекинулись хотя бы парой слов.

Вместо людей говорили лозунги — их было много, необыкновенно много: с каждого дома, створа ворот или фонарного столба кричали о чем-то крупные буквы, выведенные краской на кусках ткани, маячили восклицательные и вопросительные знаки, пестрели агитационные плакаты. Лозунгами были увиты электрические столбы, лозунги красовались на капотах автомобилей и облучках проезжающих мимо телег. Бах с трудом разбирал непривычные глазу русские буквы, понимая лишь немногие из прочитанных слов.

“Дадим!” — призывали одни надписи. — “Укрепим!”, “Построим!”.

“Ударим!” — грозили другие. — “Раздавим!”, “Уничтожим!”.

“Поганой метлой!” — вторили третьи. — “Кулаком!”, “Сапогом!”.

Растерявшись от обилия угроз, Бах вжался было в подворотню, но прибитый к дереву плакат приказал: “Иди вперед, товарищ!” И Бах пошел.

Долго шагал по городу: на восток — до окраины; затем по следующей улице — на запад; и вновь — на восток. Дома громоздились, как скалы. Текли мимо потоки мышеподобных и рыбоподобных граждан. Из-за углов тянуло горелой смолой, в ушах свистел-гудел ветер. Иногда сквозь гудение прорывались иные шумы: топот копыт, чихание автомобильных моторов, визг тормозов, скрип рессор, — Бах не обращал на них внимания, сосредоточившись на изучении фасадов и ворот: боялся пропустить здание детского дома. А боялся — зря.

Двухэтажный особняк темно-красного кирпича — с крашенными белой краской полукруглыми створами окон и белыми же вазами в стеновых нишах, с причудливыми башенками по краям крыши и кружевным чугунным балкончиком над входной дверью — проглядеть было невозможно. И не из-за нарядного вида, а из-за лиц, глядевших из окон: детские лица эти дышали таким радостным спокойствием и живостью, так разительно отличались от застывших масок взрослых горожан, что Бах понял мгновенно — пришел. Не затрудняясь чтением перетяжки над входом (“Детский дом-интернат имени Клары Цеткин”), он потянул на себя тяжелую дверь и шагнул внутрь.

И запах гари исчез, и шум в ушах, и горечь во рту — Анче была где-то рядом, близко.

Здесь пахло молочной кашей и глаженым бельем. Бах стоял в небольшом вестибюле, не зная, куда направиться. Его застывшая фигура была единственной неподвижной точкой пространства — все остальное в этом доме беспрестанно двигалось и перемещалось. Дрожала от шагов на втором этаже свисавшая с потолка электрическая лампочка, плясали вокруг нее нежные желтые отсветы. Двери — не запертые плотно, лишь притворенные — то и дело открывались, выпуская наружу чьи-то звонкие голоса, песенные строки, а то и самих обитателей. Дети — в одинаковых одеждах из серой бязи и одинаково бритые наголо (и мальчишки, и девчонки) — деловито бегали туда-сюда по скрипучей лестнице с вытертыми до вмятин деревянными ступенями. Несли наверх: ведра с водой, рулоны бумаги, украшенную цветными лентами метлу, стремянку, стопки книг, ржавый самовар, печатную машинку, автомобильное колесо, чучело медведя (лысое от старости, но все еще довольно грозное). Несли вниз: кипы одежды, старый тромбон, сломанный мольберт, вожжи и расписной хомут, капающий свежей краской транспарант, охапки сухих цветов и колосьев, все то же чучело медведя. Смеялись, торопились, сталкивались лбами и смеялись вновь.

Взрослых — не было.

Бах пошел по этому смеющемуся дому, заглядывая в каждую дверь и выискивая глазами Анче. Видел спальню с рядами одинаково застеленных узких кроваток, где дошколята свистели и пели частушки. Видел столовую с рядами одинаковых жестяных плошек на столах, где ребята постарше играли на гармонике и разучивали пионерские марши. Видел библиотеку с уходящими под потолок стеллажами, полными книг. Видел прачечную с огромной чугунной ванной и кипящими бельевыми чанами. И только на втором этаже, в просторном классе для занятий, обнаружил наконец свою девочку.

В классной комнате репетировали спектакль. Парты и стулья были сдвинуты к двери, а на освободившемся пространстве, перед черной доской с остатками полустертых букв и цифр, разворачивалось действо. Анче — в длинном “старинном” платье, смастеренном из газет, и в газетном же чепце — стояла у двух больших корзин, наполненных яблоками, и держала за руку тощего мальчишку, также одетого в бумажный наряд. Она кричала что-то гневно и с презрением отталкивала от себя Ваську (тот нацепил на лицо окладистую лыковую бороду и вырядился в черный картонный цилиндр), а массовка в разномастных “старинных” одеждах одобрительно гудела и грозила Ваське кулаками.

Сцена не устраивала режиссера — долговязого подростка лет двенадцати, — и он скакал меж актеров, корча зверские рожи и показывая, как именно нужно гудеть и грозить. Эпизод играли вновь и вновь.

Бах опустился на стул у самой двери и из-за поставленных друг на друга парт стал наблюдать за Анче. Она двигалась, улыбалась тощему партнеру и другим детям, подавала реплики и строила свирепые мины Ваське с таким искренним воодушевлением, что прервать этот поток радости было нельзя, невозможно.

Как изменилась Анче за несколько дней! Никогда прежде Бах не видел ее лицо таким вдохновенным, а глаза — такими сияющими. Рот беспрестанно растягивала невольная улыбка, и Анче старательно поджимала губы, чтобы изобразить необходимую в сцене строгость. Бумажный наряд удивительно шел ей и делал взрослее. По груди ее, по плечам, по подолу, по оборкам чепца — всюду бежали крупные газетные заголовки (Бах издалека не мог разобрать — видел только множество восклицательных и вопросительных знаков, рассыпанных по платью).

Вдруг в порыве импровизации Анче в середине реплики хватанула кулаком по цилиндру на Васькиной башке — и шляпа слетела на пол, обнажая стриженную наголо макушку. Массовка восторженно ахнула. Не доиграв эпизод, Васька в отместку содрал с Анче газетный чепец. Она также была обрита — наголо. Кожа на голове — перламутрово-белая, с голубизной — нежно светилась сквозь золотой пух, уже успевший нарасти на висках и над лбом. Васька с Анче хохотали без остановки, массовка восторженно ревела, а режиссер сокрушенно орал на всех, закатив глаза к потолку…

Стараясь не шуметь, Бах поднялся со стула и вышел вон. Тихо прикрыл за собой дверь. Держась за стены, прошел по коридору. Спустился по лестнице. Щурясь в свете электрической лампы, нащупал выход. Вывалился на воняющую гарью улицу, протащился несколько шагов и уткнулся лицом в ближайший угол.

Стоял долго — терся щеками о шершавые кирпичи и слушал ветер в голове. Надо было, наверное, что-то делать: двигать ногами, шевелить руками, перемещаться куда-то и зачем-то, моргать, дышать, думать… Последнее было мучительнее всего: обрывки мыслей беспорядочно вспыхивали в сознании и гасли, сменяя друг друга и не подчиняясь воле Баха.

…Что оставалось ему теперь? Только любить своих детей. Любить издалека. Любить не видя. Детей, которые никогда не слышали его голоса и вряд ли уже услышат. Детей, которые говорят на другом языке. Которые готовы покинуть его, забыть и предать. Этих странных и чужих детей, которых он почему-то возомнил своими…

…А яблоки-то в корзинах были бутафорские, из крашеного папье-маше…

…Что оставалось еще? Только верить, что все было — не зря. Сказки, которые писал. Дети, которых растил. Яблоки, которые выращивал…

…Но как же жаль остриженных кудрей Анче! Неужели их бросили на грязный и холодный пол? Вымели вперемешку с волосами других детей грубым веником? Высыпали в выгребную яму — к гниющему мусору и нечистотам?..

…Все-таки нехорошо, что яблоки в спектакле фальшивые. Неправильно…

…И как бы хотелось остаться здесь навсегда — пылью на прохладных кирпичах, грязью на камнях фундамента…

…Или — устроиться дворником в детский дом? Работать за еду. Ночевать в прачечной на лавке или в классной комнате на сдвинутых стульях, если в хозяйстве нет дворницкой…

…Счастье, что рядом с Анче Васька. Он защитит — пожалуй, даже лучше Баха. Несомненно — лучше Баха, который никогда и никого не умел защитить…

…Надо бы привезти детям настоящих яблок — пусть сыграют спектакль, а потом наедятся вволю. Все пусть едят: не только Анче с Васькой, но и тощий мальчишка в бумажном наряде, и долговязый режиссер…

Нелепая мысль про яблоки назойливо вертелась в мозгу, постепенно вытесняя остальные. Это было кстати: иметь одну дурацкую мысль было легче, чем десяток. И он подчинился этой мысли — оторвал лицо от стены, отряхнул кирпичную пыль со щек и поплелся к берегу: плыть на хутор, чтобы завтра вернуться в интернат — с яблоками.

А в классной комнате продолжалась репетиция. В десятый раз за сегодня прогоняли финальную сцену. Терпение актеров было на пределе, и они изнывали в ожидании звонка к обеду. Один только режиссер сохранял бодрость и энтузиазм, нимало не заботясь тем, что в столовой уже доходила на медленном огне дивная рисовая каша на молоке пополам с водой.

— Погодите! — трагически кричал Васька, протягивая растопыренные ладони к остальным актерам (из-под лыковой бороды его катился пот, подбородок и шея нестерпимо чесались, как и затылок, сдавленный картонным цилиндром). — О, милая дочь моя! Как я счастлив, что вновь обрел тебя! Позволь же мне заботиться о тебе, чтобы не знала ты отныне лишений и бед!

— Нет, отец! — сурово хмурилась Анче из-под наехавшего на лоб газетного чепца (головной убор следовало, конечно, поправить, но этот вольный жест неминуемо повлек бы за собой повторный прогон сцены). — Теперь я и сама умею позаботиться о себе.

— Позволь же хотя бы найти для тебя достойного мужа! — Васька вращал выпученными глазами, оглядывая массовку — словно уже подыскивая в ней будущего зятя. — Местный правитель будет счастлив породниться со мной. — Васька самодовольно хлопал себя по выпученному тощему пузу и склабился. — Ты же взамен получишь безбедную жизнь до самой старости.

— Нет, отец! — восклицала Анче, притопывая ногой для пущей убедительности (на предыдущих прогонах она даже толкала Ваську в грудь, но потом решено было воздержаться от агрессии на сцене). — Ничего я от тебя не желаю! А жить буду одним лишь своим трудом и только с милым учителем. — Изо всех сил сжимая ладонь партнера в газетном наряде, она вздергивала его руку вверх, словно объявляя победителя на боксерском ринге (хлипкий партнер при этом каждый раз охал — не то изображая восторг, не то просто от боли). — Он будет учить детей, а я — растить яблоки!

— Ы! — громко выдыхал Васька, будто ему врезали кулаком под дых; затем хватался за горло, словно душил самого себя, и валился навзничь (режиссер уже не раз велел ему хвататься за сердце, а не за шею, но столь явная театральность была противна Ваське, и каждый раз он упрямо вонзал пальцы в свое тощее горло).

Умирать у Васьки получалось лучше всего. Хрипеть, закатывать глаза и корчиться на полу в предсмертных конвульсиях он мог бесконечно долго — жаль, что по режиссерскому замыслу отца-буржуина быстро заслоняла массовка, поющая кульминационную песню. Хотя в этот раз до песни не дошло: раздался обеденный звонок, и дети, побросав реквизит, кинулись в столовую.

27

Бах стал ездить в Покровск раз в неделю, по воскресеньям. В один из первых же приездов заполнил какие-то бумаги, куда вписал фамилию Анче и год ее рождения, а также имя матери — Клара Гримм. Хотел было оформить документы и на Ваську, но ему почему-то не дали.

Обычно, появившись в дверях детского дома, Бах мялся у входа и терпеливо ждал, пока кто-то из маленьких хозяев обратит на него внимание.

— Бах! — кричал наконец кто-нибудь, заметив притулившегося у входа старика. — Анька! *Твой* пришел!

Или:

— Волгин! Васька! *Твой* приехал!

Не сразу Бах понял, что Волгин — это фамилия, которую Васька взял себе сам: вероятно, в *большом* мире без фамилий было не обойтись. Он охотно подарил бы Ваське свою, но тот решил иначе. Впрочем, фамилия было последнее, что волновало Баха.

И вот уже мчались на зов откуда-то из глубин дома дети — его дети. Каждый раз — все более рослые, все более взрослые. В глазах их светилась радость встречи, но сантиментов себе не позволяли: по новой незнакомой привычке жали Баху руку (и он вздрагивал от нежности, когда к его ладони прикасались теплые пальчики Анче), садились тут же, на лавке у входа.

Васька рассказывал что-то Баху, иногда приносил показать рисунки, учебники или тетради с исписанными листами. Бах кивал и слушал, любуясь возрастающей Васькиной степенностью и рассудительностью. Осознавал, как ошибался в нем: обманулся показной грубостью и независимостью —

не разглядел ни души, ни таланта. А ведь было все в мальчике — и душа трепетная, и недюжинные способности к языкам, и жадность до любви… Васькина речь быстро очищалась от скверны, все более становясь похожей на литературный русский, — и в этой речи Бах внезапно стал понимать отдельные слова. Не предложения, не фразы, но какие-то крупицы смысла оставались в памяти после беседы. Пара-тройка понятых слов — как это оказалось много! О них можно было размышлять, возвращаясь на хутор; и ночью, лежа в пустом доме; и далее всю неделю — до следующей встречи.

Анче, наоборот, разговаривала мало. Сидела на лавке молча, немного отстранившись и исподлобья поглядывая на Баха, а то и вовсе отвернувшись. Никто, кроме Баха, не замечал, что в это время пальцы ее нащупывали его руку и крепко сжимали — не сухим казенным пожатием, как при встрече, а по-настоящему, долго, изо всех сил. Бах сжимал в ответ девичьи пальцы — не смея даже посмотреть на Анче, чтобы не спугнуть. Вероятно, она и желала этой ласки, и стыдилась ее. И Бах соглашался на эту скупую ласку, на эту нежность вслепую…

Он привозил детям орехи, сушеных язей, морковную муку. И — яблоки: кульками, мешками, корзинами, нимало не заботясь о том, что припасы на хуторе могут скоро закончиться. Извечная бережливость отказала ему, и он перестал копить провиант на зиму. Как мог он беречь эти яблоки для себя, если мог насытить ими детей — сейчас! Анче и Васька принимали подарки, но никогда не съедали тут же, на лавке: вся еда относилась на кухню, делилась поровну и раздавалась всем детям. Было немного жаль, что Бах не может наблюдать за этим, но заглянуть в окно столовой не решился — боялся доставить неловкость Анче с Васькой. По румянцу на их щеках понимал: они не голодают. По блеску в глазах чувствовал: здесь они счастливы.

Свидания их были коротки. Когда бы ни явился Бах — утром, днем или на закате, — у детей всегда что-то происходило, всегда-то что-то требовало их безотлагательного присутствия: изготовление ростовых фигур и транспарантов для демонстрации, репетиция шумового оркестра, учебный бой по литературе, просмотр киноленты, сбор кружка юных пропагандистов, прослушивание радиопередачи, подготовка детского митинга, заседание кружка ОСОАВИАХИМа... И вот уже неслось настойчивое:

— Волгин! Куда же ты пропал?

— Бах! Сюда скорее! Без тебя — никак!

И они убегали, торопливо пожав на прощание руку Баху. Он сидел на лавке еще немного, слушая доносящиеся из-за всех дверей крики и смех, затем вставал и уходил…

Жизнь его отмерялась теперь приездами в Покровск: от воскресенья до воскресенья. Было ли в этой жизни что-нибудь, кроме коротких минут свиданий с детьми? Был сад, за которым следовало ухаживать, чтобы он плодоносил — для детей. Была Волга, которая не скупилась на рыбу — для детей. Было собственное тело Баха — сильно подряхлевшее за последнее время, покрывшееся коричневой рябью и сложившееся местами в дряблые складки, но все еще подвижное, все еще живое. Откажи у Баха ноги или спина, он не смог бы навещать Анче с Васькой — и потому стал относиться к собственному организму внимательнее: одевал его потеплее, укутывал на ночь старенькой утиной периной, не забывал кормить.

Сторонние звуки в голове и сторонние запахи в носу перестали докучать Баху. Лишь изредка взвывала в голове несуществующая буря, а в ноздри шибало гарью, — но Бах теперь знал способ противостоять наваждению: он думал о яблоках. О том, как отберет в амбаре самые крупные плоды и уложит в корзину; как повезет эту корзину детям; и как дети будут есть эти яблоки, брызжа соком и громко хрупая, — и ветер в голове стихал, и горелый запах уступал место яблочному аромату. А скоро обоняние со слухом потеряли остроту, как и зрение с осязанием: мир стал чуть глуше, чуть бледнее, чуть расплывчатее.

По утрам Баха мучили ложные воспоминания: он отчетливо помнил, как вчера вечером (он уже запер ставни на ночь и погасил лампу) в дверь постучали. Это вернулись дети. Они вошли — усталые с дороги, голодные, но улыбающиеся, — отряхнули дождевые капли с одежды и кинулись к печи искать еду. Шуровали в кастрюлях и чугунках так яростно, что одна крышка — металлическая, чуть погнутая с краю — упала на пол и покатилась Баху под ноги… Рассудок Баха знал, что этого не было. А память утверждала — что было. Спор памяти и рассудка длился недолго, через пару минут все становилось на свои места. Память соглашалась: дети — не возвращались. И чем больше проходило времени — тем покорнее становилась память, тем быстрее сдавалась.

Вещи детей (штаны, рубахи, платья) Бах собрал было и отнес в интернат, но Анче с Васькой отказались их брать: не хотели иметь на себе ничего, кроме казенной одежды, одинаковой для всех воспитанников. И Бах обрадовался: приволок вещи обратно, развесил по дому — на спинки стульев и кроватей, над печью — словно дети продолжали жить на хуторе.

Пустоту, которая образовалась в жизни, было не заполнить; но Бах привыкал к этой пустоте, как привыкают ко всему — к потере ноги или руки, смерти родителей или к жизни на далекой чужбине. Эта пустота оборачивалась иногда незнакомым и весьма приятным чувством: он смотрел на плесень, ползущую по бревнам дома, — и впервые не мучился за нее стыдом, не бежал тотчас соскабливать ножом и замазывать солью; смотрел на сорняки, заполонившие огород, на пыль, покрывшую мебель, на прорехи в собственной одежде — и не испытывал ничего, кроме равнодушия. Он не должен был теперь полоть, убираться, готовить, штопать. Не должен был вставать спозаранку, суетиться, беспокоиться. Он не должен был — никому и ничего.

А мир — не должен был Баху. Не должен был дарить минуты, часы и годы счастья. Вдохновение и страсть. Любящих женщин, любящих детей. Мир не должен был Баху ничего. И они пришли к равновесию — Бах и мир.

Это неведомое доселе Баху чувство равновесности можно было назвать по-разному: безразличием или бесстрастностью, или внезапной холодностью души, или ленью и старческой флегмой. Все мелкое — плесень, и сорняки, и пыль — все отступило, все ушло, упало с плеч и пропало за бортом. Осталось только единственное и главное — дети. Только им он должен был — показаться в воскресенье, принести яблок, пожать руку. Все остальное время можно было лежать под утиной периной и ждать — следующего свидания.

И он лежал — слушал шептание дождя за окном и шуршание яблоневых веток в саду. Бывало, глядя на стекающие по оконному стеклу серые струи, смежал веки, чтобы моргнуть, — а открывал глаза уже ночью. Иной раз наоборот: стоило прикрыть на мгновение веки, как чернота за окном оборачивалась рассветом. В этом стремительном листании дней и ночей — одним движением ресниц — была своя прелесть: оно позволяло легче пережить неделю и приблизить желанное воскресенье.

Хутор дряхлел — дряхлел вместе с Бахом, так же медленно и равнодушно. Как старый товарищ. Как брат. Как отражение в зеркале. Баху было приятно это неназойливое товарищество. Их с хутором жизнь постепенно угасала — но тем ярче и мощнее разгоралась жизнь детей. Тем правильнее представлялся с каждым днем их отъезд…

Однажды ночью Бах проснулся от ощущения невероятной легкости. Первая мысль была — умер. Но нет: чувствовал руки и ноги, мог пошевелить пальцами и дернуть кончиком носа. Однако члены были странно, немыслимо легки — будто наполнены воздухом. Тем же воздухом были наполнены и внутренности Баха, и горло, и голова; и даже волосы, казалось, слегка приподымались над подушкой, не имея собственного веса. Что-то ушло из его тела — ощутимое, большое — испарилось пóтом со лба, вышло с дыханием.

Кинулся к лампе, запалил свечу. Осмотрел свое тело: от скрюченных пальцев ног со слоящимися пластинами ногтей — до корявых пальцев рук в морщинистой коже. Тело было — прежнее, а ощущалось — иначе.

Вот здесь, в шее, всю жизнь что-то тянуло и сжимало, придавливая к земле, сутуля спину и вминая голову в плечи. А сейчас — нет.

Во внутренностях всегда что-то сидело, очень глубоко, сцепляя в единый комок и кишки, и желудок, и печень с селезенкой. А сейчас — нет.

Все мускулы, жилы и сочленения, бывало, словно обметывало инеем, продирало ознобом. А сейчас — нет.

Не было мельничного жернова на шее.

Не было ледяной иглы в кишках.

Не было инея в мышцах.

Страх ушел из Баха.

Он осознал это именно сейчас, глубокой ночью, разглядывая свое тело в неверном свете свечи. Осознал ясно, что не боится больше ни жестокосердных односельчан, ни суровых киргизов. Ни голода, ни войны, ни бродяг-лиходеев. Ни потери любимой женщины, ни бессмысленности своего труда. Ни даже ухода детей. Все это уже было в его жизни. Случилось — и ушло, стало песком, утекло в Волгу.

И страха — не стало.

Впервые за полвека жизни.

Бах задул свечу и какое-то время посидел в темноте. Легкость в теле была так ошеломляюще непривычна и неудобна, что он предпочел бы вернуть хоть малую толику исчезнувшего страха — чтобы как-то скрепить органы и мышцы, вновь слепить их воедино, придать организму хоть какой-то вес…

Он вышел в ночь, открыл настежь все ставни. Посидел на крыльце, наблюдая прятавшуюся за тучами мутную луну. Потом оделся потеплее, затворил дверь и отправился бродить по окрестностям.

Ноги, непривычные к легкости тела, несли Баха быстро, то и дело норовя перейти на бег, — но он умерял их скорость, желая слушать лес. Дождя не было, и звуки ночи раздавались отчетливо: скрипели отсыревшие пни, хлюпали под башмаками лужи и тяжелые от влаги листья, изредка в эти лужи падали с громким бульканьем повисшие на ветвях капли. Чей-то заунывный голос — птичий? звериный? — несся издалека. Разглядеть тропу в темноте было невозможно, но то ли тело само находило верную дорогу, то ли лес расступался — ни единого раза Бах не упал, не споткнулся и даже не оцарапался.

Поняв, что ноги вывели его к обрыву, спустился к реке. Посидел немного у лодки, оглаживая скользкие от влаги бока, и сдернул в воду — поплыл в Гнаденталь.

Возможно, Гнаденталь изменился за эти годы, а возможно, и нет. Постепенно привыкая к приятной легкости движений, Бах шагал по улицам. Но ни знакомые дома, ни главная площадь, где витали призраки сожженных карагачей, ни сельсовет, где бдел когда-то ночи напролет неспящий Гофман, — ничто не вызвало в душе шевеления чувств.

Бах пересек Гнаденталь и вышел в степь. Прошагал Суходолом до Солдатского ручья. По Лакричному бережку — до байрака Трех волов. Через Ежевичную яму и Комариную лощину — до Мельничной горки и озера Пастора с лежащей неподалеку Чертовой могилкой. И — направился дальше.

Он шел по степи, и ковыльные стебли гладили его колени и голени. Ноги не уставали нести его тело, спина была пряма, поступь — легка, голова — высоко поднята. Ночь все не кончалась, а завешенное тучами небо опускалось все ниже, обещая грозу.

Где-то впереди зашевелилась земля и потекла ему навстречу. В ту же минуту Бах понял: текла не земля — стая волков. Он почуял их запах прежде, чем увидел глаза — десятки и десятки глаз, может, желтых, а может, и не имеющих цвета. Глаза окружили его и потекли сквозь него. Волчьи спины струились вдоль его бедер, волчьи хвосты обмахивали ладони. Облако волчьего дыхания — голодного, жаркого — вошло в Баха и вышло из него. Стая потекла по степи — прочь. А он вновь остался один в степи — без страха.

Бах поднял лицо вверх. Небосвод над ним уже был налит лиловой тяжестью, воздух столь густо пропитан электричеством, что даже смыкание ресниц, казалось, вызывало голубые искры. Разбухшие тучи шуршали, трещали, гудели раскатисто. Одна из них вдруг вспыхнула белым, ахнула страстно и низко — и упала на Баха холодной махиной воды. Струи хлестали его по телу, ноги ощущали подрагивание земли при каждом новом ударе грома. Молнии — желтые, синие, исчерна-лиловые — пыхали все чаще, все ближе, где-то на расстоянии вытянутой руки.

Но не было в сердце Баха ни испуга, ни вдохновения — он смотрел на бушевание стихии равнодушно, безо всякого трепета.

Страха — не было.

Бах отвернулся от грозы и пошел домой.

28

Еще долго после той ночи Бах пытался найти ушедший страх. Заходил в колхозный хлев — в загоны буйных быков — и кормил их солью с рук. Заходил в покровскую больницу — в тифозный барак — и гладил пышущие жаром лбы умирающих. Поднимался на гнадентальскую колокольню и, далеко высунувшись из окна, разглядывал с высоты птичьего полета землю. Страха не было. Похоже, он покинул Баха навсегда.

Впрочем, отсутствие страха вовсе не означало отваги: его заменила не храбрость, а успокоенность. Отрешенный взгляд видел много больше прежнего, словно со всех предметов и людей сдернули завесу — и лишь теперь, впервые, Бах разглядел мир по-настоящему. Буйство красок и богатство оттенков поблекло — осталось только черное и белое, только главное, только суть. Этот новый взгляд не только видел — он понимал.

Бах рассматривал прохожих на покровских улицах — и понимал, что рыбья молчаливость их и мышиная суетливость вызваны не деловым воодушевлением, не старательностью или озабоченностью, а страхом: все они чего-то боялись, все убегали от чего-то.

Эти два обличья, рыбье и мышиное, быстро расползались по округе — передавались от человека к человеку, как передается заразная болезнь или дурной слух. Достигла эпидемия и Гнаденталя. Пару раз Бах побывал там — и отметил, как сильно преобразились односельчане.

Лица одних вытянулись и заострились, рты подобрались и поджались под носы, а носы выдвинулись вперед и приобрели привычку постоянно принюхиваться. Глазки уменьшились и сделались быстры, уши выросли; тела, кажется, стали меньше ростом, ручки укоротились и прижались к груди. Работящие Грассы, скупые Ланги, богобоязненные Вендерсы, многодетная семья Брехтов, от седого уже отца семейства и до самого юного отпрыска, — все люди-мыши казались теперь кровными родственниками, столь похожими, что иногда и различить их между собой было затруднительно. Все шмыгали с неуловимой обычному глазу скоростью — от ворот к воротам, от двери к двери — не поднимая глаз и нигде не задерживаясь дольше секунды.

Физиономии других гнадентальцев, наоборот, раздались в щеках и застыли, как маски; глаза — округлились и выпучились до уродливости; а рты сжались в тонкую, почти неприметную складку с низко опущенными уголками — губы никогда не открывались, а у некоторых, возможно, уже срослись и затянулись кожей. Крупные зрачки едва шевелились в глазных яблоках, движения стали медлительны и безразличны. Неунывающие когда-то Манны, и художник Антон Фромм, и кузнец Бенц, и костистая вдова Кох, и председатель колхоза Дитрих, и даже сама Арбузная Эми — люди-рыбы осторожно плыли по улицам Гнаденталя, еле поводя головами в знак приветствия.

Чего боялись они? Что за смятение превращало людей в рыб и мышей? Бах не стремился найти ответ — знал только, что сам этой эпидемии не подвержен: он шел сквозь чужие страхи спокойно, словно проходя через мелкий брод и оставаясь при этом сухим.

Не подвержены были эпидемии страха и дети — не только Анче с Васькой, а все обитатели детского дома: и тоненькая смуглая Мамлакат с сахарно-белой улыбкой; и голубоглазый Клаус; и бровастый Ленц; и веснушчатая Маня с ямками на щеках; и хулиган Петюня; и тощий Асхат; и крошечная Энгельсина с узкими черными глазами, похожими на две полоски туши.

Дети не боялись ничего. В их доверчивых взорах и открытых лицах Бах узнавал то же бесстрашие, что наблюдал с рождения в глазах Анче. Голоса детей были полны веры и страсти, а улыбки — любви и надежд. Движения их были свободны, радостны, и они несли эту радость и эту свободу с собой — на покровские улицы, в тесные пространства местных рабочих клубов, театров, читален. Детей не пугали рыбьи и мышиные морды взрослых — возможно, дети их попросту не замечали: они проходили сквозь чужие страхи — как через мелкий брод, оставаясь при этом сухими.

Мир распадался надвое: мир испуганных взрослых и мир бесстрашных детей существовали рядом и не пересекались.

Необъяснимым образом распадалось и время. Казалось, оно течет, как и прежде, от рассвета к закату, ото дня к ночи. Но случилась в нем какая-то поломка, какой-то странный сбой, заметный то ли всем, то ли одному Баху: осень не кончалась. Вернее, никак не кончался ее последний месяц — ноябрь, — чтобы уступить место зиме.

Волга маялась, не умея схватиться льдом. Волны шуршали по береговому песку и камню, перекатывая ледовую крошку вместо пены. В прозрачно-зеленых водах мерцали кристаллы, то белея и спаиваясь в пластины, то вновь истаивая и распадаясь. Ледяная гуща нескончаемым потоком плыла по поверхности реки — как над нею, в небе, плыли тучи. Из туч падала вода. По пути вниз капли успевали замерзнуть и обернуться снегом, а затем — обратно влагой, и падали на землю дождем: льдистым, царапающим лицо. Ветер хлестал струями по деревьям и скалам, по степи и домам, без устали дуя с севера и только с севера — днями, неделями, месяцами.

Вездесущая влага — то застывая инеем, то превращаясь обратно в воду — струилась по окнам и ставням, столбам и воротам, по стенам птичников и свиноферм, по красным и черным доскам, смывая нанесенные мелом показатели соцсоревнования. По лицам колхозников, по рогам колхозных овец и коз, по телам коров и тракторов, по свиной щетине и оперению кур. Она гасила электрические лампочки в домах. Мешалась в сено и хрустела льдом на зубах верблюдов и коней. Напитывала перья чаек — и они камнем падали в Волгу, не в силах больше нести по воздуху отяжелевшие тела.

Бах, не имевший календаря и привыкший отмерять годы сменой жары и холода, снегов и травы, потерял счет времени. Потеряли его и люди: в Гнадентале, Покровске, по всей Волге. Наступило Рождество (его все еще тайно отмечали в колониях). Затем — годовщина Красной армии. Международный женский день. Пришла весна. А ноябрь все не кончался.

Пахари-рыбы и пахари-мыши вышли в раскисшую от дождей степь. Тракторы их, давно больные от покрывшей тела ржавчины, застревали в грязи и застывали навечно, не откликаясь на старания механиков. И скоро степь была полна мертвыми тракторами, как некогда — стогами.

Стали пахать по старинке — на лошадях. Увязая в глине, тащились за плугом, теряя башмаки и раня голые ступни о прихвативший лужи ледок. Пахали не землю — ледовую кашу. Но сеяли, сеяли — бросали упрямо в ту кашу волглое зерно. И зерно взошло — белыми ростками, похожими на седые волосы. Его собрали. А ноябрь — все не кончался.

Колхозники, бледные от отсутствия солнца, с сизыми щеками и сморщенными от постоянной влажности пальцами, вышли на сбор плодов. Собирали арбузы и дыни размером с кулак, репу и свеклу — с орех, тонкие нити моркови, горошины яблок. Плоды были одинаковы на цвет и одинаковы на вкус — цвета воды, вкуса воды.

Наступила осень: сентябрь, за ним октябрь. А ноябрь — все не кончался.

Наступило время *Вечного Ноября*.

Впрочем, Баху не мешали ни постоянно льющийся дождь, ни мутный воздух, пропитанный влагой, что оборачивалась то белым туманом, то крошечными ледяными иглами; не докучали ни вечно мокрые ноги, ни сырая одежда, которую было теперь не просушить даже на жаркой печи, — Бах жил, не замечая Ноября.

Хутор замер, погруженный в холод и промозглость. Бревна строений, черные и блестящие от влаги, не сохли, но и не гнили. Солома, устилавшая крышу, почернела и слиплась, но не протекала. Печи в доме чадили, давали скудное тепло, но еще работали. Стекла окон залепило по краям прелой листвой, но они еще пропускали свет. Покосившиеся ограды замерли в нелепых позах. Сорняки, заполонившие огород, превратились в коричневые скелеты.

Меж них светлела редкая дубовая поросль, остановившаяся в росте.

Старый хутор больше не требовал от Баха ни сил, ни внимания. И это было кстати: Бах не мог дать ему — ни того, ни другого. С благодарностью хлопал он покрытые трещинами бревенчатые стены и облупившуюся побелку на печи. С благодарностью касался яблонь — пусть и не плодоносящих больше, но все еще живых. Все еще охраняющих Клару. К ней ходил редко — берег силы для походов к детям.

Он по-прежнему носил им яблоки по воскресеньям; за неимением календаря просто отсчитывал шесть дней после последнего свидания, а на седьмой — снова ехал в Покровск. И что было странно, очень странно, — яблоки в амбаре не кончались. Бах не считал их, как раньше, заботливо перебирая и перекладывая соломой, — просто приходил, ссыпал в мешок и нес в детдом. Через неделю — вновь приходил, ссыпал и нес. Затем — вновь… Вопреки математике и здравому смыслу яблоки в амбаре были бесконечны, оставаясь при этом свежими, словно только вчера сорванными с ветки.

Баха мало заботила природа этого феномена. Единственное, что слегка смущало, — ощущение выпадения из времени. Но как почувствовать его ход без подсказки природных примет? Ни лес, ни сад не могли помочь Баху: яблони — как и дубы, как и клены в лесу — замолкли, удивленные затяжной стынью; изредка на почерневших ветвях появлялись пятна белой плесени, которые вскорости пропадали, — вот и вся древесная жизнь (Бах сильно удивился бы, узнав, что это была не плесень, а крохотные цветы-пустоцветы). Не могла помочь и Волга: ее усталые воды, так и не обернувшиеся льдом, загустели от рыбьей чешуи, текли вдоль берегов растерянно и печально; сама рыба куда-то делась, а чешуя осталась — в сильный ветер поднималась со дна, превращая реку в подобие искрящегося киселя.

Бах принялся было отсчитывать время по изменениям собственного тела: по коричневой ряби на тыльной стороне ладоней, по седине в бороде. Однако и этот календарь оказался ненадежен: старческие веснушки на руках появлялись и исчезали, играя с Бахом, а седые волосы путались, не поддаваясь точному учету. И он нашел выход: отмерять время ростом детей.

Тела его девочки и его мальчика были лучшим календарем. Преображение лиц, удлинение рук и ног и пальцев на руках — вот чем измерялось теперь время Баха. Едва приметные бугорки грудей под бязевой рубахой — у Анче. Едва приметная темнота над верхней губой — у Васьки. Легкая припухлость губ и округлость плеч — у Анче. Острая выпуклость кадыка на шее — у Васьки…

Этот прекрасный календарь не требовал записи — сам оставался в памяти. Но, как и всякий календарь, должен был иметь последнюю страницу. Бах спрашивал себя: где она — та последняя страница? И сам же отвечал: вероятно, в том дне, когда дети обгонят его в росте. Когда оба они станут выше — пусть на волосок, — тогда смогут видеть дальше него и лучше него, будут сильнее, крупнее, здоровее. Тогда, вероятно, он сделается не нужен. Тогда, вероятно, должен будет уйти. Прекрасный календарь закончится. Начнется ли за ним другой?..

Со спокойной радостью ждал Бах дня, когда Анче сравняется с ним ростом. И этот день настал. Когда Анче, пожимая ему руку в приветствии, впервые посмотрела на него не снизу вверх, а прямо вровень — понял: вот оно, случилось.

Оставалось дождаться, когда и Васька перерастет Баха.

С того дня в его сердце поселилась — не тревога, нет, — но какая-то легкая нетерпеливость. Пожалуй, это можно было назвать настоящим желанием — первым за последние несколько лет.

Что будет после с ним самим, Бах не задумывался. Но размышлял о том, что станет с хутором. Добрый спутник, товарищ и друг — старый хутор — как будет он жить без Баха?

Ни Ваське, ни Анче хутор не был нужен. Они любили его когда-то, но, перебравшись в город, ни разу не захотели приехать, не захотели навестить дом и сад. Через много лет — повзрослевшие, с первыми следами старости на лицах — они, возможно, вернутся сюда, чтобы встретиться с воспоминаниями. Однако ждать так долго хутор будет вряд ли: развалится, зарастет лесом.

Что же делать было Баху с этим домом — обветшалым, но еще теплым? И с этими яблонями — черными от старости? С этими полуразвалившимися амбарами и сараями? С затопленным ледником? С замшелым колодцем?

Ответ пришел сам — простой и единственно верный. Лежа под утиной периной и слушая дождь, Бах осознал, что ответ был дан ему давно, много лет назад — гораздо раньше, чем возник вопрос. А осознав, встал с постели, зажег лампу и принялся за работу — в то же мгновение, не дожидаясь утра.

Он знал, что работы впереди много. Что бесконечный ноябрь сильно затруднит работу. Что он может не успеть. Но Бах очень хотел успеть. И это можно было назвать настоящим желанием — вторым за последние несколько лет.

Он принес из сарая инструменты — и топор, и лом, и скобели, и рубанки, долота, киянки, скребки, стамески, шила — все принес, что могло потребоваться. Долго чистил их, снимая темноту с дерева и ржу с металла, — пока черные тучи на небосводе не стали серыми, обозначая начало дня.

Начал с самого главного. Ползая вдоль стены, осмотрел и попробовал на ощупь каждый камень — не шатается ли?

не треснул? не требует ли замены? Казалось, он обнимает камни и гладит их. Камни были теплее моросящего дождя. Натаскал с берега еще булыжников, нарыл песка. Укладывал булыги и засыпал поверху, укладывал и засыпал, кое-где затирая глиной, — укреплял фундамент.

Это заняло неделю — Бах чуть не пропустил воскресное свидание с детьми. Вернувшись из Покровска, занялся срубом.

Пальцами ощупал каждое бревно — каждую выпуклость и каждую впадину. Подгнившую паклю выбирал по ниточке, вместо — клал новую, сухую. В трещины забивал сушеный мох, замазывал смолой. Это заняло еще неделю.

Крышу чинил долго. Заготовленные запасы соломы и камыша уже много лет ожидали в амбаре своего часа, но — на счастье Баха — не взопрели и не заплесневели. Перебрал пустые колосья, побрызгал солью, свил в снопы. Затем залез по приставной лестнице на крышу и, ежась от летевших сверху капель, облазал ее всю, граблями снимая палые листья и сучья, бережно срезая раскисшие куски. Поверх, с самого конька и до ската, укладывал новые снопы — сухие, соленые. Пару найденных на крыше птичьих гнезд унес в лес.

Снял и наново остругал все наличники, и они засветились нежно-желтым на фоне бурых стен. Остругал и входную дверь, и балясины крыльца. В оба забитых окна — на кухне и в девичьей — вставил стекла.

Завершив наружные работы, перешел ко внутренним. И здесь — тер, скреб, менял паклю. Прочистил дымоход, побелил печь. Выстирал в Волге ковры и циновки. Ножом отдраил подоконники.

Долго думал, что делать со стенами в девичьей. Надписи, нанесенные когда-то нежным Клариным ногтем, трогать было жаль. И оставлять — нельзя. Хотел было затереть песком — ласково, не причиняя боли ни себе, ни бревнам, —

но не смог: рука не поднялась. Съездил в Гнаденталь, привез ведро краски, закрасил: водить кистью по словам, сохраняя их под непрозрачным слоем, было не так больно.

Остатками той краски вывел на входной двери: "Детский дом имени Третьего Интернационала". Кто такой этот Третий Интернационал и чем прославился, Бах не знал. Назвал по желанию Гофмана — пусть и через многие годы.

Бах часто вспоминал Гофмана в эти дни. В Гнадентале остались постройки, возведенные его стараниями в памятный Год Небывалого Урожая. Все было на месте, все работало: и изба-читальня, и клуб (с уголками: политическим, военным, аграрным, культурным), и детский сад, и ясли, и гостиница, и общежитие, и санчасть, и колхозное управление, и машинно-тракторная станция, и звероферма с птицефермой, и агросклад, и общественные конюшни со свинарнями, и дом колхозника, и дом рыбака. И даже домики на колесах (три — для косарей и хлебопашцев, два — для передвижных птичников) использовались исправно и по назначению. Но помнил ли кто в Гнадентале чудаковатого горбуна?

А Бах помнил. Именно сейчас, пока с утра и до ночи копошился в доме: пилил, долбил, стучал, рубил, таскал доски, строгал и ошкуривал, — он вдруг почувствовал себя Гофманом. Только сейчас понял, каким вдохновением может наполнять сердце починенный стул или поправленная крыша, если починены и поправлены они для кого-то другого, незнакомого…

В чистом и обновленном доме осталось только обустроить комнаты. Сколько именно детей сюда заселится, Бах не знал, но желал бы дать место как можно большему числу жителей. И потому решил пустить в расход старые кровати — широченные, громоздкие, — а вместо них сбить лежанки поуже. Через пару месяцев девичью комнату и спальню хозяина было не узнать: они были заставлены вдоль стен аккуратными койками в три этажа. Одни койки покороче — для малышей, другие подлиннее — для подростков. Взрослые койки Бах делать не стал (сам ночевал теперь на одной из подростковых лежанок, подогнув ноги и крепко прижавшись к стене, чтобы не свалиться на пол). Бывшую комнатку Тильды отдал под склад — освободил от мебели, оставив только сундуки.

Обеденный стол давно уже охромел и покосился — Бах срубил ему новые ноги. И стулья новые срубил, вдобавок к имевшимся. Стены гостиной увешал полками для книг: отчего-то был уверен, что книг в этом доме будет много (теперь же поставил на полку первую и пока единственную — томик стихов Гёте в основательно потрепанном переплете). Пошил матрасы и подушки, набил соломой. Настрогал из дерева ложек и плошек, аккуратно составил на печную приступку. Нарубил дров впрок — забил до отказа и дровяницу, и сарай, и запечье…

Месяц за месяцем приводя в порядок хозяйство, Бах иной раз даже пропускал свидание с детьми: если воскресным утром замечал вдруг, что день обещает быть без дождя, — оставался на хуторе и работал. Сухие дни были редкостью, и расходовать драгоценные часы на дорогу казалось непозволительной роскошью.

Тем радостнее была следующая встреча. К тому времени дети начали на уроках изучать немецкий. Анче чужой язык давался с трудом, а Васька, со свойственной ему цепкостью, через несколько недель уже лопотал первые предложения: бойко лепил слова одно к другому, не заботясь о порядке и артиклях, то и дело вплавляя в речь отрывки из песен с выученных наизусть граммофонных пластинок. Впервые Бах понимал мальчика — понимал полностью, пусть беседы их и ограничивались школьными темами: затрагивали исключительно уборку урожая, борьбу с религией и пионерские будни.

Баху было странно смотреть на Анче снизу вверх — не мог привыкнуть, каждый раз удивлялся и обмирал. А на Ваську глядел со смешанным чувством, все ждал: когда же? когда?.. Тот рос — но рос едва заметно, словно нехотя.

Когда Бах, окончив работы по дому, принялся за дворовые постройки: вычистил колодец, вычерпал воду из ледника и подновил крышу, отремонтировал амбар, сарай, хлев, поднял заборы и поправил свес над дровяницей, — Васька дорос ему до подбородка.

Когда занялся, наконец, запустелым огородом: повыдергал полчища сорняков и древесных ростков, перекопал землю и перебрал ее руками, заново проложил грядки и засеял остатками семян, — стал вровень с линией рта.

Когда перекопал сад, обрезал его и вычистил, вырубил дюжину старых яблонь и засадил освободившееся место молодыми саженцами, — вытянулся до уровня глаз.

А когда Бах выбил на могильном камне Клары ее имя и годы жизни (чтобы никому не пришло в голову сдвинуть надгробие с места), — Васька сравнялся с ним ростом.

В этот день Бах оставался с детьми дольше обычного. Ваську с Анче, кажется, звали куда-то товарищи, пробегая мимо и нетерпеливо выкрикивая их имена, — но он удержал обоих, положа ладони им на плечи. И они послушались, остались рядом.

Он сидел на лавке, не зная, когда сможет убрать ладони с хрупких детских плеч.

Дети ждали — и он ждал.

Ладони были легки, но отчего-то — ни пошевелить, ни поднять.

Дети ждали — и он ждал.

Закрыл глаза, убрал руки.

А когда открыл — детей уже не было.

Бах вернулся на хутор, вытянул ялик из воды, уложил меж камней — так, чтобы было видно с тропы.

Поднялся на утес.

Обошел двор и сад.

Зашел в дом.

Разложил по длинному столу тарелки с ложками — словно накрывая к ужину.

Разложил по лежанкам одежду — всю, что имелась в сундуках.

Затем лег сам, завернулся в перину и стал слушать колотивший в окно дождь…

Баху снились дети. Не только Анче с Васькой, но и другие — смуглые, белокожие, кучерявые и бритые наголо, светлоглазые и темноглазые — те, что придут когда-нибудь жить в этот дом.

А взрослые Баху не снились. Взрослые стали ему скучны: и люди-мыши — мелкие, суетливые; и люди-рыбы — степенные, пучеглазые, похожие на ленивых карпов.

29

Карпы были огромные, ленивые. Кружились медленно по круглому бассейну, изредка показывая над водной гладью лезвия игольчатых плавников. В воду облетали цветы с мандаринового дерева, и рыбы бросались к ним, жадно разевая подвижные белые губы; раздирали на куски в суматохе, затем разочарованно выплевывали и вновь кружили неторопливо и торжественно. Тишина стояла такая, что, казалось, слышен даже звук скольжения лепестка по воздуху и плеск его падения; бурление же воды при каждой рыбьей толкотне было оглушительным.

Вождь сидел на краю бассейна, подстелив под себя сложенную вчетверо кошму, и смотрел на рыб. Дно бассейна было выложено бирюзовой смальтой, на ее фоне серебристые тела карпов отливали золотом. Бока их, облепленные пластинами зеркальной чешуи, непрестанно вспыхивали на солнце, и вождю приходилось прикрывать веки. Вспышки эти потом долго горели на сетчатке, прожигая веки, глазные яблоки, мозг, но оторвать взгляд было невозможно — не покидало ощущение, что хоровод рыб сопряжен с каким-то шевелением внутри его собственного тела, не то в груди, не то в желудке; там что-то явственно ворочалось, холодное и шершавое. Возможно, это были еще не родившиеся рифмы.

Тепло стояло нежное, легкое — весеннее. Пахло пихтой, морем, мандаринами в цвету, самую малость — сладковатым дымком (к поленьям в камине добавляли для аромата яблоневую щепу), свежезаваренным байховым чаем. А еще казалось, тянет из-за деревьев чьим-то сильным разгоряченным телом, чужим дыханием, не то порохом, не то мокрым металлом. Быть этого не могло: правительственная дача была единственным на горе строением, охранялась шестью сотнями военных, рассыпанных сейчас невидимками по подножию горного отрога, а вел сюда замысловатый серпантин шириной в одну машину. Никого за деревьями не было.

Фигура повара — вождь видел ее боковым зрением — уже давно беспокойно маячила у кружевной беседки, где накрыт был стол на одного: чайная пара костяного фарфора, серебряные приборы, блюдо с пирогами, заботливо накрытое льняной салфеткой. Пироги остывали. Вождь знал, что в печи стояла вторая партия расстегаев с грибами и курников — на случай, если первая остынет до того, как он сядет пить чай, а на разделочном столе раскатано тесто для третьей. Повар метнулся было на кухню за сменной партией, но вождь, не отрывая взгляда от бассейна, приподнял руку и раздраженно махнул ею: неси сюда свою стряпню и исчезни. Тот радостно схватил блюдо и побежал к бассейну — гранитная крошка неприятно зашуршала под ботинками.

— Почему камни на дорожке? — устало спросил вождь. — У них края острые, пораниться можно.

Повар закивал мелко, соглашаясь, затем покачал головой негодуя. Осторожно поставил блюдо на бортик, сдернул салфетку — густо запахло вареными грибами — и, выждав пару мгновений, растворился в пространстве.

Цвет у пирогов был чересчур яркий: тесто перед посадкой в печь слишком густо смазали яичным желтком, и оно перерумянилось. Вождь взял в руку расстегай — тяжелый, рыхловатый, по пальцам потекло теплое сливочное масло — и кинул в бассейн.

Вода тотчас вскипела — пирог был разорван на куски и исчез; карпы бились, дрожа от возбуждения, ждали новой подачки, хлестали друг друга хвостами, теряя чешую. В бурлении воды вождь явственно различал чмокающий звук, с которым раскрывались рыбьи рты. Он бросил еще один пирог, затем еще…

На столе в кабинете лежал и ждал отчет по *немецкой операции*. Вождь взял бумаги с собой на черноморскую дачу, но до сих пор так и не притронулся к тоненькой папке-сшивателю. Незачем — он знал содержание, не заглядывая в текст.

Германия готовилась к войне, готовилась уже давно. В ее богатом арсенале среди прочих было еще не испытанное, но серьезное оружие: этнические немцы — табун троянских коней, рассыпанных по земному шару и ожидающих своего часа. Гитлер — безумец, истерик и несомненный демагогический гений — во время своих многочасовых выступлений впадал в ораторский экстаз, повествуя о несправедливом отношении других государств к проживающим на их территориях “вернейшим сынам арийской нации”. Он жаждал, чтобы сыны эти встали под знамена Рейха: провозгласил начало борьбы (пока всего лишь борьбы) за создание нацистской Германии за границей и ввел понятие “абсолютного немца”, автоматически превращавшего любого, в ком текла благородная арийская кровь, в нациста, ибо “кровь сильнее паспорта”.

Пальцы вождя ломали мягкое тесто и бросали в воду. Сегодня, в мае тысяча девятьсот тридцать восьмого года, в СССР проживал один миллион триста тысяч этнических немцев.

Рейх неутомимо трудился, готовя “троянских коней” к предстоящей войне и не очень скрывая свои намерения. Пять лет назад третий по значимости человек в Рейхе и уполномоченный фюрера по *Volkstumspolitik** Рудольф Гесс создал Совет по делам фольксдойче. Успехи Гесса на этом поприще показались Гитлеру скромными, и два года спустя тема фольксдойче была передана в Бюро по связям с немцами за рубежом, под крыло ведомства Риббентропа. Однако и эта мера была скоро признана недостаточно действенной, и в прошлом году для объединения сынов арийской нации под знаменем Рейха было создано специальное учреждение — *Volksdeutsche Mittelstelle***, сокращенно *VoMi*. Управление им было поручено обергруппенфюреру СС Вернеру Лоренцу. Вождь видел этого Лоренца на фотографиях: отъевшийся красавец с волевым подбородком и мрачными прозрачными глазами — вероятно, его много

* Национал-социалистическая народная политика.

** Ведомство, которое занималось нацистской пропагандой среди этнических немцев за пределами Германии.

били в детстве. Обергруппенфюрер принялся за дело с воодушевлением: уже через год *VoMi* насчитывала тридцать сотрудников; бюджет ее был сопоставим с бюджетом германского МИДа; под лозунгом *“Heim ins Reich!”* (“Домой, в Рейх!”) развернулась активная кампания по возвращению этнических арийцев в отечество; а планы были столь далеко идущими, что выглядели некоторым образом фантастическими, как, например, идея “онемечивания” молодежи и детей из других стран.

Советских немцев *VoMi* не трогала — по крайней мере, создавалась такая видимость. После активного политического “бодания” во время и после поволжского голода Гитлер дал понять, что тема российских немцев больше не будет камнем преткновения, — карта, разыгрываемая почти двадцать лет, была подарена Советскому Союзу. Плохой знак: видимо, борьбу за советских немцев отныне планировалось вести не на игральном столе, как раньше, а под столом. Недаром германским консулом в Новосибирске был назначен недавно бывший российский немец Максимилиан Майер-Гейденгаген, прекрасно знающий русский.

Данные с мест подтверждали опасения вождя — за последние несколько лет НКВД раскрыл множество контрреволюционных группировок и антисоветских заговоров, инициированных советскими немцами: “дело «Друзья»” (и кто только дает серьезным операциям такие названия?!), “дело «Арийцы»”, “дело преподавателей Немецкого педагогического института”, заговоры в Бальцере и Варенбурге, на фабриках “Карл Либкнехт”, “Клара Цеткин”, “Роза Люксембург” в Поволжье…

Карпы, сожравшие уже большую часть пирогов, с каждой минутой становились агрессивнее — то ли распалился аппетит, то ли пришло понимание, что корм скоро закончится. Некоторые в нетерпении выпрыгивали из воды и шлепались плашмя обратно — на шевелившуюся массу ртов, ноздрей, выпученных глаз своих сородичей. Особенно выделялся один: сам длинный, мускулистый, а гребень плавника щербатый, уже потрепанный в драках, — настоящий боец. Один раз, взлетев над остальными, он исхитрился ухватить челюстями перепачканный мучной пылью указательный палец вождя — тот охнул, отдернул руку; затем стал бросать наглецу самые большие куски: рвение должно быть вознаграждено.

Именно по этой причине вождь назначил нынешнего главу наркомата внутренних дел — Николая Ежова. Выросшего без матери на питерских окраинах сына потомственного рабочего-алкоголика; необразованного до неприличия и до неприличия же преданного; крошечного ростом и невзрачного, как обмылок. Возможно, как раз благодаря этим качествам тот и показал себя после назначения "железным наркомом" — взял страну в ежовые рукавицы. Вождь представил себе Ежова (рост — полтора метра плюс один сантиметр) рядом со статным и упитанным обергруппенфюрером Лоренцем. Усмехнулся: мал золотник, да дорог. Жесткость и непоколебимая верность наркома были сегодня необходимы как никогда: в преддверии войны большой стране предстояло *почистить кровь*.

Генеральный план чистки состоял из трех "крыльев": двух явных и одного тайного. Первое было призвано освободить Советский Союз от *бывших*: недобитых во времена коллективизации кулаков, царских чиновников и белых офицеров, по-хамелеоньи приспособившихся к новой жизни и даже внедрившихся в ряды партхозактива на самых разных уровнях, эсеров и меньшевиков, попов и уголовников. Второе крыло должно было ликвидировать шпионско-диверсионную базу стран капиталистического окружения (в первую очередь Германии, Польши и Японии). Очертания же третьего крыла были видны лишь самому вождю: оно было задумано для существенного прореживания и обновления партийной элиты — бывших соратников, чья преданность поизносилась за два послереволюционных десятилетия. Только очистив организм от болячек и хворей, можно рассчитывать на победу в неминуемо приближавшейся войне.

Нарком разделял озабоченность вождя и в середине прошлого года начал энергичное наступление по указанным ему внутренним фронтам. Среди прочих стартовала и *немецкая операция*. Она была открыта приказом Ежова за номером 00439, который призывал "добиваться исчерпывающего вскрытия не разоблаченной до сих пор агентуры германской разведки" и предписывал немедленно арестовывать "выявляемых в процессе следствия германских агентов-шпионов, диверсантов и террористов". Коих оказалось в стране впечатляющее количество. Ежедневно в полдень Ежов принимал по телеграфу донесения с мест о ходе операции; промежуточные сводные отчеты регулярно ложились на стол вождю, который с каждым новым полученным документом все более утверждался в правильности решения "поскрести немчуру".

Изначально рассчитанная на пять дней, операция растянулась на восемь с половиной месяцев. Начавшись с арестов отдельных германских подданных, она переросла в охоту на крупные диверсионные группы и террористические организации, состоящие из советских немцев. Список контингентов, "используемых германской разведкой" и, следовательно, подлежащих проверке, НКВД создал с воистину немецкой аккуратностью: обозначил всех, кто мог иметь хоть малейшее отношение к теме, включая расплывчатый и позволяющий самые вольные интерпретации пункт "Связи". Проверка развернулась по всей стране, в первую очередь — на промышленных, оборонных, железнодорожных предприятиях, а также в местах компактного проживания немцев: начиная с Украины, Азово-Черноморского побережья, Крыма и заканчивая Казахстаном, Сибирью и Немреспубликой в Поволжье. Были раскрыты и обезврежены "Национальный союз немцев на Украине", "Немецкая шпионско-диверсионная организация на железнодорожном транспорте", "Группа немцев-студентов Саратовского медицинского института"; прогремели на всю страну дела "Враги", "Родственники", "Наследники"... Счет арестованных шел на десятки тысяч.

Неожиданный размах, который приобрело предприятие, требовал изменения механики процесса: скоро дела по национальной линии стали рассматриваться не в единичном порядке, а в "альбомном". Документация по отдельным обвиняемым, включая предлагаемый местным руководством НКВД и прокуратурой приговор, сшивалась в толстые "альбомы" и высылались в Москву, на рассмотрение наркому Ежову и прокурору СССР Вышинскому, — те для ускорения утверждали приговоры также поальбомно, то есть оптом.

Никто — ни сам вождь, ни Ежов — не отдавал распоряжения о переходе к "альбомному" принципу в немецкой операции: система сделала это сама, в порядке инициативы снизу. Это беспокоило вождя. Как и маниакальная ретивость, развившаяся в последние месяцы на местах: выписанные лимиты на чистку по национальной линии постоянно превышались, местные УНКВД жадно требовали их увеличения; самовольно расширяли перечень подлежащих проверке контингентов; фальсифицировали документы, заключая под стражу и выдавая за *националов* другие контингенты (трудпоселенцев и бывших зэка); самостийно, безо всяких приказов сверху, начали две национальные операции, изначально не предусмотренные в генплане:

финскую в Ленобласти и Карелии, *румынскую* на Украине… Что это было? Кадровый застой и массовое оглупление, оборачивающее служебное рвение в ложь и самодурство? Грызня за власть на местах, незаметно расшатавшая систему снизу и чреватая выходом из-под контроля?

Вождь оторвал глаза от бурлящей рыбьей массы и огляделся. Что происходило там, за едва шевелящимися на ветру пихтовыми иголками, за кавказскими хребтами, за калмыцкими степями — в стране? Уже несколько месяцев он жил, не понимая и, главное, не ощущая этого. Словно онемел невидимый, но очень важный орган. Или — словно мускулистый конь под седлом вдруг обернулся бесплотной тенью: попробуй дотронуться — рука провалится в пустоту. Хотя чувства его были в последнее время напряжены до предела — он обостренно воспринимал не только окружающий мир, его цвета, звуки и запахи, но даже сигналы внутри собственного организма: резкие сокращения сердечной мышцы, пульсирующий ток крови по артериям и венам, трение костной головки о хрящ, скольжение комочка слюны по пищеводу. Сегодня, к примеру, чувствовал, как что-то беспрестанно и мучительно шевелится под диафрагмой. Сначала грешил на муки творчества, затем — на плохо переваренный ужин или желудочный полип, а сейчас осенило: возможно, это просто беспокойство? Беспокоит страна, ставшая внезапно неощутимой и не беспрекословно послушной?

Вождь кинул последний кусок полюбившемуся карпу-бойцу; ополоснул руки во все еще бурлящей воде бассейна, отряхнул с колен крошки, поднялся на ноги. Подал пальцем знак, и через пару мгновений рядом возник повар (на этот раз он бежал то ли по самому краю дорожки, то ли и вовсе по воздуху; как бы то ни было, гравий под его ботинками не хрустел). Остро пахнуло кухней — горчицей и перегретым подсолнечным маслом. Вождь брезгливо дернул ноздрями.

— Вот этого богатыря мне на обед приготовишь, с драным плавником, — сказал, указывая на бойца.

И ушел в дом — работать.

Всего в бассейне обитало двадцать три карпа. Четыре особи оказались крупными и с ломаными спинными плавниками. Как определить, какая именно рыбина глянулась вождю? И повар принял мудрое решение — зажарить всех четырех.

Пока рыбины, истекая прозрачным жиром, томились на чугунной сковороде, щедро присыпанные рубленым чесноком и молотым перцем, вождь читал итоговый отчет по немецкой операции. Осуждено в альбомном порядке по немецкой линии — 55 005 человек. Три пятерки — прекрасная рифма. Из них приговорено к высшей мере — 41 898 человек. Уж лучше бы написали — 77 процентов: две семерки — еще одна рифма, не менее звонкая. Вождь закрыл папку. В документе все было в точности так, как он и предполагал. Фантазией нарком Ежов не отличался, это успокаивало. Зато отличался работоспособностью, совершенно фантастической для своего чахлого, с генетической гнильцой, тела: параллельно с немецкой операцией вел две другие, не уступающие по масштабности, — польскую и харбино-японскую; да еще горстку более мелких: эстонскую, латышскую, китайскую, болгарскую, македонскую, афганскую…

Благодаря неустанному усердию наркома все тюрьмы Советского Союза в конце весны тридцать восьмого были забиты политическими; мест для обычных уголовников катастрофически не хватало. А в Центральном аппарате НКВД лежали, ожидая своего часа, более ста тысяч нерассмотренных дел — несколько тонн альбомов по национальным линиям. Пенитенциарная система не справлялась: заглатывала больше, чем могла переварить, и скоро грозила захлебнуться. Пришла пора притормозить — дать стране остыть и прийти в себя после медицинских процедур, вновь обрести чувствительность к узде и управляемость.

В целом вождь был удовлетворен результатами немецкой операции, хотя она и привела к осложнению отношений с Германией: пять из семи немецких консульств были закрыты еще в прошлом году, а к марту нынешнего германское посольство объявило о закрытии остававшихся двух, в Новосибирске и Киеве, в ответ потребовав ликвидации советских консульств в Гамбурге, Кёнигсберге и Штеттине. Правильность и даже необходимость действий советского руководства подтверждали цифры: если в целом по стране за последние полтора года было осуждено и приговорено к различным мерам наказания всего около одного процента жителей, то в немецкой автономии — целых полтора. Даже среди своих, ручных советских немцев оказалось в полтора раза больше врагов — вот она, благодарность Немреспублики своему крестному отцу! Что уж говорить о немцах настоящих…

Карп был подан вождю еще дымящимся, с долькой лимона в презрительно сжатой пасти. На плите, прикрытые стеклянными крышками, ожидали еще три рыбины — на случай, если хозяин не признает в искусно уложенной на тарелке тушке своего избранника. Но все обошлось: вождь взял приборы и задумчиво застыл над рыбьим телом. Вынул лимон из горячих губ, еще час назад хищно раскрытых и подвижных; всунул палец внутрь, нащупал мелкие твердые зубки. Ковырнул вилкой золотистую жареную кожицу, приоткрыв перламутрово-белые волокна мышц. Есть не хотелось вовсе: шевеление под диафрагмой продолжалось — уместить в желудок еще и карпа, увесистого, маслянисто-тяжелого, было невозможно.

— С собой заверни, — сказал вождь негромко в пространство, сам толком не понимая, зачем тащить в Москву остывающий обед, но уверенный, что его услышат.

И повар, конечно, услышал, и понимающе закивал, скрывая удивление; и завернул в вощеную бумагу, а затем в обычную, а затем положил в картон; крепко, на два морских узла, перевязал суровой ниткой. Везти карпа вождь пожелал в салоне, на соседнем сиденье.

Сидя в автомобиле, зеркально-черном лимузине “Паккард Твелв” с ослепительно белыми колесами, он устало вжимался в мягкое кресло и отрешенно глядел за тройное стекло, где мелькали столетние пихты, буки, каштаны, самшиты; наконец блеснула полированной сталью гладь моря. Бронированные дверцы хорошо изолировали звук: вождь не слышал ничего, кроме приглушенного гудения мотора и биения собственного сердца. Карп ехал рядом, в коробке. Запах его мешался с ароматом кожаной обивки салона, но это странным образом не мешало. Наоборот, было удивительно и радостно оттого, что обоняние принимает безропотно противный ему обычно рыбный дух. Возможно, болезненная чувствительность, которую вождь в последнее время с раздражением отмечал в себе, притуплялась и организм возвращался в прежнее спокойное состояние? Вождь благодарно положил ладонь на картонку с рыбой. Она все еще была теплая.

Правительственный кортеж мчался по трассе, издалека предупреждая сиреной о своем приближении. Редкие автомобили, вылезшие воскресным вечером на Сухумское шоссе, жались к скалам — замирали, пропускали.

До авиабазы под Гудаутой оставалось несколько километров — каких-нибудь пять минут хода, — когда внезапно была дана команда остановиться. “Паккард” вождя постоял несколько секунд ровно посередине дорожного полотна, а затем, не разворачиваясь, поехал назад. Сопровождающие форды — один спереди и два сзади — были вынуждены последовать его примеру.

Пятились довольно долго, пока не вернулись к месту, где дорога нависала над узким пляжем, беспорядочно заваленным каменными глыбами. Дверца "паккарда" открылась, вождь вышел из машины с картонкой в руках и начал осторожно спускаться по сыпучему склону к морю. Из-под мягких кожаных сапог посыпались камни. Начальник охраны кинул вопросительный взгляд на шофера в "паккарде" (тот лишь недоуменно пожал плечами); нервно поводя нижней челюстью, знаком приказал половине сопровождения оставаться у машин, половине — на почтительном расстоянии следовать за охраняемым.

Вождь медленно шел по берегу, выглядывая кого-то и между делом с радостью отмечая, что впервые за долгие недели хрупанье гальки под подошвами не раздражает слух, а касания ветра — кожу. Наконец за крупным валуном он увидел того, кого приметил еще сверху, — большого серого пса. Пес был угрюм и шелудив, свалявшаяся шерсть клоками висела на впалых ребристых боках. Продолжая сидеть мордой к морю, он скосил на подошедшего человека желтые равнодушные глаза.

— Вот тебе, жри, — вождь разорвал картонку и многочисленные слои бумаги, отодрал пальцами кусок рыбьей плоти и бросил псу. — Пропадет — жалко. Хорошая была рыба.

Тот на лету поймал подачку и заглотил не жуя, только клацнули громко клыки и с коротким утробным звуком дернулась глотка, отправляя пищу в желудок. Затем встал на лапы и неуверенно мотнул хвостом.

Из-за валуна тотчас показалась вторая морда, длинная и рыжая, словно лисья, — еще одна псина заковыляла к вождю, припадая на изувеченную лапу, замолотила по бокам метелкой хвоста. Вождь кинул кусок и ей.

Серый бросился на рыжего внезапно, без предупреждения. Рыжий взвыл истошно, и они слились в визжащий и рычащий клубок, покатились по берегу, оставляя на камнях кровь и клочья шерсти.

А у ног вождя уже дышали горячо другие пасти — стая бродячих собак возникла из ниоткуда, на запах, и терлась сейчас вокруг, толкаясь и поскуливая. Вождь, приподняв над головой коробку, пошвырял в раскрытые челюсти все без разбора: рыбу, кости, пропитанный жиром лимон, слипшиеся куски петрушки, бумагу вощеную, бумагу обычную, саму коробку, суровую нитку. Сожрано было все, мгновенно, и через несколько секунд руки вождя опустели, а собак стало больше. Кусая друг друга, вереща от боли и требовательно рыча, они все теснее смыкали круг, не понимая, почему кормление было столь кратким.

Вождь почувствовал, как под диафрагмой крутанулось резко и обожгло холодом — то самое, шершавое, что тревожило с утра. Не полип, не язва, не беспокойство о стране и не плохое предчувствие — это был страх, большой и тяжелый: он вращался в животе подобно ледяной рыбине, разрывая плавниками желудок, наматывая на хвост кишки и выскребая чешуей кости.

Почти оглохнув от лая и воя, защищаясь от смрадного дыхания стаи, вождь закрыл ухо левой рукой, а правую, масляную, выставил вперед — и какая-то пятнистая псина, резко дернув кожей вокруг носа, тут же бросилась на нее. Укусить не успела — грохнул выстрел, собака рухнула на гальку. Стрелял кто-то из охраны; до этого момента она оторопело наблюдала за происходящим — не смела прервать странную причуду хозяина.

Стая бросилась врассыпную, захлопали еще выстрелы. Чьи-то сильные руки уже подхватили вождя под локти, чьи-то широкие плечи прикрыли от удушливого порохового дыма, от нестерпимо яркого закатного солнца, от режущего уши собачьего визга, от тошнотворного морского ветра, в котором воздух был слишком густо замешан с солью, от острых краев камней и резкого, до скрипа в зубах, хруста гальки. Вождь упал благодарно в эти заботливые и надежные руки, глубоко дышал, мелко перебирал ногами, не то плыл, не то летел куда-то, пока не ощутил вокруг себя прохладу автомобильного салона.

— Прочь, прочь, — шептал наклонившимся над ним обеспокоенным лицам: он хотел остаться один. — Впрочем, постой! — схватил кого-то за твердый воротничок с металлическими ромбами. — Кто это первым стрелял — там, на пляже, высокий такой боец?

Ему назвали фамилию.

— Проверить по всем статьям. Он же промахнуться мог, понимаете…

— Понимаем! — заколыхался в ответ воротничок. — Проверим! Сегодня же! Как только посадим вас в самолет! Мы его *так* проверим!..

— Какой самолет?! — Вождь на секунду представил себе кругляш иллюминатора с удаляющейся землей, и ледяная рыбина истерически забилась в животе, вызывая тошноту. — Никаких самолетов, никогда… Обратно, на дачу, сейчас…

Бронированная дверь захлопнулась, оставив его в долгожданной тишине. Кортеж осторожно развернулся и, быстро набирая скорость, помчался от Гудауты. На пляже осталась лежать дюжина мертвых псов: десять кучно, а двое — серый и рыжий — в отдалении, у кромки воды; пули настигли их во время драки, и псы так и лежали, крепко сцепившись.

Вождь этого не видел: откинулся на сиденье обессиленно, прикрыв глаза и уткнувшись щекой в мягкую кожу подушек. Кожа едва заметно пованивала жареной рыбой.

30

В то последнее утро Бах долго лежал под утиной периной, слушая колотивший в окна дождь. Ветер, пытаясь раскачать дом, ударял то в одну стену, то в другую. Ныли стропила. Гудел дымоход. Ставни лязгали металлическими задвижками.

Излишняя шумливость Вечного Ноября давно уже была неприятна Баху. Но сейчас, во время ожидания чего-то важного, что должно было вот-вот произойти или уже происходило, эти грохот и завывания мешали — чувствовать, прислушиваться, ждать. Бах не знал, что именно случится сегодня, но желал бы встретить это с открытыми глазами и во всеоружии чувств. Он желал бы сейчас — тишины.

Досадливо морщась, распрямил скрюченные ноги, выпростал из-под перины и поднялся с узкой детской лежанки, едва не ударившись теменем о лежанку сверху. Свечную лампу зажигать не стал: свечи пригодятся будущим жильцам дома. В темноте расправил примятый соломенный матрас и, сунув перину под мышку, пошел вон. Ни тулупа, ни малахая не надел, и даже извечный войлочный колпак натягивать не стал — все оставил детям. Пошел, как был: в одном исподнем и наброшенной поверх киргизской тужурке.

Вышел на крыльцо, аккуратно затворил за собою дверь, накинул щеколду. На замок решил не запирать. Оперся спиной о дверь и, держа перину за углы, развернул ее на вытянутых руках.

По лицу и груди хлестала небесная вода. Не обращая внимания на потяжелевшие от влаги рубаху и тужурку, Бах встряхнул перину раз, затем второй, третий — и она заколыхалась в его руках объемистым облаком. Дождевые капли орошали ее поверхность, но не впитывались — отскакивали, как бисер. Пуховая масса послушно бултыхалась внутри, напитываясь воздухом и разбухая.

Из перинных глубин поплыли — и с каждым новым хлопком все отчетливее — запахи прошлого: нежные ароматы детского тела и детских волос, и давно позабытый запах Клары, и шульгауза, и холостяцкой квартирки при нем, и чернил, и бумаги, и книг. А вместе с запахами полетели сквозь ветхий наперник перо и пух: сначала понемногу, затем — все обильнее.

Мелкий пух был похож на муку, на пудру, на меловую крошку — белым туманом отходил от перины. Пух покрупнее походил на снеговую пыль. А перья — полупрозрачные, едва весомые — летели крупными снежинками. Стало светлее — не то от близости рассвета, не то от пуховой белизны, волнами расходящейся во все стороны. Дождь и ветер поутихли.

Плечи и кисти рук устали, но останавливаться было нельзя — и Бах тряс, тряс перину, выбивая из нее все новые потоки белого. Перья летели ему в лицо и гладили щеки, пух застревал в волосах. Не сразу Бах понял, что не слышит больше ни падения дождевых капель, ни гудения ветра, ни шороха ветвей: наступила долгожданная тишина. Раздавался единственный звук — мерные хлопки перины. С каждой минутой она становилась легче — теряя пух, теряла в весе — и оттого трясти ее было нетрудно. И Бах тряс — все чаще, все резче.

Скоро пуховое облако у крыльца сделалось таким плотным, что он не видел уже ни дворовых построек, ни верхушек деревьев за ними, ни нависшего над хутором темного неба. Ощущал только твердость двери за спиной и твердость крыльца под ногами. Все остальное вокруг стало мягким — состояло из одного лишь кружившегося пуха.

Когда наперник опустел и сделался невесóм — от перины осталась одна холстина, — Бах опустил руки. Поднятые им пуховые вихри постепенно стихали и припадали к земле. Поземка из перьев еще вилась беспокойно — по двору, по скатам крыш, — но все медленнее, все ниже. Бах бережно развесил наперник на перилах крыльца — еще послужит полотенцем или половой тряпкой — и оглядел хутор.

Белый пух укрыл все: землю, стены, крыши, двери и ставни, ограды, огородные грядки, заборы. Под белым покровом стояли яблони в саду, и дубы в лесу, и березы, и сосны. Легким пухом сыпало сверху — не то с крыш, не то с самого неба. Везде, куда достигал взор Баха, был пух, сплошной белый пух. Да и пух ли? Бах шагнул с крыльца — в то пышное и белое, что устилало двор, — и оно заскрипело, сминаясь. Загреб ладонью, положил на язык: не пух — снег.

И воздух, впервые за долгие годы, пах не влагой, а снегом. Из туч, впервые за долгие годы, сыпал не дождь, а снег. И из-за туч этих показалось рассветное солнце — крупное, алое — к морозу.

Утопая по колено в сугробах и подставляя лицо падающим хлопьям, Бах направился к Волге. Не знал почему. Казалось: так правильно.

Обутые в домашние валенки ноги его хрупали по снегу. Ноздри с наслаждением вдыхали воздух — колкий, чуть сладковатый от крепнущего холода — и выдыхали белый пар.

Бах остановился на обрыве и окинул взглядом Волгу. Ее свинцово-серое полотно светлело на глазах, быстро покрываясь пятнами шуги. Ледяная каша волоклась по реке, спаиваясь в шматы и поблескивая в розовых рассветных лучах. Ледовые блины разных форм и размеров тянулись по фарватеру. А где-то вдали, почти у самого Гнаденталя, темнела на воде черная точка: лодка.

Как удалось Баху разглядеть ее полуслепыми глазами сквозь порошу? Но он разглядел. А правильнее сказать — узнал. Не сомневался ни секунды: лодка шла за ним.

Он поднял руки и замахал приветственно: я здесь! Руки, усталые от вытряхивания перины, едва поднимались над головой, плечи ныли, но Бах продолжал махать.

Ялик двигался медленно. Гребцы — кажется, их было двое — работали слаженно и споро, но ледовая каша под веслами и крепчающий ветер затрудняли ход судна.

Щурясь от обильного снега, Бах снял тужурку и потряс ею, как флагом, для большей заметности. Затем решил спуститься к воде — навстречу приближавшейся лодке.

Скользил по оледенелым камням, цеплялся за мерзлые травы — кое-как ссыпался по тропе на берег. По пути выронил тужурку, ее тут же сдуло куда-то вбок, но терять время на поиски не стал. Встал на высокий валун у воды и вновь засигналил руками: вот он — я!

Видел только спины гребцов — крепкие, одетые в серые шинели, они согласно раскачивались в лодке: гребок! еще гребок! Весла выныривали из воды и вновь в нее погружались: рывок! еще рывок!

Снег валил уже так густо, что скоро и ялик, и сидящие в нем люди были едва видны. А гребцы — не оборачивались. Как же прокладывали они дорогу? Как не сбивались с пути в снегопаде? Или — все же сбились?

Он замычал что-то призывное, стараясь привлечь внимание гребцов, — не слышат.

Замычал громче — не слышат.

Шагнул с валуна в реку и пошел им навстречу, с трудом переставляя ноги в ледяных волнах. Зашел по щиколотку, зашел по колено. Поскользнулся на покатом камне и упал в Волгу.

Вода охватила его мгновенно — всего, сразу. Потащила куда-то, шваркнув сперва затылком, затем щекой по острым камням. Стянула валенки с ног, раздула рубаху и штаны, огладила — от мизинцев ног до мизинцев рук, от пупка и до темечка. Зашла в уши, зашла в рот, зашла в глаза. Тащила, тащила все дальше.

Больно — не было. И страшно — не было. И холодно — не было ничуть. Холод остался там, наверху, где плескались по поверхности воды серебряные блики. А здесь, в глубине, — было хорошо.

Звуки здесь были глухи и протяжны, движения — плавны и неспешны. Света мало, но много его и не требовалось: водный мир не был ярок, и созерцать его было приятнее в тусклом освещении. Светилась ли немного сама вода? Или тянущиеся с илистого дна водоросли? Или дрожащий желтый свет исходил от чешуи проплывающих рыб? Как бы то ни было, но раскрыв, наконец, глаза, Бах понял, что видит ясно. Еще понял, что вода не мешала дышать: она входила в него, подобно воздуху, и так же легко выходила; напитавшиеся жидкостью легкие работали исправно, наполняя организм энергией.

Он посмотрел на свои ладони — бледные, зеленоватые; и на ноги свои посмотрел — в порванных на коленях штанинах; и на голые ступни — тело было цело. Ощупал бороду, разлохмаченную струями косицу на затылке — цела и голова.

Огляделся. Он сидел, слегка погрузившись в ил, где-то на дне Волги. На многие аршины вверх уходила вода. Вправо и влево, во все стороны, простиралась зеленая толща, слегка колеблемая течением, мелькали чешуйчатые рыбьи бока. Очертания предметов — камней, коряг, водных кустов — чуть подрагивали и расплывались вдали, но вблизи обретали четкость. Вода толкнула его в спину — едва заметно, ласково, — он встал и медленно зашагал по дну, приспосабливаясь к неторопливости этого мира.

Каждый шаг поднимал со дна облачко черной мути — следы Баха висели в воде еще долго после того, как он проходил мимо: мимо больших валунов, обросших лохмами ила, мимо навалов камней помельче и донных оврагов, мимо ракушечных холмов и водорослевых чащ.

Нога запнулась о легкий полый предмет — не то консервную банку, не то обрезок трубы. Отбросил ногой, пошел дальше. Через пару шагов — запнулся опять: похоже, этих обрезков рассыпано вокруг в избытке. Бах поднял и рассмотрел один: небольшой цилиндр — красноватый даже в зеленом водном освещении, сделанный, вероятно, из бронзы, — блестел на удивление нарядно, словно только что сошел с заводского конвейера. Выбросил, дальше пошел осторожнее.

Под ноги и правда стал попадаться всякий сор, мелкий и крупный: куски рыболовных сетей в бахроме оборванных нитей, обломки весел, битая посуда, перевязанная лентой пачка писем, пара корабельных якорей, вещевые мешки, дорожные чемоданы россыпью, бутылки, щербатая стремянка, несколько женских платьев, пепельница, бильярдный стол вверх ногами, полуразвалившийся комод и даже дамский манекен из пошивочного ателье. Что-то Бах обходил, через что-то — перешагивал. Заметил, что все предметы странным образом не были подвержены влиянию реки: хотя и утопали в иле, сами этим илом не обрастали, не ржавели, не темнели, не покрывались изумрудной патиной.

Торчал из донного песка желтый крашеный бок лодки — одного из тех хлипких прогулочных суденышек, в которых городские жители катаются по воскресным дням вдоль пригородных пляжей.

Светлея свежеструганным деревом, лежал невдалеке смытый паводком мост — крепкий мост, длиной в пять или шесть саженей, с толстыми перилами и аккуратными раскосами.

Да что мост! Рядом высился целый дом — вероятно, унесенный тем же половодьем. На бревенчатых стенах можно было разглядеть мельчайший древесный узор, на спилах венцов золотились капли смолы, а узорные наличники белели, словно вырезанные минуту назад.

Бах побрел дальше, все более удивляясь разнообразию водного мира и его удивительному свойству оберегать предметы от воздействия времени и природы. Последнее крупное половодье случилось, на памяти Баха, в Год Небывалого Урожая. Мог ли дом простоять на волжском дне дюжину лет, ничуть не изменившись?

Он брел мимо белоснежных статуй в гипсовых туниках (сбросила их в реку чья-то злая воля или случай?); мимо классной доски с начертанными мелом арифметическими примерами; мимо развалов книг и журналов (эх, сесть бы рядом и читать — бесконечно…); мимо покосившихся пальм в керамических кадках; мимо колеблемых течением шелковых занавесок и утонувших в песке бронзовых люстр; мимо ткацкого станка с наполовину готовым узорчатым полотном; мимо телег, воздевших к небу оглобли; мимо стада уснувших “Карликов” (вот вы где оказались, милые потерянные друзья!)…

На сиденье одного из “Карликов” заметил прикорнувшее существо — то ли крупную рыбу, то ли животное. Приблизился рассмотреть — и обомлел: не рыба и не животное — нерожденный теленок лежал там, свесив лапки и прикрыв слепые глаза. А дальше по дну лежали еще телята и еще: лобастые головы с зачатками ушей, почти человеческие губы, голенастые ноги с растопыренными копытцами, тонкие ребра под розовой кожей в синих разводах вен. Вот куда принесла их Волга из той страшной весны двадцатого года. Вот где спрятала — на дне. Как могли они пролежать здесь чуть не два десятка лет — не тронутые щуками и сомами? Не раздутые и не разъятые водой на части?

Но не только телят сохранила Волга. Дальше, чуть ниже по течению, Бах обнаружил и первого человека — женщину. Утопленница по собственной воле — это было написано у нее на лице: тоска в глазах, скорбно сжатые губы. Все черты ее, и развевающиеся черные волосы, и нежная шея в вырезе кружевного платья, — все дышало свежестью, словно женщина не была мертва, а спала. Она колыхалась, полулежа в облаке растений, то чуть приподымаясь на своем ложе, то погружаясь обратно в зеленые стебли. Длинное платье колыхалось вслед, из-под подола глядели бледные колени. Бах одернул юбку, прикрыл оголенные ноги.

Стоило ли идти дальше? Или лучше было ему остаться на изученной территории — в приятном обществе книг, классических статуй и пустых домов? Бах хотел присесть на бочок одного из "Карликов", чтобы поразмышлять об этом, но вода толкала в спину — плавно, едва заметно, постоянно. Вода сносила Баха — понемногу, понемногу — ниже, ниже. Он покорился и пошел дальше.

А людей вокруг становилось больше.

Вцепившись руками в ружье, валялся в донном овраге солдат, полузанесенный землей.

В торчавшем из ила автомобиле сидели трое — все как один в кожанках и круглых очках-пыльниках. В очки набился песок — глаз не было видно.

Утопая в ракушечной россыпи, лежали на боку сани. Впряженные в них кони парили в воде, удерживаемые упряжью, гривы и хвосты их развевались по течению. Рядом на дне покоились седоки, в толстых шинелях с каракулевыми воротниками и в пышных папахах, валялся пулемет с наполовину пустой патронной лентой.

Бах не смотрел в лица утопленников — совершенно живые лица, ничуть не тронутые водой и рыбами, — просто шел мимо. Хотел прибавить шаг, но в неспешном водном мире это было затруднительно — оттого ступал медленно, избегая встречаться с покойниками взглядом и по возможности обходя стороной. Несколько встречных показались ему знакомыми — кажется, этих несчастных он схоронил в проруби в Год Голодных. Останавливаться для проверки предположения не стал.

Однако две фигуры — большая мужская и щуплая женская — привлекли его внимание. Кто это громоздился на склоне — пузо, как волжский валун, пальцы толщиной с угря, борода, как охапка тины, — не Удо ли Гримм? Кто притулился рядом — лицо морщинистое, волосы белые, как рыбий живот, — не Тильда ли?

Да, они.

Уезжали из Саратова, проклиная сбежавшую Клару? Или ехали обратно на хутор — искать заблудшую девицу? Не уехали, не доехали — лежали теперь на дне, раздетые до исподнего, разутые, — должно быть, ограбленные бандитами и спущенные в реку.

На Бахе не было колпака, чтобы стянуть с головы и почтить память усопших. Он постоял мгновение рядом, но неумолимое течение толкало в спину, давило под колени, тянуло вперед. И не было рядом ни коряги, ни камня, чтобы зацепиться и удержаться рядом с покойными, — Баха волокло дальше. Опечалившись и рассердившись на безжалостную воду, не дающую и минуты побыть рядом с важными для него людьми, он закрыл глаза и побрел вслепую.

Но кто-то или что-то не желало остаться незамеченным — наплыло на Баха, облепило его, словно обнимая. Он дернулся, чуть не опрокинувшись назад, оттолкнул от себя — гладкое, прохладное, тяжелое. Открыл глаза: юноша. Обнаженное тело — прекрасное, как одна из тех статуй, что остались у Баха позади: белая кожа, рельефные мускулы, совершенные пропорции. И лицо — прекрасное. Не лицо — лик: столь тонкий и нежный, какой можно увидеть лишь на иконе. И сияли на этом лице не глаза — очи. И алели на этом лице не губы — уста. И не щеки розовели нежно — ланиты. Взгляд же юноши был взросл и печален — мог принадлежать старику. Мертвый Гофман смотрел на Баха, уплывая в темноту. Бах спохватился запоздало, вытянул руки, прыгнул вслед — но нет, не догнать, не соединиться. Юное и прекрасное тело Гофмана отдалялось, уносимое невидимыми струями. Те же струи несли Баха в ином направлении — прочь.

Почему тело Гофмана изменилось? Признак ли это мученической смерти? Или игра воображения Баха? Или только теперь, в посмертии, Гофман предстал перед Бахом таким, каким был всегда?

И что это за вода — мягкая и ласковая, но бездушно волокущая вперед? Сохраняющая людей, животных, предметы в том же состоянии, в каком они погрузились в нее? Чутко охраняющая сон мертвецов и не дающая побыть с ними дольше мгновения? И зачем ему, Баху, быть в этой воде, если сам он еще не умер?

Бах оттолкнулся от дна и загреб руками — попробовал всплыть. Но подняться более, чем на аршин, не смог — действующая обычно в воде сила выталкивания отсутствовала: ступни его скоро вновь коснулись дна, а течение подхватило приподнятое прыжком тело и потянуло дальше.

Куда тянуло его? В чем была цель этого странного путешествия?

Он перестал двигать ногами, не желая более помогать воде, но медленные струи аккуратно перемещали Бахово тело вдоль дна — со скоростью его обычного шага. Покрутился немного в потоке, переворачиваясь то на бок, то на живот, то на спину, как ворочаются в пышной кровати; наконец нашел удобное положение и решил покориться: будь что будет. Можно было и вовсе зажмуриться — слепо ждать конца маршрута; но Бах решил путешествовать с открытыми глазами, чтобы вновь не пропустить что-то важное, как чуть не пропустил миг свидания с Гофманом.

Видел затонувший военный корабль, ощетинившийся орудиями.

Видел невесть откуда взявшийся товарный вагон с запертыми внутри лошадьми.

Видел баржу, палуба которой была завалена мешками с зерном.

Чувствовал: происходящее имеет какой-то смысл — но смысл неявный, скрытый от Баха не то зеленой толщей воды, не то россыпями песка вокруг и горами ила. Так в чем же тот смысл? Что должен увидеть Бах за сонмом плывущих мимо утопленников и погребенных в реке предметов? Что должен понять?

Перестав обращать внимание на близкие и освещенные предметы, Бах начал вглядываться вперед, в темноту коричневых глубин. Его несло медленно, и глазам хватало времени для обозрения мутных далей — но и там ничего не имелось, кроме все тех же людей и вещей, между которых взблескивали изредка серебряные рыбьи спины.

Перевел взгляд вверх — но отсюда, со дна, поверхность воды казалась лишь подобием далекого неба, с которого просачивался вниз мутный зеленый свет.

Не зная, что еще предпринять и куда еще смотреть, Бах уткнулся взглядом в дно под собой — в рассыпанные по желтому песку камни, по которым скользила сейчас беззвучно Бахова тень.

Да камни ли это? Кажется ли это Баху — или сквозь округлость булыжников проступают чьи-то черты: чьи-то распахнутые рты, чьи-то глаза и зубы? Водоросли растут из-под камней — или волосы шевелятся на головах? Складки песка и земли лежат причудливо — или тела лежат на дне?

Нет, не видение — явь.

Не камни — лица.

Не ил и не земля — тела.

Тела юные, молодые, зрелые. Мужские и женские. Старческие и детские. Одетые в робы и дорогие платья, лен и холстину, железо и кожу, обнаженные и одетые в доспехи. Все сошлось и слепилось в один неразъемный массив: головы русые, головы черные и седые, девичьи косы и косы киргизских воинов, расшитые крестом рубахи, сапоги телячьей и свиной кожи, лампасы, чуни, лапти, шпоры, колени и плечи, шнуровые ботинки на меху, босые ступни, галифе, шлемы и бармицы, лбы, носы, подбородки, серпы, калоши, соболиные островерхие шапки, ладони и локти, монисты, ичиги, щиты и колчаны, черкески тонкой шерсти, очки и фуражки... Люди лежали — друг у друга на груди, на животе, на спине, свив пальцы и сплетя руки, щека к щеке, рот ко рту, — словно не было у них никого дороже друг друга. Лежали — вверх по течению и вниз по течению, справа и слева — всюду, куда достигал взор. Тела устилали дно Волги — вернее, составляли его. Глаза — светлые, темные, карие, голубые, широко распахнутые, в обводке длинных ресниц, и узкие, едва видимые из-под набрякших монгольских век — спокойно глядели на Баха со всех сторон. А сквозь все это — сквозь ткани, латы, костяные и деревянные доспехи, шинели, гимнастерки, бурки, папахи, сквозь тела и конечности, лица и волосы, зубы и ногти — торчали стрелы, копья, штыки, темнели пулевые отверстия и ножевые порезы. Как скрепы, стежки или гвозди.

Содрогнувшись от увиденного, Бах раскрыл рот, желая закричать, — но в водном мире крики не были возможны. Он забился судорожно, стремясь покинуть дно, — однако притяжение было сильнее: Бах парил в воде, на расстоянии вытянутой руки от застывших тел, не умея от них отдалиться.

Мыслимо ли, что все эти годы он жил, *не зная*? Что люди наверху, по обоим берегам реки, — также живут, *не зная*? Пьют эту воду, купаются в ней, крестят ею своих детей, полощут белье — *не зная*?

Не зная о чем? О том, что река эта — полна смерти? Что дно ее устлано мертвецами, вода состоит из крови и предсмертных проклятий? Или, наоборот, — полна жизни? Настолько, что даже окончившие в ней свой путь избавлены от разложения?

О том, что река эта — сплошная жестокость? Кладбище оружия и последних свидетельств? Или наоборот — истинное милосердие? Терпеливое милосердие, накрывающее волной и уносящее течением все дикое, жестокое, варварское?

О том, что река эта — сплошной обман? Мнимая красота, скрывающая беспримерное уродство? Или, наоборот, — одна только правда? Чистая, бережно сохраненная правда — веками ожидающая тех, кто без страха пройдет по ее дну с открытыми глазами?

Ошеломленный вопросами, на которые не суждено найти ответа, и повинуясь необъяснимому порыву, Бах протянул руку — и ухватился за что-то. Оказалось — ружье. Крепко сжав ствол, Бах, подтянулся, опустился пониже и лег лицом и грудью на чей-то бешмет. Лоб его уткнулся в чей-то погон с эполетами. Рядом со щекой вилось что-то длинное, тонкое — не то плеть нагайки, не то девичья коса. Перед глазами заколыхалась нечесаная рыжая борода.

Ощущая правильность происходящего и удовлетворенный ею, Бах собрался было уже протиснуться на дно и остаться здесь навсегда. Однако течение не позволило — потянуло дальше. Какое-то время он противился, но Волгу было не преодолеть. Устав бороться, Бах разжал пальцы — и медленный поток вновь подхватил его.

Вода стала — еще нежнее, еще ласковее. Вода была теперь — как теплое масло, как дыхание, как шелк. Она разгладила морщины на Баховом лбу, расплела и расчесала волосы. Сняла с исподнего обрывки водорослей и налипшую чешую, омыла темные от ила ступни. И он, с облегчением забывая о своем недавнем намерении, растянулся блаженно на водных струях, раскинувшись широко и запрокинув голову, как раскидываются дети в колыбели. Вода тянула его — не то плавно неся куда-то, а не то вытягивая в длину его размякшее тело.

Он чувствовал, как длинными и гибкими становятся ноги и руки, как вырастает и расправляется грудь. Как звено за звеном разгибается позвоночник и распрямляются ребра. Как, наполненные водой, набухают мускулы. Как распахиваются легкие и расправляются сжатые внутренности, а ненужная отныне кожа растворяется в волнах. Организм Баха, более не скованный границами тела, разрастался вширь и вдаль — течением его разносило по дну, от истоков Волги и до ее устья.

Пальцы ног его несло в тихие заводи Шексны и Мологи, к пологим берегам Дубны и Костромы. Колени и голени раскинулись по Оке, бедра легли в синие воды Свияги. Руки его дотянулись до Камы, распластались по изгибам Вятки, Чусовой и Вишеры. Туловище растеклось вдоль Жигулевских гор и Змеёвых гор, по устьям Иргиза и Еруслана. Волосы — разметались по Ахтубе, концами макнувшись в Каспий.

Бах растворялся в Волге. Самая малость оставалась ему до мгновения, когда ток его крови заменит речное течение, кости станут песком и камнями, а волосы — водорослями, как вдруг сила — грубая, резкая — ухватила его за грудки и за бороду, потянула вверх.

Лицо обожгло холодным воздухом. Тот же воздух проник и в ноздри — вместо привычной уже воды. Бах, отвыкший дышать, закашлялся и задергался было, желая поскорее вернуться в реку, — но его не пускали: чьи-то руки держали крепко. Дернули резко, выволокли за шкирку, за пояс — и вот он уже на дне лодки: судорожно разевает рот, обтекая водой.

Над ним — два киргизских лица, красных от мороза. Одно — молодое, в суконном шлеме с опущенными ушами. Второе — исчерченное морщинами, в синей фуражке с малиновым околышем.

— Уйти хотел, — говорит молодой, незнакомый.

Второй молчит. Бах узнает его черты, хотя и сморщенные годами: Кайсар, угрюмый лодочник с хутора Гримм.

Лица исчезают — киргизы берутся за весла. Бах лежит на дне раскачивающейся лодки, заново учась дышать. На лоб и щеки его падают снежные хлопья. Слышно, как снаружи о бока ялика скребутся льдины.

— Поехали? — раздается голос Кайсара.

Бах вдыхает воздух — колкий, вперемешку со снегом — и отвечает:

— Я готов.

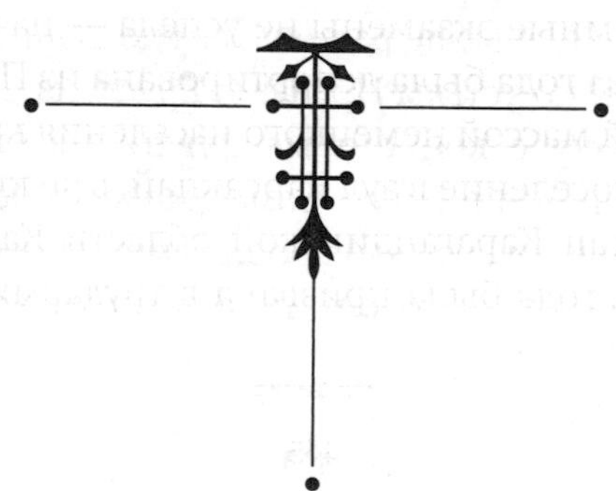

Эпилог

Якоб Иванович Бах был арестован в 1938 году и приговорен к пятнадцати годам заключения в исправительно-трудовых лагерях. В 1939 году этапирован к месту отбывания наказания в Карагандинский ИТЛ Казахской ССР. Работал сначала на строительстве Джезказганского промышленного узла, затем — на добыче руды для металлургических комбинатов Карлага. В 1946 году погиб при обвале в шахте вместе с одиннадцатью заключенными.

11 сентября 1941 года в соответствии с Указом Президиума Верховного Совета СССР “О переселении немцев, проживающих в районах Поволжья” население колонии Гнаденталь в полном составе было выслано в Казахскую ССР. Гнаденталь был отдан под заселение беженцам из прифронтовых зон и переименован в Геннадьево. Всего из Поволжья в сентябре 1941 года было депортировано 438 тысяч советских немцев.

Анна Якобовна Бах получила среднее образование в школе-интернате имени Клары Цеткин города Энгельса (бывший Покровск). Мечтала поступить в Энгельсскую военную авиационную школу пилотов, подала документы, но сдать приемные экзамены не успела — началась война. В сентябре 1941 года была депортирована из Поволжья вместе с основной массой немецкого населения края и направлена на спецпоселение в аул Карсакпай, в 50 километрах от села Джезказган Карагандинской области Казахской ССР. В ноябре 1942 года была призвана в трудармию, в составе “трудовых колонн” работала на объектах НКВД в системе Карлага. В 1946 году получила инвалидность (ампутация ноги до середины бедра вследствие травмы на производстве), вернулась на поселение в Джезказган и устроилась учетчицей в совхоз.

Василий Васильевич Волгин в 1941 году окончил факультет иностранных языков Саратовского педагогического института. Диплом учителя немецкого языка получить не успел — ушел добровольцем на фронт. 8 мая 1945 года встретил в саксонском Гнадентале на Эльбе. Через полгода вернулся в Поволжье. Четыре месяца работал в колхозе села Геннадьева (бывший Гнаденталь), еще пять — разнорабочим при детском доме имени Третьего Интернационала (на месте бывшего хутора Гримм). В конце 1946 года выехал в Казахстан на поиски Якоба Ивановича Баха, адрес места заключения которого знал из полученной на фронте открытки. В 1947 году вместо погибшего Я. Баха нашел Анну Бах. Остался в Джезказгане, женился на Анне Бах, работал учителем немецкого языка в местной школе.

Сборник “Сказки советских немцев” был издан в 1933 году в издательстве “Молодая гвардия” (объем — 640 страниц, редактор и автор предисловия И. Фихте, перевод на русский язык Л. Вундта). В первом издании автором сказок значился некий селькор Гобах; во втором Гобах фигурировал уже как составитель, а из последующих упоминание о нем и вовсе исчезло. Книга выдержала 5 переизданий, общий тираж ее составил 300 тысяч экземпляров. Самая известная сказка сборника, “Дева-Узница”, была поставлена в 1934 году в саратовском ТЮЗе, а в последующие годы — еще в 49 театрах СССР, включая ТЮЗы Москвы и Ленинграда.

Календарь Якоба Ивановича Баха

1918 — Год Разоренных Домов

1919 — Год Безумия

1920 — Год Нерожденных Телят

1921 — Год Голодных

1922 — Год Мертвых Детей

1923 — Год Немоты

1924 — Год Возвращенцев

1925 — Год Гостей

1926 — Год Небывалого Урожая

1927 — Год Плохих Предчувствий

1928 — Год Спрятанного Хлеба

1929 — Год Бегства

1930 — Год Возмущения

1931 — Год Большой Лжи

1932 — Год Большой Плотины

1933 — Год Большого Голода

1934 — Год Большой Борьбы

1935–1938 — Годы Вечного Ноября, Годы Рыб и Мышей

Комментарии

С. 20. *...на весь Гнаденталь набралось бы не более сотни известных носителям русских слов. Однако, чтобы сбыть товар на Покровской ярмарке, и этой сотни было достаточно.*

Покровская слобода, Покровск — старые названия города Энгельс. С 1922 по 1941 год был столицей Немецкой автономии. Переименован в 1931 году в честь немецкого философа Фридриха Энгельса.

С. 23. *Хроники переселения германских крестьян в Россию повествовали о днях, когда по приглашению императрицы Екатерины первые колонисты прибыли на кораблях в Кронштадт.*

В 1762–1763 годы Екатерина Вторая подписала два манифеста, приглашавших иностранцев заселять пустующие территории Российской империи. С 1764 по 1773 год на Нижней Волге было основано 105 колоний, положивших начало немецкому Поволжью.

С. 31. *...отчего-то вспомнилось, как мать пугала в детстве: "А вот киргиз придет — заберет!"*

В первые годы существования немецкие колонии подвергались постоянному нападению кочевых племен киргиз-кайсаков. Киргизами, киргиз-кайсаками в то время называли предков современных казахов. Благодаря защите российских властей набеги прекратились.

С. 60–61. *...между походами закалдованных рыцарей и бунтом страшного Емельки Пугачёва...*

Мирные немецкие колонии сильно пострадали во время Пугачевского восстания в 1774 году: крестьянская армия захватила Саратов, разграбила Екатериненштадт (современный Маркштадт), Покровскую слободу, Сарепту, многие другие колонии.

Комментарии

С. 20: *…на весь Гнаденталь набралось бы не более сотни известных поселенцам русских слов. Однако, чтобы сбыть товар на Покровской ярмарке, и этой сотни было достаточно.*
Покровская слобода, Покровск — старые названия города Энгельс. С 1922 по 1941 год был столицей Немецкой автономии. Переименован в 1931 году в честь немецкого философа Фридриха Энгельса.

С. 23: *Хроники переселения германских крестьян в Россию повествовали о днях, когда по приглашению императрицы Екатерины первые колонисты прибыли на кораблях в Кронштадт.*
В 1762–1763 годы Екатерина Вторая подписала два манифеста, приглашавших иностранцев заселять пустующие территории Российской империи. С 1764 по 1773 год на Нижней Волге было основано 105 колоний, положивших начало немецкому Поволжью.

С. 31: *…отчего-то вспомнилось, как мать пугала в детстве: “А вот киргиз придет — заберет!”*
В первые годы существования немецкие колонии подвергались постоянному нападению кочевых племен киргиз-кайсаков. Киргизами, киргиз-кайсаками в то время называли предков современных казахов. Благодаря защите российских властей набеги прекратились.

С. 60–61: *…между походами заколдованных рыцарей и бунтом страшного Емельки Пугачева…*
Мирные немецкие колонии сильно пострадали во время Пугачевского восстания в 1774 году: крестьянская армия захватила Саратов, разграбила Екатериненштадт (современный Марксштадт), Покровскую слободу, Сарепту, многие другие колонии.

С. 61: …*Ез-док о-ро-бе-лый… не ска-чет, ле-тит…*
Отрывок из баллады “Лесной царь” (“*Erlkönig*”) И.В. Гёте в переводе В.А. Жуковского.

С. 62: *Гор-ны-е вер-ши-ны спят во тьме ноч-ной… Ти-хи-е до-ли-ны пол-ны све-жей мглой… Не пы-лит до-ро-га… не дро-жат лис-ты… По-до-жди не-мно-го… от-дох-нешь и ты…*
Стихотворение И.В. Гёте, перевод М.Ю. Лермонтова.

С. 99: …*Год Разоренных Домов…*
О разграблении хозяйств состоятельных немецких колонистов пишет в книге воспоминаний Анна Янеке (см.: Janecke A. *Wolgadeutsches Schicksal.* Leipzig: Koehler und Ameland, 1937).

С. 101: …*назвал его про себя Годом Безумия…*
В 1918–1919 годах в Поволжье развернулись многие ключевые события Гражданской войны. На Нижней Волге как военное формирование Красной армии действовала Волжско-Каспийская военная флотилия, в состав которой входило более 200 судов, а также Воздушная бригада.

С. 105: *А минувший год Бах так и назвал про себя — Годом Нерожденных Телят.*
Продразверстка была введена еще в Российской империи в декабре 1916 года и повторно — советской властью в начале января 1919 года в условиях Гражданской войны и разрухи. Заготовительная кампания 1920 года распространялась, помимо зерна, также на мясо и другие продукты. Эпизод приведен по воспоминаниям Анны Янеке.

С. 108: *Страшный год этот назвал Годом Голодных.*
Голод 1921–1922 годов, охвативший 35 губерний Советской России, известен как *голод в Поволжье:* именно здесь наблюдались самые жестокие его последствия. Унес жизни около 5 миллионов человек.

С. 108: …*наблюдать с обрыва Год Мертвых Детей сил не было.*
В результате голода около 1,5 миллионов крестьянских детей лишились родителей и превратились в беспризорников — бродяжничали, жили воровством и подаянием; многие умирали.

С. 126: *Республика нынче родилась — советская республика немцев Поволжья!*
19 октября 1918 года в Поволжье была образована первая в РСФСР автономная область — трудовая коммуна немцев Поволжья. 13 октября 1923 года И. Сталин подписал постановление "О реорганизации Немкоммуны в Автономную советскую республику немцев Поволжья". 6 января 1924 года XI областной съезд Советов в Покровске принял постановление "О провозглашении АССР НП".

С. 127: *Топили в Горках щедро...*
Подмосковная усадьба "Горки" — загородная резиденция В. Ленина.

С. 129: *Все эти фёрстеры, клемпереры, нонне, борхардты, штрюмпели, бумке — заполошная каркающая стая...*
Отфрид Фёрстер — невролог, один из основателей мировой нейрохирургии, лечащий врач Ленина в 1922–1924 годах; *Георг Клемперер* — терапевт, лечащий врач Ленина в 1922–1923 годах; *Макс Нонне* — невролог, консультант по состоянию здоровья Ленина в 1923 году; *Мориц Борхардт* — хирург, в 1922 году приглашенный из Германии для удаления пули из надключичной области Ленина; *Адольф фон Штрюмпель* — невропатолог, консультант по состоянию здоровья Ленина в 1923 году; *Освальд Бумке* — психиатр и невропатолог, консультант по состоянию здоровья Ленина в 1923 году.

С. 132: *Даже мирные переговоры в Брест-Литовске велись, как известно, с умышленной неторопливостью...*
Положивший конец участию России в Первой мировой войне Брест-Литовский мирный договор между Советской Россией и странами Четверного союза (Германия, Австро-Венгрия, Османская империя, Болгария) был подписан 3 марта 1918 года после длительных переговоров, растянувшихся на 3,5 месяца.

С. 204: *Из сотен рассказанных Кларой сказок более всего подходило для описания ее судьбы "Сказание о Деве-Узнице".*
Сюжет "Сказания о Деве-Узнице" восходит к народной немецкой сказке "Дева Малейн". В тексте использованы цитаты из "Девы Ма-

лейн" в изложении братьев Гримм (перевод на русский Е. Гиляровой и К. Савельева).

С. 213: *Год этот Бах так и назовет про себя — Годом Возвращенцев.*
В ранние советские годы в стране наблюдались активные миграционные процессы, обусловленные тяжелыми условиями жизни населения. В 1924 году весенняя засуха вызвала гибель посевов и спровоцировала паническое бегство крестьян из Немреспублики. А постановление ЦИК и Совнаркома АССР немцев Поволжья "Об амнистии в связи с образованием АССР немцев Поволжья" от 5 апреля 1924 года и иные меры пропаганды, наоборот, привлекли потоки реэмигрантов и переселенцев из Германии в Немреспублику.

С. 245: *…стоял, любуясь точными и сильными движениями трактористов, оседлавших железных лошадок, пока не заметил на угловатых боках каждой машины черные буквы — "Карлик".*
Колесный трактор "Карлик" был сконструирован инженером Я.В. Маминым и стал первым советским трактором массового производства. Выпускался в середине 1920-х годов на заводе "Возрождение" в г. Марксштадт (до 1915 года — г. Екатериненштадт, после 1942 года — г. Маркс), в 60 километрах к северо-востоку от Саратова.

С. 249: *Этот удивительный год, тысяча девятьсот двадцать шестой, можно было назвать только Годом Небывалого Урожая…*
В 1926 году в Советском Союзе был собран рекордный за весь послереволюционный период урожай зерновых. Богатым был урожай и в Немецкой республике.

С. 253: *"Детский дом! — возбужденно кричал он Баху в приступе откровения, кружа по сельсовету. — Не какой-нибудь там, а огромный, на сто коек! Имени Третьего Интернационала!"*
Третий Интернационал — международная организация, объединение коммунистических партий различных стран; существовал с 1919 по 1943 год.

С. 259: *За короткую июльскую ночь тысяча девятьсот двадцать седьмого года…*
Спешное возвращение Сталина в Москву было вызвано нарастанием оппозиционной борьбы. Вскоре после этого лидер левой оппозиции Лев Троцкий был выведен из рядов ЦК ВКП(б); затем, после неудачной попытки государственного переворота в ноябре 1927-го, — из коммунистической партии; в начале 1929 года выдворен из СССР; в 1940 году — убит агентом НКВД.

С. 273: …*приезд одного из первых лиц государства было решено отметить внеплановым митингом, венчать который должен был прилюдный снос памятника Екатерине Второй…*
Памятник Екатерине Второй был установлен в Екатериненштадте (ныне город Маркс) по инициативе немецких колонистов и на собранные ими средства. Автор монумента — скульптор барон фон Клодт. В конце 1920-х — начале 1930-х годов памятник был демонтирован, а в 1941 году переплавлен на нужды фронта. В 2007 году на историческом месте был открыт новый памятник, изготовленный на пожертвования меценатов и жителей города.

С. 275: …*судя по главному конструктору марксштадтского тракторного завода Мамину…*
Яков Васильевич Мамин (1873–1953) — русский и советский механик, изобретатель, создатель тракторов “Русский трактор”, “Богатырь”, “Гном”, “Карлик”.

С. 283: …*скоро правительство в Москве приняло решение остановить производство маломощных “Карликов”.*
С началом коллективизации трактор “Карлик” был признан “кулацким”, так как разрабатывался для крестьян-единоличников, и был снят с производства.

С. 372: *Не подходили ей ни скучные Ноябрина с Дояркой, ни воинственные Армия с Баррикадой, ни Вилюра с Буденой (какие-то коровьи клички, честное слово!), ни заковыристая Дзержинальда. Наконец, нашел: Авиация.*
В советское время было придумано несколько сотен новых имен, несущих определенный идеологический смысл. Среди прочих: *Ви-*

люра — от словосочетания "Владимир Ильич Ленин любит рабочих"; *Будена* — в честь маршала С.М. Буденного, героя Гражданской войны; *Дзержинальда* — в честь основателя и главы ВЧК Ф.Э. Дзержинского.

С. 409: *…длиной и прочностью шерстяных волокон наслаждались пальцы Андрея Петровича Чемоданова…*

Андрей Петрович Чемоданов (1881–1970) — русский и советский бильярдный мастер, тренер И. Сталина по бильярду.

С. 415: *А на студии "Немкино" сняли, смонтировали и выпустили в прокат собственный игровой фильм "На переломе"…*

В российской исторической литературе этот фильм 1927 года выпуска больше известен под рабочим названием "Ковер Стеньки Разина".

С. 445: *…не только Анче с Васькой, а все обитатели детского дома: и тоненькая смуглая Мамлакат с сахарно-белой улыбкой; и голубоглазый Клаус; и бровастый Ленц; и веснушчатая Маня с ямками на щеках; и хулиган Петюня; и тощий Асхат; и крошечная Энгельсина…*

Мамлакат Нахангова (1924–2003) — основательница пионерского стахановского движения, первый среди пионеров кавалер высшей государственной награды СССР — ордена Ленина. По всей стране разошлись фотографии одиннадцатилетней Мамлакат вместе с И. Сталиным. *Энгельсина Чешкова* (1928–2004) стала широко известна в СССР благодаря фотографии, где Сталин держит ее, шестилетнюю, на руках. Через 1,5 года отец Энгельсины, член ЦИК СССР, нарком земледелия Бурят-Монгольской АССР, был арестован по обвинению в контрреволюционной и шпионской деятельности; некоторое время спустя расстрелян. Мать также была арестована, заключена в тюрьму; позже вместе с Энгельсиной сослана в город Туркестан Южно-Казахстанской области.

Благодарности

Искренне благодарю всех, чья поддержка и понимание помогли этой книге появиться: моего мужа, моих родителей и свекровь — за бесконечное терпение и понимание; мою дорогую дочь — за взрослое отношение. *Елену Костюкович* — за ободрение и вдохновение; *Юлю Добровольскую* — за постоянную поддержку в сложные минуты, и словом, и делом, за дружеское плечо, камертон и компас; *Сашу Климина* — за помощь в сражении с ошибками и глупостями в тексте. *Елену Шубину* — за терпение и мудрость: ей первой я рассказала идею будущей книги. *Галину Павловну Беляеву* — за ювелирную редакторскую работу; *Анну Колесникову, Татьяну Стоянову* и других коллег в "Редакции Елены Шубиной", художника *Андрея Бондаренко. Кристину Линкс* — за ценный "немецкий" взгляд на текст и поддержку в Германии; *Хельмута Эттингера* и *Марлис Юнке* — за профессиональные советы; *Андреа Доберенц* — за доверие и помощь в организации работы в писательской резиденции LCB; коллег в издательстве "Ауфбау" (Берлин). *Улу Валлина* — за помощь в организации работы в писательской резиденции BCWT; других коллег в издательстве "Эрзатц" (Стокгольм). *Аркадия Адольфовича Германа* — за научный взгляд на роман и ценные замечания; *Рикарду Сан Висенте* — за наше очень важное заочное общение; *Веру Кострову* и *Иветту Литвинову* — за неравнодушное чтение. *Наталью Борисовну Кошкареву, Ольгу Ребковец* и всех членов Экспертного совета "Тотального диктанта" — за доверие, за филологический взгляд на некоторые отрывки из романа (в частности — за незабываемую дискуссию о ветрах). Моих дорогих переводчиков — за удовольствие от общения, высокий профессионализм и вложенное в тексты душевное тепло. Дорогих издателей и читателей во всем мире: без их поддержки и внимания эта история никогда не была бы задумана и написана.

С уважением, Гузель Яхина

ГУЗЕЛЬ ЯХИНА

ДЕТИ МОИ

РОМАН

16+

Главный редактор Елена Шубина

Художник Андрей Бондаренко

Литературный редактор Галина Беляева

Ведущий редактор Анна Колесникова

Младший редактор Вероника Дмитриева

Корректоры Ольга Грецова, Надежда Власенко

Компьютерная верстка Елены Илюшиной

Подписано в печать 22.11.2018. Формат 60x90/16.
Усл. печ. л. 31,0. Доп. тираж 30 000 экз. Заказ № 11586

ООО «Издательство АСТ»
129085, г. Москва, Звёздный бульвар, дом 21, строение 1, комната 705, пом. I, 7 этаж.
Наш электронный адрес: **www.ast.ru**

«Баспа Аста» деген ООО
129085, Мәскеу қ., Звёздный бульвары, 21-үй, 1-құрылыс, 705-бөлме, I жай, 7-қабат.
Біздің электрондық мекенжайымыз: www.ast.ru
E-mail: astpub@aha.ru
Интернет-магазин: www.book24.kz
Интернет-дүкен: www.book24.kz
Импортёр в Республику Казахстан ТОО «РДЦ-Алматы».
Қазақстан Республикасындағы импорттаушы «РДЦ-Алматы» ЖШС.
Дистрибьютор и представитель по приему претензий на продукцию в Республике Казахстан:
ТОО «РДЦ-Алматы»
Қазақстан Республикасында дистрибьютор
және өнім бойынша арыз-талаптарды қабылдаушының
өкілі «РДЦ-Алматы» ЖШС, Алматы қ., Домбровский көш., 3«а», литер Б, офис 1.
Тел.: 8(727) 2 51 59 89,90,91,92
Факс: 8 (727) 251 58 12, вн. 107; E-mail: RDC-Almaty@eksmo.kz
Өнімнің жарамдылық мерзімі шектелмеген.

Өндірген мемлекет: Ресей
Сертификация қарастырылмаған

Отпечатано с готовых файлов заказчика
в АО «Первая Образцовая типография»,
филиал «УЛЬЯНОВСКИЙ ДОМ ПЕЧАТИ»
432980, г. Ульяновск, ул. Гончарова, 14